Gilbert

BORDES

LA PESTE NOIRE

I. *La Conjuration des Lys*

II. *Le Roi chiffonnier*

Cléa

ISBN : 978-2-37448-416-7

LA CONJURATION DES LYS

Prologue

Un cri strident suivi du hurlement d'un chien retentit dans les couloirs froids et déserts. Des pas martelèrent les marches d'un escalier de pierres blanches. Dans le parc, dominé par l'imposante silhouette du donjon de Vincennes, les feuilles rouges des érables s'envolaient au vent qui soufflait par bourrasques depuis quelques jours. Il faisait froid, ce 12 novembre 1324. Depuis une dizaine d'années, c'était ainsi : les hivers commençaient tôt et finissaient tard, les étés pluvieux ne permettaient pas toujours de récolter les blés qui pourrissaient sur pied.

Les aboiements de Tarot traversaient les murs du castelet que le roi Louis X avait offert à sa femme, la reine Clémence de Hongrie. Dans la forêt voisine, des pauvresses occupées à ramasser les branches mortes cassées par le vent se dressèrent et tournèrent un regard inquiet vers les deux tours de la reine. Celle-ci était malade et les langues allaient bon train : Clémence avait beaucoup grossi ces derniers temps ; les malveillants disaient que ce n'était pas de trop manger, même s'il était agréable pour les riches de se goinfrer quand le peuple avait faim.

— La vérité, ma commère, et je le sais par ma sœur qui sert aux cuisines, c'est que notre reine, veuve depuis huit ans, a accouché voilà trois jours. Une fille ! Comme je vous le dis ! Mais n'en parlez pas ! Ordre a été donné d'occire ceux qui auraient la langue trop bien pendue.

— Par saint Jacques ! Avec ses airs de sainte ! Vous m'en apprenez une bien bonne, ma chère ! Je ne peux pas vous croire !

Pourtant, dans la chambre située au premier étage du château où brûlait un grand feu, trois femmes se pressaient autour du lit défait sur lequel Clémence gisait, inconsciente après avoir poussé un cri strident. Francesca tapota la joue de la malade et lui parla en napolitain. C'était une matrone sans âge à la taille épaisse, portant une coiffe blanche aux bordures brodées à la mode lombarde. Ses lèvres épaisses chuintaient des mots déjà résignés. Les yeux fermés, le visage marqué de profondes rides, la reine respirait à peine. Dans le petit lit de bois sombre, un nouveau-né au visage rouge et fripé poussait des cris de rat. Pour préserver le secret de son accouchement, la veuve de Louis X avait fait dire qu'elle avait pris froid et n'était assistée que de ses trois fidèles servantes qui ne la quittaient pas depuis 1315, date de son arrivée à la cour de France.

La reine ouvrit lentement les paupières. Tarot, le premier à s'en apercevoir, sauta sur le lit malgré les protestations des femmes et se mit à lécher le visage de sa maîtresse, qui posa sa main trop blanche sur la tête de l'animal. Francesca écarta le chien d'un revers de bras puissant. Clémence tourna vers elle ses yeux gris empreints d'une grande lassitude.

— Fais appeler Renaud. Je veux entendre une dernière fois sa musique. C'est la seule consolation que j'aie eue sur cette terre.

— Il est là, madame, qui fait les cent pas dans l'antichambre. C'est moi qui l'ai empêché de venir jusqu'à vous…

L'homme qui entra était assez grand, plutôt svelte ; sa magnifique chevelure noire luisait aux chandelles comme le pelage d'un corbeau. Ses yeux clairs pétillaient de malice sous ses sourcils épais. Son visage maigre aux joues creuses, au nez saillant, à la bouche largement fendue, ses dents blanches et régulières inspiraient la confiance. Il était beau et rappelait à Francesca les bergers napolitains de sa jeunesse.

Il se précipita vers le lit, s'agenouilla et prit les mains de la malade qu'il porta à ses lèvres.

— Ma mie, ma petite reine, ma vie ! murmura-t-il en langue d'oc.

D'un geste lent, elle ordonna à ses servantes de se retirer. Francesca remonta la couverture sur les épaules de la jeune femme, jeta un regard rapide à Renaud d'Aignan qui signifiait « Surtout ne la fatiguez pas ! » et s'en alla en fermant la porte derrière elle.

Clémence demanda à Renaud de glisser un coussin sous sa tête. Ses cheveux s'éparpillaient en lourdes mèches autour de son crâne large et haut.

— Mon amour, te voir en cet ultime instant me réconforte. Sois sans crainte, je comparais devant le juge suprême l'âme en paix. Nous n'avons commis aucun péché puisque nous sommes mariés devant Dieu. Les preuves de notre union, écrites et contresignées par le témoin frère Jourdan d'Espagne, sont gardées au monastère de Saint-Germain-en-Laye. Dans cette cassette, tu trouveras aussi l'acte de naissance de notre enfant, Eugénie. La preuve qu'elle est bien née d'une union légitime entre l'ancienne reine de France et Renaud d'Aignan, poète itinérant.

— Ma reine ! dit Renaud en posant son front sur la poitrine de la malade. Tu vas guérir, j'en suis certain !

Clémence secoua la tête.

— Non, je vais mourir. C'est pour cela que j'ai l'esprit si clair en cet ultime instant. Eugénie doit vivre selon son rang. Son frère, Jean Ier, se trouve quelque part en Toscane. Les preuves de sa survie sont aussi consignées par frère Jourdan d'Espagne. Un jour, tu les aideras à retrouver la place qui leur est due.

— Ma Clémence, mon bel amour, repose-toi ! Je m'occuperai de notre fille et de ton petit roi, même si ma race est indigne de la leur…

— Je te crois… Emmène Eugénie loin de ce castel, loin de Paris où l'on chercherait à la tuer. Dans ta Gascogne, elle pourra grandir en sécurité.

La reine porta la main de Renaud d'Aignan à ses lèvres brûlantes et la garda ainsi un long moment.

— Dans cette cassette, tu trouveras une médaille à l'effigie de la Vierge, poursuivit-elle. Oui, Caruzzii, mon astrologue à Naples, m'avait prédit deux enfants. J'avais fait fondre deux médailles pour leur porter chance. J'ai bien cru qu'il s'était trompé à la mort du roi Louis, mais notre fille lui donne raison. La première médaille est au cou de Jean Ier.

Renaud d'Aignan n'ignorait rien de ce Jean Ier, né après la mort du roi Louis X et qui n'avait, officiellement, vécu que trois jours. Beaucoup savaient que ce n'était pas vrai. L'enfant empoisonné et enterré à Saint-Denis en 1316 était le fils d'une servante ; le jeune roi avait grandi dans un manoir des environs de Paris et avait été emmené à Sienne par un marchand d'étoffes.

Clémence comprit le silence de Renaud et précisa :

— Mon petit Jean régnera sur la France. Avant qu'il ne parte en Italie, je l'ai vu en compagnie de ce bon moine – que Dieu ait en sa sainte protection.

Un léger sourire dérida les lèvres pâles de la reine. Lentement, elle poussa une mèche noire qui lui agaçait la joue.

— Il est si beau ! Fier et noble ! Comme il redoutait que la vérité ne se découvre, frère Jourdan l'a confié à ce marchand siennois qui ignore tout de sa naissance.

Elle marqua encore une pause, les yeux levés au plafond de lambris, mais c'était son passé qu'elle voyait défiler et l'image restée précise de cet enfant blond et timide.

— Ma reine, je te jure que je ferai ce que tu me demandes. Eugénie sera en sécurité chez moi, dans mon vieux château d'Aignan. Ma belle-sœur, Éliabelle, l'élèvera comme sa fille. Elle grandira là-bas, elle parlera la langue des poètes en ignorant tout de ses origines. Je lui ferai donner une éducation de princesse au couvent de Saint-Jal, à Toulouse. Un jour, je lui révélerai la vérité…

Le visage de la reine se contracta, la sueur roulait sur son front ridé.

— Va ! dit-elle dans un souffle. Sache que je t'ai aimé comme personne au monde.

La fièvre était brusquement remontée. Clémence, qui délirait, ouvrit de grands yeux apeurés, repoussant des agresseurs prêts à l'étrangler. Renaud appela les servantes et frère Louis qui était aussi médecin et apprécié pour sa discrétion. Celui-ci administra une potion à la malade qui sombra dans un sommeil agité. Son visage se déformait en grimaces, elle retroussait les lèvres, découvrant des dents déjà gâtées.

— C'est la fin ! dit frère Louis en se mettant à genoux et joignant les mains pour prier.

Renaud éclata en sanglots et serra très fort contre lui la tête de Clémence. Francesca, d'une poigne sûre, l'obligea à se séparer d'elle.

— Hâtez-vous ! lui souffla-t-elle en langue d'oc. Un char vous attend dans la cour. La nourrice qui vous accompagne se trouve déjà à l'intérieur. Elle ne peut parler.

Quand elle était enfant, un maître en mal de divertissement lui a coupé la langue. Je vous ferai parvenir des nouvelles.

C'est ainsi que Maria la Muette, qui avait perdu sa petite fille à la naissance, partit avec Renaud d'Aignan et Eugénie, fille de la reine Clémence, âgée de trois jours vers la lointaine Gascogne.

La reine Clémence ne mourut pas, mais ne retrouva jamais la clairvoyance de son esprit. Elle errait dans son castel de Vincennes, parlait uniquement le lombard et s'adressait à sa grand-mère morte depuis plusieurs années. Jamais plus elle ne dit mot sur le roi Jean, son premier fils, ni sur Eugénie, la fille de Renaud d'Aignan… Elle mourut en 1328 d'une infection généralisée provoquée par une rage de dents.

La même année, Philippe de Valois, neveu de Philippe le Bel, se faisait sacrer roi à Reims le 29 mai. Son accession au trône fut contestée par l'Angleterre, mais aussi par une grande majorité de pairs de France qui connaissaient l'existence de Jean Ier, caché en Italie sous le nom de Giannino di Guccio. Les plus grands barons du royaume se réunirent dans l'abbaye de Saint-Germain-en-Laye, jurèrent de donner leur vie pour chasser l'usurpateur et rétablir sur le trône de France l'héritier naturel, le dernier descendant direct d'Hugues Capet, fils de Louis X et de Clémence de Hongrie.

La conjuration des Lys était née. Ses débuts furent extrêmement difficiles : le pape, Jean XXII, estimait que, même illégitime, le Valois devait rester en place. Ses successeurs, Benoît XII et Clément VI, furent du même avis car ils pensaient que le petit peuple payait toujours au prix fort les querelles dynastiques. La Conjuration aurait probablement disparu par manque de chefs et de moyens si un grand dignitaire de l'Église, le cardinal de Varonne, ne l'avait rejointe en 1345. Excédé par les abus de pouvoir et les erreurs de Philippe VI, ce grand prélat vit le doigt de Dieu lui indiquer son chemin en plaçant Jean Ier à Sienne, qui était une république. Grand politique, Varonne se déplaça, étudia le gouvernement de cette province et en revint avec une certitude : les malheurs de la France étaient dus à de mauvais rois. Il était donc nécessaire de rétablir les anciennes lois franques qui répartissaient le pouvoir entre les grands du royaume et de redonner toute leur importance aux états généraux.

Ces propos furent accueillis avec enthousiasme par les barons normands qui trouvaient là l'occasion de reconquérir des privilèges que Philippe le Bel leur avait ravis. Ainsi la conjuration des Lys, au lieu de s'évanouir dans les méandres de l'Histoire, recruta une multitude de mécontents prêts à tout pour renverser les Valois d'un trône usurpé et mettre à leur place un roi légitime qui leur serait tout dévoué.

À partir de 1349, ils purent compter sur une alliée inespérée et redoutable : la Peste noire.

— 1 —

Vingt-quatre années s'étaient écoulées depuis que Renaud d'Aignan avait confié Eugénie à Éliabelle, la femme de son frère Eude, quand, à la fin de l'été 1348, apparut dans le ciel d'Occident une nouvelle étoile immensément brillante, comme l'œil de Dieu fixé sur la terre des hommes.

On ne parlait que d'elle dans tout le monde chrétien. Les astrologues y voyaient l'annonce de grands malheurs. La vie fut, tout à coup, suspendue à cet astre aussi éclatant que la lune et doté d'une chevelure blonde qui tombait jusqu'aux branches hautes des arbres. De Naples à Paris, de Pampelune à Bordeaux, la peur poussait les foules vers les églises. On multipliait les offices, les processions et les pénitences. Du haut de leur chaire, les prêcheurs brandissaient la menace du courroux divin et appelaient les fidèles à la contrition.

Au milieu du mois d'août, l'éclat de l'étoile diminua jusqu'à se perdre dans la poussière lumineuse du chemin de Saint-Jacques. Le ciel en était comme orphelin. Et la vie continua, comme si rien ne s'était passé. Vint l'automne. Pluvieux et froid, dans le prolongement d'un été pourri. Les récoltes étaient maigres dans les greniers et les granges. Encore une fois, l'hiver ne se passerait pas sans famine, mais on ne voulait pas y penser.

En Gascogne, c'était la saison des tournois. Manants et vilains se passionnaient pour les combats de chevaliers en profitant des derniers beaux jours.

L'après-midi, le soleil, bien que bas sur l'horizon, chauffait agréablement les berges de la Baïse. Dans leurs lourdes armures, les chevaliers suaient abondamment, mais rien ne leur aurait fait renoncer à participer au tournoi qui se déroulait chaque année dans cette grande prairie sous les murailles imposantes du château de Condom. Toute la noblesse d'Agen à Toulouse, de Mont-de-Marsan à Auch était présente et tentait de briller devant les dames. Les manants, attirés par l'impressionnant déploiement de bannières, les harnachements colorés des chevaux, les tentes dressées dans les champs voisins de la rivière, étaient aussi de la fête.

Tout ce monde désœuvré avait attiré une foule de petits commerçants, marchands de gâteaux au miel, de fruits rares rapportés de Navarre comme les oranges et les citrons, de soupe, de vin, d'étoffes, de souvenirs et de reliques porte-bonheur. Des voleurs à la tire se faufilaient dans la cohue, guettant les bourses pendues à la ceinture.

La pluie avait gâté les vendanges. Le vin nouveau qui avait manqué de soleil piquait l'estomac. Pourtant, depuis que la fête était commencée, le ciel avait retrouvé un bleu pur tendu comme une peau de tambour qui faisait écho au bruit des lances sur les boucliers ou les plastrons d'acier.

Depuis plus de trente années, après la terrible famine de 1316 dont on parlait encore en se signant, le temps s'était détraqué, multipliant les étés pourris et les hivers rigoureux. La vermine pullulait, les enfantelets mouraient, abouchés à des seins stériles. Alors, on profitait de la fête, on s'éblouissait du spectacle. Les tonneaux de vin que l'on apportait par pleins chariots réjouissaient le cœur. On quittait le sordide quotidien pour un instant de bonheur, demain serait un autre jour.

Le soleil descendait sur l'horizon, le vent frais se levait, mais personne ne voulait rater la finale qui allait opposer les meilleurs jouteurs de la semaine. Ce n'était pas la première fois que le chevalier d'Eauze remportait le tournoi et les paris allaient bon train en sa faveur. Ce colosse, capable de terrasser un taureau, ne redoutait personne. Sa tête était énorme ; une épaisse toison de cheveux et de barbe noirs ne laissait passer que des yeux brillants, des lèvres rouges. Outre sa force, il était réputé pour sa gouaillerie, sa roublardise, son goût pour la ripaille et les gueuses. Son mariage avec Eugénie d'Aignan avait fait beaucoup parler dans le pays. Eugénie était de race noble mais aussi pauvre que les vilains et les manouvriers. Sa beauté rare, sa tenue digne des plus grandes dames avaient touché Geoffroi d'Eauze qui l'avait enlevée, et personne ne s'était opposé à leur union.

Les trompes annoncèrent le début de l'affrontement entre les deux finalistes. Le chevalier d'Eauze, monté sur un énorme cheval, s'approcha du dais d'honneur où se trouvaient avec leurs épouses le comte de Toulouse, maître de la cérémonie, et Gaston Phœbus, comte de Foix, empêché de participer au tournoi à cause d'une légère blessure. Eauze, le heaume ouvert, salua la foule qui l'acclamait. Sa puissance, son énorme masse si difficile à déstabiliser impressionnaient. Juché sur un cheval de trait capable de porter ses trois cents livres auxquelles il fallait ajouter cent livres d'armure, il avait eu raison de ses adversaires montés sur de légers étalons arabes. Le jouteur salua le comte de Toulouse, puis il s'arrêta devant sa dame dont il brandit l'écharpe accrochée à sa lance.

— Ma mie, cette victoire sera pour vous, car n'en doutez pas, je vais lui faire manger l'herbe de Condom, à ce vaniteux de Rincourt !

Sa voix puissante portait au-delà des gradins : tonitruante, elle se heurtait à la frondaison des arbres, s'amplifiait contre la peau tendue du ciel.

Tous les regards se tournaient vers Eugénie et admiraient son magnifique visage ovale au teint clair, ses cheveux très noirs aux reflets bleutés comme des plumes de corbeau qui s'échappaient en boucles de lumière de son hennin aux légers voiles bleus. Elle sourit à son époux et tourna vers le comte de Foix ses grands yeux dorés. C'était à coup sûr la plus belle femme de la noble assemblée et le chevalier d'Eauze, sanglier velu et sans délicatesse, puant le cuir frotté, le musc de bête sauvage, n'en était pas digne !

Geoffroi d'Eauze alla prendre sa place au bout du pré. Sa lance qu'il tenait pointée devant lui était énorme ; il avait fallu un tronc entier de frêne pour la tailler. Un homme de force ordinaire aurait peiné à la soulever, lui la maniait aussi facilement qu'un bâton de promenade.

Les hérauts annoncèrent le deuxième finaliste. Guy de Rincourt, monté sur son cheval blanc, s'approcha du dais d'honneur. Son heaume sous le bras, il s'inclina devant le maître de la cérémonie, sans prêter attention aux huées de la foule qui n'appréciait pas cet homme hautain et distant.

Le combat semblait très inégal. Le chevalier de Rincourt était d'une taille à peine au-dessus de la moyenne, mais bien proportionné. On avait remarqué lors de ses précédents affrontements sa souplesse de chat, son habileté et son élégance, mais que pouvait-il contre Eauze, deux fois plus lourd ?

La comtesse de Toulouse, qui avait bien vingt années de moins que son époux, demanda à son voisin :

— Rincourt, messire, n'est-ce pas ce chevalier dont les ancêtres sont venus du nord ?

— Assurément, ma mie. Les Rincourt sont arrivés avec les inquisiteurs dominicains pendant la guerre contre nos frères cathares. Son ancêtre fut du côté du pape quand Raymond de Toulouse, mon aïeul, dut s'humilier en chemise et pieds nus… Je ne souhaite pas sa victoire.

Le comte de Toulouse tendit les bras vers la foule qui continuait de crier. Le silence se fit lentement. Le chevalier de Rincourt n'avait pas réagi au mauvais accueil du public : il méprisait l'esprit populaire toujours prêt à suivre les plus forts en gueule.

L'homme dardait son regard de faucon sur Gaston Phœbus avec qui il ne s'entendait pas. Dans son visage long et maigre, un nez légèrement aquilin soulignait la fente des yeux et affinait sa ressemblance avec une tête de petit rapace, vif comme l'éclair et capable de maîtriser des proies beaucoup plus grosses que lui. Ses lèvres fines, son menton assez prononcé ajoutaient une volonté inflexible, une détermination rare. Même s'il ne l'aimait pas, s'il souhaitait le voir rouler dans la poussière, Gaston Phœbus ne pouvait s'empêcher de reconnaître la noblesse de ce chevalier de fer et de glace, âpre au combat, si différent de la petite noblesse locale, tapageuse et peu éduquée.

Le regard d'Eugénie d'Aignan avait quitté son monumental époux pour se fixer sur ce cavalier tout en finesse. La présence de Guy de Rincourt en finale la touchait au plus secret de son être, comme un doigt appuyé sur une blessure ancienne qui ne s'est pas refermée. Le peu de diligence qu'il mettait à regagner sa place au bout du pré, en face de son adversaire, s'imposait comme un défi, un acte d'honneur suprême. Eugénie le regardait avec une curiosité mêlée d'un autre sentiment qu'elle discernait mal et qui la rendait fiévreuse. Elle l'avait déjà vu dans des tournois précédents et avait toujours ressenti ce curieux malaise. Était-ce parce que Geoffroi médisait sans cesse sur cet étranger qu'elle se sentait attirée par lui ?

Tout à coup, au moment où il allait tirer sur les rênes et éperonner son cheval pour exécuter un élégant demi-tour, Guy de Rincourt vit Eugénie ; son cheval s'immobilisa dans un mouvement inachevé. Lui aussi connaissait la jeune femme, mais il ne l'avait jamais regardée comme à cet instant. La lumière des grands yeux dorés entrait en lui, y répandait une chaleur lourde qui coulait en flots épais. Il resta un long moment ainsi, immobilisé par la force de ce regard échangé. La foule silencieuse et attentive sentait bien que quelque chose d'extraordinaire venait de se passer, quelque chose de déterminant pour les deux chevaliers qui allaient s'affronter.

Personne ne marquait son impatience : l'instant était devenu éternité. Enfin le cheval de Geoffroi d'Eauze, écrasé par la charge, se mit à piétiner. Le cavalier, qui avait baissé la ventaille de son heaume, agita sa lourde lance.

— Eh bien, messire, cela vous fait-il peine de m'affronter devant cette noble assemblée ?

Il avait parlé ainsi, Eauze, car c'était tout ce qu'il avait trouvé à dire. Il voyait le regard de Rincourt planté dans celui d'Eugénie et il se sentait absent dans les yeux et les pensées de sa femme, et cela lui faisait plus mal que la pointe d'une lance plantée en plein ventre. Il lui sembla qu'Eugénie et Rincourt étaient comme deux reflets d'une même personne. Il chassa cette pensée douloureuse en exprimant sa colère avec impatience.

Rincourt se dirigea lentement vers le bout du pré. Son manque de précipitation, en exaspérant l'adversaire, lui donnait un avantage. Il prit le temps de positionner son cheval, puis l'éperonna. Il volait vers sa proie, Eauze roulait, rocher emporté par son élan. Les lances heurtèrent les boucliers, un bruit de fer monta jusqu'au ciel, un éclat puissant suivi d'un cri bref de la foule. Le chevalier de

Rincourt avait su, au dernier moment, dévier sa lance vers la gauche, à la jointure de l'épaule et du bras. La pointe avait glissé, mais s'était accrochée suffisamment pour déséquilibrer le sanglier face au félin qui, à son tour, avait été soulevé de sa monture. Au sol, les deux hommes se remirent sur leurs jambes aussi vite que le permettaient leurs armures et se défièrent de nouveau. Eauze, le premier, sortit sa lourde épée, Rincourt fit de même avec cette légèreté, cette souplesse qui ajoutaient tant de grâce à chacun de ses gestes. Ils délacèrent leur heaume qui bloquait les mouvements de la tête. Contrairement aux usages locaux, Rincourt portait les cheveux courts, dégageant son front tout en hauteur. En face de lui, Eauze, bête à l'épaisse crinière noire, rugissait. Ils se défiaient, cherchant la faille. Un geste, un mot du comte de Toulouse auraient suffi pour arrêter là un combat qui risquait de mal tourner.

Gaston Phœbus pensait à ce que lui avait rapporté un voyageur : à Marseille, une nouvelle maladie tuait des milliers de personnes chaque jour. « Elle prend de préférence les hommes jeunes et forts. Ils vomissent leur sang et un jus verdâtre. Leur corps pourrit en quelques heures, avant qu'ils n'aient rendu leur âme à Dieu ! »

— Ceci est loin de nous ! marmonna-t-il dans un soupir.

— Que dites-vous ? demanda la comtesse de Foix en tournant vers son mari un regard étonné.

— Rien, ma mie. Ces deux hommes qui se défient l'épée au clair ne jouent plus. Il va falloir songer à les arrêter avant qu'ils n'endeuillent ces jeux.

Eauze et Rincourt ne se quittaient pas des yeux. Plus rien n'existait autour d'eux, la foule n'était plus qu'une vague colorée, le ciel renvoyait les bruits qui les assourdissaient. Cette aversion spontanée qu'ils éprouvaient l'un pour l'autre depuis longtemps s'était, tout à coup, transformée en haine. Le feu ne cohabite pas avec la glace ; tous deux étaient constitués d'éléments qui se repoussaient, qui se détruisaient. Eauze pensait au regard de Rincourt à Eugénie et Rincourt ne supportait plus la présence de ce rustre malodorant auprès de celle qui, en un éclair, avait illuminé son esprit. Leurs épées se heurtaient avec un bruit de cloche, un ébranlement que l'air tardait à étouffer. Et comme ni l'un ni l'autre ne pouvait dévoiler la vérité de leur affrontement, ils évoquaient un terrain accessible à tous qui, pourtant, comptait peu à cet instant ultime :

— Souviens-toi des reliques de sainte Jésabelle ! cria Rincourt en se précipitant sur leur adversaire. Je vais te montrer ce qu'il en coûte de refuser de les remettre à son véritable propriétaire !

— Ventre du diable ! Ces reliques ne te reviennent pas, répondit Eauze, tu n'es qu'un étranger. Les tiens ont volé le fief des Valence…

Dans cette querelle entre voisins, Rincourt s'était toujours trouvé isolé face à la noblesse locale solidaire de l'antique famille d'Eauze. Geoffroi refusait de donner la châsse des précieuses reliques de sainte Jésabelle qui protégeaient des épidémies. Rapportées de Terre sainte lors de la première croisade par un certain Jehan de Valence, elles avaient été confiées à Robert d'Eauze en 1240, pendant la guerre contre les albigeois. À la suite d'un jugement du tribunal de Bordeaux qui lui avait donné raison, Guy de Rincourt, seigneur de Valence, réclamait ces reliques et menaçait son adversaire de les récupérer les armes à la main.

Le combat se poursuivait, acharné, dans le silence de cette fin d'après-midi où un petit vent aigrelet faisait frissonner la foule. Comprenant combien cet affrontement la dépassait, la populace retenait sa respiration. Deux fauves, élevés pour la guerre, se battaient à mort sur une herbe destinée aux bœufs et aux moutons.

Les épées s'entrechoquaient dans un bruit clair et strident. Les lames criaient la détermination de ceux qui les maniaient. Les adversaires, insectes maladroits dans leurs armures luisant aux dernières lueurs du jour, ne sentaient pas la fatigue. Eauze se ruait tel un taureau que rien ne pouvait déséquilibrer ; Rincourt au contraire jouait avec la pesanteur, s'esquivait au dernier moment, sûr de ses mouvements. Le chat retombait toujours sur ses jambes.

Silencieuse, immobile comme une statue, Eugénie d'Aignan ne perdait pas un détail de la scène. Elle avait la certitude que son destin se jouait avec ces épées qui se heurtaient toujours plus fort. Elle tremblait pour cet étranger qui l'avait regardée avec tant d'insistance et qui aurait dû la laisser indifférente. Elle pensa à ses deux garçons, Matthieu, qui avait huit ans, et Benoît, un enfantelet de quatre ans.

La foule sanguinaire, prise au jeu, hurlait, poussant les combattants exténués à aller toujours plus loin. Les épées ne se cherchaient plus, mais se pointaient vers les têtes nues. Alors, le comte de Toulouse qui redoutait l'accident fit sonner la fin du combat.

— Les cloches des complies vont retentir. Messires, vous nous avez donné grand spectacle, aussi il n'y aura pas de vaincu, mais deux vainqueurs de ces superbes journées.

La foule, grugée de l'issue fatale qu'elle attendait, protesta, puis se résigna. Des enfants envahirent la prairie et se défièrent avec des épées en bois. Invités par Raymond de Toulouse et Gaston Phœbus, Eauze et Rincourt s'approchèrent du dais d'honneur. Tous les deux lancèrent le même regard à Eugénie d'Aignan, ce qui n'échappa pas à Grâce de Mirande, l'épouse de Rincourt. Par sa retenue, ses attitudes, Grâce ressemblait à son mari. Elle avait longtemps maudit le ciel de l'avoir affublée de grands yeux bleus, cette marque du monde infernal, mais elle avait su en tirer profit. Son autorité, sa grande piété, sa force de caractère lui valaient le respect de tous.

Son monde venait de basculer à cause d'un simple regard et son destin ne pourrait être que tragique. L'indifférence que son mari lui témoignait depuis longtemps n'était pas issue de la froideur qu'il affichait pour tous, mais d'une attente, d'une âme toute tournée vers un ailleurs qui venait de se préciser. Personne ne vit ses sourcils s'abaisser, ses yeux lancer un éclair froid, ses mains fines se crisper en minuscules poings durs.

Tout à coup, les jeunes gens qui avaient envahi la prairie refluèrent vers les gradins en hurlant. Devant eux, de gros rats noirs surgis du bosquet traversaient le pré en poussant des cris aigus.

— Des rats ! s'écria Raymond de Toulouse en remontant le col de son manteau, des rats !

Puis il ajouta, comme pour se rassurer :

— Voyons, ce ne sont que des rats !

Oui, mais quels rats ! Noirs comme les ténèbres de l'enfer et d'une taille démesurée ! Aussi gros que des lapins ! Et qui vous regardaient de leurs yeux saillants comme des boutons pleins de lumière ! Les rudes laboureurs étaient stupéfaits. Des rats, ils en voyaient tous les jours, mais pas comme ceux-ci. Les chevaux hennissaient et se cabraient. Le comte de Toulouse s'étonna :

— Voilà qui est curieux !

— Que voulez-vous dire, mon ami ? demanda la comtesse en jetant un regard effrayé sur les étranges animaux arrêtés en bordure de la prairie comme pour défier les hommes.

— Ce mal qui ravage le Languedoc… On m'a dit qu'il était toujours précédé par des signes bizarres comme…

Il inspira longuement, puis souffla :

— … comme ces rats ! Et puis, il y a eu cette étoile fixée sur la terre, l'œil de Dieu qui demandait des comptes !

Le dais d'honneur se vidait. Les chevaliers et les dames devaient revêtir leurs plus beaux atours pour paraître au grand banquet de clôture qui allait durer une partie de la nuit.

Sombre, Guy de Rincourt regagna sa tente en compagnie de ses serviteurs. Grâce lui lança un regard anxieux. Pendant que ses écuyers l'aidaient à délacer sa cotte, il demanda un surcot blanc, ce qui surprit tout le monde.

— Messire, c'est que nous n'en avons pas ! dit Branson.

Abélard Branson, un bâtard d'une famille du Nord apparentée aux Rincourt, était son homme de confiance.

— Eh bien, trouves-en un !

On fouilla le camp. Branson acheta à prix d'or une chemise blanche à un moine dominicain.

— Cela fera l'affaire, dit Rincourt. À partir de ce jour, je ne porterai que tunique blanche jusqu'à ce que mon vœu soit exaucé.

Il ne précisa pas quel était ce vœu, mais à la détermination qui marquait son visage, Branson comprit que son seigneur engageait toute sa vie.

— Dieu vous entende ! dit-il.

— Tu ne crois pas aussi bien parler. C'est Dieu lui-même qui vient de me montrer mon destin et je n'en dévierai pas !

— 2 —

— Messire, c'est la fin du monde !

L'homme tremblait dans son épais manteau en peau de loup. Sa capuche ne laissait voir que son visage rouge, ses yeux terrifiés. Un mulet portant deux malles se tenait devant lui. Dans la cour, porcs, volailles et ânes piétinaient le purin. Des valets d'étable, vachers et charretiers s'étaient rassemblés autour du marchand juif dont la venue était toujours une distraction, l'occasion de cesser le travail pendant quelques instants. Retmann, un habitué de ces contrées de Gascogne, visitait les cours locales deux fois par an. Il rapportait de Marseille des épices, des étoffes flamandes, des broderies d'Orient et des onguents de Barbarie.

Guy de Rincourt, qu'on était allé chercher, s'approcha du Juif qui s'inclina respectueusement.

— Qu'est-ce que tu racontes ? Voilà que tu crois les rumeurs !

— Ce ne sont pas des rumeurs, messire, mais la vérité ! Des rats aussi gros que des agnelets annoncent l'apocalypse ! Nous allons tous mourir !

Retmann porta sa main noueuse à sa barbe grise et ordonna à ses deux valets de soulever le couvercle des malles. Il suait et claquait des dents en étalant devant les curieux une pile d'étoffes aux couleurs vives.

— Voici de la pure soie d'Inde teintée aux pigments d'Orient... dit-il en levant ses yeux aux paupières flasques sur Grâce de Mirande, puis, se tournant vers Guy de Rincourt, il ajouta : Messire, pardonnez-moi, je ne suis pas bien depuis deux jours. Des douleurs me cisaillent le corps comme des lames rougies au feu.

Il eut un haut-le-cœur, détourna la tête et vomit un sang à forte odeur de pourriture.

Guy de Rincourt fronça ses épais sourcils noirs. Son surcot blanc tranchait dans la grisaille du matin. Son regard, que personne n'osait soutenir, brûlait de ce feu froid propre aux hommes que Dieu a désignés pour conduire les autres.

— Que t'arrive-t-il ?

— La maladie infernale, monseigneur, la mal-mort ! En Avignon, on l'appelle la peste ! Elle me tient et pourtant, j'ai marché très vite ! Des cadavres puants partout dans les rues ! On les ramasse par charrettes entières ! On meurt aussi à Auch où le sénéchal vient d'interdire la cité aux voyageurs. Partout, les châteaux, les villes fortes abaissent leurs herses. La mal-mort me tient, la gueuse !

Il n'arrivait pas à arrêter le tremblement de sa mâchoire.

— Qu'est-ce que tu racontes ? dit Rincourt en faisant un pas vers le marchand. Toi qui parcours les chemins été comme hiver, tu sais bien que ce n'est que menterie ! Tu ne vas quand même pas trembler comme ce vieux gâteux de comte de Toulouse ! Tu auras pris froid, voilà tout.

— Ne vous approchez pas ! cria Grâce en levant les bras. Cet homme est possédé !

Retmann vomit une nouvelle fois des glaires vertes. Il poussa un gros soupir qui sembla vider son corps de sa vie, leva lentement son regard terrorisé vers le chevalier de Rincourt.

— La peste ! dit-il dans un souffle. Elle a marché plus vite que moi !

La bave verdâtre sortait de sa bouche, roulait en bouillons putrides sur sa barbe.

— Marchand, viens te chauffer !

Retmann s'appuya sur le rebord de sa caisse ouverte, tournant autour de lui des yeux exorbités. Il claquait des dents ; les valets reculèrent de quelques pas.

— Qu'on l'emmène près d'un feu ! ordonna Rincourt.

Mais personne ne broncha.

— Puisque c'est ainsi, fit-il en s'approchant du malade qui peinait à se tenir sur ses jambes, je vais le faire moi-même.

Grâce de Mirande, d'un geste vif, s'accrocha au surcot blanc de son époux :

— Mon ami, je vous en supplie, ne le touchez pas ! Il en va de votre vie !

— Mais enfin, que dites-vous ? Nous n'allons pas le laisser mourir dans la cour !

La main du Juif crispée sur le rebord de la caisse d'étoffes s'ouvrit lentement, il tomba dans le purin en poussant un hurlement de douleur.

— Nous n'y pouvons rien ! insista Grâce en tirant son mari à l'écart.

Personne ne s'approcha du malade, qui agonisa pendant plusieurs heures dans le froid et la boue. Quand ses cris cessèrent, un valet constata sa mort. Des femmes vinrent prendre les étoffes des caisses. Guy de Rincourt ordonna qu'on emporte le cadavre en dehors des murs. En prenant d'infinies précautions, plusieurs valets armés de perches glissèrent une corde autour de ses jambes, le tirèrent jusqu'aux fossés puis le poussèrent dans l'eau.

Après souper, le chevalier de Rincourt tendait ses mains au feu nourri qui mettait un peu de gaieté dans la vaste pièce froide où tout le monde se taisait. Les chiens dormaient, couchés près de l'âtre. Dame Grâce, en face de son époux, caressait la nuque de sa deuxième fille, Aude, âgée de trois ans. La fillette avait hérité des yeux bleus de sa mère et de la froideur de son père, alors que Marie, l'aînée qui allait sur ses dix ans, était enjouée, aimant les chansons et la musique… Rincourt se demandait pourquoi Dieu l'avait fait épouser cette femme qu'il n'aimait pas. Après un long silence respecté par les valets qui desservaient la table et s'occupaient du feu, Grâce dit d'une voix pleine de ressentiment :

— La peste qui a tué le Juif Retmann nous menace. La pire de toutes les maladies et nous n'avons rien pour nous en protéger ! Pourtant, cette protection existe et nous revient. Ce sont les reliques de sainte Jésabelle que le félon d'Eauze refuse de nous remettre. L'heure n'est plus aux réclamations. Si nous voulons survivre, il faut vous décider.

Rincourt opina. Au coin de ses yeux, les petites rides en éventail se creusèrent, preuve qu'il y pensait aussi. Depuis son retour du tournoi, Grâce avait constaté que son époux était préoccupé. La femme vertueuse connaissait la raison qui l'affublait de cette horrible tunique blanche, mais elle n'en montrait rien. Ses armes étaient discrètes et surtout silencieuses.

— Qu'on appelle Branson ! ordonna le chevalier sans détourner son long et maigre visage des flammes qui l'éclairaient d'une lueur vacillante.

Quelques instants plus tard, Branson, âgé d'une trentaine d'années, plutôt replet, la lippe rouge et charnue au milieu d'une barbe rousse, entra dans la pièce. Il portait le chapeau de fer et la cotte souple qui moulait son gros torse de soldat.

— De combien d'hommes d'armes pouvons-nous disposer demain dans la journée ?

— Une centaine de cavaliers, autant d'archers. Quant à la piétaille…

— Qu'on enrôle tous les hommes disponibles dans nos fiefs. Demain, nous attaquons Eauze.

Branson s'y attendait. Aussi avait-il mis au point plusieurs plans d'action.

— Messire, fit-il en marchant de long en large devant Rincourt, le château d'Eauze peut être pris par une escouade de cinquante hommes en quelques heures et dès la nuit prochaine. Pourquoi attendre ? Tout est prêt depuis longtemps. J'ai fait remettre en état le vieux souterrain qui date des albigeois. Nous pouvons faire irruption dans la place en profitant de l'obscurité.

— Dès la nuit prochaine, tu dis ?

— Assurément. J'ai tout préparé !

— Alors, ne perdons pas de temps !

Quelques heures de sommeil suffisaient à Geoffroi d'Eauze. Après une journée passée à traquer le louvard, il était rentré au château, s'était repu d'une demi-douzaine de pigeons, d'une poularde et d'un cuissot de chevreuil tout en bavardant avec frère Pirénin, un moine astrologue capable d'interpréter les signes du ciel.

— As-tu vu ces maudits rats ? As-tu lu quelque chose là-dessus dans tes livres en latin ? Qu'est-ce que cela signifie ?

— Les émissaires du diable, messire ! répondit Pirénin en vidant son hanap de vin et faisant claquer sa langue. Partout où ils sont, la mal-mort tue ! C'est ce que disent les voyageurs venus de Marseille !

— Et que sais-tu de cette mal-mort ?

— Avant la venue de notre Sauveur, Dieu l'avait envoyée aux idolâtres d'Égypte, d'Alexandrie, de Grèce et de Rome. Caton l'Ancien la nommait *pestis*, la peste ! Elle ouvre grandes les portes de l'enfer et indique aux hommes les souffrances qui les attendent. Elle tue en moins de deux jours. Oui, c'est le pire des maux que Dieu laisse répandre sur terre pour punir les pécheurs !

Après le dîner, Eauze alla passer quelques instants en compagnie de ses fils. Matthieu était un robuste garçon, massif, qui promettait d'égaler son père en force et en poids. Il aimait les jeux violents, maniait déjà avec aisance la petite épée que le forgeron du château lui avait fabriquée. Benoît, à quatre ans, était plus fluet. Ses cheveux ondulés, ses yeux clairs lui venaient de sa mère.

Le chevalier d'Eauze croisa l'épée avec Matthieu sous le regard admiratif de Benoît, puis il se rendit dans la chambre de sa femme. Eugénie écoutait un artiste jouer de la vielle à archet. Elle avait un goût immodéré pour la poésie et la musique que détestait son époux, aussi congédia-t-elle serviteurs et musiciens. Eauze n'était pas un homme policé ; son esprit à l'image de son corps massif allait droit au but, sans fioriture, montrant son désir et le satisfaisant au plus vite. Eugénie souffrait de ce comportement, mais s'efforçait d'accueillir son chevalier avec la soumission d'une bonne épouse. Elle avait bien essayé de le conduire vers les délices de l'amour courtois chanté par les poètes occitans, sans résultat :

— Ma mie, tout ceci n'est pas de mon entendement. Je n'ai point fréquenté les écoles comme vous. Je ne comprends que les choses simples !

Eugénie avait fini par se résigner, car Eauze faisait tout son possible pour la rendre heureuse. Elle qui avait vécu ses premières années dans l'insécurité des ruines d'Aignan, auprès de sa tante Éliabelle, qui avait mené la vie incertaine des vilains et des laboureurs, appréciait le confort relatif du solide château d'Eauze et la protection de son colosse. Pourtant, elle avait le sentiment de vivre en marge de sa destinée. Son père ne s'était-il pas mis en colère après son mariage décidé sur un coup de tête, ne lui avait-il pas dit qu'elle venait de commettre la pire des erreurs ? Elle se souvenait encore de sa belle voix pleine de reproches : « Eauze n'est pas d'assez grande noblesse pour toi ! »

Geoffroi resta jusqu'à la mi-nuit en sa compagnie puis passa dans sa chambre dormir quelques heures. Il souhaitait se lever tôt pour reprendre la traque du gros loup qui lui avait encore échappé dans les forêts de la Neuville. Il s'endormit d'un coup, remplissant le château de ses ronflements puissants qui rassuraient son entourage.

Tout à coup, un grand tapage le réveilla. Les énormes mâtins que les gardes lâchaient chaque nuit dans l'enceinte aboyèrent ; les chevaux hennirent dans les écuries, des cris montaient de la cour. Eauze bondit hors de sa peau d'ours, s'empara de son épée. Il appela ses valets, qui ne répondirent pas. Bessonac, son homme de confiance, arriva, essoufflé.

— Messire, un grand malheur…

— Mais quoi, ventre Dieu, que se passe-t-il ?

— Rincourt, messire. Rincourt et ses hommes sont ici ! Ils sont passés par le souterrain qu'on croyait écroulé depuis plus d'un siècle. Ils ont surpris tout le monde…

— Attends, hurla Geoffroi d'Eauze, je vais lui montrer à ce galeux, ce pou, cette salamandre, qu'on ne rentre pas chez moi sans y être invité.

— Non, messire. Ils sont en plus grand nombre que les rats noirs, il faut fuir tant que le chemin est libre !

— Moi, fuir ? Qu'est-ce qui te prend, Bessonac ? Tu mériterais que je te passe au fil de mon épée. Où est Roger, mon frère ?

— Je ne sais pas ! Cessons de discutailler !

Eauze descendit quatre à quatre l'escalier en poussant des hurlements d'animal furieux. Il fit irruption dans la cour, où ses hommes se battaient contre les intrus qui sortaient des caves. La faible lumière ne facilitait pas le combat. Moulinant avec son énorme épée, il se lança dans la mêlée. Les lames sonnaient en s'entrechoquant.

Le combat était inégal. Rincourt avait profité de l'effet de surprise pour neutraliser les gardes et couper l'accès aux renforts qui se reposaient dans les communs. Eauze se battait avec l'énergie du désespoir en pensant à Eugénie retranchée à l'étage. Pourtant, il cédait sous la pression du nombre. Il recula jusqu'à l'escalier. Sa position en hauteur lui donnait un petit avantage, mais pour un adversaire renversé, dix surgissaient devant lui. Sur le palier où brûlaient deux torches de résine, Eugénie et ses femmes se pressaient, formant un rempart tremblant pour protéger les deux garçons. Matthieu hurlait pour qu'on le laisse prendre part à la bataille, mais sa tante Gertrude, la boiteuse, qui avait la poigne solide, le retenait avec autorité.

— Fuyez, ma mie, fuyez ! cria Eauze.

Pirénin, qui s'était retiré avec les femmes, était à genoux et priait en compagnie des servantes. Des hommes en armes leur ordonnèrent de se mettre à l'abri dans la chambre. Profitant de sa position dans l'escalier, Eauze ferraillait contre une dizaine d'assaillants bardés de fer, mais il ne garda pas longtemps l'avantage. D'autres soldats le prirent par le revers et purent le maîtriser, Eauze fut alors conduit dans la grande salle du château. Au centre, lui faisant face, un chevalier tout de blanc vêtu le défiait du regard. Le loup face au buffle. La ruse opposée à la force.

— Que la mal-mort te prenne ! hurla Eauze à Rincourt. Tu as failli à toutes les règles de la chevalerie !

Rincourt s'approcha de lui, fit la grimace en sentant l'odeur d'animal sauvage qu'exhalait ce corps velu. Son regard exprimait son triomphe. Eauze ne baissa pas ses yeux porcins pleins d'une haine profonde.

— C'est toi qui parles ainsi ? Tu oublies que tu devais me remettre les reliques de sainte Jésabelle ! L'archevêque de Bordeaux, représentant de ton roi, Édouard le Troisième, t'a condamné et tu n'as pas voulu l'entendre. Tu croupiras donc dans ses geôles et je m'en réjouis !

— Jamais je ne me soumettrai ! tonna Eauze, toujours tenu par une grappe d'hommes qui peinaient à l'immobiliser. Je préfère mourir plutôt que plier le genou devant toi !

Rincourt éclata d'un grand rire et se tourna vers ses hommes, qui se crurent obligés de rire à leur tour.

— La sentence de Bordeaux était claire. Tu es donc déchu de tes terres d'Eauze.

— Déchu de mes terres ? Sache que les Eauze sont ici depuis cinq siècles, et sont apparentés à toutes les vieilles familles de Gascogne ! Je préfère être pendu afin que les vieux barons, mes amis, mes parents, prennent les armes pour t'écraser comme l'immonde salamandre que tu es !

— Soit ! Demain, au lever du soleil, tu seras pendu au donjon de ce château ! Ta maudite race va disparaître à jamais !

Les hommes qui retenaient Eauze voulurent l'emmener. Il fallut du renfort pour contraindre le colosse et l'enfermer dans une cellule boueuse de la cave.

Une fois les lourdes grilles verrouillées, Eauze se retrouva dans le noir et le froid humide. Il prenait conscience qu'en quelques minutes, lui, le maître absolu des lieux, était devenu un condamné sans soutien. Rincourt oserait-il exécuter sa menace ? Le géant, qui ne craignait pas de recevoir une lame en travers du corps redoutait d'être pendu comme un vilain.

Sa vie n'avait pas été exemplaire, mais pas plus dissolue que celle des autres seigneurs. Sa position de noble lui valait le privilège de ne pas être inquiété quand ses propos dépassaient la bienséance. Jusque-là, il s'était cru éternel, infaillible et peu préoccupé par le paradis ou l'enfer. Il ne comprenait rien aux méandres de l'esprit religieux : pour lui, Dieu était une sorte de roi installé dans le ciel qui rendait la justice, comme il le faisait lui-même avec ses paysans. Ce roi du bien partageait avec le roi du mal la création du monde. Ainsi la guerre contre les albigeois avait-elle donné la victoire aux bons chrétiens, mais les traces de l'hérésie cathare n'étaient pas près de s'effacer dans les esprits simples confrontés aux injustices du quotidien.

Non, Rincourt ne le ferait pas pendre : tous les seigneurs d'Aquitaine lèveraient leur bannière contre lui. Pour se donner du courage, Eauze imagina sa femme marchant dans les interminables allées de l'enceinte fortifiée. Il pensa, ravi, à son magnifique visage, à ses yeux clairs poudrés d'or, à ses cheveux très noirs formant de lourdes boucles luisantes. Une fille de reine ! disait Renaud d'Aignan après boire. Rincourt ne profitait-il pas de la querelle des reliques pour s'emparer d'elle ? À cette heure, Geoffroi d'Eauze n'était plus certain de rien.

Il imagina encore la corde rugueuse autour de son cou ; les os ne résisteraient pas au terrible poids de son corps. Une douleur, la dernière, éclaterait dans sa tête, puis il sombrerait. Que ferait alors son âme ? Irait-elle devant le juge suprême ? Ne plus respirer, ne plus banqueter avec ses amis, ne plus courir le cerf ou le loup dans une chevauchée éreintante, ne plus voir Eugénie et ses deux enfants, surtout Matthieu qui lui ressemblait tant, ne plus trousser une bergère au détour d'un chemin, tout cela lui manquerait. Le paradis ne l'intéressait pas. Il ne connaissait que la vie sur cette terre avec ses plaisirs et ses douleurs, il s'en contentait.

La nuit se peuplait d'images nées de ses souvenirs, celles de son enfance heureuse avec les paysans dont il ne partageait pas la misère, son adolescence, ses premières amours, ses longues journées de chasse… Un bruit de pas lui fit tendre l'oreille. Était-ce déjà l'heure du supplice, de la dernière honte ? Une boule de colère grossissait en lui. « Ils ne me tiennent pas encore ! » se dit-il en bandant ses énormes muscles.

Le bruit persistait, mais ce n'était pas celui des bourreaux qui n'avaient aucune précaution à prendre. Ceux qui s'approchaient le faisaient en retenant leurs pas, comme des conspirateurs.

— Messire, pas un mot ! murmura quelqu'un dans l'ombre. Nous sommes là pour vous sauver.

Une clef tourna dans la serrure avec un bruit énorme qui s'amplifia contre les voûtes humides. Eauze se demanda un instant si son adversaire n'utilisait pas ce genre de ruse pour masquer son crime : simuler une évasion qui aurait mal tourné, un coup d'épée malheureux dans l'obscurité. La porte s'ouvrit en grinçant. Un homme de petite taille mais au gros ventre tenait une lampe à huile. Geoffroi sentit son odeur d'ail.

— Pirénin ? Toi, ici ? Tu ne me trahis pas ?

— Faisons vite. Les hommes de Rincourt ont oublié le souterrain qui conduit à l'ancienne chapelle, celui que votre aïeul avait fait ouvrir il y a près d'un siècle pour sauver les cathares. Il est toujours intact, j'ai fait dégager l'ouverture. Nous sommes libres.

Eauze prit les mains de son chapelain et les pressa contre sa large poitrine.

— Tu as fait ça, toi ? Poltron comme je te connais… Dieu t'en sera reconnaissant !

— Ne blasphémez pas ! J'avais fait faire cette clef en un temps où je redoutais que vous ne m'enfermassiez ! Ne perdons pas de temps ! Il faut fuir. Rincourt a rendu visite à dame Eugénie.

— Je vais le piler, le réduire en boue !

— Pressons, messire. L'heure n'est pas aux conciliabules !

— Conciliabules ? Je suis obligé de fuir de ma propre maison comme un voleur et tu parles de conciliabules !

— Pour retenir les gardes, j'ai mis en perce quelques tonneaux de votre excellent vin de Bergerac. Cela les change de leur habituelle *buvante*. Attention aux marches, nous n'avons pas de torches !

Eauze emboîta le pas à son chapelain. Il marchait sans hésiter dans ce lieu qu'il connaissait parfaitement. Une légère luminosité des pierres humides permit au fugitif de constater que deux hommes en armes l'accompagnaient. Ils arrivèrent à l'entrée du souterrain dégagée, le groupe s'y engouffra.

— Combien sommes-nous ? demanda Eauze, courbé dans l'étroit passage.

— Je ne pouvais mettre trop de monde dans la confidence ! s'excusa Pirénin. Nous sommes sept, vous, moi, messires Roger Mallois et Bessonac, c'est tout.

— Je ne comprends pas : cela ne fait que quatre !

— Vous oubliez la sainte Trinité qui nous accompagne, le Père, le Fils et le Saint-Esprit.

— Que vas-tu mélanger ceux-là à notre fuite, moinillon ! Je jure de te faire passer tes envies de plaisanter !

— Ne parlez pas trop haut, messire Geoffroi, les rochers sont fragiles, un rien peut les briser et nous arrêter. Rincourt n'aurait qu'à nous cueillir comme des pommes bien mûres.

— Le chien, je le ferai empaler, enfourcher devant son château pour que les siens le voient se tordre de douleur.

Ils suivirent un conduit étroit suintant d'humidité. Quand ils sortirent à l'air libre, un jour froid pointait sur les collines de l'est. Les coqs chantaient dans les fermes isolées en dehors des remparts de la ville. Un forgeron battait le fer, la cloche aigrelette d'un monastère appelait ses moines à la prière. Déjà des bergères emmenaient leurs chèvres sur les collines blanches de gel.

Eauze se tourna vers ceux qui l'accompagnaient et prit dans ses bras un homme qui lui ressemblait fort, aussi puissant que lui, mais la barbe moins fournie, moins noire, et les cheveux pleins de reflets roux.

— Roger, mon frère, où étais-tu donc ?

— Occupé, messire, occupé par le diable !

— Tu étais donc à servir une gueuse pendant qu'on mettait à sac notre château !

— Je ne pouvais pas le prévoir !

Roger Mallois était le demi-frère de Geoffroi. Ce bâtard du chevalier Raymond d'Eauze et d'une lavandière avait grandi avec une multitude d'enfants nobles et manants qui se retrouvaient pour des jeux violents. Il comprit vite que sa place n'était ni chez les maîtres ni au milieu des valets. Il avait donc été question de le donner à Dieu. Le garçon s'y opposa avec tant de fermeté qu'on finit par céder. À Eauze, on n'avait pas la foi chevillée au corps. Les derniers bûchers cathares s'étaient éteints depuis un siècle, mais la mémoire des âmes avait résisté aux condamnations d'une Église surpuissante et avide.

La ressemblance entre Mallois et Geoffroi d'Eauze avait conforté le lien du sang au point que l'on ne voyait jamais l'un sans l'autre. Ainsi le fils de la lavandière montait-il admirablement à cheval, maniait l'épée aussi bien que son noble frère et se tenait au même rang dans les assemblées. Il se refusait cependant à participer aux tournois pour ne pas avoir à affronter son double que, par calcul, mais aussi par amour il n'avait pas envie de combattre.

Eauze embrassa enfin Bessonac, tout en longueur, très maigre, les épaules sèches, le visage osseux. Lettré, il s'occupait des comptes du fief, rédigeait les courriers, apprenait la lecture et le latin aux enfants d'Eauze. Son sens des affaires et sa filouterie en faisaient un homme écouté et consulté pour les affaires graves. Ne sachant pas manier l'épée, il avait horreur des actions violentes, pourtant Eauze l'aimait et ce n'était pas un vain mot chez lui.

— Mon ami, j'ai chaud au cœur de te voir ici, de savoir que tu risques ta vie pour moi. Je te revaudrai cela.

— Messire, dit Pirénin en conduisant le groupe vers un taillis où étaient dissimulés des chevaux, il nous faut fuir tant que Rincourt ne s'est aperçu de rien. C'est notre seule chance de lui échapper et elle est encore très mince.

Les hommes enfourchèrent leurs chevaux laissés sous la garde de trois jeunes vachers à qui Pirénin avait donné quelques pièces. Il les menaça avant de les congédier :

— Je fais couper la langue à celui qui parle. Vous étiez chez vous, vous n'avez rien vu, vous ne savez rien !

Ils acquiescèrent en riant. En quelques heures de garde, ils avaient gagné autant qu'en une semaine de travail. Cela valait bien un petit mensonge qui ne pèserait pas lourd sur leur conscience.

Ils entendirent des cris, des ordres. L'agitation était grande au château qui sortait de la nuit.

— Fuyons ! insista Pirénin.

Ils éperonnèrent leurs chevaux dans un sentier qui s'enfonçait entre de profonds fourrés pour déboucher près d'un groupe de maisons grises couvertes de chaume. Entourées de palissades en bois, ces grosses fermes exploitaient des terres nouvellement défrichées. Défendues par des paysans armés de faux et de fourches, elles constituaient des proies faciles pour les bandes de pillards qui infestaient le pays.

Les chevaux des fugitifs se cabrèrent devant le flot noir de rats traversant le chemin. Pirénin, qui était le moins habile du groupe, roula aux pieds de sa monture, se releva aussitôt et se signa.

— Les forces du mal investissent le monde ! dit-il en joignant les mains.

Geoffroi d'Eauze, toujours prêt à se moquer de son sacristain, resta muet.

— Une invasion ! s'écria Bessonac. Au moulin d'Eauze, les valets passent la nuit à défendre les sacs de grains.

— Ne perdons pas de temps ! insista Pirénin.

Ils parcoururent plusieurs lieues sans être inquiétés, préférant les petits sentiers, les sous-bois aux grands chemins. Les rats étaient partout. Ils les virent par centaines se lancer à l'assaut d'un champ de raves défendu par de jeunes enfants. Eauze en tua plusieurs du plat de l'épée.

— Mais d'où viennent-ils ? demanda Mallois qui observait avec dégoût un cadavre aux poils noirs, luisants de lumière, avec sa queue longue d'un pied couverte de petites écailles claires comme celles d'un serpent ; même sans vie, les yeux noirs gardaient leur éclat et le défiaient.

— Le diable ! affirma Pirénin, et personne ne pensa à le contrarier.

— Messires, ces bêtes ne doivent pas nous faire perdre de vue que Rincourt a dû lancer les recherches et qu'il finira par nous retrouver si nous restons ici ! précisa Bessonac.

— Nous devons fuir en Navarre. Mon cousin, Henri d'Albret, m'y accueillera. C'est notre seule chance.

— Va pour la Navarre ! fit Bessonac.

Le soir tombait après une journée grise sans chaleur. Les fugitifs avaient croisé plusieurs villages, des villes fortes, mais étaient restés à l'écart. Ils n'avaient pas mangé depuis la veille et sentaient le poids de la fatigue. Seul Eauze avait encore la force d'éperonner son cheval pourtant à bout.

— On doit s'arrêter, dit Mallois, et trouver un endroit pour la nuit !

Ils arrivaient à l'orée d'une forêt. Des maisons en cercle, entourées d'une haute palissade de pieux, se dressaient devant eux. Ils furent étonnés de ne voir aucune fumée sur les toits. Une forte odeur de pourriture empuantissait l'air. Intrigués et parce qu'il fallait bien trouver quelque chose à manger, les quatre hommes s'approchèrent. Dans la cour, des volailles picoraient un tas de fumier. Un âne leva la tête vers eux et se mit à braire. Deux cadavres humains étaient étendus devant une porte ouverte. Ils pensèrent que les bandes armées avaient mis le hameau à sac, pourtant aucune trace de violence, pas la moindre flaque de sang autour des corps ne trahissaient une mort violente.

— Holà ! cria Eauze.

Une fille d'une quinzaine d'années sortit de l'habitation principale. Elle dressa vers eux son visage grêlé de boutons rouges, les supplia de ses grands yeux flambant d'une fièvre ardente.

— J'ai mal ! dit-elle dans la langue de Pau qui ne se différenciait de celle d'Eauze que par des accents plus prononcés et des mots locaux qui n'avaient souvent cours que dans le village où ils étaient utilisés.

La jeune fille fit encore quelques pas en titubant, puis tomba sur le sol boueux. Pirénin descendit de cheval et l'examina longuement. Elle délirait en vomissant du sang qui puait la charogne.

— La peste ! dit le sacristain. La voilà, en face de nous !

— Eh bien, qu'elle se montre ! hurla Eauze.

— Il n'y a pas d'arme pour la combattre. Seule la fuite peut nous en protéger !

N'écoutant pas le moine, Eauze et Mallois se dirigèrent vers la maison centrale dont la porte était ouverte et d'où venait une odeur insupportable. Des rats noirs prirent la fuite à leur approche. Le silence était lourd d'une menace profonde.

À l'intérieur, plusieurs cadavres gisaient sur le sol, leurs visages gris déformés par une dernière grimace de douleur. Les poules et les rats avaient dévoré les yeux d'un vieillard recroquevillé près de l'âtre éteint, la bouche ouverte, une langue bleue pendant sur le côté.

— Fuyons ! répéta Pirénin. Nous ne pouvons rien contre ce mal qu'apportent les rats. Fuyons, sinon il va nous détruire !

L'odeur les fit reculer. Dans la cour, la jeune fille venait d'expirer. En sortant de l'enceinte, le groupe croisa un troupeau de porcs qui revenaient de la forêt. Eauze eut le réflexe de les poursuivre et d'en embrocher un.

— Pour notre dîner ! dit-il en portant sa victime saignante à la pointe de son épée. Nous allons passer la nuit dans les parages. La peste retiendra nos ennemis. Demain, nous partirons pour la Navarre qui est à moins de vingt lieues.

Guy de Rincourt pouvait être satisfait. Son attaque surprise avait été une réussite totale. Les gens d'Eauze n'avaient opposé qu'une molle résistance. Pris de revers, les gardes s'étaient rendus sans livrer bataille.

Du haut du donjon, il regardait le jour se lever sur les collines, un jour d'hiver, gris et froid. Des chiens aboyaient quelque part dans la grande bâtisse, la meute d'Eauze était une des plus réputées de la région pour débusquer le loup. Guy de Rincourt se sentait à la fois heureux et triste. Certes, la maladie ne viendrait pas le harceler ni inquiéter les siens : il allait retourner dans sa place forte de Valence en emportant les fameuses reliques de sainte Jésabelle, mais la victoire avait été indigne de son adversaire. Quand on l'avait averti que son prisonnier avait pris la fuite, il n'avait pas ordonné qu'on le rattrapât. Cela l'arrangeait, car il ne voulait pas le pendre. Rincourt, l'homme du Nord, se serait mis à dos toute la noblesse du Midi. Et puis, il préférait Eauze vivant pour reprendre le combat arrêté par le comte de Toulouse lors du tournoi de Condom.

Il avait retardé sa visite à Eugénie, redoutant sa colère et ne sachant pas comment l'aborder. Le moment était pourtant venu ; il se fit conduire aux appartements privés de la dame qu'il trouva assise sur un siège bas près de la cheminée. Un fagot de bois humide répandait une épaisse fumée âcre. Matthieu la serrait contre lui, Benoît se blottissait sur ses genoux en suçant son pouce. Eugénie tourna son visage fier vers l'arrivant. Une faible lueur venait d'une fenêtre de papier huilé. Une torche à l'entrée de la grande pièce finissait de se consumer en répandant une odeur de résine.

Eugénie fronça les sourcils. Elle se demanda si ce chevalier qui se tenait devant elle était bien le même que celui qui l'avait regardée avec autant d'insistance pendant le tournoi de Condom. Les contours de son visage se contractèrent.

— Messire, je vous prie de vous retirer.

Rincourt s'attendait à cet accueil qui rabaissait le justicier au niveau d'un vulgaire malfrat.

— Madame, dit-il en s'inclinant, je vous prie de me pardonner. Je n'ai fait qu'accomplir la volonté du tribunal de Bordeaux.

— Assez, messire de Rincourt ! Assez de sottises ! Le tribunal ne vous a jamais ordonné de mettre à sac la place d'Eauze. Je viens d'apprendre que mon époux a pu s'échapper. J'espère qu'il reviendra bien vite avec ses alliés vous demander raison !

— Cela ne se peut. Votre époux a pris la fuite parce que je ne m'y suis pas opposé. Et il ne vous sera fait aucun mal, j'en réponds sur mon honneur.

— Votre honneur ? De quoi parlez-vous, messire ?

Rincourt se tut un instant. Ce n'était pas un homme de palabres et il savait qu'il n'obtiendrait rien de cette femme fière dont chaque mot le blessait à la manière d'une flèche. La fuite d'Eauze lui permettait de la garder près de lui pour assurer sa protection. Un frisson parcourait son dos. Il pensa tout d'un coup être pris par la peste, mais il se ravisa vite : dans ces murs protégés par les reliques, la maladie n'avait aucun pouvoir. Le sang battait à ses tempes. Les yeux de la femme plantés dans les siens exprimaient un rejet profond.

— Qu'on emmène ces deux gentillets, ordonna-t-il, et qu'on veille à ce qu'ils ne manquent de rien jusqu'à ce que j'envoie quelqu'un les chercher.

Eugénie se dressa devant ses enfants pour empêcher les gardes de s'approcher. Matthieu serrait les poings, prêt à se défendre.

— Personne ne me séparera de mes enfants ! hurla la mère.

Deux hommes en cotte de mailles bousculèrent Eugénie et emportèrent Matthieu et Benoît. Quand les enfants furent partis, la jeune femme se campa devant Rincourt :

— Jamais je ne vous le pardonnerai. Entendez-vous, jamais !

— Je vous prie de faire vos malles. Vous allez m'accompagner au château de Valence. Les reliques de sainte Jésabelle suivront. Vous ne risquerez donc rien de la peste.

— Et mes enfants ?

— Je ne les oublie pas !

Sans rien ajouter, il tourna les talons et sortit. Son surcot blanc fit une tache dans l'ombre du couloir.

Il se rendit à la chapelle. La châsse qui contenait les reliques était enfermée dans une loge sous l'autel. Il la prit, l'examina longuement avant de l'ouvrir. L'intérieur contenait, dans un écrin de velours que l'humidité avait terni, une demi-mâchoire inférieure privée de ses dents et des osselets, les phalanges de la main, les os du poignet, un véritable trésor. Le chevalier se sentait désormais fort, capable d'affronter la maladie et ces maudits rats qui naissaient de l'ombre. L'image d'Eugénie ne le quittait pas.

Il retourna au donjon et ordonna à ses hommes :

— On rentre chez nous.

Le château de Valence se trouvait en bordure de la ville qui avait acquis ses franchises et privilèges depuis longtemps. Il se dressait sur un tertre que contournait la Baïse formant, d'un côté, une boucle large d'une dizaine de toises. Le pont-levis était à l'opposé, sur le fossé creusé par les hommes, plus étroit mais aux bordures escarpées. La forteresse avait résisté durant des siècles aux attaques des Sarrasins. Pendant la guerre contre les cathares, les croisés réussirent cependant à la prendre après plusieurs mois de siège. Les seigneurs de Valence avaient été chassés par les Rincourt venus avec les armées du roi de France.

Guy de Rincourt était le cinquième descendant de cette race et restait un étranger, même s'il avait su s'imposer par sa réflexion, son sens du commandement. Son lien de parenté avec le roi de France le plaçait au-dessus des autres et il ne se gênait pas pour le dire.

Ce matin, en chevauchant à côté du char couvert qui emmenait Eugénie et sa suite, l'homme en blanc était soucieux. Les raisons qui le poussaient à enlever Eugénie à ses enfants n'étaient pas celles d'un justicier qui applique la sentence du tribunal de Bordeaux, mais celles d'un homme incapable de résister à sa passion. Où cette folie allait-elle le conduire ?

Le convoi s'arrêta à proximité d'un groupe de chaumières dont la palissade était ouverte. Une odeur de cadavre, cette odeur âcre qui règne sur les champs de bataille quand les charognards nettoient les morts des chairs souillées, stagnait dans l'air froid. Il n'y avait personne, pas le moindre enfant pour courir après les chevaux et les chars.

Des éclaireurs entrèrent dans la cour et en revinrent affolés.

— Messire ! dit l'un d'eux. Ils sont tous morts, avec des grimaces hideuses, les yeux ouverts sur l'enfer, le visage verdâtre, la pire des morts !

— Tranquillisez-vous ! rassura Rincourt. Vous ne risquez rien.

Il fit avancer son cheval jusqu'à l'enceinte. Des corbeaux étaient posés sur un corps étendu au milieu de la cour, entre les poules qui picoraient le visage. L'odeur était horrible. Le chevalier faisait faire demi-tour à sa monture quand une fillette d'une dizaine d'années courut vers lui. Les cheveux collés en plaques de croûte sur son crâne, ses vêtements sales et trop légers pour la saison, elle tendait les bras vers le chevalier blanc. Des valets voulurent la chasser et levèrent leur bâton. Rincourt les arrêta, descendit de cheval.

— Tu es seule ? Où sont les autres ?

Tremblante, elle sanglotait en levant ses grands yeux vers l'homme en une prière muette.

— Qu'on l'emmène, dit-il.

Du chariot où elle était enfermée, Eugénie avait assisté à la scène. C'était bien la première fois qu'elle voyait un homme du rang de Rincourt descendre de cheval pour s'attendrir devant une fille de vilain et ordonner à ses serviteurs de l'emmener. Il n'était donc pas complètement mauvais…

— Non, il est faible ! murmura-t-elle entre ses dents.

Ce n'était pas vrai, elle le savait, mais s'obstinait à le déprécier.

Le convoi arriva à Valence à la tombée de la nuit. Hommes à pied, cavaliers et chariots de butin tirés par des bœufs passèrent le pont, qui se leva derrière eux. Aussitôt, les valets se mirent à décharger les coffres, les garçons d'écurie s'occupèrent des animaux. Sans un mot, le chevalier de Rincourt se retira dans ses appartements où l'attendaient Grâce et ses deux filles. Eugénie fut conduite dans l'aile droite du château, à côté des chambres des domestiques où le maître logeait les invités de rang inférieur lors des grandes chasses de l'automne.

— Madame, lui dit Branson dont la torche éclairait la barbe rousse, vous ne devez pas vous considérer comme une prisonnière, mais comme une invitée. Ceci n'est que provisoire. Le chevalier vous fera part lui-même de ses intentions dès demain.

— Je veux mes enfants !

— Ils ont été placés. Ne vous faites pas de souci pour eux, ils seront très bien.

Il invita Eugénie à entrer dans une vaste salle où l'on avait allumé du feu.

— Vos appartements ! Ces quatre servantes sont attachées à votre service.

— Sont-ce là des manières de chevalier ? Dites à votre maître que le comte Jean de Toulouse, le comte de Foix, Pierre de Pau et Henri d'Albret sont nos parents et qu'ils ne laisseront pas l'outrage impuni !

Branson dit quelques mots à voix basse aux servantes affectées au service de la prisonnière, puis se dirigea vers la porte :

— Si mon maître vous garde ici pendant quelque temps, dit-il, c'est par souci de votre santé !

— 3 —

Le château d'Aignan ne conservait que des ruines de son ancienne splendeur. Autrefois, deux enceintes protégeaient l'imposante construction dominée par un donjon carré de quarante toises de haut. La première enceinte, qui encerclait la colline, avait été détruite lors d'une attaque de routiers pendant la guerre contre les albigeois. Elle n'avait jamais été remplacée : les seigneurs d'Aignan, accusés d'hérésie par les inquisiteurs, avaient dû payer de fortes rançons pour rester libres et abjurer leur foi cathare. Ruiné, n'ayant pas de quoi reconstruire ses défenses, Louis d'Aignan laissa la seconde enceinte à l'abandon. Comme il ne pouvait pas entretenir un corps de gardes, il confia la sécurité de son fief aux seigneurs d'Eauze. En moins d'un siècle, ses descendants étaient devenus aussi misérables que leurs vilains. Le donjon s'était écroulé, le corps du château était fissuré.

Eude d'Aignan, sa femme, Éliabelle, son fils, Jean, et quelques serviteurs vivaient dans les communs près de l'écurie, l'ancienne demeure des domestiques. La toiture prenait l'eau, le froid entrait par des fissures du mur mal colmatées avec de l'argile. La charpente s'affaissait sous le poids énorme des tuiles que le gel avait disjointes. Eude était grand, maigre, un peu voûté. Ses yeux légèrement bridés sous de larges sourcils noirs exprimaient la résignation de ceux qui doivent, chaque jour, se lever tôt pour assurer aux leurs une soupe aux fèves engraissée parfois d'un peu de saindoux. Il ne conservait de la noblesse de ses ancêtres qu'une certaine manière de s'exprimer, des mots qui ne venaient pas spontanément à la bouche des paysans, ainsi que d'empiriques droits seigneuriaux dont la chasse sur ses terres et la pêche dans ses étangs. Trop pauvre pour entretenir des hommes d'armes et lever le ban à la demande de son suzerain, il n'avait pu être armé chevalier. Les nobles locaux, ses cousins pour la plupart, l'oubliaient volontiers. Cet isolement lui pesait et quand il avait bu un peu plus que d'habitude, il se lançait dans l'évocation des exploits de sa famille, ressassait la grandeur de ses ancêtres détruits parce qu'ils avaient eu le courage de s'afficher « de la religion », alors que tant d'autres l'avaient reniée devant les troupes du roi de France. Il gardait précieusement l'épée de son aïeul, un véritable chevalier, et la ceignait lors des grandes occasions. Le reste du temps, il travaillait ses terres comme un vilain ordinaire. Les gens s'étonnaient que ce grincheux soit le frère aîné du beau et tant aimé troubadour Renaud d'Aignan.

Dame Éliabelle, sa femme, avait été très belle et gardait de sa jeunesse de grands yeux clairs, une abondante chevelure blonde aux lourdes boucles, un visage avenant malgré ses rides et ses joues fripées, un regard espiègle, presque coquin. Ses dents étaient restées blanches, chose rare qui affirmait sa supériorité sur ses servantes aux chicots noirs après trente ans. Le bonheur de vivre qu'elle exprimait gênait ceux qui ne cessaient de s'apitoyer sur leur sort. Elle avait élevé Eugénie, la fille de son beau-frère, ce qui faisait dire que des sentiments bien particuliers unissaient cette femme aguichante et Renaud, le poète. Eude laissait parler les mauvaises langues, mais il en voulait à Éliabelle de garder ses allures de dame et de n'avoir pu lui donner qu'un fils, Jean, moins éveillé que le dernier des garçons d'écurie.

Le givre avait recouvert la prairie bordée par un ruisseau où Jean passait beaucoup de temps à traquer les écrevisses. Le soleil montait sur une campagne scintillante. Les semailles d'automne étaient terminées, les vilains devaient rassembler les feuilles dans les prairies, ces feuilles qui servaient de litière aux animaux gardés à l'étable pendant les mois d'hiver. Ils réparaient les haies, glanaient le bois mort en prévision du froid. Le soir, près du feu, ils pelaient des châtaignes qu'ils faisaient cuire sur les pierres chaudes de la cheminée. C'était la saison des veillées où l'on se rendait visite entre voisins pour boire du vin sucré au miel, évoquer les bons souvenirs et se rassurer. Riches et pauvres priaient pour que la nouvelle maladie les épargne. Les rumeurs les plus alarmistes couraient de village en village. On disait que l'arrivée de la mal-mort était précédée du passage d'une cavalière, une très belle femme, les cheveux au vent, qui caracolait sur son cheval pie. Les bergères et les enfants ne s'éloignaient pas des masures tant ils redoutaient cette princesse des enfers.

Les rats noirs dévoraient les choux, les chicorées et les raves si précieuses en hiver, s'introduisaient dans les poulaillers pour aspirer l'intérieur des œufs dont ils ne laissaient que la coquille vide avec un trou minuscule. Le curé d'Aignan multipliait les processions derrière la statue de saint Jacques pour éloigner le nouveau fléau, mais les bêtes noires étaient toujours plus nombreuses. Les plus habiles piégeurs en capturaient de grandes quantités, mais cela ne servait à rien.

Au château d'Aignan, les rats avaient envahi les vieux bâtiments pleins de recoins, couraient par troupeaux dans les greniers, s'en prenaient au blé dans les bannes de paille tressée. Le pain manquerait dès la fin de l'hiver. Eude d'Aignan n'allait-il pas être réduit, lui, le descendant d'une des plus illustres familles de Gascogne, à aller mendier un croûton, de porte en porte, comme ces miséreux en haillons qui parcouraient le pays dès les premiers froids ?

Deux cavaliers portant en croupe deux enfants, dont l'un était encore très jeune, s'arrêtèrent dans la cour, affolant des volailles et des porcs. Ils mirent pied à terre sans se préoccuper des chiens qui tournaient en aboyant et montrant les crocs. Le plus âgé des garçons descendit seul de cheval, l'autre se laissa glisser le long du flanc de l'animal, aidé par l'homme qui veillait à ce qu'il ne tombât pas dans la boue. Dame Éliabelle sortit sur le pas de la porte.

— Qu'est-ce que je vois ? s'écria-t-elle en reconnaissant ses petits-neveux qu'elle n'avait pourtant vus qu'une seule fois. Les fils de ma belle Eugénie !

Inquiète, elle adressa un regard anxieux aux cavaliers.

— Que se passe-t-il ?

— Rassurez-vous, madame, dit l'homme qui se tenait à côté de Matthieu d'Eauze. Votre nièce va très bien. Elle est momentanément réfugiée au château de Valence. Le château d'Eauze a été mis à sac. Elle vous demande de garder ses deux fils pendant quelque temps !

— Ah bon ? Et pourquoi ?

Éliabelle n'exprimait pas le fond de sa pensée. La généreuse femme était prête à prendre les deux enfants, mais qu'allait-elle leur donner à manger ? Et puis, elle redoutait cette maladie infernale dont tout le monde parlait et qui épargnait encore le pays, mais qui viendrait forcément un jour.

Le cavalier fit tinter une petite bourse :

— Cela devrait suffire dans un premier temps. Ensuite nous aviserons. D'ailleurs, l'aîné a huit ans et en paraît douze. Il peut travailler.

— Bien sûr qu'il peut travailler, dit Eude qui était sorti des écuries, mais quand le blé manque, le travail ne suffit pas à remplir l'écuelle.

Les deux hommes en avaient assez dit. Ils remontèrent sur leurs chevaux et repartirent, laissant Matthieu et Benoît au milieu de la cour, en face de dame Éliabelle dont leur mère leur avait souvent parlé, d'Eude dont ils redoutaient le regard de coq prêt à leur sauter au visage.

— C'est le chevalier de Rincourt qui a mis à sac notre château ! dit Matthieu en s'approchant de sa tante. Notre père a réussi à s'enfuir. Rincourt retient notre mère prisonnière.

— Qu'est-ce que tu racontes ? demanda Eude en haussant le ton. Le chevalier de Rincourt aurait-il osé s'en prendre à notre cousin ? Que l'on prépare mon cheval, je vais ceindre mon épée et lui demander raison !

Éliabelle lui jeta un regard courroucé. Eude éprouvait ainsi le besoin de fanfaronner. La valetaille mimait ses grands gestes, ses paroles grandiloquentes et se moquait de lui. L'épée de ses ancêtres était rouillée depuis longtemps et restait accrochée à un clou à côté de sa couche. Son cheval était une vieille carne boiteuse qu'on utilisait pour tirer la charrue et que personne n'avait jamais montée.

— Cela ne servirait à rien, mon oncle, Rincourt est comme le renard, il attaque quand son ennemi a le dos tourné. Il en veut à mon père de l'avoir vaincu lors du tournoi de Condom.

— Et toi, tu ne dis rien ? fit Éliabelle en attirant contre elle le petit Benoît.

L'arrivée des deux garçons allait lui causer des soucis, mais elle ne pouvait pas abandonner les fils de sa chère Eugénie, sa « princesse », comme elle l'appelait avec une certaine fierté.

— Venez, mes chérubins ! dit-elle en emmenant les deux garçons à l'intérieur de la bâtisse. Nous ne sommes pas riches, mais nous trouverons le moyen de nous débrouiller.

— Ne vous tracassez pas, ma tante, notre père va très vite venir nous chercher et demander des comptes à Rincourt, s'écria Matthieu.

— C'est ça, mon garçon. Toi, tu me sembles bien décidé pour ton âge. Ça me plaît !

Ils se trouvèrent nez à nez avec un homme à la barbe noire mal plantée, les cheveux en broussaille et les yeux globuleux. Bossu, il était vêtu d'un surcot de laine déchiré. Les braies qui lui couvraient le bas du corps se prolongeaient par des jambes maigres et arquées. Il regardait les enfants en souriant, montrant les chicots noirs sous ses lèvres épaisses.

— N'ayez crainte, Jean n'est pas méchant ! dit tante Éliabelle.

Depuis une semaine, Eugénie refusait de voir Rincourt. Elle passait des heures près de la fenêtre à épier la vie au bas des murs : les bergers qui emmenaient leurs troupeaux de moutons dans les landes de bruyère, les vilains qui labouraient les friches avant les grands gels, les cheminées qui fumaient sur les toits de chaume.

Deux fois par jour, des garçons de cuisine apportaient des repas soignés. Ce soir, comme tous les soirs à la même heure, Louis, le jeune écuyer du chevalier de Rincourt, venait la chercher :

— Madame, mon maître vous prie de lui faire l'honneur de partager son souper.

Elle s'obstinait, hautaine, avec une grimace de mépris :

— Jamais ! disait-elle. Je ne partage pas mon repas avec un cuistre !

Un soir, Branson en personne vint la chercher. Son épaisse barbe rousse avait des reflets d'or.

— Madame, je vous prie de me suivre.

— Où allons-nous ?

— Suivez-moi, c'est un ordre.

Elle se tourna vivement et fit un pas en direction de Branson, la tête haute, décidée :

— Sachez, monsieur, que je ne reçois d'ordre de personne !

— Il faut pourtant que vous me suiviez.

L'homme de confiance de Rincourt la conduisit dans une salle de dimension réduite au fond de laquelle brûlait un grand feu. De chaque côté, accrochées aux murs, des hures de sanglier, des têtes de loup montraient l'habileté du chasseur. Une table était dressée au milieu de la pièce, les valets de bouche rangés sur le côté attendaient, les aiguières à la main, qu'on leur fasse signe.

Rincourt, près du feu, ne bougea pas quand Eugénie entra. Il la regardait avec une attention qui immobilisait son visage maigre et long. Il était visiblement impressionné. Enfin, un léger sourire tendit ses lèvres fines. Ses yeux pétillèrent, il fit un signe à un valet, qui présenta un siège à l'invitée.

— Madame, soyez la bienvenue ! dit-il d'une voix qui avait perdu son assurance.

— Vous me contraignez, mais sachez que je n'ai aucun plaisir à vous voir en face de moi.

Elle aussi n'avait pas sa voix habituelle. La fermeté y était, ainsi que le ton de supériorité, pourtant elle parlait plus lentement, comme pour donner davantage de poids à ses mots et cacher le sentiment qui l'animait.

— Madame, je suis navré de ce qui se passe. Mais la responsabilité en revient à votre époux qui a toujours refusé de se soumettre à la sentence du tribunal de Bordeaux.

Les valets remplissaient les gobelets de vin et apportaient les pâtés de brème et d'anguilles.

— Qu'avez-vous fait de mes enfants ?

— Ils sont en sécurité, chez votre tante, dame Éliabelle !

Eugénie se dressa, le regard plein de haine :

— En sécurité, dites-vous ? Et la peste ? Je veux les rejoindre !

Rincourt grignotait le pâté de brème. Son visage impassible ne laissait rien paraître de ses pensées. Il découvrait pourquoi cette femme lui plaisait tant, pourquoi il l'aimait au point de se compromettre. Sa hauteur, la distance qu'elle maintenait toujours entre elle et les autres n'étaient pas celles des dames de la noblesse locale. Malgré son enfance dans une ferme, elle avait une âme de princesse.

— Il n'en est pas question, madame. Votre place est ici, près de votre protecteur, puisque votre mari est en fuite. J'ai fait passer une bourse à dame Éliabelle. Je veillerai à ce qu'ils soient traités selon leur rang.

— La mal-mort ne se préoccupe pas du rang de ceux qu'elle prend.

— Contre elle, nous n'avons d'autres armes que nos prières.

Eugénie, qui n'avait pas touché au pâté qu'on lui avait servi sur une demi-tourte de pain, se leva vivement.

— C'en est trop ! Que faites-vous des reliques ?

Puis se tournant vers les gardes restés près de la porte :

— Conduisez-moi à ma geôle !

Guy de Rincourt n'insista pas ; ses armes n'avaient aucune prise sur la détermination d'Eugénie.

D'un pas décidé, Eugénie s'engagea dans un long couloir, puis un escalier carré, traversa la cour intérieure et se dirigea vers les communs et les écuries. Au rez-de-chaussée, Grâce de Mirande la suivait des yeux ; elle la regarda passer sans un mot, puis entra dans la pièce voisine, s'installa près du feu. Ses trois chiens, hauts sur pattes, se levèrent et vinrent lui lécher le dessus des mains en remuant la queue. Elle resta un long moment à contempler les flammes devant les pierres noires de suie. Dans la pièce baignée d'une pénombre tremblante, une seule torche flambait, accrochée au mur. Extrêmement exigeante, Grâce était entourée d'une nuée de servantes qu'elle n'hésitait pas à frapper.

— Qu'on appelle Porterrio ! demanda-t-elle. Les dents m'agacent. J'ai besoin d'une potion.

Mais au lieu du médecin astrologue réclamé, deux fillettes firent irruption dans la pièce et coururent vers leur mère.

— Souhaitez la bonne nuit à votre mère, dit une vieille gouvernante à coiffe blanche. Il est l'heure d'aller dormir.

Grâce sourit à ses filles et leur tendit les bras. L'aînée marcha sur la queue d'un chien, qui grogna.

— Aude et Marie, mes deux chéries. Avez-vous fait votre prière ?

— Oui, mère ! dit Marie tandis qu'Aude s'accroupissait à côté du chien et posait sa tête sur le cou de l'animal. J'ai aussi prié pour que vous soyez heureuse.

— Qu'est-ce qui te fait penser que je ne suis pas heureuse ? demanda Grâce en obligeant sa fille à la regarder bien en face.

— Vos dents, ma mère, vos dents qui vous font souffrir à longueur d'année.

Marie n'exprimait pas le fond de sa pensée. Sa mère avait mal aux dents, mais pas plus que les autres grandes personnes qui se tenaient constamment la mâchoire et mangeaient avec une lenteur déconcertante. Elle avait remarqué une souffrance silencieuse depuis la mise à sac du château d'Eauze. Le regard que Grâce jetait à la dérobée à son époux était plein d'un sentiment que sa fille devinait douloureux sans pouvoir s'en expliquer la raison.

— Laisse donc ! Le mal de dents est un mal de santé. Allez vite vous coucher !

La gouvernante à la coiffe blanche emmena les fillettes. Un homme de petite taille, mais très gros, vêtu d'une robe bleue à motifs blancs en forme de trèfle et d'une coiffe dorée, arriva. Une barbe grise couvrait son large visage pour ne laisser voir que ses lèvres sanguines.

— Porterrio, enfin vous voilà !

Il ne pouvait tenir en place et agitait constamment les bras. Des tics nerveux fermaient ses paupières dans une contraction brutale, ses lèvres s'agitaient.

— Madame, la mal-mort est à nos portes. Le premier cas est signalé. Une femme de trente ans environ qui est morte en quelques heures. Son corps s'est recouvert de plaques noires, elle a vomi tout son sang et rendu l'âme dans une douleur effroyable !

— Vous savez bien que nous ne risquons rien. Les reliques de sainte Jésabelle…

— Cela me tracasse. La manière dont ces reliques sont arrivées ici pourrait en détruire les effets miraculeux.

— Nous verrons, dit Grâce en indiquant un fauteuil en bois à Porterrio. Asseyez-vous. Votre gesticulation me fatigue. Je suis agacée des dents et vous allez me donner une potion, enfin quelque chose qui me permette de passer une bonne nuit, mais avant, j'ai besoin de vous.

L'homme s'assit, mais sa nervosité extrême, étonnante chez ce gros homme, s'exprimait par des mouvements de jambes, des gestes désordonnés de ses bras potelés.

— Cette femme… fit Grâce en durcissant son visage. Cette femme est un outrage, le pire de tous. Mon époux est ensorcelé ! Elle le tient par le cœur, mais surtout par le pouvoir que Satan lui a donné.

— En effet, j'ai vu les marques du diable. La plus discrète est ce petit grain noir sur le côté gauche du menton. Mais il y a plus parlant encore.

Grâce fit signe à la jeune servante qui apportait du bois de se délester de son chargement sur les dalles et de sortir au plus vite.

— Que voulez-vous dire, mon ami ?

— J'ai la preuve que le diable est en elle ! Les gens d'Église sont formels à ce propos. Avez-vous remarqué qu'elle se sert toujours de sa main gauche ?

Le visage de Grâce s'éclaira. Elle poussa une longue tresse de cheveux blonds qui avait roulé sur son visage. Elle but d'un trait le gobelet d'eau posé sur une petite table à côté d'elle. Le feu péta, une braise tomba sur un des trois chiens qui grogna et s'éloigna.

— Maintenant que vous le dites… Elle est gauchère, en effet. En principe, les gauchers ne cèdent pas au malin quand on les corrige dès leur plus jeune âge, mais ceux que le diable veut garder refusent de se plier à la discipline. Elle est de ceux-là, vous avez raison…

— Toute personne du commun aurait eu la main tranchée ! précisa Porterrio en se signant. Mais dans ces contrées, on n'est pas à une impiété près. On dit que Geoffroi, son époux, ne croit pas en Dieu !

Grâce se signa à son tour et murmura quelques mots de prière, puis, levant ses yeux bleus sur l'astrologue, précisa :

— Je ne la tolérerai pas plus longtemps ici ! Il y va de la sauvegarde de mon époux. Porterrio, je vous en supplie, faites quelque chose, c'est Dieu lui-même qui l'ordonne.

Porterrio se mit à contempler les flammes. Une bûche coupée s'effondra sur les dalles, répandant des braises qui firent fuir les chiens. Il sautillait sur son siège, ses genoux se levaient et s'abaissaient en cadence.

— Elle peut être frappée brutalement par la maladie. Alors, la prudence la plus élémentaire commanderait de l'enfermer dans un sac et de la jeter dans les fossés du château.

— Les prêtresses du diable ne meurent pas du mal de l'enfer !

— Il s'agit de sauver monseigneur Guy. Dieu permet les mensonges destinés à le servir.

Grâce sourit, poussa de nouveau la lourde tresse qui roulait encore sur son visage. Elle porta la main à sa mâchoire douloureuse.

— Faites, mon ami. La volonté de Dieu vous inspire. J'ai la plus grande confiance en vous. Mais de grâce, trouvez-moi un remède pour calmer cette rage de dents.

La nuit était bien avancée. Sur la tour de garde, les sentinelles avaient allumé un feu et se chauffaient à tour de rôle. La surveillance des alentours semblait superflue, pourtant, le château de Valence n'était pas à l'abri d'une attaque des bandes de soudards sans emploi qui vivaient sur le pays, brûlaient les fermes, prenaient par surprise les forts mal défendus. Ainsi, les moindres mouvements suspects dans la campagne devaient retenir l'attention des gardes du donjon choisis pour leurs bons yeux et leur ouïe fine.

Il faisait froid ; un petit vent du nord courait au-dessus des collines. Le silence de la nuit étoilée était troublé par le hennissement d'un cheval, l'aboiement d'un chien. Deux ombres glissaient en silence le long des corridors de pierre. Sorties du bâtiment central, elles prenaient mille précautions pour échapper à l'attention des gens de ronde et surtout à l'odorat des énormes mâtins qu'ils tenaient en laisse. Plaquées contre le mur froid, les deux silhouettes attendirent que les gardes se fussent éloignés avec leurs molosses pour se diriger vers l'aile des communs. Elles se glissèrent dans le bâtiment qui servait de salle à manger aux valets et aux gens d'écurie endormis dans le foin. Elles passèrent près d'eux sans les réveiller, ayant recouvert leurs semelles de tissu de laine, entrèrent par une porte basse dans une autre pièce et s'arrêtèrent près d'une fenêtre aux carreaux de papier huilé. Les deux hommes connaissaient parfaitement l'endroit, mais ne voulaient pas se tromper.

Ils attendirent quelques instants en retenant leur respiration. Une fois leurs yeux habitués à la faible clarté de la petite lampe à huile posée dans une niche, ils se penchèrent au-dessus d'un corps enroulé en chat et, d'un même geste, l'un plaqua sa main sur le visage clair, l'autre le prit à bras-le-corps, puis ils coururent dans la cour.

Eugénie se réveilla en sursaut. Ce n'était pas un cauchemar : le chiffon qui lui écrasait la face et l'empêchait de respirer était bien réel et c'était la main d'un robuste gaillard qui le tenait. De même, le bras qui enserrait sa poitrine pour la porter aussi aisément qu'un fétu de paille et l'étouffait. Elle ne pouvait ni se débattre ni crier. On l'enlevait pour la faire mourir. Elle eut la certitude que Guy de Rincourt avait ordonné qu'on la jetât dans les douves.

Les deux hommes l'emportèrent comme un ballot jusqu'aux restes d'une tour qui dominait le fossé élargi et approfondi récemment. Il ne demeurait de l'ancien édifice qu'un étage qu'on avait couvert de pierres plates et qui servait d'abri aux porcs. L'endroit était assez éloigné des autres bâtiments pour rester très discret. Les ravisseurs poussèrent une lourde porte de bois sombre qui grinçait sur ses gonds rouillés et jetèrent Eugénie sur un monticule de paille souillée. Elle se dressa aussitôt, prête à faire face à ses agresseurs qui éclatèrent de rire. L'un d'eux alluma une torche.

— La fille du diable se rebelle ! Tout doux, ma belle, dit celui qui l'avait portée et qui était plus âgé que l'autre.

Son large visage sanguin trahissait une bestialité brutale et perverse. L'autre, plus jeune, avait le visage fin de ces adolescents dont les traits n'ont pas encore leur ligne définitive. Son nez un peu fort et tranchant donnait à son regard clair une grâce juvénile et franche.

— Que cherchez-vous ? Que me voulez-vous ?

— Te conduire à trépas, ma belle ! Mais avant, on va s'amuser un peu. On a tous les droits avec la prêtresse du mauvais !

— Vous ne me toucherez point tant que je serai vivante ! trancha Eugénie sans détacher son regard du jeune homme qui restait en retrait.

— C'est ce qu'on va voir ! D'abord, tu vas te taire.

L'homme le plus âgé la maîtrisa et lui enfonça le chiffon dans la bouche.

Le jeune Herblin hésitait. La torche éclairait Eugénie et il n'en voyait que la beauté, la profonde grâce qui ne pouvait être celle du diable. C'était le plus beau visage de femme qu'il avait jamais approché, plein de cette douceur, cette sagesse simple, propre à celles qui ont donné la vie. Il pensa au dernier regard de sa mère morte en couches alors qu'il n'avait que sept ans.

— Herblin, tu te remues un peu ? Le jour va se lever et tout doit être fini aux premières lueurs. Le ciel est clair, on pourrait nous voir passé matines.

Le garçon secoua la tête comme un animal qui sort de l'eau puis se dirigea vers Eugénie qui ne le quittait pas des yeux. Il murmura :

— Guibert, on ne peut pas. On nous a donné l'ordre de la mettre en ce sac et de la jeter dans les douves. On ne peut pas faire autre chose.

Guibert éclata d'un rire gras en défaisant les nœuds de son haut-de-chausses.

— Je vais te montrer comment on fait avec une femme, jeune puceau. Tu penses bien qu'avant de la renvoyer chez le diable, je ne vais pas me gêner. Allez, tiens-lui les bras.

Herblin hésitait toujours, debout à côté d'Eugénie qui lui faisait face, prête à griffer.

— Quelle fille tu fais ! Pousse-toi, je me débrouillerai seul.

Guibert prit Eugénie à bras-le-corps et la renversa sur un monticule de paille situé dans un coin que la lueur de la torche laissait dans la pénombre. La jeune femme se débattait, mais l'homme, insensible à ses coups, retroussa sa robe, laissant apparaître des cuisses fines et claires. Herblin se mit à trembler en voyant cette peau nue qui éveillait en lui des sentiments contradictoires de désir et de crainte.

Guibert écrasait la bouche d'Eugénie d'une main sûre qui l'empêchait de crier. Sa résistance plaisait à l'homme qui fouillait son ventre de l'autre main. Herblin restait immobile, figé par ce qu'il voyait, pourtant tout son être se révoltait. On lui avait ordonné d'éliminer une sorcière, il découvrait une fée qui sublimait un souvenir resté douloureux. Pour cette raison, ce que faisait Guibert lui donnait envie de vomir. Les derniers mots de sa mère lui revinrent à l'esprit : « Sois honnête et généreux ! » Ses cauchemars le conduisaient encore auprès de celle que les années n'avaient pas réussi à effacer et qui l'empêchait de s'ouvrir aux jeux des garçons et des filles. Sa mère morte se tenait toujours entre lui et son désir de jeune mâle.

Guibert, sans la moindre pudeur, tentait de planter son sexe érigé entre les fesses d'Eugénie qu'il tenait renversée en pesant de tout son poids sur son dos. Alors, dans un geste irréfléchi, Herblin prit le pieu qui servait à rassembler les gorets et, les yeux fermés, frappa avec une force dont il ne se croyait pas capable. Guibert se raidit puis roula sur le côté, assommé. Dans un geste de pudeur, Eugénie se dressa, ramenant vivement ses jupes sur ses cuisses. Le sang coulait abondamment du crâne de Guibert. Ses braies en désordre montraient son sexe redevenu mou au milieu d'une touffe de poils noirs.

Eugénie arracha son bâillon, courut à la porte, regarda dehors puis revint vers son agresseur.

— Tu as un couteau ?

Herblin crut comprendre les intentions de la femme et secoua négativement la tête.

— Il faut faire vite, dit-elle. Le jour va se lever.

Eugénie ouvrit le sac et y glissa les jambes de Guibert. Herblin souleva le corps massif. Eugénie souriait en liant l'ouverture avec une corde.

— Pressons ! dit Herblin en tirant vers l'extérieur le ballot qui commençait à s'animer.

Il le fit rouler sur la pente raide jusqu'au fossé où il disparut dans l'eau sombre.

Le jeune homme prenait tout à coup conscience de ce qu'il venait d'accomplir et eut peur. Eugénie lui prit les mains dans un geste de reconnaissance.

— Nous ne pouvons pas rester ici ! dit-il. Si le maître s'aperçoit de ce que j'ai fait, il me pendra. Nous devons fuir, mais où ? Et comment sortir de l'enceinte sans se faire repérer ?

Il baissait la tête. Ses cheveux épais tombaient sur son front. Une légère lumière éclairait son visage, ses joues où la barbe était encore duvet, ses lèvres humides. Ses paupières battaient comme s'il était sur le point de pleurer.

— J'étais garçon d'écurie chez les Brénis, dit-il. Et puis les routiers sont arrivés sur leurs chevaux. Ils ont mis le feu à la ferme, ils ont tué le père Brénis que j'aimais, sa femme et ses deux filles. Ils ont tué aussi les valets qui dormaient dans la grange à foin. Moi, j'ai pu m'en tirer en me glissant par un trou du mur. C'était la nuit, les flammes montaient dans le ciel et j'entendais les cris de ceux qu'on égorgeait. J'ai pu fuir, en me cachant dans la mare, sous l'eau épaisse jusqu'au matin avec des sangsues sur tout le corps. C'est là que Guibert m'a récupéré. Il m'a sauvé et je l'ai tué.

Il sanglotait, debout en face d'Eugénie.

— Je ne veux pas mourir ! dit-il en reniflant.

— Tu sais nager ?

Il secoua la tête. Eugénie, sentant l'odeur de foin sec de son corps encore adolescent, pensa à ses propres enfants, à la maladie qui les menaçait. Herblin, décontenancé, parlait pour cacher son trouble.

— J'étais avec le seigneur de Rincourt quand il a fait le sac du château d'Eauze. Cela me fait penser qu'il existe ici un passage sous terre que le seigneur a utilisé plusieurs fois pour sortir sans qu'on le voie. Mais il est fermé en son milieu par une lourde grille. Quatre hommes forts sont nécessaires pour la déplacer. Et puis l'entrée se trouve sous le donjon, dans la salle des gardes où il y a toujours quelqu'un.

Eugénie se dressa en face de la porte qui s'ouvrait sur l'est. Le soleil se levait, le ciel clair gommait ses étoiles pour faire place à la lumière qui découpait l'horizon.

— Tu as vu la châsse des reliques de sainte Jésabelle ?

— Oui, le seigneur l'a placée dans la chapelle du château, sous la garde de frère Roplain. Il est entièrement dévoué à dame Grâce qui veut votre mort, puisque Guibert et moi étions au service de son astrologue, Porterrio.

Herblin se tut un instant comme s'il prêtait attention au bruit d'un troupeau d'oies. Quelque part, dans la campagne, deux coqs chantaient.

— Je ne l'aime pas ! dit le garçon en se signant. Il est fort instruit, connaît les Écritures par cœur, il parle toujours de générosité, mais c'est un méchant homme. Je le vois dans son regard tout en dessous.

— Écoute, nous allons nous cacher jusqu'à la nuit prochaine ! décida Eugénie. Personne ne doit savoir que nous sommes encore vivants. La nuit prochaine, nous trouverons bien un moyen de fuir.

— C'est impossible ! dit Herblin.

— 4 —

Le jour s'était levé clair, dans un ciel uni, mais les nuages étaient vite arrivés avec une pluie battante. Eugénie, frigorifiée dans ses petits vêtements de nuit, tremblait. Herblin creusa un trou dans la paille puis l'invita à s'y blottir. Elle put rapidement s'y réchauffer et proposa au jeune homme de la rejoindre. Il hésita, car la proximité de ce corps de femme éveillait en lui des désirs dont il avait honte.

— Viens donc ! Toi aussi, tu dois te réchauffer. Te voilà tout trempé.

— Cachez-vous et surtout ne bougez pas si quelqu'un arrive. Je vais essayer de trouver de quoi manger.

Il sortit. La pluie était froide, pénétrante. Les vilains qui continuaient de travailler dans les champs et les prairies couvraient leur tête et leurs épaules d'un sac en jute qui s'imbibait très rapidement et les gelait. Les vieillards redoutaient cette période de l'année qui semait les mauvaises maladies, les toux qui se transformaient en étouffements, les maux d'entrailles, les rhumatismes. À cela s'ajoutaient les premières restrictions. Le blé manquait ; les bouillies d'avoine et d'orge ne remplaçaient pas le bon pain. Et la viande coûtait trop cher. Les enfantelets ne résistaient pas à cette humidité qui les poursuivait jusqu'au creux de leur paillasse. Morveux, maigres malgré leur gros ventre, ils devaient, dès qu'ils pouvaient marcher, garder les troupeaux d'oies et de porcs, glaner les branches de bois mort, participer aux petits travaux de la ferme. Ceux qui avaient échappé aux terribles maladies des nourrissons succombaient souvent au premier automne passé dans la froidure.

Herblin fut surpris par le vent qui arrachait les dernières feuilles des arbres près du fossé. Les eaux noires étaient peuplées d'anguilles, de brèmes et de carpes, mais comment les capturer et les faire cuire sans attirer l'attention ? Au château, les soldats préparaient l'exercice comme chaque matin. Les sergents criaient leurs ordres et le garçon entendait tinter les armes. À quelques pas de lui, plusieurs hommes montés sur une barque plate sondaient le fond du fossé avec de longues perches. Il se dit que Rincourt faisait chercher Eugénie. Porterrio devait se promener dans les parages, attendant la découverte macabre.

Herblin redoubla de prudence. Pour trouver à manger, il devait pourtant prendre quelques risques. Il pensa s'introduire dans les communs où les servantes préparaient les bouillies et la soupe au lard des garçons de ferme. Au château de Valence, le dernier des garçons d'écurie mangeait mieux que les plus aisés vilains des environs. Ici, les provisions étaient abondantes et le chevalier, malgré son austérité, veillait à ce que ses hommes soient bien nourris. Cela, le jeune garçon le savait puisque c'était une des raisons qui l'avaient poussé à entrer à son service. Il devait sa solide constitution à ces bons traitements, au pain, à la viande, au lait dont il n'avait jamais manqué.

Caché entre les touffes de buissons, Herblin regardait les hommes qui continuaient de sonder le fond avec leurs perches et pensait à Guibert qu'il avait tué cette nuit. Comment son bienfaiteur pouvait-il être aussi grossier, aussi fruste en face d'une femme sans défense ?

Il entendit du bruit et se dissimula sous des rejets de saules. Les gouttes de pluie tombaient sur son cou et coulaient le long de son épaule en lames gelées. Un groupe de gardes passa près de lui et s'éloigna. Les chiens qu'ils avaient lâchés finiraient bien par le sentir et signaler sa présence. Il se dirigea vers les communs où les gens d'écurie s'occupaient des chevaux. Ce temps humide était favorable à la chasse ; le maître allait partir en forêt avec sa suite. C'était l'occasion de s'enfuir, mais comment passer entre les cavaliers, les piqueux et les chiens hurlants sans se faire remarquer ? Le jeune homme pensa qu'il était préférable d'attendre la tombée de la nuit, le retour des chevaliers. Si le cerf avait été pris, les mesures de surveillance se relâcheraient.

Dans la cour, plusieurs hommes coiffés d'un long bonnet sombre traînaient par les oreilles un porc qui hurlait. Ils le couchèrent de force sur un banc, l'un d'eux lui enfonça la lame de son couteau dans la gorge. Une femme récupérait le sang dans une poêle à long manche. Autour, des mâtins se montraient les crocs, des enfants se poursuivaient joyeusement. C'était la vie ordinaire au château de Valence où l'on mangerait de la viande cette journée encore alors qu'au-delà du fossé, il faudrait se contenter de raves, de châtaignes séchées et de pain de seigle.

Quand le porc cessa de crier, les bouchers recouvrirent son corps de joncs secs et de paille qu'ils enflammèrent. Une forte odeur de poil et de peau grillés se répandit dans l'air humide.

Herblin se glissa dans le bâtiment par une petite porte latérale qui servait à amener le foin aux chevaux et se dirigea vers les habitations des valets qui n'étaient séparées des étables que par une cloison de bois. Une femme s'activait devant un chaudron entouré de flammes et tournait de temps en temps la soupe de fèves dont Herblin reconnut l'odeur particulière, un peu piquante, mais tellement agréable dans ce matin gris. Sur la table, la demi-tourte de pain de méteil qui devait être coupée en tranches dans la soupe bouillante était posée négligemment à côté d'un grand couteau. Herblin profita de l'instant où la femme sortit pour s'en emparer. Il s'apprêtait à s'éloigner de l'écurie, quand une poigne ferme s'abattit sur son épaule droite.

— Qu'est-ce que tu fais là, toi ? Voilà que tu voles le pain, maintenant ?

Branson, qui furetait partout, voyait tout, se tenait en face de lui, menaçant.

— C'est le ciel qui t'envoie, ou plutôt le diable ! Sais-tu qui on cherche dans les fossés ?

Herblin hésita un instant, cela n'échappa pas à Branson, qui alla droit au but :

— Tu vas nous raconter comment tu as dépêché dame Eugénie ! Elle aurait eu la peste, à ce qu'on dit, et toi, tu n'as pas attendu qu'elle rende son dernier souffle pour la jeter à l'eau ? C'est bien ça ?

Herblin eut une inspiration :

— Ce n'est pas vrai. Dame Eugénie n'est pas morte. Je l'ai sauvée.

— Que dis-tu ? Voilà une excellente nouvelle. Le seigneur va être content.

Sans ménagement, Branson, tenant toujours Herblin par son surcot mouillé, sortit et demanda à deux garçons d'écurie qui emportaient les morceaux du porc de lui prêter main-forte. Quelques instants plus tard, ils entrèrent dans la salle d'armes où Guy de Rincourt était censé faire son exercice matinal, mais le chevalier n'avait pas la tête à jouter. Ils le trouvèrent seul, assis sur un rondin de bois qui servait de siège aux curieux. Le seigneur de Valence avait refusé de se rendre à la chapelle et demandé au père

Delbois de retarder l'office du matin. En apprenant la disparition d'Eugénie, il avait tout de suite soupçonné Grâce et avait fait irruption dans la chambre de son épouse.

— Madame, j'en réponds sur moi-même, si notre hôte est morte je vous fais enfermer au couvent des Ursulines à Pau !

Grâce prit le temps de réfléchir, donna un conseil à sa coiffeuse qui lui attachait toujours les cheveux trop hauts sur la nuque, et huma un flacon de parfum. Enfin, elle demanda d'une voix très calme :

— Que se passe-t-il, mon ami ? Voilà que vous perdez le sens des convenances ?

— Il s'agit bien de cela ! Vous donnez l'ordre à vos serviteurs des basses besognes de dépêcher madame Eugénie au mépris des règles élémentaires de l'hospitalité. Cette femme était sous ma protection.

— On m'a dit que madame Eugénie était atteinte de fortes fièvres, qu'elle vomissait et que sa peau s'était couverte de taches grises. J'ai demandé à mon médecin Porterrio de l'examiner. Il a constaté la peste, monseigneur, la mal-mort dans vos murs malgré les reliques de sainte Jésabelle. J'ai demandé qu'on l'éloigne afin de ne pas pourrir l'air. Et si, par malheur, il lui advenait de passer, j'ai ordonné qu'on enferme son corps en un sac et qu'on le jette dans les fossés. Ai-je eu tort ?

Rincourt allait de long en large dans la pièce éclairée par une lumière blanche entre les rideaux légers qui cachaient la fenêtre.

— C'est faux ! Madame Eugénie dormait. Vous l'avez fait enlever et noyer dans les fossés alors qu'elle ne présentait aucun signe du mal.

Grâce sourit en montrant ses dents gâtées.

— Mon ami, ne croyez-vous pas celle qui se dévoue corps et âme pour vous ? La mère de vos filles !

— Mes filles ? Justement, vous n'avez pas été capable de me donner un fils !

— Si vous honoriez plus souvent ma couche, rien ne s'opposerait à ce que vous ayez un fils. Les astres sont même très favorables !

Rincourt ne releva pas l'attaque. Il n'était pas un mari assidu. C'était ainsi : après quelques années de mariage, Grâce ne l'attirait plus. Elle n'était pourtant pas laide et savait se rendre désirable par ses tenues légères, ses parfums, mais il n'avait plus envie d'elle. Ses désirs amoureux s'étaient bloqués dans l'attente d'une seule femme : Eugénie d'Eauze.

— Je vous précise, dit-il en se dirigeant vers la porte, que vous me répondrez de ce crime !

Depuis, il attendait les nouvelles, seul dans la salle d'armes, sursautant chaque fois qu'un valet venait lui demander un ordre ou un avis. Il bondit sur Branson quand il le vit entrer avec le jeune Herblin.

— Ah, te voilà enfin !

Branson fit signe à ses accompagnateurs de retourner à leurs tâches, puis poussa Herblin devant le chevalier debout dans sa tunique blanche qui lui allait si bien qu'on se demandait s'il en avait jamais porté d'autres.

— Ce garçon était avec Guibert. Il l'a aidé à enlever dame Eugénie.

D'un bond, vif comme l'éclair, Guy de Rincourt prit le jeune homme par le surcot et le serra à l'étouffer.

— Tu as fait ça, malheureux ? Je pourrais te tuer d'un coup d'épée, mais c'est bien trop doux pour un assassin ! Qu'on appelle le forgeron pour le tourmenter au fer chaud.

Les yeux du chevalier s'étaient allumés d'une lueur de haine terrible. Herblin se laissa tomber à genoux.

— Pitié, monseigneur. Je n'ai pas tué dame Eugénie. Je lui ai sauvé la vie !

— Que dis-tu ? Ne cherches-tu pas à m'abuser ?

— Non, monseigneur, dit Herblin en éclatant en sanglots. Je n'étais pas d'accord pour enlever dame Eugénie, mais je devais obéir à Guibert qui a été bon pour moi.

— Qu'as-tu fait de dame Eugénie ?

Le chevalier de Rincourt reprenait espoir. Cela se voyait sur son visage qui retrouvait une couleur de vie.

— Est-elle vivante ?

— Oui, monseigneur, elle est vivante grâce à moi qui ai commis une bien vilaine action. Pourtant, je ne le regrette pas.

— Mais tu vas parler ou je te fais fouetter !

Herblin raconta comment avec Guibert, ils avaient enlevé Eugénie, comment Guibert voulait abuser d'elle et comment il l'avait assommé avec un pieu, et avait jeté son corps dans le fossé.

— Eugénie est la plus belle femme de la terre ! dit le jeune homme. Et j'accepte de mourir pour elle.

Il rougit, conscient d'avoir trahi un sentiment qui ne s'avouait pas, alors il ajouta pour tempérer le tumulte qui l'agitait et surtout pour s'attirer les bonnes grâces de Guy de Rincourt :

— Je dis cela parce qu'elle ressemble à ma pauvre mère et qu'elle m'a parlé avec autant de douceur.

Rincourt n'avait pas entendu. Il était tout entier au désir de retrouver Eugénie. Il ordonna à Branson :

— Fais quérir dame Eugénie. Qu'on me l'amène. Tu m'en réponds sur ta vie.

Branson s'éloigna, laissant Herblin seul avec le chevalier de Rincourt qui tournait en rond, s'approchait de la porte fermée comme pour sortir, faisait demi-tour. Il frappait ses poings l'un contre l'autre, levait ses yeux de faucon sur le jeune homme qui tremblait de peur, puis recommençait sa marche. Le bruit de ses semelles cloutées éclatait dans le silence de la vaste pièce.

Le temps ne passait pas ; le seigneur de Rincourt étouffait sous sa cotte qu'il délaça avec des gestes nerveux. Herblin aurait voulu se proposer pour l'aider, mais il n'osa pas. La force de cet homme silencieux le paralysait. Enfin, des pas retentirent au-dehors, la porte s'ouvrit. Branson et deux hommes portant un chapeau de fer firent entrer dame Eugénie dont la chemise de nuit en tissu blanc léger était encore constellée de brindilles de paille. Rincourt s'approcha, la dévisagea comme s'il cherchait les traces des sévices que Guibert lui avait fait subir. Elle le regarda rapidement puis se tourna vers Herblin qui fit semblant de ne pas la voir.

— Madame, je vous demande pardon pour ce qui s'est passé ! déclara Rincourt. Vous êtes sous ma protection et je vous jure que cela ne se reproduira pas. Désormais, vous logerez dans la chambre voisine de la mienne. Deux gardes seront désignés pour surveiller votre porte nuit et jour.

Eugénie passa la main dans ses cheveux défaits. Son regard dur se planta dans celui de Rincourt, qui finit par baisser les yeux.

— Vous aurez alors tout le loisir de me faire étrangler !

— Madame, je n'ai cherché qu'à vous être agréable !

Puis, se tournant vers Branson, il ajouta :

— Va dire aux cuisines qu'on prépare à manger pour dame Eugénie et ce jeune homme. Et qu'on me laisse seul avec elle.

Tout le monde sortit. Herblin, en passant la porte, se tourna vers Eugénie qui lui fit un petit signe des yeux. Quand la porte fut fermée, Rincourt se tourna de nouveau vers la jeune femme qui passa à l'attaque :

— Agréable, dites-vous ? C'est pour cela que vous avez ruiné le château de mon époux, que vous m'avez séparée de lui et de mes enfants et que vous avez ordonné qu'on me jette dans les douves !

— Je n'ai rien fait de tout cela ! J'ai donné l'ordre qu'on apporte de quoi manger à la famille d'Aignan et que vos enfants ne manquent de rien.

— Permettez-moi de regagner ma prison ! dit Eugénie en se dirigeant vers la porte.

Rincourt reprit sa marche nerveuse de long en large dans la pièce, frappant de la main un cheval d'arçon, puis du poing un bouclier qui sonna comme un gong.

— Voyez cette tunique blanche, s'écria-t-il. Je la porte depuis le jour du tournoi où vous eûtes pour moi un regard dans lequel je crus lire de quoi espérer. J'ai compris pourquoi je suis de glace devant les plus belles femmes de Gascogne, pourquoi ma propre épouse me laisse indifférent. C'est vous, madame, que je veux, vous seule, et j'ai fait le vœu de porter ce surcot tant que vous ne serez pas à moi.

— Alors, vous le porterez jusqu'à votre dernier jour ! cria Eugénie en claquant la porte.

Matthieu d'Eauze aida Perrine à rassembler les huit moutons qui s'étaient éloignés des friches où ils broutaient les herbes tendres poussées pendant les pluies d'automne. Il faisait froid. Du ciel gris tombait une humidité qui gelait les membres, s'insinuait sous les chemises de laine. Les chausses mouillées, le garçon courait derrière les animaux récalcitrants afin de les tenir à distance de la forêt d'où un loup avait surgi quelques jours auparavant. Le champ laissé à l'abandon depuis deux ans allait être labouré au printemps prochain, car c'était de la bonne terre bien abritée du nord par la colline. Eude d'Aignan y sèmerait de l'avoine.

Au château, depuis deux semaines que Matthieu et Benoît étaient arrivés, on ne se préoccupait plus des bannes de blé vides. Tous les trois jours, un cavalier arrivait avec un panier plein de victuailles, du pain, du lard, du jambon et souvent une volaille plumée, prête à mettre dans la marmite. Eude s'était opposé à cette aumône, son orgueil de noble n'acceptait pas l'aide du chevalier de Rincourt. Éliabelle lui fit valoir qu'ils n'avaient pas de quoi passer l'hiver, que l'agresseur d'Eauze ne leur faisait aucun cadeau : il assurait la survie des enfants dont il avait la charge.

— Tu n'as qu'à être absent quand les cavaliers apportent le panier de provisions. Ainsi, tu ne seras pas au courant et ton orgueil n'aura pas à en souffrir !

On mangeait donc à sa faim au château d'Aignan quand les vilains du voisinage économisaient les châtaignes sèches, les fèves, les pois chiches qui remplaçaient le pain devenu rare. Le froid en ce mois de décembre, l'humidité, faisaient courber l'échine à ceux qui devaient travailler par tous les temps, réparer les chemins endommagés par les orages, refaire les rigoles pour évacuer les eaux dans les bas-fonds, irriguer les parcelles sèches.

Matthieu et Benoît s'étaient habitués à la vie paysanne avec la facilité d'adaptation des enfants. Benoît réclamait sa mère, mais la grande tendresse de tante Éliabelle réussissait toujours à le consoler. Ils ne redoutaient que le cousin Jean qui grognait comme un porc et les regardait curieusement de ses petits yeux d'animal. Dans la journée, ils se mêlaient aux vilains, aux enfants des valets et participaient comme eux aux travaux de la ferme réservés aux plus jeunes : garder les troupeaux d'oies, ramasser de l'herbe pour les lapins, récolter les fruits sauvages… Matthieu, à cause de sa carrure, avait appris à conduire la charrue, guider le cheval dans les sillons, et accomplissait des tâches qui demandaient un peu de force. Il portait les seaux d'eau, maniait la fourche pour distribuer le foin aux deux vaches et assistait les bergères quand un danger les menaçait, pillards aperçus dans la forêt, loups et parfois un ours perdu venu des montagnes voisines.

Matthieu, qui passait ses journées dehors, pensait à son père. Qu'était-il devenu ? Pourquoi ce silence ? S'il était vivant, pourquoi ne le lui faisait-il pas savoir ? Il pensait aussi à sa mère, prisonnière de Rincourt, et se disait qu'un jour, il les vengerait tous les deux.

La détermination de cet enfant, son goût pour l'action, les épreuves de force, lui valaient le respect des adultes. Tous voyaient en lui la noblesse de l'illustre lignée d'Eauze dont le fondateur, Robert d'Eauze, avait été anobli par Charlemagne.

Aussi Eude d'Aignan confiait-il à son jeune neveu des tâches de confiance, celles qu'il réservait auparavant à ses serviteurs les plus audacieux. Chasser le loup qui rôdait autour des moutons convenait à ce gamin qui trouvait là l'occasion de montrer son courage. Cette mission le grandissait auprès de Perrine dont il aimait les boucles qui s'échappaient du foulard, le sourire espiègle. Johanet, le frère de la petite fille, partageait ses envies de combats singuliers, de gloire et de revanche. Les deux garçons s'imaginaient adoubés après une bataille victorieuse. Johanet, pour se hisser au niveau de Matthieu, reniait son père naturel dont les terres appartenaient au domaine d'Aignan. Il se disait bâtard du roi de Naples passé en Aquitaine dix années plus tôt. Matthieu l'aidait à embellir ce gros mensonge qui donnait corps à des rêves de grandeur et l'aidait à supporter sa misère.

Ce matin de pluie, il battait le taillis pour faire fuir le loup qui avait été aperçu dans les parages. Perrine grelottait sous sa cape noire. Depuis la veille, des frissons parcouraient son corps. La nuit précédente, des cauchemars étranges l'avaient terrorisée. La femme à la faux lui avait coupé les jambes et l'avait enfermée dans un grand sac plein de morts. Sa chair se dissolvait en un liquide putride qui coulait, visqueux autour de sa tête restée intacte. Perrine s'était réveillée avec une douleur terrible sous les bras et à l'aine. Des billes dures s'étaient formées sous la peau. Le moindre frôlement lui arrachait des cris. Pourtant, dès les premières heures du jour, elle avait dû conduire son troupeau au pâturage.

Matthieu fit le tour de la bande de forêt qui s'avançait entre deux parcelles de friches et revint vers Perrine, qui s'était assise. Il la trouva tremblante ; ses grands yeux pleins d'une lumière vague regardaient le garçon avec terreur. Son visage était grêlé de petits boutons rouges.

— J'ai mal ! se plaignit-elle. J'ai peur aussi, je crois que je vais mourir.

Matthieu passa sa main sur la joue boutonneuse de la fillette, et sentit des boules dures sous la peau à l'endroit des boutons.

— Ce n'est rien ! Tu vas guérir bien vite !

— Non ! répondit Perrine. Je sais ce que j'ai. Je me sens écrasée comme si je soulevais un fagot d'épineux !

— Je vais te porter. Tu vas t'allonger près d'un feu et tout ira mieux. Tu as attrapé froid, voilà tout.

— Non ! La faucheuse du diable, la dame de l'enfer est venue me voir cette nuit.

Elle claquait des dents. Des vagues de frissons agitaient ses épaules et son corps. La pluie fine et froide collait ses cheveux à son front.

— Je t'emmène à la maison, tant pis pour les moutons.

— On ne peut pas les laisser seuls, murmura la fillette. Il y a le loup et peut-être quelque voleur caché derrière la haie.

Matthieu ordonna au chien de rassembler les animaux et chargea Perrine sur son épaule. Il était vraiment très fort et, dans les travaux pénibles, prenait la place d'un garçon de quinze ans. Perrine ressentit un soulagement en se laissant aller sur ce corps robuste que la maladie épargnait.

Le chien, un vieil animal boiteux, connaissait son travail et rassembla les animaux dans le chemin creux. Matthieu porta la fillette jusqu'au château, aussi venté que les chaumières des paysans. Éliabelle attisa le feu, mit de l'eau à bouillir et prépara une tisane de verveine bonne pour faire baisser la fièvre. Elle couvrit le jeune corps d'une peau de chèvre et sentit alors les énormes ganglions sous le bras.

— C'est grave ! dit-elle. Il faut appeler le père Martin.

Martin disposait de secrets pour soigner toutes sortes de maladies. Il guérissait les blessures du feu, les croûtes de lait des nourrissons, il savait remettre un membre sorti de son articulation et replacer un os cassé. Il préparait des boissons à base de plantes qui supprimaient la douleur quand il arrachait une dent. C'était aussi un homme affable et généreux que tout le monde aimait. Les frères Saint-Joseph du monastère voisin avaient tenté plusieurs fois de le faire passer pour sorcier, car les moines tiraient de la médecine rurale la plus grande partie de leurs revenus. Mais Martin bénéficiait d'une haute protection : il avait guéri l'évêque de Pau d'une plaie purulente là où les véritables médecins avaient échoué.

Martin ne faisait pas réellement commerce de son savoir. Il possédait quelques arpents de terre qu'il cultivait avec sa femme et ses quatre fils, il rendait service à l'occasion sans jamais demander le moindre paiement, mais ne refusait pas les cadeaux qui lui valaient une bonne aisance et le plaçaient au-dessus des vilains ordinaires.

Matthieu courut le chercher. L'homme, âgé, marchait difficilement. Il fit atteler sa carriole à son âne dont la réputation de carne n'était plus à faire. Tout en cheminant, il se fit décrire les symptômes de la maladie. Son visage se ferma quand le garçon parla des ganglions sous les bras.

Éliabelle et Eude l'accueillirent en lui serrant les mains et le conduisirent auprès de la jeune malade dont la fièvre était encore montée.

— Pas de doute ! dit l'homme. C'est la maladie !

— La maladie ?

— Oui, la peste qui tue sans rémission ! insista Martin. Parfois, elle sème des taches grises sur la peau, fait vomir du sang pourri et une bave verte, parfois, les glandes des bras et du bas-ventre grossissent exagérément. Les deux manières tuent tout aussi vite, souvent en moins d'une journée, dans des douleurs infernales. Ne vous approchez pas : le diable habite cette pauvre fille. Si son souffle vous atteint, vous serez morts demain !

— La peste ! fit dame Éliabelle en prenant un air catastrophé. Ce n'est pas possible ! Perrine est innocente ! Pourquoi Dieu la punirait-il ?

Martin porta la main à son bonnet qui laissait échapper des plumes de cheveux blancs. Il ouvrit sa bouche sans dents.

— Dieu a ses raisons que nous ne comprenons pas ! Je ne peux rien pour cette enfant. Faites venir le curé.

Toute la maisonnée s'était rassemblée à la porte du vieux château. La nouvelle était terrifiante : Perrine, la fille de Léonard, était atteinte de la mal-mort ! Les vilains se sentaient fiévreux et se tâtaient sous les bras pour y chercher la moindre douleur significative. Ils se rappelaient leurs fautes, et juraient d'aller se confesser au plus vite. Certains pensaient à l'argent qu'ils gardaient secrètement et juraient de le donner au curé. Tous se sentaient l'âme si noire qu'ils se voyaient déjà condamnés au pire des supplices. Que pouvaient-ils espérer de plus, ces pauvres bougres vêtus de braies, de vêtements grossiers de chanvre, ces affamés pour qui souffrir était ordinaire ? Ils étaient toujours les premiers sur qui la colère de Dieu s'abattait. D'ailleurs, n'avaient-ils pas été créés pour cela ? Pour travailler jusqu'à l'épuisement et permettre aux nobles, aux bourgeois des villes, de vivre loin de ces soucis quotidiens ?

Le révérend père Godet arriva tout essoufflé, suivi de deux enfants en chasuble qui portaient l'encensoir et le livre des prières. De forte corpulence, il suait même dans les rigueurs de l'hiver.

Les vilains se découvrirent et se signèrent à son passage. Il entra sans les voir dans le château sombre, éclairé au fond par les flammes de la cheminée. Matthieu d'Eauze n'avait pas quitté Perrine et tenait sa main gelée en lui murmurant des paroles de réconfort. Prudent, l'homme d'Église ne s'approcha pas de la malade : l'âme d'une souillon ne valait pas qu'il risque sa santé ! Il alluma l'encensoir et prononça les litanies près de la porte. Quand ce fut le moment d'oindre la mourante, il tendit le saint chrême à un enfant de chœur et lui demanda d'aller dessiner une croix sur le front pustuleux de la fillette. Éliabelle serra les lèvres : ce qu'elle pensait depuis longtemps du père Godet se vérifiait. Ce couard ne se montrait généreux qu'avec les riches.

Le prêtre ne s'attarda pas à l'intérieur du logis qui puait la mort. Une fois dehors, il huma la brise froide et parcourut de ses yeux sévères le groupe d'hommes et de femmes en haillons qui baissaient la tête comme des enfants pris en faute.

— Voilà ce qu'il en coûte de ne pas suivre les conseils de votre pasteur.

Il s'éloigna de son petit pas d'obèse. Des femmes priaient, les mains jointes, à genoux sur le sol boueux. Quelques hommes sentaient monter en eux une révolte qu'ils refoulaient pour ne pas s'exposer à la colère de Dieu. Le pardon ne serait donc jamais pour eux !

Perrine rendit l'âme quelques instants plus tard, Matthieu ne l'avait pas quittée. Dans son inconscience d'enfant, il ne redoutait pas le mal de l'enfer ; confiant dans sa force, il voulait bien lutter contre le diable, l'obliger à céder comme il savait le faire avec un chien hargneux ou un bélier bagarreur.

Le lendemain, quatre autres personnes moururent dans le pays. Apeurés, les gens du château et des manses voisines se regroupèrent. Une procession se rendit à l'église à la tombée de la nuit. Le révérend Godet les sermonna :

— Voilà que vous venez faire pénitence, que vous invoquez le pardon de Dieu parce que vous savez que la maladie infernale vous menace, qu'elle ne fait pas de différence entre jeunes et vieux, méchants ou envieux. Que faisiez-vous quand tout allait bien ? Rien ! Vous passiez à côté de l'église sans vous signer, sans penser au Créateur. Voilà qu'il vous demande des comptes et vous venez l'implorer. N'aurait-il pas été plus judicieux de le prier de toutes vos forces ?

Éliabelle s'en voulait de penser dans la maison de Dieu que cet homme était méchant et mauvais serviteur de Jésus. À côté d'Eude, grand, maigre, voûté, elle se demandait comment avertir Eugénie que ses deux garçons étaient en danger ; qu'il fallait les éloigner au plus vite. Elle pensa alors à Renaud d'Aignan, le frère cadet de son époux, le beau Renaud, tellement séduisant, Renaud qui jouait de la musique, chantait des airs pleins d'entrain, qui savait si bien évoquer la jeunesse, l'amour, le printemps et tout ce qui faisait le bonheur sur cette terre… Elle chassa cette pensée coupable. Le révérend Godet lui avait souvent dit que le troubadour était le suppôt de Satan, le pire des hommes. Alors, Éliabelle se concentra sur la prière, sur les mots que ses lèvres prononçaient, mais le visage souriant de Renaud restait présent à son esprit. Elle se souvenait du jour où il avait amené Eugénie. C'était l'hiver. Le nourrisson avait pu survivre tout au long de l'interminable voyage grâce à Maria la Muette, cette pauvresse à qui on avait coupé la langue. « Garde-la bien, elle est fille de reine. Un jour, elle retrouvera son rang ! » Éliabelle n'avait pas cherché à en savoir plus. Dix ans plus tard, Renaud était venu chercher Eugénie :

— Il est temps de lui donner une éducation de princesse !

Eugénie était restée sept années au couvent de Saint-Jal à Toulouse où étaient éduquées les filles des plus grandes familles d'Occitanie. Elle y apprit la langue d'oïl, le latin, et les belles manières. Ce fut une princesse de dix-sept ans qui revint à Aignan. Intimidée, Éliabelle ne lui parlait plus avec sa familiarité habituelle. Renaud avait dit : « Je te la confie encore un peu. Je reviendrai bientôt la chercher ! » Quand le troubadour revint, deux ans plus tard, Geoffroi d'Eauze l'avait enlevée et épousée. « Voilà qui est bien fâcheux ! » avait dit le troubadour sans cacher sa colère. Éliabelle n'avait pas cherché à en savoir plus : la vie errante de Renaud était faite d'aventures, de rencontres amoureuses. Elle l'avait souvent envié même si ce n'était pas très chrétien de rêver à des bonheurs futiles.

Au retour de l'église, Éliabelle donnait la main à Matthieu et Benoît. Il lui semblait qu'en les tenant ainsi, elle les protégeait. Elle voulait bien souffrir, mais que la maladie épargne ces pauvres garçons dont on avait détruit le château et la famille ! « Mon Dieu, priait Éliabelle, faites que Renaud passe dans les parages. S'il avait la bonne idée de se présenter au vieux château d'Aignan, je jure de ne plus jamais manger de viande ni de fruits ! »

Une semaine plus tard, on apprit à Valence que la peste frappait tout le pays. Les morts ne se comptaient plus. Les enterrements groupés rassemblaient parfois plus de dix cercueils fabriqués à la hâte avec du bois vert. Les jeunes étaient particulièrement touchés par la forme bubonique qui préférait des corps vigoureux aux vieillards secs. La maladie agissait avec la plus grande fantaisie, prenant toute une famille dans un hameau, épargnant les autres, tuant parfois une seule personne pour aller semer la désolation plus loin. La volonté de Dieu échappait aux hommes les mieux instruits.

Dans les villes, les processions de pénitents se multipliaient, mais Dieu restait sourd à leurs prières. Les églises étaient trop petites pour contenir ces foules apeurées, prêtes à tout pour échapper à la mort. Les rumeurs les plus folles circulaient ; on osait formuler tout haut les anciennes croyances cathares combattues par les prêtres. La maladie de l'enfer ne prouvait-elle pas que Dieu n'était pas le seul maître du monde ? Le diable, son égal en puissance, commandait la cavalière à la faux. C'était pour lui qu'il fallait célébrer des messes noires, égorger des nouveau-nés et boire leur sang, faire le signe de croix à l'envers ! Des escouades de clercs, prêtres, moines, diacres, prêcheurs, ne cessaient de mettre la population en garde contre ces pratiques qui se perpétuaient dans les caves et les nuits de pleine lune, mais sans résultat. La peur de mourir, de perdre sa place dans cette vallée de larmes était la plus forte.

Le château de Valence était épargné. Les reliques de sainte Jésabelle montraient leur efficacité. Eugénie vivait dans les trois pièces que Guy de Rincourt lui avait allouées. Il lui faisait de fréquentes visites, surtout le soir, l'invitait à écouter des musiciens, des poètes occitans, à assister à des spectacles de jongleurs ou de montreurs d'ours, elle refusait avec hauteur :

— Messire, on ne m'achète pas ! Je ne veux rien vous devoir, pas même le petit plaisir d'entendre un musicien jouer un air de mon père !

Rincourt n'insistait pas, espérant qu'elle finirait par céder. Un soir, excédé, il s'exclama :

— Je ne veux que votre bonheur, madame. Vous me reprochez de vous avoir arrachée à votre époux ! Tout le monde sait au pays qu'Eauze est un rustre et que vous avez reçu une éducation de grande noblesse. Je vous ai libérée, voilà la vérité !

— Mon bonheur ne vous regarde pas. Qui êtes-vous pour aller ainsi à l'encontre de la volonté de Dieu ?

Poussé à bout, il eut la franchise de répondre :

— Je suis celui qui vous aime, madame, et vous aimera toute sa vie !

Eugénie abaissa les paupières. Ses lèvres se contractèrent en une petite moue vite réprimée.

— La mort fauche les jeunes comme les vieux en dehors de ces murs, poursuivit Guy de Rincourt. Je vous garderai ici le temps qu'il faudra pour vous tenir à l'abri du mal. Ensuite, vous serez libre.

— La peste tue aussi à Aignan et peut me priver de mes fils. Ainsi vous m'aurez tout pris !

— Je ne vous ai rien pris, madame, que je ne souhaite vous rendre au centuple !

De son côté, Grâce de Mirande ne décolérait pas. Son mari ne lui rendait visite que pour lui faire des reproches. Il ignorait ses filles dont l'avenir était tout tracé : l'aînée serait mariée à un seigneur gascon, la deuxième irait au couvent. La présence d'Eugénie lui rendait encore plus brûlant le regret de ne pas avoir de fils.

De ses yeux bleus auxquels rien n'échappait, Grâce observait son époux. Le sens de ses regards au loin, de sa perpétuelle mauvaise humeur ne lui échappait pas. Il ne manifestait guère plus ses sentiments qu'à l'habitude, mais ses gestes vifs, moins réfléchis, montraient sa préoccupation. Ses proches croyaient qu'il redoutait la maladie ; Grâce avait compris qu'il ne supportait plus d'être rejeté par d'Eugénie.

— C'est elle ou moi ! dit-elle à Porterrio qu'elle avait rejoint aux cuisines où il s'était fait servir les restes d'un chapon.

— Les voies du Seigneur nous échappent ! répondit le gros Lombard qui tenait à deux mains la carcasse graisseuse. Il dirige les étoiles pour nous montrer le chemin et j'ai pu y lire de bien curieuses choses ces dernières nuits.

Grâce s'assit en face de l'homme dont la barbe luisait. Il posa les restes du chapon, leva sur elle ses gros yeux veinés de rouge, suça le bout de ses doigts avec un bruit de lèvres qui déplut fortement à la femme, puis s'essuya les mains à la nappe de lin. Grâce avait une grande confiance en lui et le payait largement car il était cupide. Sa finesse d'Italien, son sens des travers humains le poussaient à profiter des penchants de chacun. Il entretenait un réseau d'informateurs fiables qui le rendait indispensable. Guy de Rincourt avait essayé de le soudoyer, de se l'attacher, mais l'obèse avait un penchant naturel pour Grâce et ne pouvait jouer sur les deux tableaux, car il avait compris, bien avant la peste et les événements d'Eauze, que les destins des deux époux se sépareraient bientôt. Ainsi, s'il rendait quelques services au chevalier pour donner le change, n'était-il fidèle qu'à Grâce qu'il manipulait au besoin.

L'homme se leva vivement, ajusta son surcot tendu par sa bedaine et invita Grâce à le suivre. Ils s'éloignèrent des cuisines situées dans la partie basse du château, montèrent un escalier très raide et mal éclairé par lequel les serviteurs acheminaient les grosses pièces de vénerie jusqu'à la salle à manger. Ils entrèrent dans une petite pièce à l'unique ouverture d'où soufflait un courant d'air froid. La cheminée était éteinte ; des bûches noires avaient roulé sur les dalles. Une table dressée au milieu de la pièce était encombrée de parchemins, d'objets curieux, fioles, cornues, serpentins en verre. Face à l'ouverture que la lumière frappait directement, les signes du zodiaque étaient dessinés sur une peau de veau tendue dans un cadre de bois accroché au mur. Il faisait froid, une odeur d'encens mêlée à d'autres senteurs agaçait les narines. Porterrio ferma la porte et invita Grâce à s'asseoir sur un siège près de la cheminée.

— Les oreilles sont partout ! dit-il en dressant devant la fenêtre une fiole à moitié remplie d'un liquide bleuâtre.

— C'est elle ou moi ! répéta Grâce. Je préfère mourir que continuer à voir mon époux tourner autour de cette femme !

Porterrio sourit, puis se moucha sans manière en pinçant son nez entre ses doigts. Un jet visqueux alla s'accrocher à une bûche dans la cheminée.

— Qui vous parle de mourir ? La faucheuse n'a-t-elle pas été envoyée sur terre par Dieu pour punir les hommes et les femmes de peu de foi ?

— Certes !

— Elle punira la femme qui ensorcelle votre mari. J'ai dessiné son ciel astral, les marques du démon sont partout. Cette femme est le diable en personne. Dieu va la châtier, mais pour cela, il faut qu'elle s'en aille.

— Que veux-tu dire ?

— Ici, elle est protégée par les reliques de sainte Jésabelle. Par contre, si elle quitte le château… Enfin, nous devons seulement favoriser sa fuite.

Grâce était perplexe. Si cette femme possédait un pouvoir démoniaque, elle pouvait très bien échapper à la maladie en dehors de ces murs. Une fois libre, elle serait encore plus dangereuse. Porterrio la rassura :

— Nous n'allons pas attendre que la mal-mort fasse son œuvre purificatrice. Nous armerons un bras peu scrupuleux. Les cadavres sont tellement nombreux et tellement repoussants qu'on ne prend pas le temps de les examiner de près. Et puis, les coupe-jarrets ne manquent pas en ces temps difficiles. Personne n'est à l'abri d'une mauvaise rencontre !

— Tu vas t'expliquer à la parfin ! s'exclama Grâce.

— La chance est de notre côté. Mes espies me coûtent cher, mais me servent bien. Comme vous me l'aviez demandé, j'ai soudoyé plusieurs hommes dans le voisinage du château d'Aignan pour me raconter ce qui s'y passe. Et ils ont pêché un très gros poisson.

— Parle donc ! Tu m'exaspères à tourner en rond.

— Renaud d'Aignan, le troubadour, le père d'Eugénie, est au pays. Il ne s'est pas trop montré parce qu'il ne s'entend pas avec son frère, Eude, ce qui ne m'étonne pas. Eude est triste, maigre comme un héron, tout en jambes, et assommant avec sa noblesse et ses ancêtres. Renaud est bel homme malgré son âge, presque cinquante ans, il chante comme un rossignol et trouve des histoires qu'il raconte avec tant de belles manières ! Renaud a dû beaucoup plaire aux femmes.

— Qu'est-ce qu'il veut ?

— Parler à sa fille. Lui faire une révélation extraordinaire, car Eugénie n'est pas n'importe qui. Ce n'est pas pour rien qu'il l'a fait éduquer chez les sœurs de Saint-Jal où passent toutes les héritières de grande noblesse ! Renaud s'est arrangé pour voir sa belle-sœur, avec qui il a dû fricoter autrefois parce qu'elle le regarde avec des yeux brillants. La peste l'oblige à agir. Le sac du château d'Eauze en est l'occasion ! Alors, il a écrit à Eugénie. Une lettre qui lui sera remise ce soir.

Grâce réfléchissait. Elle ne pouvait plus attendre, chaque jour qui passait était une torture, surtout le soir, quand Guy la laissait seule dans sa couche. Elle écoutait aux portes, plaquait son oreille contre les murs. Elle se sentait capable de tuer malgré sa foi profonde, de risquer l'enfer pour échapper à cette douleur d'entrailles, cette jalousie qui écartelait sa poitrine et broyait son cœur.

— Ce sont des mots ! dit-elle. Les actes ?

— Tout est en place. Ce soir, le pont s'abaissera comme chaque soir afin de laisser entrer les chariots de foin pour les chevaux. Les marchands, les soldats, les valets, les musiciens, tout le monde en profite pour entrer et sortir. Les gardes ont fort à faire et ne surveillent que d'un œil. Eugénie s'échappera en compagnie de deux hommes d'Aignan, mandatés par son père, ceux qui ont apporté la lettre. Sur le chemin, ils feront une mauvaise rencontre : des hommes à moi, sûrs et, eux aussi, bien payés.

Grâce sourit, dégrafa lentement son collier d'or qui accrochait la lumière diffuse. Porterrio leva les mains devant lui, comme pour refuser.

— Prends. Je n'en ai pas autant besoin que de mon chevalier.

— Le chevalier sera occupé avec des artisans qui veulent lui montrer une nouvelle arbalète de leur invention dont la corde ne se détend pas avec la pluie. Le jeune Herblin me servira d'intermédiaire. C'est lui qui va apporter la lettre. Depuis qu'il a sauvé Eugénie de la noyade, il se ferait couper en morceaux pour elle.

— Qu'est-ce qu'elle a de plus que les autres ? questionna Grâce, les yeux levés sur l'unique source de lumière, toujours obsédée par l'image d'Eugénie.

Elle l'enviait. Par quel sortilège cette femme sans fortune attirait-elle l'amour des hommes ? Son attitude de grande dame les poussait-elle à tenter l'assaut d'une citadelle difficile ? Non, c'était plus simple et plus charnel. Eugénie donnait envie de faire l'amour comme d'autres inspirent la méfiance, c'était dans sa nature, un don du diable pour semer la haine. La faire disparaître n'était donc pas un péché, mais un acte de piété ! Grâce se leva, convaincue de ne pas être complice d'un crime, mais d'une œuvre utile.

— Mon époux m'en saura gré, plus tard, quand il s'apprêtera à comparaître devant le juge suprême.

Herblin était tiraillé par des sentiments contradictoires. Le jeune garçon était reconnaissant envers Guy de Rincourt qui, pour le remercier d'avoir sauvé Eugénie, l'avait placé parmi ses écuyers nobles, lui l'ancien garçon d'écurie. Le jeune homme, excellent cavalier en qui le maître avait tout de suite reconnu un futur champion de joute, aimait chasser le loup et poursuivre les voleurs qui détroussaient les cadavres encore chauds, brûlaient les manses isolées, volaient le bétail. Mais il aimait aussi Eugénie, d'un amour qui n'était plus seulement celui d'un petit garçon. Il se sentait coupable d'en vouloir à Rincourt, d'éprouver le même sentiment que lui. Son violent désir, qu'il ressentait comme le pire des péchés, s'opposait à sa soumission naturelle, à la sublimation d'un maître qu'il vénérait.

Il s'arrangeait toujours pour rejoindre Eugénie qui sortait parfois l'après-midi dans la cour au pied du donjon.

Rincourt laissait faire. Il s'était mépris sur le sentiment profond d'Herblin. Par lui, il espérait toucher la jeune femme, raison pour laquelle il parlait beaucoup au jeune homme, lui racontait sa jeunesse, l'arrivée de ses ancêtres en terres d'Oc, et sa solitude à côté de Grâce qu'il avait cessé d'aimer. Herblin écoutait, respectueux et fébrile.

Cet après-midi, il attendait Eugénie depuis plusieurs heures, quand enfin il la vit sortir du corps central du château, vêtue d'une cape fourrée, d'un capuchon en soie aux couleurs vives. Il la regarda marcher dans l'allée, tenant un petit bâton qu'un vieux vannier avait sculpté en forme de serpent. Son cœur battait très fort. L'interdit s'imposait à son esprit, la réaction de son corps lui échappait et il en avait honte. Le soleil était sorti après les dernières pluies. Il faisait doux, les petites feuilles persistantes des buis luisaient comme de minuscules pièces de monnaie.

Herblin, plus gêné que d'habitude, sentait dans la poche de son surcot le parchemin que les Mounier, arrivés la veille pour aider à la réparation d'une toiture, lui avaient confié. Le père et le fils s'étaient fait une réputation d'ouvriers qui ne reculaient devant rien. Insensibles au vertige, ils replaçaient les ardoises ou les tuiles sur les tours les plus hautes, dans les lieux les plus escarpés. Ils s'étaient présentés au maître des lieux sans dissimuler ce qu'ils pouvaient dire de leur mission : dame Éliabelle les envoyait pour donner des nouvelles de ses enfants à Eugénie. Rincourt pensa que c'était l'occasion de montrer sa bonne volonté et permit à Eugénie de rencontrer les deux hommes sous la surveillance discrète de Branson. Les couvreurs la rassurèrent : la maladie épargnait sa famille. Matthieu s'était montré très courageux en assistant une petite bergère morte près de lui.

Eugénie ne dormit pas de la nuit. La menace qui pesait sur ses garçons la mettait en face de son impuissance. Elle passa de longues heures en prière, espérant un conseil, mais la lumière divine ne l'éclaira pas. L'image hautaine de Rincourt obstruait son esprit.

La seule manière de sauver Matthieu et Benoît était de les faire venir ici, où personne n'avait été inquiété. Pourtant, elle s'y refusait car, dans son esprit, il était inimaginable de rassembler sous le même toit les fils d'Eauze et Guy de Rincourt. Elle devait donc s'enfuir, mais comment ?

Elle s'avança sur la terrasse, resta un long moment à contempler le paysage au bas de la colline, les hameaux épars, la ville entourée de ses hautes murailles, les laboureurs dans les champs. Elle se tourna vivement : Herblin était là, à quelques pas. Il s'était avancé en chat, sans faire le moindre bruit avec ses chaussures de cuir. Il portait un chaperon de toile qui laissait libres ses cheveux aux boucles noires. Un léger duvet de barbe salissait son menton.

— Madame Eugénie, j'ai quelque chose pour vous. Du père Mounier. Une lettre.

— Une lettre ? demanda Eugénie. Pourquoi ne me l'a-t-il pas donnée hier ?

— Je crois qu'elle vient de votre père !

Eugénie fit un pas en arrière. Dieu avait-il entendu ses prières ? Herblin lui tendit un petit rouleau de parchemin qu'elle déroula en retrait des fenêtres. Elle lut rapidement :

Ma chère fille, il faut que tu me rejoignes. La fuite de ton époux est une aubaine. Je vais enfin te révéler qui était ta mère. La peste m'oblige à le faire au plus vite, car on ne sait pas de quoi demain sera fait. Tout est en place pour que tu puisses échapper à Rincourt. Le père Mounier te conduira jusqu'à moi. Je t'attends à Nogaro. Ton père, Renaud d'Aignan.

Les joues écarlates, Eugénie dissimula le rouleau dans la poche intérieure de son manteau. Enfin, elle allait savoir ! La grande question de son enfance qui ne l'avait jamais quittée allait trouver une réponse. Eugénie avait grandi avec les petits vilains, mais elle se savait d'un autre monde. Plus tard, au couvent de Saint-Jal, quand de véritables princesses la traitaient en bergère, elle se rebellait, mue par une force profonde impossible à contrôler. Elle redoutait tout à coup de découvrir une vérité décevante. Herblin lui souffla à l'oreille :

— Nous partons ce soir à la tombée de la nuit. Pour vous, je trahis celui qui a été bon pour moi, mais j'ai choisi mon camp.

— Tu ne trahis personne. Rincourt te garde pour m'être agréable. Si je pars, il te chassera ou tu retourneras aux écuries.

— Cela se peut !

Eugénie lui prit les mains. Ce contact le brûlait. Son corps n'était que désir pour cette femme, mais il ne s'en sentait pas digne. N'était-il pas un laideron, un sauvageon poussé dans une cour de ferme sans la moindre attention de personne ?

— Ce soir, dit-il, arrive un chargement de fourrage. Le chevalier sera occupé. Je vous attendrai à côté de la chapelle.

— 5 —

La nuit tombait tôt en ce mois de décembre brumeux. Après vêpres, les collines se dissolvaient dans une grisaille diffuse, puis l'obscurité s'étalait, lourde, épaisse, impénétrable. Eugénie demanda à Rincourt la permission de se rendre à la chapelle pour prier. Lui, accaparé par l'envie d'essayer une nouvelle arbalète inventée par un forgeron local, n'y vit pas malice.

— Une invention formidable ! Je vais la présenter au roi, mon cousin. Je suis un Valois par ma mère, demi-sœur de Jeanne de Champagne ! précisa-t-il.

Eugénie prit son épais manteau doublé de martre et s'éloigna. Branson était aussi tellement intéressé par la nouvelle arme qu'il avait négligé de la faire surveiller. Elle se rendit à la chapelle. Elle tremblait, mais ce n'était pas de froid. Fuir loin des murs protecteurs du château était terriblement risqué : la maladie, au lieu de décimer les voleurs, les multipliait. Elle appréhendait l'inconnu dont la porte noire venait de s'ouvrir.

Une fois agenouillée au pied du petit autel où brûlait toujours une lampe à huile de noix qui répandait une forte odeur, Eugénie congédia le valet qui l'accompagnait. Quelques instants plus tard, Herblin, entré discrètement par une porte latérale, arriva à sa hauteur.

— C'est le moment. Nous devons partir tout de suite.

Eugénie ne quittait pas des yeux la niche sous la lampe à huile où étaient enfermées les reliques. Herblin comprit l'insistance de son regard.

— On ne peut pas. C'est un sacrilège ! dit-il.

— Un sacrilège ? souffla Eugénie. Mais Rincourt n'a pas hésité à les emporter alors qu'elles reviennent à mes garçons. C'est eux qu'elles doivent protéger !

Elle sortit une clef dorée de sa poche.

— Je l'ai prise ce soir. Maintenant, je ne reculerai pas.

La clef tourna dans la serrure. Eugénie s'empara du petit coffre en bois orné de dorures, referma la porte à double tour.

— On y va ! dit-elle en emboîtant le pas à Herblin qui hésitait.

Dehors, il conduisit Eugénie jusqu'à une touffe de noisetiers. Les Mounier les attendaient avec un cheval attelé à une carriole vide.

— C'est le moment ou jamais ! dit le vieux.

Il aida Eugénie à monter sur la charrette, lui demanda de se coucher sur le plancher, ce qu'elle fit en serrant contre elle le coffre à reliques. Il la recouvrit d'une toile de couleur grise. Le groupe se dirigea vers le pont gardé par des hommes en cotte de mailles et chapeau de fer.

— Je vais donner un coup de main à ces hommes ! dit Herblin qui connaissait les gardes. Ils doivent charger des tuiles et rentrer ce soir.

— Faites vite, dit un des gardes sans se méfier. On ferme dans moins d'une heure.

— C'est plus qu'il n'en faut !

Le père Mounier piqua son vieux cheval qui boitait. La charrette cahotait sur le chemin rempli d'ornières. Bientôt, l'ombre serait si épaisse que le cheval ne verrait plus la route et qu'ils devraient s'arrêter. Les Mounier avaient repéré dans le voisinage une maison vide de ses habitants. Cette bâtisse à l'écart des petits hameaux autour de Valence était assez bien défendue par un haut mur d'enceinte défoncé par endroits. Les voleurs qui pillaient les habitations abandonnées ne manquaient pas, mais celle-ci avait été visitée tant de fois qu'il ne restait rien à emporter.

Ils y arrivèrent à la nuit noire. Des chiens errants qui occupaient les lieux se mirent à aboyer. Le fils Mounier les repoussa à coups de pieu, mais ne les chassa pas. Ces animaux seraient d'excellentes sentinelles hurlant à la moindre menace. Pour les garder, il leur donna du pain sec et des morceaux de lard fumé.

Ils allumèrent des torches. L'endroit était sinistre ; une horrible odeur de cadavre oppressait la gorge. Les hommes explorèrent la maison de la cave au grenier. Dans la grange, ils trouvèrent du fourrage pour le cheval. Le bois manquait, ils firent brûler les planches d'une cloison que les voleurs avaient défoncée.

— Il ne nous reste plus qu'à prier le ciel pour que les gardes de Rincourt ne nous trouvent pas. Nous n'avons aucun moyen de leur échapper ! dit le père Mounier en sortant d'un sac du pain, du lard, des oignons et du fromage.

Le jeune Mounier, un garçon de petite taille mais fort bien fait, agile, capable de se glisser dans un trou de souris, revint d'un hangar où se trouvaient des tonneaux, un pressoir à vin et d'autres outils. Il expliqua qu'ils pourraient y passer la nuit sur un tas de vieux foin poussiéreux et s'y cacher au besoin. Le risque de se faire détrousser existait, certes, mais il n'y avait pas d'autre solution.

— Espérons que tout va bien se passer ! dit le père Mounier, homme de forte corpulence et terriblement poilu dont l'odeur incommodait Eugénie. Renaud d'Aignan m'a dit que l'avenir du roi de France dépendait de nous. Il parle aussi bien qu'il chante !

Les Mounier, même s'ils n'avaient pas cru un mot des propos de Renaud d'Aignan, avaient à cœur de mener leur expédition à son terme. Ils resteraient éveillés pour monter la garde pendant qu'Eugénie dormirait dans le foin, surveillée par Herblin.

Le garçon conduisit la jeune femme jusqu'à la grange, oppressé par la peur de trahir ses désirs. Le froid était de plus en plus vif. Elle lui prit le bras pour faire les quelques pas dans la cour très sombre. Ils arrivèrent à la porte.

— Attends-moi un instant ! dit Eugénie.

Elle s'éloigna de quelques pas, Herblin entendit l'étoffe de la robe se froisser.

— Tu n'as pas envie, toi ?

Il ne répondit pas, incapable de parler aussi naturellement de ce petit besoin dont la pensée le rendait aussi maladroit qu'un pantin désarticulé.

Ils trouvèrent la meule de foin ; Eugénie, serrant la châsse contre elle, y grimpa à quatre pattes, invitant le garçon à la suivre. Elle se façonna un nid, soulevant un nuage de poussière qui desséchait la gorge, s'y blottit.

— Tu viens ?

Il n'osait pas et restait en retrait.

— Allez, viens.

Dans le noir, elle trouva sa main et l'attira près d'elle. Herblin était oppressé, incapable de dire un mot, lourd et pataud, redoutant de dévoiler ce désir qui incendiait ses joues et durcissait son sexe. Gêné, il se détourna quand Eugénie vint se blottir contre lui.

— Tu n'es qu'un enfant ! dit-elle avec une assurance qui culpabilisait un peu plus le jeune homme.

Herblin n'osait pas bouger. Ses membres lui faisaient mal, des mèches de cheveux chatouillaient désagréablement son visage, mais il supportait sa torture, se forçait à penser aux parades à l'épée que Rincourt lui avait apprises pour échapper aux battements de son cœur qui éclataient dans sa tête comme des coups de gong. Il aurait aimé qu'Eugénie parle, qu'elle dissipe ce silence lourd de sous-entendus. S'était-elle assoupie ? Il se dit qu'il n'était qu'un enfant livré à la tentation honteuse du diable.

Les heures passaient. Eugénie dormait paisiblement ; à côté, Herblin ne perdait pas un instant de ce qu'il découvrait comme le plus grand bonheur de sa vie. Vivrait-il une nouvelle nuit aussi intense ? Eugénie lui offrait en confiance son corps endormi et il ne voulait pas en perdre la moindre contraction. Il sentait son souffle froid et régulier sur sa joue, il s'en enivrait, tantôt rassuré comme un enfant près de sa mère, tantôt fier comme un amant près de la femme aimée.

Tout à coup, il sursauta. Un bruit, un raclement de pas l'avertit que quelqu'un approchait. Que devait-il faire ? Rester blotti dans le foin en espérant que les maraudeurs ne s'apercevraient pas de leur présence ?

La porte s'ouvrit et grinça. La lune luisait dans un halo de brume maintenant une clarté suffisante pour se diriger. Il se dressa. Eugénie se réveilla en sursaut.

— Ne bougez pas ! lui dit-il en se glissant au bas de la meule, son épée à la main.

Deux silhouettes se détachèrent dans la clarté extérieure, accrochées l'une à l'autre, tassées, bossues. Ce n'étaient pas des voleurs, mais deux vieillards qui s'appuyaient sur des cannes. Ne craignant plus rien, Herblin alluma la lampe à huile qu'il avait posée avec la pierre à feu sur une planche à côté de la meule. Les arrivants, surpris, voulurent regagner la porte, mais le jeune homme, l'épée dressée, les en empêcha.

— Pitié ! dit l'un des hommes qui portait une cagoule sur la tête.

Il était très maigre et vêtu de hardes trop légères pour le froid. Il se tenait une main posée sur l'épaule de son compagnon bossu dont la lampe à huile éclairait le visage rongé, son nez absent, la partie droite du menton où l'os apparaissait au milieu d'une plaie purulente.

— Des lépreux ! hurla Eugénie. Surtout ne les touche pas !

Herblin avait souvent croisé ces parias qui vivaient à l'écart, dans des lieux où personne n'allait jamais. Il avait vu de loin ces éclopés marcher le long des chemins en agitant leur clochette, il les avait vus se disputer près des églises où ils écoutaient la messe par le trou du lépreux, orifice taillé dans le mur, car les lieux saints leur étaient interdits.

— Ayez pitié de nous ! dit l'homme à cagoule. On nous chasse de partout et nous n'avons que la nuit pour bouger…

— Vous n'avez pas à être là ! dit Eugénie en se dressant devant eux. Pourquoi avez-vous quitté la léproserie ?

— La faucheuse, madame. La peste qui a emporté les trois quarts des nôtres. Pour manger, nous devons fouiller les maisons abandonnées. Ne nous tuez pas !

Dressant sa lampe devant lui, Herblin sortit et leur demanda de l'attendre devant la porte. Il courut avertir les Mounier qui avaient trouvé une bouteille de gnôle dans la cave et s'étaient réchauffé l'estomac un peu plus que de raison. Le vieux somnolait, le jeune tourna vers Herblin un regard glauque.

— Tu t'es disputé avec la belle ? Voilà que tu ne peux pas dormir ?

— Il ne s'agit pas de ça. Viens voir.

L'autre se mit lentement sur ses jambes. Ils arrivèrent à la grange. Les lépreux se tenaient devant la porte, grelottant. Eugénie serrait son manteau sur sa poitrine.

— On ne discute pas ! dit Mounier. Tu les passes au fil de l'épée et tu les laisses aux chiens.

Les deux malades tombèrent à genoux, suppliant qu'on les épargne. Le fils Mounier avait sorti son grand couteau et s'apprêtait à les égorger quand le père, réveillé par le bruit, arriva :

— Attends un peu ! dit-il, montrant par là qu'il avait repris tous ses esprits. C'est peut-être le ciel qui nous les envoie.

— Que veux-tu dire ?

— Je veux dire que demain, nous aurons les hommes de Rincourt à nos trousses et qu'il faudra bien trouver un moyen de leur échapper. Ces lépreux sont peut-être notre chance. Nous avons assez perdu de temps. La nuit est moins noire, nous allons nous mettre en chemin.

— Tu n'y penses pas ! C'est dangereux.

— Tout le monde redoute les lépreux, les voleurs de grand chemin comme les hommes de Rincourt.

— Alors, on y va !

Le vent avait totalement dissipé la brume, laissant une nuit assez claire qui permettrait de se diriger. Les chiens aboyaient en tournant autour du cheval. Le vieux Mounier, totalement dégrisé, savait qu'il risquait quelques mauvaises rencontres, mais il savait aussi qu'il n'avait rien à craindre des hommes de Rincourt tant que le soleil n'était pas levé. Il comptait sur la peur qu'inspiraient les lépreux pour éloigner les maraudeurs. Le cheval était une vieille carne, la charrette tombait en morceaux, l'ensemble ne valait pas de risquer d'attraper le mal le plus terrible de la création.

— Vous allez monter dans la charrette, dit Mounier aux deux malades qui ne discutèrent pas.

Il leur fallut un bon moment pour réussir à grimper sur les barreaux des roues ferrées. Enfin, Mounier leur trouva des sièges pour qu'ils ne tombent pas dans les cahots.

— Et Eugénie ? demande Herblin.

— Elle va se cacher sous la toile. Au premier geste de l'un ou de l'autre pour se rapprocher d'elle, tu les transperces tous les deux.

Puis s'adressant aux lépreux, le père Mounier précisa :

— Je vous propose un marché. Vous avez faim : voilà du jambon et du pain. Si vous ne voulez pas mourir, vous direz que vous vous êtes échappés de la léproserie d'Aignan et que nous vous y reconduisons. Vous serez notre laissez-passer. Pas un mot sur la femme cachée sous la bâche derrière vous !

Ils n'avaient pas d'autre choix que d'accepter, considérant qu'ils s'en tiraient à bon compte.

Le groupe se mit en marche. Herblin constata qu'ils ne prenaient pas le chemin le plus direct et s'en inquiéta :

— Je ne suis pas un enfançon ! dit le vieux Mounier. Je sais bien qu'au château, une dame jalouse a envoyé des hommes pour nous dépêcher et tuer notre protégée !

— Comment l'as-tu appris ?

— Si Renaud d'Aignan m'a choisi, c'est parce qu'il sait que sous mon air de cochon gras, je suis plus malin qu'un renard. Je me suis arrangé pour parler de la lettre de Renaud d'Aignan à l'astrologue de madame Grâce. Comment crois-tu qu'on ait pu sortir sans être inquiétés ? C'est lui qui a passé le mot aux gardes. Il croyait pouvoir nous faire occire sans témoin par des hommes à lui, mais je t'ai dit : je suis aussi malin qu'un renard qui ne vole jamais les poules près de son terrier !

Au lever du soleil, le brouillard s'épaissit de nouveau, coupant toute visibilité. Ils marchaient dans une épaisse ouate blanche comme entre les murs d'une prison qui se déplaçait avec eux. Le silence de la campagne, une odeur de pourriture omniprésente rappelaient la maladie infernale. Vers la mi-journée, ils croisèrent un groupe d'hommes qui fuyaient. Ils avaient vu la faucheuse sur son cheval pie, alors les plus forts couraient, laissant derrière eux les impotents et les femmes.

Ils arrivèrent à Aignan. Eugénie était impatiente de retrouver ses enfants. Benoît poussa un cri de joie en la voyant et se précipita dans ses bras. Matthieu resta en retrait et attendit que sa mère s'approche pour l'embrasser.

— Comme vous avez grandi ! constata-t-elle.

Ils avaient surtout pris les belles couleurs de la vie au grand air. Le corps de Matthieu s'était affermi, ses épaules semblaient plus solides. Les braies et le surcot de chanvre des jeunes paysans ne cachaient pas la noblesse de sa silhouette. Benoît s'accrochait à la robe de sa mère et se plaignait du froid pour qu'elle le prenne dans ses bras.

— Vous avez des nouvelles de notre père ? demanda Matthieu d'une voix sûre qui n'était plus celle d'un enfant.

— Hélas, non. Je prie pour lui, et je sais qu'il reviendra un jour vous chercher.

— Pourquoi ? Vous n'allez pas rester avec nous ?

Eugénie pensa à son père qui l'attendait à Nogaro, mais n'en dit rien.

— Je ne crois pas. Mais je reviendrai bien vite.

Elle embrassa avec effusion sa tante et son oncle, heureuse de les retrouver en bonne santé. La peste avait emporté de nombreux valets, des vilains dans les fermes voisines qui manqueraient de bras au printemps suivant.

Quand il vit Eugénie, Jean sourit de tout son visage, montrant ses chicots noirs. Il se prosterna devant la jeune femme, lui prit les mains qu'il porta à ses lèvres épaisses. Jean avait pour sa cousine une adoration d'animal fidèle qu'il exprima en exécutant une sorte de danse et improvisant un air de sa voix rauque. Eugénie savait qu'elle pouvait avoir confiance et l'attira dans un coin :

— Voilà, mon Jean, dans ce petit coffre se trouvent les reliques de sainte Jésabelle. Elles protègent de la peste. Tu vas le cacher quelque part dans ce château et tu ne diras à personne où tu l'as mis, ce sera notre secret à tous les deux.

Jean ouvrit de grands yeux étonnés. Il parlait mal, mais Eugénie qui avait grandi avec lui le comprenait.

Il était fier de la confiance de sa belle cousine. Il avait vu mourir la petite Perrine, il avait vu, terrassés en quelques heures, la cuisinière du château et plusieurs garçons d'écurie et était heureux de savoir que l'hécatombe s'arrêterait là. Il prit la châsse et détala comme un lapin.

Éliabelle était si heureuse du retour de sa nièce qu'elle puisa dans ses provisions pour inviter les Mounier à sa table.

Le soir, à la tombée de la nuit, un cavalier de Valence vint saluer Éliabelle. Il déposa un panier qui contenait plusieurs tourtes de pain, de la viande salée, des saucisses et du fromage.

— J'ai cette lettre pour dame Eugénie, dit l'homme. C'est de la part de mon maître, le chevalier de Rincourt.

Il fit faire demi-tour à son cheval et s'éloigna rapidement, car la nuit tombait. Eugénie prit le parchemin que lui tendait sa tante et lut : *Madame, vous avez choisi de vous enfuir. Vous avez emporté avec vous les reliques, gardez-les précieusement puisqu'elles vous protègent des grands dangers que vous courez hors de ces murs. Si j'ai décidé de ne pas vous poursuivre, c'est pour vous montrer mon attachement. Je ne veux pas vous contraindre, je veux vous conquérir avec patience, vous montrer que je suis digne de vous comme aucun homme ne l'a jamais été. Je tremble et je prie pour que Dieu vous garde en vie. Je sais que nous nous retrouverons. Tel est notre destin, mon astrologue me l'a confirmé, mais il faudra un peu de temps.*

Eugénie lut une deuxième fois cette lettre d'une sincérité à laquelle elle ne s'attendait pas. Enfin, elle plia le parchemin qu'elle enfouit dans une poche intérieure de son manteau. Herblin remarqua son air préoccupé et s'approcha d'elle.

— Ce n'est rien, dit-elle. Nous partirons demain à l'aube pour rejoindre mon père.

Avec le lever du jour, la brume s'était de nouveau épaissie. Blanche, lourde, opaque, elle maintenait à hauteur de visage une odeur de pourriture insupportable.

Dès matines, forgerons, manouvriers, laboureurs, tisserands, tous se rendaient à l'église. À Aignan, la peste avait tué un curé et trois clercs dans la nuit. Les deux abbés épargnés grelottaient de peur pendant la messe et sursautaient chaque fois qu'une toux s'élevait dans l'assemblée. Ils lançaient autour d'eux des regards anxieux comme s'ils redoutaient de voir surgir la cavalière à la faux.

Pendant l'office, ils se relayèrent pour fustiger le démon et dénoncer ses serviteurs : « Le mauvais est au fond de vous, menaça l'abbé Rufein, et vous souffle des pensées perverses ! C'est lui qui vous pousse à la Saint-Jean à porter des fleurs au Rocher des Druides. Lui qui vous fait rendre hommage à des idoles ! »

Tous les prêches se ressemblaient. Les campagnes étaient parcourues d'un vent de haine. Ceux qui ne suivaient pas les dogmes de l'Église étaient responsables de la maladie : il fallait les éliminer, les détruire par tous les moyens. Ceux qui éprouvaient de la pitié pour ces envoyés de Satan méritaient de mourir à leur tour.

À la sortie des offices, les fidèles, remontés, cherchaient des victimes. Gare au boiteux qui se trouvait là, aux bancales, aux simples d'esprit, aux ivrognes ! Combien de misérables furent ainsi lapidés, mis à mort sur les places publiques ! Pourtant, la faucheuse s'en moquait et poursuivait ses ravages.

C'était surtout la nuit qu'elle tuait dans l'ombre complice, qu'elle tourmentait un frère, un fils, une femme... Au matin, le visage déformé des morts semblait encore crier par leur bouche muette l'horreur de l'enfer.

Les menuisiers manquaient de bois pour fabriquer les cercueils. On cassait les lits devenus inutiles, des portes, des coffres. Pour éviter les complications, on se débarrassait des cadavres en creusant un trou au jardin, en les emportant de nuit dans la forêt où les loups les dévoraient. Les enfantelets, plus aisés à cacher, étaient jetés sur les tas de détritus ou dans les fosses à purin.

Pour Eugénie, l'heure d'une nouvelle séparation qu'elle redoutait était arrivée. Des cauchemars l'avaient hantée toute la nuit. Elle appréhendait une rupture avec sa vie d'avant, mais aussi avec les êtres qu'elle aimait, surtout ses deux enfants. Elle garda longtemps le petit Benoît serré contre sa poitrine. Elle embrassa Matthieu en lui demandant de bien s'occuper de son frère. Éliabelle se voulut rassurante malgré les larmes qui roulaient sur ses joues.

— Pars sans crainte !

Eugénie embrassa Jean en dernier. Le simplet lui fit un signe discret : personne ne saurait où se trouvait la châsse, il préférerait mourir que de livrer son secret.

Eugénie sortit de sous sa chemise la chaîne en or et la médaille qu'elle portait depuis sa plus jeune enfance. Elle la prit dans sa main, comme elle l'avait fait tant de fois, admira la ciselure délicate de la tête de femme. Non, elle ne pouvait pas s'en séparer : le bijou venait de sa mystérieuse mère. Elle le replaça sous sa chemise.

— Sainte Jésabelle vous protège de la peste !

Éliabelle sourit entre ses larmes. Elle croyait aux vertus des reliques, mais seulement dans le beau monde, parmi ceux que Dieu favorise. À Aignan, le péché était partout. Chaque mur, chaque pierre pouvait en témoigner. La généreuse tante était la première fautive en refusant à son mari l'amour qu'elle avait donné à son beau-frère.

— Reviens vite ! dit-elle.

Les Mounier s'impatientaient à côté de leur carriole et du cheval cagneux qui piétinait comme si les mouches l'agaçaient. Eugénie les rejoignit.

— Des chevaux vous attendent chez le charron Lhospitalet, dit le vieux Mounier. Nous devions vous accompagner jusqu'à Nogaro, mais comme vous avez un jeune écuyer qui manie aussi bien l'épée qu'il monte à cheval, nous allons vous laisser avec lui.

Herblin n'était pas mécontent de se débarrasser de ces deux rustres, du vieux qui puait le purin et la charogne, et du jeune dont le regard en dessous vers Eugénie le hérissait de jalousie.

Chez Lhospitalet, ils ne trouvèrent qu'une femme qui pleurait entourée d'une ribambelle de petits enfants mal vêtus, morveux et très sales. Ses cheveux en broussaille lui donnaient l'apparence d'une folle. Ses vêtements pendaient autour de son corps trop maigre, sa poitrine tombante. Elle se tordait les mains tandis que les enfants braillaient en s'accrochant à sa robe d'un épais tissu de chanvre.

— Mon pauvre Denis ! Lui si bon, qui ne manquait pas une messe, et priait tous les jours… La faucheuse s'est trompée.

Le vieux Mounier, agacé par ces lamentations, demanda les chevaux retenus par Renaud d'Aignan. La femme leva devant elle des mains aux doigts tordus.

— Qu'est-ce que vous voulez que je vous dise ? J'en sais rien, moi. Je sais que mon homme est mort et que je reste avec six enfants sur les bras.

Herblin se rendit à l'écurie et sella les deux meilleurs chevaux. Quelques instants plus tard, Eugénie montée à cru sur une robuste jument et le jeune homme qui caracolait devant quittaient Aignan pour Nogaro, situé à moins de cinq lieues de là.

Sur les chemins défoncés par les fortes pluies de la Toussaint, ils croisèrent des groupes d'hommes, de femmes, d'enfants hagards qui s'abritaient du froid avec de vieilles peaux de mouton ou des sacs en toile. Ces malheureux fuyaient la misère de leur manse, de leur échoppe, l'odeur pestilentielle des cadavres abandonnés dans leurs maisons. Ils pensaient ainsi échapper à la maladie, comme si elle allait les oublier une fois partis dans la grisaille de l'hiver. Ils n'avaient que de piètres provisions, mais survivre était leur priorité, tant pis pour la faim, le froid, l'humidité. Les détrousseurs les ignoraient ; ils ne valaient pas la peine de les attaquer pour un quignon de vieux pain noir et quelques effets invendables. Ils s'arrêtaient quelques instants pour regarder passer les cavaliers, puis reprenaient leur marche sans but accrochés les uns aux autres, les forts aidant les faibles, les valides portant secours aux boiteux.

La peste était omniprésente. Du haut de leurs chevaux, Herblin et Eugénie survolaient ce monde de pourriture et de douleur. Parfois, aux abords des hameaux ou des villes dont les portes restaient fermées, les chevaux faisaient un écart pour éviter des corps déposés en tas, souvent déchiquetés par les chiens errants et les loups. Tous les cadavres se ressemblaient, tous répandaient la même odeur insupportable et montraient au monde des vivants la même grimace qui retroussait leurs lèvres sur des dents noires, des gencives purulentes, et tous gardaient leurs yeux ouverts figés sur l'horreur.

À mi-parcours, comme Eugénie se plaignait des reins, Herblin décida de faire une halte près d'un ruisselet en bordure d'une prairie couverte de brume. Les chevaux se mirent à boire. Entre des blocs épais de nuages, un rayon de soleil froid passait parfois, éclairait la campagne et se cachait aussitôt. Herblin s'assit sur une pierre plate et entreprit de délacer ses chausses pour en chasser un gravier qui l'agaçait. Eugénie, debout à côté du jeune homme, regardait la campagne vide. Au bout de la prairie, deux chaumières sans fumée sur la cheminée, sans enfants devant la porte, indiquaient que la faucheuse était passée par là.

Un petit cri attira l'attention d'Herblin. Derrière Eugénie, plusieurs gros rats noirs étaient sortis du fossé, ces rats dont la présence précédait toujours la mal-mort. Le jeune homme ne dit rien pour ne pas effrayer sa compagne. Il voulut les chasser en secouant les bras et frappant le sol de ses pieds.

— Maudites bêtes ! murmura-t-il.

Les rats, sans la moindre peur, s'approchèrent d'Eugénie, levèrent vers elle leur tête au museau pointu.

— Quelle horreur ! dit-elle en reculant. Fais-les fuir !

Herblin dégaina son épée et se mit à fouetter l'air devant lui. Les animaux s'éloignèrent.

— Bon, on s'en va ! Les chevaux ont bu et se sont reposés. Nous devons arriver avant la nuit.

Herblin aida la jeune femme à remonter sur son cheval et ils partirent au trot. Ils ne parlaient pas. L'un et l'autre laissaient aller leur esprit. Eugénie pensait à son père qu'elle n'avait pas vu depuis plusieurs années et à la révélation qu'il allait lui faire. Herblin voyait la silhouette de sa voisine se dissoudre dans la brume, devenir celle d'une belle femme portant une faux. Il sursauta quand Eugénie, qui avait ralenti le trot, posa une main sur son épaule en le regardant curieusement.

— J'ai dû m'assoupir ! dit-il en se frottant les yeux. J'ai même eu le temps de faire un cauchemar.

Ils repartirent. Herblin ressentait un curieux malaise qui se répandait dans sa chair en tremblements fébriles. Des douleurs vives traversaient sa poitrine.

Deux heures plus tard, ils arrivaient à Nogaro. La ville épargnée avait ouvert ses portes. Dans les faubourgs, les vilains vaquaient à leurs occupations, retournant la terre qui devrait être semée au printemps, soit avec la charrue, soit à la brèche pour les petites parcelles. Les marchands sortaient avec leurs charrettes attelées à des mules, des enfants les accompagnaient en courant. Eugénie et Herblin contemplèrent ce spectacle devenu inhabituel qui leur faisait du bien.

— C'est un miracle ! dit Herblin. Ils doivent posséder les reliques d'un bon saint protecteur.

Eugénie constata que le visage de son compagnon était couvert de petits boutons rouges, mais n'en dit rien. Elle avait hâte de retrouver son père. Ils se dirigèrent vers l'auberge que le vieux Mounier leur avait indiquée, entrèrent dans une cour intérieure qui donnait sur des écuries. Des valets se proposèrent pour s'occuper des chevaux. Un homme de grande taille sortit de l'auberge. Il était vêtu avec raffinement, surcot rouge à franges bleues, chaperon côtelé de blanc et de vert ; ses cheveux gris, agréablement ondulés sur ses tempes, rehaussaient son visage fin, son regard franc et joyeux. Eugénie hésita un instant. Son père était resté identique au souvenir qu'elle en gardait. Il lui tendit les bras.

— Te voilà enfin ! dit Renaud de sa voix mélodieuse. J'ai eu si peur que tu ne puisses arriver jusqu'ici.

Herblin, qui s'était approché, remarqua les mains fines aux doigts longs et déliés du troubadour.

— Mon père, je suis si heureuse de te retrouver !

Par cette affirmation, elle cachait l'angoisse qui lui nouait la gorge. Ces retrouvailles en dehors d'Aignan n'étaient pas ordinaires. Renaud ne cessait de la contempler comme il ne l'avait jamais fait.

— Tu ressembles tellement à ta mère ! dit-il enfin. Tu devras te souvenir, dans les mois, les années qui viennent que cette grande dame est morte dans l'indifférence générale, qu'on a voulu la faire passer pour folle afin de cacher des secrets d'État…

— Mais qui était cette grande dame ? osa Eugénie.

— Nous en parlerons plus tard. Je t'ai attendue ici parce que la peste a oublié Nogaro et l'on s'en vante un peu trop à mon sens. Tout le monde croit que la foi et l'observance des commandements de Dieu ont protégé les habitants, pourtant, je sais, moi, qu'il s'y trouve autant de crapules qu'ailleurs et que les bonnes épouses n'y ont pas plus de vertu que les autres.

Renaud d'Aignan sourit à Herblin, montrant des dents que les années avaient épargnées. Par quel secret, par quel pacte avec l'une des deux forces de l'univers, avait-il pu, ainsi, préserver une jeunesse resplendissante ?

— C'est Herblin. Il m'a sauvé la vie après la destruction du château d'Eauze par Rincourt.

— Je sais tout cela ! fit Renaud qui remarqua les petits boutons sur le visage du garçon. Herblin, soyez le bienvenu. Entrons dans l'auberge, vous devez avoir faim et soif. Nous partons demain pour Avignon. Nous devons voir le pape Clément qui est de notre parentèle.

— Tante Éliabelle ne me l'avait jamais dit.

— Clément VI est un Roger de Beaufort, apparenté aux Aignan. Il connaît mon histoire qui touche de près le royaume de France.

— De quoi veux-tu parler ?

— Je te dirai tout, ma fille. Tu es issue de la plus haute noblesse du royaume. Ce n'est pas un hasard si j'ai voulu que tu sois instruite chez les sœurs de Saint-Jal qui reçoivent toutes les filles des grandes familles.

Eugénie gardait un très mauvais souvenir des sept années passées au pensionnat de Saint-Jal. Une stricte hiérarchie régnait parmi les élèves. Les plus riches héritières côtoyaient des filles de moindre rang qu'elles considéraient comme leurs domestiques. Eugénie aurait voulu mourir pour fuir l'humiliation des corvées.

Renaud commanda à manger. Auprès de cet homme que le temps épargnait, tout semblait facile. Les malheurs glissaient sur lui comme l'eau sur les plumes d'un canard. Sa bonne humeur était contagieuse, sa seule présence suffisait à rendre heureux. Herblin ressentait le charme du poète qui avait toujours une phrase bien tournée, quelques vers pour embellir une constatation banale. Il en oubliait la terrible douleur qu'il ressentait sous les bras et à l'aine. Des frissons gelés parcouraient son corps.

La nuit était tombée sur la ville. Depuis longtemps, Eugénie et Herblin n'avaient pas connu une soirée aussi paisible. L'hiver était là avec ses minuscules journées, son froid, mais on l'acceptait tant que la faucheuse épargnait la ville. Les loups hurlaient dans les collines voisines, c'était un bruit habituel, un bruit de saison. Chacun savait pourtant qu'il fallait fermer les palissades, et rester vigilant : le pire ne venait pas des loups, mais des routards affamés qui n'hésitaient guère à incendier les fermes, à tuer tous les habitants pour voler le bétail et la farine.

Après le souper, Renaud joua de la mandore et chanta ses dernières chansons. Il n'y eut pas assez de chaises pour les spectateurs accourus. Le patron prit en charge la chambre des voyageurs, tant il avait vendu de vin pendant que le troubadour chantait.

Renaud, Eugénie et Herblin se couchèrent assez tôt, car ils voulaient se mettre en route au lever du jour. Avignon était à plus de trois semaines d'une route semée d'embûches. Renaud s'était assuré les services d'une escorte de quatre hommes armés, mais il ne leur faisait qu'une confiance limitée : ces milices étaient souvent les premières à détrousser ceux qu'elles étaient censées protéger !

En milieu de nuit, Herblin se réveilla en claquant des dents. La fièvre brûlait son front. Renaud remarqua à la lueur de la lampe à huile des taches grises sur le visage du jeune homme toujours constellé de boutons purulents. L'haleine du malade dégageait une horrible odeur de pourriture.

— Ce n'est rien. Tu as pris froid pendant la chevauchée ! lui murmura Eugénie. Dors, demain, tu seras sur pied. N'oublie pas que nous allons voir le pape.

Herblin voulut se dresser sur les coudes, mais n'en eut pas la force. Il vomit un sang mêlé de pus verdâtre.

— C'est la peste ! murmura-t-il.

Il ouvrait de grands yeux qui fixaient Eugénie, ses lèvres bougeaient, mais aucun mot n'en sortait. Enfin, crispant son visage, dans un effort qui gonfla les veines de son cou, il ajouta :

— Je vais mourir. Ma mère m'attend.

— Qu'est-ce que tu racontes ? protesta Eugénie. Tu vas guérir, il te suffit de dormir.

Il secoua la tête.

— Non, je sens déjà la main de la faucheuse sur moi. Cette main, c'est la tienne, une main superbe et froide. Je sais maintenant pourquoi les rats sont venus tourner autour de toi. Je l'ai vu quand je me suis assoupi sur mon cheval cet après-midi, ce n'était pas un cauchemar, c'était la réalité.

Grimaçant de douleur, il ne put retenir un cri aigu.

— Repose-toi ! insista Renaud. Tu es jeune et plein de vie, la maladie n'a aucune prise sur toi.

L'aubergiste frappa à la porte. Renaud le rassura :

— Le jeune Herblin n'a pas l'habitude de boire. Il a un peu forcé sur le vin. Demain, il ira mieux.

— Faites-le taire. Je ne veux pas d'histoires dans ma maison ; les clients se plaignent. Et puis ça pue !

— Ce n'est rien, il s'est déchargé l'estomac. Nous allons tout nettoyer !

Renaud chercha dans son sac une petite fiole remplie d'un liquide bleuté, le fit boire au malade qui se calma. Le lendemain, il était mort. Eugénie se retint pour ne pas pleurer devant son père. Les dernières paroles du jeune homme résonnaient en elle, s'amplifiaient, devenaient réalité. L'horrible cadavre de celui qui avait été le plus agréable compagnon, grand fils ou jeune frère, l'accusait encore. Elle pensait aux rats.

— Il nous faut partir ! dit Renaud. Nous ne pouvons pas faire disparaître le corps, ni l'emporter avec nous, c'est trop dangereux. Nous allons le cacher sous un lit ou dans un coffre et quitter cette ville dès que les portes s'ouvriront. Espérons que l'odeur ne va pas nous trahir. Ouvre la fenêtre, tant pis pour le froid.

Il posa sa main sur l'épaule d'Eugénie assise, silencieuse, à côté du mort. Tout à coup, la jeune femme se dressa :

— Tu crois qu'Herblin disait vrai ?

Renaud l'attira contre lui.

— Rassure-toi. Personne ne porte la peste, sauf le diable. Même Dieu n'y peut rien.

Eugénie se dégagea vivement de l'étreinte de son père et planta ses yeux dans les siens.

— Qu'est-ce que tu dis ? Voilà que tu crois ces hérésies ?

— C'est la vérité ! reprit Renaud sans la moindre hésitation. On a brûlé nos frères albigeois, mais ils avaient raison : le bien et le mal se partagent le monde, c'est ainsi. Et c'est souvent le roi des ténèbres le plus fort !

L'odeur était horrible. Toute la maison serait rapidement avertie que la mal-mort était dans les murs. Les bruits de la cour, les gens qui parlaient dans la rue indiquaient que l'aube était proche. Les portes allaient s'ouvrir pour les marchands et les voyageurs.

Eugénie contempla une dernière fois le visage grimaçant d'Herblin et sortit avec son père qui portait une petite malle. Elle referma soigneusement la porte ; ils descendirent dans la vaste pièce froide du rez-de-chaussée où le patron hurlait contre deux vieilles femmes qui faisaient la vaisselle. Renaud lui tendit une pièce d'or qui le fit se fendre en une révérence courtoise.

— Voilà que vous partez déjà, messire. Mes clients vont vous regretter. Mais qu'est devenu votre jeune ami ?

— Il dort ! répondit Renaud. Il lui faudra bien toute la matinée pour se remettre. Vous le réveillerez vers midi. Nous serons de retour pour manger un morceau avec lui.

— Entendu, messire.

Le froid humide glissait ses doigts gelés sur la peau. Eugénie frissonna et ramena les pans de son manteau sur sa poitrine. Ils allèrent chercher leurs chevaux à l'écurie.

La porte sud de la ville s'ouvrait. Des marchands attendaient à côté de leurs chariots. Eugénie avait remonté sa capuche qui descendait sur son visage et le cachait en partie. Enfin, hors des murs, Renaud prit la direction de Toulouse. La brume était moins épaisse que la veille mais restait accrochée aux branches hautes des arbres. Un petit crachin gelé flottait dans l'air, mouillant le visage. Du givre se formait à la cime des herbes sèches, dentelle blanche et fragile que les pas des chevaux brisaient.

Eugénie et son père galopèrent pendant des heures pour s'éloigner de Nogaro, car ils redoutaient qu'on les poursuive. Les pensées de la jeune femme flottaient entre la réalité et le cauchemar. L'image odieuse du visage d'Herblin associée aux rats ne la quittait pas. Ce garçon qui s'était sacrifié pour elle était mort en la maudissant. La certitude qu'à l'ultime moment de la vie, la vérité apparaît dans son plus grand dénuement, la terrorisait. Serait-elle damnée, porteuse de la plus terrible des maladies qui l'épargnait ? Elle fit ralentir son cheval pour ne pas se trouver trop près de son père.

Ils chevauchaient en évitant les hameaux et les villes. Renaud d'Aignan avait trop l'habitude des chemins de hasard pour prendre des risques inutiles. Il espérait surtout repérer une auberge isolée avant la nuit pour dormir et faire manger les chevaux, mais à mesure qu'ils s'enfonçaient dans la campagne, les cadavres abandonnés indiquaient que la faucheuse régnait en maîtresse absolue.

Ils s'arrêtèrent au bord d'une mare pour permettre aux chevaux de se désaltérer. Eugénie fit quelques pas dans le sentier pendant que son père, la culotte délacée, urinait contre le tronc d'un arbre. Il la rejoignit et ils marchèrent en silence. Eugénie pensait à ses origines « de la plus haute noblesse ». Pourquoi son père l'emmenait-il voir le pape ? Cette question la brûlait, pourtant, elle n'osait pas la poser tant elle appréhendait la vérité.

Ils arrivèrent à Auch à complies. Ils n'avaient rien mangé depuis la veille et devaient à tout prix trouver une auberge. Renaud connaissait bien le seigneur d'Auch, Pierre le troubadour, avec qui il avait échangé de nombreuses chansons et des airs de vielle.

— Je connais surtout Isabelle, sa femme, et c'est pour cela que nous nous sommes disputés.

Derrière l'image du père furtif de son enfance, le faiseur de miracles, derrière ce poète solitaire, Eugénie découvrait le séducteur, l'homme aux multiples conquêtes, et se disait qu'elle était le fruit de l'une d'entre elles.

— Tu te trompes ! fit Renaud qui avait percé sa pensée. Ta mère a été la seule. Si j'avais pu la garder, il n'y en aurait pas eu d'autres.

Il avait toujours au fond des yeux une lueur espiègle, roublarde ; Eugénie ne le crut pas. La nature de son père était volage, inconstante, exactement le contraire de ce qu'elle croyait être, et pourtant, elle l'admirait et avait envie de lui ressembler.

Ils s'étaient approchés d'une porte de la ville gardée par des hommes en armes qui ne laissaient passer les arrivants qu'après avoir fouillé leurs bagages et les avoir examinés sous toutes les coutures. Ce fut une simple formalité pour Renaud qui connaissait tout le monde. Eugénie fut surprise de voir le sergent qui commandait la garnison venir au-devant de son père, un sourire engageant sur sa large face barbue.

— Notre poète ! Voilà que tu reviens dans des temps où l'on n'a pas la tête à chanter.

— Qu'est-ce qui se passe ?

— La peste, bien sûr ! Voilà deux mois qu'elle joue au chat et à la souris, tuant en une nuit deux cents personnes puis s'apaisant, au point qu'on la croit partie, alors elle revient, choisit ses victimes parmi les plus fortunés, ou les plus robustes. Il ne reste que des miséreux dans cette ville. Les gens de qualité ont fui à la campagne, à part quelques courageux qui se disent que la mal-mort n'épargne personne et trouve ceux qui se cachent. Alors bien sûr, les survivants font beaucoup de bonnes affaires… Mais toi, magnifique poète, tu ne vas pas rencontrer grand public. On ne sait plus quoi faire des cadavres.

— Et le seigneur Pierre ?

— Il est toujours là. La belle Isabelle est morte, sûrement à cause de ses péchés, tu en sais quelque chose, beau troubadour. Monseigneur Pierre, qui aimait la vie et le vin, se repent de ses fautes au monastère des Dominicains. Lui si douillet se flagelle plusieurs fois par jour !

Le sergent se tourna vers Eugénie et aperçut son visage sous le capuchon de fourrure. Il eut un rire complice en direction de Renaud.

— Je vois que tu n'as pas changé.

— Je te rassure ! C'est ma fille.

Le sergent les fit passer devant tout le monde et les conduisit lui-même à la porte.

— Va chez maître Lefort. Tu le connais ? Il va essayer de t'extorquer le plus d'argent possible, mais il aura de quoi vous loger, toi et ta superbe fille.

La nuit était tombée sur la ville. Les ruelles sombres convergeaient vers la cathédrale où brûlaient des torches. Monté sur un billot de bois, un prêcheur légèrement vêtu d'une robe blanche haranguait une foule considérable rassemblée sur le parvis. Sa longue barbe grise, ses cheveux filasse qui tombaient sur ses épaules maigres, ses pieds nus, indiquaient une appartenance aux moines errants qui se nourrissaient de ce qu'on voulait bien leur abandonner.

— La faucheuse est servante du diable, tellement heureuse d'emporter les âmes en enfer. Dieu la laisse faire pour nous montrer une nouvelle fois le bon chemin. Dieu est en colère ! Car qu'avons-nous fait depuis que notre seigneur a été crucifié ? Nous avons laissé les Juifs, ces ennemis de la vraie foi, s'incruster dans toutes nos villes, s'enrichir et devenir des personnes influentes. Dieu nous abandonne à la faucheuse qui est fille de Satan. À mort, les Juifs !

— À mort les Juifs ! hurlait la foule.

— Viens ! dit Renaud en pressant son cheval près de celui d'Eugénie. Il ne faut pas rester ici.

Ils prirent une rue traversière et arrivèrent à un haut porche surmonté de la coquille Saint-Jacques sculptée dans la pierre de voûte. Renaud frappa avec le loquet de fer qui représentait une main à demi fermée. Un domestique, portant haut une torche qui crépitait, vint ouvrir.

— Je suis un ami de maître Jacques Lefort. Je viens lui demander l'hospitalité pour la nuit.

Le valet, un gringalet à la poitrine creuse, hésitait. Il avait ordre de ne laisser entrer personne, mais il reconnaissait le poète et le musicien qui avait animé de mémorables soirées dans la maison de ce riche marchand de grains.

— Fais vite ! Ma fille a froid.

L'homme s'en alla de son pas incertain et revint quelques instants plus tard.

— Mon maître vous fait dire qu'il ne peut pas vous recevoir. Il vit enfermé au premier étage de cette tour avec sa famille et ne voit personne par peur de la peste. Son médecin lui a dit qu'elle se transmet par le souffle et que parfois, il suffit de voir un malade pour être malade soi-même ! Vous devrez passer la nuit avec vos chevaux, à l'écurie. On vous apportera de quoi manger.

Renaud se laissa conduire. Le valet à la poitrine creuse montra l'avoine et le foin pour les bêtes. Il disparut puis revint avec du pain et du lard, du vin et des pommes. Il laissa la torche accrochée au mur, c'était une marque de grande confiance :

— D'ordinaire, mon maître interdit qu'on laisse de la lumière, il craint les négligences, mais pour vous, il fait une exception.

— J'en suis très honoré ! fit Renaud en s'asseyant sur une botte de paille.

Quand l'homme fut parti, le troubadour s'assura que les chevaux avaient de quoi manger et rejoignit Eugénie frigorifiée. Une servante arriva, portant une marmite de soupe chaude qui sentait bon le poireau. Elle sourit à Renaud. Sous sa coiffe blanche, sa tête ronde aux joues rouges ressemblait à un beau fruit que le soleil avait longuement mûri.

Renaud prit le temps de manger, de boire le vin qu'il trouva très bon, puis se décida à parler :

— Nous allons en Avignon voir le pape Clément qui est de notre famille. Cela, je te l'ai dit. Il est temps pour moi de te dire le reste.

Eugénie toucha à travers sa chemise la médaille qu'elle portait depuis son enfance. Sa main effleura le parchemin de Rincourt.

— Tu m'as dit que j'étais de la plus haute noblesse...

— En effet, ton frère est le roi de France !

— Comment ?

Eugénie s'était dressée en face de son père et le regardait, incrédule.

— Qu'est-ce que tu dis ?

— La vérité. La reine Clémence de Hongrie, ta mère, épousa en premières noces Louis X, le roi de France. Elle eut un fils, Jean, qui, selon les Valois, n'a vécu que trois jours. En fait, il n'est pas mort, c'est l'enfant d'une servante que l'on a enterré à Saint-Denis dans le caveau des rois. Jean Ier se trouve à Sienne et fait commerce d'étoffes. Des nobles, des pairs du royaume ont juré de rétablir la justice. C'est la conjuration des Lys.

— C'est pour cette raison que nous allons en Avignon ?

— En effet, poursuivit Renaud. La reine Clémence a été veuve à vingt-trois ans. Quand je l'ai rencontrée, elle se morfondait, dépensait beaucoup pour oublier le vide de sa vie. Elle aimait ma musique et ma poésie. Dès le premier regard, j'ai su que c'était elle la femme que je cherchais à travers tant d'autres. Elle m'aimait aussi, mais une reine veuve ne peut pas faire ce que lui commande son cœur. Nous nous sommes mariés en secret. Tu es née de ce mariage. Tu portes d'ailleurs au cou la preuve de ce que je te dis. Jean, que l'on connaît sous le nom de Giannino di Guccio, à Sienne, porte la même.

Sa surprise passée, Eugénie constatait l'évidence : quand sa tante Éliabelle l'appelait « ma petite princesse », ce n'était pas qu'une marque d'affection, c'était aussi une réalité que la fillette faisait sienne dans ses rêves. La bergère hautaine et distante avec les vilains d'Aignan, la fille de petite noblesse qui, au couvent de Saint-Jal, tenait tête aux grandes héritières du Midi, ne faisait qu'obéir au sang royal qui coulait dans ses veines.

— Les preuves écrites de tout ce que je viens de te dire existent et sont gardées en lieu sûr.

À la lueur de la torche, Eugénie voyait le visage de son père, tout à coup grave, si différent du visage gai et insouciant qu'il montrait d'habitude. Elle imagina, un instant, la lointaine reine Clémence vêtue de blanc, comme les veuves royales, perdue dans son immense palais et découvrant l'amour, la passion avec un troubadour de passage…

— Il faut te dire, ajouta Renaud sans détourner les yeux d'une vision qui ne l'avait jamais quitté, que la reine Clémence était une Napolitaine. Elle connaissait la langue d'oc et aimait les troubadours de notre pays. Elle récitait par cœur Bernard de Ventadour, Gucelm de Périgueux, Jeanne de Turenne…

Il prit la main de sa fille.

— Elle t'a tout donné, l'allure royale, la grandeur d'âme et l'ouverture d'esprit. Tu vas prendre la tête de la conjuration des Lys où les barons se jalousent et tu rétabliras ton frère sur le trône de France. Jean reconnaîtra tes droits de naissance et tes deux fils, Matthieu et Benoît, qui vivent comme des vachers dans un château délabré, seront des grands du royaume.

Eugénie se taisait toujours. Elle pensa furtivement à Rincourt qui se disait cousin du roi de France, Valois par sa mère. Il était donc dans le camp de ses ennemis naturels. Cela la rassurait.

— La conjuration des Lys existe depuis 1328. Elle a exactement vingt ans cette année, poursuivit Renaud. Tu vas me demander pourquoi elle a attendu aussi longtemps pour agir ? Dieu ne l'a pas voulu. Plusieurs fois disloquée par le pape Jean XXII, puis par Philippe VI, elle s'est reconstituée dans l'ombre. Elle s'apprêtait à frapper quand plusieurs de ses chefs ont été tués à Crécy, il y a deux ans, en 1346. Toi seule peux lui donner un élan nouveau et la conduire à la victoire. Ces rudes chevaliers oublieront leurs rivalités pour te servir. La peste offre une occasion inespérée.

Une vague de chaleur submergeait Eugénie. Sa vie prenait tout à coup un sens. Rincourt n'était qu'un petit chevalier qui devrait plier le genou devant elle. Cela fit naître un léger sourire sur ses lèvres.

— Tu comprends pourquoi ton mariage avec le chevalier d'Eauze m'a tant contrarié. Il est de trop petite noblesse pour toi !

Eugénie se trouvait devant une évidence pressentie, mais toujours refoulée : sa vie à Eauze lui avait pesé ; elle ne l'avait supportée que dans l'attente de la révélation qui venait de se produire.

— Je pense à Benoît et Matthieu ! souffla-t-elle pour redonner un sens à la réalité.

— Nous en reparlerons. Il faut dormir. Demain, nous avons une longue route.

Ils se serrèrent l'un contre l'autre dans le foin où il faisait bon. La torche grésillait et s'éteignait lentement en émettant une fumée nauséabonde. Eugénie ne bougea pas, mais ne dormit guère. Ils se levèrent avant le jour.

Renaud non plus n'avait pas dormi, pourtant les heures avaient passé.

— On y va ! dit-il en secouant le foin de son manteau.

Il appela pour qu'on lui ouvre les portes et glissa une pièce dans la main du valet à la poitrine creuse.

— Dis à ton maître que je le remercie. Je reviendrai le voir quand cette maudite maladie sera passée.

Le jour se levait. Dans la rue, une grande agitation le surprit. Des gens couraient vers la place de la cathédrale. La porte n'était pas encore ouverte. Renaud demanda au sergent qu'il connaissait quand il pourrait sortir.

— Pas avant midi. On ne veut pas que les Juifs s'échappent. Le bûcher que tu as vu devant l'église est pour cette maudite race !

Sur la place, vaste étendue entourée de boutiques, on avait dressé un énorme monticule de fagots. Le bois, qui d'ordinaire manquait, avait été trouvé en quantité. Comme les chevaux risquaient de prendre peur ou de blesser quelqu'un, Renaud revint chez son logeur et, glissant une seconde pièce dans la main du valet d'écurie, lui demanda de les garder jusqu'à l'ouverture des portes. Il se mêla aux badauds, donnant le bras à Eugénie qu'il ne voulait pas lâcher dans une ville en ébullition. Une horrible odeur s'étalait en flots épais entre les façades. Des cadavres dépouillés, souvent nus, s'entassaient aux carrefours. Les gens de la voirie avaient refusé de les charger sur des charrettes, le prévôt avait dû faire appel aux condamnés à mort à qui il promettait la grâce, mais souvent, ceux-ci préféraient être pendus plutôt que de risquer les souffrances de la maladie infernale.

Les troupes municipales avaient beaucoup de difficultés à faire régner le calme et contenir les groupes de pillards qui s'infiltraient dans les maisons. Ils pendaient beaucoup et sans formalité, mais cela ne suffisait pas. La peste omniprésente exacerbait les cupidités et le goût du plaisir. Du haut de leur chaire, les prêtres avaient beau menacer leurs paroissiens des pires châtiments, les bordels ne désemplissaient pas, les bons bourgeois devenaient mécréants, les femmes les plus chastes découvraient la luxure. À l'inverse, d'autres groupes faisaient pénitence. À genoux dans la boue froide, ils s'administraient mutuellement le fouet, se lacéraient le visage avec des griffes de fer. C'était souvent peine perdue : les jouisseurs comme les repentants périssaient sans discernement.

Renaud et Eugénie virent des gens qui frappaient avec de gros bâtons un groupe de malheureux en chemise, hommes, femmes et enfants mêlés qui se serraient les uns contre les autres, se protégeant la tête comme ils pouvaient. Le bon peuple chrétien montrait ainsi sa foi. Dieu voulait la mort des infidèles, il l'aurait !

Les Juifs étaient poussés par une foule hystérique jusqu'à la place où des hommes armés de lances les obligeaient à se tasser sur le bûcher. Ceux qui refusaient étaient transpercés. Comme il n'y avait pas assez de poteaux, des hommes robustes les attachèrent ensemble, avec une longue corde à foin. Déjà, les fagots crépitaient. Les flammes montaient dans le jour gris de l'hiver. La foule hurla sa joie lorsque les premiers cris stridents s'élevèrent du tas informe de malheureux. Une odeur de chair grillée surpassa celle de la pourriture. On amena un groupe de retardataires, qui hurlaient leur terreur face aux flammes, mais les bons citoyens, savetiers, tisserands, pelletiers, forgerons, d'ordinaire gens vertueux, poussaient ces pauvres bougres dans le brasier où des torches vivantes s'agitaient avant de s'effondrer.

Eugénie n'en pouvait plus. L'odeur lui retournait l'estomac. Elle titubait, pendue au bras de son père.

— Partons ! le supplia-t-elle.

Ils se réfugièrent à l'écurie, près de leurs chevaux, jusqu'à ce qu'on leur annonce que les portes de la ville étaient enfin ouvertes.

— Il n'y a plus un seul Juif céans, dit l'homme à la poitrine creuse. Dieu peut être content !

— 6 —

Geoffroi d'Eauze, son demi-frère Roger Mallois, Pirénin et Bessonac arrivèrent en Navarre un mois après la prise du château d'Eauze par le chevalier Guy de Rincourt. Ils avaient traversé la Gascogne ravagée par la peste, mais à mesure que le froid s'installait, qu'ils progressaient vers les montagnes, les malades étaient moins nombreux. Ils entrèrent dans Pampelune qui avait été épargnée.

La ville était en pleine effervescence. Des centaines d'ouvriers s'activaient au centre de l'agglomération où d'anciennes maisons de bois avaient été rasées. La reine de Navarre avait décidé de construire une cathédrale digne d'une capitale. Tailleurs de pierre, charpentiers maîtres maçons, architectes étaient venus de Bordeaux, Toulouse, Madrid et Milan. D'énormes échafaudages de bois se dressaient autour des murs de six pieds de large ; des poutres, des cordes, des poulies, toute une machinerie de grues et de leviers acheminaient chaque pierre taillée au sol. Dans un coin du chantier, abrités sous des bâches de toile grossière, les sculpteurs bénéficiaient d'un régime particulier. L'indispensable précision de leurs gestes les autorisait à entretenir un feu de copeaux sur lequel ils présentaient régulièrement leurs mains. Ils ne dépendaient de personne et n'avaient de comptes à rendre que sur la qualité de leur travail, sur la beauté des statues qu'ils faisaient surgir des blocs de calcaire blanc, d'albâtre et de marbre.

Geoffroi d'Eauze et Roger Mallois ne passaient pas inaperçus. Montés sur leurs énormes chevaux de trait, les deux colosses suscitaient la curiosité et l'envie. On ne parlait dans la ville que des jeux d'hiver qui se déroulaient chaque année sur la grande place où s'affrontaient les meilleurs lutteurs, nobles ou manants, sans distinction d'âge, de pays ni d'origine. Ces deux hommes au visage couvert d'une abondante barbe noire étaient-ils des champions arrivés de Barbarie ? Pirénin, dont la peur perpétuelle était la première conseillère, savait que son maître et Roger Mallois, toujours prêts à fanfaronner, étaient flattés des regards curieux qui les reluquaient. Monté sur son cheval maigre et cagnard, il attirait des rires amusés, avec sa large figure rouge, sa bedaine sous sa soutane de bure. Ici, comme dans tout le Midi, on n'hésitait pas à se moquer des clercs, des moines et gens de prière qui appelaient à la modération tout en affichant leurs excès par trois mentons et un estomac qui leur tombait sur les genoux.

— Tout doux ! cria-t-il à la foule. Nous sommes les cousins de monseigneur d'Albret. Qu'on nous conduise en sa demeure.

L'évocation d'une des familles les plus puissantes de la Navarre imposa un peu de retenue aux badauds. Les bras se levèrent tous dans la même direction : une imposante demeure à quatre tours sur un promontoire, près de la porte sud qui donnait sur la montagne. Les seigneurs d'Albret ne plaisantaient pas avec la populace. Ils pendaient volontiers les fortes têtes, mais on ne les haïssait point : Henri d'Albret, le « père Henri » comme on l'appelait couramment les jours de marché où il se montrait avec son épouse Marguerite de Florence, s'était taillé la réputation d'un lutteur capable de vaincre un ours à mains nues. Il ne serait pas déçu en découvrant deux rejetons de la lointaine branche qui avait fait souche à Eauze, en Gascogne.

Bessonac, qui haïssait la foule et les rassemblements, n'avait rien dit pendant toute la traversée de la ville. Il retrouva ses esprits en arrivant à la porte du palais d'Albret qui resplendissait au soleil d'hiver, le fronton dressé face à la montagne enneigée.

— Messire, dit-il à Geoffroi, nous ne savons pas comment votre cousin va nous accueillir. Je vous propose de passer cette première nuit à l'auberge et de faire parler les gens.

— Et avec quoi la paierons-nous, l'auberge ? demanda Geoffroi. L'hospitalité est un devoir de noblesse.

En réalité, Geoffroi était las de son errance à travers un pays pourri par la peste, la famine et le froid. Il rêvait d'un bon dîner, d'une couche enfin propre et d'une soubrette pour apaiser son tempérament. Il espérait que son cousin, par solidarité familiale, lui donnerait les hommes et les moyens de reconquérir son fief et surtout de retrouver sa femme. Rincourt l'avait-il contrainte ? Et ses fils, qu'étaient-ils devenus ? Avaient-ils survécu à la mal-mort ? Le chevalier d'Eauze voulait en finir au plus vite. Sa défaite pitoyable, sans même combattre, appelait une reconquête glorieuse.

Il frappa plusieurs fois à la porte de chêne avant que le battant ne pivote. Plusieurs serviteurs en livrée rouge à lisérés blancs se présentèrent et furent étonnés de se trouver nez à nez avec deux géants. Pirénin profita de leur surprise pour glisser au bas de son cheval et se frayer un chemin jusqu'à eux.

— Nous sommes gascons. Mon maître, ici présent, est le chevalier d'Eauze, un cousin du seigneur d'Albret. Il vient lui demander audience et conseil.

Un des hommes en livrée s'éloigna et revint quelques instants plus tard.

— Notre maître s'excuse de ne pouvoir vous parler ce jour d'hui, car il se prépare à recevoir pour un grand banquet la reine qui visite ses États. Pourquoi ne lui avez-vous pas envoyé un messager, il aurait pu prendre ses dispositions ! Il vous prie de repasser demain avant vêpres.

C'était dit avec beaucoup de délicatesse, mais ce refus irrita Geoffroi d'Eauze.

— Dites à mon cousin…

— Dites-lui que nous reviendrons demain ! l'interrompit Pirénin.

Les portes se refermèrent. Geoffroi eut un mouvement de mauvaise humeur. Bessonac l'arrêta :

— Le moine a eu raison.

Les deux hommes ne s'entendaient pas, ce qui donnait aux paroles de Bessonac une force qui retint Eauze. Leur nature même les opposait, l'un gras et onctueux, priant comme il mangeait, avec gourmandise, l'autre maigre et retors, se contentant d'un quignon de pain. Bessonac était peu respectueux de la religion et quand il avait bu, il ouvrait son âme, se disait sans foi, sans Dieu, ce qui, s'il n'avait bénéficié de la protection de Geoffroi d'Eauze, lui aurait valu la corde ou le bûcher. Il expliquait longuement que le monde n'avait ni début ni fin, et par conséquent ni créateur, ni paradis, ni enfer. Son âme ? Elle restait un mystère, une forme de l'univers que les Anciens avaient parfaitement analysée : elle ne mourait pas, elle allait de corps en corps, s'usant aux événements de l'Histoire, se polissant comme un galet dans les torrents, se perfectionnant dans la sagesse. Il fallait le faire taire, car cet homme peu loquace n'avait, dans ces moments-là, plus de limites et ne craignait personne. Ses mots très durs contre les clercs qui s'engraissaient sur la crédulité des miséreux lui valaient d'irréductibles ennemis. Malgré cela, ses avis étaient toujours judicieux ; Eauze le consultait en tout, ce qui ne plaisait pas à Pirénin.

— Il a raison. Nous devons attendre.

— Attendre ? s'emporta Eauze, mais où allons-nous passer la nuit ? Nous n'avons pas une seule pièce, rien... Jusqu'à présent nous avons vécu sur le pays, et il faut bien le dire grâce à la peste, mais ici personne n'est malade, il n'y a pas de maison vide pour nous.

Roger Mallois, aussi imposant que son demi-frère, parlait peu, ce qui faisait penser que le fils de la lingère s'effaçait devant le seigneur. Ce n'était pas vrai ; le bâtard, en peu de mots, donnait des conseils toujours réfléchis et se rangeait souvent du côté de Bessonac.

— Nous allons chercher une bonne auberge, pas trop loin du palais de la reine, c'est là qu'on entend les meilleures confidences. Nous nous ferons servir un dîner comme nous en rêvons depuis longtemps, puis nous irons dormir dans une bonne chambre avec de vrais lits.

— Mais enfin, tonna Geoffroi, avec quoi paierons-nous ?

— Avec mon cheval. Tout comme le vôtre, il ne pèse pas moins de deux mille livres et vaut largement une nuit à l'auberge et un dîner.

— Mais que ferons-nous sans nos montures ?

— J'aurai tôt fait de le reprendre !

Une lueur de malice éclaira ses petits yeux noirs. Roger Mallois avait évolué dans deux milieux bien différents, celui des nobles qui passaient leurs journées à la chasse et celui des manants qui prenaient le plaisir là où il se trouvait. Il avait ainsi appris à manier les dés et les cartes et surtout à les faire gagner. Bessonac avait compris :

— Cela peut se faire. Nous aviserons. Espérons que le cousin d'Albret pensera à nous avant que nous ayons besoin de nous présenter de nouveau à sa porte.

Eauze n'était pas homme de finasseries, bien qu'il sût se montrer retors quand cela l'arrangeait, et comme il se moquait de l'endroit où il passerait la nuit pourvu que ce fût dans un bon lit, il laissa Bessonac s'en occuper. Il avait faim et était las de chevaucher.

Bessonac et Pirénin furent d'accord pour s'installer à l'auberge Le Cheval qui danse. Cette image du gros destrier d'Eauze piétinant au son d'un fifre leur convenait : leur maître, qui n'avait jamais su faire un pas en cadence, se moquait des freluquets qui sortaient les fesses et bombaient le torse devant les dames. Lui savait briller sur d'autres terrains, autrement glorieux.

Les deux hommes négocièrent le prix de leur séjour avec le patron, qui avait un sens aiguisé des affaires. Il offrit une chambre aux voyageurs ainsi que sa meilleure table moyennant quelques compensations. Pirénin, dans sa naïveté de clerc, crut que c'était grâce à sa persuasion. Bessonac frotta ses joues creuses et imberbes et se montra satisfait, mais pas pour les mêmes raisons.

— Ce cabaretier sait ce qu'il veut, mais je pense qu'en y mettant un peu du nôtre, on obtiendra tout de lui.

Le dîner fut joyeux et bien arrosé. La salle était pleine de gens venus boire une cruche de vin ou de bière. Tous les regards se tournaient vers Geoffroi d'Eauze et Roger Mallois qui dominaient la table. Eauze était surtout préoccupé par une servante au gentil minois, à la poitrine avantageuse, qui répondait à ses œillades peu discrètes.

La nuit s'avançait, froide au-dehors, torride à l'intérieur. Les carafes se vidaient et le patron souriait : les affaires étaient meilleures qu'il ne l'avait espéré. Les colosses, dont il avait fait annoncer la présence dans la ville, attiraient toujours plus de badauds. Beaucoup s'approchaient de la table, venaient trinquer avec eux, mesurant la largeur de leurs épaules, l'épaisseur de leur cou et de leurs bras.

Le rusé aubergiste avait une autre idée en tête qu'il faisait circuler entre les tables. Ceux qui souhaitaient se mesurer aux deux colosses étaient invités à boire gratuitement. Les paris étaient ouverts au fond de la salle.

Enfin, pendant qu'Eauze laissait s'égarer son énorme main sur la croupe de la servante, le patron déclara en les désignant :

— Mes seigneurs, voici les deux hommes les plus forts de Gascogne. Ils acceptent de se mesurer en combat loyal à qui le souhaite.

Bessonac s'attendait à cette proposition. Pirénin posa sa petite main potelée sur le bras de son maître pour l'inciter à refuser. Roger Mallois, qui était resté en retrait, précisa :

— Ce n'est pas bon pour nous. Ça va se terminer en bagarre. Et nous nous retrouverons enfermés par les gardes du prévôt. Il faut refuser. Je vais jouer, c'est plus sûr !

Geoffroi n'était pas de cet avis. Bessonac précisa :

— Il faut accepter.

Eauze n'avait pas attendu. Un peu éméché, désireux surtout de briller devant la fille qui lui envoyait des sourires riches en promesses, il s'était dressé. Un murmure d'admiration accompagna son geste. Il était vraiment imposant, sa hure touchant presque les solives. Ses bras étaient si gros qu'ils semblaient capables de broyer un ours. Un homme se présenta cependant et releva le défi :

— Je suis Pierrot le Fort. Je suis forgeron et ceux qui me connaissent savent que je soulève les essieux les plus lourds comme une branche sèche. Ils savent aussi que je suis capable de tenir un étalon ou un taureau, de leur briser les reins d'un seul coup de bras. Je suis prêt à t'affronter à la loyale.

Un cercle s'était formé autour des deux hommes qui se mesuraient du regard. On poussa les tables, le silence se fit. Geoffroi d'Eauze, pressé d'en finir, fonça sur son adversaire.

Le choc fut brutal. Les lutteurs s'étreignirent et, grimaçant, tentèrent de se renverser. Mais l'un comme l'autre étaient solidement plantés sur le sol. L'incertitude dura un bon moment, ce qui était très favorable aux paris qui continuaient à affluer. Très vite, on comprit qu'Eauze, qui tournait de temps en temps un regard souriant et détendu vers les spectateurs, ne donnait pas sa pleine mesure.

— On a assez joué ! dit-il enfin de sa voix tonitruante et, d'un revers de bras, il terrassa son adversaire.

Les applaudissements fusèrent. Derrière, l'aubergiste comptait les pièces qui lui restaient. Les nombreux spectateurs ayant parié sur le forgeron avaient perdu. Quelques gagnants, heureux du pactole, offrirent des tournées générales.

Tout à coup, il y eut un grand remous à l'entrée. Des laquais en livrée poussaient les gens pour dégager la porte.

— Laissez entrer le prince de Navarre et sa suite ! cria l'un d'eux. Qu'on aille chercher le meilleur vin pour notre maître !

Eauze eut juste le temps d'ajuster ses vêtements et de reprendre sa place. Il vit entrer plusieurs gardes richement vêtus. Le prince était un adolescent. La barbe ne lui avait pas poussé au menton et il était si petit, si menu qu'on aurait dit un communiant. Ses cheveux blonds soigneusement coiffés rehaussaient l'éclat de ses yeux bleus. Il était très beau ; Bessonac remarqua beaucoup de ruse dans son sourire encore juvénile, une vive intelligence mêlée d'une nervosité excessive.

— Mes bons sujets ! dit le garçon, adoptant une attitude royale. Je suis Charles, votre prince, le fils de Jeanne d'Évreux, votre reine. Si Dieu le veut et la mal-mort m'épargne, je serai un jour roi de Navarre. Mais je crois qu'on s'amusait beaucoup avant que je n'entre, continuez, cela me convient.

— Sire, dit le cabaretier embarrassé par cet hôte royal, ce ne sont que des jeux de manants, des luttes pour se distraire.

— Profitez-en tant que je ne suis pas le roi, répliqua Charles de Navarre. Je ferai taxer les jeux et tous les divertissements. Le peuple préfère les amusements au travail, c'est donc ainsi que je pourrai approvisionner convenablement le trésor de Navarre. Allons, qu'on reprenne les luttes.

La présence du prince avait jeté un froid et beaucoup de ceux qui avaient manifesté leur intention de se mesurer à Eauze se rétractèrent. Charles, vraiment minuscule mais bien proportionné, s'approcha de la tablée d'Eauze.

— C'est donc toi qui fais le spectacle. Tu viens de battre ce forgeron, j'ai vu de la fenêtre que tu l'as mis à terre avec facilité. Tu es vraiment costaud. Comment t'appelles-tu ?

— Geoffroi, seigneur d'Eauze. Je suis venu rendre visite à mon parent d'Albret.

Le prince continuait d'observer Eauze en prenant un air entendu. Il précisa, poursuivant le tutoiement :

— Tu es d'excellente lignée. Les Albret sont aussi nos parents. Nous voici donc cousins.

Puis se tournant vers la foule, il demanda :

— Que le prochain candidat s'approche pour vaincre mon cousin. Une prime du prince de Navarre s'il réussit.

— Et s'il est vaincu ? demanda quelqu'un.

Le sourire qui éclaira le visage angélique de Charles de Navarre n'échappa pas à Bessonac qui comprit que, sous l'aspect bon enfant, se cachait un fauve prêt à déchirer pour son bon plaisir. De tout temps, les jeux des princes avaient fait fort peu de cas de la vie des manants !

— Mon cousin, à vous de jouer.

Personne n'osait sortir dans le cercle qui s'était de nouveau formé. Les candidats, si forts en gueule quelques instants plus tôt, se dirigeaient vers la porte. Le cabaretier en empoigna un au moment où il allait s'éclipser.

— Bernard, tu dois affronter messire d'Eauze.

L'autre voulut se défiler, mais Charles de Navarre, qui avait entendu, se fraya un chemin jusqu'à lui. Ses gardes avaient pris position devant la porte ouverte.

— Tu ne peux pas te dérober ! s'écria le prince d'une voix habituée à commander et à être obéie.

À la manière dont Bernard s'avança, poussé par les gardes, l'issue du combat ne laissait aucun doute. Eauze eut le mot qui détendit le prince :

— Vous pouvez m'en mettre deux comme celui-là, sinon, je ne me dérange pas.

Un deuxième lutteur qui n'avait pas eu le temps de s'enfuir fut poussé à son tour à l'intérieur du cercle. Obligé par les visages curieux qui le regardaient, il fit bonne figure et joua les fiers-à-bras, mais il tremblait.

Eauze prit le temps de vider sa cruche de vin, de caresser une nouvelle fois la croupe de la servante, et se leva. Il s'essuya les lèvres et la barbe avec la nappe d'une table voisine, s'approcha lentement. Les deux adversaires contraints au combat s'engagèrent en même temps. Un instinct de survie leur soufflait qu'ils devaient unir leurs efforts et surtout ne pas chercher à se faire valoir l'un par rapport à l'autre.

Eauze sentait le regard de son « cousin » posé sur lui, un regard curieux et intéressé. L'opportunité ne se représenterait pas de sitôt ! Aussi, poussant un rugissement de lion, il fonça sur les deux hommes qui, ne pouvant esquiver sa charge, roulèrent au sol. Debout, près d'eux, il attendit qu'ils se relèvent, mais ils refusèrent le combat.

Le prince de Navarre s'approcha du vainqueur, auprès de qui il paraissait encore plus minuscule. Il avait pourtant la force des princes et personne n'osait soutenir son regard plein de hauteur. Sa voix tranchait, ses ordres n'acceptaient pas de réplique. Ses gardes ne le quittaient pas, prêts à intervenir si quelqu'un osait lever la main sur ce gamin arrogant.

— Qu'ils soient chassés à coups de pied au cul ! ordonna Charles.

Les vaincus ne demandèrent pas leur reste et s'enfuirent, heureux d'avoir échappé à un jeu qui aurait pu leur être fatal par un simple caprice d'adolescent.

Le prince demanda qu'on mette un tonneau de vin en perce, qu'on fasse rôtir de la viande et qu'on aille chercher des filles. Pirénin se signa et voulut rejoindre sa chambre. Charles de Navarre se moqua :

— Voilà le clerc qui prend peur ! Mon père, sachez que la peste qui nous a épargnés arrive, que vous serez peut-être la première victime !

— Cela m'importe peu, Majesté. Je veux seulement sauver mon âme.

Charles éclata d'un grand rire, imité par les autres. Pirénin s'éloigna sous les huées. Seul Bessonac restait sérieux. La soirée prenait un tour qui ne lui plaisait pas : le vin aidant, des rixes se produiraient et si le petit prince était intouchable, Eauze dans sa naïve démesure risquait de se trouver mêlé à une sombre histoire dont il devrait répondre. Roger Mallois était de cet avis et voulut avertir son frère qu'il était temps d'aller dormir. Celui-ci le rabroua vertement.

Le tonneau était débondé et les servantes apportaient les cruches pleines. Charles de Navarre, minuscule et pétillant de verbe, montrait à sa manière de vider son hanap et de promener ses mains dans le corsage des filles que, malgré son très jeune âge, il avait une grande habitude du vin et des amusements délicats. Assis à côté de la montagne qu'était Eauze, il n'en était pas moins visible. Son surcot bleu aux lisérés dorés tranchait sur les vêtements ternes des autres convives. L'énergie débordait de son petit corps et il ne cessait de parler avec une facilité de marchand, de complimenter les uns et les autres. C'était un agréable compagnon de beuverie, gai, plein d'esprit et surtout tenant la boisson comme le plus habitué des hommes mûrs. Ses gardes postés à l'entrée ne bougeaient pas, mais lorgnaient d'un air envieux les pâtés en croûte et les tourtes de pain qui encombraient la table.

La soirée se passait comme prévu. Les servantes peu farouches acceptaient de boire et, comme il y avait peu de place, s'asseyaient sur les genoux des convives. Charles avait jeté son dévolu sur deux jeunes blondes à la poitrine avantageuse. Eauze mangeait et buvait, racontait à son royal voisin ses chasses au loup et l'attaque de Rincourt qui l'avait chassé de son fief. Charles écouta, sérieux pour un instant. Quand Eauze eut fini, qu'il parla de sa femme, le jeune homme frappa la table de son minuscule poing :

— Oyez-moi. Je fais serment ici, devant vous qui êtes témoins, d'armer cinq cents chevaliers de Navarre pour rendre à mon ami ici présent son fief et tous ses droits. Que je sois damné si je me dédis !

À la porte, les gardes se regardèrent en souriant. Le maître parlait si bien et avait la promesse si facile ! Il jurait au moins dix fois par jour d'être damné s'il se dédisait. Privilège des puissants, les engagements non tenus ne pouvaient toucher qu'un naïf comme Geoffroi d'Eauze. Celui-ci s'aperçut tout à coup que la belle servante qui avait répondu à ses avances au début de la soirée était absente. Aussitôt, prenant son nouvel ami à témoin, il s'en offusqua, considérant que c'était la pire des trahisons. Charles de Navarre le poussa à protester.

— Holà, cabaretier, cria Eauze, qu'est devenue la belle jeune personne qui n'avait d'yeux que pour moi ? Voilà que tu me l'as enlevée ?

L'aubergiste s'approcha de la table, où il posa une nouvelle cruche de vin. Un sourire entendu en coin, il dit :

— Cette jeune personne avait un rendez-vous !

— Un rendez-vous ? tonna Eauze. Que dis-tu ? Qu'on aille la chercher !

— Je ne peux pas ! Vous comprenez, les servantes doivent satisfaire tous les désirs de nos aimables clients. Vous pouvez choisir une autre belle qui sera tout aussi aimable avec vous !

— Dites-moi : serait-ce que cette jeune personne est une catin ?

— Non, monseigneur, certainement pas. C'est une fille qui sait faire profiter les hommes des magnifiques avantages que la nature lui a donnés.

— Eh bien, je vais aller la chercher moi-même. Comment s'appelle-t-elle ?

L'homme chauve eut un regard complice en direction de Charles de Navarre, qui se taisait pour une fois.

— Eugénie, monseigneur. Elle s'appelle Eugénie. Vous savez bien ce qu'on dit des Eugénie…

Eauze pâlit. Le sang se retirait de son visage, il se recula comme pour mieux voir son interlocuteur.

— Et qu'est-ce qu'on dit des Eugénie ?

— Ce sont femmes généreuses avec les hommes. Un brasier brûle à leur endroit le plus caché !

— Qu'est-ce que tu racontes là ?

Eauze se dressa, renversant la table sur les convives. Le taureau touché par la pique se déchaînait. D'un geste vif, il bouscula rudement l'aubergiste, puis renversa les tables dans une fureur que rien ne semblait contenir. Poussant des rugissements de fauve, il frappait ceux qui s'approchaient et ne reconnut pas Bessonac, venu l'implorer de se calmer. Celui-ci roula au sol, le nez fracturé. Les filles poussaient des cris en regardant l'ours furieux mettre l'auberge à sac, casser les cruches, jeter les plats par la fenêtre. Il souleva le tonneau à bout de bras et le fracassa contre le mur. Le vin gicla, éclaboussa les clients qui se tassaient dans un coin en poussant des cris de proies livrées. Charles de Navarre se faufila jusqu'à ses gardes et leur demanda de ne pas intervenir. Il prenait visiblement un grand plaisir à voir le colosse renverser le lourd comptoir de chêne sur les piles de vaisselle qui s'entassaient derrière. Roger Mallois, aussi puissant que son frère, ne pouvait rien. Il s'accrochait à lui, le freinait dans sa colère, mais ne parvenait pas à le maîtriser. Le fils de la lavandière avait acquis au cours de son enfance le respect des nobles et cela suffisait à en faire un être inférieur à qui les forces manquaient quand il devait contrer un chevalier.

Enfin, après avoir bien rugi, Eauze se calma, debout au milieu de la pièce où il n'y avait plus rien à casser. Le tenancier gémissait dans son coin, murmurant qu'il était ruiné, mais n'osait pas appeler les gardes de la prévôté. La présence de Charles de Navarre plaçait Eauze au-dessus des lois ordinaires.

— Voilà qui est bien ! s'écria Charles en s'avançant vers Geoffroi d'Eauze. Ce gueux n'avait qu'à ne point prononcer des atrocités sur les Eugénie. Mon ami, tu as défendu l'honneur des dames !

Eauze baissait la tête. Sa colère était la partie visible de son chagrin. Il avait tout cassé sans réussir à chasser la terrible douleur qui le rongeait depuis son départ du château. Eugénie, son Eugénie était-elle semblable à celles que le cabaretier avait décrites ? Il voulait se persuader du contraire, pourtant des signes, des détails du quotidien affluaient à son esprit, montrant qu'elle s'ennuyait près de lui, qu'il était absent de ses envies les plus secrètes. Il avait fallu cette fureur pour mettre à nu son âme, bien vulnérable dans son corps de pierre. Il pensa à ses enfants et eut honte.

— Tu me pardonneras ce petit écart ! dit-il, vide de force. Je te laisserai les deux chevaux de prix qui sont dans ton écurie pour te dédommager.

— Voyons, reprends-toi, mon ami ! intervint Charles de Navarre qui découvrait un autre aspect de Geoffroi d'Eauze, une faiblesse qui donnait au beau parleur tout pouvoir sur le géant. Suis-moi au palais de la reine. Je trouverai de quoi vous loger, toi et ta suite ; demain, nous reviendrons ici pour régler cette affaire.

Geoffroi, entre Roger Mallois et Bessonac, se laissa conduire dans les rues de Pampelune. Deux gardes marchaient devant avec des torches allumées, les autres encadraient le petit prince qui titubait et dont ils devaient assurer la sécurité au prix de leur propre vie.

Eugénie et Renaud d'Aignan arrivèrent en Avignon au milieu du mois de mars 1349. La plus grande confusion régnait en Europe sur le début de l'année nouvelle. Les uns le plaçaient à Noël, les autres à Pâques, fête mobile qui faisait que certaines années avaient deux mois de mars et d'autres aucun. Ainsi, les chroniqueurs n'étaient jamais d'accord sur les dates des événements importants survenus durant les trois mois qui suivirent la naissance du Christ, mais tous avaient de bonnes raisons de garder leur manière de compter et ne voulaient pas s'en défaire.

Avec quiconque autre que Renaud d'Aignan, ce voyage en plein hiver aurait été une dure épreuve, le froid ayant été particulièrement vif dans le Midi. Sur certaines collines, le tronc des oliviers s'était fendu, il avait neigé en Arles et le Rhône avait gelé jusqu'à Pont-Saint-Esprit. En Avignon, la voie était restée libre pour les nombreux bateaux qui transportaient les matériaux nécessaires à la construction du nouveau palais du pape, mais les gabarriers devaient être très prudents : le courant charriait de gros blocs de glace qui pouvaient mettre à mal les coques surchargées de pierres de Valence et de Vienne, des chênes de Bourgogne, des marbres verts de Grèce.

Renaud d'Aignan avait l'art de faire ouvrir les portes, de s'inviter aux meilleures tables. Le séduisant troubadour comptait des amis partout. Les femmes, surtout, l'accueillaient avec ravissement. Depuis le début des grands froids, la maladie s'était calmée ; les gens retrouvaient un peu d'espoir et se laissaient aller à la douceur de vivre quand ils en avaient les moyens. L'arrivée de Renaud avec sa vielle, sa mandore, ses chansons, ses histoires permettait de passer agréablement les longues soirées d'hiver.

Ils arrivèrent en Avignon par une très belle journée qui sentait déjà les premières fleurs. Le vent du sud égayait les pastoureaux qui jouaient des musiques entraînantes sur de petites flûtes de sureau. Les laboureurs poussaient la charrue en fredonnant un air joyeux. C'était la fin des privations. Les abeilles butinaient les fleurs des pruniers et les premières récoltes de miel ne tarderaient pas. Même si la chasse était privilège de nobles, chacun savait disposer un collet dans le passage du lièvre ou du lapin, dénicher les palombes, récolter les premières morilles. Avec le redoux et les jours qui s'allongeaient, jeunes et vieux éprouvaient le besoin d'exulter. Pourvu que la peste les oublie ! Les victimes de l'automne et du début de l'hiver laissaient tant de places vides !

Un grand désordre régnait en Avignon. Le cœur de la ville était envahi par une armée de maçons, de tailleurs de pierre, de charpentiers qui construisaient le nouveau palais. Clément VI, qui aimait le luxe et les plaisirs, voulait faire de cette petite ville la capitale de la chrétienté, la nouvelle Rome au service des rois de France. Né en bas Limousin, sur les bords de l'Aquitaine, le pape, que l'on disait nonchalant, n'avait rien à envier à ses prédécesseurs. Comme il était conscient d'être investi d'une mission divine, rien n'était trop beau ni trop riche pour sa personne. Ce n'était pas un dévot, mais un bon administrateur qui savait s'appuyer sur les dogmes pour faire triompher sa politique. Ainsi, l'année précédente, Clément VI avait-il acheté la ville d'Avignon à Jeanne de Provence, ce qui faisait de lui, en plus de sa mission spirituelle, un seigneur temporel entièrement impliqué dans la vie de ses concitoyens. Il se préoccupait du commerce et faisait renforcer les assises du pont Saint-Bénezet pour faciliter le trafic des marchandises vers Villeneuve, de l'autre côté du Rhône.

En Avignon, comme partout ailleurs, Renaud d'Aignan ne manquait pas d'amis. Il se rendit chez un marchand de drap qui avait constitué une énorme fortune en habillant les prélats, cardinaux et secrétaires du pape. Robert Maltorini menait grand train dans son hôtel au centre d'un magnifique parc entouré de hautes murailles destinées à le protéger du petit peuple sale et grossier. Le père de Maltorini était venu en Avignon avec le premier pape dans les années 1320. Ce Napolitain, petit marchand itinérant, avait tout de suite compris le parti qu'il pouvait tirer de la présence des princes de l'Église et fut le premier à importer les riches étoffes de Flandre, les parfums et les épices d'Orient, les vaisselles d'or de Florence, les émaux de Limoges et tout ce luxe dont les prélats aimaient s'entourer et orner leurs maîtresses. En moins de vingt années, la famille avait bâti une fortune considérable sur la vanité de ceux qui avaient fait vœu d'humilité.

Renaud d'Aignan alla frapper aux immenses portes qui donnaient sur le parc et les luxueux jardins de Maltorini. Il fut presque aussitôt reçu par le maître de maison. C'était un homme d'une quarantaine d'années, le visage sombre, les yeux pétillants et les cheveux frisés des Napolitains. Sa large bouche laissait voir des dents plates et jaunies par les excès d'épices. Il était vêtu à la dernière mode de la cour qui délaissait les longues robes fourrées de martre ou de loutre pour des surcots courts de couleurs très vives. L'Église et la bienséance avaient condamné ces vêtements tant appréciés par les jeunes et s'étaient inclinées lorsque le roi, Philippe VI, les adopta.

Robert Maltorini accueillit Renaud à bras ouverts. Eugénie fut étonnée de cette familiarité entre ce grand bourgeois qui n'était pas noble, mais avait suffisamment de fortune pour se placer aux premiers rangs, et le troubadour qui n'était rien de plus qu'un saltimbanque, un coureur de chemins riche de sa liberté, mais sans toit. La manière dont ils se regardaient prouvait qu'ils étaient complices au-delà de la musique et de la poésie.

— Te voilà, mon ami ! dit Maltorini. C'est une grande joie de t'accueillir en ces temps difficiles. *Pestis* a fait beaucoup de ravages l'automne dernier et cet hiver avant que le grand froid ne la chasse. Nous prions pour qu'elle ne reprenne pas avec le printemps.

— Pestis ?

— C'est ainsi que Guy de Chauliac, le médecin de Sa Sainteté, appelle la peste.

— Mon cher Robert, je te présente ma fille, Eugénie, dont je t'ai souvent parlé.

Robert s'inclina devant Eugénie. Il connaissait l'histoire de Renaud d'Aignan et son engagement aux côtés de la conjuration des Lys. Le commerçant avisé n'ignorait rien de ce qui se passait dans les différentes cours où il comptait de nombreux clients.

— Tu verras le pape dans les prochains jours.

— Je crois savoir qu'il est tout acquis à notre cause ! L'heure de la justice a enfin sonné ! dit Renaud.

— Espérons, mon ami, espérons !

Eugénie et son père passèrent plusieurs jours dans le palais de Maltorini. Rien ne leur manquait, ils avaient des appartements à leur disposition, des domestiques, des chevaux. Chaque fois que son commerce lui en laissait le temps, Maltorini leur rendait visite ou les invitait à sa table. Ils firent la connaissance de Rosa, la femme de Robert, de ses deux filles, Manuella et Victoria, qui attendaient que leur père leur choisisse un époux.

Ils se promenaient dans l'immense parc, ravis de se donner au printemps. Les oiseaux construisaient leurs nids. Eugénie découvrait la Provence avec ses sols secs, ses couleurs vives, son ciel immense et toujours pur, ses gens qui aimaient par-dessus tout la musique et la poésie.

Le pape avait promis de les recevoir, mais son invitation tardait. Le saint homme avait beaucoup à faire avec le chantier du palais et la politique dont il se mêlait activement. Maltorini se montrait prudent :

— Le pape est persuadé de votre bon droit, mais le retour de Jean Ier peut remettre en cause des équilibres vitaux.

Renaud ne comprenait pas une telle réticence qu'il n'avait pas prévue.

— Seule la justice peut être bénéfique ! répliqua-t-il. Il s'agit pour nous de rétablir le droit. Le reste revient à Dieu !

— Certes, rétorqua Robert Maltorini, peu convaincu.

Le soir tombait. Les oiseaux chantaient sur les peupliers, il faisait très doux. Eugénie, Renaud et Maltorini marchaient le long d'une allée, quand, surgis d'une touffe de buissons, plusieurs rats noirs se mirent à courir devant eux. Le Napolitain se troubla.

— Dieu du ciel, ils sont encore là ! J'en ai fait tuer des centaines par mes gens et voilà qu'ils reviennent !

Les animaux couraient dans l'herbe, s'approchant des hommes, sans marquer la moindre crainte. Des domestiques accoururent avec des bâtons et se mirent à frapper le sol. Maltorini comprenait ce que cela signifiait :

— La peste est encore en Avignon ! dit-il d'une voix blanche.

Eugénie eut un haut-le-cœur et courut dans sa chambre. L'envie de vomir lui retournait l'estomac.

— 7 —

Deux jours plus tard, la ville avait de nouveau sombré dans le cauchemar qu'elle redoutait : la peste avait tué plusieurs centaines de personnes en une matinée. Le soleil montait au-dessus d'une ville silencieuse. Seuls des chiens erraient à la recherche d'os ou de quignons de pain. Les hommes se terraient. Les forges restaient froides, les enclumes ne sonnaient plus. Le chantier du palais, d'ordinaire grouillant, était paralysé. Près des gabarres chargées de pierres, de bois et de marbre, peu d'hommes s'activaient. Les rares marteaux des sculpteurs sonnaient comme un tocsin.

Clément VI fulminait. Debout de très bonne heure, ce pape au corps puissant, aux grosses mains de laboureur, aux épaules de débardeur était un travailleur infatigable. Chaque matin, il s'offrait deux heures de lecture et d'écriture avant de se consacrer à l'administration de l'Église. À sept heures, pendant son premier repas, il recevait ses conseillers et ses informateurs. Rien de ce qui se passait dans la chrétienté ne lui échappait. Il entretenait un réseau d'espions d'une grande efficacité qui lui valait souvent d'être informé avant les princes concernés. Depuis qu'il avait été élu à la tête de l'Église, en 1342, il prenait pour modèle l'un de ses prédécesseurs et parent, Jean XXII, s'efforçant d'asseoir sa suprématie en étant présent sur tous les fronts. Cet ancien archevêque de Rouen laissait à ses ministres l'administration courante. Seules les questions internationales l'intéressaient. Il ne décidait rien sans l'avis de ses deux principaux conseillers, Jean de Moustier, moine bénédictin né à Uzerche, petit homme tout en rondeur, onctueux, la tête large et le crâne plat, et Paul Ressy, dit Paul le bien Tonsuré car il était totalement chauve. Clément VI aimait plus que tout les objets d'art que ses rabatteurs dénichaient pour lui. Les revenus de la ville d'Avignon lui permettaient de mener grand train sans avoir à toucher au trésor de l'Église.

Ce matin, il tempêtait contre les ouvriers qui tardaient à se mettre au travail. S'il avait pu éclairer le chantier, le pape aurait ordonné qu'on travaillât la nuit tant il était pressé d'emménager dans un palais enfin digne de sa magnificence. Mais la peste contrecarrait ses projets.

Lors de la première épidémie, à l'automne dernier, les riches bourgeois avaient quitté la ville pour se réfugier dans quelque lointaine maison, espérant que la maladie ne les trouverait pas. Ce fut peine perdue et le pape, qui avait refusé de partir, en était satisfait : Dieu lui donnait raison en n'accordant aucune indulgence aux poltrons.

— Le fléau de Dieu, le mal de l'enfer, ils n'ont que ces mots à la bouche ! tonnait Clément VI à Jean de Moustier. Combien de morts cette nuit ?

— On ne sait pas. Les rumeurs les plus folles courent de porte en porte depuis qu'on a trouvé, ce matin, plus de dix cadavres dans la rue des marchands.

— Voilà que recommence cette détestable habitude de jeter les malades encore vivants à la voirie en espérant que les chiens viendront les dévorer ! Faites creuser des fosses en dehors de la ville, au bord du fleuve. Et qu'on recrute dans les prisons pour ramasser les morts.

Moustier était assez grotesque avec ses gros yeux et sa bedaine. Clément ne faisait pourtant rien sans prendre son avis, car sous cet aspect de petit moine un peu rustre se cachait un redoutable politique, un esprit capable de faire la synthèse des affaires les plus compliquées. Vif, ayant l'œil sur tout, le pape le gâtait. Dans toutes les conversations, il jouait à merveille le benêt qui répond de travers pour mettre à nu les secrets les mieux gardés. Peu regardant sur les questions de religion, il considérait que le maître de l'Église avait des privilèges interdits aux autres et il fermait les yeux sur les soirées du Saint-Père, dans son cabinet doré, en compagnie des plus belles femmes.

— Bon, tu vas faire crier dans la ville que je reste, que je ne plie pas le genou devant la maladie et que j'invite les Avignonnais à en faire autant. Que tout le monde vaque à ses occupations comme d'habitude, qu'on ignore la menace, c'est la meilleure manière de vaincre la peste !

Moustier constata que la réserve de chandelles dans le placard du cabinet avait considérablement baissé, preuve que le pape passait une partie de ses nuits à travailler – il écrivait un traité de théologie qui aurait valu le fagot à tout autre que lui. Car Clément VI était un bien curieux croyant : il niait, comme Jean XXII, l'existence du paradis et de l'enfer qui ne pourraient être créés qu'après le jugement dernier. Ainsi les saints n'existaient-ils pas et les reliques qui faisaient l'objet d'un grand commerce n'étaient que de quelconques ossements ! Une autre question taraudait le prélat suprême : la résurrection des corps ! Il avait beau tourner cela dans son esprit, passer des nuits à y réfléchir, il n'arrivait pas à se convaincre de cette affirmation des Écritures. Les corps redevenaient poussière et le restaient, pensait-il, seule l'âme pouvait être éternelle parce qu'elle était d'une autre nature.

Moustier tardait à sortir ; il faisait quelques pas vers la porte, rebroussait chemin, repartait, s'arrêtait. Agacé, le pape finit par lui demander :

— Que se passe-t-il encore ? Voilà que tu tournes comme un mouton qui a avalé un clou.

— Sa Sainteté me pardonnera…

— Pas de ça entre nous. C'est bon devant la curie…

— J'ai reçu hier encore notre ami Robert Maltorini, grand fournisseur d'étoffes rares, de soieries et autres frivolités. Il m'a rappelé que Renaud d'Aignan, l'époux secret de la reine Clémence, et sa fille Eugénie attendent une entrevue.

Le pape fronça ses épais sourcils noirs. Son nez, proéminent, formait un arc de cercle, comme une faucille au-dessus de lèvres fines et d'un menton carré assez fort. Ses larges narines frémissaient constamment.

— La sœur de Giannino ! Tout cela est bien ennuyeux. Jean XXII a tout fait pour arrêter la conjuration des Lys et voilà qu'elle reparaît ! Comme l'Hydre, ses têtes repoussent à mesure qu'on les coupe ! N'en finira-t-on jamais ?

— A-t-on des nouvelles de notre envoyé à Sienne ?

— Oui. Il a rencontré Giannino di Guccio qui ignore tout de ses origines royales. C'est un marchand qui conduit très bien ses affaires. Il serait dommage de lui mettre d'autres idées en tête ! D'ailleurs, d'après notre espion, il ne présente aucun danger.

— Mouais ! marmonna le pape, pensif. Cet homme est heureux dans sa boutique. Je ne vois pas pourquoi on lui donnerait un trône ! La conjuration des Lys remue toute une boue quand il faudrait la laisser reposer sur le fond !

Le pape sourit encore. Les conjurés, tous de solides chevaliers forts en gueule et habiles à manier l'épée, n'étaient pas de taille à se mesurer à lui.

— Je suis d'avis qu'on laisse faire la peste ! précisa Moustier. Elle peut travailler pour nous en éclaircissant l'échiquier.

— Tu n'as pas tort. Dieu montrera sa volonté à travers la mal-mort.

— Sachez cependant qu'Eugénie d'Aignan est la plus belle femme qu'il m'ait été donné de voir.

— Dans ce cas, fixe un rendez-vous à notre ami Maltorini avant vêpres. As-tu pensé aux boucs ?

— J'ai fait tout ce que m'a demandé M. de Chauliac, dès qu'on m'a signalé la présence de ces maudits rats noirs dans les rues. Les boucs vont arriver dans la matinée.

— Y en aura-t-il suffisamment pour en disposer un dans chaque pièce ? Souviens-toi, lors de la précédente épidémie, il fallait les déplacer d'une chambre à l'autre et Chauliac est formel : cela nuit à leur efficacité !

— J'en ai fait acheter cet hiver en prévision du pire. Ils passeront le pont Saint-Bénezet avant midi.

Le pape ajusta son bonnet blanc qui lui enserrait le crâne et ses oreilles au lobe gras, se leva pour rejoindre son cabinet vert où il travaillait. Ses narines s'arrêtèrent de frémir.

— Tu dis qu'Eugénie d'Aignan est très belle femme ?

— Assurément très belle.

Moustier savait ce que signifiait l'éclat vif dans les yeux du pape.

Le retour de la peste replongeait Avignon dans le cauchemar de l'automne précédent. Chacun retrouvait des réflexes un instant oubliés dans l'euphorie de la délivrance. La moindre douleur terrorisait. On se tâtait sous les bras, on cherchait en soi le petit signe qui annonçait la fin tragique.

Les prêcheurs retrouvaient leur place dans les rues, se plantaient sur un billot devant les églises et n'en finissaient pas de conspuer la foule. L'un d'eux, vêtu de blanc, haranguait les rares passants de sa voix qui portait loin :

— Dieu vous a donné un avertissement. Pendant la première épidémie, vous étiez tous de bons chrétiens, vous alliez tous à confesse et vous cassiez votre bourse pour donner aux pauvres. Et la mal-mort s'en est allée, alors vous avez repris vos mauvaises habitudes, vous avez fréquenté les tripots et les bordels, vous avez dépensé pour des frivolités, vous avez oublié vos prières. Résultat : la colère de Dieu ouvre une nouvelle fois les portes de l'enfer.

La file des chariots encombrait le pont Saint-Bénezet. Malgré les recommandations du pape, les riches qui avaient un domaine dans la campagne et même les pauvres qui n'avaient rien que leur vie à défendre quittaient la ville infestée. La panique les poussait loin de ces murs et ils se pressaient, se bousculaient à l'entrée du pont ou aux portes de Villeneuve. La cathédrale et les trois églises ne désemplissaient pas. Chacun voulait se confesser, reconnaître ses torts et supplier Dieu de le garder en vie. Des processions se formaient spontanément. Les gens, le torse nu, se frappant avec les lanières d'un fouet à clous, se dirigeaient à genoux vers la Vierge qui surplombait les quartiers hauts sur son rocher entouré d'oliviers.

Robert Maltorini restait dans son parc bien fermé. Comme le pape, il n'avait pas l'intention de laisser son hôtel aux pillards qui se multipliaient aussi vite que les flagellants. Il s'était protégé de la maladie en faisant venir de sa ferme une dizaine de boucs achetés pendant l'hiver.

— Les médecins sont formels, dit-il à Renaud d'Aignan. Ces bêtes absorbent la maladie et parfois en crèvent, mais ils nous protègent. Avec ces animaux du diable, nous ne risquons rien !

Pendant les deux jours qui suivirent, la peste emporta quand même trois valets et une lingère. Maltorini constata que ces morts s'étaient produites là où les boucs étaient absents, ce qui le conforta dans sa conviction. Il ordonna que l'on enterre les cadavres dans un coin retiré du parc, près d'une petite rivière, et que personne n'en parle. Des fournisseurs qui évitaient les maisons contaminées devaient lui rendre visite, car, malgré la menace, les affaires continuaient.

En quelques jours, l'épidémie frappa toute la Provence. Le nombre des morts ne cessa d'augmenter. Une odeur de pourriture avait remplacé celle du printemps ; les gens ne se déplaçaient qu'en portant des masques sur le visage et respiraient des herbes odorantes censées arrêter les miasmes de l'air.

Clément VI ordonna de barricader les maisons des pestiférés. Ceux qui avaient approché les morts furent isolés. Les gardes de la prévôté apportaient des provisions qu'ils leur faisaient payer très cher, car les vivres manquaient. La famine s'installa dans les bas quartiers de la ville.

Le pape, soucieux de maintenir l'ordre, décréta qu'on pendrait sur-le-champ toute personne surprise en train de voler. Il ordonna la fermeture des tavernes par où passait la contagion et contraignit les médecins à assister les malades sous peine de lourdes amendes que beaucoup préféraient payer. Équipés d'amples vêtements noirs, une couleur que n'aimait pas la peste, le visage couvert d'un masque blanc prolongé à la hauteur du nez et de la bouche d'un cône rempli de sels et d'herbes odorantes, ceux qui ne pouvaient se soustraire aux ordres du maître de la ville se rendaient chez les malades ou assistaient ceux qui agonisaient dans la rue. Gantés, ils maniaient leurs patients à l'aide d'un long bâton muni d'un crochet de fer.

Les prisons se vidaient. Les condamnés les plus résistants creusaient de nouvelles fosses en dehors des murs et transportaient les morts. Les survivants vivaient dans la terreur. Un enfant se plaignait-il de douleurs, montrait-il une fièvre, il était aussitôt jeté à la rue par une fenêtre. Les charretiers le lançaient sur le tas de cadavres où il cessait rapidement de crier.

Clément VI se croyait protégé par ses boucs qui répandaient une effroyable odeur dans son palais. Moustier lui fit remarquer que le chef de l'Église devait se prémunir plus efficacement encore et le convainquit de faire brûler en permanence une enceinte de feu autour de son castel. Plus de cent valets furent dévolus à cette tâche rendue difficile par le manque de bois.

Pourtant, la vie continuait. Le pape recevait les courriers de ses nombreux observateurs répartis dans toutes les cours d'Europe. Le printemps avançait à grands pas. Les oliviers étaient fleuris, mais les bonnes odeurs des jardins pontificaux étaient chassées par la puanteur de la peste.

Le pape reçut ensemble Robert Maltorini, Renaud d'Aignan et Eugénie. Le premier regard que Clément posa sur la jeune femme n'échappa pas à Renaud qui s'y connaissait en séduction. La corpulence de bûcheron du Saint-Père, son visage sanguin, ses yeux brillants sous d'épais sourcils, ses narines frémissantes, lui indiquaient un jouisseur qui ne laissait à personne sa part des plaisirs terrestres. Moustier fit asseoir les visiteurs sur des fauteuils en velours rouge des Flandres et se plaça à l'arrière, debout près de la croisée, ne perdant rien des attitudes, de ces gestes infimes souvent révélateurs. Maltorini commença à se plaindre des bateaux qui n'arrivaient pas, des caravanes de marchandises détroussées par des routards, de la maladie qui ne relâchait pas son étreinte. Le pape acquiesçait d'un mouvement de la tête. De temps en temps, il levait les yeux sous ses sourcils en paravent vers Eugénie qui se tenait près de son père.

— Venons-en aux faits, intervint tout à coup Clément VI. Giannino di Guccio, le fils de Louis le Dixième, fait commerce d'étoffes et ne demande rien à personne. Pourquoi le tirer de sa boutique ?

Renaud d'Aignan se tourna vers Eugénie. La brusquerie du pape lui semblait de très mauvais augure.

— Votre Sainteté, voici une femme de sang royal, qui ne possède rien, pas le moindre castel pour y loger ses deux enfants. Des preuves existent que j'ai bien épousé Clémence de Hongrie. Des preuves aussi que Giannino Guccio est bien Jean Ier.

— Je sais tout cela ! fit le pape. Je suis d'accord pour qu'on établisse cette jeune personne dans le rang qui est le sien et j'agirai dans ce sens. Mais n'oubliez pas que le royaume est au bord du gouffre avec la guerre contre l'Anglais et la peste dont on ne sait qui elle va frapper. Même Philippe VI de Valois n'est pas à l'abri. La maladie peut aussi servir la justice. Dans ce cas, Dieu montrerait son intention comme il l'a toujours fait dans cette affaire.

Le pape n'ignorait pas comment Charles de Valois, aidé par Jean XXII, avait su diviser les membres de la conjuration des Lys en excitant leurs rivalités pendant que son fils s'emparait de la couronne de Charles IV et se faisait sacrer à Reims. L'organisation n'aurait pas dû survivre aux débuts des Valois si le cardinal de Varonne, ce doux rêveur, n'avait donné des arguments aux barons normands pour réclamer le retour à leurs anciens privilèges mis à mal par Philippe le Bel.

— Sa Sainteté me pardonnera d'insister, poursuivit Renaud. Mais la guerre avec l'Angleterre pourrait cesser si Jean Ier était rétabli dans ses droits. Il est le seul petit-fils par les mâles de Philippe le Bel. Édouard d'Angleterre ne l'est que par sa mère, Isabelle.

Le pape avait aussi pensé à cela.

— Je vous l'accorde, messire d'Aignan. Mais je vous le répète, il faut attendre que la peste ait fait son travail, elle est de commandement divin, ne l'oublions pas !

Renaud était déçu. Maltorini l'avait assuré que le Saint-Père était partisan de la conjuration des Lys et il trouvait un Clément VI réticent, pesant le pour et le contre, extrêmement méfiant et se retranchant derrière le jugement de Dieu.

Tout à coup, oubliant les convenances, Eugénie se leva de son fauteuil, marcha la tête haute vers le pape. Renaud tendit la main, comme pour l'arrêter.

— Sa Sainteté me pardonnera de lui rappeler qu'à sa mort, les biens de ma mère ont été accaparés par le Valois. Mes fils vivent actuellement comme des vachers, dans une ferme de Gascogne. Mon frère, héritier du trône de France, passe ses journées dans une obscure boutique de Sienne. Pendant ce temps, le Valois parade sur le trône le plus prestigieux alors qu'il mérite le billot. Le représentant de Dieu ne peut pas accepter une telle injustice !

Clément VI passa l'index de sa main droite sur son large menton. Ses sourcils s'abaissèrent. Le silence était suspendu à ses lèvres grasses. Il fit un signe à Moustier.

— Nous verrons cela, madame. L'audience est terminée ! dit-il d'une voix sèche. Moustier, reconduisez ces personnes, je vous prie.

Une fois en dehors du palais, Maltorini laissa éclater sa colère :

— Vous rendez-vous compte de ce que vous avez fait ? dit-il à Eugénie. On ne parle pas au pape comme à une personne ordinaire. Comment vais-je faire, moi, pour rattraper le coup ? Je suis son fournisseur exclusif d'étoffes de velours et de soie, vous comprenez ce que cela veut dire ?

— Je comprends que Pierre Roger de Beaufort a été acheté par le Valois et qu'il faut désormais le considérer comme un ennemi !

Maltorini se planta devant Eugénie et brandit son poing sous sa figure.

— Monsieur, je vous prie de vous modérer ! s'exclama-t-elle la tête haute. Ceci est mon affaire et j'en assumerai les conséquences.

— Mais c'est vous qui devez vous modérer. Par Dieu, ne comprenez-vous pas que tout Avignon appartient au pape et qu'il a le droit de vie et de mort sur chacun de nous ?

— Que m'importe ! Désormais, nous savons à quoi nous en tenir. Et si vous redoutez les représailles du maître absolu, nous pouvons quitter votre maison sur-le-champ.

— Je n'ai jamais dit cela, cependant…

Renaud, qui était resté en retrait, vint se placer à côté de sa fille.

— Eugénie a raison. Notre présence peut nuire à tes affaires. D'ailleurs, nous n'avons plus rien à faire en Avignon maintenant que le pape nous a refusé son soutien.

Maltorini, qui savait qu'un mot du Saint-Père pouvait le ruiner, n'eut pas le courage de retenir Renaud et Eugénie, qui s'installèrent dans une auberge proche du palais en construction. La peste avait vidé la ville de ses voyageurs et la place ne manquait pas. Renaud redoutait que Moustier n'eût soudoyé des malfrats pour les égorger dans leur chambre. Aussi barricadait-il les ouvertures et dormait-il près d'Eugénie, sa dague à portée de main.

Il cherchait à fuir, mais les portes de la ville étaient bien gardées et l'administration souveraine du pontife ne laissait sortir que les voyageurs munis d'un sauf-conduit.

— Nous voilà prisonniers ! bougonnait le poète. Quelle mauvaise idée j'ai eue de croire que ce lointain cousin était de notre côté !

Deux jours plus tard, des envoyés du Saint-Siège arrivaient à l'auberge pour inviter Eugénie à partager son souper avec Sa Sainteté.

— Prends garde à toi ! recommanda Renaud qui n'attendait rien de bon de cette invitation.

Un char à bancs couvert aux couleurs pontificales et six laquais vinrent chercher Eugénie à complies. Renaud donna un dernier conseil à sa fille :

— Nous sommes prisonniers comme des poissons dans la nasse. Tu dois demander pardon au pape et lui faire bonne figure. Tu n'obtiendras rien en lui tenant tête !

— Ça jamais ! trancha Eugénie.

Vêtue d'une robe en velours grenat, elle monta sur le char aux roues dorées. Sa nouvelle assurance de fille de reine ne redoutait pas l'affrontement avec Pierre Roger de Beaufort qui, bien que pape, n'était pas de race princière.

Le soir tombait. Il avait fait très beau, les premiers insectes volaient dans la lumière rasante du soleil. La ville était toujours aussi silencieuse. La faim tenaillait les estomacs. Dans les bas quartiers, on mangeait les chiens et les chats, mais personne n'avait osé toucher aux gros rats noirs que l'on tuait par dizaines. De quoi se nourrissaient-ils ? De cadavres ? On avait, en effet, trouvé plusieurs corps d'enfants à moitié dévorés, mais personne n'avait vu les rats s'acharner sur eux.

Le char dut s'arrêter devant la cathédrale où une foule dense était rassemblée autour d'un prêcheur vêtu d'une aube de bure grossière.

— Dieu nous punit parce que nous ne sommes pas capables d'éliminer ses ennemis, les Juifs ! Ils prolifèrent dans notre ville, ils font de grosses fortunes sur le dos des pauvres chrétiens. Dieu les montre du doigt ! Et qui les défend ? Qui, je vous le demande ?

Il se tourna vers le palais en construction entre ses échafaudages : Clément VI, qui défendait les Juifs, aurait dû être leur principal accusateur ! Le pape ne cessait de répéter que la peste s'en prenait à tous et que Dieu ne demandait le sacrifice de personne.

Eugénie, brinquebalée dans le char couvert, passa à côté du chantier où peu d'ouvriers s'activaient. L'agitation frénétique qu'elle avait vue lors de son arrivée était bien terminée. Clément VI avait voulu se servir des condamnés, mais il avait vite déchanté : les prisonniers travaillaient peu et mal. Les coups de fouet ne leur faisaient aucun effet et beaucoup profitaient de l'agitation pour s'échapper. Quand on les retrouvait pour les pendre, ils avaient eu le temps de piller et d'assassiner de bons bourgeois.

Le char arriva au castel qu'occupait le pape, ancienne résidence d'été des comtes de Provence ayant appartenu à la république de Naples. C'était un palais de petite taille, gris, austère, indigne de la magnificence du chef de l'Église. Clément VI, qui aimait le luxe, y avait ordonné de nombreux travaux, des aménagements, mais il s'y sentait à l'étroit.

Eugénie fut conduite jusqu'aux appartements privés du pape qui l'accueillit avec un grand sourire et tendit les mains pour l'obliger à se redresser lorsqu'elle se prosterna. Il était vêtu d'une robe blanche, d'une tiare de la même couleur qui faisait ressortir la rougeur de son ample visage. La vue d'une belle femme le remplissait de bonheur et de reconnaissance envers le Créateur. Pierre Roger de Beaufort était entré dans les ordres comme d'autres entrent en apprentissage. Sa famille était assez puissante pour le pousser aux sommets de l'édifice, elle y voyait une manière d'asseoir sa suprématie, la dévotion affichée n'était qu'une manière d'arriver à ses fins.

Il avait compris qu'Eugénie n'était pas une femme ordinaire. Son enfance misérable puis son éducation à Saint-Jal avaient fait d'elle une combattante. Il ne voulait pas se débarrasser d'elle comme il l'aurait fait d'un quelconque semeur de troubles. Sa beauté, sa dignité méritaient mieux que cela.

— Madame, je vous remercie d'avoir accepté mon invitation.

Eugénie s'inclina de nouveau. Le corps massif du Saint-Père, visiblement à l'étroit dans sa tenue ecclésiastique, était taillé pour chevaucher, pour guerroyer et banqueter avec ses chevaliers. C'était pourtant un homme tout en nuances, un fin diplomate ; Eugénie restait sur ses gardes.

Des valets de bouche en livrée rouge à lisérés blancs se tenaient près de la table, attendant que le maître les invite à commencer le service. Des bruits, des cris venaient de la fenêtre ouverte. Clément VI s'approcha de la croisée et invita Eugénie à le rejoindre. Dans la rue qui remontait en pente douce jusqu'à la place de la cathédrale, la foule braillarde poussait devant elle des Juifs, le torse nu, hommes et femmes mêlés. Les fouets claquaient au milieu des cris, des pleurs, des supplications. Un bûcher avait été dressé en quelques instants. Le prêcheur à la barbe blanche se tenait devant et encourageait la foule à frapper les malheureux dont les plus faibles s'écroulaient. Des vilains plantaient leurs fourches en fer dans les corps dénudés, comme dans des ballots de foin.

Le pape contempla un instant la scène.

— Que cela est misérable ! dit-il entre ses dents, puis entrouvrant la porte : Moustier !

Le moine entra, essoufflé, comme d'habitude. Il salua Eugénie en esquissant une révérence.

— Dès demain, vous faites publier dans mes États l'interdiction de s'en prendre aux Juifs, ordonna Clément VI. Je veux qu'ils soient protégés en Avignon, qu'on cesse cette tuerie stupide. Je veux aussi que tous les Juifs qui se sentiront menacés, où qu'ils soient, puissent venir en nos États pontificaux pour y trouver refuge et assistance.

Moustier connaissait son pape depuis si longtemps qu'il prenait parfois des décisions en son nom sans lui en parler. Clément l'acceptait, cela lui laissait plus de temps à consacrer à l'étude des philosophes anciens, à l'art et à ses travaux de théologie. Ce soir pourtant, le moine resta un instant bouche bée, puis il manifesta son étonnement, ce que lui seul pouvait se permettre en face de l'autorité suprême.

— Sa Sainteté me pardonnera, mais je ne vois pas ce que l'Église peut gagner en protégeant les Juifs. Cela risque de créer des dissensions avec certains de nos alliés et…

— La douleur des hommes m'est insupportable. Qu'ils soient juifs, barbares ou autres, ce sont des hommes, des fils de Dieu, même s'ils se trompent.

— Sa Sainteté se souvient-elle des bulles de son prédécesseur Benoît XII ?

— Assez bavardé pour rien. Benoît XII avait ses raisons, j'ai les miennes. Ainsi, je te demande de faire publier un arrêté interdisant le massacre des Juifs.

Clément réfléchit un instant avant de dévoiler le fond de sa pensée : la construction du nouveau palais coûtait cher. Benoît XII, qu'il considérait comme un imbécile, s'était acharné à vider le trésor pontifical par des actions charitables et en dotant certains couvents de pensions, autant de libéralités qui lui valaient une kyrielle de jaloux, donc d'ennemis.

— Tu préciseras qu'ils seront soumis à un impôt spécial, l'impôt des Juifs non résidents. Maintenant, laisse-nous !

Le pape invita Eugénie à s'asseoir en face de lui. C'était un « petit souper » qui, contrairement aux soupers ordinaires rassemblant plus de cinquante convives, se déroulait en tête à tête. Eugénie se contenterait d'un repas frugal, seulement cinq services comprenant chacun une dizaine de préparations de poisson, de volaille et de vénerie arrosées des puissants vins de Roquemaure.

— Point trop manger le soir assure une bonne nuit ! précisa le pape en plantant la pointe de son couteau dans un pâté de sanglier.

Eugénie goûta le vin tout en observant son hôte. Malgré sa mollesse de visage, ses yeux globuleux, un nez puissant, ses épais sourcils, ses larges narines en perpétuel mouvement, Clément n'était pas laid. Chaque détail de sa figure était grossier, pourtant l'ensemble se combinait harmonieusement. Sa voix profonde, d'une grande douceur qui n'enlevait rien à son autorité naturelle, enveloppait, séduisait. Il mangeait délicatement sans céder à son appétit. L'homme de plaisirs était raffiné dans ses moindres attitudes. Il décida de parler, d'évoquer des affaires n'ayant qu'un lointain rapport avec la couronne des Valois.

— Plusieurs de mes hommes qui se trouvent à Rome auprès du gouverneur Cola di Rienzo, le gouverneur de Rome, m'assurent que nous devons rester très vigilants sur ces gens qui s'agitent et sont prêts à s'allier avec n'importe qui pour nuire à la France. Un curieux personnage, ce Cola di Rienzo, puissant comme un bœuf, gourmand, bavard, souvent violent. Fils d'une lingère, il joue aux empereurs et s'entoure d'un faste considérable. C'est un bon allié de la papauté en Avignon, car il préfère que le Saint-Siège se trouve loin de ses États. Ce n'est pas l'avis de la majorité des Romains, mais son appui auprès des turbulents cardinaux italiens me permet de diriger en sous-main ces princes qui auraient souvent tendance à oublier leurs devoirs de réserve.

Eugénie leva sur le pontife ses yeux clairs, gris ou verts selon l'éclairage, frangés d'une fine ligne d'or. Ses cheveux noirs tranchaient avec la peau claire de son front, ses joues qu'aucun fard ne colorait. Clément sourit, suça le bout de ses doigts luisants de graisse.

— Ne croyez pas, madame, que je prenne votre affaire à la légère, bien au contraire. Les conjurés des Lys affirment que la peste est une punition de Dieu contre le vol de la couronne de France, je n'en crois rien !

Eugénie, qui ne comprenait pas où le pape voulait en venir, gardait le silence.

— Je crois que nous ne devons pas semer plus de misère qu'il n'y en a !

— Sa Sainteté ne redoute-t-elle pas que les conjurés des Lys, excédés, concluent des alliances contre nature, avec l'Anglais par exemple, qui livreraient le pays à l'ennemi et à toujours plus de misère ?

— J'y viens, ma chère, j'y viens.

Il frappa dans les mains pour que l'on fasse entrer les musiciens. Le pape vouait un véritable culte à la musique et s'entourait d'une multitude de chanteurs et de poètes.

— Ma famille a été apparentée aux Ventadour, poursuivit-il en langue d'oc. Vous comprenez que j'aime m'entourer de musiciens. Et sachez aussi que j'ai souvent entendu et apprécié votre père par le passé. C'est bien la raison de mon attachement à votre histoire.

Les musiciens se mirent à jouer et chanter. Clément les écoutait, ravi, mais ne quittait pas Eugénie du coin de l'œil. Au bout de quelques minutes, il les congédia.

— Madame, le sang bout dans vos veines, ce sang royal qui s'y trouve à l'étroit, dit-il. Mais cela ne doit pas vous égarer. Je vous fais comtesse d'Anjou, titre qui appartenait à votre mère et que la papauté a acheté à Philippe VI. La maison de Sainduc se trouve près du pont Saint-Bénezet. Personne n'a jamais pu m'expliquer pourquoi on l'appelle ainsi. C'est en tout cas une belle demeure avec des écuries, des jardins, et d'une grande ancienneté. Elle fait partie du douaire des Anjou et vous revient avec les revenus de son domaine. Vous pourrez y loger, car vous ne pouvez quitter Avignon pour l'instant. Une somme de six cents pièces d'or vous sera versée pour vos premières dépenses. Ensuite, je vous allouerai mille pièces pour votre train de vie en plus de vos revenus ordinaires.

Eugénie osa soutenir le regard du pape qui lui souriait. Ne venait-il pas de lui signifier son assignation à résidence ?

— Sa Sainteté est trop bonne.

Clément VI comprenait qu'Eugénie n'était pas de ces femmes que l'éclat du pouvoir séduisait. Le comté d'Anjou n'était pas suffisant pour la faire changer de camp.

— Madame, mon désir est de vous garder en Avignon, dans la maison que je vous ai donnée pour assurer votre sécurité. Je souhaite passer chaque jour un peu de temps en votre compagnie. Votre présence m'éclaire sur les volontés de Dieu.

— J'en suis très honorée ! répondit-elle.

Clément VI parla ensuite de poésie, de musique, compara en connaisseur les mérites de la vielle et de la mandore, évoqua un nouvel instrument qu'un troubadour de Milan lui avait montré :

— Une vielle avec une manivelle qui fait tourner une roue. Cette roue fait chanter une corde que pincent des taquets pour la raccourcir ou l'allonger selon le son que l'on veut obtenir…

Eugénie lui donna la réplique sur les mérites respectifs des poètes occitans. L'un et l'autre étaient de la même trempe. La poésie et la musique leur fournissaient l'occasion d'échanger des idées d'apparence anodine qui les forçaient à se dévoiler un peu. Le pape pensa que le moment était venu de lui faire entrevoir un autre cadeau :

— Je vais demander à Philippe VI de me donner l'état de la fortune de votre mère à sa mort et je vous promets de faire justice.

Il avait touché le point sensible. Eugénie se cabra :

— Une partie de cette fortune revient à mon frère de Sienne ! répondit-elle sans se démonter. Tout comme la couronne de France !

— Laissez votre frère à ses étoffes qui le rendent heureux.

— Mon père, ce serait aller à l'encontre de la justice, donc de la volonté de Dieu ! Je ne puis renoncer !

La fin du repas fut glaciale. Le pape expédia les pâtisseries aux oranges et les crèmes au miel. Il demanda qu'on reconduise madame la comtesse.

Elle quittait le palais avec un sentiment d'échec et laissa éclater sa colère auprès de son père :

— Il me donne des titres, des rentes, mais me retient prisonnière ! s'exclama-t-elle. Nous partons demain, au lever du jour.

— Mais enfin, Eugénie, comment veux-tu échapper aux gardes pontificaux ? Nous n'avons aucune chance de quitter Avignon. Nous sommes ses prisonniers, voilà ce qu'il t'a dit avec beaucoup d'élégance !

— Alors, il faut trouver le moyen de s'évader de cette maudite ville !

— 8 —

Un sinistre jour de printemps sur Avignon. À l'horrible odeur des cadavres s'ajoutait celle du bûcher qui avait grésillé toute la nuit. Comme chaque matin, les chariots ramassaient les morts. Les Juifs exterminés, la peste continuait de frapper, alors les prêcheurs trouvèrent de nouveaux coupables. Il fallait tuer encore, plus vite et mieux que la maladie.

L'interdit de s'en prendre aux Juifs n'eut qu'un effet limité : les bûchers s'allumaient toujours dans les campagnes et les villes voisines. Les flagellants, érigés en justiciers de Dieu, multipliaient les massacres.

De sa fenêtre, Eugénie regardait ces centaines de personnes à genoux, le torse nu, se frappant les uns les autres avec des bâtons ou des fouets et chantant des psaumes de repentir. Hommes et femmes mêlés ne montraient aucune marque de douleur quand les lanières hérissées de clous lacéraient leur dos sanglant.

Dans la matinée, Moustier vint la chercher pour la conduire à sa nouvelle résidence, la maison de Sainduc, au bord du Rhône, à quelques pas du pont Saint-Bénezet. Les murs de la ville, hauts de huit pieds, se dressaient au-dessus du fleuve qui servait de défense naturelle. Le port, un peu en amont du pont dont l'entrée était gardée par deux tours, disparaissait, côté ville, derrière une muraille épaisse percée de trois ouvertures devant lesquelles stationnaient deux garnisons du Saint-Siège. La maison donnait sur un jardin qui descendait en pente douce vers le fleuve et s'arrêtait sur un chemin de ronde qui suivait la berge. De très anciens oliviers aux troncs crevassés occupaient cet espace où chantaient les premières cigales. Une dizaine de moutons broutaient l'herbe nouvelle entre les massifs fleuris, les arbres et les bancs disposés sous d'immenses tilleuls. Le bâtiment, fraîchement restauré, comportait un corps principal, le plus ancien entre deux tours rondes ouvertes sur le fleuve, une dépendance attenante à la façade droite qui servait de cuisines, de réserve et de logement pour les domestiques. Enfin, sur la gauche, à l'équerre, les écuries étaient suffisamment grandes pour abriter une dizaine de chevaux et leur fourrage. Un four à pain orné d'une magnifique façade de pierres sculptées se détachait de l'ensemble à côté d'un pigeonnier en briques et d'une ancienne chapelle dont la toiture avait été refaite récemment.

Eugénie et son père furent étonnés de la beauté sobre et solide de ce petit domaine. Moustier se démenait, ouvrait des portes, demandait qu'on allume une torche pour montrer la taille d'une pièce, la richesse du mobilier dont d'immenses buffets et vaisseliers en bois de Barbarie fabriqués par les excellents ébénistes milanais.

— Sa Sainteté espère que vous serez très à votre aise dans cette magnifique demeure.

Au moment de partir, Moustier précisa :

— Madame, des hommes de la garde pontificale patrouilleront nuit et jour autour du domaine pour assurer votre sécurité. Si vous avez besoin de quoi que ce soit, envoyez-moi un coursier.

Il s'éloigna. Il marchait très cambré, comme pour faire contrepoids à sa bedaine. Eugénie avait bien compris qu'il avait toute la confiance du pape et qu'elle ne devait pas compter sur lui. La manière dont il posait sur elle et surtout sur Renaud son regard faussement naïf ne lui laissait aucun espoir de ce côté.

— Nous voici en prison ! dit Eugénie à son père. Voilà que le représentant de Jésus, l'homme infaillible, se place du côté des voleurs et des brigands !

Si Renaud avait mis très longtemps à admettre ce point de vue défaitiste, l'attitude de Moustier l'avait convaincu. Il fallait donc partir, fuir par n'importe quel moyen, mais la place était bien gardée par le Rhône aux eaux gonflées des neiges des Alpes, et les remparts de la ville.

— Nous aurions dû nous enfuir ce matin, à l'ouverture des portes ! dit Eugénie. J'ai eu envie de me mêler aux flagellants et de sortir ainsi au nez de tous, mais je n'en ai pas eu le courage. Peut-être que moi aussi, je n'étais pas assez convaincue.

Le soir même, le char à bancs aux roues dorées entra dans la cour de Sainduc. Le pape priait de nouveau Eugénie à souper. Renaud eut un mouvement de mauvaise humeur vite réprimé :

— Et moi, qu'est-ce que je deviens dans tout ça ?

Eugénie lui sourit. Cette invitation n'indiquait-elle pas que le pape était moins obstiné qu'elle ne l'avait cru ?

— Mon petit papa, profite de ta soirée pour composer une de ces chansons dont toi seul as le secret ! répondit-elle avec désinvolture.

— Fais bien attention à ce que tu feras !

Elle éclata de rire comme si, tout d'un coup, elle avait oublié son désir de fuite.

Clément, toujours vêtu de blanc, reçut la jeune femme dans son petit cabinet. Ils bavardèrent encore de poésie, de musique, et tombèrent d'accord sur la supériorité incontestable de la langue d'oc pour exprimer l'amour courtois.

Le pape savait faire oublier sa fonction pour n'être qu'un agréable compagnon. Cet homme au corps fait pour les champs de bataille récitait les poètes latins, parlait le grec ancien. Il n'ignorait rien de la nature humaine et pensait avoir trouvé le moyen de faire flancher Eugénie :

— J'ai pensé à vos fils que je souhaite établir. L'aîné, Matthieu, épousera Marie d'Angoulême, la dernière des filles de Philippe VI, et à Benoît, nous donnerons Isabelle, la seconde fille du duc de Normandie qui régnera à la mort de son père. Ces mariages princiers les élèveront à la pairie. Je vais prendre à ma charge leur éducation qui doit être celle de jeunes princes.

Eugénie baissa les yeux pour ne pas montrer combien cette proposition mettait à mal sa volonté. Ses deux fils grands seigneurs du royaume, membres de la famille royale régnante, que pouvait-elle espérer de plus avec son demi-frère de Sienne ?

Le pape comprit qu'il avait fait mouche. Il laissa passer quelques secondes avant de préciser :

— Ainsi, ils seront dignes de leur sang royal !

Eugénie hésitait : sa mère morte seule dans son petit castelet de Vincennes considérée comme une folle lui soufflait que c'était encore un marché de dupes. Le pape lui proposait de renier son frère de Sienne pour assurer l'avenir de ses enfants, de trahir la mémoire de Clémence dont elle se sentait désormais si proche.

— Je vous laisse à votre réflexion ! précisa le pape. Il se fait tard ! Je me sens tout à coup très las. Nous reparlerons de tout cela un autre soir.

— C'est tout réfléchi. Je refuse.

Clément VI lui lança un regard où la curiosité était aussi forte que le dépit.

— Ne prenez pas ainsi une décision aussi importante. Demain, je reçois les ambassadeurs d'Édouard III, après-demain, ce sera le tour du prince de Constantinople. Ainsi, je vais être privé de votre présence pendant plusieurs jours, cela vous laissera le temps de la réflexion.

Eugénie s'inclina devant le pape, qui lui souhaita une bonne nuit.

Renaud l'attendait. Le troubadour comprit au regard de sa fille que le souper ne s'était pas mieux passé que celui de la veille. Eugénie lui confia la dernière proposition du Saint-Père. Renaud prit un air grave.

— J'ai refusé ! précisa-t-elle. Il m'a demandé de réfléchir encore.

— C'est peut-être une occasion à saisir…

— Comment ? s'emporta Eugénie. Toi, tu oses me parler ainsi ?

— Ton frère de Sienne ne pourra pas offrir la même situation à tes fils : il n'a pas de parenté aussi proche et ils ne peuvent épouser ses filles.

Eugénie se retira dans sa chambre sans rien ajouter. Ce que venait de lui dire son père était vrai : seul Philippe VI qu'elle considérait comme son ennemi pouvait offrir la position la plus élevée à Benoît et Matthieu. Cette évidence l'empêcha de fermer l'œil de la nuit.

Renaud tournait en rond. L'homme libre comme le vent, le troubadour qui avait passé sa vie à aller d'un château à l'autre ne supportait pas de se savoir retenu dans ce domaine dont il appréciait pourtant la beauté. Il passa ses premières journées à errer dans le parc, à regarder les eaux scintillantes du fleuve et les rares bateaux qui remontaient son cours tumultueux. Il échafaudait les plans les plus audacieux, mais la vue des gardes qui marchaient par deux le long des murailles le ramenait à la réalité. Une torche à la main, il descendit explorer les caves, chercha des entrées de souterrains qu'il trouva, mais des éboulements l'arrêtèrent très vite.

Il s'attardait des heures à regarder les pigeons au-dessus du Rhône. Des ailes, voilà ce qu'il lui aurait fallu pour quitter cette maison et son promontoire ensoleillé, mais voler était impossible, comme nager pendant des heures sous la surface de l'eau. Les poissons et les oiseaux habitaient des domaines interdits aux hommes.

Depuis trois jours, Eugénie n'avait aucune nouvelle du pape. Le Saint-Père lui laissait le temps de réfléchir, ce qui était inutile :

— Jamais je n'accepterai une telle chose ! dit-elle à son père. Ce serait renier Clémence de Hongrie, ma mère, qui a été privée de ses enfants et de sa place à la cour. Mes fils gagneront le rang qui leur revient autrement.

Renaud serra sa fille dans ses bras.

— Je n'en attendais pas moins de toi. L'autre soir, je t'ai dit que c'était une occasion à saisir pour que tu te décides seule.

Vêtue d'une robe bleue très légère, Eugénie portait un hennin qui, en retenant les cheveux au-dessus du front, mettait en valeur la parfaite harmonie des traits de son visage.

Renaud frissonna. Depuis quelque temps, il se sentait fébrile. La peau de son front avait perdu toute sa clarté. Son regard s'était terni, un léger tremblement agitait le bout de ses doigts. Eugénie marchait à côté de lui. Comme ils passaient près d'un buisson fleuri, des rats noirs se mirent à courir devant eux en poussant leurs habituels petits cris.

— Maudites bêtes ! s'écria le poète.

— Rentrons ! souffla Eugénie qui eut soudainement envie de vomir.

Elle ne quitta pas son père jusqu'au souper. Claquant des dents, Renaud s'allongea sur son lit. Sa peau se couvrait de marbrures sombres, comme des taches de cendre.

Eugénie, qui voulait croire au miracle, fit appeler Guy de Chauliac, le médecin particulier du pape. L'homme, qui arriva quelques instants plus tard, entra dans la maison de Sainduc entouré d'une foule d'étudiants à l'affût de chacune de ses paroles. Fardé, poudré, couvert de rubans et de soieries, Chauliac, astrologue, médecin, théologien, était d'une grande culture. Il se vantait d'avoir sauvé plusieurs personnes de la peste pendant la première épidémie. Clément VI lui accordait toute sa confiance et le consultait souvent avant de prendre des décisions importantes. Chauliac lisait l'avenir dans les étoiles comme dans un livre ouvert. Il entra, paradant devant ses étudiants qui voletaient autour de lui, huma l'air, qu'il trouva corrompu, et examina enfin le malade tout en restant à une distance convenable. Tout à coup, il se tourna vers Eugénie.

— Mais où sont les boucs ?

— Les boucs ?

Elle se souvint de l'infecte odeur que répandaient ces animaux dans la demeure du pape.

— Les boucs ! répéta le médecin en sortant de la pièce. Qu'on amène ici des boucs, sinon, je ne réponds de rien !

Il sortit comme il était entré, magnifique dans ses vêtements chamarrés, déclamant en latin des principes de santé. Sur son lit, Renaud grelottait. Quelques instants plus tard, deux hommes arrivèrent, traînant un bouc noir aux solides cornes qu'ils attachèrent dans un coin au pied d'un énorme buffet. L'animal tirait sur sa longe en poussant des bêlements sourds. Son odeur se répandit très vite, couvrant celle de la peste.

— Tout va s'arranger ! dit Eugénie en prenant la main gelée du malade.

Renaud secoua la tête et tourna vers sa fille un regard résigné, déjà ailleurs.

— Non. Le mal me tient au cœur et m'emporte. Mon errance s'arrêtera là. Apporte-moi ma mandore et ma vielle. Je veux les serrer contre moi, je veux jouer pour les anges.

— Qu'est-ce que tu racontes ? Je te dis que le bouc va te guérir et rien ne prouve que tu aies cette horrible peste !

— Je t'en conjure, n'oublie pas la mission que ta naissance t'impose. Pense à ta mère morte comme une misérable, pense un peu à moi qui ai porté toute ma vie le désespoir de cet amour impossible ! Pour elle, pour moi, jure-moi que tu te battras pour que justice soit faite !

— Je te le jure.

La douleur envahit le corps du troubadour, si violente qu'il se mit à pousser des cris. Son visage aux yeux exorbités s'animait en horribles grimaces pour devenir un visage de pestiféré, semblable à tous les autres. Riches et manants se rejoignaient ainsi dans l'horreur. Eugénie voulut le serrer contre elle, mais il la repoussa.

Il sombra dans un délire qui dura une partie de la nuit. Des noms de femmes revenaient fréquemment dans ses propos débridés. Il mourut au petit matin, après avoir vomi du sang corrompu, terrassé par cette forme violente de la peste qui tuait en quelques heures les hommes les plus solides. Eugénie, allongée près du cadavre, priait. Les domestiques qui allaient et venaient dans le couloir n'osaient pas la déranger.

Elle passa ainsi la journée recueillie près de la dépouille de son père. Le lendemain, le soleil était déjà chaud quand un domestique vint lui annoncer une visite. Dans la pièce centrale qui donnait sur le fleuve, un valet faisait entrer trois cavaliers qui avaient laissé leurs chevaux dans la cour en contrebas. L'un d'eux, le plus grand et le plus massif, demanda d'un geste aux deux autres de l'attendre devant la porte. Il ôta son heaume et son vaste manteau qu'il tendit à un domestique. Eugénie reconnut les épais sourcils noirs, les gros yeux globuleux, le nez en arc de cercle, le menton large et la barbe bleue soigneusement rasée. Elle avait vu son visiteur vêtu d'une robe blanche et portant son bonnet ou la tiare pontificale, il lui apparaissait dans cette tenue guerrière avec son vrai visage, celui d'un prince séculier.

Il s'inclina devant la jeune femme.

— Madame, je viens d'apprendre le malheur qui vous frappe.

Elle s'essuya les yeux avec son mouchoir blanc.

— Cela vous semble étrange, n'est-ce pas, de me voir ainsi, en tenue de guerre ! C'est la meilleure manière que j'ai trouvée pour aller par les rues sans être reconnu. J'avoue que cela ne me déplaît pas. Dieu m'a donné la corpulence d'un homme d'action et j'ai beaucoup de bonheur à courir le cerf ou le sanglier...

Eugénie ne pouvait éloigner ses pensées de la promesse faite à son père. Le pape ajouta :

— Le malheur qui vous frappe me révolte. Le troubadour si heureux de vivre et de chanter, le poète qui n'a cessé de donner de la joie, du plaisir ne méritait pas de s'en aller ainsi ! Mais consolez-vous, Dieu, dans son immense miséricorde, a sûrement voulu lui réserver une des meilleures places près de lui.

Clément VI s'approcha d'Eugénie et ajouta sur le ton de la confidence :

— Je sais, il y a cette loi qui oblige d'enterrer les morts dans des fosses en dehors de la ville. Je vais vous faire établir une dérogation. Votre père reposera dans la chapelle qui se trouve en dessous du pigeonnier. Ce domaine vous appartient. Il sera ici chez lui.

Il frappa dans les mains. Les deux écuyers qui l'accompagnaient vinrent l'aider à enfiler son heaume et son chapeau de fer.

— Je prierai pour Renaud d'Aignan ! dit-il en se dirigeant vers la porte.

Il s'arrêta sur le perron.

— Vous n'oubliez pas ma proposition ? Mais ce n'est pas le moment d'en parler !

Eugénie écouta le pas des chevaux décroître dans la cour.

Le soir même, Moustier arrivait, monté sur un cheval harnaché aux couleurs de Clément VI, précédant un gros char à bancs couvert et quatre cavaliers. Il se fit conduire auprès d'Eugénie.

— Madame, par ordre de Sa Sainteté, je viens procéder à l'inhumation de feu votre père. Vous savez que la loi interdit de garder les « pesteux » chez soi.

Eugénie s'était enfermée dans la pièce où reposait son père, insensible à l'odeur mêlée de la mort et du bouc. Une terrible question tournait dans son esprit : était-elle une de ces femmes que le maître de l'enfer volait à Dieu dès leur naissance et marquait d'un signe particulier ? Elle était gauchère et n'avait jamais pu, malgré les punitions répétées des sœurs de Saint-Jal, corriger cette domination de la mauvaise main sur la bonne. Cette particularité suffisait-elle à faire d'elle la femme à la faux dénoncée par Herblin au moment de sa mort ?

Quatre hommes surveillés par des cavaliers en habit de guerre déchargèrent le cercueil en épaisses planches de chêne ouvragées et vernies à la laque d'Orient. Leurs vêtements grossiers et sales, leurs visages barbus, leurs cheveux en épis, indiquaient qu'ils étaient des condamnés à mort tirés des cachots pour accomplir un travail insalubre. Un prêtre et deux assistants récitèrent l'oraison funèbre. Les condamnés soulevèrent le cadavre et le posèrent dans le cercueil qu'ils fermèrent sans un mot. Ils sortirent, suivis par l'homme d'Église et les sergents qui gardaient l'épée au clair et le fouet dressé. Les domestiques s'étaient rassemblés à la porte de la maison et marchèrent derrière Eugénie, droite et fière, qui ne pleurait plus. Moustier se tenait près d'elle, les mains jointes, tout à sa prière.

Le convoi arriva à la petite chapelle dont la porte n'avait pas été ouverte depuis longtemps. Des ronces, des genévriers en empêchaient l'accès qu'il fallut dégager à la serpe. Quand ce fut fait, les soldats durent donner un coup de main aux condamnés pour enfoncer la porte aux gonds rouillés. Des dizaines de rats noirs s'échappèrent dans les massifs voisins.

La chapelle était divisée en deux parties. D'un côté, un petit autel disparaissant sous les toiles d'araignées, de l'autre, un caveau dont l'ouverture constituée d'une lourde pierre carrée refusa de s'ouvrir sous les coups de burin. Il fallut la casser au bélier. Un soldat alluma une torche qui révéla plusieurs sarcophages en contrebas dont un complètement défoncé. Des ossements en sortaient, couverts de lambeaux de tissu d'un autre temps. Eugénie regardait avec horreur cet endroit où son père allait reposer. Le prêtre bénit les lieux. Les hommes à genoux poussèrent le cercueil dans la crypte et le laissèrent tomber sur les sarcophages, soulevant un nuage de poussière. Eugénie s'agenouilla devant l'ouverture et posa sur le couvercle la vielle et la mandore dont les cordes émirent un son léger et délicat, comme une plainte. Ainsi se terminait le voyage du poète errant, dans un caveau avec des inconnus. Eugénie s'éloigna de la chapelle en pensant aux dernières paroles de son père, à sa promesse. Son regard exprimait une détermination qui n'échappa nullement à Moustier. Le moine, soufflant et suant, peinait à la suivre.

— Sa Sainteté, malgré le désir qu'elle a de vous voir, souhaite vous laisser faire votre deuil et attendra un signe pour vous recevoir de nouveau ! dit-il.

Elle comprit le sens de cette phrase anodine.

Près de Paris, le printemps était particulièrement précoce en cette année 1349. Après les grands froids de janvier, le vent tiède du sud invitait les laboureurs aux champs, les bergères aux pâturages. La vie reprenait son cours et, à chaque office, les chants pleins de ferveur montaient dans les églises. On savait que la mal-mort avait repris dans le Midi, qu'elle ravageait une nouvelle fois la cité des papes, mais elle épargnait encore les régions du Nord. Quelques cas avaient été signalés en début d'hiver dans le Berry, puis dans l'Orléanais, mais pas un au-dessus de la Loire. Les médecins s'accordaient pour dire que la peste ne passerait pas le grand fleuve.

Depuis douze jours, Guy de Rincourt, son écuyer Branson et une petite escorte forçaient les étapes, chevauchaient du matin jusqu'à la nuit tombée. Rincourt avait dû quitter précipitamment son château de Valence et sa vie entièrement consacrée à la chasse et à l'entraînement aux armes pour répondre à une lettre du roi de France, Philippe VI de Valois. Le temps doux facilitait un voyage rendu pénible par l'état des routes et les risques continuels de se faire attaquer au bord d'une forêt ou dépouiller dans une auberge. Une fois passé la Loire sur le pont à Jargeau, il sembla aux Gascons que le pays était plus sûr. Les loups hurlaient moins fort la nuit et les routes semblaient mieux fréquentées.

Ils arrivèrent à Paris au début du mois d'avril. L'encombrement de l'immense ville les stupéfia. Les rues étroites étaient encaissées entre des immeubles hauts et souvent délabrés en torchis ou en mauvaises pierres des champs. On pataugeait dans plusieurs pouces d'eau et de boue ; les tas de détritus attiraient rats et insectes. Une terrible odeur de pourriture alourdissait l'air. Les artisans travaillaient devant leur échoppe, cordonniers, tisserands qui faisaient la conversation avec les passants sans lever les yeux de leur ouvrage. Les bouchers saignaient les porcs entourés d'une multitude de chiens. Près de la Seine, des tâcherons chargeaient et déchargeaient les larges barques plates tirées par des chevaux. La ville s'approvisionnait par l'eau, les routes étant trop mauvaises et peu sûres.

Guy de Rincourt parlait la langue d'oïl, mais ses compagnons, qui ne comprenaient que la langue du Midi, étaient totalement désorientés. Ils errèrent une journée entière dans cette grande ville, admirant les églises, les monuments, s'arrêtant sur le passage d'un char à bancs couvert précédé par des laquais en livrée, ou cédant la place à la chaise à porteurs d'un personnage important. Ils mangèrent dans des auberges aussi grandes que des salles d'armes, goûtèrent les spécialités locales, les esturgeons de la Seine, les asperges d'Argenteuil, et burent le vin de Chanteloup qu'ils trouvèrent léger, puis après une bonne nuit dans de véritables lits, se rendirent au palais. Avec la pluie, les rues étaient si glissantes que Branson proposa de laisser les chevaux à l'écurie.

Au palais royal, Guy de Rincourt dut passer un grand nombre de barrages, montrer plusieurs fois la lettre munie du sceau personnel de Philippe VI pour être enfin introduit dans une petite cour de l'ancien castel où vivaient le roi et sa famille. Pendant les heures d'attente, il put s'étonner des tenues des courtisans. Les plus jeunes hommes portaient le surcot de deux couleurs, rouge à droite, bleu à gauche, tellement court sur l'arrière qu'on leur voyait les fesses. Leurs jambes couvertes d'un haut-de-chausses assorti, ils peinaient à marcher tellement leurs poulaines étaient longues et pointues. Le chevalier gascon se plut à imaginer ces jeunots en train de courir le sanglier ou le loup dans de telles tenues.

Enfin, un homme d'un âge mûr se présenta :

— Je suis Jean de Cambrai, très proche de Sa Majesté qui m'honore de sa confiance. Je vais vous conduire auprès d'elle.

L'homme, au visage poudré, portait une robe grenat ourlée d'hermine, un chaperon bouffant d'où pendaient des rubans si légers qu'ils s'envolaient au moindre mouvement. Il se pinça les narines en humant l'odeur du voyageur et s'étonna de sa tenue, qu'on ne portait plus à la cour depuis deux générations. Le surcot blanc le surprit :

— Est-ce une coutume de votre pays, ce blanc cassé ?

— Non, messire, c'est un vœu.

— Sa Majesté souhaite s'entretenir avec vous d'un sujet très grave et secret.

M. de Cambrai, se pliant à la dernière mode, marchait très cambré en soulevant exagérément les pieds à cause de ses poulaines trop longues. Lorsqu'il croisait des domestiques, des femmes occupées à balayer, il ne répondait pas à leur salut ; ses talons ferrés sonnaient sur les dalles avec détermination et autorité.

Ils arrivèrent à un salon occupé par des chaises en ligne le long d'une tenture ocre. M. de Cambrai indiqua à Rincourt de s'asseoir et de l'attendre quelques instants.

— Sa Majesté va vous recevoir.

Rincourt resta debout près de la porte cachée par un épais tissu de velours vert. Lui qui était habitué aux murs nus de sa forteresse de Valence, aux pièces froides et inconfortables, découvrait un luxe qui lui semblait bien superflu. Pourquoi autant de bon tissu perdu à masquer une porte fort jolie d'ailleurs ? Dans la cheminée, un feu consumait de bonnes bûches, une dépense inutile puisqu'il faisait doux.

Enfin, des pas se rapprochèrent, M. de Cambrai poussa la tenture.

— Sa Majesté vous attend.

Guy de Rincourt se sentait un peu ridicule dans sa tenue de voyage en face de gens vêtus aussi richement. Il était surtout préoccupé par la question qui tournait dans son esprit depuis son départ : que lui voulait le roi de France ? Généralement, le Valois, qui était apparenté à une grande partie de la noblesse, ne s'embarrassait pas de ses lointains vassaux, oubliant souvent de répondre à leurs requêtes.

Rincourt fut introduit dans un petit cabinet. Philippe VI était assis à sa table de travail dont les moulures dorées dessinaient de ravissantes arabesques. C'était un homme de forte taille, la tête haute, les épaules sûres. Pourtant, les traits de son visage manquaient de fermeté. Une profusion de rubans ornait sa robe, de nombreuses bagues brillaient à ses doigts, des diamants aux lobes de ses oreilles. Le Gascon qui n'avait jamais été reçu à la cour s'inclina maladroitement. Le léger sourire de Cambrai lui indiqua qu'il n'avait pas fait exactement ce qu'il fallait.

— Mon cher cousin ! dit le roi en se levant et faisant signe à Cambrai de sortir. Je vous prie de prendre un siège. Entre nous, les simagrées n'ont point de place. Comment va votre seigneurie ? Cette maladie dont on dit qu'elle a ravagé le Midi ne vous a-t-elle point fait trop de dégâts ?

Le roi avait largement passé la cinquantaine, mais il se tenait fort bien. Son léger embonpoint conférait à sa silhouette un côté bonhomme d'un abord aisé dont il savait se servir à l'occasion, car sous cet aspect un peu mou, Philippe VI ne manquait pas de jugement.

— La peste, comme on l'appelle là-bas, a fait beaucoup de ravages, Sire, elle a vidé des villages entiers, détruit des villes. Elle a repris depuis que le temps s'est réchauffé.

— Je sais, Avignon est particulièrement visé par ce mal démoniaque. Il faut dire que Sa Sainteté est entourée de grands pécheurs.

Il se signa, imité par Rincourt qui comprenait par ces préambules que la révélation du roi était de la plus haute importance.

— Le mauvais nous a épargné cela à Paris, mais nous a envoyé d'autres maux, plus sournois et tout aussi nocifs. Je sais bien qu'en Gascogne, vous êtes au fait des querelles qui m'opposent à mon cousin d'Angleterre, le roi Édouard…

— Une terrible tragédie, enchaîna Rincourt : d'un côté les Anglais et les brigands, de l'autre, les pauvres malheureux. Ceux qui survivent à l'épidémie sont massacrés par les uns ou les autres. Les pillards brûlent les manses, les Anglais brûlent les blés dans les champs. Il y a eu grande famine cet hiver…

— En effet ! fit le roi qui voulut ramener la conversation sur le sujet qui le préoccupait. Donc Édouard refuse de nous rendre l'hommage pour ses possessions en Aquitaine, mais sa félonie ne s'arrête pas là : il réclame le trône de France parce qu'il est le fils d'Isabelle, elle-même fille de Philippe le Bel.

Philippe VI s'arrêta de parler, guettant les réactions de Rincourt qui resta impassible, car il savait bien que trop montrer ses pensées était la plus grande faiblesse, surtout en face d'un puissant.

— Et ce n'est pas tout ! Il y a pire.

Philippe VI s'arrêta de nouveau. Rincourt était toujours aussi impassible. Le roi regardait cet homme et son jugement changeait au fil des secondes. Il avait cru accueillir un paysan, un de ces nobles campagnards sans éducation et plus proches des vilains que des gens de qualité, il découvrait une réelle volonté sur son long visage taillé à coups de serpe, son regard droit, son nez tranchant, et se félicitait de l'avoir fait venir du lointain nid d'aigle de Valence.

— Vous savez comme moi que la succession, à la mort de mon cousin Charles IV, le dernier fils de Philippe le Bel, n'a pas été facile. Mon père, Charles de Valois, a gouverné pendant de nombreuses années à la place de mon cousin qui portait la couronne. C'était donc justice que je lui succède, vous en convenez ?

Philippe regretta cette dernière parole au moment où elle sortait de ses lèvres. Il avait la faiblesse d'être bavard, ce qui lui faisait redouter les gens silencieux. S'il parlait ainsi, c'était pour se rapprocher des autres, pour éviter leur rejet ; cette dépendance que les atours royaux n'avaient pas effacée lui venait de son enfance écrasée par son père, le flamboyant Charles de Valois.

— La conjuration des Lys renaît de ses cendres et a trouvé des appuis dans les cours étrangères.

Guy de Rincourt était toujours aussi silencieux. Le roi l'avait-il fait venir d'aussi loin pour lui raconter cela ?

— Mais ce n'est pas tout ! poursuivit Philippe. J'ai appris que la fille de la reine Clémence de Hongrie qu'elle a eue avec un troubadour est vivante. Sa naissance au castelet de Vincennes avait fait beaucoup de bruit en 1324. On avait tout fait pour la cacher, car la reine, veuve depuis huit ans, passait pour une sainte, mais tout le monde en parlait. Quelque temps après – c'était en octobre –, on annonça que le bébé était mort comme son demi-frère, Jean. Or, je viens d'apprendre par un de mes espions auprès du pape que cette femme, une certaine Eugénie d'Aignan, a été reçue en Avignon par Clément VI !

Cette fois, le long visage de Guy de Rincourt avait perdu son impassibilité. Il contracta ses lèvres, abaissa ses sourcils sur ses yeux de faucon. Le roi vit qu'il avait enfin touché son but et sourit, sa lèvre supérieure se releva, montrant le trou de ses incisives.

— Il se trouve que Mme d'Aignan est l'épouse d'un de vos voisins, vassal de l'Anglais, un certain Geoffroi d'Eauze. Vous voyez que nous sommes bien renseignés.

— En effet ! dit Guy de Rincourt qui n'en revenait pas : Eugénie, la dame de son cœur, était fille de la reine de France !

Il décida de jouer franc jeu :

— Geoffroi d'Eauze refusait de se conformer à un jugement du tribunal de Bordeaux. J'ai dû le contraindre !

Le roi éclata d'un rire qui montrait parfois un manque de retenue indispensable à sa fonction.

— Comme notre cousin Édouard ! C'est donc une manie !

— Eauze devait aussi me restituer les reliques de sainte Jésabelle. Il a toujours refusé ! Alors j'ai mis son château à sac !

— Tout cela est fort bien ! dit Philippe VI, retrouvant son sérieux. Je me moque de votre chevalier d'Eauze que vous pouvez pendre haut et court si le cœur vous en dit. Sa femme, que le pape a faite comtesse d'Anjou, se trouve en Avignon. Vous seul la connaissez ! C'est une arme redoutable dans les mains du Saint-Père. Je souhaite donc que vous la capturiez discrètement et que vous la rameniez à Paris. Si pendant le voyage ou à tout autre moment, elle risque de vous échapper, vous devrez la tuer.

Rincourt resta un moment songeur. Philippe VI lui montrait la partie sombre de sa personne, celle qui se cachait sous son aspect bon enfant, un peu simplet : soupçonneux, ne faisant confiance à personne, ce roi se voyait des ennemis partout.

— Mon cousin, reprit-il en appuyant sur ce mot flatteur pour son interlocuteur, il s'agit là d'une opération délicate qu'il faut mener rapidement avant que cette comtesse ne rejoigne la conjuration des Lys. Le pape ne doit rien savoir : il cherche à me rouler ! Ainsi, vous allez servir la couronne de France. Personne ne saura que vous êtes mon envoyé. Vous aurez les mains libres…

Rincourt leva lentement les yeux. Ce que lui demandait Philippe VI n'était pas sans risques, mais il ne pouvait pas refuser.

— Cela signifie-t-il, Sire, que je serai sans aucune protection dans le cas où les choses tourneraient mal ?

Le roi tendit ses petites mains potelées comme pour protester, mais son propos fut sans ambiguïté :

— Ce que je vous demande est de la plus haute importance. C'est une mission de confiance que je ne pouvais laisser à personne de mon entourage. Les comploteurs sont partout et vous leur êtes totalement étranger. L'avenir de la couronne de France est entre vos mains.

Il y eut un silence entre eux. Le roi continuait d'observer cet homme qu'il commençait à apprécier, Rincourt pensait aux conséquences de son acceptation : tuer Eugénie, la femme pour qui il s'habillait de blanc !

— Si les choses tournent mal pour vous, poursuivit le roi, vous ne devrez jamais prononcer mon nom. Vous aurez agi de votre propre initiative.

— Je serai seul ?

— Avec une escorte de bons soudards payés pour combattre sans poser de questions, vous ne serez pas complètement seul. Vous êtes de taille à réussir. Je sais que vous êtes une des meilleures lames de Gascogne. Enfin, sachez que vous aurez contre vous le pape qui veut m'imposer ses volontés et les conjurés qui cherchent à me chasser du trône !

Le mois d'avril passa. Les premières hirondelles volaient entre les toits d'Avignon. La peste reculait enfin. Eugénie souffrait d'une dent de sagesse. Toute sa mâchoire était rongée par un feu persistant qui l'empêchait de dormir. Le pape ne s'était pas manifesté, ce qui arrangeait la jeune femme, mais comment s'enfuir, comment rejoindre les conjurés des Lys maintenant que son père n'était plus là ?

Elle se rendait chaque jour à la chapelle. On avait remplacé la dalle de pierre et fermé le caveau. La porte avait été réparée. Elle entrait dans ce petit espace frais, s'agenouillait devant l'autel toujours aussi poussiéreux et restait ainsi très longtemps, parfois plusieurs heures. Elle priait, mais Dieu était sorti de son âme. Chaque fois qu'elle prononçait des phrases sacrées, l'image des rats courant autour d'elle s'imposait à son esprit.

Elle pensait souvent à ses enfants, à tante Éliabelle, si loin dans une Gascogne où les pillards faisaient la loi, où les égorgeurs étaient partout. Comment les protéger ? Que faisait Geoffroi d'Eauze ? Pourquoi le lion ne s'était-il pas manifesté ?

Un soir, alors que les valets allaient fermer la grande porte du parc, un mendiant se présenta, vêtu de haillons, très sale, le visage couvert d'une épaisse barbe. Il demanda à parler à Mme Eugénie d'Aignan. Les valets connaissaient leur maîtresse sous le nom que lui donnaient Moustier et les hommes du pape : la comtesse d'Anjou. Le mendiant leur dit que c'était la même personne. Ils le fouillèrent afin de s'assurer qu'il ne dissimulait pas une arme sous ses hardes et le conduisirent auprès de la jeune femme.

— Madame d'Aignan, j'ai bien connu votre père. J'ai appris la terrible nouvelle !

L'homme, la tête couverte d'un épais bonnet, darda sur Eugénie ses yeux gris et lui fit un signe qui échappa aux domestiques. Curieuse, elle demanda qu'on fasse chauffer un bain pour le malheureux et qu'on lui prépare à manger. Le mendiant se prosterna et la remercia à plusieurs reprises. Enfin, quand la porte fut fermée, il se dressa, montrant qu'il n'était pas bossu et beaucoup plus jeune que son accoutrement le laissait paraître.

— Monsieur ?

— N'ayez crainte. Je suis Pierre de Verneuil, membre de la conjuration des Lys. Nos espions au palais du pape nous ont alertés et je viens vous délivrer.

— La conjuration des Lys ? Quels en sont les chefs ?

Le jeune homme ôta son bonnet de laine grossière et passa une main rapide dans ses cheveux châtains.

— Rien que de très hauts personnages, pairs de France. Le connétable de Brienne, le cardinal de Varonne, Étienne Pleisson, Jean d'Harcourt, Itteville, Mainemarres, Tancarville et beaucoup d'autres vous attendent.

Une lingère frappa et annonça que le bain était prêt. Son regard curieux s'attarda sur le mendiant qui s'était redressé et semblait bien plus jeune qu'à son arrivée.

— Il va vous rejoindre dans un instant ! dit Eugénie en indiquant à la lingère de sortir et de fermer la porte.

L'incrédulité se marqua dans le regard de la servante, Pierre de Verneuil ne devait pas prendre de risques.

— Tant pis pour le bain, tant pis pour la bonne table ! murmura Eugénie. Je vais vous chasser comme si vous aviez eu des propos ou des gestes inconvenants à mon égard. Avez-vous un plan pour me faire quitter cette prison ?

— Maintenant que la maladie s'éloigne, la surveillance aux portes de la ville est moins stricte. Et puis, il y a les Juifs qui viennent d'un peu partout pour se mettre sous la protection de ce bon pape. La confusion qui règne nous est favorable. Tenez-vous prête, je vous ferai signe.

Alors, Eugénie poussa des cris, appela au secours. Des valets entrèrent précipitamment dans la pièce.

— Jetez-moi cet homme à la rue et que je ne le revoie jamais ! cria Eugénie.

Le lendemain, alors qu'elle ne l'attendait plus, un char à bancs couvert aux roues dorées entra dans la cour. Des gardes en tenue pontificale vinrent lui annoncer que Sa Sainteté l'attendait pour dîner. Eugénie eut la tentation de refuser.

— Sa Sainteté a appris que vous souffriez d'une dent. Son barbier va vous examiner.

Le pape l'attendait dans son petit salon où il recevait en tête à tête les invités de marque. Il bougeait beaucoup, ses gestes amples faisaient voler le tissu blanc de sa robe autour de son corps robuste. Quel âge avait-il ? Cinquante ans ? Comme Renaud d'Aignan, il avait le privilège de ne pas subir l'outrage du temps.

— Madame la comtesse, soyez la bienvenue dans ce petit château aussi sombre qu'une prison ! J'ai hâte d'emménager dans mon nouveau palais, mais les travaux n'avancent pas ! Comment va votre mâchoire ?

— Beaucoup mieux !

— Ce printemps est un ravissement sur les bords du fleuve. Avez-vous remarqué que les cigales chantent ici un mois plus tôt qu'en Gascogne ?

— Cela se peut ! fit Eugénie. Je ne suis pas très attentive à ces signes de la nature.

Il avait demandé à Guy de Chauliac d'étudier le ciel d'Eugénie. Le plus difficile avait été de trouver sa date de naissance exacte. Les domestiques avaient questionné adroitement la jeune femme et avaient pu en tirer des indications assez précises pour délimiter les grandes lignes de son avenir, mais trop vagues pour en cerner les détails. Et c'était ce qui intriguait le pape. L'astrologue avait parfaitement découvert les origines royales de la jeune femme et sa volonté inflexible de faire éclater la vérité.

— J'aime tous les poètes de langue d'oc et italiens ! dit-il. Sauf un : cet odieux Pétrarque qui ne cesse de baver contre la papauté et réclamer son retour à Rome.

— Je connais ses Odes en latin. C'est sûrement un des poètes les plus profonds de notre époque ! rétorqua Eugénie.

— Certes, ma chère, mais comme tous les génies, il se croit autorisé à dicter leur conduite aux grands de ce monde ! Je goûte tout autant la poésie légère de votre père et des troubadours qui n'ont d'autre ambition que de nous divertir. Mais revenons aux choses sérieuses. La peste progresse vers le nord. Certains pensent que la Loire l'arrêtera, mes astrologues savent qu'il n'en est rien, qu'elle sera à Paris cet été.

Eugénie soupira, abaissa ses paupières aux longs cils que le pape détailla avant de regarder sa bouche charnue, si bien faite, puis sa poitrine…

— La chaleur favorise le mal ! ajouta-t-il. Elle va laisser un pays privé de ses forces vives. Quelques têtes importantes disparaîtront. Cela me préoccupe au plus haut point. Le roi de France n'est pas plus à l'abri qu'un bûcheron. Cela tomberait très mal, pendant cette guerre avec l'Anglais.

Clément VI restait perplexe. Malgré ses espions dans la maison de Sainduc et dans chaque rue d'Avignon, le pape n'avait pu savoir qui était le mendiant qu'Eugénie avait chassé. Des noms défilaient dans ses pensées, mais il n'en retenait aucun.

Elle eut un rapide battement des cils, une légère crispation des lèvres.

— Avez-vous pensé à ma proposition ? demanda tout à coup le souverain pontife. La peste nous presse à agir. Il va falloir vous décider.

Les yeux de Clément brillaient sous ses sourcils. Comme d'habitude, il ne disait pas tout ce qu'il savait. Ses gardes l'avaient averti qu'une escouade d'une dizaine d'hommes conduits par un certain Guy de Rincourt venait d'arriver dans le pays d'Avignon. Il faisait surveiller ces hommes d'armes, car il se doutait que leur mission touchait Eugénie. Le roi cherchait à le prendre de vitesse, il ne lui donnerait pas cette satisfaction.

— Votre présence m'éclaire, je vous l'ai déjà dit. Je vais demander qu'on prépare un appartement pour vous, pas trop loin du mien pour que je puisse vous faire appeler chaque fois que j'aurai besoin de votre avis.

Le repas se poursuivit en musique. Le pape faisait venir des troubadours de sa province, car il aimait leurs chants dans la langue de son enfance. Au moment de se séparer, Pierre Roger de Beaufort prit la main d'Eugénie et la porta à ses lèvres.

— Nous nous reverrons demain ! dit-il en s'éloignant.

Les travaux avaient repris autour du palais. Le port retrouvait son agitation avec les bateaux remontés d'Arles et de Port-Saint-Louis. En Avignon, l'arrivée d'un grand nombre de Juifs chassés du royaume fournissait la main-d'œuvre indispensable. Le pape, en les protégeant, avait évité à sa ville la grosse pénurie d'ouvriers qui touchait le Midi. Marseille était paralysé par l'augmentation des salaires qui entraînait une flambée du pain.

Eugénie avait passé une très mauvaise nuit. Au petit matin, elle se rendit à la chapelle et se recueillait devant le tombeau de son père quand elle entendit un bruit à l'extérieur qui l'intrigua, car elle avait demandé aux domestiques de la laisser seule. Le bruit s'intensifia ; elle sortit de la chapelle et aperçut un homme caché dans le massif de genévriers. C'était Pierre de Verneuil.

— J'ai pu passer par-dessus le mur, entre les pins. Personne ne m'a vu. Un chariot rempli de fourrage va arriver. Les domestiques seront occupés. À la fin du déchargement, les chevaux vont s'énerver, et se détacher de l'attelage. Ils vont courir dans tous les sens. Pendant ce temps, vous resterez dans la chapelle. Quand vous entendrez les chevaux hennir et les gens crier après eux, personne ne fera attention à vous. Alors, vous vous approcherez des pins où je vous attendrai.

— Où irons-nous ? Les espions du pape sont partout ! Nous n'avons aucune chance…

— Faites ce que je vous dis ! C'est la seule occasion de quitter cette ville.

Eugénie, sans montrer la moindre marque d'agitation, alla de nouveau se recueillir sur le tombeau de son père et attendit. Elle vit, par la porte restée ouverte, le chariot de fourrage entrer dans le domaine, s'approcher des écuries. Les valets se mirent à décharger le foin en échangeant des plaisanteries. Quand leur tâche fut achevée, les chevaux, que quelqu'un devait avoir piqués, se mirent à hennir, trépigner et secouer les brancards. Les timons de bois finirent par céder et les animaux libérés s'éloignèrent en ruant des quatre fers.

Les valets armés de fourches couraient après l'attelage ; d'autres sortirent de la maison pour leur prêter main-forte. Eugénie, sans montrer la moindre agitation, se dirigea vers les pins en touffe près du mur.

— Faites vite !

Sans la moindre hésitation, Verneuil la prit à bras-le-corps et l'emporta sur les hautes branches qui dépassaient du mur. À l'extérieur, trois hommes se détachèrent de l'ombre et levèrent la tête vers lui.

Verneuil dit à Eugénie de se laisser glisser jusqu'au sol. Comme elle hésitait, il l'entraîna dans le vide. Une charrette se trouvait au fond de l'impasse peu fréquentée. La jeune femme, qui avait compris, monta dessus parmi les balles de paille.

— Cachez-vous. Nous allons vous emmener en lieu sûr.

Un peu plus tard, quand les chevaux furent maîtrisés, les domestiques de la maison de Sainduc découvrirent que leur maîtresse avait disparu. Ils la cherchèrent dans la chapelle dont la porte était restée ouverte, fouillèrent le parc qui donnait sur le versant est de la ville. Ils explorèrent les massifs, le petit bosquet, les abords de l'étang. À la tombée de la nuit, ils durent admettre qu'elle s'était échappée.

Clément VI entra dans une violente colère, un de ces rares moments où le prélat perdait tout contrôle de lui-même et montrait sa véritable nature d'homme violent. Il s'en prit à Moustier, lui promettant la corde si la jeune femme n'était pas retrouvée dans l'instant. Enfin, au bout d'une heure de menaces et de cris, Pierre Roger de Beaufort se calma et recommença à réfléchir. Il n'avait pas cru l'un de ses espions qui assurait avoir vu les hommes de Brienne en ville. Maintenant, il mesurait son erreur.

Moustier réunit des gardes en qui il avait particulièrement confiance :

— N'hésitez pas à employer vos lames. Vous devez absolument la capturer et la ramener ici, vive ou morte, cela n'a pas d'importance !

— 9 —

La neige avait fondu sur les monts pyrénéens, seuls les plus élevés conservaient une parure blanche, resplendissante au soleil du printemps. La Navarre avait été pratiquement épargnée par la peste qui avait pourtant ravagé le Béarn et l'Aquitaine, la Provence, et poursuivait sa route vers le nord. À Pampelune, devant le palais, une nuée de domestiques chargeaient les chariots alignés. Meubles, vaisselle, draps, vêtements, les princes se déplaçaient avec leur maison. Jeanne d'Évreux, reine de Navarre, avait cédé pendant trop longtemps aux désirs de son fils aîné, le minuscule Charles dont elle subissait le charme comme tout le monde à la cour de Navarre. Ils étaient arrivés au début de l'hiver pour un séjour de deux à trois semaines et voilà que cinq mois s'étaient écoulés. Charles se plaisait dans cette ville où il était prince. Il aimait surtout ses tripots, ses filles et l'impunité totale dont il jouissait.

Sa mère ne céda pas à sa nouvelle demande. La reine avait hâte de retrouver son comté d'Évreux et la Normandie. Pendant tout son séjour, elle s'était tenue au courant des affaires de France qui la touchaient plus qu'une comtesse ordinaire. Elle avait été écartée de la couronne à la mort du dernier fils de Philippe le Bel, Charles IV. Le Valois qui usurpait le trône partagea l'héritage capétien en deux : la grosse part pour lui, la France, et la petite pour Jeanne qui devenait reine de Navarre. Le *roi trouvé* croyait s'en tirer à bon compte par ce petit cadeau qui démontrait sa forfaiture, car si la couronne de France n'avait pu être donnée à une femme, pourquoi en serait-il autrement de la couronne de Navarre ?

Jeanne avait le corps puissant de son grand-père, Philippe le Bel. La comparaison s'arrêtait là, car elle était plutôt laide. Son visage était ingrat, hommasse. Des poils disgracieux salissaient son menton. Autoritaire, les gens de sa maison la redoutaient. Contrairement à son père, Louis X, qui ne savait s'entêter que lorsqu'il avait tort, elle avait la vertu d'écouter les autres et ne prenait jamais une décision à la légère ou sous un coup d'humeur. Avec elle, la Navarre prospérait et beaucoup de ses proches regrettaient qu'elle n'ait eu à administrer la France. Mais Jeanne ne s'occupait de politique que dans l'intérêt de son petit royaume et celui du comté d'Évreux que lui avait laissé son époux, mort quelques années auparavant.

Au matin du 20 avril, le cortège long d'une lieue et demie se mit en branle à la vitesse des bœufs qui tiraient les lourds chariots. La viande que l'on mangerait en route suivait sous forme de moutons, de porcs, de veaux, de volailles diverses que les bouchers abattaient en fonction des besoins. Plus de cinq cents personnes composaient la suite de la reine de Navarre, cavaliers destinés à sa sécurité, cuisiniers, suivantes, femmes de chambre, domestiques, conseillers et toute une cour de familiers dont la seule fonction se réduisait à être auprès d'elle. Les cavaliers ouvraient la voie, faisaient fuir les brigands et les loups, partaient en éclaireurs pour explorer et sécuriser les meilleurs endroits où passer la nuit. Les vilains levaient la tête, s'inclinaient devant ces seigneurs, ces dames de haute lignée qui ne les regardaient pas. Ils restaient ébahis par la multitude de chars couverts de tentures colorées dont le prix du plus modeste aurait préservé de la faim tout un hameau pendant une année. Ces visages d'un autre monde surpris dans leur quotidien, ces femmes toujours jeunes, ces hommes aux tenues chatoyantes montés sur de superbes chevaux constituaient un spectacle qui ne leur était pas souvent donné, alors ils en profitaient, souriaient de leurs bouches édentées ; ils portaient la main à leur estomac creux, mais en recoiffant leur chapeau ou leur bonnet, ils avaient emmagasiné tant de couleurs, tant de rêves que la tâche leur semblait plus légère.

L'Aquitaine était en cendres. Les Navarrais rencontraient des villages fumant d'un récent incendie ; l'odeur de chair grillée soulevait le cœur des dames. Ici, les routiers s'étaient emparés de tout ce qui avait un peu de valeur, enfermant les habitants dans une maison qu'ils avaient incendiée. Là, la peste exposait ses morts. Les habitations étaient intactes, évitées par les pilleurs, les portes ouvertes laissaient voir des cadavres pourrissants, souvent à moitié dévorés. Le convoi faisait un détour, mais ce n'était pas toujours possible, alors les belles dames, les coquets chevaliers se bouchaient le nez et poussaient les animaux pour qu'ils accélèrent le pas.

Des groupes de mendiants occupaient souvent les routes étroites, les éclaireurs les chassaient à coups de bâton. Jeanne, qui ne doutait pas de la justice de Dieu, pensait que ces miséreux étaient nécessaires. Aussi ne levait-elle pas la tête pour encourager, ne serait-ce que d'un regard ou d'un sourire, ces faces hirsutes aux tignasses couvertes de croûtes qui se dressaient parfois à la fenêtre de son char.

— Laissez passer la reine de Navarre ! criaient les cavaliers, et les coups pleuvaient sur ceux qui, boiteux ou bossus, ne déguerpissaient pas assez vite.

Bientôt, la lenteur du cortège ennuya Charles de Navarre. L'adolescent avait besoin d'exercice et surtout d'être loin de sa mère et des conseillers du royaume pour donner toute sa folle mesure. Il s'impatientait du train trop lent, des chariots qui se traînaient. Comme la reine ne pouvait rien lui refuser, il décida :

— Mes amis et moi sommes pressés. Nous allons partir devant. Nous vous attendrons à Évreux.

Jeanne porta sa large main à son menton viril. Elle comprenait que son impétueux garçon s'ennuyait à parcourir quatre lieues par jour, mais elle redoutait qu'il ne fasse de mauvaises rencontres.

— Si vous vous faites capturer par des brigands, ils chercheront à me ruiner en rançon.

— Des brigands ! fanfaronna Charles en prenant son air le plus gracieux. Croyez-vous qu'avec Geoffroi d'Eauze et son demi-frère, ils oseront me chercher noise ?

C'était un argument. Geoffroi d'Eauze et Roger Mallois avaient montré leur force lors des joutes d'hiver. Personne n'avait pu leur faire mettre genou à terre. Après tant d'exploits, le minuscule Charles de Navarre n'avait pas eu de mal à convaincre sa mère de prendre les deux géants à son service.

— Soyez prudent ! céda la mère. Envoyez-moi un cavalier dès votre arrivée.

— Je n'y manquerai pas, mère.

Aussitôt, un groupe composé d'une vingtaine de jeunes hommes impatients de faire courir leurs chevaux se porta à l'avant du convoi. Le futur roi de Navarre chevauchait à côté de celui qui était devenu son ami inséparable depuis leur rencontre à l'auberge de Pampelune. Il avait su le séduire par son bagout, sa légèreté et surtout par des promesses. « Mon ami, vous retrouverez votre fief, je vous en fais serment ! Et quand je serai roi, vous serez un grand dignitaire de mon royaume. Nous occirons de la pire manière M. de Rincourt. Vous retrouverez votre femme et vos enfants. Tout cela se fera très vite quand Dieu aura décidé de rappeler ma mère ! »

Eauze était certes une montagne de muscles, mais son jugement perspicace ne le trompait pas sur la personnalité de son jeune ami. Charles avait le goût de l'excès et aucun sens moral. Sa tendance naturelle à la cruauté ne demandait qu'à s'exprimer. Il savait tourner à son avantage toute situation, même s'il devait se contredire. Il n'avait d'amis que ceux qui pouvaient le servir, et pourtant, ce futur roi avait un grand besoin d'être aimé, rassuré, conforté. La force du chevalier gascon comblait la faiblesse apparente du jeune homme. Ils se complétaient et se retrouvaient au même niveau lorsqu'il fallait vider des cruches et passer la nuit dans quelque lupanar. Car le minuscule Charles de Navarre supportait sans trébucher des quantités considérables de vin et montrait un appétit pour les femmes qui faisait l'admiration des hommes mûrs de son entourage.

Les chevaliers, tous coureurs d'aventures car Charles savait choisir ses amis, s'échappèrent du convoi à bride abattue, heureux d'aller au-devant d'une liberté qui leur manquait dans cette cour ambulante. Il faisait très beau, presque chaud. Pourtant, les campagnes restaient silencieuses. Dans les champs vides de laboureurs, les mauvaises herbes poussaient sans qu'aucun outil vienne les arracher. Les blés étaient saccagés par des hardes de sangliers et personne ne pensait à les faire fuir, la faucheuse avait engrangé les âmes en enfer.

À la nuit tombée, les cavaliers s'arrêtèrent aux portes d'une ville d'où venait une puissante odeur de pourriture. Malgré son audace habituelle, Charles de Navarre hésita avant de franchir le pont abaissé, désert comme la route, comme le chemin de ronde où n'apparaissait aucune tête de garde. Le silence était total, cassé seulement par des croassements de corbeaux et des aboiements de chiens.

— Passons ! proposa Bessonac. Ici l'air est malsain. La mal-mort a beaucoup travaillé !

— Savez-vous qu'elle se plaît en Avignon, qu'elle s'en prend surtout à l'entourage du pape ? C'est justice, car il n'y a pas plus grands ribauds que les clercs ! dit Charles de Navarre.

Il suffisait que quelqu'un émette un avis sage pour qu'il décide le contraire. Ses yeux se mirent à briller. Il ne craignait pas l'épidémie qui ne pouvait s'attaquer à une personne de son importance ; il imaginait des caves bien remplies de bons vins, des filles abandonnées, des trésors à piller, car ce prince, tout comme sa mère, dépensait volontiers l'or des autres.

— Je propose que nous allions faire un tour dans cette ville. Qui a peur du mal de l'enfer ? demanda-t-il en regardant autour de lui. Que les poltrons rejoignent le cortège de ma mère. Que les autres m'accompagnent !

Tout le monde suivit. Ils passèrent le pont sans voir personne ; les herses levées donnaient sur une rue déserte. Des cadavres jonchaient un empierrement probablement destiné à une nouvelle construction. Au milieu d'une place devant une église, une masse noire et grouillante se dispersa en claquements d'ailes : les corbeaux qui s'envolèrent d'un amas de corps dont les visages étaient en partie dévorés indiquaient que la mal-mort n'avait pas été la seule cause du désastre.

— Les brigands ont fini le travail commencé par la faucheuse ! dit Charles de Navarre. Nous ne trouverons rien ici. Tout a été pillé de la moindre cave au plus modeste grenier.

Il n'y avait pas de survivants. D'ordinaire, les routiers, pour ne laisser aucun témoin derrière eux, incendiaient les villes et les fermes. Quelque chose les en avait empêchés, la peur de la maladie, probablement.

Navarre et ses hommes étaient prêts à partir, quand un pauvre bougre se traîna devant eux. Il dardait sur Charles de Navarre son regard intense et fiévreux.

— Mes seigneurs, pitié…

Il tendait vers le cavalier impassible son unique main, car un bras lui manquait.

— Pitié. Pas pour moi, mais pour ma fille, ma petite fille qui va mourir si personne ne lui donne à manger.

Il s'était mis à genoux devant le cheval qui s'ébroua. L'odeur de pourriture était insupportable.

— Que s'est-il passé ?

— La maladie, monseigneur. Et puis les brigands qui ont tué tous les survivants. Moi, j'ai pu leur échapper en me cachant dans mon puits, avec ma petite fille. Je vous en supplie, donnez-moi quelque chose à manger, pas pour moi, pour elle…

Le prince de Navarre regarda ses compagnons, comme pour leur demander conseil. À la fin, il se tourna vers Geoffroi d'Eauze.

— Qu'est-ce que tu en penses ?

— J'en pense que la misère de cet homme me fait pitié. J'en pense que Dieu s'est associé aux brigands.

Navarre connaissait les croyances religieuses de son ami et les partageait en partie. Ce caractériel n'était pas un imbécile, mais tant de contradictions rivalisaient en lui que personne ne pouvait prévoir ses réactions.

— Nous n'avons rien ! dit le prince, d'ailleurs nous allons quitter cette ville maudite. Le mieux serait que je te tue, mais je n'en ai pas envie, car je sens que tu as encore besoin de souffrir pour le pardon de tes péchés.

— Quels péchés, monseigneur ? Est-ce pécher que d'avoir faim et de voler des pigeons dans le pigeonnier du maître ? Est-ce pécher que de lancer un filet, la nuit, dans les pêcheries du baron de Monceau quand il faut nourrir ses six enfants ? C'est sûrement voler, mais pourquoi certains gaspillent en interdisant aux autres de ramasser les miettes ? Pourquoi le baron de Monceau préférait-il donner les restes de ses banquets à ses chiens et à ses porcs plutôt qu'aux misérables de cette ville ? La peste l'a emporté et c'est justice !

L'homme avait parlé en agitant le moignon de son bras droit. Il ne redoutait plus de mourir et pouvait vider le fond de son cœur sans la moindre retenue. Navarre, qui avait l'habitude de spectacles de soumission, en fut surpris.

— Voilà que tu parles comme un clerc. Les brigands auraient dû t'arracher la langue.

— Ce que je dis, monseigneur, n'est que vérité. La peste a montré qu'elle se moque des puissants, même si elle tue aussi les manants. C'est chose agréable de savoir qu'elle entre dans les belles demeures où vivre est plaisant. Mourir pour ces gens-là, c'est plus grave que pour nous, même si on n'y tient pas. Eux, ils regrettent le bon temps, nous on est libérés. Car, monseigneur, ceux qui nous gouvernent devraient savoir ce qu'est la misère.

— Dis-moi, poursuivit Navarre, qui es-tu ?

— Mon histoire est trop longue pour intéresser des personnes de votre qualité. J'ai étudié la médecine à Montpellier et puis j'ai eu le tort de dire tout haut ce que beaucoup pensent tout bas. On ne m'a pas brûlé pour hérésie, parce que le bois manquait. On ne m'a pas pendu, par faute de corde. Mes juges savaient que la mort est un piètre châtiment. Ils m'ont coupé le bras droit, ils m'ont marqué aux fers et depuis, je vais d'un endroit à l'autre. Je rends des services pour un quignon de pain…

— Et ta fille dont tu nous as parlé ?

Il secoua la tête, agita son moignon.

— Généralement cela apitoie de parler d'un enfant qui va mourir de faim. Je n'ai jamais eu de fille, ni de femme. J'ai appris à mendier. Il m'arrive de menacer de la mal-mort ceux qui refusent de m'aider.

Navarre regarda encore ses amis, puis décida :

— Tu me plais. Tu ne sembles pas t'arrêter aux grands principes de notre mère l'Église. Tu peux nous suivre. As-tu un cheval ?

L'homme secoua la tête et ne cacha pas son étonnement.

— Il faut être riche, monseigneur, pour posséder un cheval.

Tout à coup, Roger Mallois, qui se tenait en retrait de son frère, vacilla de sa monture. Il eut un râle rauque. Eauze, qui s'impatientait à écouter le mendiant, eut juste le temps de retenir son demi-frère qui tanguait et allait tomber.

— Qu'est-ce qui te prend ?

Roger Mallois tourna vers lui son énorme tête qui dodelinait. Ses yeux vitreux pleins d'épouvante imploraient Eauze qui refusait de comprendre.

— C'est rien ! dit Geoffroi. Un coup de fatigue. Nous chevauchons depuis ce matin. Descends, je vais te chercher quelque chose à boire et à manger. Je vais même te trouver un bon lit !

Pour une fois silencieux, Navarre regarda Eauze aider son demi-frère à mettre pied à terre. Mallois ne réussit pas à tenir sur ses jambes. On le coucha sur les cailloux de la rue. Il faisait chaud et pourtant, il tremblait de froid.

— La faucheuse, disait-il entre sa barbe, elle est sur moi, je la vois qui prend son élan. Sa faux brille au soleil. Elle a beaucoup fauché, mais elle sait aiguiser son outil. Elle me tient et je ne peux pas courir pour lui échapper !

— Roger, reprends-toi ! cria Eauze penché sur le malade qui claquait des dents. La mal-mort, c'est pour les autres, pas pour nous qui sommes les chevaliers du prince de Navarre.

— Et qu'on éloigne cet homme marqué de l'hérésie ! cria Mallois. Il nous maudit tous et la faucheuse l'écoute.

Charles de Navarre regarda tour à tour Roger Mallois étendu sur le pavé et l'homme qui tournait la tête autour de lui comme pour trouver une échappatoire, car il avait bien compris que le minuscule prince aux gestes vifs perdait patience.

— Tu as étudié la médecine à Montpellier ! dit enfin Charles de Navarre. Tu vas donc soigner cet homme.

— Non, monseigneur, je ne peux rien pour lui. La peste n'est pas maladie ordinaire. Elle est voulue par Dieu lui-même.

La nuit était presque tombée. Les cavaliers ne voulaient pas rester dans ce lieu sinistre où la mort était partout. Ils avaient hâte de reprendre la route pour trouver une auberge avec des servantes bien vivantes et de bonnes paillasses pour dormir. Eauze fit avaler à son frère le contenu d'une gourde de gnôle. Cela le requinqua au point qu'il put se mettre debout et remonter à cheval, mais son regard n'avait pas perdu cette lueur particulière que la peste allumait dans les yeux de ses victimes.

— J'ai mal sous les bras ! dit Mallois en grimaçant. Une lame me taille le corps !

— Allons, trancha Charles de Navarre en faisant virer son cheval, pressons !

Le groupe s'éloigna puis, tout à coup, le prince fit demi-tour et, sortant son épée, s'arrêta devant le misérable qui voulut s'échapper, mais il n'en eut pas le temps. La lame traversa sa poitrine ; il poussa un cri et s'écroula sur les pavés à côté d'un tas de cadavres.

— C'est tout ce que tu méritais, ordure ! fit Navarre en nettoyant sa lame sur les vêtements de sa victime.

Personne ne fit aucune remarque au prince, même si tous voyaient ses yeux briller de cette lueur cruelle qu'ils connaissaient. Charles aimait tuer, mais qui pouvait le lui reprocher ? Eauze le premier, soutenant son frère, pensait que ce misérable ne méritait pas autre chose. Pourtant, ce geste gratuit lui indiquait combien il devait se méfier de son jeune ami.

Ils trouvèrent une auberge dans une petite ville qui avait échappé à la maladie et aux pillards. Bien défendue sur un promontoire naturel, elle prospérait à l'écart des malheurs du temps. Les cavaliers purent se loger, festoyer et trouver des filles. Eauze resta auprès de son frère qui n'allait pas mieux. L'effet de la gnôle s'était estompé, il grelottait sur sa couche, prononçait des mots sans suite, des phrases débridées. En milieu de nuit, il demanda l'assistance d'un prêtre.

— Je ne peux pas me présenter à Dieu avec tout ce que j'ai sur la conscience ! dit-il dans un instant de lucidité.

Dans la grande salle du bas, le prince de Navarre et ses amis vidaient les cruches de vin et lutinaient les servantes entre les tables. Le cabaretier avait rarement vu d'aussi francs buveurs et commençait à s'inquiéter, mais que pouvait-il dire à Charles de Navarre qui savait toujours rappeler son lignage :

— Si ma grand-mère n'avait pas été aussi grande putain, si ma mère avait été un homme, je serais roi de France ! criait-il à qui voulait l'entendre.

Cela faisait autant de bonnes raisons pour ne pas payer. L'hôtelier périgourdin savait ce qu'il en coûtait de réclamer son dû aux puissants. Les troupes anglaises et les grands seigneurs français ne l'avaient pas épargné. Finalement, il préférait encore subir le Navarrais, ses belles paroles et ses histoires drôles qui faisaient rire toute l'assistance.

Eauze, une fois de plus, impressionna tout le monde lorsqu'il arriva au bas du petit escalier. On avait beau le voir tous les jours, on ne s'habituait pas à sa carrure, à sa puissance, au bruit lourd de ses pas qui faisaient trembler les cloisons et à sa tête d'ours à l'apparence bonasse. Charles quitta son siège et l'aubergiste fut étonné de voir que ce jeune gringalet tenait encore debout après ce qu'il avait ingurgité.

— Voilà que tu te décides à venir dîner ! Une sage résolution ! Qu'on apporte à Geoffroi d'Eauze quelques volailles pour se mettre en bouche et la moitié d'un sanglier. Et puis du vin, de pleins seaux de vin.

Geoffroi secoua la tête :

— Mon frère veut un prêtre pour se confesser !

— Un prêtre ! s'esclaffa Navarre. En voilà une idée ! Apporte-lui une carafe et il sera sur pied demain à la première heure.

— Non, il veut un prêtre. Cabaretier ! tonna Eauze, fais appeler un prêtre, et vite.

Charles n'aimait pas qu'on lui résiste, surtout lorsqu'il s'agissait de choses importantes. Minuscule, droit sur ses jarrets comme un petit coq, il ordonna :

— Apporte à manger à mon ami, tu iras chercher le prêtre ensuite.

Eauze se plia à l'ordre du jeune prince. Il avait faim, très faim, et convint que l'homme d'Église pouvait attendre quand l'odeur appétissante de viande rôtie venait des cuisines. Il s'assit à table et se mit à manger, mais au bout de quelques gorgées, son estomac se noua. Il se leva.

— Je retourne avec mon malade, qu'on fasse monter le prêtre dès qu'il sera là.

Ce ne fut pas utile. Lorsque Eauze entra dans la chambre éclairée par une petite lampe à huile, il trouva son frère en train de râler. Il avait vomi du sang, un épais liquide gris et vert coulait de sa bouche, se répandait avec une atroce odeur putride sur l'oreiller. Eauze se pencha sur lui,

Roger Mallois ouvrit des yeux pleins de terreur, poussa un cri terrible et s'immobilisa.

Alors Eauze mesura combien ce frère né d'une lingère lui ressemblait. Il venait d'assister à sa propre mort. Que faisait-il dans cette auberge, en compagnie de ce prince impétueux et détestable, au lieu de chercher sa femme, de retrouver ses enfants et son fief ? Où allait-il ? Comme Roger Mallois, il finirait son errance dans un lieu sans nom, seul pendant que les autres se goinfreraient, il mourrait oublié de tous et surtout d'Eugénie qui, à cet instant, occupait ses pensées.

L'aubergiste, un homme de petite taille, chauve, qui boitait à cause d'une jambe raide, poussa de grands cris quand il apprit que Mallois était mort dans sa maison.

— Je ne veux pas d'histoires, expliqua-t-il. Il faut débarrasser le mort cette nuit pour que personne n'en sache rien. Vous allez m'aider à creuser un trou au fond de la cour, derrière les écuries. Personne n'y passe jamais ! dit-il à Eauze.

Geoffroi était contraint d'abandonner son frère. Il jura qu'il reviendrait le chercher plus tard pour lui donner une sépulture décente, à Eauze, dans la chapelle de famille. Le lendemain à l'aube, quand Charles de Navarre se leva, frais et guilleret, Roger Mallois était sous deux pieds de terre. Eauze, sombre, monta sur son cheval sans un mot. Le prince respecta son silence. Il fit sonner à l'hôtelier quelques pièces d'or qui étaient loin de couvrir la dépense, mais l'homme considéra qu'il s'en tirait bien : personne ne saurait jamais que la peste avait frappé dans son honorable établissement et c'était l'essentiel.

Eauze chevauchait, la tête basse, ne riant pas aux boutades du maître. Avec son frère, il laissait une partie de lui-même dans cette terre inconnue, l'insouciance de son enfance et de sa jeunesse. Sa fuite en Navarre avec Mallois n'était qu'une aventure de plus, sans lui, il se découvrait faible et plus seul que jamais. L'avenir lui faisait peur.

Deux cavaliers rattrapèrent le groupe qui chevauchait en direction de la Normandie. Ils avaient éreinté leurs montures et se demandaient si cela valait bien la peine de risquer la santé de deux étalons de prix pour une aussi petite nouvelle. Ils se firent conduire au prince de Navarre qui décida une halte.

— Majesté, nous avons les informations que vous nous aviez demandées concernant le château d'Eauze et Mme Eugénie.

Geoffroi dressa la tête. Le petit prince de Navarre, qui l'avait assuré qu'il l'aiderait, avait donc tenu parole ! Ainsi Geoffroi apprit-il que ses enfants étaient bien vivants, au château d'Aignan.

— Dame Éliabelle est la meilleure personne que je connaisse ! dit-il en souriant. Ils sont donc en sécurité !

Il apprit ensuite qu'Eugénie avait fui le château de Valence où Rincourt la retenait prisonnière, qu'elle se trouvait en Avignon où son père venait de mourir de la peste.

— Que fait-elle en Avignon ?

— Elle a vu le pape plusieurs fois. C'est tout ce que l'on sait.

— Alors qu'est-ce que je fais là ? tonna Eauze. Je vais la rejoindre tout de suite !

— Écoute, dit Navarre, je t'ai promis de t'aider et je le ferai. Tu ne dois pas te précipiter. Si ta femme voit le pape, c'est sûrement pour une raison très importante que nous devons découvrir. Poursuivons jusqu'à Évreux. Nous serons proches du pouvoir, de ces ignobles Valois qui m'ont volé la couronne de France. Alors, nous déciderons ensemble. Sois patient et fais-moi confiance !

— Est-elle avec quelqu'un ? demanda Eauze. Avec un certain Rincourt, un chevalier fourbe et lâche ?

— Non, monseigneur, elle est seule, c'est certain.

— Je t'en conjure, insista Charles de Navarre. Poursuivons jusqu'à Évreux. Mes espions qui écoutent pour moi tout ce qui se dit à la cour de France, chez le pape et dans toutes les grandes maisons, nous en apprendront un peu plus !

Les événements allaient souvent plus vite que le galop des meilleurs chevaux. Ainsi, Eugénie n'était plus en Avignon au moment où le coursier donnait des nouvelles à Geoffroi d'Eauze. Cachée dans un chargement de fourrage, elle s'éloignait de la ville sainte.

Blottie entre les balles de paille, elle se laissait aller. La nuit tombait. Les quatre cavaliers qui escortaient le chariot étaient nerveux. Ils devaient traverser une petite forêt où ils devenaient des proies faciles.

— Où allons-nous ? demanda Eugénie à Verneuil.

— Bientôt, nous nous arrêterons pour la nuit. Ensuite nous gagnerons le monastère cistercien de Saint-Germain-en-Laye où se trouvent frère Jourdan d'Espagne et le père Antoine de Mantes qui possèdent des preuves formelles de la survie de Jean Ier et de votre filiation, l'acte de mariage de votre père et de la reine Clémence, l'acte de votre naissance…

Le chariot traversa la forêt sans incident. Il cahotait sur une route dévastée par les pluies de la fin d'hiver. La nuit était tombée. Tout à coup, une clameur vint d'un bosquet qu'ils longeaient. Une quinzaine de cavaliers en tenue de guerre couraient vers eux. Les gardes et Verneuil les attendirent courageusement, l'épée dressée devant eux.

Le combat inégal tourna vite à l'avantage des assaillants ; Verneuil voulut se battre jusqu'au bout, une lame habilement maniée le renversa de sa monture. Les bœufs affolés tiraient sur les brancards en ouvrant de gros yeux blancs.

— Ne laissez aucun témoin ! dit un homme. Poursuivez les fugitifs.

Eugénie, assise à l'avant, s'écria en langue d'oc :

— En voilà des manières ! Qui êtes-vous ?

L'homme qui se tenait devant elle souleva la ventaille de son heaume. Un frémissement parcourut la jeune femme. Les yeux qui la regardaient n'étaient pas ordinaires. Elle les aurait reconnus entre tous, ces yeux de faucon pleins d'une force impérieuse. Sur les bords de la cotte de mailles, dépassait l'étoffe blanche du surcot. Eugénie ne trouvait pas les mots pour protester. Un profond tumulte l'animait et elle ne voulait surtout rien en montrer.

Rincourt ôta son heaume. Eugénie voyait avec appréhension son long visage dont elle n'avait oublié aucun détail, son front haut, ses lèvres fines, ses sourcils noirs.

— Madame ! dit-il après l'avoir longuement regardée, nous nous retrouvons et vous êtes encore ma prisonnière.

— Monsieur, je m'étonne de votre présence ici. Mais vos manières de malfrat ne me surprennent plus.

Il avait assez de maîtrise pour cacher la tempête qui grondait en lui. Il regardait Eugénie à la lumière des révélations du roi. Il s'enivrait de sa présence, oubliait qu'il était l'envoyé de Philippe VI, qu'il accomplissait une mission secrète. Les cheveux défaits, la jeune femme était accoutrée comme une servante, mais quelle noblesse ! La fille de Clémence de Hongrie gardait un port royal, même au milieu des ballots de paille sur ce chariot tiré par des bœufs. Ses cavaliers, mercenaires payés pour obéir sans poser de questions, attendaient des ordres.

— Madame, je vous prie de descendre et de me suivre.

— Depuis quand me parlez-vous de la sorte ? Je suis encore sur les terres du pape Clément le Sixième et j'ai le pouvoir de vous faire pendre.

On approcha un cheval pour Eugénie. Rincourt mit pied à terre et l'obligea à monter en selle. Enfin, tandis que le groupe s'éloignait en poussant les bœufs devant lui, un retardataire mit le feu au chariot qui s'embrasa.

Ils chevauchèrent ainsi pendant plusieurs heures. La nuit n'était pas très sombre ; les étoiles scintillaient, l'air frais laissait prévoir un peu de gelée blanche au lever du soleil. Ils croisèrent plusieurs villes, des hameaux silencieux, repliés sur eux-mêmes, des landes où la lune faisait scintiller les mares, des bosquets si propices à l'embuscade que les cavaliers pointaient leur épée devant eux pour intimider les maraudeurs.

Ils arrivèrent enfin à une ferme fortifiée au milieu des champs. Des gardes se trouvaient devant la porte ouverte où le groupe s'engouffra. Des torches éclairaient une cour assez grande où les pavés avaient été nettoyés. Plusieurs chariots étaient alignés près de l'écurie, ainsi qu'un moulin à grain sur roues. La présence d'une machine aussi coûteuse indiquait l'opulence de l'endroit.

Les cavaliers mirent pied à terre, les chevaux furent pris en charge par des garçons d'écurie qui devaient les attendre depuis longtemps. Les hommes se dirigèrent vers une vaste salle aux portes ouvertes, bien éclairée. La table avait été dressée ; on les attendait puisque les servantes apportaient les cruches de vin.

Le chevalier de Rincourt pria Eugénie de le suivre à l'étage dans une pièce où flambait une grande cheminée. Il y faisait bon ; une odeur de fumée flottait dans l'air, cette odeur du crépuscule qu'Eugénie aimait tant lorsqu'elle était enfant, à l'heure de manger la soupe, de grignoter des fruits de saison, de faire rôtir des raves ou des châtaignes dans la cendre. Le château d'Aignan sombrait lentement dans la paix nocturne, elle s'endormait avec les chiens, sur les dalles chaudes de l'âtre. Plus tard, au pensionnat de Saint-Jal, c'était l'heure de réviser les travaux de la journée, de faire son examen de conscience avec des religieuses qui savaient manier le fouet. Les punitions étaient inégales : Marie de Toulouse, petite-fille du comte Raymond, recevait seulement quelques réprimandes, pour Eugénie et les filles de petite noblesse, coups et corvées humiliantes pleuvaient.

— Madame, vous passerez la nuit ici ! Nous repartirons demain à l'aube.

Ils étaient seuls. Les servantes devaient préparer les plats pour le souper qui allait être servi sur une petite table couverte d'une toile blanche et près de laquelle on avait approché deux chaises.

— Où m'emmenez-vous ?

— Je ne puis vous le dire.

Une servante entra, portant une cruche de vin et du pâté en croûte. Rincourt sortit sans rien ajouter. Eugénie se tourna vers la table. Elle avait faim, mais en mangeant, ne donnait-elle pas raison à celui qui l'avait enlevée ?

— Remportez tout cela ! cria-t-elle à la servante. Je ne saurais manger ce qui vient de mon ennemi.

Un lit avait été dressé dans un coin de la pièce. Elle s'y assit, attentive aux bruits de la maison, aux éclats de voix des convives qui soupaient en dessous, aux aboiements des chiens dans la cour, aux domestiques qui s'interpellaient. Des pas dans l'escalier l'avertirent d'une visite. Rincourt entra, Eugénie se dressa, prête à faire face.

— Monsieur, je vous prie de me dire ce que cela signifie.

— Je ne puis. Sachez que je n'ai pas pu me soustraire à cette mission et que je m'en réjouis, car je vais pouvoir assurer votre sécurité.

— Sachez aussi que je suis la fille de la reine Clémence, la sœur du véritable roi de France, Jean Ier. Le pape m'a donné le titre de comtesse d'Anjou qui me revenait par héritage. Vous devez ployer le genou devant moi.

— Je sais tout cela aussi !

— Alors, retirez-vous.

— Non, madame !

Il s'approcha de la jeune femme. Son regard plein de feu ne la quittait pas. Son visage éclairé d'un côté n'était plus celui qu'Eugénie connaissait.

— Monsieur, je vous ai donné l'ordre de vous retirer.

Rincourt n'avait pas entendu. Une force brutale et soudaine montait en lui, noyait son regard. Elle était là, la femme tant convoitée, à sa portée. L'homme policé et retenu cédait la place à l'amoureux éperdu, aveuglé par son désir.

— Je vous aime, madame, et pourtant, je devrais vous tuer ! s'entendit-il dire.

Il la prit dans ses bras, la serra de toutes ses forces et la renversa sur le lit. Eugénie poussa un cri, il plaqua ses lèvres sur sa bouche.

Avec des gestes brusques et maladroits, il retroussait le long tissu de sa robe, arrachait les boutons qui protégeaient sa gorge. Elle se débattait, tentait de griffer son agresseur, mais la force lui manquait.

— Je vous aime, répétait Rincourt sans arrêt.

Ses mains couraient sur les cuisses dénudées d'Eugénie, remontaient sur son ventre, se refermaient sur ses seins. Vaincue, elle ne put résister longtemps à son agresseur et pensa mourir.

Enfin Rincourt, conscient de ce qu'il faisait, lâcha son emprise, roula sur le côté. Eugénie se dressa, sauta du lit et, pleurant, prit un couteau resté sur la table. Elle se précipita sur l'homme, qui eut juste le temps d'éviter le coup mortel.

— Je vous tuerai ! hurla Eugénie en sanglotant.

Rincourt était atterré. Il ajusta sa cotte, ses chausses, constata que son surcot était déchiré.

— Pourrez-vous un jour me pardonner cet écart ?

— Jamais, entendez-vous, jamais ! Je vous ferai pendre, j'en fais le serment !

Il s'en alla sans rien ajouter, c'était lui le vaincu.

— 10 —

Le lendemain, au lever du soleil, des servantes entrèrent dans la chambre d'Eugénie, portant des seaux d'eau chaude, des bougies allumées et du linge.

— Madame, dit l'une d'elles, il est temps de vous préparer. Le chevalier de Rincourt et ses hommes vous attendent dans la cour.

Eugénie se dressa sur les coudes, regarda les femmes préparer l'eau de son bain. L'orgueilleuse comtesse d'Anjou qui avait promis la corde à son agresseur avait passé la nuit à pleurer comme une femme ordinaire. Elle se sentait lasse, terriblement fatiguée. Elle se griffa le ventre d'une main crispée et rapide ; l'eau fumante l'appelait : se laver, faire peau neuve pour échapper à la terrible souillure de Rincourt.

Les ablutions furent rapides, elle se vêtit ; une femme se mit à démêler ses cheveux, à les enrouler sur eux-mêmes en un gros chignon. On lui apporta un bol de soupe à la ciboulette qui la raccrocha aux gestes simples de chaque jour. Elle se força à manger malgré la lourdeur de son estomac. Dans la cour, les chevaux s'ébrouaient, les hommes parlaient.

Elle endossa son manteau et descendit l'escalier derrière une servante qui l'éclairait. Rincourt l'attendait à la porte, impassible.

— Madame, vous allez voyager en char couvert. La journée sera longue et éprouvante. Nous allons traverser des contrées ravagées par la guerre. Je ne dois prendre aucun risque pour votre sécurité.

Elle s'étonna de ne pas avoir de mots pour répondre. Elle, d'ordinaire si habile à riposter, à trouver la juste repartie, était sans voix. Aussi monta-t-elle dans le char couvert qui l'attendait au milieu de la cour. Les cavaliers l'entourèrent et le cortège s'éloigna dans la campagne où le jour se levait, étrangement silencieux.

— Un jour d'enfer ! dit quelqu'un à côté du char à bancs.

Le voyage commença sur des routes défoncées. C'était partout la même désolation, maisons vides aux portes ouvertes, granges brûlées, groupes de misérables hagards qui ne prenaient même plus la peine de se cacher à l'arrivée des cavaliers.

Les heures passaient, le soleil montait dans le ciel. Rincourt chevauchait en tête. Pas une fois, il ne vint soulever le rideau du char pour s'inquiéter de sa prisonnière. Eugénie, brinquebalée comme un paquet, n'arrivait pas à extirper de son esprit cette phrase prononcée la veille : « Je vous aime et pourtant je devrais vous tuer ! » La menace pesait sur la jeune femme qui redoutait le terme de ce voyage. L'évasion montée par Pierre de Verneuil avait été éventée, mais qui d'autre que Clément VI pouvait la faire surveiller ? Pour qui agissait Guy de Rincourt qui conduisait le convoi vers le nord ?

Ils contournèrent des villes fermées aux remparts hérissés de lances. Parfois, roulant sur le sol comme un liquide noir, des troupeaux de rats s'effaçaient devant les pas des chevaux apeurés. Des moutons sans berger broutaient dans les champs de blé, des porcs retournaient la terre des potagers.

Le groupe chevaucha toute la journée, ne s'arrêtant que quelques instants auprès d'une rivière pour faire boire les bêtes. À la nuit, ils se présentèrent à l'entrée d'un château dressé sur une colline.

Ils furent reçus par le maître des lieux, un vieil homme à la barbe blanche, au dos voûté, à la voix sèche. Il salua Rincourt, puis donna des ordres pour qu'on s'occupe des chevaux. Eugénie fut invitée à descendre du char et conduite dans une pièce éclairée par plusieurs torches. On l'enferma sans un mot. Quelques instants plus tard, deux servantes lui apportèrent à souper.

Le lendemain, ils repartirent à l'aube. Le vieil homme qui assistait aux préparatifs du départ salua Rincourt. Eugénie fut priée de regagner son char couvert. Au moment de franchir le fossé, elle entendit le maître des lieux s'écrier :

— Monsieur l'envoyé du roi me pardonnera de l'avoir aussi mal reçu, mais les temps sont difficiles et la famine court dans le pays.

Rincourt était donc aux ordres du roi ! Si l'usurpateur avait jugé nécessaire de la faire escorter par vingt cavaliers à travers un pays infesté de brigands et terrassé par l'épidémie, c'était qu'il connaissait ses origines. Sa vie était donc en grand danger !

Les jours passaient, identiques. À mesure qu'ils progressaient vers le nord et surtout lorsqu'ils eurent franchi la Loire à Orléans, la campagne devint plus riche. De vastes étendues de blé remplaçaient les petits champs accrochés aux flancs des collines. La maladie épargnait ces terres grasses et généreuses. Les bandes de brigands étaient refoulées par un réseau de châteaux, de maisons fortes, et par des armées efficaces. Les blés en épis promettaient une abondante récolte. Près des rivières, des maraîchers cultivaient les légumes qui partaient chaque jour par chariots entiers vers les villes.

Ils entrèrent dans Paris au début du mois d'août. Le soleil resplendissait sur les toitures. Les jardins luxuriants, les vignes prospères impressionnaient les voyageurs venus du sud. Après avoir traversé tant de contrées dévastées, ils trouvaient une ville florissante qui sentait la vie, le crottin de cheval, le fumier et la vase des bords de Seine. Les matrones avaient encore la voix puissante et coléreuse, les enfants criaient dans les rues. Sur les berges du fleuve, on tannait les peaux de centaines de moutons, bœufs et veaux abattus devant les échoppes des bouchers. Les forgerons ferraient chevaux, ânes et mulets, forgeaient les socs et les épées, les tisserands fabriquaient des tissus grossiers qui habillaient le peuple, les menuisiers rabotaient les planches des chênes de Fontainebleau ou de Rambouillet. Les clochettes sonnaient dans les monastères, les grandes cloches de Notre-Dame rappelaient à chacun ses devoirs religieux. Paris vivait, Paris échappait à la mort omniprésente et aux peurs du temps. Bien enfermés dans les nouvelles murailles construites par Philippe le Bel, plus vastes que les anciens remparts de Philippe Auguste, les Parisiens regardaient l'avenir avec confiance.

Guy de Rincourt ayant placé Eugénie sous bonne surveillance dans une auberge près de la cathédrale, se fit conduire au palais. Philippe VI le reçut aussitôt dans son petit cabinet privé. Rincourt retrouva avec un certain plaisir ce roi jovial, à l'embonpoint avantageux, au visage sanguin, à l'apparence bon enfant.

— Mon cher cousin, je constate que vous avez fait diligence. Où en sommes-nous ?

— Majesté, vous m'aviez ordonné de capturer Eugénie d'Aignan, ce fut chose faite très rapidement. Elle est en sûreté dans une auberge à quelques pas d'ici.

— Parfait, mon cousin, parfait.

Le regard du roi s'était allumé. Il réfléchissait en fronçant légèrement les sourcils, faisant une petite moue de ses lèvres grasses. La vivacité d'esprit lui manquait, les conseils des uns et des autres l'égaraient souvent au point qu'il devait réfléchir de longues journées. Comme il n'était ni obstiné ni idiot, ses erreurs lui apparaissaient, mais toujours trop tard, alors il déployait des trésors d'ingéniosité pour se reprendre.

— Dites-moi, on m'a parlé d'une dame de beauté… Quel est votre sentiment, mon cousin ?

Il insistait sur leur lointain lien de parenté, ce qui gênait Rincourt, car il y percevait que le roi avait encore besoin de lui.

— En effet, Majesté, elle est fort belle femme.

Rincourt s'était exprimé d'une voix retenue, les yeux baissés, ce qui n'échappa pas au roi qui imagina alors cette beauté issue du plus haut lignage, prisonnière dans une auberge crasseuse. Cela éveilla en cet homme de cinquante-six ans une curieuse convoitise. Marié depuis 1313, il s'était contenté de faire une multitude d'enfants à son épouse, Jeanne de Bourgogne, boiteuse et acariâtre, sans jamais prendre de maîtresse. Avec les ans, et surtout la méchanceté de sa femme redoublant au point qu'il devait la rosser de temps en temps, Philippe VI sentait le démon lui souffler des désirs nouveaux.

— Vous dites qu'elle est très belle ? Je souhaite la voir.

Rincourt secoua la tête en gardant toujours les yeux baissés. Il avait bien compris ce que le roi envisageait et cela lui déplaisait.

— Majesté, prenez garde ! On dit que cette femme est le diable. En Avignon, Maltorini, le fournisseur du pape en soieries et étoffes de luxe, répète à qui veut l'entendre que les rats de la peste l'accompagnent.

— La peste n'est point une maladie parisienne ! affirma le roi en plissant ses petits yeux et portant une main aux gros doigts à son nez, seul élément qui rappelait en lui ses origines capétiennes.

— Majesté, ma mission étant accomplie, je vous demande la permission de retourner en mon fief.

— Pas question, mon cousin. Vous allez loger au palais. Je fais de vous l'intendant de mes armées. Vous devrez en dresser un état sans complaisance et proposer des améliorations.

Rincourt voulut se lever, le roi tendit la main :

— Nous rendrons une visite discrète à cette belle princesse. Je vous ferai quérir après complies.

Rincourt s'inclina et sortit. Un valet le conduisit dans les appartements que le roi avait fait préparer pour lui. L'envie de rejoindre Eugénie, de l'emmener loin des menaces qui pesaient sur elle, le tenaillait. Le roi souhaitait-il la voir en homme ou en tenant de la couronne de France désireux de tester un ennemi ? Peut-être les deux.

Le soir, à la nuit, un écuyer vint le chercher, lui demandant de s'habiller en guerre, cotte de mailles et bassinet. Quand il fut prêt, l'écuyer l'emmena dans la cour du Mai, près de la Sainte-Chapelle, qui donnait sur la rue de la Barillerie où plusieurs personnes attendaient à cheval. Une monture lui était destinée ; les portes s'ouvrirent, le groupe s'éloigna.

La nuit était tombée, les six cavaliers chevauchaient serrés dans les petites rues où il fallait toujours s'attendre à un traquenard. Ils arrivèrent cependant sans encombre à l'auberge située près du cloître Notre-Dame. Chacun mit pied à terre, ôta son chapeau. Rincourt reconnut le roi et s'étonna d'une si faible escorte.

— Personne ne pense qu'un roi peut se déplacer de nuit avec quelques amis. Ainsi on ne vient pas me chercher noise. Il faut dire que j'ai ici les meilleures lames de ma garde rapprochée. La vôtre s'y ajoutant, je ne crains rien. Allons voir cette princesse.

Le roi demanda à ses hommes de rester à l'extérieur. Il entra dans la maison devant Rincourt :

— Je vous prie de ne pas vous montrer trop cérémonieux. Vous devrez vous habituer à ces petites escapades en dehors du protocole, car j'en raffole. Dans ces cas, je suis le sieur de Miremont, un petit fief proche de Melun qui me vient de ma grand-mère.

Rincourt conduisit le sieur de Miremont à l'étage. Il avait loué la totalité de l'auberge dont Eugénie était la seule pensionnaire, surveillée par des hommes d'armes. Le roi se tenait derrière lui lorsqu'il frappa à la porte. Une torche à hauteur de visage permit à Philippe VI de voir, dans un halo de lumière, telle une apparition, celle qui dénonçait sa forfaiture. Il fut très impressionné. Rincourt annonça à Eugénie en langue d'oïl :

— Madame, je vous présente le sieur de Miremont qui souhaite faire votre connaissance.

Eugénie ne quittait pas des yeux le roi, qui recula d'un pas.

— Monsieur de Miremont, continua Rincourt, je vous présente la comtesse d'Anjou.

Eugénie se tenait toujours sur ses gardes. Ses yeux allaient de la large figure de M. de Miremont au long visage de Rincourt.

— Je vous prie de sortir ! ordonna-t-elle d'une voix cassante. Il suffit que l'on me retienne prisonnière sans m'en donner les raisons.

Philippe VI ne s'attendait pas à une telle rebuffade. Dépourvu de son autorité royale, il n'était pas de taille à affronter la comtesse d'Anjou et ne voulait pas être ridicule auprès de ses chevaliers. Il fit volte-face, descendit l'escalier d'un pas rapide et décidé.

— On rentre ! dit-il en montant sur son cheval avec une légèreté que son embonpoint ne laissait pas soupçonner.

Ils regagnèrent le palais sans un mot, l'esprit plein du pas des chevaux. Le roi, sans prendre le temps de se défaire de ses vêtements de guerre, pria Rincourt de le suivre dans son petit cabinet.

— J'ai vu le diable ! dit-il quand la porte fut fermée. J'en ai la certitude.

Il avait mesuré la détermination et les armes de son ennemie. Philippe VI n'était pas un grand spécialiste des femmes, mais il savait que leur apparente faiblesse était une force contre laquelle sa bonhomie n'avait pas de parade. Son premier élan avait été d'entrer dans cette chambre et de bavarder avec Eugénie, d'user de son pouvoir de roi qui, à défaut de lui ouvrir les cœurs, lui ouvrait les portes. Mais son bon sens lui avait indiqué qu'il devait agir avec prudence. Il régnait par la volonté de son père. Pour le souvenir de ce perpétuel candidat à tous les trônes vacants d'Europe, qui, pendant le règne de Charles IV, dirigeait la France, ce guerrier qui savait transformer en triomphe des semi-échecs, à qui il voulait ressembler et dont il n'était qu'une pâle copie, Philippe VI n'avait pas envie de se dévoiler et surtout se montrer faible face à un symbole déterminant pour ceux qui avaient juré sa perte.

— Cette femme, dit-il. Cette femme…

Il n'allait pas plus loin dans sa réflexion, redoutant que Rincourt ne comprenne jusqu'où son embarras risquait de le conduire. Eugénie avait assez d'aplomb pour subjuguer une conjuration qui n'attendait qu'elle pour passer à l'action. Cela le mettait en face d'un choix dont il ne voulait pas parler.

— Je sais que vous êtes chevalier d'honneur. Je vous demande seulement de ne plus vous occuper de cette affaire.

Les incisives supérieures étaient réduites à de petits moignons noirs qui lui conféraient une voix entrecoupée de sifflements disgracieux. Rincourt s'inclina. Philippe VI poursuivit :

— Mon cousin, l'Anglais tient le siège de Niort depuis l'hiver dernier. Les habitants se défendent fort bien, mais mes espies m'ont rapporté que ce démon de Charles de Navarre, qui n'a que dix-sept ans et me hait, s'est allié à l'Angleterre pour faire céder la ville. J'ai longtemps hésité à envoyer une armée en Poitou, mais je ne peux pas laisser mourir de faim de loyaux sujets. Vous allez donc prendre le commandement de cinq cents cavaliers et mille hommes de pied. Il faut que la ville soit libérée à l'automne.

Rincourt s'inclina. Aller défendre Niort contre les Anglais quand son propre fief était probablement dévasté ! Il pensait à Grâce, à ses deux filles et à toute sa famille. Il avait dépêché Branson pour lui rapporter des nouvelles, mais son fidèle serviteur se faisait attendre.

— La garnison partira dans deux jours, le temps de vous préparer ! ordonna le roi.

Rincourt se rendit dans ses appartements où l'attendait le capitaine Lemercier, un homme au teint de pomme mûre, au menton presque imberbe, qui devait lui présenter ses prévisions en vivres, chevaux et armes. Il l'écouta, mais son esprit était ailleurs. Il ne voulait pas s'éloigner de Paris sans rendre une dernière visite à Eugénie, car il avait le sentiment qu'il ne la reverrait pas. Pour un roi, même bonasse comme l'était Philippe VI, la vie d'une femme, si belle fût-elle, ne comptait pas quand sa couronne était en jeu. Et la réaction du chevalier de Miremont ne lui laissait rien augurer de bon.

Il vérifia les prévisions de Lemercier, fit quelques remarques pour montrer qu'il s'y intéressait. Il demanda que l'on double les chariots de fourrage, car si la maladie n'était pas arrivée à Paris, elle avait fait de gros ravages dans les autres provinces et les bras avaient manqué pour couper le foin.

— C'est horreur de voir des champs de blé bien mûr sans le moindre vilain avec sa faucille ! dit-il pour ponctuer son propos. C'est horreur de trouver les bêtes sauvages se vautrant dans les épis lourds et dorés.

— Rendons grâce au Seigneur de nous avoir épargnés ! fit Lemercier.

Le lendemain, à la tombée de la nuit, Rincourt sortit seul, ce qui était d'une extrême imprudence dans un Paris livré aux coupe-gorge. Il se faufila à pied dans les ruelles voisines du palais et fut arrêté par des hommes décidés à le détrousser. L'épée levée, Rincourt sut leur montrer qu'il n'était pas une proie facile et les mit en fuite.

Il parcourut en marchant très vite le quart de lieue qui le séparait de l'auberge où se trouvait Eugénie. Les gardes postés à l'entrée l'arrêtèrent.

— Messire, personne n'entre ici, ordre du roi.

— Je suis Guy de Rincourt, l'envoyé de Sa Majesté. Je dois voir la comtesse d'Anjou.

Le garde avait en effet vu Rincourt conduire la prisonnière, mais cela ne changeait rien.

— Les ordres sont formels, personne ne doit approcher Mme d'Anjou avant son transfert demain au couvent des Carmes, cependant je veux vous être agréable…

— Qu'est-ce que tu dis ? Le couvent des Carmes ?

— Oui, le roi, dans son infinie bonté, a compris que c'était le souhait le plus cher de madame la comtesse et a fait en sorte de lui trouver une place…

Le couvent des Carmes ! C'était là que l'on enfermait les personnes gênantes en les faisant passer pour folles. Elles n'en ressortaient jamais.

— Suivez-moi.

Le garde entra dans la maison, s'arrêta au bas de l'escalier.

— Faites vite, messire, j'enfreins les ordres en vous laissant aller.

Rincourt sortit quelques pièces de sa poche et les tendit à l'homme, qui le remercia en se prosternant.

Il monta prestement l'escalier de bois et frappa à la porte. Son cœur battait très fort, il cherchait ses mots. Sa démarche lui paraissait tout à coup sans fondement.

La porte s'ouvrit, Eugénie eut un mouvement de surprise et fit face, la tête haute.

— Que voulez-vous ? Abuser de moi une nouvelle fois ? Je vous prie de partir.

— Madame, dit Rincourt en langue d'oc, si je suis venu seul jusqu'à vous, c'est pour vous avertir d'un grand danger qui vous menace. Parlez notre langue méridionale que personne ne comprend.

— Faites vite, votre vue m'est insupportable.

— Je pars dès demain dans le Poitou aider la ville de Niort à se sortir des griffes de l'Anglais, précisa Rincourt. Vous ne pouvez compter sur le soutien de personne.

— N'ayez crainte, je suis de taille à me défendre.

Il s'était approché, dominant la jeune femme. Ce corps qu'elle avait senti contre elle, ce corps qui l'avait possédée sous l'emprise d'une folie momentanée, l'attirait tout à coup. Une force émanait de ses épaules carrées pourtant moins robustes que celles de Geoffroi d'Eauze, de son buste, de la peau nue de son cou ; la fixité du regard posé sur elle pesait, la rendait malléable. Elle recula d'un pas, se dressa sur la défensive.

— Le roi veut vous enfermer au couvent des Carmes où des mains complaisantes sauront vous faire taire à jamais.

— On n'étrangle pas la sœur du roi comme une lingère !

Elle parlait ainsi, mais comprenait la réelle menace. Rincourt eut un geste évasif des mains, comme s'il voulait exprimer quelque chose qu'il ne pouvait formuler. Il soupira.

— Fuyez tant que c'est possible ! J'ai graissé la patte aux gardes. Pendant votre transfert au couvent, des hommes à moi mimeront une attaque et vous emmèneront.

— Dans quel but ? Pour que je reste votre prisonnière ?

— Je vous aime, madame. Dites un mot et je déserte, je mets mon épée à votre service. Votre cause sera la mienne, même si je n'y crois pas !

Le silence qui suivit fut troublé par les hommes qui bavardaient dans la cour. Eugénie avait baissé les yeux comme pour s'enfermer en elle-même. Ce que venait de lui dire Rincourt la touchait, mais elle ne voulait pas le montrer et opposa une piètre défense.

— Jamais je ne pourrai employer un autre ton que celui de la défiance envers vous !

Rincourt se dirigea vers la porte.

— Madame, vous êtes en grand danger parce que vous dérangez un ordre dont les uns et les autres ont appris à s'accommoder. Mon devoir m'appelle ailleurs, mais mes pensées resteront toujours auprès de vous.

Il faisait un nouveau pas vers le couloir quand, surgis de l'ombre, de gros rats noirs passèrent devant lui, coururent en tous sens dans la pièce, puis disparurent.

— La peste est donc à Paris ! constata-t-il.

Il dévala l'escalier comme s'il était poursuivi par une armée de brigands.

Le lendemain, de bonne heure, il s'habilla en guerre et convoqua son état-major. Les troupes attendaient au fort de Vincennes. Il les rejoignit avec ses proches et, comme tout était prêt, partit pour Niort. En quittant Paris, il avait l'impression d'échapper à l'enfer qui se préparait à engloutir la plus grande ville d'Europe. Les bateliers chargeaient leurs gabarres, les porteurs d'eau et les crieurs de vin marchaient dans les rues en chantant. Rincourt pensait à Eugénie et avait le sentiment de la laisser seule face à la terrible menace, mais que pouvait-il ?

Le mois d'août répandait sur Paris une chaleur moite et désagréable. Les odeurs des rues et de la Seine s'étalaient par vagues lourdes. C'était l'époque de l'abondance. Les bateaux pleins des blés de la Beauce entraient dans la capitale ; les maraîchers apportaient leurs chariots de légumes frais ; les premiers fruits coloraient les étalages des marchands. La jeunesse se rassemblait sur les bords du fleuve pour danser au son d'une vielle ou d'un fifre. L'automne n'était pas loin, avec ses pluies froides, ses premières gelées, mais personne ne voulait y penser.

L'apparition des gros rats noirs inquiétait les Parisiens qui s'accrochaient à la certitude que la maladie des régions méridionales ne traverserait pas la Loire.

Et pourtant elle le fit. Hideuse. Dans la nuit qui suivit le départ de Rincourt, la faucheuse tua sa première victime, un cordonnier, maître Brun qui habitait près de l'auberge où Eugénie était séquestrée. Un homme de forte corpulence, doté d'un solide appétit, qui échappait toujours aux rhumes et autres indispositions de la mauvaise saison. Il ne craignait rien ni personne, pourtant, ce soir-là, il se sentit pris de frissons. Sa femme l'aida à se mettre au lit et ordonna à ses six enfants de ne pas faire de bruit. Le lendemain, Brun avait la peau grisâtre, des yeux déjà perdus dans le brouillard, du sang pourri coulait de sa bouche ; l'odeur était horrible. Il n'était pas riche, mais il vivait bien du commerce des bottes en bon cuir de veau, des pantoufles doublées de laine et des chaussures de fantaisie en peau de taupe pour les dames de noblesse. Sa femme alla chercher le médecin, car elle avait de quoi le payer. Le docteur Jarrisse arriva et fut aussitôt surpris par la terrible odeur. Le cordonnier délirait sous l'emprise d'une énorme fièvre que le médecin décida de combattre en plongeant le malade dans une bassine d'eau froide. Puis il sortit de son sac une petite fiole qui contenait un liquide brillant.

— Une décoction à base de vif-argent ! dit-il. Dans quelques heures il sera sur pied.

Il semblait sûr de lui en vidant le contenu de sa fiole dans la bouche du malade qui eut un sursaut étrange, comme pour repousser un agresseur.

— L'enfer, s'écria-t-il, l'enfer !

Le médecin, qui avait l'habitude des maladies ordinaires, commençait à comprendre. L'odeur surtout le renseignait sur le mal du cordonnier. Il recula quand il fut certain que les symptômes étaient les mêmes que ceux décrits par un de ses confrères de Marseille avec qui il était en relation épistolaire étroite. Alors, il se rétracta.

— Je ne peux rien pour votre époux !

— Mais enfin, vous m'avez dit qu'il serait sur pied dans moins de deux heures !

Les enfants s'étaient rassemblés derrière leur mère. Le médecin les regarda tour à tour en se disant qu'ils seraient tous morts dans moins d'une semaine. Il sortit vivement et courut chez lui.

Le cordonnier expira une heure plus tard en poussant des cris de douleur. Sa maladie n'avait pas duré deux journées. Sa veuve et les voisins mesurèrent l'étrangeté d'une telle affection et eurent peur.

Le lendemain, dans le même quartier, une jeune femme mourait de la deuxième forme de la peste, la plus facile à identifier. Julie, la fille d'un notaire de Saint-Julien-le-Pauvre, se plaignit un matin de douleurs sous les bras, au cou et à l'aisselle. D'énormes ganglions, extrêmement douloureux, s'étaient formés sous la peau. Des pustules rouges couvraient son visage. Le médecin pensa d'abord aux vers parasites, très répandus chez les jeunes gens à cause de leurs pensées de luxure, puis à la peste. Il ne voulut pas y croire, puisque Paris était en dehors de la zone infestée, mais quand il apprit les circonstances de la mort du cordonnier Brun, ses doutes s'estompèrent : c'était bien la mal-mort ! Il courut chez lui :

— Éloïse, ma mie, faites nos malles. Nous partons au plus vite. Nous allons dans notre maison de Triel ; ici, l'air est malsain.

— Mais enfin, que vous prend-il ?

— La peste, Éloïse. Fuyons, tant qu'elle ne nous tient pas par le bas des chausses et que les portes sont ouvertes !

En quelques jours, la maladie frappa simultanément tous les quartiers de Paris. Plusieurs valets du palais furent emportés en une journée. Philippe VI était abasourdi. Il avait cru que sa ville serait épargnée, que Dieu protégeait la capitale du monde, la perle de l'Occident. Il eut peur pour lui. Ses vertus le préservaient certainement, mais il préférait prendre des précautions. Ses médecins lui conseillèrent de respirer des sels : plusieurs de leurs collègues provençaux avaient ainsi échappé à l'épidémie. D'autres ne juraient que par la présence de vieux boucs qui sentaient très mauvais. Enfin, ses astrologues affichaient un mépris total pour de tels propos : la maladie était née de la conjonction de Mercure et de Saturne, les boucs et les sels ne pouvaient rien contre la position des étoiles. Il n'y avait qu'une seule manière d'échapper à la menace : faire établir son ciel astral. Certains ne risquaient rien, d'autres, au contraire, étaient très exposés et seuls les astrologues pouvaient par leurs incantations réduire la mauvaise influence des planètes.

En quelques jours, Paris sombra dans l'enfer. L'épidémie se répandit comme un feu de paille, entraînant un désordre considérable. Des milliers de personnes poussant des chariots chargés de meubles et de linge attendaient l'ouverture des portes bien avant le jour. Les passeurs de l'île de la Cité augmentèrent leurs prix et surchargeaient leurs barques au point que plusieurs coulèrent au milieu du fleuve.

À la cour, le roi avait ordonné à tous de rester calmes, mais le palais se vidait. Philippe VI et les membres de sa famille restèrent, persuadés que les boucs qu'on avait fait venir des campagnes voisines les protégeaient : ce qui avait été bon pour le pape l'était aussi pour le roi. Le prix de ces animaux grimpa en flèche ; les marchands réalisèrent de confortables fortunes en quelques jours. Ainsi l'épidémie servait-elle les uns en faisant mourir les autres, il lui arrivait aussi de tuer ceux qu'elle avait enrichis.

Au bout de deux jours, Eugénie comprit qu'on l'avait oubliée. La puanteur de l'air la renseignait sur ce qui se passait en ville. La peste la sauvait ! Elle sortit de sa chambre dont la porte n'était plus gardée, trouva le propriétaire et sa famille dans la cuisine.

— Et les gardes du roi ? demanda Eugénie. Je m'étonne de ne plus les voir surveiller la cour.

Le cabaretier était de petite taille, les jambes arquées, la tête volumineuse. Ses cheveux hirsutes lui donnaient l'allure pathétique d'un pantin, d'une marionnette triste.

— Ils sont partis, dit-il. Et moi, je ne serai pas payé.

— Et quels sont les ordres me concernant ?

Il leva ses petits bras, écartant ses doigts tordus.

— Il n'y a plus d'ordres. Désormais, c'est la peste qui commande. Le roi lui-même lui obéit et se cache.

L'épidémie venait donc d'ouvrir la porte de sa cage mais, perdue dans un Paris qui puait la charogne, ne courrait-elle pas un risque plus grand qu'enfermée dans cette auberge que plus personne ne fréquentait par peur de la contagion ?

Eugénie devait absolument rejoindre les membres de la conjuration des Lys et pour cela se rendre à Saint-Germain-en-Laye où frère Jourdan d'Espagne, s'il était encore en vie, la renseignerait.

Les rues étaient désertes. Le même spectacle désolé qu'elle avait vu dans les villes du Midi s'offrait à elle : cadavres abandonnés sur les tas d'immondices, mourants qui imploraient les rares passants en tendant leurs mains glacées vers eux. Eugénie se dirigea vers le fleuve. Elle savait que le village de Saint-Germain-en-Laye se trouvait en aval, à moins de trois lieues. Elle décida de s'y rendre en se mêlant au flot des fugitifs. La Seine charriait des cadavres gonflés sur lesquels se posaient des oiseaux blancs qui arrachaient de leur bec jaune des lambeaux de chair putride. Elle croisa des groupes armés de fourches qui fouillaient les maisons et les ruelles. Un bûcher dressé sur une colline attendait sa fournée de victimes : des Juifs bien sûr, mais aussi des fous, des contrefaits. La peste libérait les instincts les plus bas, justifiait les pires cruautés et tous les écarts. Eugénie vit, pendus par les bras aux branches basses d'un chêne, des enfants égorgés, la langue pendante, les yeux exorbités. Quel avait été leur crime ?

Elle réussit sans trop de difficulté, en passant d'un groupe à l'autre, en se cachant la tête sous un épais châle, à atteindre Saint-Germain-en-Laye. Le soleil se couchait, rouge, sanguinolent, reflet d'une terre malade. Le ciel sans nuage annonçait pour le lendemain une belle journée d'été. Près de la ville, un champ d'avoine brûlait. Des paysans frappaient les flammes pour arrêter le sinistre en criant : « Mort aux Juifs. »

Elle entra dans la ville bien défendue d'un côté par le fleuve et de l'autre par des murailles épaisses que plus personne ne pensait à garder. Le monastère des Cordeliers se trouvait un peu en retrait, à l'intérieur des remparts, elle se présenta à la porte.

— Je voudrais voir frère Jourdan d'Espagne ! dit-elle au moine vêtu en guerrier qui montait la garde à la porte de la tour de surveillance.

Cela lui sembla tellement étonnant qu'il resta un moment sans voix. Qui pouvait demander le vieux Jourdan ? Venu autrefois d'un lointain pays par-delà les Pyrénées, le moine connaissait plusieurs langues, récitait les auteurs latins par cœur et surtout avait appris la médecine à Montpellier et à Padoue. Dans sa jeunesse, il avait servi le roi Philippe le Bel, puis ses fils, et enfin s'était attaché à la reine Clémence de Hongrie dont on disait qu'il avait été amoureux. Désormais, il passait ses journées à enluminer des manuscrits religieux.

— Vous dites bien frère Jourdan d'Espagne ? Vous le connaissez ?

— Non, mais lui me connaît. Dites-lui que je suis la fille de Renaud d'Aignan.

Le gardien ordonna à l'un de ses moinillons d'aller avertir frère Jourdan. Quelques instants plus tard, le jeune homme que la tonsure vieillissait demanda :

— Il ne vous croit pas. Pouvez-vous le prouver ?

— Je le peux ! affirma Eugénie en détachant la chaîne qu'elle portait au cou et sur laquelle était accrochée la médaille achetée à Naples par sa mère.

Le garçon prit le bijou et s'en alla, faisant voler autour de ses mollets nus la robe brune de tissu épais. Il revint presque aussitôt et demanda qu'on ouvre la porte.

— Frère Jourdan va vous recevoir. Votre médaille lui a fait un grand effet !

Eugénie poussa un long soupir de soulagement en se tournant vers la campagne où la mort rôdait. Cette fois, elle était en sécurité auprès de quelqu'un qui ne la trahirait pas.

Le jeune moine la conduisit dans une cellule assez grande, meublée d'une table, d'un petit lit, d'un prie-Dieu, d'un crucifix en bois pendu au mur. Un homme assis sur une chaise clignait des yeux en la regardant. Il était petit, plutôt gros, le visage rond. Sa large tonsure lui faisait un crâne plat. Ses oreilles décollées, son regard de myope, ses lèvres avancées au-dessus d'un menton en retrait donnaient à son visage l'aspect d'un de ces masques ridicules qu'on fabriquait en vieux chiffons pour Carnaval.

— Alors, c'est toi ?

Il tenait dans ses mains la médaille d'Eugénie. Il contempla longuement la jeune femme comme un marchand estime un bien qu'il veut acquérir. Le jeune moine s'était éloigné.

— Ma chère Clémence n'est donc pas morte ! La voilà devant moi, dans sa jeunesse, resplendissante ! Dieu soit loué d'avoir permis ce miracle.

— Mon père m'a souvent parlé de vous ! répliqua Eugénie. Vous avez été témoin de son mariage et vous avez les preuves de mes origines.

— Oui, ma fille, j'ai tout cela, mais il ne faut pas en parler. Ici, tu n'es pas en sécurité, contrairement à ce que tu crois.

Il frappa dans ses mains ; le jeune moine arriva.

— Fais préparer une cellule pour Mme Eugénie, à l'étage du bas, et fais préparer un char à bancs pour demain. Nous partirons à l'aube.

Le moine pria Eugénie de le suivre. Jourdan d'Espagne la poussa vers la porte.

— Fais-moi confiance ! dit-il. J'espère ce jour depuis longtemps ; je vais enfin accomplir mon devoir, le dernier avant de retourner vers Dieu.

Elle voulut poser une question, mais Jourdan avait déjà refermé la porte de sa cellule. Elle fut conduite dans une chambre minuscule qui se trouvait à l'étage des serviteurs dont la plupart n'étaient pas des clercs. On lui apporta de quoi manger, du bouillon chaud qui empestait l'ail, des carottes au poivre et des prunes.

Elle dormit d'une traite et se réveilla avec une certitude : l'absence de ses lunes, d'ordinaire si régulières, avait la même cause que ses écœurements sans raison, ses envies de vomir qui lui soulevaient l'estomac à la vue de certains mets.

— Je suis enceinte ! constata-t-elle avec une grimace de dégoût.

Elle aurait voulu se débarrasser de cette chose étrangère qui grossissait en elle, ce parasite de Rincourt, le fruit immonde d'un abus, se retourner comme un gant pour se nettoyer de l'intérieur.

Jourdan d'Espagne arriva de son petit pas discret. Le vieil homme laissait glisser ses pieds sur le sol, son aube trop longue traînait derrière lui. Il portait une cape noire, un bonnet qui cachait sa tonsure et ne laissait visible que son visage rond aux gros yeux naïfs.

— Nous partons. L'heure presse.

— Mais où m'emmenez-vous ?

— En Picardie, à Eu. Chez Raoul de Brienne, connétable de France et chef de la conjuration des Lys.

— 11 —

Au mois de septembre, la peste avait gagné toutes les régions du nord du pays. À Niort, elle avait eu raison des assiégés et des assiégeants qui ne pensaient plus à faire la guerre, mais à sauver leur vie. Les portes de la ville s'ouvrirent sans combat ; les Anglais, rebutés par l'horrible puanteur, ne s'engouffrèrent pas dans la cité qui se livrait. Ils se perdirent dans la campagne, mettant à sac les fermes et les villages. Les paysans se défendaient comme ils pouvaient, avec des faux, des fourches, des fléaux. Ces batailles désordonnées faisaient autant de victimes que la peste.

Guy de Rincourt décida de lever le camp. Son armée se réduisait à quelques survivants. La peste frappait sans distinction les forts et les faibles. Quiconque s'endormait le soir bien portant pouvait se réveiller le matin le visage couvert de pustules, le corps parcouru d'atroces douleurs. Il n'avait alors que quelques heures à vivre, parfois deux à trois jours dans une souffrance insupportable. Certains préféraient se passer une lance à travers le corps.

Rincourt et la centaine de fidèles qui lui restaient se mirent en route vers Paris, le 11 septembre. Leur mission était accomplie : l'ennemi ne faisait plus le siège et la ville demeurait entre les mains des survivants.

Ils traversèrent des régions ravagées, des villages où les habitants avaient fui en laissant les morts dans les rues où chiens, corbeaux et loups se repaissaient. Des malades se traînaient, imploraient les cavaliers de les achever. Des pillards mettaient à sac les monastères, des flagellants s'en prenaient aux léproseries. L'odeur des bûchers surpassait souvent celle de la mal-mort.

Ils arrivèrent à Paris au bout de quinze jours de chevauchée. La plus grande ville d'Europe était à genoux. Étienne Marcel, le prévôt des marchands, avait pris en accord avec le roi une série de mesures qui devaient contenir le mal, mais elles étaient difficilement applicables. La place manquait dans les cimetières ; les menuisiers n'avaient plus de bois pour fabriquer des cercueils. Il fut interdit de jeter les cadavres dans la Seine, sous peine de graves sanctions qui allaient jusqu'à couper la main droite. Les maisons des pestiférés étaient marquées d'une croix rouge, les ouvertures murées avec leurs occupants à qui les services municipaux apportaient à manger quand ils avaient de quoi payer.

Des chariots tirés par des mules parcouraient les rues pour ramasser les morts. Les prisonniers qui faisaient ce travail étaient encadrés par des soldats en armes, d'autres creusaient des fosses derrière les murs, mais n'allaient pas assez vite : les cadavres s'entassaient sur des barges grouillantes de vers.

La tâche semblait sans fin. L'apocalypse montrait son visage le plus hideux. Chaque matin, le prévôt augmentait le nombre des chariots, mais tous les pestiférés ne pouvaient pas être évacués. Beaucoup pourrissaient dans les arrière-cours, au fond des puits où on les jetait pour échapper aux mesures de la prévôté. L'odeur était insupportable. Des patrouilles arpentaient les rues et les ruelles, interpellant les suspects. Les médecins refusaient d'assister les malades ; un édit les obligea à le faire sous peine d'emprisonnement. On les voyait circuler dans la rue, vêtus d'une longue robe noire, d'un capuchon qui ne laissait que deux trous pour les yeux. Dans un cornet de cuir qui ressemblait à un énorme bec d'oiseau, ils entassaient les herbes et les sels censés les protéger. L'un d'eux, Pierre Roussel, administra à un malade une décoction de poudre de momie et de tisane de chiendent. Le malade guérit et Roussel se prit pour un génie. Il se mit à produire en grande quantité son remède miracle qu'il fit vendre par des enfants affamés à qui il donnait un quignon de pain. En une semaine, Roussel amassa une fortune considérable et mourut. Des astrologues, des rebouteux qui avaient « des secrets » monnayaient leur savoir. Certaines femmes connues pour pratiquer les avortements, pour soigner les petits maux de la vie écrivaient des billets pliés dans du cuir de veau et les vendaient le prix d'un tonneau de vin. L'acheteur devait le porter autour du cou et avait l'interdiction de regarder ce qui était écrit à l'intérieur.

Des prêcheurs ne cessaient de menacer la foule. Les badauds se rassemblaient devant Notre-Dame, se laissaient convaincre et parfois passaient aux actes contre une boutique de Juif ou des misérables qu'ils lapidaient. Les pendaisons aux poutres des maisons, les lynchages dans les rues sombres se multipliaient, les soldats chargés de faire respecter l'ordre n'intervenaient pas.

Avant de regagner le palais pour rendre compte au roi de sa mission, Guy de Rincourt passa à l'auberge où Eugénie avait été enfermée deux mois plus tôt. L'aubergiste avait transformé sa maison en bordel. Pendant que des illuminés menaçaient les populations des foudres célestes, d'autres éprouvaient le besoin de plaisirs violents et son établissement était très fréquenté. La visite de Rincourt l'inquiéta.

— La femme que j'ai amenée ici et que tu devais garder, où est-elle ?

L'homme souleva ses bras lourds comme les ailes d'un jars, secoua sa grosse tête :

— Elle est partie, monseigneur. Elle est partie quand la maladie a commencé. Les gardes avaient peur et la belle en a profité.

— Bien sûr, tu ne sais pas où elle est allée ?

Guy de Rincourt s'en voulait d'avoir abandonné Eugénie. Le roi n'avait-il pas voulu l'éloigner pour s'en débarrasser ? Il avait pourtant en lui la certitude qu'elle n'était pas morte, mais où aller la chercher ?

Il se rendit au palais. Sur le bord du fleuve, une procession de flagellants l'empêcha de passer. Hommes et femmes progressaient à genoux en frappant leur torse nu avec des fouets aux lanières cloutées. Ils scandaient des psaumes à la gloire de Dieu ; le sang coulait des dos meurtris, mais aucune douleur ne contractait leurs visages illuminés.

— Où vont-ils ? demanda Rincourt qui était descendu de cheval.

— À Saint-Sulpice, hors des portes. Il y a eu des miracles.

Le cortège progressait lentement. Guy de Rincourt, tenant son cheval par la bride, réussit à atteindre le pont aux Changeurs qu'il passa, et se présenta à la porte de la tour de l'Horloge. Un curieux silence régnait dans le palais.

— Que se passe-t-il ?

— Un grand malheur, répondit un garde presque gaiement. La reine Jeanne vient de mourir.

Rincourt savait que personne n'aimait la méchante reine, mais l'air jovial du garde lui sembla mal venu.

— Où est le roi ? Je dois lui rendre compte d'une mission qu'il m'a confiée.

— Le roi est dans son cabinet. On l'a entendu chantonner ce matin. La reine sera enterrée cet après-midi à Saint-Denis, mais le service sera réduit à cause de la maladie.

— Je comprends ! dit Rincourt en entrant dans le bâtiment que personne ne surveillait.

Il monta à l'étage et fut accueilli par des gardes. Quelques instants plus tard, le roi le recevait dans son petit cabinet aux tentures rouges.

— C'est ainsi ! dit Philippe en prenant un air faussement affecté. Vous avez donc délivré Niort. Je crois savoir que vous n'avez pas eu à combattre ?

— La faucheuse a fait le travail, Majesté. Assiégés et assiégeants se retrouvaient au même niveau.

— La peste ! fit le roi en frottant son large menton. Elle tue sans discernement, les puissants comme les faibles. Mais beaucoup en profitent pour s'enrichir. Savez-vous qu'il en coûte deux écus pour faire ferrer son cheval quand on arrive à trouver un maréchal-ferrant ? Je ne vous parle même pas des manouvriers, laboureurs ou vachers qui multiplient leurs prix par deux, par trois, par dix, et ils trouvent facilement de l'embauche ! C'est le monde à l'envers, bientôt les manants auront remplacé les gens de bonne famille.

Guy de Rincourt écoutait le roi d'une oreille distraite. Qu'était devenue Eugénie ?

— Me voilà veuf ! reprit le souverain. Je vous saurai gré de paraître à l'inhumation de cette pauvre Jeanne – que Dieu prenne en sa pitié. Elle fut une bonne épouse, je ne peux lui reprocher que ses accès de colère, ses folies dévastatrices… Oui, vous serez à l'inhumation avec les gens de ma suite. L'épidémie nous garde de faire grande cérémonie.

— Sire, avant de partir en campagne, j'ai ramené sur votre ordre une femme de sang royal, la comtesse d'Anjou.

Le roi sourit, de ce sourire un peu appuyé qui aurait pu faire croire à de la naïveté. Enfin, il dit de sa voix sifflante à cause des incisives cassées.

— Je ne sais pas ce qu'elle est devenue. Je l'ai fait chercher, on m'a assuré qu'elle était morte. Espérons que c'est vrai.

— Morte ? Vous dites…

— Cela ne doit pas vous affecter. Cette femme était d'une grande beauté, j'en conviens, mais elle avait la froideur d'un caveau. Quant à son frère de Sienne, je n'ai plus de nouvelles. Je veux croire que la faucheuse a aussi fait son œuvre. Mais dites-moi, pourquoi portez-vous toujours ce surcot blanc ? Cette couleur me semble bien peu ordinaire chez nos chevaliers.

— Un vœu, Sire, un vœu !

Rincourt quitta le roi en proie à un désarroi profond. Il ne pouvait pas croire qu'Eugénie fût morte. Quelque chose lui soufflait le contraire. Il regagna ses appartements, la tête basse.

L'après-midi, ses domestiques vinrent le prier de se rendre à l'inhumation de la reine. Les flagellants occupaient Notre-Dame, il faudrait se contenter d'un enterrement rapide dans la chapelle du palais. Ensuite, un cortège formé de quelques voitures accompagnerait la défunte à Saint-Denis. Tout serait fini à complies ; la difficulté des temps impliquait de telles restrictions approuvées par Jean de Normandie, le fils aîné du roi, qui s'ennuyait à de telles cérémonies !

Beaucoup de monde se pressait à l'entrée de la chapelle, trop petite pour contenir la foule des courtisans qui profitaient de l'occasion pour se montrer et faire bonne figure.

Guy de Rincourt fut placé avec la famille royale, ce qui était un immense honneur pour ce Gascon dont la cour ignorait l'existence quelques mois plus tôt. On disait que le roi avait de l'affection pour lui, cela suffisait à le rendre important. Pourtant, son abord froid et peu convivial n'incitait pas à la familiarité. Chacun comprenait qu'il avait une forte personnalité et sa réputation de maître d'armes lui valait le respect des jeunes chevaliers. « Il est imbattable ! disait-on dans son dos. Il possède trois passes secrètes, totalement imparables. Ce n'est pas un homme à défier en duel ! »

Rincourt laissait les regards s'arrêter sur lui. Ses pensées étaient ailleurs, très loin d'ici. Il était dans cette chambre d'auberge où, après boire, il avait osé abuser d'Eugénie. Il regrettait ce moment de folie qu'elle ne lui pardonnerait sans doute jamais. Car sa dame de cœur n'était pas morte et il la retrouverait ! Tandis que l'évêque de Notre-Dame officiait dans cette minuscule chapelle, il ne pensait qu'à la manière de la chercher, d'approcher les conjurés des Lys, de les faire parler. Devant lui, mais suffisamment près pour qu'il puisse les entendre, deux courtisans bavardaient :

— À côté du roi, regardez, M. de Normandie fait le gros dos !

— Savez-vous qu'on va désormais l'appeler le « dauphin » ? Quel ridicule !

— En effet, monseigneur. C'est à cause de ce vieux duc de Dauphiné qui n'a pas d'héritier. Et vous avez remarqué à côté, sur sa droite, Mme Bonne de Luxembourg, son épouse. L'appellera-t-on la « dauphine » ?

— Je le crois, en effet. Mais voyez sur la gauche, ce bellâtre qui porte un habit tellement court qu'on voit ses fesses ! N'est-ce pas indécent à l'enterrement d'une reine ?

— C'est M. d'Espagne, comme on l'appelle à la cour de Normandie. Charles de la Cerda, aventurier et ami du dauphin.

— Ami, dites-vous ? Beaucoup plus que cela. Certains affirment qu'ils sont amants et que Mme de Luxembourg s'est mise moult fois en colère à cause de cette liaison contre nature !

L'évêque expédia la cérémonie. Il faisait tellement chaud dans cette petite chapelle surpeuplée que tout le monde avait hâte de s'en aller. Au moment où les porteurs soulevèrent le cercueil de la reine pour le porter dans l'allée vers la porte et la fraîcheur, Bonne de Luxembourg poussa un petit cri et s'écroula, retenue par son époux. C'était une petite femme très brune, un peu boulotte, mais dont le visage respirait la santé. Ses belles joues rouges, son regard souriant, sa nature affable, faisaient que tout le monde l'aimait bien, les domestiques comme les courtisans. Elle se confiait peu, et seules les indiscrétions de ses femmes de chambre permettaient de savoir qu'elle vivait un drame caché.

Le duc de Normandie soutint son épouse qui claquait des dents. La figure de la dauphine avait pris un teint cireux qui ne laissait aucun doute sur la nature de sa maladie. Elle avait beau être la future reine de France, un mouvement de panique fit s'écarter ses voisins. M. d'Espagne, que l'on disait guerrier courageux, fut le premier à prendre ses distances. Seuls Philippe VI et son fils, Jean de Normandie, restèrent près de la jeune femme qui tremblait. Ils la sortirent sans l'aide d'aucun domestique. Comme son malaise semblait se dissiper, ses femmes de compagnie l'emmenèrent à ses appartements. Les autres montaient à cheval ou sur les chars à bancs qui devaient les conduire à Saint-Denis. Il fallut une bonne heure pour s'y rendre. L'inhumation dura peu. Tout le monde se doutait que très prochainement un nouvel enterrement aurait lieu dans la famille royale.

Le lendemain, à prime, Bonne de Luxembourg rendait son âme à Dieu après avoir hurlé de douleur pendant toute la nuit. Le cadavre dégageait une odeur tellement insupportable qu'on l'emporta dans une pièce du palais qui servait de débarras. Celle qui aurait dû être reine de France gisait sur un vieux lit parmi les objets les plus hétéroclites. Elle attendit là une journée, car il faisait très chaud pour un mois de septembre, avant de rejoindre sa belle-mère dans le caveau de Saint-Denis. Deux enterrements en deux jours, cela faisait beaucoup. Philippe VI et le dauphin étaient veufs ; si le père à cinquante-six ans pouvait rester seul, le fils devait reprendre une épouse au plus vite. Les diplomates et les conseillers de Sa Majesté se mirent aussitôt au travail, cherchant parmi les jeunes princesses d'Europe celles qui étaient d'assez haute naissance pour le futur roi de France. Ils pensèrent ainsi marier Jean à une fille du roi Édouard III, puis, comprenant que les Anglais refuseraient, arrêtèrent leur choix sur une princesse de Navarre, sœur de Charles. Cette fille de Jeanne d'Évreux était cousine au second degré du dauphin, mais cela ne gêna personne : dispense serait demandée au pape. On avait choisi Blanche de Navarre pour faire tenir tranquille son remuant de frère qui ne manquait aucune occasion pour déclarer que les Valois avaient volé la couronne de France. C'était surtout une très belle princesse, intelligente, qui cachait son tempérament derrière une attitude de jeune fille réservée. Dès le premier regard, Jean de Normandie en tomba amoureux fou. Son père également.

Aussi, Philippe VI, n'écoutant que la passion que cette beauté de dix-sept ans lui inspirait, décida-t-il de l'épouser. Cela fit beaucoup jaser, mais personne ne s'éleva contre la volonté royale. Le cardinal de Périgord, légat du pape, osa respectueusement remarquer que la différence d'âge était bien trop grande, que Philippe VI serait la risée des cours d'Europe et que cela nuirait à son prestige, le roi s'obstina. Jean de Normandie en conçut une grande rancœur qui renforça ses sentiments : il détestait son père.

— Vous serez mon témoin ! dit Philippe VI à Guy de Rincourt.

Cette marque de confiance qui aurait honoré tout autre courtisan laissa indifférent le chevalier à la tunique blanche.

Avant de prendre la route de Saint-Germain-en-Laye où devait avoir lieu la cérémonie du mariage royal, la cour d'Évreux, qui était aussi celle de Navarre, fut à son tour endeuillée. Plusieurs personnes de l'entourage de la reine succombèrent en quelques jours : un bâtard de feu son époux, ce qui arrangea tout le monde ; la vieille Mme d'Évreux que personne ne pleura, car elle allait sur ses quatre-vingts ans et avait perdu la tête depuis de nombreuses années. La seule victime que Jeanne regretta fut son nain, Filochin, qui lui avait coûté une livre d'or fin quand elle l'avait acheté au comte de Foix, Gaston Phœbus. Filochin était particulièrement rusé et, tout en égayant l'assistance, entendait tout ce qui se disait et le répétait à sa maîtresse. Mesurant moins de trois pieds de haut, il se glissait partout – même sous les robes des femmes – et savait tout ce qui se passait dans le grand château d'Évreux.

Le nain mourut en quelques heures d'une forme foudroyante de la peste. Son corps commença aussitôt à se décomposer, il fallut le jeter dans les fossés du château tant il empestait. Jeanne de France, qui avait toujours refusé de le vendre, pensa qu'on avait jeté aux carpes des douves de quoi acheter quatre étalons.

Sa fille, Blanche, allait être reine de France, cela ne la réjouissait pas, même si la vieille dame pouvait considérer ce mariage comme une revanche. Deux jours avant le départ pour Paris, elle sentit, à son tour, un vague frisson dans le dos et pensa qu'elle avait pris froid. Cette femme robuste au visage d'homme ne s'effaroucha pas de si peu. Mais le lendemain, elle se tordait de douleur. Le docteur Jaffry, qui avait profité de l'épidémie en Normandie pour expérimenter différents remèdes, tenta d'inciser les bubons. Jeanne était résistante et ne bronchait pas quand le barbier du château lui arrachait une dent récalcitrante, pourtant, elle ne put retenir des cris tellement la douleur était intense. Jaffry incisa les bubons d'où s'échappait un pus verdâtre épais. Ce qui avait été salutaire à plusieurs malades resta sans effet auprès de la reine, qui mourut le lendemain en vomissant des flots de sang, à l'heure prévue du départ pour Paris. Son fils, Charles, devenait le maître de la puissante maison d'Évreux et ceignait la couronne de Navarre. Désormais, rien ne contrarierait sa nature désordonnée et belliqueuse.

Il précipita l'enterrement de sa mère et ne prit même pas le temps d'envoyer un coursier avertir sa sœur restée à Paris. Comme les chariots étaient chargés, les chevaux attelés, on ne pouvait pas trop différer le départ pour Saint-Germain. Jeanne de France prestement enfermée dans le caveau des Évreux auprès de son mari, il donna l'ordre de partir, tout heureux de quitter l'austère forteresse des comtes normands pour plusieurs semaines de réjouissances.

— Sois prêt, Eauze ! dit-il à son colossal ami. Il y aura des tournois où tu pourras montrer ta force. Et puis, dans ces fêtes qui n'en finissent pas, beaucoup de femmes s'ennuient, tu comprends que nous aurons à faire, toi et moi !

Ainsi, le tout nouveau roi de Navarre, qui pesait moins de cent livres, partit en compagnie de Geoffroi d'Eauze qui, lui, en pesait plus de trois cents.

Ils arrivèrent la veille de la cérémonie et s'installèrent à Saint-Germain-en-Laye, dans le château des comtes d'Évreux.

À Paris, la peste marquait le pas. Moins de dix décès avaient été signalés ces deux derniers jours. Après la peur, la capitale retrouvait son agitation habituelle, ses rues encombrées ; les survivants avaient envie de s'amuser, de boire, de danser sur les bords de Seine. Dieu avait entendu leurs prières ! Les flagellants jetaient leurs fouets et se dressaient, le dos encore sanglant. Hommes et femmes se jetaient dans les bras les uns des autres, se livraient à des bacchanales effrénées.

La capitale revivait. Les tripots, les lieux de plaisir ne désemplissaient pas ; on exprimait sa joie d'avoir échappé à la menace. L'hiver arrivait. Les bateaux de blé qui venaient de la Beauce et de la Brie circulaient de nouveau, mais les bras avaient manqué au moment de la récolte. Dans quelques semaines, la flambée des prix rendrait le pain inabordable à un grand nombre de miséreux.

Le petit roi de Navarre commença la soirée en son hôtel par un solide dîner arrosé des meilleurs vins de Champagne dont il fit une large consommation. Puis considérant que la compagnie n'était pas suffisante, il invita Eauze à faire le tour des tripots et des bordels de Saint-Germain-en-Laye. Le géant, malgré les réticences de Bessonac, ne résista pas au plaisir d'aller tâter les filles follieuses et surtout provoquer quelque bonne bagarre qui le libérerait de son constant besoin d'exercices violents. Ils revinrent au petit matin, crottés, les vêtements déchirés, ivres à ne pas pouvoir se tenir debout. Ils allèrent dormir quelques heures avant de se rendre au mariage royal.

Comme pour les enterrements de la reine et de la dauphine, on se contenta d'une cérémonie à la sauvette : le roi veuf depuis moins de deux mois se remariait avec une adolescente qui aurait pu être sa petite-fille ! Le peuple de Paris, toujours prompt à manifester sa joie lors des événements princiers, resta silencieux. Les Parisiens avaient le goût de la gaudriole, mais cette union ne leur plaisait pas, car ils la jugeaient contre nature. Jusque-là, ils avaient pour Philippe VI le respect dû à un roi qui savait se montrer humain, souvent généreux, ils le découvraient malsain et uniquement préoccupé par ses petits plaisirs.

Le mariage se déroula à l'église Sainte-Croix. Les proches du roi et de la future reine étaient présents, à l'exception du dauphin à qui son père avait soufflé la belle fiancée. Le marié en tenue royale avait caché ses cheveux blancs sous un léger voile de soie surmonté de la couronne. Il portait dignement le sceptre, mais sa façon de marcher légèrement pour essayer d'effacer son embonpoint produisait l'effet contraire et ses pas étaient lourds, raides, sans grâce. L'usage voulant que le futur marié soit conduit à l'autel par sa mère, Philippe VI choisit une vieille tante que tout le monde avait oubliée car elle allait sur ses quatre-vingt-dix ans. Elle marchait péniblement, ponctuant chacun de ses pas de mouvements du menton qu'elle avait long et couvert de poils raides. La petite Blanche, n'ayant plus ni père ni mère, prit le bras de son frère aîné, depuis peu roi de Navarre. Charles avait encore les traits tirés de son escapade de la veille. Il était plus petit que sa sœur mais tellement gracieux que les regards s'attardaient sur sa silhouette bien faite, son beau visage et ses cheveux blonds. Les plus anciens de l'assemblée reconnaissaient en lui les traits de son grand-père Louis X, preuve une fois de plus que sa mère n'était pas bâtarde, mais bien issue du sang de Philippe le Bel. Souriant de ses belles dents régulières, il tournait autour de lui son magnifique regard aux yeux clairs. Un ange, s'exclamaient les vieilles dames attendries. Un ange en effet, mais seulement en apparence, l'intérieur était tout différent. Désormais libre d'agir, il aurait le temps tout au long de sa vie de montrer de quoi il était capable.

À son bras, Blanche de Navarre, qui avait perdu sa mère une semaine plus tôt, souriait, émue. Elle épousait un homme qui avait quarante ans de plus qu'elle et ne mesurait pas l'abîme qui les séparait. Elle allait être reine de France ! Oui, mais pour combien de temps ?

Pour l'instant, personne ne se préoccupait de l'avenir. La jeune fille, au bras de son frère, montait rejoindre le roi sous la musique prenante des orgues et des vielles. On avait trouvé des chanteurs et des musiciens au dernier moment, mais ils manquaient de coordination et des notes discordantes s'envolaient parfois comme des oiseaux noirs dans une nuée d'ailes blanches. Philippe VI, éperdument amoureux de Blanche au point de perdre tout bon sens, souriait, béat, montrant ses chicots et le trou de ses incisives. Il accueillit sa nouvelle épouse en soufflant sur elle une haleine chargée de vieil homme. L'office commença. L'archevêque de Paris avait fait le déplacement et récitait les premières prières, entouré de ses servants vêtus d'aubes blanches cousues d'or.

Aux premiers rangs, à l'emplacement réservé aux Navarre, Geoffroi d'Eauze dominait l'assistance. Sa tête, deux pieds au-dessus des autres, faisait impression. Qui était ce géant proche de la famille d'Évreux ? Lui ne prêtait aucune attention aux regards qui détaillaient sa silhouette. Il n'avait pas dormi, ou si peu que la fatigue alourdissait ses pensées. Le peu de temps où il s'était assoupi, des rêves étranges, probablement dus à l'excès de vin, l'avaient hanté. Il avait vu Eugénie quelque part dans cette France du Nord qui parlait une langue différente de la sienne. Une Eugénie toujours aussi belle, aussi désirable. Il avait beau courir derrière elle, renverser des arbres, défoncer des portes et des murs, la fragile apparition le devançait toujours et s'évaporait au moment où il allait la saisir. C'était bien elle qu'il cherchait à oublier pendant les nuits de débauche, elle qu'il croyait serrer contre lui avec la première soubrette venue, dont il ignorait le prénom. Depuis que les espions de Charles avaient retrouvé les traces de sa femme en compagnie de Renaud d'Aignan en Avignon, il n'avait eu aucune nouvelle. Aurait-elle succombé à la peste ? Geoffroi d'Eauze ne pouvait pas le croire. Il avait en lui la certitude qu'il reverrait Eugénie, qu'il retrouverait ses enfants. Un astrologue de la maison d'Évreux le lui avait assuré et lui qui, d'habitude, se moquait des devins et des marchands d'espoir, l'avait cru.

L'office du mariage ennuyait tout le monde. Comme il n'y avait pas de princes étrangers, on avait écourté la cérémonie qui, en temps ordinaire, durait plusieurs heures. L'impatience se marquait sur les traits du roi lui-même, quand l'archevêque se laissa aller à des commentaires sur les saintes Écritures. Enfin, avant de procéder à la bénédiction des anneaux et au consentement des futurs époux, il appela les témoins. Blanche, dans la précipitation, avait choisi son jeune frère, Philippe de Navarre, cadet d'un an de Charles et beaucoup plus grand, plus osseux, mais nettement moins séduisant. Le roi n'était pas revenu sur sa première décision, Guy de Rincourt fut son témoin. Beaucoup de proches en furent dépités, estimant que cet honneur leur revenait de droit.

Lorsque le chevalier sortit du carré réservé à la famille royale, Geoffroi d'Eauze resta stupéfait, figé :

son ennemi était là, témoin du roi de France ! Comment une aussi grande injustice était-elle possible ? Comment Philippe VI avait-il pu choisir le plus malfaisant de ses chevaliers ? Rincourt marcha dans l'allée ; son surcot blanc lui donnait une allure étrange au milieu de cette assemblée vivement colorée. La tête nue, les lèvres serrées, rasé de près, il allait d'un pas régulier, quasi royal. Quand il arriva à la chaise qui lui était réservée à côté du roi, il leva les yeux sur l'assistance. Son regard s'arrêta alors sur celui qui dépassait tout le monde, celui qui occupait trois places tellement ses épaules étaient larges. Son visage blêmit légèrement, puis il se tourna, de nouveau impénétrable. À son tour, il se demandait ce que faisait dans cette assemblée restreinte, réservée aux intimes des époux, ce chevalier gascon plus grossier qu'un vacher et presque illettré.

Quand la cérémonie fut achevée, la foule sortit lentement en bavardant à voix basse. Le regard fixe de Rincourt croisa celui d'Eauze qui poussa un sourd grognement, mais sous les voûtes de pierre, dans le brouhaha, ce grognement passa inaperçu. Rincourt sourit à ceux qui venaient le saluer. Il vit le petit roi de Navarre rejoindre son ennemi, lui parler familièrement, et comprit alors comment cette extraordinaire rencontre avait pu se faire.

Les différentes délégations regagnèrent le Palais séparément. Elles se retrouvèrent en milieu d'après-midi à la chapelle pour une petite cérémonie dont tout le monde se serait passé, mais que la jeune reine avait souhaitée. L'archevêque prononça plusieurs prières, la foule manquait de ferveur. Beaucoup n'avaient rien mangé depuis la veille, les bonnes odeurs de cuisine les distrayaient de leurs devoirs religieux. Une fois de plus, Eauze et Rincourt croisèrent leurs regards.

À la fin de la cérémonie, les deux hommes se rapprochèrent. Eauze, qui retenait mal sa colère, ressemblait à un ours acculé prêt à bondir sur les chasseurs.

— Monsieur, s'étonna Rincourt en dardant son regard fixe dans celui d'Eauze, je ne m'attendais point à vous rencontrer ici !

— Moi non plus, ce qui me prouve, si c'était nécessaire, que les brigands se trouvent souvent dans l'entourage des rois.

— Je vous prie de ne point calomnier mon maître. J'espère que vous saurez faire preuve d'un peu de retenue. Nos différends se régleront ailleurs, en d'autres temps.

— Rendez-moi ma femme, mes enfants et mon fief ! tonna Eauze. Sinon, je vous déclare une guerre totale. Avec l'aide de mes amis, je vous réduirai en poussière.

Rincourt fit quelques pas à l'écart, car il avait vu des courtisans se tourner vers Eauze qui ne savait pas parler à voix basse. Chaque mot qu'il prononçait faisait le bruit de ces bouches à feu que l'on expérimentait sur les champs de bataille en Poitou.

— Vos enfants sont à Aignan, sous la garde de leur tante. Quant à votre femme, je ne sais pas où elle se trouve.

Ils se regardaient. Ni l'un ni l'autre n'avait l'intention de baisser le regard malgré la brûlure qu'ils ressentaient. Charles de Navarre vint chercher Eauze.

— Viens donc, mon ami. Nous avons tant à faire ! Il nous faut d'abord boire à suffisance pour oublier les mauvaises vapeurs du vin d'hier. Et puis, regarde toutes ces belles qui n'attendent que nous !

Eauze suivit son petit roi, laissant Rincourt en compagnie d'une comtesse de Navarre qui baragouinait une langue d'oïl à laquelle il ne comprenait rien. Pendant le banquet, les deux hommes, pourtant assez proches l'un de l'autre, n'échangèrent aucune parole, aucun regard. Leur confrontation viendrait à son heure…

Il fallut plusieurs jours au groupe de mercenaires chargés d'assurer la sécurité pour conduire Eugénie et le frère Jourdan d'Espagne à Eu, en Picardie, à moins d'une lieue de la mer. La maladie reculait partout, l'espoir revenait. Les milices municipales s'organisaient de nouveau pour lutter contre les pillards. Dans les campagnes, les bandes de malfaiteurs étaient pourchassées et rendaient les armes.

L'ordre se rétablissait. Malgré la pluie qui ne cessait de tomber sur la Picardie, les voyageurs firent diligence. Jourdan se plaignait de ses douleurs aux bras, aux jambes, aux hanches, mais c'était pour se faire cajoler par Eugénie. Le moine avait des caprices de petit garçon. Un soir, il demanda des œufs de canard dans une auberge. On ne put lui offrir que des œufs de poule, il se mit en colère. Eugénie dut le calmer en l'assurant qu'en arrivant à Eu, sa première préoccupation serait de trouver des œufs de canard.

Les voyageurs parvinrent à Eu en milieu de journée. Il ne pleuvait plus, ce qui rendit à Jourdan sa bonne humeur. Ils entrèrent dans la ville qui ne s'était pas séparée de son château fort. L'antique forteresse occupait toute la partie est des fortifications qui donnaient sur la mer. Les anciens fossés avaient été comblés en partie, ne laissant que des mares d'agrément qui servaient de viviers à anguilles et à carpes. La herse était cependant fermée la nuit par mesure de précaution, car l'arsenal secret des conjurés des Lys, des centaines d'arquebuses, des bouches à feu achetées en Italie, se trouvait dans les dépendances de la forteresse. Un millier de soldats obéissaient aux ordres du comte d'Eu, Raoul de Brienne.

— Son père s'appelait aussi Raoul. Je l'ai bien connu, précisa Jourdan d'Espagne. C'était un homme d'honneur et fidèle à ses principes qui a commis l'erreur de se faire tuer en duel il y a quelques années, en 1345 ! Son fils lui a succédé à la tête des Lys.

— N'est-il pas aussi connétable de France ?

— Si fait ! C'est le deuxième personnage du pays après le roi, position à la fois avantageuse et dangereuse pour un conspirateur !

— Mais comment se fait-il qu'il ne soit pas à Paris pour le mariage du Valois avec la jeune Blanche de Navarre ?

— Depuis trois ans, il est prisonnier d'Édouard III. Il s'est fait capturer lors d'une escarmouche des Anglais dans la région de Calais. Il devrait, normalement, être en Angleterre, mais c'est un prisonnier très libre qui s'occupe d'ailleurs de négocier une paix générale entre la France et l'Angleterre. Il passe beaucoup de temps dans son château. Il possède des fiefs en Normandie, il possède Bourgueil, Chinon en Touraine, d'autres terres en Bourgogne, en Artois, en Angleterre, en Irlande. Tu comprends maintenant que les soutiens de Jean Ier sont très puissants !

Ils se présentèrent aux gardes du château. Jourdan d'Espagne fut très désagréable, car il ne comprenait pas qu'on le fasse attendre, lui l'ami du connétable. Enfin, ils furent introduits dans une immense salle aux murs de pierres blanches. Jourdan s'impatientait et marchait de long en large, en rouspétant.

— J'oubliais de te dire : c'est un très bel homme, veuf depuis deux ans ! poursuivit le moine.

— Que cherches-tu à insinuer ? répondit Eugénie contrariée.

Une porte basse s'ouvrit et un chevalier d'une trentaine d'années arriva. Son premier regard pour Eugénie l'arrêta, le laissa figé un bref instant, puis il se tourna lentement vers Jourdan à qui il tendit les bras. C'était, en effet, un très bel homme, de grande taille et bien proportionné. Ses cheveux d'un blond roux tombaient sur ses tempes en magnifiques boucles pleines de lumière. Son visage racé, bien qu'un peu large, ses yeux d'un brun lumineux charmaient ses visiteurs. Il se détacha de Jourdan et s'adressa à Eugénie :

— Madame, je me réjouis de vous voir ici. Nos amis des Lys vous attendent !

Eugénie s'inclina. Raoul de Brienne lui adressa un sourire séducteur.

— Je crois à une solution pacifique avec les Valois ! affirma-t-il. Comme mon père, j'ai toujours agi pour éviter la guerre civile. La peste m'a convaincu que j'avais raison. J'essaie d'accorder l'Anglais et le Français dans une querelle où tout le monde ment et triche. Jamais couronne de France ne fut si convoitée par autant d'héritiers et je tente de montrer que Jean Ier pourrait mettre tout le monde d'accord.

— Pour cela, il faudrait obtenir le renoncement de Philippe VI, ce qu'il n'acceptera que sous la contrainte des armes ! répliqua Eugénie.

— Certes, mais la conjuration des Lys a de quoi faire valoir ses arguments. J'ai ici un arsenal propre à armer cent mille hommes. Quant à la guerre qui oppose la France à l'Angleterre…

— On m'a dit que tu négociais entre les deux rois actuels…

Raoul de Brienne sourit. Jourdan continuait de tutoyer celui qu'il avait connu enfant afin de bien montrer sa place dans cette maison. Le moine jeta un bref regard à Eugénie pour s'assurer qu'elle avait entendu.

— Nous cherchons à éviter les malheurs du peuple, les granges incendiées, les récoltes ravagées, l'insécurité.

Nous sommes en contact avec le roi de Hongrie, avec l'Italie, avec toute l'Europe pour lever une armée telle que personne ne pourra y résister. Alors, nous réunirons les pairs du royaume qui décideront, selon l'ancienne coutume franque, qui est l'héritier direct de la couronne et la manière de gouverner. Le roi Édouard III est d'accord, car le trône de France n'est qu'un prétexte. Ce freluquet de Charles de Navarre n'ignore pas que Jean Ier le surpasse en droit et s'en accommodera moyennant des compensations.

Des servantes conduisirent Eugénie à ses appartements afin qu'elle se prépare pour le dîner. Elle se retrouva seule un instant et put alors mesurer combien elle se sentait différente de la veille. La pensée de l'enfant qu'elle portait la taraudait. Elle s'agenouilla devant le crucifix pendu au-dessus de son lit, entre les niches des deux lampes à huile dont la lumière l'accompagnerait dans son sommeil. Elle joignit les mains et demanda à Dieu de lui donner beaucoup de force parce qu'elle se sentait très fragile, très faible. Que voulait-elle ? Quelle était la nature des sentiments qui obstruaient son esprit ?

L'image envahissante de son époux la hanta à son tour. Où était-il ? La peste l'avait-elle emporté avec sa cohorte de cadavres ? Eugénie constatait qu'elle ne l'avait pas aimé comme une femme doit aimer un homme. Le regard de Rincourt lors du tournoi de Condom avait fait naître en elle un émoi profond que Brienne par son charme, par son attitude empressée, avait réactivé dans ce château d'Eu battu par les vents marins.

On frappa à sa porte. Jourdan d'Espagne entra en prenant des airs importants. Il promena ses gros yeux sur le mobilier et s'assit sans attendre d'en être prié sur une chaise tapissée de velours rouge.

— Tu as compris, ma fille, qu'entre mes mains se tient l'avenir du royaume !

Eugénie éclata de rire. La présence de Jourdan lui faisait du bien en éloignant ses fantômes.

— N'exagérons pas ! Tu es seulement au courant d'une manigance comme il y en a eu des quantités qui n'ont conduit à rien.

— Mais celle-là ira au bout parce qu'elle est au service de la justice et menée par des personnes de qualité. Maintenant, allons dîner. Notre hôte nous attend.

La salle à manger était immense. Plus de cinquante convives se tenaient debout par groupes en attendant que le maître les invitât à s'asseoir. Quand Jourdan et Eugénie arrivèrent, Raoul de Brienne se porta à leur rencontre. Il les salua, puis s'inclina devant la jeune femme en l'invitant à se mêler aux convives. Laissé en retrait, Jourdan se dressa sur ses jarrets pour dire au gros Jean d'Harcourt qu'il était le gardien de cette princesse et que rien ne pouvait se décider à son sujet sans son accord. Quelques sourires accueillirent les propos du moine.

Enfin, on s'assit à table. Raoul de Brienne avait placé Eugénie en face de lui, de façon à n'avoir qu'à lever les yeux pour croiser son regard. Les valets de bouche remplissaient les hanaps et apportaient les plats du premier service, terrines de poisson, pâtés de viande, bécasses entières cuites dans leur jus, merles grillés et des tas de petites gourmandises. Raoul se leva.

— Messieurs, amis de la plus ancienne noblesse de Picardie et de Normandie, frères des Lys, buvons en l'honneur de Mme Eugénie, comtesse d'Anjou, sœur de notre roi, Jean Ier.

Les convives se levèrent et ôtèrent leur chaperon. Ils étaient tous là, les chefs de la Conjuration : Étienne Pleisson, comte de Vézelay, le cardinal de Varonne qui avait quitté son évêché de Reims, Itteville à la belle chevelure blanche, Mainemarres, Morbach, le comte de

Hauteville, Jean d'Harcourt qui pesait près de trois cents livres. Quand ils avaient reçu les coursiers envoyés par Jourdan, ils avaient éreinté plusieurs chevaux de prix pour ne pas être en retard à ce rendez-vous avec l'histoire de leur pays.

Raoul de Brienne invita Eugénie à prendre la parole. Elle se leva, son ventre se nouait, un tiraillement qu'elle connaissait pour l'avoir ressenti lors de ses précédentes grossesses, mais dû aussi à la portée des mots qu'elle allait prononcer, à son engagement face à cette assemblée qui saurait lui demander des comptes.

— Mes amis, nous nous battons pour rétablir la justice dans ce royaume ! dit-elle d'une voix assurée. J'ai juré à mon père, à l'instant de sa mort, de réhabiliter la mémoire de ma mère, Clémence de Hongrie, et d'aider mon frère Jean à récupérer son trône. Je ne me dédirai jamais de ce serment, quoi qu'il m'en coûte ! De nombreux dangers nous attendent, je vous demande la grâce d'être la première à les affronter.

Un tonnerre d'applaudissements accueillit ces propos. Eugénie ressentit alors une légère ivresse qui l'empêchait de mesurer la portée de ses paroles.

Il fut décidé qu'elle partirait pour Rome avec une délégation de chevaliers des Lys au début du printemps suivant pour annoncer au marchand d'étoffes Giannino di Guccio ses origines royales et organiser avec le tribun de Rome Cola di Rienzo l'armée qui devrait marcher sur Paris et démettre le Valois du trône de France.

— La saison qui s'annonce n'est pas favorable aux longs voyages ! dit Raoul de Brienne. Je vous propose, madame, de séjourner ici en attendant le retour des beaux jours qui marqueront le début de notre action. Vous y êtes en sécurité. Les cinq mille hommes de troupe qui protègent la forteresse d'Eu auront pour mission de veiller particulièrement sur vous.

— Nous acceptons ! dit Jourdan qui voulait attirer l'attention sur lui.

Étienne de Pleisson demanda la parole et se leva. Il fit un signe à son écuyer qui sortit de la pièce et revint quelques instants plus tard, portant un énorme bouquet de lys blancs. Les convives poussèrent une exclamation de surprise : la saison était déjà très avancée, les lys ne fleurissaient plus depuis longtemps.

— Quel prodige, mon cousin ! s'écria Brienne. Comment avez-vous pu obtenir ces fleurs en cette saison ?

Pleisson sourit. Il avait un beau visage rond et franc.

— Vous savez que j'ai la passion des plantes et que j'ai expérimenté une maison de verre pour les protéger du froid. Ainsi, dans mon Morvan au rude climat, l'été dure toute l'année. Les lys, ces fleurs royales, fleurissent tout au long de l'hiver ! Bientôt, elles fleuriront sur le trône de France !

— Des lys en hiver ! murmura Mainemarres à son voisin. Quelle idée !

— Je propose, poursuivit Pleisson, que ces lys d'hiver soient notre emblème. Partout où ils fleuriront, les conjurés seront présents !

Les applaudissements fusèrent. Seul d'Harcourt trouvait le temps long. Les bonnes odeurs qui venaient des cuisines avaient mis ce gros mangeur en appétit et il ne cessait de se tourner vers son écuyer pour qu'il remplisse son hanap qu'il vidait d'un trait.

La semaine qui suivit fut consacrée à la chasse. Les chevaliers couraient le cerf dans la journée et banquetaient le soir, souvent tard dans la nuit. Quand ils furent partis, il sembla à Eugénie que l'immense château était désert, pourtant toute une armée s'y entraînait chaque jour.

Raoul de Brienne ne la quittait pas. Il l'invitait à sa table, faisait avec elle de longues promenades dans le parc où l'automne roussissait les feuilles. Il lui proposa des promenades à cheval qu'elle accepta, mais prétexta être mauvaise cavalière pour ne pas avoir à galoper. Ils se rendirent sur les bords de la mer, marchèrent longtemps sur la plage, le visage fouetté par la houle.

— Je vais bientôt être obligé de repartir ! dit-il en regardant le large et le moutonnement des vagues. Jusqu'à ce jour, c'était pour moi une libération. Il me semblait que le paradis se trouvait toujours derrière l'horizon.

L'humidité du vent collait ses cheveux sur son front. Ainsi livrés aux éléments, sa peau d'une blondeur de blé mûr était affermie par la fraîcheur, les traits de son visage devenaient plus nets que dans son salon ou le long des allées du parc.

Des mouettes piaillaient en tournant au-dessus des vagues. Un bateau léger avait hissé sa petite voile pour rentrer avant la tourmente. Quelques gouttes d'une pluie froide frappèrent les joues d'Eugénie. Ils marchèrent ainsi, silencieux pendant de longues minutes. Leurs chevaux attachés à un pin hennirent en les voyant s'éloigner. Raoul de Brienne se tourna vers sa compagne, et lui posa les mains sur les épaules.

— Je vais m'ennuyer sans vous.

Elle ne répondit pas, mais pensait que la vie au château d'Eu devait être triste sans le maître.

— Je ne sais surtout pas quand je reviendrai. Rien n'est simple.

Il lui prit la main et la garda un instant, serrée dans les siennes. Ce fut Eugénie qui se libéra et reprit la marche.

— Votre séjour en Avignon vous a bien montré que le pape n'est pas de notre côté. Il veut que toutes ces guerres cessent, mais il estime que changer un roi pour un autre ne fera qu'attiser les haines. Il reprend les arguments de Jean XXII qui empêcha mon père et les conjurés d'agir au début du règne de Philippe VI.

Eugénie frissonnait. Le vent, la pluie la glaçaient jusqu'aux os.

— Pourquoi faites-vous cela ? demanda-t-elle. Pourquoi vos amis vont-ils risquer leur vie ? Vous pouvez vous accommoder des Valois. Votre fortune est considérable. Qu'adviendra-t-il si quelqu'un parle à Philippe VI, dénonce vos agissements, votre trahison ?

Le mot était lâché, il sembla énorme à Eugénie, indigne de l'homme qui la regardait.

— Je fais cela par fidélité à la lignée de Philippe le Bel à qui je suis apparenté. Je pense aussi que rien de grand et de noble n'est possible dans un royaume où le roi lui-même est un tricheur.

Il était vraiment beau, le connétable de France, une beauté si différente de l'austère séduction de Rincourt. Le regard du chevalier blanc planté dans le sien lors du tournoi de Condom s'imposait à l'esprit d'Eugénie.

— Rentrons ! dit-elle.

Le lendemain, vers deux heures, Brienne vint la chercher pour une nouvelle promenade. Le temps était exécrable, des averses brutales s'abattaient sur les collines, la mauvaise saison s'installait avec ses journées courtes et sans lumière.

Ils chevauchèrent longtemps sans un mot, l'un près de l'autre, dans une vaste étendue de roseaux et d'ajoncs. Le vent courait sur cette terre sans obstacle, contrariait le pas des chevaux. Les ailes des moulins sifflaient. Ils arrivèrent à un pavillon de chasse isolé. Raoul lui dit que son père aimait cet endroit. Il y retrouvait le souvenir de l'homme qui avait tant compté pour lui. Un couple de vieux domestiques vivait là pour entretenir la demeure et y faire du feu quand le maître venait.

Tout rappelait la chasse dans cette demeure forestière, des têtes de cerfs, des hures ornaient les murs de la grande pièce centrale. Toinet, le domestique, se tenait dans un coin, comme une icône, portant chausses, haut-de-chausses et cotte plissée qui descendait jusqu'à mi-cuisse. Il avait quelque chose de pathétique et d'attachant. Raoul le salua et emmena Eugénie dans une salle voisine, encombrée d'un grand bric-à-brac, arquebuses en morceaux sur une table et, contre le mur, un établi avec des outils, râpes à bois, limes, scies et pinces de toutes sortes.

— C'est ici que je m'amuse à bricoler des armes.

— Pourquoi des armes ? demanda Eugénie.

— Parce que je ne sais pas écrire de la poésie ni jouer de la musique comme le faisait votre père. Je ne suis qu'un soldat !

Il la regarda longuement, puis parla abondamment des arbalètes qu'il fabriquait en bois de robinier ou de frêne dont le ressort était bien supérieur à toutes les autres essences et d'une puissance suffisante pour envoyer des traits capables de traverser le cuir d'un sanglier. Enfin, il dressa la tête et regarda dehors.

— La nuit va tomber, il est temps de rentrer.

Au souper, Raoul avait fait venir des musiciens et des chanteurs de langue d'oc. Eugénie écouta avec ravissement les airs composés par son père. L'émotion lui fit perler une larme au coin des yeux.

Quand tout le monde fut parti se coucher, Raoul la rejoignit dans sa chambre et congédia les domestiques. Il semblait embarrassé, comme un adolescent qui ne sait comment exprimer son sentiment. Eugénie, assise devant une table près de son lit, lisait un livre de Pétrarque que son hôte lui avait offert.

— Madame, dit-il enfin en marchant de long en large dans la pièce, pardonnez ma présence chez vous à cette heure, mais je ne puis plus vivre ainsi, sans vous exprimer le sentiment qui m'occupe jour et nuit.

Eugénie sourit, leva lentement ses yeux clairs vers Brienne qui restait grave.

— Monseigneur, toute notre volonté doit se concentrer vers le but que nous nous sommes fixé !

Il fut décontenancé, car il ne s'attendait pas à un refus. D'ordinaire, le connétable de France n'avait qu'à montrer son désir pour que les plus belles femmes se livrent.

— Madame, il ne s'agit pas d'une fantaisie ! précisa-t-il. J'éprouve pour vous un sentiment profond qui durera toute ma vie !

— Nous verrons cela, messire, mais il se fait tard !

Raoul de Brienne sortit. Eugénie se mit au lit. Au petit matin, juste avant de se réveiller, elle rêva à Rincourt, un rêve dont elle ne gardait qu'une sensation de bien-être qui la mit mal à l'aise pendant toute la matinée.

Dans l'après-midi, le connétable vint lui annoncer son départ qui n'était pas étranger au refus de la veille.

— Trois à quatre mois. Je serai de retour en février ou mars pour vous accompagner à Rome.

Il se tourna vers ses gardes qui préparaient les chevaux, puis fit brusquement volte-face :

— Ma race serait honorée d'accueillir une femme de si haut lignage. Je vous épouserai, Eugénie !

— N'oubliez pas que je suis mariée, que j'ai deux fils !

— Ils seront barons de France. Dès mon retour, je m'occuperai de les faire venir ici pour qu'ils reçoivent une éducation digne de leur rang. Je les considérerai comme mes propres fils.

— Et mon mari, qu'en ferez-vous ?

— Nous ne savons pas où il est. Les gens que j'ai envoyés à sa recherche sont revenus bredouilles. Enfin, nous trouverons une solution. Le pape ne peut rien me refuser.

— Le pape ne peut pas défaire ce que Dieu a voulu dans son immense clairvoyance ! répliqua Eugénie.

Quand Raoul de Brienne fut sorti de l'enceinte du château au milieu de ses chevaliers, Eugénie eut le pressentiment qu'il allait mourir.

L'enfant qui grossissait en elle arrondissait son ventre. Si sa grossesse était encore aisée à cacher, il n'en serait pas de même au retour de Brienne. Elle accoucherait au tout début du mois de mars, juste avant le départ pour l'Italie.

— Cela ne se peut ! fit-elle en détournant la tête du crucifix fixé au-dessus de son lit.

La jeune femme ne pouvait pas mettre Jourdan dans la confidence. Le moine n'aurait cessé de lui rappeler ses devoirs chrétiens et aurait ameuté tout le château. Elle décida de faire confiance à Pierrette Lamblin, sa femme de chambre, âgée d'une quarantaine d'années. Pierrette avait un visage carré taillé de profondes rides, des cheveux gris qu'elle coupait court pour ne pas être gênée dans son travail, un regard franc. Très maigre, elle se nourrissait de bouillies, ayant perdu toutes ses dents à la suite de plusieurs grossesses difficiles. Raoul l'avait mise au service d'Eugénie parce qu'il avait toute confiance en cette veuve généreuse et respectée.

Un matin, après son lever, Eugénie demanda à Pierrette de s'asseoir près d'elle sur le rebord du lit.

— Il faut que je te parle. Je sais que je peux avoir confiance en toi. D'ailleurs, tu as percé mon secret dès le premier jour et tu n'en as parlé à personne.

Pierrette eut un mouvement des paupières pour bien montrer qu'elle comprenait.

— Au château et dans la ville, c'est moi qui aide les femmes à accoucher ! dit-elle.

— Et tu sais que je suis enceinte !

— Oui, madame, d'environ trois mois.

— Un peu moins, précisa Eugénie. Un homme a abusé de moi. Tu comprends que je ne peux pas en parler à Raoul, ni à personne. Je ne veux pas porter cet enfant à son terme.

Pierrette se signa et murmura une prière. Les enfants nés d'un viol étaient aussi des enfants de Dieu. Interrompre leur vie était un immense péché qui ne pouvait se pardonner.

— Je comprends, madame, fit-elle. Mais je ne sais pas faire ces choses-là. Je ne sais que mettre au monde les enfantelets bien à terme.

Eugénie se demanda si elle n'avait pas eu tort de se fier à cette femme trop pieuse pour ne pas commettre quelque imprudence ou parler au père Billard, le confesseur du château.

— Rassurez-vous, madame, fit Pierrette qui avait compris le silence gêné d'Eugénie, je n'en parlerai à personne. Je pourrai sans doute vous aider si vous prenez pour vous la totalité du péché.

— J'accepte, murmura Eugénie.

Elle eut conscience de faire un pas décisif vers l'enfer.

Deux jours plus tard, Pierrette vint la voir dans sa chambre, alors que son service était achevé depuis longtemps. Elle approcha ses lèvres de l'oreille de sa jeune maîtresse qui était au lit et souffla :

— Demain après matines, derrière l'échoppe du ferblantier près de la chapelle Sainte-Cécile. Mohata vous attendra.

— Mohata ? Qui est-ce ?

— Une Égyptienne qui s'est fixée ici. Elle est au diable et soulage les femmes de leurs fautes. Elle a failli être brûlée pendant la peste, mais la mère du comte l'a sauvée. On dit que madame la comtesse avait eu recours à ses services quand elle était en âge d'enfanter. Ce sera deux pièces. Sortez déguisée en servante, personne ne doit vous reconnaître.

Pierrette se signa à plusieurs reprises et sortit sans rien ajouter. Eugénie sourit : enfin, elle allait se débarrasser de cette marque d'infamie que Jourdan ne tarderait pas à découvrir. Ne s'était-il pas déjà étonné que sa taille se soit épaissie ?

Elle dormit très peu, attendant avec impatience l'heure de sa délivrance. Ce lien qui l'unissait à Rincourt contre sa volonté allait se rompre. Elle pensa à Matthieu et Benoît. Par cet acte banni, elle restait la mère qu'ils avaient connue.

— Les reverrai-je un jour ? murmura-t-elle et, pour se donner du courage, elle ajouta : C'est pour eux que je fais cela, pour qu'ils vivent selon leur rang. Ils m'en seront bientôt reconnaissants !

Le lendemain, déguisée en servante, elle n'eut pas de mal à sortir du château dont le pont-levis restait constamment abaissé. Les commerçants, les artisans allaient et venaient, bien protégés par les hautes murailles qui encerclaient la ville. Elle courut chez Mohata, derrière l'échoppe du ferblantier. Une femme de forte corpulence, au visage gras entouré d'une abondante chevelure frisée, lui fit un signe : à leurs airs égarés, Mohata reconnaissait ses clientes avant qu'elles ne l'abordent. Sans un mot, Eugénie la suivit dans une boutique d'herbes médicinales. Une forte odeur de pourriture et de poussière desséchait la gorge. La femme ouvrit la porte d'une minuscule pièce où se trouvaient des bassines d'eau, du linge et un vieux fauteuil.

— Assieds-toi.

Eugénie obéit, incommodée par l'odeur âcre et pestilentielle.

— D'abord les deux pièces ! dit Mohata en tendant la main.

Quand elle eut placé l'argent dans sa poche, elle posa une cuvette sous Eugénie et éprouva du bout du doigt le piquant d'une aiguille courbe d'un pied de long.

— Ici, toutes les femmes sont les mêmes, princesses et servantes se soignent de la même manière. Je vais t'attacher les mains aux accoudoirs du fauteuil. Tiens, tu vas mettre ce linge entre tes dents, ça fait un peu mal, mais c'est le prix du plaisir ! Écarte les jambes.

Pendant que la femme dénouait des bouts de ficelles sur la table, Eugénie ne pouvait détacher son regard de la pointe de l'aiguille qui allait poignarder l'enfant dans son ventre. La peur monta en elle, énorme ; elle se vit au bord d'un abîme.

— Et puis, tu tiendras ta langue. Quand j'aurai fini, ça saignera un peu, tu t'arrangeras pour le cacher. Tu auras aussi des douleurs, mais ça ne durera pas. Je t'ai dit d'écarter les jambes !

Au moment où Mohata entourait son poignet droit avec la ficelle, Eugénie, dans un mouvement irréfléchi, se leva, bouscula l'Égyptienne qui, en tombant, renversa la bassine d'eau.

— Eh bien, qu'est-ce qui te prend ?

— Rien. J'ai changé d'avis ! cria Eugénie en s'éloignant vivement.

Elle rentra au château en courant et s'enferma dans sa chambre. Le regard grave et fixe de Rincourt ne quittait pas ses pensées. Pierrette qui devait la guetter la rejoignit presque aussitôt.

— Je n'ai pas pu ! dit Eugénie en se laissant tomber sur son lit.

Pierrette sourit et s'agenouilla sous le crucifix.

— Merci, mon Dieu, d'avoir écouté ma prière ! dit-elle en joignant les mains.

Les semaines, les mois passèrent. Pour cacher sa taille qui s'épaississait, surtout à Mainemarres, l'homme de confiance de Brienne, Eugénie ne sortait que rarement de son appartement. Pierrette et les quelques femmes qui s'occupaient de son service furent si discrètes qu'elle put préserver son secret.

— 12 —

L'hiver arriva. Plus sec que le précédent, mais aussi plus froid. Le vent du nord figeait la campagne. Il n'y avait pas de neige, le soleil brillait. Dans les châteaux, on arrivait à se protéger tant bien que mal en portant des manteaux fourrés et en brûlant des quantités considérables de bois ; dans les chaumières et les mansardes aux multiples courants d'air, l'eau gelait dans les seaux de bois, les enfants, les lèvres gercées, agacés par les poux qui, en de telles périodes, proliféraient, allaient glaner les branches cassées par le vent et tout ce qui pouvait brûler, bouses sèches sur les chemins, ajoncs, touffes de bruyère et de genêts. Cette récolte était un droit acquis depuis les temps les plus reculés, qui ne correspondait plus à grand-chose. Les forêts, autrefois abondantes, avaient cédé la place aux cultures, même sur les terres les plus pauvres.

La peste avait emporté les bras valides, les champs à labourer restaient en friche. Le chiendent, les ronces poussaient à la place du blé. Des hameaux entièrement abandonnés étaient devenus les repaires de hordes de loups qui s'en prenaient aux voyageurs. Des bandes de malfaiteurs attaquaient les marchands. On égorgeait pour une pomme, pour un quignon de pain sec.

Dans les chaumières ouvertes à tous les courants d'air, ceux qui avaient un âne, une chèvre, parfois une vache se serraient contre l'animal pour se réchauffer. Les autres se pressaient sous l'unique couverture de peau, hommes, femmes, enfants, jeunes et vieillards, servantes et patrons, dans une promiscuité que dénonçaient les clercs, mais indispensable. Quand ils se levaient, c'était pour aller chercher de quoi faire un peu de feu, de quoi chauffer le bouillon d'une soupe maigre à base de raves gelées, de châtaignes moisies. Ils posaient des collets à lapin et des pièges à oiseaux qui leur rapportaient parfois un maigre repas. Mais ce n'était pas sans risques : on pendait pour une brème volée, pour une truite capturée sous la berge.

Ainsi la famine achevait-elle le travail de la peste. Les dysenteries, maux d'entrailles dus à la farine additionnée de plâtre, d'os broyés ou de paille, avaient raison des plus résistants. On faisait de la soupe de racines d'orties, d'écorce de ronces qui donnait un goût agréable au bouillon, de fougères sèches, et des tas d'autres plantes sauvages dont on redécouvrait les petites vertus.

Au mois de février 1350, Charles de Navarre décida de quitter sa tranquille Normandie pour aller prendre possession de ses États. L'impétueux petit roi partit avec un groupe imposant de chevaliers, car il devait faire impression lors de son entrée à Pampelune. Geoffroi d'Eauze était bien évidemment du voyage. Bessonac, toujours prudent, un peu trop selon son maître, lui recommandait de quitter cette cour empoisonnée et de retourner en Gascogne :

— Vous pourrez reprendre vos enfants qui ont besoin de vous et sûrement votre fief. Rincourt est à Paris, c'est l'occasion inespérée de retrouver votre bien, de vous armer en attendant qu'il revienne…

Eauze savait que Bessonac avait raison, et pourtant, il ne pouvait pas se résoudre à aller se terrer chez lui quand son ennemi se trouvait à Paris auprès du roi.

— Je veux être en face de lui quand l'occasion se présentera. Je ne veux pas qu'il pense que j'ai peur !

— Ce qu'il pense ne compte pas ! Je vous conjure de m'écouter. L'aubaine ne se représentera pas.

Il se disait aussi, Eauze, que si Rincourt était à Paris, Eugénie n'était pas loin. Le chevalier blanc n'avait sûrement pas laissé filer la belle. Et puis, Rincourt était devenu quelqu'un d'important, Eauze devait lui donner le change, même si son roi ne régnait que sur un tout petit royaume.

Le moine Pirénin avait été particulièrement affecté par la peste et la misère du peuple. Eauze le rabrouait gentiment, le taquinait en l'accusant d'avoir surtout peur pour lui. Le clerc avait décidé de quitter la vie ordinaire et de se consacrer à la prière.

Ils traversèrent l'Aquitaine en proie aux pillards et aux Anglais qui assiégeaient les châteaux encore debout. Eauze ne voulut pas passer près de son fief ; Navarre lui répéta sa promesse :

— Tu seras comte de Bayonne et pair du royaume de Navarre. Cela vaut bien le fief de tes ancêtres que d'ailleurs tu pourras reconquérir.

Mais Charles ne précisait jamais quand il signerait les actes de ces titres. Il avait pourtant tous les pouvoirs, mais ne s'intéressait qu'aux frivolités. Sa seule action politique depuis la mort de sa mère se dirigeait contre les Valois qu'il haïssait, raison pour laquelle il intriguait avec Édouard III.

L'arrivée du cortège royal à Pampelune fut un triomphe. Le pays avait moins souffert de la peste que les régions voisines. Dans ces montagnes ensoleillées, la famine était moins dure, le nouveau règne commençait sous de bons auspices. Et puis, le jeune roi était si gracieux, si beau ! Il était bref, certes, mais avec tellement d'allure ! Il tournait les compliments comme personne et s'arrêtait dans le cortège de notables pour serrer une main, embrasser un enfant ou faire un compliment à un vieillard.

Les fêtes du sacre durèrent deux semaines entières. Charles de Navarre prouva qu'il était capable de tenir sa place avec les plus robustes, surtout pour lever le hanap. Chacun s'étonnait de la résistance de ce jeune garçon, à peine sorti de l'enfance. Ainsi Charles montrait-il son beau visage toujours souriant, laissant aller au vent ses cheveux blonds, multipliant les paroles pleines d'esprit qu'on répétait dans les chaumières. Les femmes l'adoraient, il en profitait largement.

L'aspect le plus redoutable de sa personne, il ne le laissa voir qu'au moment de partir pour la Normandie. Le cortège était déjà en route quand cinq nobles locaux vinrent lui présenter leurs doléances. Ils ne demandaient pas grand-chose, seulement la possibilité de décider en Navarre ce qui touchait les affaires de Navarre sans avoir à envoyer des messagers en Normandie.

Le petit roi se renfrogna. Son menton se crispa, ses yeux se fermèrent à moitié, ses joues se contractèrent et il devint tout à coup très laid, la lèvre inférieure retroussée, le front plissé.

— Vous pensez que le roi de Navarre doit rester en Navarre pour vos commodités, ou nommer un vice-roi, un remplaçant en quelque sorte !

Sa voix était sifflante, aigre, un peu criarde. Les intonations de l'adolescence avaient pris une tournure rêche.

— Non, Sire, nous voulons seulement que les décisions qui doivent être prises rapidement le soient par nous, afin de ne pas perdre des semaines.

— Parfait, parfait.

Il se tourna vers le capitaine de ses gardes à la tête d'une centaine d'hommes.

— Capturez ces gueux et pendez-les au premier arbre que je vois.

— Mais, Sire…

— Faites, je vous dis.

Les gardes entourèrent les cinq nobles qui ne croyaient pas que le roi irait au bout de sa menace. Eauze voyait briller son regard de cette lueur froide et cruelle qui s'allumait parfois lorsque après boire, il éprouvait le besoin de chercher querelle à quelque malheureux pour l'embrocher. « Cet homme a le goût du sang ! avait précisé Bessonac. Il ne faut pas lui faire confiance ; quand l'envie de tuer s'empare de lui, il ne sait plus se retenir ! » Geoffroi d'Eauze s'approcha du petit roi qui regardait sans broncher ses gardes désarmer les nobles et les jeter au bas de leur cheval.

— Sire, pour l'affection que je vous porte…

— Suffit ! trancha Charles. Il faut un avertissement, un message fort à ces sauvages ! Pendez.

Ce fut ainsi que Charles de Navarre gagna le surnom de Charles le Mauvais. Il quitta sa bonne terre pyrénéenne en abandonnant aux corbeaux cinq corps de loyaux serviteurs.

— Ce pays demande de la fermeté. Il doit savoir qu'avec moi, il aura son compte ! dit le jeune homme en laissant derrière lui les sommets enneigés.

Eauze ne releva pas le propos. Ce comportement de son jeune ami le révoltait. Charles montrait ainsi plusieurs facettes de sa personnalité selon les circonstances, les occasions, et savait faire oublier sa monstruosité par quelques belles phrases et des actes qui parfois dénotaient une sensibilité inattendue. Ainsi, quelques jours après la pendaison des notables de Navarre, le roi et sa troupe demandèrent asile au comte de Toulouse qui les reçut en son palais. Sur la place au bord de la Garonne, quatre malheureux vêtus de haillons, les bras et la tête attachés au pilori, recevaient les injures et les crachats des passants. Charles demanda ce qu'ils avaient fait. Le seigneur d'un fief voisin lui expliqua que ces vilains lui appartenaient et qu'ils n'avaient pas payé la taille sous prétexte qu'ils avaient des enfants sur le point de mourir de faim.

— Est-ce une raison, Sire ? demanda le seigneur en posant les poings sur ses hanches d'un air important.

— Oui, c'est une raison ! dit le roi en sortant une bourse qu'il tendit au seigneur. Paie-toi et remercie le ciel que je ne sois pas de mauvaise humeur. Libère ces malheureux, et si tu tardes, c'est toi que je fais attacher au pilori.

Une fois libres, les vilains se prosternèrent devant le jeune roi qui leur tendit une autre bourse.

— Achetez de quoi manger. Ne me remerciez pas, tous les pères devraient avoir de quoi nourrir leurs enfants !

Eauze et Bessonac échangèrent un regard étonné. Ainsi, le plus cruel des princes savait se montrer généreux ! Lui qui ne supportait pas qu'un grand du royaume empiète sur son autorité, laissait parfois des vachers lui manquer de respect, lui qui aimait décider brutalement sans l'avis de personne pouvait aussi se montrer réfléchi et suivre des avis de prudence. Attachant comme un enfant qui a manqué d'affection, il pouvait, l'instant d'après, se montrer détestable.

Ils arrivèrent à Évreux au début du mois de mars. Ce n'était pas encore le printemps, mais les averses froides suivies d'éclaircies indiquaient le changement de saison. C'était aussi le moment où les réserves étaient les plus faibles et la famine la plus grande. Les terres nues attendaient les rares laboureurs encore valides. De vastes étendues ne seraient pas ensemencées ; même absente, la peste continuerait de tuer.

Le roi de Navarre reçut ses proches collaborateurs qui attendaient ses décisions sur les affaires du comté, car ce buveur effréné, cet incroyable noceur qui se contentait de quelques heures de sommeil et pouvait passer plusieurs jours en cavale dans les bordels et les auberges, était attentif à ses affaires qu'il ne déléguait à personne. Il aurait pu être un grand seigneur, un bon roi, sans les profondes fêlures qui crevassaient son âme. Il ne manquait pas d'intelligence, de ruse, mais quelque chose le poussait toujours à choisir les solutions les plus perverses. Le mépris qu'il portait à ses adversaires l'empêchait de mesurer sa propre faiblesse. Sa beauté, son charme naturel lui donnaient l'illusion d'être au-dessus des autres et des lois les plus essentielles. Il y avait du pathétique dans ce petit personnage toujours en mouvement.

Il s'enferma dans son cabinet du château d'Évreux qui avait été celui de son père et que sa mère avait voulu utiliser, mais elle ne s'y était jamais sentie à son aise. Quelques instants plus tard, il fit appeler Eauze, le seul de ses proches dont il acceptait les remarques et parfois les remontrances, car il le savait sincère.

— Mon ami, tu vas constater que le roitelet tient toujours ses promesses. Je t'ai dit que je te rendrais ton fief, que je te ferais duc et pair du royaume de Navarre, ce sera fait bientôt. Je t'avais promis que je retrouverais ta femme, c'est fait ! Je te présente Margeritin, un de mes hommes de confiance. Tu peux lui demander de retrouver une perle dans la mer, il le fera ! Parle, Margeritin.

L'homme, très brun, avait la peau mate des Sarrasins du sud de l'Espagne. Ses cheveux très frisés moussaient sur sa tête nue. Il était vêtu en guerre, cotte de mailles épaisse et épaulettes d'acier.

— Dis ce que tu sais.

— Je suis parti à la recherche de Mme Eugénie que l'on avait signalée en Avignon. Les amis que j'ai là-bas m'ont aidé. Mme Eugénie d'Anjou était dans une maison que lui a donnée le pape. Puis elle est partie…

— Eugénie d'Anjou ?

— Oui, le pape lui a conféré le titre de comtesse d'Anjou qui lui revient de sa mère, Clémence de Hongrie, qui était une Anjou.

— Ah bon ? s'étonna Eauze qui ignorait tout de la famille royale. Peux-tu me dire qui est cette Clémence de Hongrie ?

— Ma grand-tante ! précisa Charles de Navarre. La femme italienne de mon oncle le roi Louis le Dixième. Ainsi ta femme est-elle ma parente.

— Elle se trouve actuellement à Eu, poursuivit Margeritin. Elle semble s'entendre à merveille avec le comte d'Eu, connétable de France, monseigneur Raoul de Brienne.

Eauze bondit sur Margeritin qu'il souleva avec autant de facilité que s'il avait été un enfantelet.

— Tu dis qu'elle s'entend bien. Explique-toi !

— Je ne peux parler de rien de plus que ce que je sais. Ils font des promenades à cheval ensemble, ils rient ensemble.

— La gueuse, je vais aller l'écarteler.

— Nous irons la chercher. Le connétable de France n'est pas mon ami et pourrait s'opposer à mes projets, dit Navarre. Il va y avoir de grands changements. Depuis son mariage avec ma sœur, le Valois glisse lentement vers le tombeau.

— Je les couperai tous en rondelles à coups de hache ! rugit Eauze.

— Ce ne sera pas la peine. Je vais lui écrire, répondit Charles le Mauvais. Cette affaire tombe à point pour moi.

— Voilà bien des manières pour une histoire qui me semble simple ! explosa Eauze, hors de lui.

Eugénie redoutait chaque jour de ce début d'année 1350. Dans le parc du château, les perceneige s'épanouissaient. Il faisait beau, la lumière était cependant voilée, tamisée, les ombres manquaient de netteté. Eugénie avait compris l'harmonie et la douceur de cette région. À l'éclat brut et éblouissant du soleil gascon, elle opposait la délicatesse des midis picards, les nuances des couleurs, des verts qui n'étaient jamais identiques d'une heure à l'autre, du ciel changeant, des odeurs qui ne cessaient de vivre tout au long du jour.

Dans sa dernière lettre, Raoul de Brienne lui annonçait son prochain retour. Elle avait beaucoup grossi et ne réussissait à cacher sa grossesse qu'avec la complicité de Pierrette et de ses servantes. Quand Mainemarres lui rendait visite, elle revêtait d'amples robes et restait assise près de sa table de lecture qui cachait la rondeur de son ventre.

Elle prenait autant de précautions avec Jourdan qui lui tenait compagnie chaque après-midi, juste avant la vesprée. Le moine lui conseillait de prier et lui rappelait l'immense bonté de Dieu.

Ses couches approchaient ; sa décision était prise depuis longtemps, il lui restait à en parler à Jourdan.

— Je suis enceinte ! dit-elle un jour en lui montrant son ventre rebondi. Je ne peux pas rester ici.

— Que me dis-tu ? s'étonna Jourdan avec une hypocrisie qui était la marque de sa faiblesse. Mais, ma fille, vous avez donc péché ?

— Cesse de faire le benêt, Jourdan. Cet enfant que je porte n'est pas né du plaisir, comme tu le penses. On m'a forcée après qu'on m'avait enlevée en Avignon, au nom du roi de France.

— Tu veux dire que ce Rincourt, ce proche de Philippe VI...

— ... a abusé de moi et je suis enceinte. Je n'ai pas voulu me défaire de l'enfant. Il arrive bientôt à terme et je veux qu'il naisse en dehors de ce château et que personne n'en connaisse l'existence. Nos ennemis pourraient en profiter.

— Je comprends ! fit Jourdan en s'asseyant sur un fauteuil.

Sa corpulence avait considérablement augmenté depuis qu'il séjournait à Eu, profitant des cuisines et surtout ne faisant pas assez d'exercice.

— Je vais voir ce que je peux faire. Je t'en parlerai demain. En attendant, prie Dieu qu'il t'accorde sa grande miséricorde.

Il se leva pour sortir quand, surgis du coin sombre de la pièce, plusieurs gros rats noirs se mirent à courir sur le plancher en tournant autour du moine, qui recula.

— Que font là ces animaux ? demanda-t-il, le cœur battant, le souffle court.

Eugénie n'avait pas bronché. Avec la fin de l'épidémie, elle croyait ces horribles animaux disparus. Jourdan faisait de grands gestes pour les chasser, ils s'effacèrent dans l'ombre.

— Par où peuvent-ils être passés ? demanda-t-il.

Il s'agenouilla pour découvrir un passage sous la commode. Une planche avait été rongée près du mur.

— Je vais demander que l'on bouche cette ouverture tout de suite, c'est vraiment trop désagréable.

Eugénie redoutait de comprendre, pourtant, depuis plus d'un mois, la peste n'avait fait aucune victime.

Jourdan sortit. Quelques instants plus tard, des domestiques vinrent examiner le trou dans la planche qu'ils entreprirent de boucher. On apporta un pli d'Angleterre. Le prisonnier le plus libre du royaume écrivait à Eugénie que tout allait bien. Philippe VI usait ses dernières forces auprès de sa jeune épouse de dix-sept ans. Les médecins prévoyaient sa mort prochaine s'il ne réduisait pas ses activités d'alcôve, mais le roi voulait montrer qu'il était aussi vert qu'un jouvenceau et n'en faisait qu'à sa tête. Brienne pensait rentrer à Eu à la mi-mars. Il négociait le montant de sa rançon pour être enfin définitivement libre et s'occupait surtout à mettre en place *ce que vous savez. Nous partirons en Italie dès les premiers jours d'avril !* précisait-il.

Eugénie rangea la lettre et leva vers la croisée un visage déterminé. Elle ne serait plus au château quand Raoul de Brienne reviendrait de sa prison dorée ! Elle allait s'enfuir, se cacher pour mettre au monde son enfant.

Le lendemain, Jourdan d'Espagne lui rendit visite à l'heure habituelle. Elle le trouva très pâle, le teint cireux, le regard triste. Il fit quelques pas dans la pièce puis se laissa tomber sur un fauteuil. Il claquait des dents ; Eugénie comprit ce que cela signifiait.

— J'ai dû prendre froid, dit-il. J'ai eu de la fièvre toute la nuit. J'ai bu plusieurs décoctions de ma fabrication qui devraient très vite me remettre sur pied.

Il s'épongea le front avec le bas de sa manche trop large. Ses lèvres tremblaient, découvrant parfois la gencive supérieure sans dents. Il avait l'air d'un gros chien battu avec ses yeux chassieux, ses oreilles molles qui dépassaient des touffes de cheveux blancs, son large cou à la peau flasque.

— J'ai pu m'arranger pour ton accouchement. Tu vas aller au Tréport, chez Marie la Sourde. C'est une excellente personne qui pourra t'assister. Elle a une grande science des affaires de femmes. On vient la chercher de toute la ville pour les cas difficiles. Je lui ai fait apporter une bourse pour ses frais. Je viendrai te voir régulièrement, et quand Raoul de Brienne rentrera, tu lui diras tout. Ce n'est pas un péché d'être abusée par un soudard, et c'est une vertu d'aimer l'enfant né de la haine.

Il s'épongea de nouveau le front. La sueur roulait sur ses larges joues jusqu'au menton. Il tremblait de tous ses membres.

— C'est l'effet de mes potions. La fièvre s'en va avec la sueur et les mauvaises humeurs du corps.

Il voulut se lever, mais trébucha et dut s'asseoir de nouveau.

— Ne bouge pas ! dit Eugénie. Je vais appeler mes femmes, elles vont te préparer un lit, tu resteras ici. Je m'occuperai de toi jusqu'à ce que tu sois guéri.

Il ne protesta pas, car il n'avait plus la force de marcher.

— On ne sait jamais, dit-il. Si je devais mourir, sache que les preuves concernant ta naissance et celle de ton demi-frère Jean Ier se trouvent au monastère de Saint-Germain-en-Laye, sous la garde de frère Antoine.

— Qui te parle de mourir ? Demain tu seras guéri !

Les servantes préparèrent un lit et aidèrent le gros moine à s'allonger. En quelques heures, il fut à l'agonie. Personne ne se trompa sur sa maladie : la peau grise de son visage, la forte fièvre et surtout l'odeur ne laissaient aucun doute. La peste était de nouveau dans le château ! On n'en sortirait donc jamais ! On la croyait rassasiée de mort et de souffrance, et voilà qu'elle revenait, qu'elle montrait sa suprématie en prenant un serviteur de Dieu ! Dans son délire, Jourdan ne cessait de s'en prendre à Jésus, de dénoncer les agissements des saints, les « lupanars » du ciel. En entendant de tels propos, les femmes s'éclipsèrent.

Il vomit de grosses quantités de sang putride, puis rendit son dernier souffle avant l'aube. L'intendant du château décida de se débarrasser aussitôt du cadavre et demanda à tout le personnel de ne pas en parler.

Eugénie se retrouvait seule. Elle était libre d'aller à sa guise, mais personne n'aurait compris qu'elle décide de sortir du château sans être accompagnée. Une fois de plus, elle se cacha pour fuir. Son état l'empêchait de chevaucher et elle ne pouvait se rendre au Tréport qu'à pied. Elle sortit donc du château avec un groupe de lavandières dont elle avait adopté les amples vêtements et le fichu blanc qui leur couvrait la tête et les épaules. Elle quitta la ville au milieu d'un autre groupe, personne ne fit attention à elle.

Elle connaissait la route du Tréport pour y être allée plusieurs fois avec Raoul, mais la distance lui faisait peur. Une longue journée lui était nécessaire, car elle se fatiguait très vite !

Le Tréport était une petite ville forte ouverte sur la mer. Les bateaux partaient et arrivaient dans une anse entourée de maisons. De hautes murailles avaient été élevées pour bien séparer le port ouvert à tous et la cité qui devait se protéger des compagnies omniprésentes sur le littoral. Ville opulente grâce à son commerce avec l'Angleterre, les Flandres, l'Irlande, les conséquences de la peste y étaient restreintes. Les bras manquants étaient venus par la mer et les prix du travail n'avaient pas flambé comme à Paris et dans les autres grandes villes.

Eugénie arriva en fin d'après-midi, très fatiguée. Un terrible mal de ventre rendait sa marche hésitante. Elle se dirigea vers les boutiques à proximité du port où régnait une intense activité. Le ciel était gris ; une odeur de tripaille de poisson flottait dans l'air.

Elle demanda à un pelletier qui dégraissait ses peaux au bord d'un ruisseau s'il connaissait Marie la Sourde.

C'était la seule indication que lui avait fournie Jourdan avant de mourir. L'homme sourit et parcourut du regard le corps déformé de la jeune femme.

— Vous voulez parler de la Marie de Paul ?

— On m'a dit Marie la Sourde.

— C'est bien elle, vu que la Marie de Paul n'entend pas plus qu'une pierre. Et c'est sûrement d'elle que vous avez besoin. Vous la trouverez derrière la forge de Tasson qui est aussi son gendre.

Eugénie se rendit à l'endroit indiqué par le tripier, elle frappa à la porte basse d'une chaumière. La femme qui vint ouvrir lui plut dès le premier regard. Elle était assez forte, la poitrine tombant sur son ventre. Ses cheveux agglutinés en plumes blanches faisaient ressortir la rougeur de son visage, son nez minuscule, sa large bouche avec une seule dent qui semblait démesurée.

— Je suis Eugénie d'Anjou. Frère Jourdan d'Espagne vous a parlé de moi.

La femme fit la grimace en secouant la tête. Elle tendit une ardoise et un morceau de craie.

— Je n'entends pas bien ! Si vous savez écrire…

Eugénie écrivit son nom et celui de Jourdan d'Espagne. Marie sourit.

— En effet ! dit-elle d'une voix rauque, un peu virile. Entrez. Ici, ce n'est pas le palais du comte Raoul, mais vous y serez bien traitée. Je sais que vous devez accoucher très bientôt. Soyez rassurée, tout se passera pour le mieux.

Eugénie entra dans un intérieur sombre qui lui rappelait la salle unique du château d'Aignan où elle avait grandi. Le sol était en terre battue, une paillasse se trouvait dans un coin, à l'opposé de la fenêtre. La cheminée où quelques braises palpitaient occupait la totalité d'un pan de mur. Pas de commode ni de buffet comme chez le connétable de Brienne, mais des caisses en bois grossier dans lesquelles

Marie rangeait ses provisions, ses effets personnels et sa vaisselle qui se réduisait à quelques écuelles et des louches en bois.

— La peste est passée par ici ! dit la femme qui parlait très fort. Mes trois grands fils y ont échappé. Ils sont à Rouen et je reste seule. Ils ne me donnent pas de nouvelles. Enfin, il faut faire confiance à Dieu.

Marie rassembla les tisons de l'âtre et ajouta des petites branches de chêne.

— Le bois, poursuivit-elle, c'est ce qui manque le plus. On trouve des brindilles sur le port, là où les bateaux déchargent les fagots du prieuré. On peut aussi en acheter si on est assez riche. Ce bon Jourdan m'a donné de quoi m'occuper de vous. Vous serez ici comme une petite reine. Après vos couches, vous pourrez rester, bien sûr, mais il faudra travailler à la salaison de poissons dans le port. C'est mauvais pour les mains, le sel crevasse la peau, mais c'est l'endroit où l'on gagne le mieux.

De l'intérieur de la maison, Eugénie entendait le bruit du marteau sur le fer et le soufflet que le forgeron voisin actionnait.

— C'est Tasson, mon gendre, celui qui a pris l'aînée de mes filles ! précisa Marie qui sentait les vibrations des coups sur l'enclume. Un bon ouvrier, mais il a un caractère impossible. C'est bien qu'il soit là : en hiver, sa forge réchauffe ma maison et j'économise du bois. C'est vrai qu'en été, il fait trop chaud, mais on ne va pas toujours se plaindre…

Eugénie sourit, Marie avait gagné sa confiance.

— 13 —

À la cour de France, l'été 1350 fut morose. Le roi dépérissait. Depuis son mariage, Philippe VI avait beaucoup maigri. Il avait perdu son embonpoint, ses joues s'étaient creusées. L'homme replet était devenu squelettique. Il se traînait de son lit à son petit cabinet rouge où il expédiait les affaires du royaume, laissant à ses conseillers le soin d'en régler les détails. Blanche de Navarre occupait tout son temps. L'ardeur de la jeune reine avait eu raison de la bonne santé de ce roi que les Parisiens s'étaient mis à détester.

Les courtisans riaient beaucoup de cette reine resplendissante de jeunesse et du barbon qui lui témoignait un amour puéril, la mignotant en public de la plus sotte manière, l'entraînant au déduit à n'importe quelle heure de la journée avec des clins d'œil grivois à ses proches.

En août, il s'affaiblit brutalement et dut garder la chambre. Les médecins lui recommandèrent de se modérer et de se reposer. Il les traita d'incapables, considérant que la chaleur de cet été torride était à l'origine de sa fatigue. Le soir même, il recevait sa jeune épouse dans sa couche et la garda tard dans la nuit. Le lendemain, il était à l'agonie.

Les médecins lui prescrivirent des préparations à base de vif-argent qui convenaient pour toutes les affections.

Ils lui interdirent les potions de poudre de momie, de testicules de taureaux et de toiles d'araignées destinées à accroître ses capacités amoureuses. Il s'était en effet brûlé l'estomac et détruit les humeurs fraîches du corps en abusant de ces médecines trop actives pour un homme de son âge.

Les potions, les saignées et les formules magiques ne furent d'aucun effet sur le pauvre roi qui voyait la vie s'en aller de son corps devenu celui d'un vieillard en quelques semaines. Il comprit que les dernières heures de son règne étaient arrivées et surtout qu'il allait comparaître très bientôt devant le juge suprême. Cela le tracassait beaucoup ; sa couronne usurpée lui pesait. À l'heure ultime, il redoutait de la payer de sa place au paradis.

— Faites appeler mon cousin, Guy de Rincourt, je veux lui parler à l'instant.

Il respirait difficilement ; ses yeux enfoncés dans leurs orbites exprimaient une lassitude mêlée de terreur.

— Il sera là dans quelques instants, Altesse. Mais cela va vous fatiguer. Prenez garde à ne faire point trop d'efforts.

— Pour ce qu'il me reste ! dit-il faiblement et constatant cette injustice qui faisait les rois aussi fragiles que les manants. A-t-on averti mon fils ?

— Oui, Sire. Il est à Fontainebleau. Il sera là en fin de matinée.

— Je ne veux point le voir avant d'en avoir fini avec M. de Rincourt.

Les courtisans assemblés à la porte savaient que l'on mentait au roi : Jean de Normandie ne viendrait pas. Il faisait la fête à Fontainebleau avec ses amis et son inséparable M. d'Espagne. Quand on l'avait averti que son père était au plus mal et qu'il devait regagner Paris, le dauphin s'était écrié « Qu'il crève ! » et il était parti à la chasse.

Guy de Rincourt, intendant des armées, traversa le palais royal jusqu'à l'ancien château qu'occupaient Philippe VI et sa jeune reine. Quand il arriva, les courtisans le saluèrent avec une certaine retenue, car aucun ne voulait trop se montrer en sa compagnie, ne sachant si la fortune qui touchait ce petit noble à l'accent gascon serait reconduite par le nouveau roi. La plupart pensaient que Jean se déferait des conseillers de son père. Attaché aux frivolités, il ne voudrait pas s'embarrasser d'un homme sérieux et hautain qui parlait du délabrement de l'armée pour condamner les dépenses inconsidérées de la cour.

Rincourt entra dans la chambre du malade qui ordonna qu'on fermât les portes. Un silence total se fit dans le couloir, mais le roi chuchotait et les curieux eurent beau prêter l'oreille le plus près possible de la porte, pas un mot ne filtra jusqu'à eux.

Philippe VI tendit sa main maigre et ridiculement petite pour un homme dont tout le monde gardait le souvenir de la belle allure. Son visage fripé laissait pointer un menton dénudé de ses anciennes rondeurs. Assise sur le rebord du lit, la reine lui caressait la joue. Le curieux assemblage de ce vieillard et de l'adolescente frappa le chevalier. Qui eût pu croire qu'ils étaient mari et femme ? Blanche de Navarre était visiblement affectée et ne comprenait pas pourquoi elle était accusée d'être à l'origine du dépérissement de son époux qu'elle avait servi avec beaucoup de constance.

— Vous êtes la seule personne sur qui je peux compter en ce moment ! murmura Philippe VI, car je sais que vous n'avez pas l'ambition du paraître et que le fond de votre âme est foncièrement honnête.

Il posait un regard brûlant sur Rincourt qui ne manifesta aucune réaction. Contrairement à l'habituel comportement des grands dont la méfiance est la règle, le roi avait spontanément accordé sa confiance à un homme dont il savait peu de choses.

— Je vais mourir, poursuivit le roi.

— Mais non, Sire, ce n'est qu'une fatigue passagère. Vous serez sur pied pour aller courir le cerf à Vincennes dès les premiers jours de septembre.

— Non.

Il tourna sa tête aux cheveux épars. L'oreiller de duvet de cygne fit un petit bruit froissé.

— Ma mie, je vous prie de nous laisser quelques instants. Ce que j'ai à dire à M. de Rincourt ne peut être connu que de lui seul.

— Mais, Sire, je suis votre épouse. Vous n'avez donc pas confiance en moi ?

— Si fait ! J'ai confiance, mais vous êtes encore bien jeune. Je vous prie d'aller, le temps nous manque pour parlementer.

Blanche obéit. Rincourt remarqua que ses gestes tout autant que sa silhouette conservaient un tour juvénile. On avait l'impression que le roi et la reine n'étaient pas du même monde, que le mal venait d'un assemblage contre nature, comme s'ils étaient d'espèces différentes.

— Nous voilà seuls, enfin. Rincourt, vous serez le garant de ma couronne dans les temps difficiles qui s'annoncent. Je vous fais seigneur de Nemours…

— Sire, je ne suis pas digne d'un tel honneur.

— Si. Les actes signés de ma main sont chez mon notaire qui vous les fera parvenir sous peu. J'ai confiance en vous, je veux partir rassuré.

Le roi marqua une pause pendant laquelle sa respiration bruyante occupait tout l'espace. Rincourt se taisait, toujours debout près du lit.

— Vous connaissez la situation : Jean va ceindre la couronne. Je n'ai pas été un bon roi, il sera pire. Regardez, il ne s'intéresse qu'aux fêtes, aux ripailles. Il dépense sans compter, c'est un panier percé. Son récent mariage avec Mme de Boulogne lui a rapporté une très grosse fortune qu'il dilapide superbement. Il en fera de même des finances de l'État. Et puis, son funeste penchant pour M. d'Espagne… Cela ne convient pas à un roi. Souvenez-vous du père d'Édouard III d'Angleterre…

— Sire, vous vous faites du mal à ressasser toutes ces choses… dit Rincourt.

— Il le faut. Donc, Jean ne sera pas assez avisé pour mesurer le danger qui le guette. Sa couronne ne sera jamais assurée sur sa tête et pourtant, ma race peut survivre. Le jeune Charles, mon petit-fils, encore un enfant, a le caractère et la force de son arrière-oncle, Philippe le Bel. Si la couronne tient jusqu'à lui, il saura l'affermir. En attendant, il faut éviter le naufrage. Et les écueils ne manquent pas. Le roi Édouard poursuit sa guerre avec patience et peut la gagner en face d'un Jean bien éloigné de la réalité. Charles de Navarre, mon beau-frère, ce beau parleur, est maître pour embrouiller les gens et semer la discorde. Tous les deux revendiquent la couronne parce qu'ils sont descendants directs de Philippe le Bel par les femmes. Mais ce ne sont pas les plus dangereux ! Jean Ier qui vit à Sienne a des droits réels. La conjuration des Lys renaît de ses cendres, c'est elle que mon fils devra combattre. La comtesse d'Anjou que vous êtes allé chercher en Avignon a survécu à la peste !

Rincourt eut une brève contraction du pourtour des lèvres. Ses yeux lancèrent un éclat qui échappa au roi.

— Nous ne savons pas ce qu'elle est devenue ! dit-il.

— C'est que vous l'avez mal cherchée, reprit le roi. Elle se trouve à Eu, chez Raoul de Brienne. Sous prétexte de négocier la paix avec l'Anglais, ce traître complote pour destituer mon fils et offrir la couronne à son héritier naturel.

La faiblesse du roi était-elle à l'origine de cette affirmation ou était-ce la volonté de confesser un forfait dont il mesurait le poids ? De son côté, Rincourt commençait à comprendre la générosité du mourant à son égard : il l'avait fait seigneur de Nemours uniquement pour contrer ses ennemis.

— Cette femme, poursuivit-il, cette comtesse d'Anjou a la beauté du diable et la détermination de toute une armée. C'est elle qu'il faut combattre.

Rincourt se taisait toujours et son silence poussait le roi vers plus de confidences.

— Je connais vos sentiments. Ce n'est que contraint par le temps que je vous demande de jurer de protéger la couronne des Valois.

Rincourt ne s'attendait pas à une telle demande qui allait l'obliger à combattre la femme de toutes ses pensées.

— Sire… dit-il d'une voix embarrassée.

Le roi porta sa petite main à ses lèvres noirâtres.

— Ne répondez pas trop vite. Je sais ce qui vous anime. Cette femme a tant de pouvoir sur les hommes ! Même le pape, dit-on, a failli se laisser prendre. Il faut que vous juriez. Apportez la bible posée sur cette commode à côté de la lampe à huile et jurez !

— Que dois-je jurer ? demanda Rincourt, comme s'il n'avait pas compris.

Le roi formula sa pensée autrement.

— Vous allez jurer de rester fidèle à la couronne des Valois et de combattre ses ennemis, tous ses ennemis.

Rincourt hésita ; pourtant, il ne pouvait pas refuser la dernière requête du mourant. Il jura, la main droite posée sur la bible, conscient de renier sa tunique blanche. Il perdait Eugénie pour toujours et, selon les circonstances, serait obligé de la tuer. Ce fut un homme abattu qui sortit de la chambre du roi.

Philippe VI mourut quelques heures plus tard, le 22 août 1350, sans revoir son fils qui n'avait pas jugé opportun d'interrompre les fêtes et les banquets à sa cour de Fontainebleau. Cette mort le faisait roi de France, il avait hâte de prendre ses fonctions. Il savait que le temps pressait car ses ennemis pouvaient profiter de la courte vacance pour se manifester.

— Faites taire ces gueux, Sire, lui dit M. d'Espagne qui sentait que sa position pouvait être remise en cause. Allez vous faire oindre des huiles saintes à Reims et personne ne pourra plus rien contre vous.

Charles de la Cerda était un superbe jeune homme, les cheveux très noirs et frisés en amples boucles pleines de grâce, un visage un peu long et très expressif. Jean le préférait à sa nouvelle femme qui lui faisait de terribles scènes de jalousie. Considérant que la succession ne se ferait pas sans heurts, le bellâtre quitta la cour du dauphin, affirmant que son devoir l'appelait ailleurs. Comme tous les opportunistes, il mesurait les dangers qui le menaçaient et ne voulait pas, par imprudence, risquer de gâcher une belle carrière. Il prit le commandement d'une flotte, car ce fanfaron qui n'avait jamais mis les pieds sur un bateau voulait faire acte de bravoure et montrer que les Anglais ne l'effarouchaient pas, même sur mer. Pendant ce temps, la situation s'éclaircirait à Paris.

La mort de Philippe VI étonna tout le monde. On savait, dans toutes les cours d'Europe, que le roi brûlait ses dernières forces au déduit, mais on pensait qu'il allait durer encore une année ou deux, le temps pour les factions rivales de se préparer. La surprise joua en faveur du tout nouveau roi, Jean II.

Eugénie accoucha au début du mois de mars 1350 d'un petit garçon, fort bien membré, à qui Marie la Sourde donna les premiers soins. La jeune mère ne sut comment l'appeler. Le premier prénom qui lui vint à l'esprit fut celui du père : Guy. Elle fit la grimace.

— Nous l'appellerons Renaud, comme son grand-père, décréta-t-elle.

Eugénie et Marie la Sourde communiquaient avec l'ardoise et la craie. La vieille femme, dont la surdité venait d'avoir entendu trop de mensonges et de blasphèmes en assistant des mourants, braillait ses commentaires qu'on entendait à l'autre bout de la rue.

Eugénie griffonna le nom qu'elle avait choisi.

— Va pour Renaud ! dit Marie en faisant les signes de croix rituels du premier baptême que pratiquaient toutes les accoucheuses, car les nouveau-nés mouraient souvent dans les heures qui suivaient leur naissance.

Le petit Renaud avait la chance d'arriver à la fin de l'hiver et d'échapper ainsi aux nombreux refroidissements qui avaient raison de beaucoup de nourrissons. Il tétait goulûment et dormait le reste du temps, ce qui permettait à Eugénie de s'absenter pour laver les couches et ses propres effets pendant que Marie se rendait à la salaison de poissons dont l'odeur pesait sur la ville. La jeune femme fréquentait un lavoir proche de la place centrale où se rassemblaient toutes les commères au service des familles aisées, armateurs et riches commerçants. Elles parlaient beaucoup, disaient le bon comme le mauvais, et surtout le grivois, les histoires de maris volages et de femmes légères. Lorsque Eugénie arrivait avec son panier de linge malodorant, les conversations baissaient d'un ton et s'arrêtaient complètement quand la jeune mère s'agenouillait devant les pierres plates au bord du ruisseau. Elle n'avait pas l'allure d'une femme simple, d'une gaillarde du peuple.

Au contraire, elle marchait avec élégance ; son corps frêle qui avait repris rapidement ses formes harmonieuses était celui d'une personne de noblesse. Son visage, son regard, son sourire, la différenciaient des autres. D'ailleurs, ne parlait-elle pas le langage recherché des châteaux, malgré son accent du Sud ?

Les commentaires sur son compte allaient bon train dès qu'elle avait tourné les talons. Cet enfant dont elle lavait les effets, de qui était-il ? Pourquoi se cachait-elle ? Une mégère raconta qu'Eugénie était la fille d'un seigneur du pays de Caux, reniée après avoir été engrossée par un domestique. Chacune apportant son grain de fantaisie, le domestique fut d'abord très beau, puis devint le bâtard d'un prince du Hainaut. Eugénie répondait aux allusions curieuses par un sourire entendu, un léger haussement d'épaules qui pouvait s'interpréter comme une confirmation. Quand son linge était rincé, essoré et mis à sécher au vent marin sur des cordes tendues entre d'anciens mâts de bateau, elle rentrait chez Marie la Sourde sous les regards curieux des lavandières et les sifflets des charpentiers qui construisaient des barques de pêche.

Souvent, le soir, Marie la Sourde racontait sa vie. Eugénie l'écoutait, un léger sourire aux lèvres, tout en berçant le petit Renaud. Le père de la vieille femme buvait beaucoup de cidre et d'eau-de-vie. Il pêchait le hareng pour les salaisons où Marie avait commencé à travailler dès l'âge de six ans.

— C'était dur, il fallait se lever à cinq heures du matin. L'hiver, quand il faisait très froid, toute la famille dormait sous la même couverture, mon père qui ronflait horriblement, ma mère, mon oncle, mes sœurs et mon frère. C'est là que mon oncle a abusé de moi quand j'avais dix ans. Il y a pris goût pendant tout un hiver et, le printemps venu, quand j'ai voulu dormir seule dans mon coin, il a dit à mon père que je me laissais culbuter par tous les pêcheurs du port. J'ai reçu une terrible raclée, mais je n'ai rien dit. C'était plus fort que moi : parler de ce que mon oncle m'avait fait subir m'aurait salie pour toujours, alors j'ai tenu ma langue. L'hiver suivant, ça a recommencé et j'ai supporté. Mais cela m'avait dégoûtée des hommes, de tous les hommes. Il a quand même fallu que je me marie. Avec ce pauvre Paul qui était tout en douceur et en gentillesse. Alors, j'ai compris que les hommes ne sont pas tous méchants et violents.

Eugénie se taisait et montrait, par un battement de paupières, qu'elle écoutait avec attention et qu'elle était d'accord avec Marie qui poursuivait son monologue :

— Nous les pauvres devrions être idiots. Cela nous éviterait de souffrir. Quand j'ai eu épousé Paul, mes enfants sont nés, un chaque année. Mais ne crois pas que j'allais avec mon mari par plaisir, il avait besoin... Oui, j'aurais voulu naître sans le moindre entendement pour ne pas comprendre ce qui se passe autour de moi. J'ai appris à lire quand j'avais vingt ans, comme ça, en regardant les lettres écrites sur les tonneaux de harengs et, une fois, une fois seulement, j'ai pu feuilleter le livre de messe, avant de me confesser. Le livre était resté sur l'autel et la curiosité m'a poussée vers ce péché. Et puis comme les femmes mouraient en accouchant, par manque de soins, j'ai pensé que je pouvais les soulager. Je te promets que personne ne m'a jamais rien montré, c'est Dieu qui m'a soufflé ce que je devais faire. Oui, Dieu m'aime assez et je le lui rends bien.

— C'est que tu es bonne, voilà tout ! s'exclama alors Eugénie.

— Qu'est-ce que vous racontez ? Je vois vos lèvres qui bougent. Vous pouvez me croire, je ne mens jamais.

La curiosité était le principal défaut de Marie la Sourde, raison pour laquelle Eugénie ne lui faisait aucune confidence. D'ailleurs, cette vie, qui n'était pas la sienne, commençait à lui peser. Elle devait reprendre contact avec Brienne, sa place était à la tête de la conjuration des Lys qui allait rejoindre Jean Ier en Italie.

— Je vais bientôt partir ! dit-elle un soir à Marie qui fit une grimace pour montrer qu'elle n'avait pas compris.

Eugénie écrivit sur l'ardoise. En lisant, la vieille femme opinait du chef pour bien montrer qu'elle n'était pas surprise.

— Vous ne m'apprenez rien. Depuis votre arrivée, j'ai constaté que votre regard était ailleurs. Je sais que vous êtes une grande dame. Jourdan me l'a dit en me donnant une grosse bourse. Soyez sans crainte, je m'occuperai du petit Renaud comme si c'était mon propre enfant. Mais il faudra revenir le chercher très vite : sa place n'est pas chez une pauvre ouvrière !

Eugénie se tenait au courant de ce qui se passait au château d'Eu. Elle avait soudoyé un marchand ambulant qui s'y rendait une fois par semaine. Raoul de Brienne avait appris sa disparition par le sire de Mainemarres. De sa détention en Angleterre, le connétable de France avait ordonné qu'on la retrouvât au plus vite, mais personne n'eut l'idée de la chercher au Tréport qui était à moins de trois lieues.

La jeune mère décida de se montrer. Un matin, elle confia Renaud à Marie et alla se présenter au château d'Eu. Elle fit appeler Mainemarres qui ne cacha pas sa surprise.

— Nous vous avons tant cherchée ! Nous avons cru que les espions du Valois vous avaient enlevée !

— Ceci doit rester entre nous ! confia Eugénie sans baisser les yeux. Un homme a abusé de moi et je n'ai pas voulu détruire l'enfant, même s'il a été conçu par le démon. Et je n'ai pas voulu accoucher ici où nos ennemis ont sûrement quelques espions !

— Je vais enfin pouvoir annoncer cela à M. de Brienne qui se languit en Angleterre !

— Ne parlez jamais de l'enfant, qui doit rester en dehors de nos affaires !

Les accords pour la libération de Brienne traînèrent en longueur, les Anglais se montrant toujours plus gourmands. On l'attendait pour le mois de mars, il revint en septembre. Eugénie partageait son temps entre Eu et Le Tréport où Marie la Sourde passa le plus bel été de son existence. Les bourses du connétable la dispensaient de travailler à la salaison et elle consacrait tout son temps au petit Renaud.

— Je prie pour vous tous les jours ! dit-elle à Eugénie. Vous m'avez offert ce que je n'espérais plus sur cette terre !

Raoul de Brienne fut enfin libéré au début du mois de septembre. En même temps que le connétable, des envoyés du nouveau roi arrivèrent à Eu et s'enfermèrent avec lui dans le petit salon où il recevait les envoyés des différentes cours d'Europe.

— Que se passe-t-il ? demanda Eugénie.

— Jean II vient d'être sacré à Reims. Il me fait mander d'urgence. Le pape est enfin avec nous. Lui qui ne voulait pas entendre parler de Jean de Sienne se dit que le trône de France est trop noble pour appartenir à un roi sodomite. Nous partirons en Italie tout de suite après !

Eugénie réfléchit un instant. Clément VI n'était pas homme à changer d'avis du jour au lendemain. Le comportement du roi Jean n'arrêtait pas Pierre Roger de Beaufort. Jean II avait eu quatre enfants avec Mme Bonne de Luxembourg et sa nouvelle femme était grosse… Il était désormais oint des saintes huiles, ce qui lui donnait, non pour les juristes et les grands du royaume mais pour le peuple, une légitimité incontestable.

— Tout ceci me semble bizarre ! dit Eugénie. Si c'était un traquenard ?

Raoul se mit à rire, découvrant ses dents blanches et bien régulières. Ses cheveux d'or miroitaient aux rais de soleil qui les frappaient. Eugénie avait parfaitement conscience du sentiment qui l'unissait à ce bel homme : une amitié qui ne serait jamais de l'amour. Son cœur était ailleurs, elle en avait conscience, même si elle refusait de l'admettre.

— Un traquenard ! On ne tend pas un traquenard à Raoul de Brienne, deuxième personnage du royaume. Savez-vous que ma fortune est supérieure à la sienne ?

— Oui, mais il habite le palais royal et il est le roi. Pourquoi croyez-vous qu'il veut vous voir ?

— Il veut m'acheter.

— Quels sont ses moyens de pression ?

— Il est le roi et menace de m'enlever la charge de connétable, mais je suis plus fort que lui. Je vais refuser ses propositions !

Eugénie resta silencieuse. Un étrange malaise l'oppressait, mais elle n'en parla pas.

— 14 —

À la mi-septembre, le vent vira au nord, apportant un grand ciel bleu, léger et figé dans un froid inattendu. Les mares gelèrent, la glace formait des langues transparentes sur les berges de l'Eure.

Les campagnes manquaient cruellement de bras. Les champs étaient livrés aux taillis. Dans les chemins qu'on n'empierrait plus, de profondes ornières arrêtaient les charrois. Des hameaux entiers étaient abandonnés aux ronces qui grimpaient sur les portes battantes. Certains avaient été incendiés par des bandes de routiers, d'autres, intacts, avaient été dépeuplés par la maladie. Le vent s'engouffrait dans les rues vides, geignait contre les pignons d'où les premiers gels détachaient les pierres, arrachaient les chaumes pour mettre à nu les squelettes des charpentes. Les loups s'étaient installés à la place des hommes ; des hordes vivaient dans ces lieux sordides et n'en sortaient que pour attaquer les rares troupeaux de moutons.

La nature reprenait ce que les hommes avaient mis des siècles à lui ravir. Les murets construits entre les parcelles pour retenir la bonne terre s'écroulaient. Les pierres roulaient sur l'humus que le soc ne tournait plus. Dans les villes, il y avait trop de maisons, même si l'on continuait de se tasser dans les taudis : personne ne voulait occuper les logements laissés libres par la peste. Tout le monde redoutait que la mal-mort y soit encore, tapie dans un coin, prête à sauter à la gorge des nouveaux venus.

Les ouvriers manquaient et les prix flambaient. Jean II, entre deux tournois, deux fêtes, prit plusieurs ordonnances limitant les salaires, mais cela n'eut aucun effet. Si, les premiers temps, une certaine modération apparut, le coût du travail se remit à grimper, tellement la demande était forte et les bras rares. « Vous verrez que nous serons obligées de faire nous-mêmes notre toilette et de nous coiffer comme les bergères en nous mirant dans une flaque d'eau ! » s'écria la comtesse de Berry, excédée de ne pas avoir ses dix femmes ordinaires pour ses ablutions du matin. Les exigences des journaliers, des laboureurs et des boutiquiers étaient excessives, mais il fallait payer si l'on voulait assurer la récolte de l'année suivante, la cueillette des fruits et la construction des bâtiments en cours. Seul le pape poursuivait l'édification de son palais en Avignon sans soucis de main-d'œuvre : les Juifs qu'il avait protégés pendant l'épidémie lui étaient entièrement dévoués.

Eugénie et Raoul de Brienne prirent la route de Paris dans un froid qui s'accentuait à mesure qu'ils pénétraient à l'intérieur du pays. En bord de mer, le temps était toujours plus clément. La neige qui tombait sur les collines normandes atteignait rarement Eu ou Le Tréport. Ils traversèrent des campagnes immobiles et silencieuses comme au plus fort de l'hiver. C'était désespérant de voir les riches collines de Picardie et de Normandie sans le grouillement de vie ordinaire à cette saison. La faucheuse d'âmes avait bien fait son travail. Les voyageurs racontaient qu'elle frappait encore des hameaux isolés, des villes qui se repliaient derrière leurs murs pour ne pas ébruiter leur mal, car le seul mot de « peste » faisait fuir les rares journaliers si nécessaires aux économies locales. Ainsi, les bruits les plus terribles couraient au pas des chevaux. On parlait d'une nouvelle forme d'affection qui ne se manifestait qu'à l'ultime moment. Le malade ne s'apercevait de rien, n'éprouvait pas le moindre malaise. On disait même que pendant cette période, il était doté de pouvoirs étranges, pouvant prédire l'avenir des siens, guérir les écrouelles et différentes maladies par simple imposition des mains. Les vieillards retrouvaient la vigueur de la jeunesse, les muets se mettaient à parler et les idiots étonnaient par leur clairvoyance sans faille. Le miracle ne durait pas : le « pesteux » qui s'ignorait était tout à coup pris de vertiges et s'écroulait, mort sans avoir eu le temps de se confier à Dieu.

Cette nouvelle forme de la maladie dont personne n'avait pu observer le moindre cas terrorisait tout le monde. Ainsi la sérénité, la confiance dans l'avenir n'étaient-elles pas revenues ! La peur rongeait les estomacs creux et peuplait les nuits froides de cerfs dressés sur leurs pattes arrière proférant des paroles diaboliques, de revenants et de sorcières qui faisaient le sabbat aux portes des bons chrétiens.

Le voyage d'Eugénie et du connétable de France se passa sans difficulté. Ils allaient en petit appareil pour ne pas perdre trop de temps. Une cinquantaine de chevaliers seulement composaient leur cortège précédé par la bannière des Brienne où, privilège rare, se trouvait la fleur de lys pour rappeler le sang capétien de Raoul qui descendait en ligne directe de Philippe Auguste. Propriétaire à Paris d'un immense hôtel, il s'était dispensé de transporter ses meubles préférés, ses animaux, ses faucons, ses cuisines et tout ce qui était indispensable à la vie d'un grand seigneur. L'urgence justifiait une telle sobriété.

Eugénie ne montrait rien de la fatigue quand le soir arrivait. Elle mettait un point d'honneur à parcourir les dix lieues par jour sans protester, alors que certains chevaliers rompus à chevaucher se plaignaient de douleurs au fessier. Elle appréhendait l'arrivée à Paris, redoutant surtout de rencontrer Rincourt, de devoir paraître en compagnie du connétable.

Ils entrèrent dans la capitale un après-midi où le soleil brillait, mais le vent du nord maintenait un froid cinglant. Les Parisiens grelottaient sous les capuches de toile et les manteaux de chanvre. Seuls les riches bourgeois pouvaient porter fourrure tous les jours, les autres n'utilisaient le pardessus de renard ou de chèvre hérité de leurs pères que dans les grandes occasions, car ce bien précieux devait durer plusieurs générations.

L'hôtel des Brienne se trouvait sur l'île de la Cité, à côté du cloître Notre-Dame. Les tilleuls, les érables et les cerisiers perdaient leurs feuilles que les domestiques ramassaient.

Eugénie et Raoul gagnaient leurs appartements quand un messager vint leur annoncer que le roi les attendait.

— Sa Majesté souhaite que la comtesse d'Anjou vous accompagne !

Brienne vit un signe favorable dans la diligence que Jean II mettait à le recevoir.

— Jean n'a plus aucun soutien ! s'exclama-t-il. Il demande du secours !

— Réfléchissez, je vous en conjure ! supplia Eugénie. Comment le roi sait-il que nous sommes arrivés ? Il nous a fait entourer d'espions, voilà la vérité !

Bien décidé à ne faire aucune concession, le connétable ne prit pas le temps de se reposer. Il changea rapidement sa cotte couverte de boue, ses chausses qui sentaient le suint de cheval, s'aspergea la figure d'eau tiède et rejoignit Eugénie. Ils partirent tous les deux en char à bancs en direction du palais. Quelques centaines de pas le séparaient de la demeure royale, mais les grands personnages du royaume ne se déplaçaient pas à pied lorsqu'ils étaient en délégation officielle.

Le char entra dans la cour du Mai. Une vingtaine d'hommes en armes l'entourèrent. Eugénie, toujours en proie à son pressentiment, frissonna.

— C'est un traquenard ! Nous venons de nous jeter dans la gueule du loup !

— Nenni. Cela ne se peut. Tranquillisez-vous !

Un homme s'approcha et invita Brienne à descendre.

— Monseigneur, je vous prie de me donner votre épée. Vous êtes en état d'arrestation.

— De quel droit me parlez-vous ainsi ? s'écria Brienne. Je suis le comte d'Eu, connétable de France !

Eugénie reçut un coup de poignard en reconnaissant la voix qui s'était adressée à Brienne. Elle osa lever les yeux sur le capitaine qui se tenait devant Brienne, droit, imperturbable, le regard fixe posé sur le deuxième personnage du royaume.

— Je suis Guy de Rincourt, seigneur de Nemours. J'ai ordre de Sa Majesté de vous arrêter et de vous conduire au Châtelet, ainsi que madame.

— Au Châtelet ? Mais c'est une prison pour les gueux ! Écartez-vous, je veux voir le roi et mon rang me permet de l'approcher sans être annoncé.

Rincourt se plaça devant lui. Deux sergents s'étaient postés de part et d'autre d'Eugénie. Le chevalier blanc lui jeta un rapide regard. Elle avait l'impression d'être une fillette prise en faute, une fugueuse que les siens retrouvaient après sa cavale.

— Conduisez-nous au roi ! ordonna Brienne.

— Ce ne sont pas les ordres ! répondit Rincourt en faisant signe à ses soldats d'emmener les prisonniers.

Eugénie avait eu raison de se méfier. L'indifférence de Rincourt l'avait blessée. Comment lui, le père du petit Renaud, pouvait-il la considérer comme une prisonnière ordinaire ? Elle s'en voulait surtout, à cet instant, de ne pas le haïr.

Des gardes emmenèrent Brienne pendant que d'autres poussaient la jeune femme dans une autre direction. Elle demanda où on la conduisait, personne ne répondit. À force d'insister, un homme dont le heaume en maille de fer ne laissait voir que le devant du visage et le regard décidé lui dit sèchement :

— Vous le verrez bien assez tôt !

Elle fut conduite à la tour d'Argent qui gardait l'entrée du palais, côté fleuve, et enfermée dans une pièce froide, avec une seule fenêtre grillagée très haute. Dans la pénombre, elle put remarquer une sorte de paillasse et un tabouret. Elle attendit puis, exaspérée par le silence, elle frappa à la porte de bois en criant. Comme personne ne venait, elle se laissa tomber sur la paillasse, consciente qu'il n'y avait plus aucun espoir. Jean II pouvait la laisser croupir là pendant des années, jusqu'à ce qu'elle meure par manque de soleil et d'air pur. Elle pensa à son mari, déjà si loin dans sa mémoire, à Matthieu et Benoît.

Les heures passaient. La nuit était tombée. Dans l'ombre totale, elle grelottait assise sur le bord de la paillasse. Des pas s'approchèrent, la porte s'ouvrit. Un homme en cotte de mailles apporta une écuelle de soupe fumante.

— Je veux parler à M. de Rincourt, dit Eugénie. On m'a enfermée ici sans me donner aucun motif, je veux des explications.

L'homme la regarda longuement. Il n'avait pas l'habitude de ce genre de prisonnière. Ici, on enfermait les maquerelles, les femmes du peuple, rarement des princesses.

— Répondez-moi. Pourquoi me retient-on ici ?

— Ce ne sont pas les ordres ! dit l'homme en fermant la porte.

Eugénie ne toucha pas à son écuelle. Elle resta ainsi, jusqu'au petit matin. Une certitude occupait son esprit : le roi voulait frapper la conjuration des Lys et se débarrassait de ses membres les plus influents.

Au petit matin, l'homme qui lui avait apporté à manger arriva accompagné de deux soldats en armes et d'un prêtre tenant un crucifix à la main droite. Un frisson gelé parcourut Eugénie. La présence de ce prêtre ne signifiait-elle pas que sa dernière heure était arrivée ?

— Madame, dit l'homme, il est temps de vous préparer à paraître devant le Créateur. Vous avez un quart d'heure pour confesser vos fautes et recevoir les sacrements des condamnés.

Eugénie recula, comme horrifiée par le crucifix que le prêtre tenait toujours devant lui.

— Qu'est-ce que cela signifie ? s'écria-t-elle. Vous n'avez pas le droit, vous entendez ? Je suis la fille de la reine Clémence de Hongrie. Vous n'avez pas le droit !

— Ce sont les ordres ! Il vous reste quelques minutes pour vous mettre en règle avec Dieu.

Des pensées terribles traversaient l'esprit d'Eugénie. Le prêtre fit un pas vers elle. C'était un petit homme aux cheveux gris, au visage large et empâté, au regard fuyant.

— Mais enfin, je voudrais bien savoir ce qu'on me reproche. On n'exécute pas sans raison une personne de mon rang. Qu'ai-je fait ?

— Je vous en prie, acceptez de vous confesser et de recevoir le corps du Christ !

À cet instant, venu du couloir sombre, un troupeau de rats noirs se mit à courir dans la lueur des torches, entre les pieds des gardes et du prêtre qui sursauta. Les rats disparurent aussi vite qu'ils étaient venus. Eugénie comprenait ce que cela voulait dire, la peste pour cette fois était son alliée.

— Dépêchez-vous, madame, le temps presse.

Elle ne pouvait se décider. Faire ce qu'on lui demandait, revenait à accepter sa condamnation. Elle priait pourtant de toute son âme pour que Dieu la sauve, mais la seule vue du prêtre lui donnait la nausée.

— Tant pis ! dit un des gardes. C'est l'heure, il faut y aller.

Deux hommes prirent Eugénie chacun par un bras et l'obligèrent à les suivre. Elle poussa un cri strident qui retentit dans tout le bâtiment. On la conduisit à une cour intérieure bordée de hauts murs et éclairée par des torches. Ce qu'elle vit en premier fut le billot de bois et le bourreau, la tête recouverte d'une cagoule noire, debout appuyé sur le manche de sa large hache à décapiter.

— Vous ne pouvez pas ! hurla-t-elle. C'est un crime !

— Madame, il faut vous taire, sinon nous vous y obligerons ! dit un de ses gardiens.

Arrivé par une autre porte, Raoul de Brienne, entre plusieurs soldats, avançait en chemise, la tête nue, les cheveux coupés sur la nuque. Il semblait digne devant ses meurtriers, noble jusqu'à la dernière seconde. Il vit Eugénie et se troubla, perdit sa superbe.

— Que faites-vous ? Laissez cette femme en paix ! C'est la fille de la reine Clémence, elle n'est en rien dans mes affaires !

— Ordre du roi !

— Le roi ? Un usurpateur, un malfrat, voilà ce qu'est votre prétendu roi. Ce crime lui vaudra la couronne que son père a volée !

— Monsieur, c'est le moment !

Brienne avait passé la nuit à protester, à réclamer ce qui ne pouvait être refusé au pire des criminels : le droit de se défendre. Personne ne l'avait entendu. Il donnait donc sa vie à sa fidélité aux Capétiens et il l'acceptait, certain que son sacrifice serait le début d'une reconquête. En revanche, il refusait qu'Eugénie partageât son sort.

— Vous n'avez pas le droit de tuer cette femme !

Un des gardes voulut lui bander les yeux, il le repoussa d'un revers de bras.

— Je suis un Brienne et les Brienne marchent vers la mort la tête haute, car ils sont toujours dans leur bon droit.

Il fit quelques pas vers le bourreau. Au moment de s'agenouiller pour poser sa tête sur le billot, il se tourna vers Eugénie, la regarda longuement, puis s'agenouilla. La hache se levait déjà. Eugénie poussa un cri et s'effondra. Le bourreau, probablement troublé d'avoir à décapiter un grand du royaume, manqua son coup et la hache glissa sur le bas du crâne, ouvrant une profonde entaille d'où le sang gicla. Brienne poussa un son sourd, comme une sorte de soupir. La lame s'abattit de nouveau, décollant la tête qui roula sur le sable que l'on avait répandu.

Eugénie voulut être digne à son tour. L'horreur de ce qu'elle voyait lui donnait envie d'en finir au plus vite. On ne lui avait pas coupé les cheveux et le bourreau, dans un souci de faire du bon travail, demanda qu'on les lui attachât sur la tête pour bien dégager sa nuque de femme qu'il trancherait d'un seul coup.

Un des gardes voulut prendre la chevelure dans ses mains, elle le repoussa et fit elle-même une sorte de chignon qu'elle fixa avec un peigne. Elle ne touchait plus terre, elle n'était plus dans cette sordide cour devant le corps décapité de son ami, elle était déjà ailleurs, dans un autre monde, et marchait, insensible à ce qui allait lui arriver, le regard tourné vers l'image intérieure de ses trois enfants réunis. Les soldats reconnurent son courage et baissaient la tête. Beaucoup ne comprenaient pas qu'on exécutât ainsi une femme de noblesse. En arrivant au billot, elle se retourna :

— Messieurs, vous direz au chevalier de Rincourt, seigneur de Nemours, que la mère de son fils est morte en fille de reine.

Elle se tourna pour poser sa tête sur le billot, hésita devant la mare de sang qui l'entourait. Alors, elle s'effondra en larmes, il fallut la relever.

Un remous se fit à la porte. Des gardes arrivaient, entourant un haut personnage qui cria de tout arrêter. Eugénie reconnut sa voix et trouva alors la force de faire face.

— Arrêtez ! cria de nouveau l'homme. Le roi vient de gracier Mme d'Anjou.

Le bourreau marmonna, contrarié de ne pas finir le travail pour lequel il avait été payé. Les vêtements des condamnés lui revenaient et Brienne, l'homme le plus riche du royaume, ne lui laissait qu'une chemise tachée de sang, des chausses, mais pas le moindre bijou, bague ou boucle d'oreille qu'il aurait pu monnayer. La femme représentait un meilleur butin avec sa robe de qualité.

— Madame, dit Rincourt en s'approchant d'Eugénie, le roi a enfin entendu ma requête et vous gracie.

— Il me gracie, dites-vous ? Mais de quoi, de quelle faute ? Dites plutôt qu'il renonce à me faire assassiner.

Rincourt ne répondit pas ; Eugénie avait retrouvé son aplomb, sa force de caractère après un instant de relâchement.

— Madame, je vous prie de me suivre.

— Où m'emmenez-vous ? En prison, pour que je ne puisse pas dénoncer cet assassinat ?

— Je vous demande de vous taire ! dit Rincourt en regardant autour de lui les soldats qui avaient entendu.

— Je ne me tairai pas, car je suis dans mon droit. Le Valois vient lui aussi de signer son arrêt de mort.

— Taisez-vous, vous dis-je.

La nouvelle de l'exécution du connétable de France fit le tour de Paris quelques jours plus tard. Le secret avait été gardé aussi longtemps que possible, mais les gens du palais parlèrent et bientôt toute la capitale fut au courant. Il y eut des protestations, des rassemblements pour commenter l'événement ; les aveugles chantèrent des couplets à la gloire de ce pauvre connétable raccourci par un roi sanguinaire. Les pairs du royaume demandaient des explications. Jean II, pressé de s'expliquer, se contenta d'une vague réponse :

— Je sais qu'il me trompait et je ne pouvais faire autrement, sinon c'est bien lui qui m'aurait occis.

L'émoi fut plus grand encore quand on apprit que les immenses biens de l'exécuté avaient été donnés à M. d'Espagne qui héritait aussi de la charge de connétable de France. Cela sembla scandaleux au cardinal de Périgord, légat du pape en mission à Paris, qui protesta ouvertement, car on ne pouvait donner une telle distinction à un étranger ! Le roi refusa de l'entendre. Quelques jours plus tard, il reçut une lettre du pape qui lui demandait de se justifier : on ne conduisait pas au billot un grand noble comme un vilain. Clément VI n'avait écrit cette missive que pour la forme, il n'attendait pas de réponse : le Valois défendait sa couronne.

Une autre nouvelle fit aussi le tour de Paris : la peste avait frappé les gens du palais royal, tuant une dizaine de personnes. La panique s'empara de nouveau des Parisiens ; les plus riches voulurent fuir, mais le roi en accord avec Étienne Marcel, prévôt des marchands de Paris, interdit aux citadins de sortir des murs. Au bout de quelques jours, le calme revint, aucun nouveau cas n'ayant été signalé.

À la cour d'Évreux, la mort de Brienne fut applaudie. Le petit roi de Navarre était pour beaucoup dans ce règlement de comptes. Ses espions, parmi les meilleurs d'Europe, n'ignoraient rien de la conjuration des Lys. Charles avait appris que la comtesse d'Anjou et Brienne allaient bientôt partir en Italie ; il n'avait pas résisté au plaisir d'en informer son futur beau-père, car il allait épouser Jeanne de France, ce qui faisait dire à cet incorrigible plaisantin :

— Nous étions cousins par naissance ; nous fûmes sur le point d'être beaux-frères. Mais son père ayant épousé ma sœur, je suis devenu son oncle, et voilà qu'à présent je vais être son gendre !

Tout le monde riait et Charles plus fort que les autres. Sa future épouse n'avait que huit ans. Veuve d'un premier mariage contracté à trois ans, il était bien temps de lui trouver un nouveau mari. Le roi espérait, par cette alliance, ligoter Charles le Mauvais, mais c'était mal connaître le Navarrais qui n'avait jamais eu la moindre envie de céder à Jean II. Il comptait bien le combattre par tous les moyens, sans raison politique réelle, simplement parce qu'il le haïssait.

— La véritable stratégie, dit-il à Geoffroi d'Eauze, c'est d'embrouiller les cartes de telle sorte que les adversaires ne comprennent plus rien. Alors, il devient facile de les éliminer en les dressant les uns contre les autres.

Eauze n'en pouvait plus d'attendre. Il avait été fait successivement duc d'Hendaye, de Biarritz, pair de Navarre par son jeune maître, mais cela ne changeait pas grand-chose à sa situation. Il n'avait toujours aucun revenu et Charles, si prompt à banqueter, n'était pas particulièrement généreux.

Quand il fut informé de l'exécution de Brienne, Charles le Mauvais attendit de nouvelles informations avant de prendre Eauze à part :

— Celui qui faisait la cour à ta femme a été raccourci. Je suppose que tu en es heureux. Ta femme devait être tranchée sur le même billot quand Jean le Félon l'a graciée. Un certain seigneur de Nemours du nom de Guy de Rincourt que nous avons rencontré au mariage du roi Philippe – le diable ait son âme perverse – a obtenu qu'elle soit enfermée pour toujours dans une maladrerie de Vincennes où se trouvent des possédés du démon, des fous furieux. Elle y trépassera très vite, car les gardes de ce lieu de misère ne sont pas tendres.

Eauze se dressait en face du petit roi qui semblait tout heureux de rapporter ces mauvaises nouvelles. Le malheur des autres l'égayait, il y trouvait des raisons d'exprimer son bonheur à lui. Eauze mit un moment avant de réagir. Son regard de gentil garçon se durcit et Navarre admira une fois de plus sa tête large d'un pied, son cou de taureau.

— Je vous remercie de m'avoir averti. Je pars sur-le-champ la délivrer.

Charles sautilla d'un pied sur l'autre, se percha sur une marche de l'escalier de pierre comme un oiseau qui cherche une position élevée pour mieux surveiller les alentours. Il plissa les yeux, ses lèvres prirent un tour dédaigneux. Son beau visage était ainsi enlaidi chaque fois qu'il préparait une mauvaise parole.

— N'oublie pas que tu es duc navarrais et que tu as de l'honneur. Ta femme n'a que ce qu'elle mérite. Et puis, c'est la fille de la reine Clémence, qui était aussi grande putain que ma grand-mère…

Eauze s'approcha de Charles pareil à un taureau qui se préparait à charger.

— Elle est ma reine à moi, et je vais la chercher.

— Tu n'as aucune chance et tu vas rester bien tranquillement ici à courir le cerf. Mais comme tu es mon ami, je vais m'arranger pour la faire sortir et la ramener.

Si Charles avait parlé d'Eugénie à Eauze, c'était bien parce qu'il avait l'intention de la faire évader pour la soutirer à la surveillance du roi. Il s'était mis en tête de se la concilier en lui faisant des promesses. Le parti des Lys qu'il avait combattu sournoisement pouvait encore le servir.

— J'y vais quand même ! dit Eauze.

— Trop tard, répondit le roi de Navarre. Mes hommes sont déjà sur place.

Eugénie avait envie de mourir. Depuis combien de jours, de semaines, de mois, croupissait-elle dans cette maladrerie à dix toises des tours imposantes du fort ? Après être venu la chercher au pied du billot, Guy de Rincourt l'avait lui-même conduite dans cet enfer en lui soufflant à l'oreille :

— Madame, ne vous fiez pas aux apparences. Je ne vous abandonne pas. Je viendrai vous chercher.

La pensée du petit Renaud qui l'attendait chez Marie la Sourde s'imposa à son esprit. Elle se retint d'en parler, craignant pour la sécurité de l'enfant et de sa gardienne.

— Non, messire. Je n'attends rien de vous, à part de nouveaux malheurs.

— Pardonnez-moi, madame. Je suis au service du roi de France. Je lui parlerai.

Mais Rincourt avait dû l'abandonner à son triste sort, le roi l'ayant envoyé aux frontières des Flandres contenir les marchands de laine qui protestaient contre les taxes de transport.

Depuis, Eugénie vivait dans la boue, les excréments, au milieu d'êtres monstrueux, contrefaits, démons sortis tout droit des enfers qui s'entretuaient pour un quignon de pain, car on ne les nourrissait pas ou si peu. Les gardiens, des moines, les surveillaient de loin. Parfois, ils en capturaient quelques-uns et, pour leur plaisir, jouaient à leur infliger des sévices, conscients de participer à l'œuvre de Dieu en maltraitant ces possédés du diable. Quand ils virent arriver Eugénie, leur réaction fut différente. On leur confiait parfois des prisonniers qui devaient être soustraits au monde et ils s'acquittaient de leur tâche avec ponctualité. Quelques jours au milieu des fauves avaient raison des plus solides. Beaucoup se battaient jusqu'à leur dernier souffle, d'autres sombraient dans une démence qui leur permettait de survivre au niveau des larves et des monstres.

Rincourt avait pris le frère Antonet à part et lui avait expliqué que cette possédée était différente des autres. Le moine s'en était aperçu. Il n'avait jamais reçu de femme aussi belle et d'apparence aussi noble.

— Vous m'en répondrez sur votre tête ! lui dit Rincourt. Je viendrai la chercher prochainement, mais personne ne doit savoir qu'elle est ici.

Antonet avait bien compris que ce chevalier d'apparence si solide, si sûr de lui, ne faisait qu'exprimer un sentiment personnel. Il se dit qu'en cas de besoin, il ferait avertir le roi, car il devait une partie de ses subsides aux petits services rendus à Jean II.

Eugénie fut enfermée dans un bâtiment à l'écart de la vaste cour fermée par une haute palissade. Elle pataugeait dans l'eau putride, ne disposant pour s'asseoir ou se reposer que d'une étagère en planches pourries à un pied du sol. Une multitude de vers peuplaient la boue, des insectes repoussants grouillaient dans la pénombre. L'infecte odeur qui régnait dans ce cloaque gênait la respiration. Parfois, un moine ouvrait la porte et regardait la prisonnière, car la beauté de la nouvelle venue avait fait le tour du monastère attenant à la maladrerie qui, en plus des fous, gardait des grabataires, des malades chroniques autres que les lépreux dont personne ne voulait. Le matin, le premier travail des moines consistait à ramasser les morts de la nuit qui étaient brûlés sur un terrain voisin. Alors une odeur insupportable de graisses et de chairs grillées montait dans l'air, supplantant l'habituelle odeur de pourriture.

La tête de Brienne roulant à côté du billot hantait Eugénie. Pour la première fois de sa vie, elle sombra dans une crise de larmes qui dura longtemps. Personne ne viendrait la tirer de là. Ses amis la croyaient morte, voilà où l'avait conduite son désir de justice ! Elle était là par la volonté de Rincourt qui pouvait désormais disposer d'elle. Cette pensée lui laissait une faible lueur d'espoir, car malgré les circonstances, tout son être la poussait vers lui. Enfin, comme nettoyée de son chagrin, elle se dressa face au mur de sa prison, résolue, pleine d'une combativité nouvelle.

Elle constatait la succession des jours et des nuits par plusieurs ouvertures grillagées dans le mur du bâtiment. Un soir, la porte s'ouvrit, une ombre glissa le long du mur. Eugénie reconnut Antonet. La vie avec les déments avait profondément marqué le moine et son large visage était constamment animé de vives contractions. Il retroussait les lèvres comme un cheval qui va hennir, plissait son nez, montait et abaissait rapidement ses sourcils ou clignait des yeux.

— Sortez ! dit-il d'une voix qui sembla bizarre à la jeune femme.

Elle ne se fit pas prier. Sa robe était lourde de boue, ses cheveux collés sur son crâne et son front.

— Suivez-moi.

Il l'entraîna dans une pièce voisine mal éclairée.

— Où m'emmenez-vous ?

Une cuve d'eau fumante avait été apportée, du linge propre était posé sur une table. Le regard du moine s'était allumé d'une curieuse lueur. Jamais son visage n'avait autant été animé de tics disgracieux.

— Déshabillez-vous et lavez-vous ! dit-il en se dirigeant vers la porte. Il y a du linge propre sur la table, mais je ne dispose pas de robe de princesse.

Il sortit, laissant Eugénie en face du baquet fumant qui la tentait. Son corps n'était que démangeaisons. Elle se dévêtit avec plaisir et se glissa dans l'eau chaude, un véritable ravissement.

Elle s'habilla rapidement, un sentiment agréable au cœur. Les vêtements du moine étaient un peu grands, la robe traînait par terre, la chemise pendait sur les hanches de la jeune femme, mais elle en éprouvait un véritable confort.

Antonet revint. Eugénie lui sourit et ce sourire l'illumina.

— Madame, je vous ai trouvé un manteau. Il est un peu râpé, c'était du blaireau, les poils sont tombés aux manches et sur le dos, mais il vous protégera du froid.

— Je ne veux pas retourner dans la cellule. Je préfère mourir.

— Vous n'y retournerez pas. Pardonnez-moi de vous y avoir laissée aussi longtemps, mais je ne savais pas qui vous étiez.

Il emmena Eugénie jusqu'à une chapelle qui se trouvait au fond d'une cour réservée aux moines et déserte à cette heure. À côté de l'autel, Antonet poussa un panneau de bois qui glissa sur des roulettes, découvrant l'entrée d'un souterrain, il alluma une torche à la flamme du Saint-Esprit.

— Suivez-moi.

Il s'enfonça dans les ténèbres. Eugénie le suivit en retenant sa respiration. Elle eut un doute en pensant à Rincourt qui devait venir la chercher et se demanda si le roi n'avait pas éventé le dessein du chevalier. Non, ce n'était pas possible : Antonet n'avait pas le visage d'un traître.

Le souterrain débouchait dans la forêt de Vincennes. Le fort, sur la droite, dominait la campagne de sa masse imposante et sombre. Les chênes immobiles se donnaient à une petite pluie gelée.

— Partez vite ! dit Antonet. Je dirai au roi et à celui qui doit venir vous chercher que vous êtes morte.

Eugénie prit les mains du moine et les pressa contre ses lèvres. Le regard franc de l'homme avait perdu cette simplicité naïve qu'il affichait dans la maladrerie et exprimait une profondeur pleine de générosité.

— Pourquoi faites-vous cela ?

— Partez vite avant la nuit qui arrive tôt en cette saison ! Prenez le sentier à droite et courez jusqu'aux maisons. Vous entrerez dans la troisième, elle se reconnaît à sa palissade en roseaux tressés. La femme s'appelle Fanchette. C'est ma sœur jumelle. Vous lui direz que vous venez de ma part. Elle vous attend avec impatience.

— Je n'ai rien pour payer…

— Fanchette est fille de Dieu !

— 15 —

Fanchette reçut Eugénie avec beaucoup de cérémonie. La nuit était tombée sur Vincennes. Les chandelles s'allumaient dans les maisons voisines et la lueur jaune des flammes tremblait sur les carreaux de papier huilé des fenêtres. Sur les remparts du fort, un groupe de soldats arpentait le chemin de ronde en surveillant la forêt où se cachait toute une société de malfrats prête à fondre sur la ville. Dans l'écurie voisine de la maison de Fanchette, des valets apportaient du foin aux chevaux. Laboureurs et journaliers rentraient des champs. Les bourgeois fermaient leurs portes et cadenassaient leurs réserves.

Fanchette avait une trentaine d'années, les rides creusaient déjà son front et son visage. Ses cheveux blancs la vieillissaient terriblement, elle avait perdu prématurément ses dents. Toute sa vie se concentrait dans ses yeux très noirs, brillants comme des billes et tellement expressifs qu'elle n'avait pas besoin de mots pour se faire comprendre.

Elle s'inclina devant Eugénie en l'invitant d'un geste de la main à entrer dans son modeste logis. Eugénie lui sourit et voulut l'embrasser dans un élan de reconnaissance. Fanchette se raidit, refusa son étreinte.

— Madame, je ne suis qu'une pauvre servante.

— Je ne suis pas mieux lotie que vous ! répondit Eugénie en laissant glisser son vieux manteau de ses épaules.

— Je sais qui vous êtes, madame. Antonet et moi vous connaissons. Il s'est occupé de tout.

— Que voulez-vous dire ?

— Rien de plus. Nous sommes nés à quelques pas d'ici, notre mère était servante au castelet de Vincennes.

Eugénie montra son étonnement.

— C'était le château de votre mère. Et c'est là aussi que vous êtes née !

— En effet ! dit Eugénie. Mon père m'a raconté tout cela !

— Notre mère, à Antonet et moi, était au service de la reine qu'elle aimait beaucoup. Nous avions six ans à votre naissance. En souvenir de la grande bonté de Mme Clémence et de votre père qui avait une si belle voix, nous avons voulu vous aider.

— Merci. C'est pour moi un grand bonheur de rencontrer quelqu'un qui me parle de ma mère.

— Vous êtes ici chez vous, madame. Cette maison, le castelet, les champs qui se trouvent à côté, tout cela était à la reine Clémence et vous revient. Le roi en a fait cadeau à son ami, l'ignoble M. d'Espagne. Il faudra bien le lui reprendre !

Fanchette s'accroupit près du feu dont elle remit les bûches en place sous une marmite qui chantait.

— J'ai préparé de la soupe. Ce n'est pas mets de reine, mais c'est tout ce que j'ai.

— Ce sera parfait, Fanchette ! répondit Eugénie.

Elle avait l'impression de retrouver les gens de sa propre famille, de renouer avec un passé qui la reliait à sa mère.

— Tout n'a pas été facile, ici, ajouta Fanchette en sortant des écuelles d'un placard sombre. La maladie est passée avec ses ravages. Mon époux, mes trois enfants, elle m'a tout pris et me voilà une vieille femme avec seulement des souvenirs. Heureusement qu'Antonet n'est pas loin. Je prie avec lui et cela me fait du bien.

Elle sortit d'un tiroir deux cuillers en bois de poirier et les posa sur la petite table. Eugénie entendit un bruit et redouta un instant que les rats noirs ne surgissent dans cette pauvre maison.

— C'est la charpente ! précisa Fanchette. Elle est vermoulue et finira bien par s'écrouler un jour.

Eugénie fit le vœu d'établir cette pauvre femme dans une situation qui lui permettrait de vivre sans soucis matériels si un jour elle retrouvait son héritage.

— Je travaille chez un riche marchand de blé. Je fais le ménage, la vaisselle, je lave le linge. Depuis que la peste a fauché les trois quarts de la ville, je gagne plus, mais le pain a tellement augmenté que ce qui était autrefois un bon salaire est devenu une misère… Les pauvres sont toujours les mêmes et, quoi qu'il arrive, rien ne peut les aider. Pourtant, quand je vois mon maître gaspiller en une soirée ce qui me permettrait de vivre pendant une année, je me dis que Dieu n'a jamais voulu ça !

Elle versa une louche de soupe de légumes dans l'écuelle d'Eugénie, émietta une tranche de pain dans son bouillon. Eugénie revoyait sa tante Éliabelle faire les mêmes gestes, ceux de la vie simple.

Fanchette parla longuement de son enfance pauvre mais heureuse dans ce village de Vincennes. Elle avait grandi avec son frère au château de la reine, jouant dans la cour entre les chevaux harnachés pour la chasse ou la promenade. Clémence était la douceur même et Renaud d'Aignan la ravissait avec ses chansons, sa musique, ses vers dans une langue d'oc aux accents pleins de chaleur. Eugénie écoutait, ravie, plongée dans un passé qui lui appartenait. L'évocation de sa mère et de son père fit perler une larme au coin de ses yeux. Les mots simples de Fanchette les faisaient revivre, jeunes et amoureux. Une belle entente qui lui montrait combien sa vie était pauvre.

— Ici, tout le monde savait qu'ils étaient mariés, même si c'était un secret. D'ailleurs, la cérémonie s'est passée dans la chapelle du château. Nous avons tous été conviés à un banquet qui s'est déroulé dans la cour, au milieu des chèvres, des poules et des pigeons. Un repas comme on en fait dans les campagnes à la fin des moissons. M. Renaud avait chanté et joué de la musique. La reine l'écoutait, ravie, le visage plein de lumière. Oui, vraiment, ces deux se sont aimés comme personne au monde et nous, les petites gens, on les enviait. J'aurais tant voulu vivre un si bel amour, parce que lorsque le cœur est content, tout le reste va. Mais la vie a été autre.

On frappa à la porte que Fanchette avait bloquée de l'intérieur avec une lourde traverse. Eugénie sursauta. Fanchette poussa son tabouret, la rassura en allant ouvrir.

— Ce sont eux ! Tout va bien !

La porte s'ouvrit, deux moines vêtus d'une longue aube noire et d'une capuche qui leur cachait le visage entrèrent. Le premier était rond, de petite taille. Fanchette le serra dans ses bras. La capuche bascula, Antonet jeta un rapide regard à Eugénie. Le deuxième homme s'approcha de la jeune femme qui ne voyait que son sourire entouré d'une abondante barbe noire. Il était de haute stature et avait le regard droit de ceux pour qui commander est habituel.

— Madame, le comte de Hauteville est heureux de vous retrouver !

Hauteville ! Eugénie l'avait rencontré au château d'Eu, mais à cette époque, il avait le visage rasé. Elle identifiait après coup ses lèvres charnues, son front large et lisse, son regard doux.

— Le combat pour la justice continue, dit-il. Nous avons besoin de vous.

Ces quelques mots suffirent pour remettre Eugénie à sa place. Elle avait vu rouler la tête de Brienne à côté du billot, elle avait failli mourir à son tour sous la hache, sa vie épargnée n'avait d'autre sens que de réhabiliter la mémoire des disparus en assurant la place de ses enfants. Il était temps de revêtir la cotte de mailles et le chapeau de fer.

— Nous avons assez perdu de temps. C'est de Sienne que doit partir la reconquête. Nous prenons la route dès demain.

— Nous n'attendions que votre ordre ! précisa Hauteville. Tout est prêt. Nous allons rejoindre le fort de Saint-Mandé où se trouvent nos compagnons et nos hommes d'armes. Nous partons tout de suite.

Eugénie saisit son manteau et se dirigea vers la porte d'un pas décidé.

— Allons ! dit M. de Hauteville.

Avant de sortir, Eugénie prit Fanchette dans ses bras et la garda un moment serrée contre elle, puis elle se tourna vers Antonet :

— Jamais je ne vous oublierai. Si la fortune me sourit, vous en serez les premiers récompensés.

Dans la rue, un char à bancs l'attendait. Plusieurs cavaliers se tenaient devant et derrière pour l'escorter jusqu'à Saint-Mandé. Le convoi partit dans la nuit. M. de Hauteville chevauchait à côté du char couvert, si près qu'Eugénie voyait sa silhouette sur le fond bleuté de la nuit.

Ils arrivèrent à Saint-Mandé une heure plus tard. Un homme sortit du château, portant une torche. Il pria

Eugénie de descendre, elle s'immobilisa, poussa un petit cri d'étonnement.

— Pierre de Verneuil !

— Eh bien, oui. Nos agresseurs aux portes d'Avignon me laissèrent pour mort. C'est vrai que la lame qui me jeta au bas de mon cheval passa très près de mon cou. J'étais seulement assommé avec quelques blessures au visage que je cache sous ma barbe.

— Reposons-nous un peu ! ordonna Eugénie, nous partirons avant l'aube.

Le mariage de Charles de Navarre et de la petite Jeanne de France eut lieu aux premiers jours de l'été 1351. Le peuple respirait : il trouvait à manger, même si les plantes, racines et feuilles ne le nourrissaient pas aussi bien qu'une large tranche de pain ou un morceau de porc salé. Les orges moissonnées fournissaient d'excellentes bouillies. Les pois, les fèves, les carottes, les navets et les choux de printemps remplissaient les écuelles, parfois agrémentées d'un lapereau pris au collet.

Malgré cela, les vilains vivaient dans l'angoisse permanente. Des multitudes de routiers, de soldats sans affectation écumaient les campagnes. Des malfaiteurs s'étaient rendus maîtres des châteaux forts et rançonnaient les populations. Et par-dessus tout cela, la menace de la peste terrorisait au moindre malaise, à la plus petite fièvre.

On avait cru que la maladie était partie, rassasiée de souffrance et de détresse, mais non. Elle restait dans le pays, se faisant oublier avant de frapper de-ci de-là, prélevant ses victimes au hasard pour disparaître ou cogner à une autre porte distante de plusieurs lieues. Elle n'obéissait à aucune logique, traçant son chemin tortueux dans le pays. La prière, les offrandes, les processions derrière l'effigie d'un saint patron restaient les seules armes contre la faucheuse que les voyageurs attardés apercevaient parfois, montée sur son cheval pie. Ses longs cheveux flottant au vent, elle allait, désignant du doigt les fermes isolées, les villes qu'elle avait choisies.

Petitjean, un marchand de Paris connu pour sa retenue, fut sa victime. Elle l'aborda alors qu'il était en route avant la fermeture des portes, revenant de Nogent et traversant la forêt de Vincennes. Son cheval eut peur et se cabra. En face de lui, la faucheuse le regardait en souriant. Notre homme, pourtant méfiant par nature, fut séduit. Un feu montait en lui, l'envahissait, et il en oubliait la nuit qui tombait. La femme était si belle, si désirable, qu'il ne pensait qu'à la serrer dans ses bras ! Elle posa sa main sur sa joue en une caresse d'une douceur qui le grisa, puis l'invita à la suivre dans les fourrés, ce qu'il fit sans la moindre hésitation. Il ne dit pas ce qui s'était passé, mais son regard émerveillé montrait qu'il avait connu une extase qu'aucune femme ordinaire n'aurait su lui donner. Le lendemain, il claquait des dents, en proie à la peste qui l'emporta au bout d'une journée de douleurs atroces.

Malgré la peur toujours présente, les Parisiens ne manquaient pas une occasion de faire la fête et de se moquer de leurs princes. Le mariage de Charles de Navarre et de la petite Jeanne les amusa beaucoup. La future reine de Navarre, terriblement dissipée, ne cessait de hurler dans les couloirs du palais quand on la contrariait. Ses caprices ne se comptaient plus. Elle exigeait qu'on la vêtît et la coiffât comme une femme. « N'oubliez pas que je suis veuve ! hurlait-elle, et promise au roi de Navarre ! »

La cérémonie rassembla toute la noblesse de Normandie et les grands du royaume. Le futur gendre de Jean II était de très bonne humeur, car il faisait une excellente affaire.

Il était si bref, si gringalet qu'il ne dépareilla pas aux côtés d'une enfant plutôt chétive, affublée pour la circonstance d'atours tellement lourds qu'elle peinait à marcher. Jean II donnait le bras à son ami, M. d'Espagne, vêtu avec une telle extravagance que le cardinal de Lyon qui officiait en fut choqué et le fit remarquer.

Eauze était aux premiers rangs, avec les grands du royaume, à quelques places de Guy de Rincourt. Son immense corps s'était voûté. Inconsolable, il baissait la tête. Quelque temps après le départ d'Eugénie, les hommes de Navarre avaient investi la maladrerie, Antonet leur avait dit que la comtesse d'Anjou était morte et que son corps avait été brûlé avec les autres malheureux. Cette nouvelle terrassa le géant qui sombra dans un tel désespoir que toute la filouterie, la séduction de Charles furent nécessaires pour l'empêcher de commettre quelque erreur fatale. Le petit roi lui présenta plusieurs jeunes épouses de ses vassaux prêtes à le consoler, Eauze les renvoya. Pour la gaudriole, pour le plaisir, il aimait facilement et sans jalousie, car il oubliait tout aussi vite, mais le fond de son cœur n'avait de place que pour une seule, celle qu'il avait épousée devant Dieu, et il ne la remplacerait jamais.

Il resta plusieurs jours confiné dans la partie du château d'Évreux qui lui était réservée, proche des appartements du roi de Navarre. Il refusa de participer aux chasses et aux autres divertissements de la cour. Enfermé chez lui, il ne recevait la visite que de Pirénin, qui s'était retiré dans un monastère voisin, et de Bessonac, qui savait être discret. Jusque-là, il avait vécu dans l'espoir de retrouver Eugénie et voilà qu'elle avait succombé de la pire manière au milieu d'êtres sataniques, d'animaux à visage humain !

Il pleurait seul dans son coin comme un tout petit garçon. La montagne de muscles, l'homme qui pouvait se battre contre une armée, montrait ainsi son cœur resté pur. Il décida qu'il rejoindrait Matthieu et Benoît après le mariage et en fit part à Charles qui se contenta d'une réponse évasive. D'ici là, le Navarrais trouverait bien le moyen de retenir le Gascon dont il ne pouvait plus se passer.

Le mariage fut donc célébré en grande pompe à Notre-Dame par le cardinal de Lyon assisté de plusieurs évêques. Charles triomphait au bras de l'enfant qui devenait sa femme. On le redoutait suffisamment pour lui donner la fille du roi ! Et le contrat prévoyait qu'il recevrait une dot de cent mille écus !

Tout en montrant beaucoup d'affection à son nouveau gendre, Jean II ne quittait pas M. d'Espagne et les courtisans ne savaient pas quel parti prendre : celui de l'amant du roi ou celui de Navarre qui, dès les premiers instants, montra son animosité envers le bel Espagnol. Il sut trouver à son encontre les mots et les formules qui firent rire, mais blessèrent fortement l'intéressé :

— J'ai ouï dire que vous fûtes récemment sur la mer, contre l'Anglais ! dit-il, espiègle. J'ai aussi ouï dire que vous ne fûtes pas aidé par des vents contraires, car sans ces maudits vents vous n'eussiez fait qu'une bouchée de ces sauvages qui ne connaissent rien à la science marine !

Il y eut quelques sourires retenus. Le roi tiqua et voulut changer la conversation, mais le Navarrais insista :

— J'ai aussi ouï dire que vous donnâtes un banquet pour fêter votre accession à la fonction de connétable. Il est vrai qu'en ce royaume, personne plus que vous ne méritait cette charge !

Jean d'Artois, un familier des Valois, qui n'avait pas plus de cervelle qu'un mouton, voulut défendre l'Espagnol, car il avait profité lui aussi des largesses royales après la décapitation de Brienne. Il avait obtenu le comté d'Eu, ce qui hissait ce petit seigneur au rang de pair de France.

— M. d'Espagne se dévoue tellement pour le royaume !

Navarre ne répondit pas, mais son regard brillant exprimait le fond de sa pensée. Chacun comprit qu'entre lui et le roi de France se trouverait toujours le bellâtre et que la guerre était bien déclarée.

On parla aussi, mais à mi-voix, de Jean de Sienne que beaucoup soutenaient. La comtesse d'Anjou était souvent au centre des conversations. La demi-sœur de Jean Ier avait été épargnée par le roi, mais sa mort au milieu des possédés avait été pire que la tête sur le billot !

Rincourt, qui entendait ces commentaires, persistait à douter qu'Eugénie fût morte, même si ses recherches ne lui avaient laissé que peu d'espoir. Il se disait que Dieu le punissait d'avoir abandonné sa propre épouse et ses deux filles qu'il n'avait pas vues depuis plus de deux années. Les nouvelles qu'il en avait n'étaient pas bonnes : après son départ, Grâce avait sombré dans une maladie de langueur qui l'emportait lentement. L'envie de la rejoindre poussa le chevalier blanc à demander au roi la permission de s'absenter. Jean II, qui avait récemment créé l'ordre de l'Étoile et avait besoin de lui pour organiser les tournois lors de la première assemblée des chevaliers à Saint-Ouen, refusa. Il lui proposa de faire venir à Paris toute sa famille et de mettre sur ses terres de Valence un gérant de ses domaines. Rincourt refusa à son tour, prétextant que la vie parisienne ne convenait pas à sa femme et à ses filles.

— J'écrirai à mon cousin Gaston Phœbus pour qu'il veille à ce que tout se passe bien. Votre place est désormais à la cour des Valois et avec la noble confrérie des chevaliers de l'Étoile.

Lors du mariage, Jean II, qui avait distingué son gendre en le faisant officier de l'Étoile, ce dont Navarre se moquait complètement, remarqua Geoffroi d'Eauze. L'énormité de ce chevalier gascon, la hauteur de son verbe, sa manière de parler la langue d'oïl avec un très fort accent plurent au roi. Au cours des fêtes qui suivirent le banquet officiel du mariage, Eauze montra qu'il ne craignait personne en tournoi pourvu qu'il puisse disposer d'un cheval suffisamment puissant pour le porter.

— Voilà un chevalier hors du commun ! s'exclama Jean II.

— C'est mon chevalier, Sire, mon père ! répondit Navarre. Je peux vous le prêter.

Charles le Mauvais n'en avait pas l'intention, mais affichait son amitié pour le roi en toute occasion. Les deux hommes étaient du même avis sur tout, riaient ensemble des boutades de l'un ou de l'autre, mais en humour, en belles paroles, Charles restait imbattable. Pendant les deux semaines que durèrent les réjouissances, les courtisans se dirent que le charme de « mon très cher gendre » avait fait son effet sur Jean II. Un seul restait à l'écart : M. d'Espagne qui redoutait de perdre sa place. Navarre ne manquait pas une occasion de se moquer de ses tenues extravagantes, il ne résistait pas, non plus, au plaisir de narguer son beau-père par des mots si joliment trouvés qu'aucune réplique n'était possible. M. d'Espagne s'emportait :

— Il vous brocarde, mon cher Sire ; il se croit tout propos permis. Pour l'amour de vous, je ne puis le supporter !

La haine entre Charles le Mauvais et M. d'Espagne grandissait de jour en jour. Tout opposait ces deux hommes. L'un était minuscule, mais vif, intelligent, retors, semant la discorde, l'autre était superbe, bien fait de sa personne, l'esprit plutôt lourd ; il marchait en roulant les hanches comme une femme, ses intonations de voix faisaient dire aux plus osés des courtisans qu'il n'avait pas de couilles.

Eauze fit remarquer à son maître que sa manière de se moquer du favori contrariait Jean II. Charles éclata de rire : il savait très bien ce qu'il faisait et les graines de haine qu'il semait dans la cour de France devaient germer et produire des fruits vénéneux dont il se régalerait plus tard :

— Je n'oublie pas un instant que ce roi fantoche n'est pas à sa place, je le touche à l'endroit sensible. Il doit savoir que ce mariage ne m'a point muselé, bien au contraire.

Au bout de deux semaines de réjouissances, les délégations repartirent chez elles. Le Navarrais et ses barons retournèrent à Évreux, sa petite épouse s'en alla à Melun, dans le château des reines où se trouvaient déjà la veuve de Charles IV, dernier fils de Philippe le Bel, et Blanche de Navarre. Sous la garde de bons précepteurs, elle attendrait là que les années passent et qu'elle soit nubile avant de rejoindre son époux. Celui-ci n'était pas pressé. Il intriguait auprès de toutes les cours d'Europe, s'acoquinait avec son cousin anglais, s'arrangeant pour faire une détestable réputation de sodomite au roi de France. Semer le désordre autour de lui était sa véritable vocation.

Eauze suivait lourdement. Il ne prenait plus de plaisir à traquer le loup et se désintéressait des femmes de petite vertu qui peuplaient le palais d'Évreux. Ses pensées étaient ailleurs. Il s'en voulait d'avoir laissé Eugénie seule quand elle avait eu besoin de sa protection. Il réclamait si fort ses enfants que Navarre envoya des messagers à Aignan. Ceux-ci revinrent très vite, affirmant que les deux garçons vivaient très heureux auprès de leur tante et que ce serait une erreur de les déraciner en Normandie.

— Je les prendrai bientôt à ma cour ! lui promit Navarre. Pour l'instant, il ne faut pas les mêler aux querelles des adultes. Attendons, mon cher ami, que l'avenir nous donne raison.

Raison de quoi ? Le pantin de Navarre ne s'agitait que pour faire du bruit, pour jouer comme un chat avec une pelote de fil. Eauze ne lui faisait plus confiance, mais il préférait laisser ses enfants en dehors des haines qui ne pouvaient que leur nuire. La vie saine d'Aignan, proche de la terre et des saisons, la vie qu'il avait connue et qu'il regrettait, leur convenait mieux. Il se résolut à ne pas retourner les voir : malgré les titres fantoches que lui avait décernés le roi de Navarre, il était sans terre, sans château, chevalier déchu.

Un vaincu, et ce n'était pas l'image qu'il voulait leur donner de lui.

— 16 —

Le froid arriva dès la fin du mois de septembre. Les premiers gels avaient jauni les feuilles et durci les fruits encore accrochés aux branches. Autour de Paris, les vignerons se montraient satisfaits : l'été avait été chaud et le froid précoce diminuait les quantités récoltées, mais le vin serait plus corsé.

Les réserves étaient réduites. Il faudrait, une fois de plus, affronter la faim, le froid et la maladie. Des groupes fanatiques, se réclamant de Dieu, persistaient en dehors de la peste qui les avait fait naître. Ils s'en prenaient aux Juifs, brûlaient les récoltes, saccageaient des hameaux, pendaient les hommes, enfermaient femmes et enfants dans les églises avant d'y mettre le feu. Ces bandes désorganisées devenaient, au nom de la repentance, des armées de bourreaux et de tortionnaires. Les villes leur fermaient les portes, car elles les redoutaient plus que des malfaiteurs ordinaires.

Eugénie, le comte de Hauteville, Pierre de Verneuil et la trentaine d'hommes en armes qui les accompagnaient traversèrent une France désertée. À Vézelay, ils furent rejoints par Étienne de Pleisson qui leur offrit un plein char de fleurs de lys. À la mi-novembre, ils furent retardés par des pluies diluviennes qui avaient gonflé les eaux du Rhône et rendu les routes impraticables.

Ils apprirent la mort du pape Clément VI en janvier 1352 et s'attardèrent en Avignon afin de savoir qui allait le remplacer. Pierre Roger laissait, comme son maître Jean XXII, le trésor de l'Église rempli et avait affermi la puissance pontificale. Il n'avait pu terminer son palais, mais une grande partie en était habitable. Il y mourut d'une manière fort curieuse, car, âgé de soixante et un ans, il paraissait encore solide, montant à cheval et pouvant rester en selle toute une journée. Un soir, il se sentit fatigué, ce qui ne surprit personne, car il dormait peu, lisait une partie de la nuit et avait eu une journée éreintante. Il se contenta d'un dîner léger, cinq cailles et une poularde aux morilles. Il s'alita et fut réveillé par de terribles douleurs de ventre. Cela lui arrivait de temps en temps : les médecins avaient diagnostiqué une gravelle chronique, douloureuse mais sans danger. Cette crise lui fut pourtant fatale. Ne pouvant plus uriner, le pape souffrit le martyre pendant plusieurs jours.

Eugénie eut un pincement au cœur. Elle gardait le souvenir d'un habile parleur, séduisant, un lettré qui récitait volontiers les poètes latins, mais aussi un homme qui s'était opposé à la remise en cause de la couronne des Valois. Attendre l'élection du prochain pape avant de poursuivre le voyage risquait de prendre beaucoup de temps : différentes factions s'opposaient au sein du conclave, les Italiens voulaient ramener la papauté à Rome, les Français qui se déchiraient n'étaient pas près de tomber d'accord. La surprise fut complète quand, selon la coutume établie depuis le conclave de Lyon en 1316, la fumée blanche monta sur le toit de la cathédrale où s'étaient réunis les cardinaux. Quelques jours avaient suffi pour mettre tout le monde d'accord sur le cardinal Étienne Aubert.

— Ils ont choisi le plus stupide de tous en pensant qu'ils pourraient le manœuvrer à leur guise ! souffla le cardinal de Varonne à Étienne de Pleisson. Ils ont oublié qu'il suffit de donner un peu de pouvoir à un imbécile pour en faire le plus obstiné des hommes.

— Nous n'allons pas quitter Avignon tout de suite ! déclara Eugénie. Nous devons rencontrer le pape et lui parler. Il faut savoir dans quel camp il se situe. Peut-être qu'avec un peu d'habileté, on peut le convaincre de nous aider. C'est aussi un pape du bas Limousin. Là-bas, les incursions des Anglais et des Français ne cessent de mettre le pays à feu et à sang. Il faut le convaincre qu'avec le rétablissement de la royauté de droit sur le trône de France, ces régions retrouveront la paix et la sécurité.

— Je dois vous préciser qu'Aubert n'a jamais été mon ami ! ajouta Varonne, mais il ignore mon appartenance à la conjuration des Lys. Il est préférable que vous le voyiez sans moi !

Le pape Clément en terre, Étienne Aubert prit la tiare sous le nom d'Innocent VI. Il ne pouvait mieux choisir, car l'innocence était sa première caractéristique et cette vertu des petites gens était un terrible handicap pour le chef de la chrétienté. Indécis, avec une tendance naturelle à suivre les plus mauvais conseillers, il faisait un bien piètre pape. Les cardinaux italiens avaient voté pour lui en espérant le convaincre de retourner à Rome, les autres pour qu'il reste en Avignon.

Peu de temps après son élection, Eugénie lui demanda audience et l'obtint. Elle se présenta comme comtesse d'Anjou, fille de Clémence de Hongrie.

L'homme qui la reçut semblait écrasé par sa charge. Les attributs papaux pesaient sur ce corps filiforme. Il n'avait qu'une quarantaine d'années mais ressemblait à un vieillard. Pourtant, quand il vit Eugénie, son maigre visage s'éclaira. On murmurait qu'il aimait s'entourer de belles femmes pour le seul plaisir des yeux. Eugénie savait qu'avec un tel homme, la première entrevue serait décisive, aussi avait-elle fait un effort de toilette et lui adressa-t-elle son meilleur sourire.

Le pape tendit sa main osseuse aux doigts démesurément longs.

— Madame la comtesse, votre visite me procure une grande joie. Sachez que je suis tout disposé à votre égard.

Il faisait allusion à la conjuration des Lys. Comme son prédécesseur s'était opposé à l'ouverture d'un procès pour régler une fois pour toutes la question du trône de France, il s'y montra favorable sans en mesurer les conséquences. Eugénie passa près de deux heures en sa compagnie, évitant surtout de dévoiler ses intentions mais cherchant à s'assurer, au-delà des paroles de soutien vite oubliées, une neutralité bienveillante. Le pape fut de son avis sur tout.

Eugénie rejoignit M. de Hauteville, certaine qu'il ne fallait pas compter sur Innocent VI pour faire avancer leur cause.

— Je ne le trouve pas franc du collier, précisa-t-elle. Il manque de poigne ! Nous devrons nous débrouiller par nous-mêmes.

Le cardinal de Varonne l'assura qu'il disposerait autour du Saint-Père une armée d'espions et de conseillers, puis retourna à Reims, car Avignon l'ennuyait. Ce grand paresseux détestait l'agitation qui régnait dans la Cité des papes.

— J'attends de vos nouvelles et de celles du roi de Sienne qu'il est temps de mettre au fait de sa haute naissance ! dit-il à Eugénie avant de monter dans son char capitonné.

La jeune femme et ses compagnons reprirent leur voyage vers l'Italie au début du mois de mars. C'était le printemps en Provence. Le mimosa embaumait ; les pruniers étaient blancs. L'hiver n'avait pas été aussi rude qu'on l'avait redouté.

Un mois plus tard, ils arrivaient à Rome. Le gouverneur Cola di Rienzo les accueillit au Capitole. Homme de forte corpulence, il portait volontiers la toge blanche comme ses ancêtres tribuns. Le visage sanguin, le cou aussi large que sa mâchoire, les cheveux rares sur son crâne massif, cet homme d'une quarantaine d'années avait l'autorité naturelle propre aux gens de bonne naissance, pourtant, il était d'humble origine.

Une longue table avait été dressée dans la vaste salle qui occupait la moitié du bâtiment. Les convives se tenaient debout et les valets leur proposaient, sur des plateaux d'argent, des hanaps de vin sucré, des « amusements », amandes grillées, cubes de pomme frits, petites laitues aux feuilles rouges qui étonnèrent Eugénie et ses compagnons. Ils préférèrent les figues sèches aux nèfles confites que l'on servait chez eux.

Cola di Rienzo avait fait une énorme fortune dans le commerce des vins et des épices. Il s'était lui-même anobli et ne supportait pas qu'un valet lui manquât de respect. Sorti du peuple, il en connaissait la paresse et les convoitises, aussi était-il très exigeant envers son personnel, qu'il payait bien mais renvoyait au premier faux pas.

Après avoir bavardé de tout et de rien, on passa à table. Le fauteuil d'honneur était vide. Eugénie demanda :

— Mon frère, Jean le Premier, que l'on appelle Giannino di Guccio, va-t-il arriver ?

— Il sera parmi nous dans un instant ! dit Cola di Rienzo. Il fait commerce d'étoffes, de soie, et possède des comptoirs en Italie, mais aussi en France, en Flandre et à Londres. C'est un homme de grande richesse qui sait très bien conduire ses affaires.

— Nous avons apporté les copies des preuves formelles de sa naissance, conservées au monastère de Saint-Germain-en-Laye, dit Étienne de Pleisson. Frère Antoine a été le témoin des événements qu'il peut raconter sous serment.

— On m'avait parlé d'un certain Jourdan d'Espagne, qui aurait confessé la reine Clémence peu avant sa mort.

— Il est mort ! dit Eugénie. La peste l'a emporté au château d'Eu, en Picardie. Il a laissé son témoignage par écrit. Tous ces documents seront produits devant le tribunal quand il se réunira.

Pour Cola di Rienzo, cette affaire tombait à point, aussi s'y était-il investi alors qu'elle ne le concernait pas personnellement. Il y trouvait l'occasion de jouer un rôle européen. Faire réhabiliter un roi de France le plaçait au-dessus de sa condition de gouverneur, au niveau des plus hauts lignages.

Un valet annonça l'arrivée de celui que tout le monde attendait. Cola di Rienzo, qui avait le sens de la mise en scène, s'était arrangé pour le retarder, afin qu'il ne paraisse qu'une fois les Français installés à table. Il se leva lui-même pour accueillir le marchand qui s'étonna de tant d'honneur. Giannino fut encore plus étonné quand il vit l'assemblée, ces gens de noblesse, ôter leur chaperon et s'incliner ; sa stupéfaction fut enfin à son comble lorsque Rienzo, le gouverneur de Rome, s'agenouilla devant lui, le boutiquier.

— Seigneur grandissime ! dit-il, ma maison est honorée de vous recevoir.

Giannino crut à une farce et regarda les visages tournés vers lui, un sourire incrédule aux lèvres. Eugénie l'observait attentivement. Il était blond, les cheveux légèrement frisés. La tête haute, le front large, son visage fin, ses yeux bleus qui pétillaient d'une curieuse malice, indiquaient un homme avisé qui ne s'en laissait pas conter.

Les Français se prosternèrent à leur tour devant Giannino qui continuait de sourire dans sa barbe courte, peu fournie.

— Altesse, dit encore Rienzo, nous pourrons nous mettre à table quand vous en donnerez l'ordre.

— Que se passe-t-il, messieurs ? Est-ce sérieux ? Vous m'avez fait venir pour présenter des soieries importées d'Orient, pas pour jouer !

— Il se passe, répondit Rienzo, que vous êtes le roi de France et voici votre demi-sœur, la comtesse d'Anjou, fille de la reine Clémence de Hongrie.

Giannino éclata d'un grand rire sonore. Dans toute autre assemblée, il aurait claqué la porte, mais il se trouvait au Capitole de Rome, chez le gouverneur, homme puissant qui avait tous les pouvoirs sur les commerçants et il fit bonne figure à ce qu'il considérait toujours comme une plaisanterie.

— Je ne suis qu'un marchand d'étoffes ! C'est vrai, je suis né en France, mais cela ne suffit pas pour faire de moi un roi.

Eugénie s'approcha de lui. Giannino regarda intensément celle qui se disait sa demi-sœur et la trouva très belle, très gracieuse.

— J'ai la preuve de ce que dit M. le gouverneur, affirma-t-elle.

Il sourit encore, toujours incrédule, quand Eugénie détacha de son cou une chaîne avec une médaille en or.

— Cette médaille a été fondue à Naples, pour notre mère qui en possédait une seconde, celle que vous portez. Je vous prie de nous la faire voir.

Giannino hésita un instant, les yeux rivés sur la médaille qu'Eugénie tenait dans sa main droite. Il possédait en effet la même mais n'était pas sûr de devoir la montrer, redoutant maintenant une réalité pour laquelle il n'était pas préparé.

— C'est vrai, dit-il dans la langue d'oïl qu'il n'avait pas oubliée et qu'il parlait sans accent, et je sais que ce bijou vient de ma mère. Mon père me l'a toujours dit.

— Alors, il n'y a plus de doute. Vous êtes le fils de Clémence de Hongrie et du roi Louis le Dixième.

Giannino ne trouva pas de mots pour répondre. Sa chaîne brillait au bout de ses doigts en se balançant légèrement. Elle lui sembla tout à coup très lourde, porteuse d'un destin funeste qu'il était encore temps d'éviter.

— Vous êtes Jean Ier, roi de France ! ajouta lentement Eugénie. Et la conjuration des Lys travaille pour vous aider à reconquérir votre trône.

Giannino n'y croyait toujours pas. Sa petite enfance en France, quelque part près de Paris, le rattrapait, et de quelle manière ! Il eut envie de s'enfuir, de rentrer chez lui, à Sienne, dans son comptoir, reprendre sa vie ordinaire qui lui allait si bien, retrouver sa femme et ses deux enfants. Il ne voulait pas de ce trône qu'on allait conquérir pour lui, parce qu'il ne se sentait ni fils de roi, ni roi lui-même. Il savait commander aux commis, estimer d'un coup d'œil un lot d'étoffes et des ballots de laine des Flandres, il jaugeait mieux que quiconque et en quelques mots la solvabilité d'un acheteur qui se présentait dans sa boutique. C'était sa vie de tous les jours, il n'en demandait pas plus, le plus prestigieux trône d'Europe ne l'intéressait pas !

— Vous avez grandi près de Paris, une dame de Creissey se disait votre mère.

— En effet ! dit Giannino tout à coup grave. Et puis, mon père, un Lombard, est venu me chercher pour m'emmener en Italie. Je n'ai jamais revu ma mère.

— Cette dame n'était pas votre mère, mais une lingère du palais royal. Vous êtes né le 8 novembre 1316. Officiellement, vous êtes mort trois jours plus tard, mais comme votre mère Clémence de Hongrie redoutait qu'on ne vous empoisonne, elle vous a substitué le fils de cette lingère né le même jour que vous. Ainsi, vous avez grandi loin de la cour, avec les petits paysans. Pourtant, avant de partir pour Sienne, vous avez vu la reine Clémence de Hongrie et elle vous a demandé de lui montrer la médaille que vous portiez au cou. Est-ce vrai ?

— C'est vrai. J'ai vu cette dame tellement belle et si richement vêtue. Elle a regardé ma médaille, puis elle m'a embrassé. Je n'ai jamais oublié la douceur de ce baiser sur mon front.

— Ensuite, Clémence de Hongrie s'est remariée secrètement avec le troubadour Renaud d'Aignan ! poursuivit Eugénie. Je suis née en 1324, j'ai grandi en Gascogne. Des preuves existent aussi bien de votre survie que de ma filiation. C'est tout cela que nous voulons faire reconnaître à l'assemblée des pairs de France qui devra se réunir pour vous rendre votre trône et donner à mes enfants la place qui leur revient.

Giannino tanguait, comme s'il était ivre. Il faillit tomber à la renverse, le consul eut la présence d'esprit de lui présenter un fauteuil. Le marchand de Sienne ne savait plus s'il vivait un rêve magnifique ou un horrible cauchemar. Il avait la tête lourde de ces révélations, il voulait réfléchir loin de tous ces regards qui ne le lâchaient pas.

— Je ne me sens pas très bien ! dit-il enfin dans un soupir. C'est trop pour moi !

— Notre oncle, le roi de Hongrie, a promis une armée de cent mille hommes pour vous aider à reconquérir votre trône. L'empereur d'Allemagne, nos cousins Habsbourg nous soutiennent.

— La ville de Rome vous reconnaît roi de France et met à votre disposition une garde, un palais, et vous octroie une rente de quinze mille florins, ajouta le gouverneur. Majesté, faites-moi l'honneur de ce repas préparé pour vous. Mes espions sont allés à Sienne pour questionner vos gens afin de mieux vous servir en cette modeste demeure.

Il hésita à prendre la place d'honneur que Cola di Rienzo lui présentait avec une grande révérence. Enfin, il s'assit et tout le monde attendit qu'il donnât l'ordre d'en faire autant. Ce fut Eugénie, assise à sa droite, qui lui souffla ce qu'il devait faire.

Le lendemain, toute la ville de Rome savait que le roi de France était dans ses murs. Les curieux se massaient aux portes du Capitole pour tenter d'apercevoir ce Jean Ier qui, jusque-là, avait vécu en simple marchand de draps. Après une nuit sans sommeil, Giannino retrouvait son apparence ordinaire et ses gestes de boutiquier. Eugénie fit part de ses inquiétudes à Pleisson.

— Ne vous en faites pas. Il faut lui laisser le temps de changer de peau pour acquérir la dignité d'un souverain.

En fin de matinée, ils allèrent sous bonne escorte au Capitole où Cola di Rienzo donnait une fête en leur honneur.

— Voilà une affaire qui va faire du bruit ! dit le gouverneur à Eugénie. Comment comptez-vous l'engager ?

— Les Lys doivent se reprendre après la mort de Brienne qui les a privés d'une grande partie de leur trésor de guerre, mais cela devrait aller vite.

Jamais la fille de la reine Clémence n'avait été aussi décidée. Depuis qu'elle avait rencontré son demi-frère, les obstacles qui, jusque-là, lui semblaient insurmontables s'aplanissaient.

Tout à coup, courant entre les jambes des personnes présentes, des rats noirs se faufilèrent entre les chaises. Les chiens du consul se mirent à aboyer. Un valet, qui portait une montagne de vaisselle, fut bousculé et tomba avec son chargement qui se brisa.

— Vous avez vu ces sales bêtes ! Les mêmes qu'au temps de la maladie ! cria le gouverneur.

Eugénie savait ce que cela signifiait : quelqu'un de son entourage était condamné. Après avoir couru dans tous les sens, les rats disparurent au fond de la pièce restée dans l'ombre.

— Par où sont-ils passés ? demanda Cola di Rienzo à un domestique qui avait pris un balai pour les chasser.

— Par là ! fit l'homme en approchant une chandelle. Il y a un petit trou.

Tard dans la nuit, après un festin digne du nouveau roi de France, Eugénie regagna sa chambre dans le palais mis à la disposition de son frère. Elle congédia les femmes qui voulaient l'aider à sa toilette. Une fois la porte fermée, dans le silence de cette superbe demeure, elle s'agenouilla sous le crucifix pour prier. La présence des rats hantait son esprit. Était-elle la faucheuse qui apportait la peste, comme le lui avait dit Herblin avant de mourir ? La fille de la reine sacrifiée pour les besoins de l'État était-elle aussi fille du démon ? Les moments de grande piété de son enfance lui manquaient. L'avenir lui faisait peur.

Le lendemain, tout le monde se retrouva pour la messe du matin avant d'aller traquer le cerf dans les forêts voisines. Jean de Sienne affichait une triste mine après une nouvelle nuit blanche. Le roi faisait bien piètre figure au milieu de ses domestiques en livrée à fleurs de lys. La journée de chasse ne l'enchantait guère, il pensait aux marchands qu'il devait rencontrer à Sienne, aux arrivages des soies d'Orient. Il était très pâle. Eugénie crut remarquer des légers tremblements de ses doigts. Il ne voulut pas suivre la chasse, elle décida de rester avec lui.

Quand la meute bruyante des chiens, suivie des cavaliers, se fut éloignée, le silence retomba sur la maison. Eugénie et Giannino échangèrent un regard gêné. Ils ne trouvaient pas les mots pour entamer une conversation. Depuis leur rencontre, ils ne cessaient de s'observer, cherchant sur le visage de l'autre et dans ses attitudes, la preuve qu'ils venaient de la même mère. Leur ressemblance évidente les renvoyait à un passé commun qui leur était inconnu. Loin de les rapprocher, ces similitudes les mettaient mal à l'aise, alourdissaient l'air autour d'eux, bloquaient les mots dans leur gorge. Giannino avait remarqué les yeux clairs d'Eugénie qui n'étaient pas bleus comme les siens, mais gris avec des reflets d'or ; pourtant, son regard était semblable à celui qu'il portait sur les gens. Eugénie, voulant fuir cette atmosphère pesante, invita Giannino à aller se promener dans les jardins.

— Mon frère, pouvez-vous me parler encore de notre mère, de cette rencontre avant votre départ en Italie ? La pensée de cette femme me hante et je ne puis mettre aucune image à côté du souvenir de mon père.

Giannino fit quelques pas hésitants. Le tremblement de ses doigts s'était accentué. Il trébucha quand son pied buta sur un caillou.

— Je garde le souvenir d'une femme très belle dans une pièce décorée de motifs d'or. Les traits de son visage se sont perdus dans ma mémoire, mais elle me paraissait tellement loin du petit paysan que j'étais… La douceur de son baiser sur mon front et de sa main sur ma joue m'est restée intacte.

Eugénie ferma les yeux pour imaginer ce baiser, dont le manque la laissait tout à coup démunie. Giannino se tourna. Eugénie vit alors son regard qui n'était plus celui du marchand arrivé la veille au Capitole, mais un regard qui ne se fixait sur rien, comme perdu. Ils ressentaient tous les deux le même malaise.

— J'étais récemment au castel de Vincennes où je suis née et où notre mère a vécu ses dernières années… dit Eugénie pour chasser le silence.

Giannino se dirigea vers un bosquet de tilleuls, trébucha de nouveau.

— Je ne me sens pas très bien, tout à coup ! dit-il. Probablement la fatigue et ces révélations qui ne me laissent pas un moment de répit…

Eugénie s'approcha et le regarda à la lumière de la fenêtre. Il claquait des dents, son visage était devenu terreux. Elle pensa aux rats aperçus la veille à la fin du dîner. La conquête du trône de France allait-elle s'arrêter là ?

— Rentrons ! décida la jeune femme, il faut vous reposer.

— Ce n'est rien ! répondit Giannino d'une voix faible. J'ai probablement attrapé froid pendant le voyage de Sienne à Rome. Nous avons essuyé un orage avec de la grêle qui nous a trempés…

Eugénie demanda à une servante de préparer un lit et d'allumer du feu dans la cheminée. Son frère peinait à marcher, elle l'aida à s'allonger.

— Ce n'est que de la fatigue ! répétait-il. Je vous cause bien du dérangement pour rien…

Eugénie posa sa main sur son front brûlant. Dans son esprit, le doute faisait place à une horrible certitude.

— Mon Dieu, murmura-t-elle, vous n'allez pas me le prendre ?

Les aboiements des chiens la firent sursauter. Dans la cour, les chevaliers revenaient de la chasse alors qu'il restait encore plusieurs heures de jour. Six valets ramenaient sur une civière fabriquée avec des branches un homme qui ne pouvait plus se tenir à cheval. Elle ouvrit la fenêtre et demanda qu'on aille chercher un médecin.

— Mon frère, le roi, est malade ! cria-t-elle. Faites vite !

Cola di Rienzo arriva, essoufflé, et trouva la jeune femme agenouillée près du lit où Giannino claquait des dents.

— Quelle catastrophe ! dit le gros homme.

— Le médecin ? A-t-on trouvé un médecin ?

— Il arrive ! répliqua Rienzo en se dirigeant vers la fenêtre.

Le docteur Malano, un tout petit homme aux gestes vifs, entra dans la pièce. Son premier regard alla au malade. Il n'avait aucun doute : la peste était de nouveau à Rome.

— Je viens de voir le chevalier que vous avez ramené de la chasse, Pierre de Verneuil… dit-il en jetant un regard fataliste au gouverneur. Il faut fermer les portes de la ville.

Pourtant, le cas de Giannino lui semblait bizarre : il délirait sous l'effet d'une forte fièvre, mais sa peau restait claire, contrairement à celle des « pesteux ».

— La mal-mort aime jouer avec nos nerfs ! ajouta Malano. Elle nous montre plusieurs visages pour nous égarer. Le diable a plus d'un tour dans son sac !

Eugénie bondit, prit le petit homme par le col avec une énergie qui surprit tout le monde :

— Il faut le sauver ! Vous comprenez qu'il est le dernier espoir de tout un peuple ?

— Madame, on ne peut rien contre la maladie de l'enfer !

Cola di Rienzo, qui s'était agenouillé sous le crucifix, se dressa vivement.

— Mais, c'est le roi de France ! Ce n'est pas un malade ordinaire !

Malano demanda qu'on apporte une cuve avec de l'eau froide et fit ajouter des bûches dans le feu. Plusieurs valets l'aidèrent à dévêtir Giannino et le plongèrent dans l'eau glacée où ils le laissèrent immergé pendant quelques minutes. Enfin, le médecin ordonna qu'on le sorte, qu'on l'enveloppe de linges chauds et qu'on l'allonge sur son lit. La fièvre était tombée ; le malade ne grelottait plus.

Inconscient, la respiration bruyante, il dormait. Malano se tourna vers Eugénie, satisfait :

— Si la fièvre ne reprend pas, il guérira ! Nous devons prier.

Eugénie passa la nuit au chevet de son frère. L'espoir lui restait car Giannino ne présentait toujours pas les symptômes de la peste : les plaques grises ou les pustules rouges étaient absentes de son visage, il ne vomissait pas ces horribles glaires verdâtres mêlées de sang pourri. Enfin, il n'exhalait pas cette affreuse puanteur de chairs en décomposition.

Vers le matin, il se mit à délirer. Avec un linge humide, Eugénie lui rafraîchissait le front. Quand il se réveilla, Jean Ier n'avait plus le visage de Giannino. Un pli s'était formé au coin de ses lèvres, ses prunelles ne cessaient de tourner dans leurs orbites.

— Voilà que vous allez mieux ! dit Eugénie en remontant la couverture sur ses épaules.

Il se tourna lentement, son regard était vide.

— Je suis le roi de France ! dit-il d'une voix bizarre. Je veux que tout le monde m'obéisse, parce que je suis le roi du plus grand royaume de la chrétienté !

— Que vous prend-il ? demanda Eugénie, intriguée. Jean, regardez-moi. Comment vous sentez-vous ?

— Je suis le roi et je vais faire pendre tous ceux qui se dresseront sur ma route !

Sa tête roula sur l'oreiller. Il prononça encore quelques phrases, donna des ordres et menaça de la potence ceux qui refuseraient de ployer le genou devant lui, puis il s'endormit.

Eugénie sortit de la chambre et trouva Cola di Rienzo venu lui annoncer la mort de Pierre de Verneuil.

— Comment va Sa Majesté ?

— Giannino n'a pas la peste ! répondit Eugénie. Mais cela ne doit pas nous rassurer pour autant, je redoute qu'il n'ait un mal plus grave encore !

— Voyons, rien n'est plus grave que la peste !

Eugénie ne répondit pas. Elle sentait agir en son frère des forces contraires qui le tiraillaient, le broyaient, et laissaient entrevoir une personnalité funeste, enfouie, ce mal des derniers capétiens qui cachaient leur faiblesse sous une autorité souvent destructrice et sanguinaire.

Giannino di Guccio se rétablit en quelques jours. Il fut décidé qu'il retournerait à Sienne, où la république se préparait à l'accueillir en roi de France. Un palais serait mis à sa disposition. Aidé par un collège de spécialistes, le cardinal de Lunhe, ami de Varonne, prendrait en charge l'éducation du futur souverain.

Eugénie ne le quitta pas pendant tout le temps de sa convalescence. Ils faisaient de longues promenades dans les jardins du palais, profitaient du soleil et du printemps. Giannino n'avait pas retrouvé ses belles couleurs ; son visage conservait cette pâleur apparue pendant sa maladie et son regard avait perdu sa malice de marchand. Il se montrait préoccupé par l'attitude à adopter et demandait en permanence à Eugénie quel devait être le comportement du roi de France face à telle ou telle situation.

— Soyez vous-même ! répondait Eugénie en lui prenant la main. Ne cherchez pas à jouer, faites ce que vous dicte votre conscience. Il n'est d'attitude plus noble que celle du cœur.

— Certes, ma sœur, mais je suis roi de France !

Il répétait constamment cette phrase comme pour bien s'en imprégner et se convaincre de sa nouvelle place dans un monde qui n'avait pas besoin de lui. Parfois, ses sursauts d'orgueil étonnaient Eugénie, qui l'invitait à montrer plus de modération.

— Je ne tolèrerai jamais que l'on se mette en travers de mon chemin ! Dieu m'a donné un destin, je l'accomplirai quoiqu'il en coûte !

À cet instant, elle voyait briller dans le regard de son frère une nouvelle lueur, froide et déterminée, inquiétante.

— Je vous en prie, les rois doivent plus que les autres contenir leurs humeurs et ne jamais parler ou agir sans réflexion !

— Je suis le roi de France, ma sœur !

C'était sa seule réponse, la justification de tous ses actes ou propos, souvent mal venus. Eugénie espérait que les conseils du cardinal de Lunhe sauraient remettre de l'ordre dans cette tête chamboulée par une destinée imprévue.

Elle savait que pour les conjurés des Lys, la tâche restait immense et dangereuse. Mais, depuis l'assassinat de Brienne, l'organisation reprenait de la vigueur. Varonne, toujours opposé à la monarchie absolue lui avait écrit que beaucoup de nobles et de clercs les rejoignaient en secret : *Tout sera prêt à temps pour une attaque surprise*, précisait le cardinal. *Néanmoins, nous devons d'abord bien connaître notre ennemi, ses habitudes et l'ordonnance de sa maison.*

Eugénie réfléchit un instant et dit à Hauteville :

— Vos entrées à la cour nous seront utiles. Le roi ne me connaît pas, c'est une chance ! Il m'a condamnée, puis graciée sans jamais voir mon visage. Je serai la nouvelle Mme de Hauteville, puisque la peste vous a ravi votre épouse. Je vais trouver quelque artifice qui fera de moi une autre femme. Bien sûr, si notre conspiration est éventée, nous n'aurons aucun moyen de nous échapper, mais avec quelques précautions, cela n'arrivera pas.

Ils quittèrent Rome à la mi-avril 1352. Eugénie et Giannino s'étreignirent longuement. Seuls survivants d'une race perdue, l'un ne pouvait rien sans l'autre et tous deux se rejoignaient dans le souvenir d'une mère, dont le temps avait emporté à jamais les traits du visage, le sourire, les souffrances. Eugénie lui souffla :

— Bientôt, vous serez le roi de France sur le trône que Dieu vous réserve. Il ne vous a pas fait survivre au poison des Valois pour vous laisser dans votre boutique à Sienne.

— Grâce à vous, ma sœur ! Que pourrais-je sans votre précieux concours ?

— Les conjurés des Lys vous conduiront sur le trône le jour de Noël prochain ! dit Eugénie en se séparant de lui. Je vous en fais le serment !

Une vingtaine de chevaliers accompagnaient la jeune femme et attendaient à l'écart. Les chevaux marquaient leur impatience.

— Souvenez-vous : à Noël prochain !

Elle monta sur son cheval et s'éloigna. Le dernier regard de Giannino la hantait, ce regard flou, qui ne se fixait sur rien. Elle se tourna et lui cria :

— Le jour de la naissance de Notre Seigneur, vous serez roi ou nous périrons tous !

LE ROI CHIFFONNIER

— 1 —

— Mon Dieu, mais qu'est-ce que je vous ai fait pour mériter ça ?

Eugénie, agenouillée, les yeux pleins de larmes levés au ciel, se tordait les mains.

Allongé sur des tissus de chanvre souillés de vomissures, un enfant grelottait à côté de l'énorme soufflet de forge qu'il devait avoir pour mission d'actionner. Elle se pencha vers lui.

— Mon petit Benoît !

Le jeune garçon ne reconnut pas sa mère. L'odeur que répandait son corps ne laissait aucun doute ; ses yeux vitreux indiquaient que la maladie était arrivée à sa phase ultime. La peste couvrait son visage de plaques grises.

— Mon petit Benoît ! répéta Eugénie entre deux sanglots.

Elle cria qu'on apporte de l'eau. Un chevalier de son escorte qui attendait sur la petite place arriva avec sa gourde. Elle glissa le goulot entre les lèvres de l'enfant dont le visage se contracta, se rida, devint tout à coup celui d'un vieillard. Il poussa un cri d'animal perdu. Eugénie le serra contre elle.

— Benoît ! Mon garçon chéri !

Elle le balançait comme pour l'endormir. Dehors, le forgeron, un certain maître Lerect, mal embouché et brutal, attendait, près du cheval dont il taillait le sabot avant de le ferrer. Très sale, le visage sombre de charbon, il regardait la porte étroite où la dame vêtue en guerre était entrée. Hauteville, près des gardes, attendait.

Benoît râlait. Eugénie se précipita à la porte de la forge.

— Trouvez un char ! cria-t-elle. Il faut l'emmener loin de ce lieu qui pue la mort !

Lerect ne broncha pas, tenant toujours ses outils à la main, l'épaule droite appuyée contre le flanc de l'animal qui s'impatientait. Hauteville donna des ordres et entra dans la forge dont la porte était si basse qu'il dut se courber.

Eugénie, de nouveau à genoux près de la paillasse, entre un tas de bois qui servait au feu, une enclume posée sur un billot et des ferrailles rouillées, serrait le jeune malade contre elle.

— Il faut l'emmener ! répéta-t-elle.

L'endroit était sordide, plein de recoins d'ombre où la maladie pouvait se terrer comme une bête malfaisante, un serpent. Il fallait arracher Benoît à ses griffes, l'emporter loin d'ici, le cacher pour que la peste l'oublie.

Le bruit de roues ferrées l'avertit que les gardes avaient trouvé un char. Eugénie prit Benoît à bras-le-corps et le porta jusqu'à la porte.

— C'est tout ce qu'on a ! dit le garde à côté du chariot qui avait servi au transport du fumier.

Sur un lit de paille, deux écuyers étalaient une couverture de chanvre. Eugénie y posa son fils. L'enfant respirait difficilement et claquait des dents malgré la douceur de l'air. Sa mère s'assit près de lui et serra sa tête contre sa poitrine.

— Ne t'en fais pas, mon Benoît, tu vas guérir !

Il sentait atrocement mauvais. Elle demanda qu'on lui apporte de l'eau et un linge puis se mit à nettoyer le visage de l'enfant. La fraîcheur du liquide sembla faire du bien au malade qui sourit, ouvrit les yeux et regarda longuement la belle femme qui le pressait contre elle. Cela le changeait des coups de maître Lerect et des cris de sa femme qui reprochait aux apprentis le pain rassis qu'elle leur donnait.

Ses lèvres s'entrouvrirent, montrant ses dents déjà gâtées. Il murmura quelque chose, Eugénie pensa qu'un miracle venait de se passer. Elle eut envie de remercier Dieu, quand un mot sonna dans le martèlement des chevaux :

— Maman !

Benoît l'avait donc reconnue ! La fraîcheur de l'eau lui avait redonné un peu de forces. Eugénie se tourna vers Hauteville qui se tenait à côté du char.

— Il faut trouver une auberge ! Un endroit pour le soigner ! Je suis certaine qu'il va guérir !

— Une auberge ? Vous n'y pensez pas ! Personne ne voudra accueillir ce malheureux !

— Alors, prenez-la d'assaut !

La nuit allait tomber. Le groupe investit un moulin abandonné à côté d'un étang. Des gardes se postèrent autour du bâtiment qui avait été pillé, mais dont les murs restaient solides. Un feu fut allumé dans la cheminée, Eugénie disposa des couvertures à même le sol près des flammes. Benoît, rassuré par la présence de sa mère, s'endormit dès qu'il fut allongé. Eugénie se tourna vers Hauteville.

— Cette fois, j'en suis certaine, il va s'en sortir !

Elle avait parlé ainsi pour se rassurer. Les hommes allumaient un second feu dans la cour et s'apprêtaient à faire rôtir un mouton qu'ils avaient acheté au village voisin. Hauteville s'était assis à côté d'Eugénie et regardait les flammes. Son silence écrasait la jeune femme d'une menace imprécise dont elle sentait la morsure à chaque inspiration bruyante de Benoît. Le mouton rôti répandait une agréable odeur. Dehors, les gardes découpaient l'animal en riant. L'un d'eux apporta à manger à Eugénie qui refusa. Elle frissonnait de froid malgré le feu que son compagnon nourrissait abondamment. Une chouette ululait quelque part au bord de l'étang.

À la lueur de la torche, la mère guettait les moindres contractions du visage de l'enfant marqué par la misère, ses joues creuses, ses dents gâtées, ses cheveux taillés à la va-vite pour ne pas gêner le petit travailleur. Cinq années s'étaient écoulées depuis son départ d'Aignan en compagnie de son père, cinq années passées à courir après elle-même pendant que ses deux garçons, les petits-fils de la reine Clémence, vivaient dans l'extrême pauvreté. Dieu lui indiquait sa faute. Elle s'agenouilla, serrant toujours la main froide de Benoît et jura que s'il guérissait, elle renoncerait à la conjuration des Lys…

Benoît se raidit, souleva la tête, ouvrit de grands yeux effarés. Des tremblements agitaient ses bras. Un cri strident sortit de sa bouche ouverte.

— Mon Benoît, je suis là ! fit Eugénie en le pressant contre elle.

Il poussa un autre cri en se débattant comme pour se libérer de l'étreinte de sa mère, il inspira très fort puis sa poitrine se vida dans un dernier soupir. Ses yeux s'immobilisèrent, sa tête roula sur le côté. Le petit corps du pestiféré devint tout à coup très lourd. Eugénie hurla un « Non ! » strident.

Dans la cour, les gardes se taisaient. Seule la chouette continuait de ululer au loin.

Eugénie, Hauteville et leurs gardes avaient quitté Rome deux mois plus tôt. Sur la route de Paris, la jeune mère avait souhaité faire un détour par la Gascogne pour voir ses enfants. Ils avaient ainsi traversé les immensités désertes des Cévennes où régnaient loups et ours. Le pays était ravagé par des bandes rivales qui occupaient les châteaux et rançonnaient les villes. Les habitants se réfugiaient dans les rares forêts où la place manquait et ils jouaient de la lame pour survivre. La peste et la guerre avaient anéanti une région autrefois riche et prospère.

Près du château d'Eauze au donjon éventré, Eugénie avait ressenti un profond malaise. Qu'était devenu son époux, Geoffroi ? Le délabrement de l'endroit n'indiquait-il pas que le maître des lieux était mort ?

À Aignan, elle avait constaté que rien n'avait changé depuis son départ. L'habitation principale, sans défense, avait été épargnée par les routiers. Dans la cour, les volailles grattaient la poussière, des valets d'écurie chargeaient une charrette. Le soir, ils s'étaient arrêtés dans une auberge de Plaisansac. La peste avait fait de récentes victimes, il fallut insister rudement auprès de l'aubergiste pour qu'il ouvre sa porte. Des hommes dépêchés par Hauteville apprirent à Eugénie que Benoît avait été placé chez un forgeron et que Matthieu travaillait comme valet de ferme.

Eugénie était restée longtemps prostrée près du cadavre de Benoît. Hauteville et les gardes avaient respecté sa peine et se taisaient. Enfin, elle se retourna et dit :

— Je veux qu'il soit enterré à Aignan, dans le caveau de la famille, près de ses ancêtres.

Elle passa la nuit en prières près du petit corps dont elle tenait encore la main froide. Au matin, Hauteville se rendit à Aignan pour annoncer la mauvaise nouvelle et préparer l'enterrement. Eugénie y assisterait vêtue en guerre, le heaume sur la tête, au milieu des gardes pour que personne ne la reconnaisse.

À Aignan, rien n'avait changé depuis son départ ; insensibles au temps, les restes du donjon rongés par le lierre se dressaient au milieu d'un tas de pierres. Les valets rassemblés dans la cour, tenant leur chaperon à la main, assistaient à la cérémonie. Eude d'Aignan se tenait à leurs côtés, grand et voûté, s'appuyant sur son bâton. Près de lui, le jeune garçon qui dépassait les autres était bien Matthieu. Âgé d'une douzaine d'années, il en paraissait dix-huit et ressemblait fort à son père. Sa taille indiquait qu'il serait aussi un géant débonnaire. Le visage grave, il resta impassible quand le petit cercueil fabriqué à la hâte avec les planches d'une cloison sortit du château, porté par quatre jeunes bergers qui peinaient à retenir leurs larmes. Eugénie serrait les dents pour ne pas attirer l'attention par ses sanglots. Elle s'étonnait de ne pas voir sa tante Éliabelle.

Eude tourna sa tête de héron vers son fils tout recroquevillé, qui semblait grelotter. Bossu, le visage couvert de barbe, Jean s'appuyait sur son bâton de coudrier dont il aimait frapper les jeunes domestiques.

Le cortège se forma derrière le cercueil et le prêtre qui tenait un crucifix. Hauteville s'était placé près du maître, flatté de la présence de ce chevalier de haute naissance qui s'était inventé une parenté avec les chevaliers d'Eauze. Valets et soldats mêlés marchaient en silence vers la petite chapelle délabrée dont on avait dégagé l'entrée.

Eugénie, discrètement soutenue par un jeune garde que Hauteville avait placé près d'elle, peinait à se tenir debout. L'odeur de la peste était toujours présente, lourde et suffocante. Une grosse envie de pleurer comprimait sa poitrine, mais ses yeux restaient secs.

La chapelle était trop petite pour contenir tout le monde. Eugénie, en jouant des coudes, put se rapprocher jusqu'au deuxième rang, derrière Matthieu au milieu des vieux domestiques. Quand les jeunes garçons glissèrent péniblement le cercueil dans l'entrée du caveau, le grand corps de l'adolescent fléchit, il baissa la tête et on entendit ses sanglots dans le lourd silence de l'assistance. Eugénie dans un élan spontané voulut aller vers lui, mais le garde veillait et la retint. « Madame, je vous en prie », lui souffla-t-il à l'oreille.

À la fin de la cérémonie, les valets retournèrent à leur travail sans un mot. Eude rentra dans son vieux château, suivi de Jean et de Matthieu qui ne réussissait pas à contenir ses larmes. Hauteville rejoignit ses cavaliers et le groupe s'éloigna, silencieux. La mort du petit garçon ne laissait personne insensible. Eugénie qui n'avait rien dit depuis le départ d'Aignan s'arrêta, mit son cheval en travers de la route.

— Allez chercher Matthieu ! ordonna-t-elle à Hauteville. Vous trouverez bien un prétexte. Je veux lui parler avant de partir, lui dire pourquoi je ne reste pas ici et pourquoi je ne peux pas l'emmener.

Sans un mot, Charles de Hauteville repartit. Cet homme discret savait commander ses troupes avec la fermeté des grands chefs. Il était, cependant, la délicatesse même et savait aller au-devant des désirs de la jeune femme sans jamais lui céder sur ce qu'il jugeait essentiel.

Ils s'étaient arrêtés près d'un village en ruine que la peste avait rendu désert. Le spectacle de la désolation était devenu habituel et personne ne fit attention aux murailles écroulées, aux toitures défoncées, aux grandes herbes qui poussaient sur les pas des portes.

Hauteville revint peu de temps après. Le garçon qui l'accompagnait était presque aussi grand que lui. Il sauta du cheval et, en peine de sa personne, attendit que le chevalier lui dise pourquoi il l'avait amené ici.

— Quelqu'un que tu connais t'attend.

Matthieu hésita encore un peu, puis se dirigea vers la femme en cotte de mailles et chausses de fer qui l'attendait en retrait, sous un tilleul.

— Matthieu ?

Le garçon resta un moment comme figé, incrédule, puis d'une voix hésitante demanda :

— Mère ?

Il était tout intimidé en face de cette dame d'un autre monde que le sien. Eugénie l'attira contre elle. Il sentait le foin, le feu de bois et toutes ces odeurs d'Aignan qui lui rappelaient sa propre enfance.

— Oui, ta mère.

— Pourquoi m'avoir fait venir ici ? Pourquoi ne vous êtes-vous pas arrêtée à Aignan ? L'oncle Eude ne voulait pas me laisser partir, il a fallu lui donner quelques pièces…

— J'y étais tout à l'heure, à l'enterrement de ce pauvre Benoît. Mais tu ne le diras à personne. Fais-moi confiance. Bientôt je reviendrai te chercher et tu apprendras le métier des armes, tu seras armé chevalier. Ta place n'est pas à Aignan, mais dans un grand château, comme ceux de ta race !

— Que voulez-vous dire ? Je n'ai plus rien. Mon père, le chevalier d'Eauze, a disparu, notre château s'écroule !

— Nous le reconstruirons. Tu seras un grand seigneur !

— Un grand seigneur ? se moqua Matthieu. Notre cheval est une vieille carne qui boite et je n'ai chevauché que des mules !

Eugénie se tourna vers Hauteville qui était resté en retrait.

— Faites donner un bon cheval à Matthieu.

Le garçon leva sur sa mère des yeux incrédules. Elle le serra une nouvelle fois dans ses bras.

— Va ! dit-elle. Et souviens-toi que si je dois encore te laisser ici avec ton oncle grincheux, c'est pour assurer ton avenir !

Matthieu se tourna. Devant lui, Hauteville tenait par la bride un superbe cheval harnaché. Le garçon regardait le merveilleux animal et n'osait pas l'approcher.

— C'est à vous ! dit Hauteville. Vous pouvez le prendre. Savez-vous monter ?

Matthieu n'osa pas dire la vérité. Il avait tant chevauché dans sa tête qu'il lui semblait ne rien ignorer de l'art du cavalier.

— Je ne sais pas si…

— C'est un animal très doux ! poursuivit Hauteville. Il ne cherchera pas à vous faire tomber. Je vais vous aider.

Ce ne fut pas utile. D'un bond, Matthieu fut sur le dos de l'animal qui se mit à piaffer. Le jeune cavalier lâcha les rênes et l'animal s'élança dans un galop plein de grâce. Eugénie regardait la scène et sourit.

— Bon sang ne saurait mentir ! dit-elle avec fierté.

Matthieu revint vers le char, sauta à bas de sa monture et s'approcha d'Eugénie qui était sortie. L'émerveillement se lisait sur son visage.

— Madame…

Sa gorge se noua, il inspira très fort pour ne pas céder à son envie de pleurer, puis il retourna près du cheval, jeta un regard à Hauteville comme pour lui demander la permission de remonter en selle.

— Tu peux partir ! dit Eugénie. Hauteville va t'accompagner et expliquera à ton oncle que ce cheval est bien à toi.

Eude voulut refuser l'animal. Un homme de noblesse ne pouvait accepter l'aumône. Hauteville lui expliqua qu'il en faisait présent à Matthieu parce que c'était son cousin. L'oncle aigri se laissa convaincre, considérant qu'il pourrait lui-même se servir de l'animal. Quand le généreux donateur fut parti, il prit le temps d'estimer la valeur du cadeau :

— La selle vaut à elle seule plus de dix pièces ! s'exclama-t-il. Le cheval en vaut cent. Il va falloir penser à renforcer les portes de notre écurie !

Eugénie et Hauteville arrivèrent à Paris dix jours plus tard et s'installèrent dans l'hôtel des Hauteville, à proximité du Louvre, près de l'hôtel d'Alençon qui donnait sur la rue d'Autriche et la petite rue du Coq. Leur domicile était l'un des plus grands de Paris. Construit sur les ruines d'un ancien cloître, ses jardins occupaient un vaste espace. Plusieurs bâtiments abritaient une riche animalerie où vivaient des singes dont l'aristocratie raffolait, des oiseaux aux plumages chatoyants ramenés d'Orient. Au fond du parc, une seconde bâtisse servait de laboratoire où M. de Hauteville s'adonnait à des expériences d'alchimie en compagnie d'un astrologue de grand renom, Geordo Matti.

Paris exhalait des odeurs de vase et de purin. Le lilas fleuri n'arrivait pas à dominer ces relents qui montaient des rues boueuses et des berges de la Seine où des cadavres d'animaux et parfois d'humains se décomposaient dans les buissons. Les Parisiens étaient habitués à l'air pourri de leur capitale qui leur manquait quand ils s'en éloignaient.

La misère était générale. Avec le printemps, les premiers légumes palliaient le manque de pain, mais tout était si cher que les mendiants pullulaient. Les groupes de tire-laine occupaient les places publiques, aussi les bourgeois ne sortaient-ils jamais sans se faire accompagner par des valets ou des gardes armés. Dès que la nuit tombait, les rues devenaient le domaine des coupe-gorge. Au petit matin, des cadavres abandonnés indiquaient que des rixes entre bandes rivales avaient éclaté. Étienne Marcel, le prévôt de Paris, multipliait les interpellations, pendait chaque jour les prévenus innocents ou coupables, mais cela ne suffisait pas à faire baisser la criminalité.

Eugénie était impatiente de reprendre la lutte. La mort du petit Benoît, mais aussi l'impétuosité de Matthieu la poussaient à l'action. Elle eut recours aux préparations de Marcellin, le teinturier des Hauteville qui donnait les couleurs les plus inattendues aux plumages et fourrures pour les parures des dames. Il lui fit une magnifique chevelure blonde qui la rendait méconnaissable.

— Je déteste ces cheveux des femmes légères ! dit-elle à Hauteville, mais puisqu'il le faut !

Charles de Hauteville présenta sa nouvelle épouse à la cour. Jean II se montra enchanté, visiblement impressionné par sa beauté. Eugénie n'eut pas de mal à se plier aux règles de la vie mondaine qu'elle avait apprises au couvent de Saint-Jal. Elle savait faire toutes les révérences selon qu'elles s'adressaient à un personnage de haut lignage ou à une personne de son rang. En même temps, elle n'oubliait pas sa mission : repérer les lieux, tout savoir du roi et de son entourage, dresser un plan exact du palais et de ses nombreux bâtiments. Situé sur la grande île de la Cité, on y accédait par trois ponts, le Petit Pont près de la halle aux poissons sur la rive droite, le pont aux Meuniers et le pont aux Changeurs, sur la rive gauche. Le palais, bordé par la grande rue de la Barillerie, occupait toute la partie aval de l'île. À proximité, des prairies, des vergers, près de l'île aux Juifs, pouvaient cacher des troupes dans les bosquets et sur les berges de la rivière. Eugénie notait tous les détails, les habitudes des proches du roi et celles des gardes qui patrouillaient dans la cour du Trésor et se reposaient dans les vastes bâtiments de la Conciergerie.

Sa haine pour le souverain était toujours aussi forte. La seule présence de Jean II la révoltait. La tête de Brienne roulant à côté du billot dans un bouillonnement de sang s'imposait à sa mémoire, mais l'imminence de sa vengeance lui donnait la force de faire bonne figure. La réussite de l'attaque, toujours prévue pour la nuit de Noël, dépendait de ses observations, aussi multipliait-elle les amabilités envers le souverain et M. d'Espagne. Parfois Hauteville estimait qu'elle en faisait trop :

— Les courtisans se questionnent à votre sujet. Votre comportement trop dévoué avec le roi ne correspond pas à votre personnalité. Méfiez-vous !

— Personne ne dira rien tant que le roi me montrera de l'estime.

— Détrompez-vous ! Ils multiplieront les pièges pour vous faire trébucher !

Au mois de juillet, Jean II accorda à Charles de Hauteville la prestigieuse dignité de chevalier de l'Étoile. Ce fut l'occasion d'une grande fête où Eugénie retrouva celui qu'elle redoutait de rencontrer depuis son arrivée, le seul qui pouvait la reconnaître à la cour, Guy de Rincourt que Jean II avait confirmé dans ses fonctions d'intendant de l'armée mais que l'on ne voyait qu'aux grandes occasions.

Quand elle l'aperçut, Rincourt bavardait avec M. d'Espagne. Les deux hommes se méprisaient souverainement et ne se parlaient que lorsqu'ils y étaient obligés. Rincourt ne supportait pas ce bellâtre efféminé, vêtu avec extravagance, qui dépensait sans compter les deniers du Trésor public ; M. d'Espagne regardait avec hauteur ce chevalier de province toujours vêtu de blanc comme un moine dominicain, si peu bavard et trop sérieux.

Rincourt mit un long moment à reconnaître Eugénie, preuve que le déguisement était efficace. Le rapide regard qu'ils échangèrent alors échappa à l'assemblée, occupée à grignoter des petites pâtisseries et autres douceurs que l'on servait avec du vin sucré au miel. Cette mode italienne, arrivée à la cour de France avec M. d'Espagne, permettait aux convives de bavarder en toute liberté, d'échapper à la rigidité de l'étiquette qui reprenait ses droits dès qu'on se mettait à table.

Eugénie, décidée à profiter de l'effet de surprise, abandonna le bras de Hauteville pour s'approcher de Rincourt. C'était la première fois qu'ils se retrouvaient depuis le jour où il l'avait confiée à Antonet après l'exécution de Brienne. Elle gardait ses yeux plantés dans les siens. Le brouhaha qui l'entourait semblait la porter et elle avait l'impression de ne plus toucher terre, de flotter, légère comme une bulle. Lui, toujours imperturbable, ne trahit rien de ses sentiments. Il lui fit un profond salut : le faucon s'était habitué aux usages policés de la cour.

— Madame, dit-il, permettez-moi d'exprimer ma surprise. Je ne vous avais point connue aussi blonde !

Elle savait que sa survie, et toute la suite de son entreprise, étaient conditionnées par la discrétion de Rincourt. Elle demanda :

— Vous me croyiez morte, n'est-ce pas ?

— On l'avait dit, en effet. Mais je n'en croyais rien.

— Je vous prie d'agir comme si c'était le cas. Je vous demande cela au nom de notre fils dont j'ai accouché au Tréport. Ici, personne ne me connaît sauf vous. Pour tous, je suis madame de Hauteville.

Rincourt, pour la première fois, ne put cacher son trouble. Ses sourcils s'abaissèrent sur ses yeux noirs. Il remuait les lèvres, mais aucun son n'en sortait. Il fit quelques pas en direction d'un groupe, comme pour évacuer le trop-plein d'émotion, puis revint vers Eugénie qui n'avait pas bougé.

— Notre fils, dites-vous ?

— Il s'appelle Renaud, comme mon père. Le Renaud de la Sourde. Il a un peu plus de trois ans.

— Madame…

Il n'arrivait pas à s'exprimer. Cette femme pour laquelle il avait juré de s'habiller en blanc avait été sienne suffisamment longtemps et dans des circonstances qu'il regrettait pour lui donner un fils. Il prit le hanap de vin qu'un valet lui présentait sur un plateau, le but d'un trait. Eugénie lui souffla :

— Jurez-moi, au nom de notre enfant, que vous ne dévoilerez à personne ma véritable identité.

Il hésita, pensant au serment fait à Philippe VI sur son lit de mort. Eugénie était certainement à la cour pour conspirer contre le Valois. Ne pas révéler sa présence revenait à mettre la couronne de Jean II en danger. Il y avait pourtant ce garçonnet de trois ans qu'elle avait porté dans son ventre.

— Jurez ! répéta Eugénie. Il en va de ma vie.

Il hésita encore. Son visage contracté avait l'immobilité d'une statue de pierre, il murmura :

— Je vous le jure.

Eugénie tourna les talons et rejoignit son « mari », le roi et M. d'Espagne. Au moment de passer à table, Jean II demanda qu'Eugénie soit assise à sa droite. M. d'Espagne ne fit aucune remarque en cédant sa place à celle qu'il considérait déjà comme une rivale.

Le roi ne manquait pas une occasion de montrer son attachement au couple Hauteville. La conversation d'Eugénie le changeait des habituelles niaiseries des courtisans et Charles était un excellent duelliste. Il les faisait souvent appeler dans son « cabinet étroit » où n'étaient admis que les conseillers les plus proches. Jean II n'était pas un bel homme. Grand, les membres trop longs, mal ficelé, celui qui se voulait un exemple de chevalerie avait les épaules étroites, la poitrine rentrée. Son visage au front large se terminait par un menton pointu qu'il épaississait en laissant pousser une barbe mal plantée. Son nez assez fort descendait sur la lèvre supérieure, de sorte que la place laissée à la moustache se réduisait à une fine bande sombre. Son sourire, qui montrait des dents noires et clairsemées, manquait de grâce. Ses yeux pers ne se fixaient sur rien ; le Valois montrait son indécision par le papillonnement constant de ses prunelles qui s'accompagnait de paroles hachées, de propos débridés passant d'un sujet à l'autre, se perdant dans les détails et oubliant souvent l'essentiel.

Eugénie poursuivait sa mission d'observation. Rien ne lui échappait, les manies du souverain, celles de ses domestiques et de sa garde rapprochée. Une certitude s'imposait : rien ne serait possible tant que M. d'Espagne veillerait sur le Valois.

— C'est la méchanceté même ! dit-elle à Hauteville. Il faut l'éliminer !

— Le roi l'aime d'un amour aveugle, répondit le chevalier. Nous ne devons pas toucher à un seul de ses cheveux, car la réaction du Valois serait imprévisible. Une fois l'usurpateur déchu du trône, La Cerda ne sera plus qu'un petit chevalier sans le moindre pouvoir.

L'arrivée, fin juillet, de Charles de Navarre et de sa suite mit la cour sens dessus dessous. Cette visite, prévue depuis longtemps, avait été organisée par les conseillers des deux rois pour resserrer leurs liens et éviter un affrontement prévisible.

Depuis plusieurs jours, le palais était en effervescence. Il fallait libérer des pièces pour les gens d'Évreux, vider une aile entière pour le petit souverain et ses serviteurs, trouver de la place dans les écuries pour ses chevaux et imaginer des fêtes, des banquets, des jeux afin d'occuper ce monde oisif qui allait demeurer là jusqu'à la fin du mois d'août.

L'excitation était à son comble quand on annonça que le convoi, long de deux lieues, entrait dans Paris par la porte Saint-Honoré. Jean II avait disposé sa garde personnelle sur le pont aux Changeurs pour accueillir son gendre. Il ne l'avait pas vu depuis le mariage de sa fille, mais ses espions l'avaient renseigné sur les moindres faits et gestes du maître d'Évreux. M. d'Espagne ne cessait de se plaindre qu'avec le Navarrais, il serait totalement oublié, et qu'il s'en irait si le roi montrait trop d'amitié à ce freluquet. Jean II, pour une fois, ne prêta pas attention aux propos de son amant.

Enfin, le roi de Navarre monté sur un superbe alezan, en tête du cortège, s'approcha de son beau-père. Les deux hommes mirent pied à terre et s'embrassèrent, se tenant longuement enlacés. Navarre qui ne manquait pas d'à-propos félicita le Valois sur sa tenue, sa magnifique cotte rouge, ses colliers d'or et les innombrables bagues qui ornaient chacune de ses mains. Jean II qui comprenait l'ironie de telles flatteries toisa le grand cheval, s'attarda sur la hauteur de son encolure, puis, perplexe, il se tourna vers Charles, si petit que chacun comprit l'interrogation du Valois. Des sourires lui indiquèrent qu'il avait fait mouche et il fut fier d'avoir cloué le bec à son gendre sans prononcer un mot. Ils entrèrent dans le château entre deux haies de courtisans. Les chariots se rangèrent dans la cour et le déchargement des meubles, vaisselle, literie et autres commodités commença. Une centaine de valets s'y activaient, il leur faudrait la soirée et une partie de la nuit pour faire place nette.

Eugénie prit le bras de Hauteville qui s'étonna de cette familiarité inhabituelle chez sa compagne. Elle venait de remarquer le géant proche de Charles de Navarre et reconnaissait sa hure noire, qui dépassait toutes les têtes, ses épaules puissantes. C'était bien son époux que Navarre présenta au roi comme son meilleur ami ! Elle l'avait fait chercher dès son retour à Paris, pressée par la mémoire de leur fils cadet, mais les cavaliers envoyés en Gascogne n'avaient rien pu lui apprendre. Elle avait redouté qu'Eauze n'ait été emporté par la peste et voilà qu'elle le retrouvait dans cette cour où sa démesure attirait tous les regards.

— Cet homme… fit-elle à Hauteville, ce géant…

— En effet, madame, ce chevalier est un prodige. Le rapprochement avec le petit roi de Navarre ne manque pas de piquant !

— C'est mon mari !

Hauteville sursauta et se tourna vivement vers Eugénie. Comment cette montagne de muscles à peine dégrossie pouvait-elle avoir cohabité avec la femme la plus fine, la plus délicate qu'il connaisse ?

— Madame, je ne m'attendais pas à cela…

— C'est ainsi ! fit Eugénie. Il ne faut pas qu'il me voie, car il me reconnaîtrait. Je vais me retirer dans une pièce des communs. Je dois lui parler avant qu'il ne commette quelque imprudence.

Charles de Hauteville s'arrangea, dans la confusion de l'arrivée, pour s'approcher de Geoffroi et l'aborder pendant que le roi poursuivait les salutations, allant d'un courtisan à l'autre.

— Monseigneur, pardonnez-moi de vous solliciter si vite, mais une personne de la plus haute condition souhaite vous voir en particulier.

Eauze avait l'habitude des femmes qui le priaient au déduit par curiosité, pour voir comment était fait dans son plus simple appareil ce chevalier hors normes, gueulard, mais doux. Cela le flattait en lui procurant des occasions de grivoiserie.

— Cette dame mesure-t-elle les risques qu'elle prend ? demanda-t-il en souriant et montrant ses dents, aussi blanches et régulières que celles d'un enfant.

— Non, monseigneur. Il s'agit d'une dame que vous connaissez fort bien et qui veut vous entretenir en particulier de choses de la plus haute importance.

Eauze suivit Hauteville qui ne comprenait toujours pas comment Eugénie avait pu épouser ce colosse à l'haleine chargée d'ail. Par une porte dérobée, il le fit entrer dans l'aile réservée aux courtisans.

— Monseigneur, je vous prie de garder votre calme et surtout de parler très bas. Ici, les murs ont des oreilles.

— Eh bien quoi, ventre Dieu, je n'ai rien à cacher !

— Si, monseigneur. Votre surprise va être très grande et je vous demande de ne pas l'exprimer trop fort. Il en va de la vie d'une femme !

Hauteville insistait, car la voix du chevalier d'Eauze avait la puissance du tonnerre et s'entendait sans qu'il la forçât à une demi-lieue. Il ouvrit la porte. Eauze vit de dos une femme blonde aux cheveux courts, vêtue d'une longue robe bleu ciel, qui regardait la cour par la croisée. Il fit un pas vers elle, la femme se tourna, Eauze crut défaillir. Il chancela comme un rocher qui va rouler sur la pente et s'abattre dans la vallée, emportant tout sur son passage. Il posa sa main velue sur le mur. Hauteville qui avait redouté qu'il ne fasse du bruit, qu'il ne pousse une exclamation capable d'ameuter tout le château, était satisfait : Eauze se taisait, n'osant bouger, respirant à peine. Lentement, tandis qu'Eugénie lui souriait, la vie revenait dans son corps. Il respira profondément comme s'il venait de se réveiller, bougea d'abord les bras, puis les épaules et enfin eut la force de dire le seul mot qui lui venait à l'esprit.

— Madame…

La politesse et les manières de paroles n'étaient pas dans ses habitudes, pourtant il ne savait pas exprimer autrement la lame de fond qui déferlait en lui. Ce fut Eugénie qui rompit le silence :

— Monseigneur, je suis heureuse de vous retrouver…

— Et moi…

Ce fut tout ce que réussit à dire cet homme qui ne savait pas cacher ses pensées. Toutes ces années passées sans Eugénie lui revenaient à l'esprit, dans l'ordre d'un récit de troubadour : la prise du château d'Eauze par Rincourt, sa fuite en Navarre, la peste et la rencontre avec Charles. Il avait eu des nouvelles d'Eugénie et avait voulu aller la chercher ; on lui avait dit qu'elle était morte. Il avait voulu mourir à son tour, disparaître, et voilà qu'elle était devant lui, dans cette pièce grise. Il eut cependant comme un doute et demanda en langue d'oc :

— Eugénie, c'est bien vous, cette femme blonde ?

Il n'osait plus la tutoyer comme cela se faisait en Gascogne entre mari et femme ; il restait debout, en peine de son grand corps, de ses bras qui pendaient, de ses mains trop lourdes.

— Mais oui, c'est bien moi.

Elle avait failli ajouter « ta femme » mais ce mot était resté dans sa gorge, car il n'avait plus aucun sens.

— Je ne peux pas y croire. On m'avait dit que vous étiez morte. Depuis, je porte le deuil, même si cela a fait rire le roi de Navarre.

— Tu portes le deuil ?

Il ouvrit son surcot pour montrer sa chemise noire.

— J'ai fait le vœu de ne plus jamais porter qu'une chemise noire et ne plus prendre épouse.

Eugénie ne put retenir le gros rire qui lui comprimait la poitrine. Eauze s'habillait de noir pour elle quand Rincourt avait choisi le blanc. Mais là où Rincourt inspirait le respect, Eauze montrait un ridicule bon enfant. Elle retrouva vite son sérieux :

— Que fais-tu avec le roi de Navarre qui semble te tenir en grande estime ?

Il réfléchit un instant avant de répondre, car cette question l'embarrassait.

— Ce que je fais ? J'espérais vous retrouver.

— Tu ne me tutoies plus ? Sais-tu qui je suis ?

Il pensa à tout ce qui s'était raconté à la cour de Navarre au moment de la mort de Brienne.

— Il paraît que vous êtes la fille de la reine Clémence de Hongrie…

— En effet. Ici personne ne connaît ma véritable identité sauf toi et M. de Hauteville qui t'a conduit ici. Tu ne dois jamais en parler à personne.

Eauze ressemblait à un enfant qui découvre tout à coup ce que les grandes personnes lui ont caché. Une vague de chaleur le submergeait. Ce n'était pas le soleil d'été qui faisait rouler la sueur sur son front, mais ce sentiment si longtemps contenu, qui n'avait cessé de grandir quand il avait été séparé de sa femme et qui n'était pas mort. Charles de Navarre avait pourtant multiplié les boutades et les bons mots sur cette drôlesse au cul plus chaud qu'une marmite, Eauze remerciait le ciel de lui avoir rendu celle qu'il aimait, même s'il pressentait qu'elle ne serait plus jamais à lui.

— Tu es vivante ! dit-il en se laissant enfin aller au tutoiement, c'est l'essentiel. Nos enfants m'auraient reproché de t'avoir abandonnée. Dis un mot et nous partons tout de suite tous les deux pour Aignan. Ce grand monde n'est pas fait pour nous, en tout cas pas pour moi.

Eugénie baissa la tête, sombre tout à coup.

— Benoît est mort. La peste…

— Quoi ?

Ce mot avait traversé les cloisons et résonné dans tout le palais. Eauze ne connaissait pas la modération et exprimait sa peine avec son habituelle démesure. De grosses larmes roulèrent sur ses joues et se perdirent dans l'abondante toison noire qui couvrait le bas de son visage.

— Mon petit garçon ! Si j'avais été là, la peste ne l'aurait pas pris ! murmura-t-il, tout à coup pitoyable.

— Il est mort dans mes bras ! dit Eugénie. J'ai vu Matthieu à qui j'ai offert un cheval.

Les yeux encore pleins de larmes, Eauze sourit :

— Ce doit être un sacré gaillard !

— Tout le portrait de son père. Il rêve de devenir chevalier.

Eugénie se dirigea vers la fenêtre : la forte odeur de son époux envahissait la pièce et elle s'étonnait d'avoir pu la supporter pendant les huit années de leur mariage. La dernière joute de Condom s'imposait à son esprit : Eauze sur son énorme cheval défiant Rincourt, tout en élégance sur son pur-sang blanc. Ce jour-là les avait séparés à jamais.

— Il faut me laisser, maintenant. Je serai au dîner tout à l'heure. Tu ne devras surtout pas me regarder.

— Mais enfin, dit Eauze, tu es ma femme. Je brûle de désir pour toi. Je ne vais pas te laisser filer…

— Fais ce que je te dis. Nous sommes entourés d'espions.

Le souper, servi en plein air dans le parc de la Conciergerie illuminé de centaines de chandelles, dura tard. Les plaisanteries du petit roi de Navarre arrachaient des larmes aux convives. Il mima un combat avec Geoffroi d'Eauze qui amusa beaucoup Jean II. Seul M. d'Espagne restait sérieux. Enfin, quand le roi bâilla, les courtisans se sentirent eux aussi fatigués et les bancs se vidèrent. Eauze regagna sa chambre en pensant à Eugénie. Il avait bu des quantités considérables de vin pour oublier la douleur qui le rongeait et s'effondra sur son lit avec une forte envie de pleurer : il pensait à son petit Benoît, mort comme un vilain.

L'arrivée de la cour d'Évreux avait obligé beaucoup de courtisans à céder leurs appartements pour loger en ville. Charles et Eugénie, en résidant dans l'hôtel des Hauteville, jouissaient d'une liberté qui eût été impossible au palais royal. Comme Jean II n'avait d'attention que pour Navarre, il leur arrivait de s'absenter plusieurs jours. M. d'Espagne ne manquait pas de le faire remarquer au souverain :

— Ils vous trompent, Sire. Je ne cesse de les faire surveiller pour mieux vous servir. Gardez-vous d'eux et surtout de la femme, je vous en conjure !

Un soir, Eugénie et Charles se rendirent rue de la Lanterne au domicile parisien d'Étienne de Pleisson où se retrouvaient régulièrement les membres de la conjuration des Lys. Les hommes se saluèrent, s'inclinèrent devant Eugénie, puis, comme ils redoutaient les espions du roi, ils s'enfermèrent dans une cave voûtée, gardée par des hommes sûrs.

— Messieurs, commença Pleisson, l'heure de venger l'un des nôtres approche. Raoul de Brienne a été décapité comme un vulgaire malfrat ! Le Valois va enfin payer ce forfait.

— Vengeance ! crièrent les hommes d'une seule voix.

Eugénie se leva, tous se turent. Sa belle tête de petit garçon blond impressionnait ces rudes chevaliers tapageurs.

— Messieurs, je suis ravie de vous retrouver. Vous savez que le château d'Eu qui appartenait à Brienne a été donné à Jean d'Artois. Chacun sait que ce fidèle serviteur des Valois n'a pas plus de cervelle que le paon qui figure sur sa bannière ! Ma connaissance des lieux a permis d'utiliser un souterrain pour déménager notre arsenal entreposé dans une cave. Ces armes, cachées dans des tonneaux de harengs salés et dans des bateaux chargés de paille, remontent vers Paris. Elles seront placées au château de Meudon qui appartient au sieur d'Itteville.

— En effet, précisa Itteville en passant la main sur ses cheveux blancs, nos partisans pourront s'équiper dans mes caves en empruntant un passage secret qui débouche dans l'ancien prieuré près de la Seine avant d'entrer dans Paris pour l'attaque de Noël !

L'assistance applaudissait et frappait le sol avec ses semelles ferrées. Le bruit était infernal, mais les chevaliers, dont beaucoup avaient abusé du vin de Suresnes, ne savaient pas s'exprimer autrement.

— Tout doit être prêt pour la nuit de Noël, le 24 décembre prochain, reprit Eugénie. Les troupes entreront dans Paris par petits groupes, pour ne pas attirer l'attention. Mon frère, sous un déguisement et bien protégé par des hommes d'armes, sera arrivé de Sienne quelques jours auparavant et séjournera à l'hôtel de Pleisson. Je connais parfaitement le palais royal. Notre attaque ne peut réussir qu'en profitant de l'effet de surprise.

— Nous devons cependant nous garder d'un ennemi implacable, ce M. d'Espagne qui nous fait suivre par ses espions et sait plus de choses qu'il ne le dit ! précisa Hauteville. Cet homme est capable de tout pour préserver son emprise sur le Valois sans lequel il n'existe plus.

— À mort, La Cerda ! crièrent les chevaliers en levant le poing.

— Non, répliqua Eugénie. Sa mort nous desservirait. On ne sait pas de quoi l'usurpateur serait capable tant il aime son bel Espagnol. Notre force, c'est le silence, le secret, la surprise qui doit être totale.

Étienne de Pleisson demanda encore la parole :

— Nous devons donc mesurer nos propos. Les espions de La Cerda sont partout et ils savent délier les langues. Le Valois et sa famille seront cueillis dans leur sommeil et enfermés au couvent des Bernardins dont le gouverneur, messire de Lignac, nous est acquis. Jean Ier occupera le trône dès le jour de Noël. La comtesse d'Anjou l'assistera dans les premiers instants de son règne. Un collège de pairs de France se réunira le lendemain pour définir le nouveau mode de gouvernement que nous allons instituer, ainsi que la réunion des États généraux. Notre première préoccupation sera de remettre de l'ordre dans le pays, de réduire les compagnies de brigands et enfin de trouver un terrain d'entente avec les Anglais.

Ce programme, fortement inspiré par le cardinal de Varonne, convint à tous, même si, pour la plupart, le devenir du royaume n'était que secondaire. Ils espéraient surtout, grâce à un pouvoir central faible, retrouver les privilèges de leurs pères que Philippe le Bel leur avait ravis.

— 2 —

L’été ensoleillé avait permis de récolter le blé qui serait vite insuffisant, de vendanger dans de bonnes conditions. Plusieurs cas de peste furent signalés à Paris et, une fois de plus, le roi dut prendre des mesures pour empêcher les bourgeois de fuir la ville. À la cour, on déplora quatre morts, le jeune frère de M. d’Espagne qui était écuyer du roi, Mme de Mantes qui approchait les soixante ans, dont on disait que la cervelle n’était pas plus grosse qu’une tête d’épingle, Jacques de Monthou, le goûteur du roi, et Lisette, la naine de la reine. On avait récemment marié Lisette à Bigosse, un nain acheté à la cour d’Espagne. Le couple passait son temps à se disputer. Le roi avait ordonné de les séparer, car il ne voulait pas perdre son Bigosse qui lui avait coûté deux cents pièces, soit le prix de deux chevaux dressés.

Les églises ne désemplissaient pas d’une foule qui redoutait une nouvelle épidémie, mais après une dizaine de victimes, toutes proches du port au Foin, la peste se fit oublier et les gens reprirent leurs habitudes, même si la menace persistait.

Comme prévu, l’arsenal de guerre de la conjuration des Lys avait été transporté aux portes de Paris. Des petits groupes de mercenaires envoyés par Cola di Rienzo, empruntant les ports méditerranéens et ceux d’Aquitaine, entraient discrètement sur le territoire où ils avaient ordre de ne pas se faire remarquer. Ce n'était pas difficile : les campagnes étaient infestées de bandes de pillards, de compagnies qui semaient un immense désordre. Les groupes convergeaient vers Paris où ils se mêleraient à la population en attendant la nuit de Noël.

La France était à genoux, ravagée par la peste, les armées anglaises, les pillards, les impôts excessifs. Pendant ce temps, Jean II se préoccupait de chevalerie. L'ordre de l'Étoile, qu'il venait de créer, regroupait la fine fleur de la noblesse, chacun devant raconter ses exploits à l'occasion d'une réunion annuelle. Une maison avait été achetée à Saint-Ouen et restaurée à grands frais. De somptueuses fêtes marquèrent la fin des travaux. Des tournois colorés mirent en lice les meilleurs chevaliers du royaume, le roi en personne y participa. Charles de Navarre, peu batailleur, s'en était dispensé. Eauze, qui n'était pas chevalier de l'Étoile, n'avait pu le représenter ; ce fut son jeune frère, Philippe, qui prit sa place.

M. d'Espagne, se sachant beaucoup d'ennemis, agissait avec prudence. Riche des biens hérités de Brienne, hormis le comté d'Eu donné à Jean d'Artois, le connétable de France, bien que cousin du roi par son mariage avec Mme de Blois, n'était pas à l'abri d'un mauvais coup. Ainsi le bellâtre avait-il appris que le roi de Sienne se préparait à fondre sur le trône de France. La présence de Hauteville lui ayant été signalée à Rome auprès de la comtesse d'Anjou dont tout le monde avait perdu la trace le conduisit à s'interroger sur cette nouvelle Mme de Hauteville que personne ne connaissait à la cour. Ce qu'il découvrit était tellement incroyable, tellement inattendu que le prudent Charles de La Cerda ordonna qu'on n'en parlât à personne. Le bel Espagnol voulait prendre le temps de la réflexion, mesurer le poids de chaque pion de l'échiquier et, surtout, la manière de les déplacer pour en tirer le meilleur profit.

L'été cédait la place à l'automne dans un déluge de pluie. Les rues de Paris étaient transformées en rivières de boue, les arbres perdaient prématurément leurs feuilles, le prix du pain montait chaque jour, le blé manquait déjà.

Comme chaque année, Charles de Hauteville se rendit sur ses terres en Normandie pour recevoir les redevances de ses fermiers.

Eugénie, restée seule dans l'hôtel des Hauteville, attendait des nouvelles des conjurés des Lys. Un soir, elle reçut un billet : *Je vous attendrai, à la tombée de la nuit, à la porte de la rue Murée. J'ai une information de la plus haute importance à vous communiquer. Étienne de Pleisson.*

Eugénie pensa que quelque chose de grave s'était produit pour que Pleisson prenne le risque de lui écrire, car il était convenu que Mme de Hauteville n'aurait aucune relation avec les conjurés jusqu'à la veille de Noël. Elle se fit servir à souper et congédia ses servantes. Elle prit un manteau, un châle car il faisait frais et sortit par un escalier dérobé. Elle frissonna en traversant le jardin éclairé par une lune qui courait entre les nuages. Geordo Matti était dans sa bibliothèque à l'étage. Les singes et les oiseaux se mirent à crier au passage de la jeune femme qui se dissimula sous les branches basses d'un noyer. Enfin, quand les animaux eurent retrouvé leur calme, elle traversa la partie à découvert jusqu'à la maison de l'alchimiste, se cacha un instant sous le porche, tendit l'oreille et ouvrit la porte. Deux hommes dont elle devinait le visage dans la pénombre se tenaient devant elle.

— Madame, pressons…

— J'attendais M. de Pleisson.

— Il est empêché. Venez, moins on parle, moins on risque d'être entendu !

Eugénie, malgré un mauvais pressentiment, ferma la porte, monta dans le char à bancs couvert qui attendait au fond de l'impasse ; les deux hommes à cheval ouvraient la route. Le cocher fouetta l'attelage.

Le char emprunta plusieurs rues sous la surveillance de cavaliers, l'épée au poing. Au bout d'un quart d'heure environ, il entra dans une cour dont l'entrée était gardée par des hommes en habit de guerre qui fermèrent un lourd portail. Des torches éclairaient la cour où des soldats attendaient. L'un d'eux s'approcha et invita Eugénie à descendre.

— Mais nous ne sommes pas chez M. de Pleisson, où m'emmenez-vous ?

— Il vous attend ici, madame, son hôtel est truffé d'espions.

Le garde la conduisit vers le bâtiment qui se trouvait à côté des écuries, ouvrit une porte en tenant devant lui une torche qui éclairait un escalier en pierre menant à une cave aux voûtes sombres.

Ils traversèrent une première pièce, puis arrivèrent dans une autre, plus petite. À l'entrée, Eugénie sursauta en reconnaissant celui qui lui souriait.

— Monsieur d'Espagne ?

— Lui-même, dit La Cerda en s'inclinant devant la jeune femme. Entrez, vous êtes attendue, madame d'Anjou.

L'amant du roi avait donc découvert sa véritable identité, tout était perdu ! Couché sur une table, les poignets et les pieds liés par des cordons de cuir, le torse ruisselant de sang, le visage tuméfié, Charles de Hauteville tourna vers elle un regard de martyr. Eugénie voulut se précipiter vers lui, un homme la retint fermement.

— Je ne sais pas ce qu'ils me veulent ! murmura Hauteville en grimaçant.

— Madame, ne l'écoutez pas ! dit M. d'Espagne. Votre ami s'est montré très coopérant. Nous l'avons un peu tourmenté et il ne s'arrête plus de parler.

— Ce n'est pas vrai ! dit le supplicié d'une voix rauque, je n'ai rien dit parce que je n'ai rien à dire !

M. d'Espagne fit un signe aux deux hommes vêtus d'un long tablier de cuir qui se tenaient à côté du feu de forge, surélevé sur un socle à deux pieds du sol. De temps en temps, l'un d'eux tisonnait les bûches qui se consumaient en braises ardentes, l'autre actionnait un grand soufflet suspendu par des cordes.

— Nous allons voir cela ! dit M. d'Espagne. Apportez le fer chauffé.

Un des aides sortit des braises une épée dont la lame rougeoyait. Hauteville regardait La Cerda avec défi.

— Madame d'Anjou, poursuivit le favori du roi, cela fait longtemps que je vous observe avec vos cheveux courts et blonds. Vous étiez auprès du roi notre maître, comme le chat qui joue avec la souris. Heureusement, je veillais, mes espions ont bien fait leur travail. Désormais, le sort de votre complice se trouve entre vos mains. Vous répondez à mes questions et tout ira bien, vous refusez et la lame s'approchera de ses yeux qu'elle brûlera.

— Monsieur de La Cerda, ce que vous faites est indigne d'un grand du royaume. Vous en répondrez un jour devant la justice de ce pays !

L'homme au tablier de cuir approcha la lame au-dessus du visage de Hauteville, à environ un demi-pied.

— Je veux savoir quand aura lieu l'attaque que vous préparez contre le roi.

— Nous ne préparons rien ! hurla Hauteville.

La lame descendit d'un pouce. Le supplicié poussa un cri. Eugénie tituba, puis se ressaisit.

— De quelle attaque parlez-vous ? demanda-t-elle sans se démonter.

La lame descendit encore au-dessus des yeux de Hauteville. Un grésillement de chair brûlée se fit entendre. La Cerda sourit méchamment.

— Il est encore temps de sauver votre ami, madame. Je veux savoir quand et sous quel déguisement le roi fantoche, que l'on dit héritier du trône, va entrer dans Paris. Et quand il envisage d'attaquer par surprise mon maître, Jean le Deuxième. Vous voyez que je sers ce pays qui n'est pas le mien mieux que vous, la fille d'une reine de France !

— Ce pays que vous prétendez servir vous demandera des comptes, monsieur de La Cerda, répéta Eugénie. Non content de vous faire attribuer les biens et les charges du connétable bassement exécuté, vous voulez aussi vous approprier le pouvoir !

— Entendons-nous bien, madame, fit l'amant du roi. Je ne suis pas ici au nom des Valois. Je suis ici monsieur de La Cerda, prince espagnol qui cherche seulement à être informé. Si votre cause me semble juste, je n'hésiterai pas à la rejoindre.

— Relâchez M. de Hauteville, nous verrons ensuite.

— Parlez d'abord, madame, nous perdons du temps pour rien…

Un grand vacarme vint alors de la cour en surplomb, des lames s'entrechoquaient, des gardes criaient, puis des pas dévalèrent l'escalier. La Cerda regarda autour de lui. En un bond, il saisit l'épée dont la lame était encore rouge, la leva et, d'un geste rapide, la planta dans la poitrine de Hauteville qui hurla. Il arracha la lame de la blessure, se tourna vers Eugénie, mais des soldats arrivaient de la pièce voisine. Il s'enfuit par une porte au fond de la pièce. Personne ne le poursuivit.

Les hommes en cotte de mailles détachèrent Hauteville qui râlait, et essayèrent de le relever. Sa tête bascula sur son épaule droite.

— Il est mort ! constata l'un d'eux.

Eugénie se mordit les lèvres pour ne pas crier sa fureur. La Cerda paierait son forfait, elle en fit le serment devant la dépouille de son « mari ».

— Madame, dit enfin celui qui se tenait près d'elle, je vous conseille d'oublier tout cela, ce sera plus simple.

Cette voix sûre, amplifiée par les voûtes, Eugénie l'aurait reconnue entre toutes car elle ne la quittait pas. Une vague chaude déferla dans sa poitrine. Après un court instant d'hésitation, elle retrouva vite le sens des réalités et choisit d'agir avec prudence.

— Vous avez raison, messire. Personne ne doit savoir ce qui s'est passé. La Cerda ne doit pas être inquiété. Rapportez le cadavre de M. de Hauteville chez lui. Il a été victime de malfaiteurs. N'en dites pas plus.

— Voilà une sage décision, constata Guy de Rincourt. Je remarque que j'ai eu raison de vous faire surveiller.

Des hommes emportaient Hauteville sur un brancard formé de planches trouvées près du soufflet. Rincourt attendit qu'ils soient engagés dans l'escalier pour demander à Eugénie :

— Madame, je vous avais prévenue du danger ! Que souhaitez-vous faire ? M. d'Espagne qui connaît votre identité aura trop peur de vous pour vous laisser en vie. Vous devez quitter Paris.

Elle marcha vers l'escalier. Le chevalier restait derrière elle. Il avait pris de gros risques en venant la délivrer ici, lui le responsable des armées du roi. Eugénie en avait conscience, mais elle n'en dit rien.

— Dites un mot, madame, dites que vous abandonnez cette lutte perdue d'avance et je quitte tout pour vous. Tout, et nous partons sur-le-champ récupérer notre fils !

— Monsieur, je ne changerai pas d'avis. Je ne me fais point d'illusion sur votre bonne volonté. Par le passé, vous m'avez montré ce dont vous êtes capable et je n'oublie pas que vous appartenez à mon ennemi.

— Je vous montre aussi que je peux risquer ma vie pour vous. Mais je n'aurai pas toujours autant de chance. Le temps passe et le peuple a toujours faim sans le moindre espoir de voir sa situation s'améliorer. Il travaille, il sème le blé dans ses champs pour ne récolter que cendres. Ce royaume a plus besoin d'ordre que tout le reste. C'est là le sens de mon engagement !

— Je ne puis cautionner ceux qui exécutent sans jugement, qui torturent, cachent sous les ors et les poudres leur âme sanguinaire. Oublier la tête de Brienne, la mort de ce pauvre Hauteville serait la pire des lâchetés.

Eugénie s'engagea dans l'escalier. Dans la cour, on plaçait le mort sur le char à bancs. Il faisait froid.

— Je vous répète que vous devez quitter Paris ! insista Rincourt.

— En effet, je dois fuir devant un malfrat qui reçoit tous les honneurs. Les pires vauriens sont récompensés et les gens de bien décapités ! Voilà le royaume que vous servez !

— Je vous prie de me suivre : les gens de La Cerda vont ratisser les rues et les cours pour vous retrouver. Avec moi, vous serez en sûreté.

Elle aurait voulu refuser, mais n'avait pas le choix. Rincourt la conduisit à une auberge qu'elle reconnut. C'était là qu'il l'avait enfermée à son retour d'Avignon. Il connaissait l'aubergiste qui mit plusieurs chambres à sa disposition. Il plaça des gardes dans la cour et les rues voisines.

— Madame, votre vie m'est précieuse. Mais je ne serai pas toujours là pour vous préserver d'un mauvais coup. Aussi, je vais vous faire fabriquer une épée à votre taille et vous apprendre à vous en servir. Cela nous prendra toute une semaine.

Eugénie sourit : cette perspective lui plaisait. Avec ses amis des Lys, elle devait montrer son courage, sa détermination, sans laisser la moindre place au doute. Près de Rincourt, elle pouvait enfin être une femme et avouer ses faiblesses.

— Nous partirons demain matin pour un endroit discret, poursuivit Rincourt. Ensuite, nous aviserons. Pour ce soir, souffrez que je reste près de vous. Les hommes de La Cerda rôdent dans les parages.

Il commanda à l'aubergiste d'apporter à manger. Eugénie refusa le hanap de vin que le chevalier lui tendait. Lui s'était mis à table et, probablement pour se donner une contenance, grignotait.

— Je dois vous avouer que j'ai rendu visite à Renaud. C'est un superbe petit garçon aussi fier que sa mère. J'ai donné une bourse à Marie la Sourde comme vous me l'aviez demandé.

Il leva vers elle un regard qui contenait une émotion nouvelle, elle en fut troublée.

— Quand il sera un peu plus grand, poursuivit Rincourt, je le placerai chez un chevalier ami pour qu'il apprenne le métier des armes et tout ce qu'un gentilhomme doit savoir.

Eugénie ne trouva pas la réponse qu'elle aurait voulue cinglante : Rincourt n'était-il pas en train de la déposséder de son fils ?

Elle se sentait tout à coup sans force. Dans la cour, les gardes faisaient les cent pas sous la lune qui éclairait leur casque et leurs épaulettes d'acier.

— Couchez-vous en toute tranquillité ! dit Rincourt en sortant. Je vais rester près de la porte.

Il sortit. Eugénie, seule, ne pouvait pas détacher son esprit des événements de la soirée. Le cri qu'avait poussé Hauteville lorsque M. d'Espagne avait planté l'épée dans sa poitrine éclatait en elle, la torturait. La colère roulait dans son esprit, lourde comme un incendie que le vent pousse lentement, puissante comme la vague qui engloutit le rivage.

Les bruits de l'aube s'amplifiaient. Dans la cour, les gardes bavardaient, les chevaux hennissaient. Rincourt frappa et entra. Eugénie bougea un bras, se leva, défroissa sa robe.

— Il est temps de partir ! dit-il. Nous devons profiter du désordre qui se produit toujours à l'ouverture des portes.

Rincourt dévala l'escalier de bois qui craquait sous ses pieds. Eugénie l'entendit parler. Il remonta quelques instants plus tard.

— J'ai demandé de l'eau chaude pour vos ablutions. Passez ceci sur vos cheveux pour qu'ils retrouvent leur couleur noire. Je dois voir les capitaines de l'armée royale, mais rassurez-vous : six chevaliers qui me sont totalement dévoués vont vous escorter. Je vous laisse mon meilleur cheval. Je vous rejoindrai dans la matinée.

Il s'éloigna, l'escalier résonna sous son pas décidé. Eugénie fit une rapide toilette, mouilla ses cheveux et les enduisit du liquide huileux que Rincourt lui avait donné. Elle changeait de tête et avait le sentiment de changer de corps et de vie. Une fois prête, elle rejoignit les hommes qui l'attendaient dans la cour.

D'un geste de la main, l'un d'eux désigna son cheval. Le groupe sortit de Paris, déjà encombré, par la porte Sainte-Geneviève, et poursuivit sa chevauchée dans la campagne qui se réveillait. Avec l'obstination du désespoir, les vilains labouraient les champs où la cendre des blés incendiés enduisait la terre d'une crasse noire. L'hiver arrivait ; beaucoup ne mangeraient pas à leur faim, pourtant il fallait préparer la future récolte et semer les bons grains quand le pain manquait sur leurs tables.

Le groupe de cavaliers longea une petite rivière en empruntant un chemin mal empierré. Sur la droite, l'énorme tour de Montlhéry se dressait sur son mamelon au milieu des vignes et des vergers. Ils arrivèrent à un imposant moulin aux murs clairs. Des chiens les accueillirent en aboyant autour des chevaux. Le roulement de l'eau qui actionnait une énorme roue en bois faisait vibrer l'air. Guy de Rincourt les attendait en compagnie de deux hommes aux vêtements blancs de farine. Il se dirigea vers Eugénie qui mit pied à terre avec légèreté et élégance.

— Madame, vous êtes ici en sécurité. Je vais cependant poster des hommes pour surveiller les allées et venues.

L'après-midi se passa dans une forge voisine à confectionner une épée à la taille d'Eugénie qui se prêtait avec bonne grâce aux exigences du chevalier. Cette arme lui serait sûrement utile : son frère de Sienne devait déjà être en France, poursuivant sa route vers Paris.

Dans la soirée, Rincourt se montra enfin satisfait de l'épée fabriquée par le forgeron sur ses conseils :

— Elle manque d'ornement, j'en conviens, mais nous n'avons pas le temps. Et puis, elle vous sied à merveille. Il me reste à vous apprendre la manière de s'en servir.

— Messire, qu'espérez-vous de moi ? Une reddition ? Cela ne se peut. Vous pensez que je vais vous céder, cela ne se peut pas non plus.

Rincourt fit une petite grimace et trouva la bonne réplique :

— J'espère vous garder en vie !

Eugénie sembla réfléchir un instant, prit son épée en main et la pointa sous le nez du chevalier.

— Vous êtes au roi de France, tenu par un serment, je suis son ennemie, tenue aussi par un serment fait à mon père et par la haine que je porte à cet homme tyrannique et indigne de sa fonction. Cette haine m'occupe tout entière et m'empêche d'éprouver d'autres sentiments !

Le soir, Guy de Rincourt laissa Eugénie après le souper. Il devait retourner à Paris où le roi l'attendait le lendemain matin. Quand il revint, en début d'après-midi, Eugénie était partie.

— Nous n'avons pas pu la retenir ! dit le chef des hommes qu'il avait placés autour du moulin. Elle n'a pas voulu d'escorte.

Rincourt réprima un mouvement de colère. Il fit quelques pas, les épaules basses. Pour la première fois, il céda au découragement. Eugénie n'éprouvait aucun sentiment à son égard, pas même la moindre reconnaissance. Son dédain allait jusqu'à s'enfuir de cette cachette sûre qu'il avait eu tant de mal à dénicher.

Allons, dit-il. Puisque c'est ainsi…

Il poussa un gros soupir et monta à cheval.

En compagnie de deux gardes qu'elle avait recrutés à Montlhéry, Eugénie fuyait. Le galop de son cheval l'emportait vers une liberté que le chevalier blanc détruisait par sa seule présence. Elle échappait à ses doutes pour redevenir la rebelle, l'insoumise. L'épée accrochée à sa ceinture, elle se sentait invincible et n'avait qu'une hâte : rejoindre ses amis et préparer avec eux la plus audacieuse attaque de l'histoire du trône de France.

Quatre jours après une éreintante chevauchée, elle arriva à Vézelay chez Étienne de Pleisson qui l'accueillit avec beaucoup de cérémonie. Elle lui expliqua :

— Nous avons été trahis ! M. d'Espagne a appris qui j'étais et m'a entraînée dans un piège. Hauteville y a laissé la vie.

— Pauvre Hauteville ! fit Pleisson. C'était un homme loyal. Nous allons tendre un piège à La Cerda, homme lâche et cupide ! Je sais qu'il aime les escapades nocturnes. Il fréquente certains tripots autour desquels il place des dizaines de gardes, mais il n'est pas à l'abri d'un coup de dague…

— Non, dit Eugénie, ce serait trop doux pour ce meurtrier. Prenons le pouvoir et nous le ferons arrêter et passer à la question comme il se doit.

Ses yeux brillaient. Elle imaginait La Cerda attaché sur la table où avait été torturé Hauteville et la lame rougie s'approchant de l'homme suffisamment lâche pour supplier qu'on l'épargne.

— Est-il au courant de notre projet ?

— Je ne le pense pas ! fit Eugénie. S'il avait été au courant de l'attaque de Noël, il n'aurait pas capturé Hauteville. Il aurait attendu le dernier moment pour dénoncer le complot et capturer mon frère ! Où en est-on ? Jean le Premier s'est-il mis en route ?

— Tout va bien de ce côté. Je vous propose de former une escorte pour aller à sa rencontre.

Le lendemain, une centaine de cavaliers quittaient la forteresse de Vézelay en direction de Lyon où Jean de Sienne devait se reposer quelques jours avant de poursuivre sa route vers la capitale. Eugénie ne pouvait s'empêcher de penser à Rincourt qu'elle avait abandonné sans la moindre explication. Un léger sourire éclairait son visage. De temps en temps, elle portait la main à la garde de son épée, parfaitement ajustée à sa main.

Ils atteignirent Chalon où des émissaires du roi de Sienne leur apprirent que leur maître venait d'arriver à Lyon et qu'il se faisait passer pour un riche marchand de laines. Le secret de son entrée sur le territoire français avait été bien gardé, il fallait espérer qu'il en serait ainsi jusqu'à Paris.

Les journées étaient de plus en plus courtes ; une pluie froide sur des routes défoncées gênait les chevaux et les hommes. Les compagnies de brigands qui infestaient les campagnes les obligèrent à combattre plusieurs fois. Eugénie en profitait pour manier son épée et mettre en pratique les premiers conseils de Rincourt. Pleisson fut impressionné de voir la jeune femme combattre avec une telle aisance, mais ne fit aucune remarque.

Aux portes de Lyon, des émissaires qui les attendaient les conduisirent à une auberge sur les bords du Rhône, immense bâtisse en retrait de la ville, bien protégée par de hautes murailles. Eugénie était anxieuse à la pensée de retrouver son frère dont on disait que la fonction royale avait affecté le jugement. L'angoisse pesait en elle, comme un sac de cailloux qui se place toujours dans le sens de la pente pour qu'elle l'emporte.

Jean Ier les accueillit dans la vaste salle de l'auberge éclairée par les flammes nourries d'un grand feu. Pleisson et ses hommes ployèrent le genou devant lui. Eugénie fit une petite révérence, mais resta debout en face de celui qui venait conquérir le trône de France.

— Ma sœur, je suis heureux de vous retrouver ! dit-il. J'ai plaisir à constater que vous portez à merveille l'habit de guerre.

Eugénie sourit. Elle observait son frère qu'elle découvrait différent de ce qu'il était lors de leur première rencontre. Son visage, en perdant sa finesse et les belles couleurs du marchand de draps, était resté celui du convalescent qu'elle avait quitté quelques mois plus tôt. Son regard se posait sur les gens avec une hauteur qui ne lui allait pas. Il relevait exagérément la tête comme pour ajouter de la majesté à sa silhouette qui s'était épaissie.

— Quels temps vivons-nous ! dit-il en s'adressant à Pleisson. Voici que le roi de France est obligé de se déguiser en marchand pour entrer dans son royaume.

— Cela ne durera pas, Majesté ! répondit Pleisson. Bientôt, vous pourrez apparaître au grand jour. Tout est prêt pour cela !

Visiblement, la présence d'Eugénie le gênait. Il avait beau se dresser sur ses talons, la jeune femme était plus grande que lui et sa distinction naturelle lui conférait une autorité qui manquait tant au petit-fils de Philippe le Bel.

— L'honneur sera grand pour moi de mettre à la disposition de Sa Majesté mon château de Vézelay le temps qu'elle se repose ! dit Pleisson. Ensuite, nous irons à Paris, en mon hôtel de la rue de la Lanterne. Nous devrons être très discrets.

Jean Ier fit mine de réfléchir et demanda :

— Nous attaquerons donc la nuit de Noël. Quelle joie pour moi d'être à la tête de mes troupes !

— Non, mon frère, répliqua Eugénie. Vous ne devez pas vous exposer inutilement. C'est nous qui enfoncerons les défenses, réduites à cette heure. Vous devez vous garder d'un mauvais coup qui nous priverait de la victoire.

Jean Ier eut un mouvement des lèvres, ses sourcils s'abaissèrent sur ses yeux bleus qui n'avaient plus la lueur espiègle du marchand que Rienzo avait fait venir l'année passée en son palais du Capitole. Il ne fit aucune remarque, mais tout le monde comprit qu'il prenait ombrage de l'autorité d'Eugénie.

Trois jours plus tard, ils se mirent en route. Jean se tenait à l'avant des troupes et voulait prendre des initiatives. Eugénie lui dit :

— Mon frère, laissez-vous conduire. Quand vous serez sur le trône, nous vous serons entièrement dévoués, mais en attendant, laissez nos hommes aller à leur guise. Ils connaissent les routes mieux que vous et feront tout pour votre protection.

Ils arrivèrent à Paris au début du mois de décembre et séjournèrent dans l'hôtel de la rue de la Lanterne, près du Louvre, sortant peu, évitant de se montrer. Jean Ier et sa suite occupaient un étage de l'immeuble où il avait organisé sa « cour ». Angelo Bradini, son homme de confiance, faisait régner sa loi, créant un protocole rigoureux, interdisant l'accès auprès de Sa Majesté qui restait invisible. Le petit Sicilien se heurta à Eugénie dès le premier jour. Le souverain souhaitait écrire à ses amis de Hongrie, au comte du Luxembourg et à ses financiers de Sienne et de Rome. Agacée, Eugénie écarta Bradini d'un geste vif du bras et s'écria :

— Mon frère, votre présence à Paris exige un peu de prudence de votre part. Vous ne connaissez pas nos adversaires, moi je les connais bien et je peux vous assurer que leurs espions sont partout. Vos courriers ne sortiront pas de cette ville sans être lus par vos ennemis qui vous musselleront !

Cette fois, Jean de Sienne laissa éclater sa colère :

— Madame, je n'ai pas d'ordre à recevoir de vous. J'agis comme bon me semble !

— Non, Jean, vous n'avez pas le droit, par vos imprudences, de mettre en danger la vie de ceux qui œuvrent pour vous. Vous ne connaissez pas Paris et ses pièges, je vous en conjure, faites-moi confiance et vous serez bientôt sur le trône de France. Alors, vous pourrez agir à votre guise !

Le 23 décembre, il neigeait. À l'hôtel de Tancarville, à quelques toises des friperies des halles et du pilori, les principaux chefs de la conjuration des Lys étaient réunis dans une salle gardée par des hommes en armes.

Entre le gros Jean d'Harcourt et Étienne de Pleisson, Eugénie d'Anjou, en habit de guerre, cotte de mailles et épaulettes de fer, faisait face aux conjurés. Ils étaient tous là, Jean d'Harcourt qui suait abondamment, Mainemarres qui rêvait de venger la mort de son ami Brienne, Maubué, le tapageur gouverneur des Andelys, le comte Jules de Chartres, Itteville dont les cheveux blancs tranchaient sur les tignasses sombres et rousses de ses camarades, et bien d'autres. Il ne manquait que le cardinal de Varonne, resté sagement à Reims : sa position d'ecclésiastique lui interdisait de participer à une action de guerre.

— Tout est en place, commença Eugénie. Les groupes armés dans la ville sont maintenus en alerte, prêts à rentrer dans l'île de la Cité par le Petit Pont et le pont aux Meuniers. Ils se rassembleront en quatre endroits, près de la tour de l'Horloge, à côté de la chapelle Saint-Michel, devant les appartements du roi et la Conciergerie. Mainemarres, Itteville, Maubué et Graville conduiront chacun une action. Ordre est donné d'attaquer le 25 à six heures du matin. Tout le monde dormira après la veillée de Noël. La connaissance que nous avons du palais, des habitudes du roi et de son personnel, nous permettra d'agir avec beaucoup de discrétion et d'efficacité. Le roi sera cueilli dans son lit et les Parisiens d'Étienne Marcel ne broncheront pas.

— Très bien, s'exclama Maubué, mais qu'en est-il du roi de Sienne ?

Eugénie sourit, puis se tourna vers la porte :

— Notre roi, Jean le Premier, est ici. Pour sa sécurité, nous lui avons conseillé de rester en dehors du combat !

Étienne de Pleisson se dirigea vers la porte qui s'ouvrit. Deux gardes en tenue fleurdelisée se positionnèrent chacun d'un côté. Bradini s'approcha, se rangea sur le côté près d'Étienne de Pleisson et dit, solennel :

— Messieurs, le roi !

Le silence se fit dans la pièce. Quand Jean Ier passa entre les deux gardes qui dressèrent leur lance, les barons se mirent à genoux. Seule Eugénie resta debout, mais fit une courte révérence avant de soutenir le regard de son frère qui ne la quittait pas.

— Mes amis, votre fidélité me va droit au cœur ! dit-il. Avec vous, je vais enfin reconquérir le trône qui me revient de droit !

Les barons se relevèrent et échangèrent de petits regards. La maladresse de leur souverain était certainement due à son inexpérience. Le marchand de draps n'avait pas encore réussi à se glisser dans la peau d'un monarque. D'Harcourt eut un petit sourire en direction de Mainemarres : malgré son effort pour afficher la dignité de sa fonction, ce souverain ne serait qu'une marionnette entre les mains des puissantes familles normandes et c'était exactement ce qu'ils souhaitaient.

— Messieurs, fit enfin Jean Ier, je ne suis encore qu'un citoyen siennois, un marchand. Je dois conquérir mon trône les armes à la main. Ainsi, je serais marri de ne pas me trouver à la tête de vos troupes pour investir le palais, mon palais !

Eugénie se tourna vers Jean d'Harcourt, qui secoua son énorme tête.

— Sire, dit le gros homme essoufflé, pour l'accomplissement de votre destin, pour mener à bien la grande œuvre sur le trône de France, vous ne devez pas vous mettre en danger. Laissez-nous prendre les risques, exposer nos vies pour garder la vôtre en restant en retrait. Dans l'avenir, Votre Majesté aura moult occasions de montrer sa bravoure !

Face à tous les regards braqués sur lui, Jean n'osa pas s'opposer à cette décision dont il comprenait la sagesse.

— Trente mille hommes sont rassemblés à Sienne et attendent mon signal pour entrer sur le territoire français. Ordre leur sera donné de rejoindre nos troupes tassées autour de Paris dès que le Valois sera mis hors d'état de nuire.

— En effet, poursuivit Eugénie. Nous aurons besoin d'eux pour faire face à nos ennemis, en particulier les Anglais qui ne vont pas laisser passer l'occasion pour tenter une nouvelle offensive dès le printemps prochain.

Jean Ier tourna vers sa sœur un regard interrogateur, mais ne fit aucune remarque. Eugénie ne venait-elle pas de parler en reine ? Ne cherchait-elle pas, avec la complicité de la conjuration des Lys, à se servir de lui pour accéder au trône de France et l'éliminer ensuite ?

— Et la famille du Valois, qu'en fera-t-on ? demanda Itteville.

— Sa place est prête au couvent des Bernardins ! répondit Jean d'Harcourt.

Pleisson demanda le silence et tendit les mains.

— Majesté, je tiens à vous rassurer. Vous allez remporter une victoire rapide et sans risques. Nos troupes sont deux fois plus nombreuses que celles du roi et l'effet de surprise va nous donner un avantage certain.

— À mort les Valois ! cria Mainemarres.

— À mort les Valois ! reprirent les autres.

— Nous nous retrouverons donc demain, le 24, à complies, rue de la Lanterne, à côté de l'église Sainte-Croix, en ma maison que vous connaissez ! ajouta Pleisson. Les troupes profiteront de la messe de la Nativité pour se positionner. En attendant, soyez discrets, les espions de M. d'Espagne rôdent ! Même nos troupes ne doivent pas connaître l'heure de l'attaque. Nous en aviserons les cinquanteniers au dernier moment afin d'éviter toute fuite… Rappelez-vous, la surprise est notre meilleure arme !

Noël mettait Paris en fête. Les bateaux de farine et de vivres se succédaient pour approvisionner la capitale. Les petites gens avaient patiemment économisé de quoi faire bombance durant cette nuit magique où brûlaient plus de chandelles que pendant tout le reste de l'hiver. Le bois manquait, mais personne n'hésitait à sacrifier un vieux coffre pour faire du feu et cuire les sauces au vin, les poulardes et les gigots d'agneau. Tous voulaient manger de la viande. Sur les tables les plus modestes, il faudrait se contenter d'un morceau de lard, de raves cuites dans du saindoux ; les opulents bourgeois et les nobles mangeraient du cygne, du paon, de la vénerie à profusion, et boiraient les vins de Triel, de Mantes, de Suresnes, ces vins « de France » qui rivalisaient avec les meilleurs crus de Touraine ou de Bourgogne.

À complies, alors que la nuit tombait sur une ville où la neige transformait les rues en bourbiers, l'agitation était intense. La foule se pressait chez les bouchers, les boulangers et les marchands d'épices qui réalisaient leurs plus gros bénéfices.

Rue de la Lanterne, la maison à tourelles sise près de l'église Sainte-Croix recevait des visiteurs comme toutes les autres maisons bourgeoises du quartier. Les chevaux étaient conduits aux écuries car le froid s'était intensifié avec la nuit. Le vent du nord gelait la boue des rues.

Dans une salle du rez-de-chaussée, des hommes tendaient leurs mains au feu à côté d'une femme assise. Debout, Jean Ier vêtu d'une cape décorée de fleurs de lys faisait les cent pas, montrant son anxiété. Les autres étaient graves, cachant la cotte de mailles sous leur manteau de fête. Ils parlaient peu, le regard rivé sur les flammes qui mettaient un peu de vie dans cette pièce sombre. Quand ils furent tous là, Étienne de Pleisson demanda à un écuyer d'apporter une bible.

Un domestique alluma les torches murales avant de sortir. Eugénie posa le livre relié en cuir à motifs dorés devant son frère et lui demanda de se placer en bout de table.

— L'heure est venue ! dit-elle. Nous allons jurer sur cette bible de chasser le Valois ou de mourir cette nuit même, nuit de la Nativité qui est celle d'un début, du commencement du monde à la lumière de Dieu. Nous allons jurer fidélité à Jean le Premier, dernier roi de la race capétienne et légitime héritier du trône de France.

— Je le jure ! répondirent en chœur tous les hommes présents en tendant la main droite sur la bible ouverte.

— Allons, maintenant, chacun sait où il doit se rendre. Les troupes attendent dans le noir l'ordre d'attaquer : les six coups de la cloche de Notre-Dame. Quant à vous, mon frère, vous allez attendre ici que nos émissaires viennent vous quérir pour vous conduire à votre trône.

— Vous me privez d'un grand contentement, mais j'adhère à vos raisons ! dit-il en se tournant vers Bradini avec qui il échangea un regard entendu.

Sans un mot, les chevaliers sortirent dans la cour sombre et froide, montèrent à cheval et partirent dans les rues de Paris, encore très animées.

Les troupes des Lys, commandées par des cinquanteniers, convergeaient lentement par les trois ponts de l'île de la Cité. Les premières arrivées se tassaient dans l'ombre des ruelles voisines du palais royal et sur le terrain vague attenant à la Conciergerie. Les hommes trépignaient pour se réchauffer. Le temps ne passait pas. Cette nuit de Noël où toutes les cloches sonnaient à la fin de la messe de minuit pour célébrer la naissance du Sauveur et le début des réjouissances les oubliait sur le pavé, mais ils ne se plaignaient pas. Après une victoire facile, tout Paris serait à cette piétaille qu'on avait oublié de payer, ses meilleures tables, ses plus belles femmes. Les caves s'ouvriraient pour ces traîne-la-faim sur les vins fins des maisons nobles, ils se goinfreraient de brochets et d'anguilles, d'esturgeon salé et de cerf mariné dans le marc de champagne. Ils dévoreraient les pâtisseries au miel et aux fruits confits dans les luxueux hôtels particuliers. Ils avaient froid, mais pas un n'aurait donné sa place !

Après les six coups de la cloche de Notre-Dame, la voix d'une femme éclata dans la nuit très noire :

— Haro, mes amis ! La place est à nous !

Une immense clameur monta dans les rues gelées autour du palais. Eugénie, l'épée levée, piqua son cheval vers l'entrée principale des Tournelles, suivie de Pleisson et d'une foule de guerriers à pied.

Les abords de la résidence royale étaient illuminés de torches de résine qui crépitaient dans le froid. Comme personne ne s'en occupait, certaines s'éteignaient, tombaient dans la boue où elles grésillaient. Les portes n'étaient gardées que par quelques hommes fatigués qui peinaient à refouler les miséreux venus réclamer les restes du festin. L'arrivée des hommes en armes les mit en fuite. Alors, sortis de l'ombre épaisse de la cour du Mai, de la Conciergerie, du Préau, des soldats bardés de fer pointèrent leurs lances vers les assiégeants. En même temps, des torches neuves furent allumées. Eugénie et Pleisson comprirent tout de suite que leur coup de force avait été éventé. L'effet de surprise fut pour ceux qui croyaient en profiter, mais les troupes des Lys, beaucoup plus nombreuses, gagnaient du terrain.

Jean Ier n'avait pas l'intention de rester sagement dans l'hôtel de Pleisson. Sitôt les chevaliers sortis de la cour, il se fit harnacher en guerre par ses écuyers et sortit au milieu de ses fidèles gardes toscans. Ils chevauchèrent dans les rues désertes jusqu'au palais où l'engagement avec les troupes royales battait son plein. Il prit part à la mêlée, mais le boutiquier ne savait pas manier l'épée et il dut la vie sauve à ses hommes qui lui faisaient un rempart de leur corps.

Au bout d'une bonne heure de lutte, l'avantage changea de camp. Les hommes des Lys, recrutés au hasard, ne s'entendaient pas, ne se comprenaient pas et agissaient dans le désordre en face d'une armée royale parfaitement dirigée par un homme dont le surcot blanc dépassait de la cotte de fer. Tandis que l'aube blanchissait le ciel, que les coqs chantaient au loin, ils furent refoulés et poursuivis dans les ruelles alentour où les soldats de Rincourt les mirent en pièces. Le jour se levait sur des pavés couverts de cadavres et de blessés qui geignaient.

Eugénie vit son frère entouré par une dizaine de royaux. Elle poussa un cri pour rameuter Itteville et ses hommes qui se tenaient à proximité. Les soldats en nombre inférieur, ignorant qu'ils avaient capturé le prétendant au trône de France, refusèrent l'engagement et abandonnèrent leur prisonnier. Eugénie cria :

— On vous avait dit de rester sagement à l'écart, mais vous n'en avez fait qu'à votre tête ! Fuyez tant que vous le pouvez !

Itteville, Pleisson, Jean d'Harcourt se placèrent autour de Jean Ier pour le conduire à l'abri.

Eugénie se lança de nouveau dans la mêlée avec la fougue du désespoir, espérant que son exemple redonnerait des forces à son armée. Elle fut arrêtée par un groupe de chevaliers au centre duquel se tenait un homme qui délaça lentement son heaume et montra son visage.

— La comtesse d'Anjou ! dit-il en souriant. Comme on se retrouve !

Eugénie, l'épée dressée, n'avait pas l'intention de se laisser capturer. M. d'Espagne souriait encore, sûr de lui et de la protection de ses hommes.

— Madame, vous m'avez pris pour un imbécile ! Sachez que tout ce qui se passe dans le royaume m'est rapporté.

— Vous me répondrez de la mort de Hauteville et de tous vos autres forfaits ! J'en fais le serment ! cria Eugénie.

La Cerda éclata d'un grand rire et se tourna vers ses hommes.

— Saisissez cette impertinente ! dit-il.

À cet instant, une vingtaine de cavaliers décidés, surgis d'une ruelle, se jetèrent sur le groupe de – d'Espagne qui fut rapidement repoussé. Le bel Espagnol ne demanda pas son reste et s'enfuit.

— Madame, nous arrivons à temps ! dit l'un d'eux à Eugénie. Aussi, nous vous prions de nous suivre !

— Qui êtes-vous ? Ne sommes-nous pas sous la même bannière ?

— Si fait, madame. Mais notre maître veut vous parler.

— Qui est ton maître ?

— Le roi de Navarre, madame, qui vous attend à Évreux !

Jean II, qui venait de se mettre au lit, fut réveillé par les cris et le vacarme des armes. Il appela ses valets, demanda sa robe de chambre rouge fleurdelisée et courut dans les couloirs, appelant son chambellan. Il arriva dans la cour du Mai, interpella Tancarville qui avait, lui aussi, été surpris dans son sommeil. Ce fut M. d'Espagne qui lui répondit :

— Mon doux Sire, je viens de sauver votre couronne. Heureusement que mes espions veillent et qu'ils sont les meilleurs du royaume pour délier les langues et percer tous les secrets.

Le roi se dirigea vers la porte des Tournelles. Rincourt, sur son cheval, attendait le retour de ses hommes.

— Rincourt, que me dites-vous ?

— Une émeute, Sire, mais, averti par M. d'Espagne, j'avais rempli la cour et le Préau d'hommes armés ! Ils sont en train de les tailler en pièces.

— Qui sont-ils ?

— Je ne le sais pas. Mes hommes les poursuivent pour en capturer quelques-uns.

— Faites-les passer à la question. Je veux en avoir le cœur net.

— Ce ne sera pas la peine ! dit M. d'Espagne. Faites-les pendre, ce sont vos irréductibles ennemis !

— De qui voulez-vous parler, mon ami ?

M. d'Espagne, certain de son effet, fit quelques pas dans la lueur des torches. Ses épaulettes d'acier luisaient. Il secoua ses beaux cheveux noirs dont les boucles avaient été écrasées par le heaume.

— Majesté, celle qui commandait cette émeute n'avait d'autre but que de vous arracher à votre trône. C'est une femme de grande beauté. Elle était blonde à la cour cet été, vous la reçûtes en votre petit cabinet. Vous lui faisiez la plus grande confiance, à cette Mme de Hauteville, mais je veillais. Je vous avais mis en garde !

— Tu veux dire que cette femme…

— Oui, cette femme n'est pas blonde, mais brune. Ce n'est pas Mme de Hauteville, mais la comtesse d'Anjou qui attaquait le palais royal pour mettre son frère, le roi chiffonnier, à votre place !

Jean II serrait les poings.

— Où se trouve-t-elle ? Qu'on me l'amène immédiatement !

— Elle a pu s'échapper, Sire, mais faites-moi confiance, je vous la livrerai sous peu !

— 3 —

Eugénie fut conduite en retrait dans une cour au fond d'une impasse où les chevaux peinaient à se tenir debout sur les pavés gelés. Le chevalier qui l'avait arrêtée se présenta :

— Pierre de Lisieux, capitaine de Sa Majesté le roi de Navarre qui souhaite vous parler et vous proposer un arrangement très avantageux.

Eugénie savait qu'elle ne devait rien attendre de Charles le Mauvais dont elle avait pu mesurer la duplicité à la cour, l'été dernier. Cependant, elle pensa que son intérêt rejoignait celui du prince. La défaite de ses troupes lui commandait de se mettre à l'abri, de quitter Paris où M. d'Espagne ne manquerait pas de la faire chercher.

— Dois-je me considérer comme prisonnière ? demanda-t-elle.

— Certes pas ! protesta Pierre de Lisieux. Mon roi agit toujours avec noblesse auprès des personnes de votre qualité.

— Je vous prie donc de me rendre mon épée !

— Certainement ! fit Lisieux en prenant l'arme à son aide de camp et la tendant à Eugénie.

— J'y tiens particulièrement ! se crut-elle obligée de dire.

Lesquels de ses compagnons avaient laissé leur vie dans l'attaque ? Jean de Sienne était-il parvenu à échapper à ses poursuivants ? Ces questions tournaient dans sa tête, mais la haine qu'elle éprouvait pour M. d'Espagne les reléguait au second plan et la poussait à rencontrer Charles le Mauvais.

Deux jours de chevauchée éreintante dans un froid qui figeait la campagne furent nécessaires pour atteindre l'énorme forteresse d'Évreux. Pierre de Lisieux se fit annoncer, mais n'attendit pas d'autorisation pour entrer dans les appartements du petit roi.

— Sa Majesté me reçoit à toute heure ! précisa-t-il.

Il surprit Charles le Mauvais en galante compagnie. Le gendre de Jean II, ne pouvant profiter de sa femme, encore une fillette, occupait son temps avec plusieurs baronnes de son comté. Le petit roi avait un goût particulier pour les femmes mariées à des hommes jaloux. Il trouvait un agrément supplémentaire à voir les maris cocus lui faire bonne grâce en le maudissant. Quand il aperçut Eugénie, son visage rayonna. C'était une première victoire qu'il n'osait pas espérer. L'été dernier, il avait plusieurs fois invité Mme de Hauteville, car il avait constaté que le roi lui vouait une attention particulière. Il avait tenté de la séduire pour rendre jaloux son beau-père, en vain.

— Madame la comtesse d'Anjou ! s'exclama-t-il. Quel bonheur de vous accueillir céans. Pardonnez la manière peu élégante dont M. de Lisieux vous a abordée, mais c'était la seule façon d'échapper à vos poursuivants et de ne pas éveiller les soupçons de notre ennemi commun.

Charles congédia la femme très dévêtue qui se trouvait à côté de lui, allongée sur un long fauteuil. Il souriait car il avait enfin un prétexte pour passer à l'action.

Eugénie fit une révérence et sourit au petit roi qui ajouta :

— Mon beau-père est franchement détestable, mais son amant, l'Espagnol, est plus détestable encore ! Nous allons le chasser, comme un infâme voleur de poules. Il n'a rien à faire en France, ni dans le lit du prétendu roi. Car ne nous leurrons pas, mes mignons, c'est cet étranger qui gouverne !

— Majesté, je vous remercie. L'Espagnol doit rendre son âme au diable. Ses nuisances ont coûté assez cher au royaume !

Eugénie restait sur ses gardes, car Navarre n'était pas un homme de parole. Comment avait-il appris que les conjurés passeraient à l'attaque la nuit de Noël ?

— Madame, ce que notre ennemi commun ignore, ajouta le jeune roi qui avait deviné les pensées d'Eugénie, c'est que ses espions, les meilleurs du royaume selon lui, me sont tout acquis. Il suffit de faire miroiter un peu d'or sous les yeux d'un de ces manants pour le rendre bavard !

— Majesté, votre habileté m'a tirée de la pire situation !

— N'en parlons plus ! Nous sommes du même bord ! Nous avons le même ennemi, et nous allons le combattre ensemble !

Eauze, qui n'était jamais bien loin, arriva. Il était un des rares avec Lisieux à pouvoir entrer chez le roi sans être annoncé. Quand le géant vit Eugénie, il se troubla, puis se souvenant de sa promesse, s'inclina :

— Madame de Hauteville, soyez la bienvenue !

Navarre éclata d'un grand rire clair.

— Voyons, cesse de jouer, cela ne te va pas. Tout le monde sait comme moi que Mme de Hauteville est la comtesse d'Anjou et qu'elle est aussi ton épouse devant Dieu !

Une fois de plus, Eauze eut le sentiment d'être tenu à l'écart. Eugénie ne lui avait-elle pas demandé de ne pas la trahir ? Il bredouilla :

— J'avais juré de…

— Aucune importance ! Profite du séjour de madame pour jouer les beaux coqs, si cela te chante ! Il est temps que nous nous mêlions des affaires de France !

Puis se tournant vers Bessonac qui faisait office d'homme à tout faire, Navarre ordonna :

— Conduis madame la comtesse dans ses appartements. Demande qu'on lui prépare un bain. Je l'attendrai pour souper.

Eugénie, qui avait déjà eu affaire au roi de Navarre, s'étonnait une fois de plus de l'aisance de ce très jeune homme. Le souper fut joyeux. Navarre aimait la musique et les poètes, ce qui n'était qu'une contradiction de plus chez ce petit personnage. Personne ne pouvait prévoir ses réactions, car il jouait constamment pour échapper à tous.

— Dès demain, nous allons mettre au point un plan d'attaque. Nous allons attirer l'Espagnol dans un piège en Normandie, sur nos terres. Et il aura ce qu'il mérite !

— Je demande la faveur de lui porter le premier coup ! dit Eugénie d'une voix calme et froide qui confirmait bien à Eauze que cette femme était désormais très loin de la bonne épouse avec qui il avait vécu pendant huit belles années.

Navarre découvrait que la haine de la comtesse d'Anjou ne reculerait pas devant le sang. Cela lui plaisait, car ce cruel faisait commettre ses crimes aux autres.

— Cette faveur vous sera accordée, madame.

Le repas tirait à sa fin ; les musiciens rangeaient leurs instruments avant de se retirer aux cuisines où ils pourraient manger les restes et boire à volonté quand, se faufilant entre les jambes des hommes et des chiens qui se mirent à aboyer, des rats noirs surgirent d'un coin où n'arrivait pas la lueur des torches.

— Qu'est-ce encore ? demanda Navarre intrigué. Ces bêtes avaient disparu depuis la peste !

Des convives se levèrent. Une fois de plus, les émissaires de la maladie accompagnaient Eugénie qui eut peur pour Eauze. À cette table, elle n'avait d'affection que pour lui, mais la peste pouvait-elle avoir raison du géant ?

Les rats agacèrent les chiens, semèrent un grand désordre autour de la table, les domestiques leur faisant une chasse bruyante, puis ils disparurent.

Quand Navarre et ses courtisans se furent retirés dans leurs appartements, Eauze vint frapper à la porte d'Eugénie. Il entra, debout près du seuil comme un enfant qui vient réclamer une récompense après une bonne action.

— Ma mie, je suis si heureux de vous retrouver ! Je vous propose de partir avec moi loin de ces châteaux infestés de vipères. Nous allons retrouver Matthieu…

Eugénie lui sourit, puis répondit sur un ton plein de douceur, mais aussi de fermeté :

— Non, mon ami. Nos destins se sont séparés, c'est ainsi ! Je me dois à ma cause. Matthieu sera élevé au rang qui est le sien. Sachez que je ne pense qu'à cela et que je garde pour vous l'affection d'une mère pour le père de ses enfants.

— Mais enfin, Eugénie, fit Eauze en se laissant tomber à genoux. Je n'en puis plus ! Je ne peux pas vivre sans vous. Je brûle de vous serrer dans mes bras, et vous êtes mon épouse devant Dieu…

Eugénie prit l'énorme main du chevalier qu'elle pressa contre sa joue et y posa un baiser plein de chaleur.

— Je vous souhaite une bonne nuit, monseigneur. Le voyage a été éprouvant et je n'ai pas fermé l'œil la nuit dernière.

Eauze repartit, les épaules basses, sa large poitrine remplie d'une grosse peine qu'il ne savait pas exprimer.

Le lendemain, plusieurs personnes étaient malades. La peur de l'été 1349 s'empara, une nouvelle fois, du château d'Évreux. Charles le Mauvais resta plusieurs jours enfermé avec son personnel dans ses appartements, communiquant avec ses conseillers et le reste de la maison par une ouverture percée dans la porte. On alla chercher des boucs et leur odeur envahit de nouveau les vastes pièces vides.

En ville, la maladie tua une quarantaine de personnes. C'était peu, comparé à l'hécatombe de la première épidémie, mais assez pour affoler les citadins. Charles de Navarre abaissa les herses pendant une semaine, ce qui eut pour effet de faire flamber les prix de la viande et du pain. Les églises se remplirent de fidèles ; des prédicateurs annonçant l'Apocalypse s'en prirent une fois de plus aux Juifs, aux simples d'esprit, aux bossus et aux lépreux. Il y eut quelques lynchages, mais Charles le Mauvais, qui n'appréciait pas la violence du peuple, positionna des gardes dans toutes les rues et le calme revint.

Enfin, après une semaine où l'on vit de nouveau des médecins cagoulés avec leur grosse tête d'oiseau, des charrettes pleines de cadavres que l'on ensevelissait à la hâte à l'extérieur des murs, la peste cessa et les habitants retrouvèrent leurs habitudes : ils avaient appris à vivre avec la menace de la mal-mort qui pouvait frapper à n'importe quel moment.

L'hiver avait été précoce en Normandie où les premières neiges étaient tombées dès le mois de décembre. Charles de Navarre et Eauze passaient leurs journées à chasser le loup. La neige poussait les meutes jusqu'aux portes de la ville ; plusieurs villages isolés en bordure de la forêt de Vernon avaient été attaqués. Cet exercice violent occupait les hommes durant les courtes journées ; ils rentraient à la nuit, transis de froid et fatigués. Eauze tenta plusieurs fois de forcer la porte d'Eugénie, mais il se heurtait toujours à un refus.

— Ma mie, vous êtes près de moi et je ne peux éteindre le désir de vous qui me brûle ! se plaignit-il. Je vous en conjure, faites en sorte que nous puissions nous rencontrer discrètement. Il existe une porte qui…

— Nenni, mon cher seigneur. Je vous l'ai dit : nos destins se sont séparés.

Eauze qui était capable de fendre un taureau en deux d'un coup d'épée, avait l'intelligence des simples, celle qui ne raisonne pas, mais va directement aux conclusions. Sa grandeur à lui, c'était la netteté de son esprit, son incapacité à tricher, c'était aussi sa faiblesse qui l'empêcherait d'être l'égal des grands pour lesquels mentir était une arme naturelle.

— Ma mie, je sais que je ne suis pas digne de vous ! avoua-t-il, vaincu.

Dans un élan spontané, Eugénie se pressa contre lui, posant sa tête sur son immense poitrine.

— Ne vous sous-estimez pas. Les titres ne sont que vanité ! Vous avez une grande âme noble, pure et franche !

Enfin, Charles de Navarre reçut la bonne nouvelle qu'il attendait depuis plusieurs jours. Le coursier qui l'apporta de Paris était éreinté d'avoir chevauché pendant une journée entière. On lui donna du vin chaud et du fromage. Il demanda à voir le roi qui le reçut aussitôt.

— Majesté, notre affaire est en bonne voie. J'ai réussi à faire passer les fausses lettres de Mme d'Alençon à M. d'Espagne le priant de la rejoindre pour une affaire de la plus grande importance. Et voilà que notre damoiseau va quitter Paris, lundi prochain, pour se jeter dans la gueule du loup !

— Que dis-tu ? Notre piège aurait-il fonctionné ?

— À merveille ! dit l'homme en souriant. Il part lundi pour rendre visite à sa cousine d'Alençon. Il s'arrêtera tout près d'ici, à Laigle. Il l'a fait dire par ses écuyers qui ont ordre de sécuriser l'auberge *La truie qui file* où il passera la nuit sous bonne escorte.

Navarre eut ce pli des lèvres qui enlaidissait son beau visage. Ses yeux se mirent à briller d'une lueur méchante. Il montrait l'envers de sa personne, l'être cruel qui savait si bien se faire oublier derrière les belles manières et les phrases avenantes.

— Je te remercie d'avoir réussi ce joli coup. Je vais donner l'ordre qu'on te prépare un lit, mais ton travail n'est pas terminé. Dès la première heure, tu vas partir avertir mes barons. Ils sont prêts et attendent mon signal.

Le soir au souper, Charles de Navarre dit à Eugénie :

— Madame, je vous ai fait venir ici pour vous aider dans votre mission. Vos amis, les conjurés des Lys, sont mes amis. Tous ont fort heureusement échappé aux poursuivants de l'Espagnol la nuit de Noël. J'ajoute que votre frère a pu rejoindre l'Italie où il va rassembler une grande armée. Je vous avais promis de vous livrer votre ennemi, ce sera chose faite ce lundi.

— Vous m'en voyez réjouie ! dit Eugénie.

— Nos amis de la conjuration des Lys seront là. Ils ont tous hâte de le percer avec leurs lames !

Le restant de la semaine fut consacré à la chasse. Il n'y avait point d'autres distractions et Navarre avait insisté pour qu'on ne change rien aux habitudes. L'occasion était trop belle pour la laisser filer par une imprudence.

Le lundi suivant, personne ne sortit du château avant la nuit. Eugénie s'était vêtue en guerre. Elle avait ceint sa belle épée dont le seul contact la rassurait et lui chauffait le cœur. Le groupe, composé d'une dizaine d'hommes, fut confié à Philippe, frère du roi et guerrier reconnu malgré son jeune âge. Ils devaient retrouver les barons normands à Conches, dans un petit château à l'orée de la forêt qui servait d'abri de chasse et appartenait à sa famille. Eauze et Charles y resteraient pendant que la délégation s'occuperait du bel Espagnol.

Ainsi fut fait. Vers les huit heures, les barons se retrouvèrent dans la cour éclairée du castelet. Eugénie salua avec joie ses amis, l'énorme d'Harcourt, le sire de Graville, Clères, Mainemarres, Morbecque, Maubué et d'autres.

La comtesse d'Anjou et la vingtaine d'hommes aux ordres de Philippe de Navarre partirent pour Laigle. Elle ne réussissait pas à détacher ses pensées de ce besoin de tuer, cette envie de sang qui restait en elle depuis que M. d'Espagne avait plongé l'épée incandescente dans la poitrine de Hauteville. La mort appelait la mort. Le premier coup porté annonçait l'escalade qui, comme l'avalanche, grossissait à mesure qu'elle avançait. Dans cette nuit glacée, rassurée par les pas des chevaux qui martelaient le sol dur, elle avait le sentiment d'être un élément, le membre d'un corps en mouvement vers un acte de justice, et cela lui plaisait.

Ils arrivèrent à Laigle vers minuit. M. d'Espagne avait disposé des hommes autour de l'auberge. Les Normands les attaquèrent à la lueur des torches accrochées aux branches basses des arbres. La rage des assaillants était telle que les gardes ne purent les arrêter bien longtemps. Les plus pugnaces furent étendus raides sur le sol gelé, les autres prirent la fuite. À l'étage, dans la chambre où il s'était couché tôt pour repartir avant le jour, M. d'Espagne fut réveillé en sursaut. Il bondit à la fenêtre et comprit que c'était à lui qu'on en voulait. Comme les portes de l'auberge volaient en éclats, ne pouvant s'enfuir, il se glissa sous le lit, renversant le pot qui contenait son urine.

Des pas lourds, des bruits de voix puissantes arrivaient jusqu'à lui. La porte de sa chambre fut défoncée. La lueur des torches éclairait sa cachette. Il eut pourtant l'espoir de s'en tirer : les chevaliers défirent le lit, l'un d'eux flairant un piège s'écria :

— Il nous a roulés ! C’était un leurre. L’oiseau se trouve ailleurs et nous l’avons raté !

— Pas si vite, mes freluquets ! dit le sire de Graville. Nous n’avons pas fouillé partout. Peut-être est-il sous le lit, caché comme un rat de son espèce.

Les torches s’abaissèrent et découvrirent La Cerda en chemise, tremblant de froid et de peur. Il fut extrait sans ménagement. L’urine du pot renversé faisait une tache grise sur sa chemise blanche.

— Ici, mon mignon ! cria Graville. Nous avons à te parler.

— Messieurs, cria-t-il. Je suis sous la protection du roi de France. Qui touchera à ma personne sera impitoyablement châtié.

— C’est ce qu’on va voir ! D’ailleurs, nous ne te toucherons qu’avec nos lames, on ne veut pas se salir les mains.

Philippe de Navarre se tenait au centre de ses hommes qui remplissaient la pièce. La Cerda avait perdu sa superbe : tremblant à côté de son lit, ses mollets maigres dépassaient de sa chemise de nuit ; ses cheveux noirs tombant sans volume sur des épaules basses lui donnaient l’aspect d’un vilain surpris dans sa chaumière.

— Messieurs, dit Philippe de Navarre, l’heure est grave. Nous allons enfin faire justice et expédier ce crapaud en enfer, mais je vous demande une grâce. Rassurez-vous, tout le monde pourra lui passer son épée à travers le corps, mais mon frère le roi a fait une promesse à la comtesse d’Anjou. Je vous demande de la laisser porter le premier coup.

Eugénie s’approcha, passa près de Jean d’Harcourt qui eut un léger mouvement de l’épaule. Elle sentit la pression sur sa cuirasse, un geste amical qui la toucha. M. d’Espagne grelottait entre les chevaliers qui lui faisaient comme une haie d’honneur. Eugénie ôta son heaume pour qu’il la reconnaisse. La pointe de son épée se plaça sur la poitrine de celui qui faisait la pluie et le beau temps à la cour de France.

— Je vous en supplie, madame, pleurnicha-t-il. Laissez-moi la vie sauve et votre fortune est faite. Le roi vous accordera des terres, des titres…

— De quel roi veux-tu parler ? demanda Eugénie. De ton maître, le voleur du trône de France ?

Elle demanda qu'on approchât les torches pour que La Cerda voie bien son visage.

— Souviens-toi, ajouta-t-elle d'une voix que la colère raffermissait. Tu as fait torturer Charles de Hauteville, tu l'as tué alors qu'il ne pouvait pas se défendre.

— Madame d'Anjou, gémit-il, c'était une méprise. Mes hommes m'avaient abusé.

— Nenni, si les secours n'étaient pas arrivés, tu m'aurais aussi passée au fil de ton épée tant la vie des autres a peu d'importance pour toi. L'heure est venue de te présenter au juge suprême !

Elle leva son épée comme pour frapper La Cerda qui se laissa tomber à genoux, pleurant et suppliant qu'on l'épargne. Il n'avait pas voulu tuer M. de Hauteville, il le jurait. C'était le roi lui-même qui en avait donné l'ordre.

— Voilà que tu accuses ton amant, mais comment peux-tu être aussi lâche, aussi veule ? s'écria Eugénie en le frappant sur la tête du plat de l'épée.

Ce fut le signal. Les barons étaient pressés de rentrer à Conches et de se chauffer devant un bon feu, mais chacun voulait transpercer M. d'Espagne qui fut laissé sur le plancher, étendu dans la mare de son sang. Enfin, les chevaliers s'en allèrent, contents d'avoir rempli leur mission. Eugénie chevauchait près du gros d'Harcourt. La vue du sang avait éveillé en elle des sensations de puissance. Elle se sentait tout à coup invincible.

Ils arrivèrent à Conches deux heures plus tard. Il faisait très froid et la cheminée qui flambait ramena un peu de vie dans leurs membres frigorifiés. Le roi les accueillit comme des héros. Il avait beaucoup bu et trébuchait. Eauze, qui était sombre, regardait Eugénie vêtue en guerre, au milieu des chevaliers, minuscule à côté de l'énorme d'Harcourt. Jamais il ne l'avait trouvée aussi désirable.

Personne ne demanda son reste. Quelques seigneurs s'attablèrent devant le pain et les charcuteries que le roi avait fait porter. Ils burent quelques hanaps et s'endormirent sur le banc, la tête posée sur la table. Navarre, ivre, s'était retiré dans sa chambre. Eauze conduisit Eugénie dans une pièce voisine qu'il avait fait préparer pour elle. Il lui proposa de l'aider à délacer sa cotte de mailles et ses chausses en cuir. Elle accepta, puis lui demanda de la laisser.

— Je ne puis m'y résoudre de bon cœur ! s'exclama-t-il.

— Il le faut, Geoffroi ! dit-elle en se pressant contre lui. Nous devons repartir demain de très bonne heure.

Le regard de La Cerda mourant ne la quittait pas. Des vagues chaudes parcouraient son corps ; la vengeance avait un goût délectable dont elle ne pourrait plus se passer.

— Nous devons, à présent, nous occuper du meurtrier de Brienne ! dit-elle en s'allongeant sur le lit.

L'assassinat de M. d'Espagne provoqua plus de joie que de peine. Le bellâtre avait réussi à se faire détester de toute la cour qui lui faisait pourtant bonne figure. Jean II ne voulut pas y croire. Il s'en prit au messager qui avait éreinté son cheval pour rapporter la mauvaise nouvelle. Personne dans son royaume n'était assez fou pour agresser son ami ! Le coursier lui conta comment un groupe d'une vingtaine d'hommes avait investi l'auberge La truie qui file, comment on avait sorti son amant en chemise de nuit de sous son lit et comment il avait été apostrophé par une femme que le roi avait accueillie dans sa cour, Mme de Hauteville qui n'était autre que la comtesse d'Anjou, sœur de son rival siennois.

Ce nom fut la mèche qui enflamma la fureur du roi. Il renversa tout ce qui se trouvait autour de lui, chaises, tables, coffres, en poussant des cris de bête blessée. On avait assassiné son ami ! Il allait faire exécuter tous les nobles normands afin de ne pas risquer d'oublier un seul coupable ! À cette crise de démence qui dura plusieurs jours, succéda un grand abattement. Il pleura pendant près d'une semaine, enfermé dans ses appartements. On crut qu'il avait perdu la raison ; il ne cessait de s'en prendre à des adversaires invisibles, de les menacer avec de grands mouvements de son épée. Parfois, il réclamait ses habits de guerre, ordonnait qu'on rassemblât l'ost. Comme Rincourt lui faisait remarquer que l'armée n'était pas prête, il ordonna qu'on allât chercher cette Mme de Hauteville, cette comtesse d'Anjou, qu'on la lui ramenât vivante pour lui faire subir les pires supplices ; puis il s'en prenait à cet intendant qui ne lui fournissait pas une armée quand il en avait le plus besoin : « Je vous donne une semaine, menaçait-il, passé ce délai, je vous fais pendre ! »

Il voulait que l'on capture Charles de Navarre et ses frères pour exterminer cette mauvaise race qui ne cessait de lui nuire, mais les Navarrais avaient prévu la réaction du roi et s'étaient enfermés dans leur forteresse qui pouvait résister à un siège une année entière. Comprenant qu'il n'y avait aucun espoir de ce côté, Jean II chercha à s'emparer des chevaliers qui avaient participé à l'expédition punitive. Il ne fut pas plus chanceux : les barons normands étaient prudemment restés à Évreux, en compagnie de leur roi.

Pendant ce temps, Charles le Mauvais multipliait les amabilités avec Eugénie et s'arrangeait pour que les espions le rapportent au roi. Cela lui plaisait d'aider les conjurés à combattre son beau-père, même s'il devrait les trahir bientôt, car la trahison était sa seule réjouissance.

Il s'absenta. La hâte et le désordre des départs le comblaient. Tous les prétextes lui étaient bons pour aller d'un château à l'autre, le froid de cet hiver particulièrement rigoureux ne l'arrêtait pas. La politique restait au cœur de son action. Des opportunités auxquelles il n'avait pas songé jusque-là mobilisaient son trop-plein d'énergie : pourquoi ne pas faire valoir ses propres droits à la couronne de France ? En secret, il se rendit à Calais, s'entendit avec son cousin d'outre-Manche : après la défaite du Valois, l'Anglais prendrait l'ouest du royaume, allant de la Normandie aux Pyrénées, sans obligation d'hommage ; en contrepartie, il reconnaîtrait à Charles la couronne de France. Le duc de Lancastre, troisième fils du roi d'Angleterre, qui n'ignorait rien de la tentative manquée de la conjuration des Lys, fit admettre à son interlocuteur que leur premier objectif était d'anéantir le Siennois, le Roi chiffonnier comme on l'appelait à la cour d'Angleterre.

— Je n'ignore rien de ses faits et gestes ! précisa Navarre. Ses amis me croient un des leurs. La comtesse d'Anjou est entre mes murs. C'est sur elle que je vais faire porter la colère de mon beau-père.

— Vous avez fort bien joué, mon cousin, précisa Lancastre qui n'allait pas au bout de sa pensée. Le gros poisson ne mord à l'hameçon que s'il se sent en confiance !

Lancastre ne se faisait aucune illusion sur la loyauté de Navarre qu'il égalait en rouerie, et c'était à qui oserait les plus gros mensonges. L'Anglais n'attendait du petit roi querelleur que la destruction de la conjuration des Lys qui avait prospéré dans ses États. Cela ferait un adversaire de moins, car son père, Édouard III, découvrait à son tour une situation favorable à son ancienne prétention : le délabrement de l'armée, la faiblesse du pays, l'inconséquence de Jean II lui ouvraient aussi le chemin de la couronne de France !

— L'occasion est bonne d'arraisonner nos ennemis communs ! Cependant, je pense qu'il est bon d'attendre encore un peu, précisa Charles.

— Comment, mon cousin ? s'étonna Lancastre. Quand la bête est forcée, il faut la prendre !

Navarre sourit. Ses yeux étincelaient de malice.

— Je crois, au contraire, qu'il faut laisser agir ces beaux chevaliers. Ce qu'ils feront contre le Valois ne sera plus à faire. Ils nous servent, mon cousin. Seule la femme doit disparaître. Je négocierai le pardon de mes barons en même temps que le mien. Ces hommes ont des bras solides pour manier l'épée et peu de cervelle pour réfléchir. Vous me comprenez, mon cher ami ?

— Je vous comprends ! fit Lancastre avec un sourire mauvais.

Ce sourire le faisait ressembler à Navarre qui était, comme lui, l'arrière-petit-fils de Philippe le Bel.

À Paris, après trois semaines de pleurs, le roi de France retrouvait ses esprits. Il avait quitté le palais royal, où trop de souvenirs lui rappelaient le cher disparu, pour le Louvre. Enguerrand l'Alemand, le chef de sa garde rapprochée et son homme de confiance, avait réussi à lui faire comprendre que ses menaces le desservaient. Il devait, au contraire, proposer la paix à Charles le Mauvais qui lui avait fait part de ses profonds regrets. Navarre lui avait écrit qu'il n'avait pas voulu assassiner M. d'Espagne, mais seulement lui demander des excuses après les dures paroles que le bellâtre avait prononcées à l'encontre de sa maison. Le bon gendre jurait qu'il avait seulement demandé à ses hommes de « faire la morale » au voyageur de La truie qui file et que la comtesse d'Anjou était la seule responsable du meurtre : *Cette femme est venue m'implorer de la prendre sous ma protection et j'ai été assez naïf pour la croire*, écrivit-il avec humilité.

— Le veule, le bandit, le ribaud ! tempêtait le roi de France. Quelle famille de serpents que voilà ! Il ment comme il respire. Je sais que cette femme perfide a donné le premier coup à mon pauvre Charles, ce qu'il oublie de me dire, c'est que lui et son frère ont attiré mon fidèle ami dans ce piège !

— Justement, Sire, insista Enguerrand, proposez votre pardon. Dites à votre gendre que vous vous rendez à ses explications et l'accueillez de nouveau à bras ouverts. Demandez-lui de vous livrer la femme, ainsi vous ferez d'une pierre deux coups ! Faites donner un banquet où vous réunirez toute la famille de Navarre qui sera alors à votre disposition.

— Jamais je n'aurai ces serpents à ma table !

Charles de Navarre ne perdit pas son temps. Il écrivit au pape qu'il séduisit avec ses belles phrases, ses bons mots ; il écrivit au Prince Noir avec qui il entérina son accord passé avec son frère, le prince de Lancastre. Enfin, avant de partir une fois de plus visiter ses vassaux, il décida de s'occuper de la comtesse d'Anjou, ce qui ne pouvait se faire sans la condamnation du chevalier d'Eauze.

Il la fit appeler un après-midi du mois de février. Eugénie le trouva qui faisait les cent pas dans la cour, sautillant d'un pavé à l'autre, comme un enfant qui joue à la marelle. Il semblait inoffensif, ainsi occupé à jouer, et c'était un des aspects de sa personne dont il savait si bien se servir.

Quand la jeune femme arriva, Charles poursuivit son jeu comme s'il ne l'avait pas vue. Enfin, il cessa de sautiller et leva vers elle ses yeux bleus, pleins de colère.

— Alors, madame, voilà que vous cherchez à me tromper !

Eugénie ne se démonta pas. L'aspect immature de Navarre lui donnait l'audace de le traiter comme un adolescent. Elle savait ce dont il était capable, mais ne jouait-il pas quand il prenait les pires décisions ?

— Vous ne me répondez pas, madame.

— Majesté, le sang qui coule dans mes veines est celui des rois. Un sang qui ne saurait être déloyal envers vous, mon cousin.

— Je n'en crois pas un mot. Vous respirez la fourberie même !

— Que me reprochez-vous ? demanda Eugénie sans baisser les yeux.

— Je ne veux plus vous entendre ! cria-t-il. Gardes, emmenez cette femme dont la seule vue m'insupporte !

— Expliquez-moi ! Voilà que vous vous rangez du côté du Valois ?

— Faites taire cette femelle ! hurla Navarre sur le ton d'un caprice d'enfant.

Les gardes saisirent Eugénie et la conduisirent à la cave où ils l'enfermèrent dans une geôle étroite taillée dans le rocher.

Ensuite, Navarre se rendit dans la salle des pleurs, vaste pièce où l'on donnait les banquets qui réunissaient plus de cent convives et où le roi rendait la justice. Le trône sur lequel il s'asseyait était équipé de brancards démontables, ce qui permettait de le déplacer selon ce qu'on préparait, réjouissances pour une noble assemblée ou punitions de vilains, car Sa Majesté se montrait souvent excessive.

Un grand feu flambait, mais le volume de la pièce était tel qu'il y faisait quand même froid. Devant le trône surélevé, des chevaliers de la maison se levèrent quand le roi entra. Geoffroi d'Eauze, debout à droite du trône, était encadré par six gardes tenant la pointe de l'épée sur sa chemise, prêts à l'embrocher au moindre mouvement.

Navarre prit place, acclamé par ses gens, ce qui brisa la solennité de cette cour de justice. Charles n'aimait pas les tons cérémonieux, ni les étiquettes. La grâce, la condamnation, l'exécution des gens n'avaient d'importance que pour lui fournir l'occasion d'un bon mot ou d'une histoire drôle.

— Mes seigneurs, dit-il de sa voix claire et pointue, presque aussi aiguë que celle d'un enfant. Je vous remercie d'être présents en cette salle de justice pour m'assister dans un cas gravissime qui me navre très fort. Ce chevalier gascon que vous connaissez tous, ce Geoffroi d'Eauze, je l'ai rencontré alors qu'il n'avait plus rien. Je l'ai pris chez moi, je lui ai donné rang et pension. Je lui ai, également, donné mon amitié et voilà qu'il me trahit !

Cela lui allait bien, à Charles le Mauvais, de jouer ainsi le redresseur de torts, l'homme d'honneur généreux et naïf, surtout quand il mentait.

Eauze poussa un grognement sourd.

— Voilà que le monstre se réveille ! Que veux-tu, félon ? Reconnais que tu m'as trahi en ne me dénonçant pas un complot de mes ennemis !

— De quel complot parlez-vous, Majesté ?

— De celui que ta femme, la comtesse d'Anjou, préparait contre moi ! Tu ne m'en as rien dit !

— Mme d'Anjou ne complotait pas contre vous. Et je vous prie de la libérer. Pour l'amour que je lui porte, je suis prêt à mourir sur l'heure.

— Voilà que tu parles fort bien pour minimiser ton forfait ! Toi non plus, tu ne vas pas mourir parce que je t'aime, et puis…

Il se dirigea vers la porte et tendit les narines. Une bonne odeur de viande rôtie montait des cuisines.

— Et puis, il fait trop froid pour que je décide quelque chose. Enfermez-le dans une basse-fosse. Enfermez aussi Bessonac qui mérite la corde. Méfiez-vous, Eauze ne craint pas dix hommes costauds. À la moindre tentative, embrochez-le. Maintenant, mes amis, allons banqueter.

Ce soir-là, le roi de Navarre but tellement qu'il roula sous la table avant les tartes au miel et les fruits confits. Il fallut l'emporter dans sa chambre. Les petits chevaliers normands qu'il honorait de sa présence, car il n'aimait pas boire seul, eurent pour lui la condescendance qu'ils auraient éprouvée pour un enfant malheureux.

Le lendemain, frais et dispos, il fut le premier sur pied et envoya un courrier à d'Harcourt pour l'avertir qu'Eugénie s'était enfuie du château et qu'il redoutait qu'elle ne fût tombée entre les mains de ses ennemis : *Mes hommes ont fouillé routes et chemins, questionné les vilains et les gardes des villes voisines. Personne n'a vu la comtesse d'Anjou. Je suis navré par ce grand malheur dont je me sens un peu responsable puisqu'elle était sous ma protection. Les recherches se poursuivent. Je vous assure, cher ami, que je ferai tout ce qui est en mon pouvoir pour retrouver celle qui dirige la faction contre le félon de Valois.*

D'Harcourt se mordit les lèvres au sang. Le bon chevalier ne pouvait envisager que la duplicité du petit roi normand puisse aller jusqu'à le tromper lui, après avoir trompé le roi de France, le dauphin et les princes anglais !

Navarre, se frottant les mains du bon tour qu'il venait de jouer aux uns et aux autres, rendit visite à ses deux prisonniers. Il avait réfléchi et pris sa décision. Il allait livrer Eugénie à Jean II qui lui ferait payer la mort de M. d'Espagne, mais il voulait employer des moyens détournés, pour ménager les conjurés des Lys qui pouvaient encore le servir.

Il descendit dans les caves froides et humides, observa longuement sa prisonnière debout, fière, près de la porte grillagée. La torche que tenait un garde éclairait son corps droit, son visage où ses yeux fixaient le roi de Navarre. Puis, sans un mot, Charles alla à la basse-fosse où Eauze, énorme comme un ours pris au piège, leva la tête.

— Apportez-lui à manger et donnez-lui un manteau. Je ne veux pas qu'il tombe malade.

Il n'oubliait pas, le petit roi, combien Eauze fascinait par sa taille, par la démesure de son corps et de sa force. Il ne voulait pas risquer de voir mourir le géant qu'il espérait bien exhiber à l'occasion, car c'était une manière unique de se mettre en valeur, lui, le minuscule Navarre.

Dans la matinée, un homme bossu se présenta au château. Il était horriblement sale. Sa barbe constituée de rares poils filasse ne cachait pas la vérole qui piquait la peau de son visage d'une multitude de cratères noirs. Les yeux aux paupières lourdes, il répandait une odeur insupportable de purin et de chair souillée. Charles le reçut aussi bien qu'un ambassadeur dans son cabinet ordinaire où flambait un feu nourri. Le visiteur s'agenouilla devant le roi qui lui fit signe de se lever.

— Apportez du vin chaud, du pain et de la charcutaille pour cet ami qui a froid ! ordonna Navarre.

Il invita le visiteur à s'asseoir en face de lui, près des flammes qui éclairaient la pièce sombre et répandaient une chaleur agréable.

— Rognon le Bossu ! dit enfin Charles le Mauvais. C'est étrange de te voir en ce palais, toi qu'on trouve surtout dans les tripots et les bordeaux de la ville.

Les domestiques présents ne faisaient pas attention à cette curieuse relation de leur roi. Charles aimait la fête et surtout les endroits louches qu'il fréquentait avec son frère Philippe et Geoffroi d'Eauze dont la mission essentielle était d'intimider les éventuels agresseurs. Il connaissait bien les bas-fonds d'Évreux, les crapules notoires avec qui il s'enivrait et besognait les filles de joie, car il préférait les putains aux dames du monde, à moins qu'elles n'aient un mari jaloux et grincheux.

— Rognon, roi des maquereaux et tenancier de maisons de plaisir, j'ai un service à te demander qui te rapportera beaucoup !

Le Bossu prit le hanap de vin sucré au miel que lui tendait le roi, mais hésitait à boire. Il avait le talent de flairer les pièges sous les meilleures dispositions, ce qui lui avait sauvé la vie moult fois. Pour les princes, des hommes comme lui valaient moins qu'un animal familier.

Navarre frappa dans ses mains. Deux gardes se présentèrent à la porte.

— Allez chercher la prisonnière.

Ils s'éloignèrent pendant que Charles précisait :

— Une des plus belles femmes de ce royaume. La beauté du diable dont elle est la servante. Une reine, je te dis. Tu vas la conduire au roi de France qui te donnera une grosse bourse en échange.

Rognon le Bossu continuait d'observer Navarre qui sautillait devant le feu. Il n'aimait pas la manière dont le jeune homme lui parlait. Il le connaissait trop bien pour ne pas penser qu'un danger se cachait sous ses belles paroles.

Enfin, les gardes poussèrent Eugénie devant eux. Le maître proposa à la prisonnière de s'approcher du feu, de manger et de boire. Rognon le Bossu ne la quittait pas des yeux. Tout son être en était illuminé.

— Eh bien, qu'en penses-tu ?

Rognon le Bossu se taisait toujours, le regard fixé sur Eugénie qui tendait ses mains délicates au feu.

— Alors, tu ne dis rien ?

— Mon Dieu ! murmura Rognon le Bossu.

Charles éclata d'un grand rire.

— Voilà une parole inattendue dans ta bouche ! Allez, cesse de jouer au sacristain. Le Valois cherche cette femme et te la paiera un bon prix. Reconnais que je te fais un grand cadeau !

— Mon Dieu ! répéta Rognon le Bossu. Par la ribaude du pape, voilà un morceau qui me laisse marri !

— Enfin, tu retrouves tes esprits. J'admets qu'il y a de quoi perdre la tête. Sache que la belle a une marmite bouillante à la place du cul ! Mais attention, tu ne vas pas la salir. Elle appartient au roi de France !

— Ainsi donc, s'exclama Eugénie en fixant Navarre dans les yeux, vous m'avez vendue au Valois. Vous vous êtes servi de moi pour faire exécuter La Cerda et vous me livrez à la haine de mon ennemi !

— J'avoue ne pas être mécontent de mon stratagème ! répliqua Navarre en souriant.

Puis il ajouta quelques obscénités dont il avait le secret avant de s'adresser à Rognon le Bossu :

— Je te répète : tu la conduis à Paris, chez celui qui se prétend roi de France. C'est une princesse. Je connais assez ton comparse Beau le Pottier pour savoir que je peux vous faire confiance.

— Ne vous en faites pas. Chez moi, les filles sont si bien traitées qu'elles ne vont jamais raconter ailleurs les secrets de la maison !

— Maintenant, va et souviens-toi : tu n'y touches pas ! Je te fais accompagner par deux gardes de confiance ! précisa le roi de Navarre.

— 4 —

En cette fin d'hiver, Guy de Rincourt et les maréchaux du roi multipliaient les démonstrations de force de l'armée. De nombreuses revues se déroulaient dans Paris, à Vincennes et autres places fortes autour de la capitale, Melun, Triel, Meaux. Ces exhibitions de troupes harnachées de neuf, armées d'arbalètes parfois rafistolées, montées sur des chevaux bien nourris étaient destinées à impressionner l'ennemi qui avait des espions partout, mais cela ne suffisait pas.

Lorsque les Anglais mirent le siège autour de Hesdin, le roi réunit ses troupes à Amiens. Ses soldats, malgré leur harnachement à peu près correct, étaient mal payés. La monnaie avait été considérablement dévaluée ; les soldes restées les mêmes qu'avant la peste étaient devenues dérisoires. Or, des combattants peu rémunérés perdaient beaucoup d'ardeur à la bataille. Rincourt l'avait souvent répété au souverain qui voulait croire que l'honneur de défendre la France était un argument suffisant. Cependant, l'armée française n'eut pas à ferrailler : les Anglais s'enfuirent dès qu'ils virent poindre les lances de Jean II qui s'en fit grande gloire, alors qu'il aurait dû y voir une menace.

Le Valois, voulant se montrer magnanime, accepta de pardonner l'assassinat de M. d'Espagne à son gendre s'il lui remettait la véritable coupable, la comtesse d'Anjou.

Sa cause avait été plaidée par les trois reines que Charles le Mauvais avait visitées à Melun. Ces reines occupaient le château de la veuve de Charles IV, une très vieille femme qui vivait dans le souvenir de sa lointaine grandeur. La deuxième reine, et sûrement la plus efficace dans la négociation, était Blanche de Navarre qui, par ses ardeurs, avait précipité Philippe VI au tombeau. À vingt et un ans, Blanche était une superbe blonde aux yeux bleus qui avait perdu sa grâce juvénile du temps où elle était reine de France, mais gardait ce regard espiègle, cette sensualité dans chacun de ses gestes qui ne laissaient pas les hommes indifférents. Elle en jouait volontiers, ayant comme son frère Charles le sens de la repartie, du bon mot, et une grâce naturelle qui lui valaient un grand nombre de soupirants. Aucun parti n'était suffisamment noble pour cette veuve de Philippe VI, mais elle savait qu'elle finirait par céder lorsque le bon prétendant se présenterait. Elle avait refusé la proposition de mariage du roi de Bohême, sous le prétexte qu'une reine de France ne se remarie point, mais c'était surtout parce que le roi de Bohême était trop vieux et qu'elle gardait un mauvais souvenir de sa première union.

La troisième reine était l'épouse de Charles de Navarre, placée là en attendant qu'elle fût nubile. C'était une horrible gamine, capricieuse et mal élevée, qui ne manquait pas de rappeler ses titres pour contraindre ses serviteurs à l'obéissance. Seule la vieille reine Jeanne osait la souffleter. Aussi la fillette la détestait-elle et lui jurait que, plus tard, elle la ferait enfermer dans une fosse avec des serpents.

Blanche de Navarre sut parler à Jean II qui n'avait pas oublié qu'elle avait été sa fiancée. L'amour qu'il avait eu pour elle dès le premier jour était resté en lui, prêt à éclore de nouveau. Il ne la voyait pas souvent, mais ne manquait jamais de se montrer agréable, d'accepter toutes ses requêtes. Elle n'eut pas beaucoup de mal à s'imposer comme l'ange de la paix, la colombe de la réconciliation en faisant comprendre au roi que sa reconnaissance pouvait aller très loin.

Elle se rendit ensuite à Évreux, ayant gardé une grande affection pour Charles à qui elle ressemblait : les mêmes yeux bleus qui savaient séduire, la même rouerie innée. Son état de femme et de reine veuve l'avait empêchée de donner libre cours à sa personnalité. Avec son frère aîné, l'occasion était trop belle de fuir l'ennui du château de Melun où il ne se passait jamais rien.

Charles vint l'attendre à Mantes. Ils s'embrassèrent, s'étreignirent comme des amants qui ne se sont pas vus depuis longtemps. L'étrange couple qu'ils formaient ! Semblables de visage, le petit roi devait se dresser sur ses ergots pour bien montrer qu'il était un homme. Blanche avait une voix chaude et calme qui tranchait sur les piailleries de Charles. Ils se complétaient, l'un fournissant l'imagination, l'autre la concision. Jamais Jean II ne s'était mis en aussi grand danger qu'en permettant la complicité de ces deux descendants de Philippe le Bel.

Charles donna une grande fête pour sa sœur où se retrouvèrent ses habituels compagnons de beuverie, mais il avait pris soin d'éloigner les membres de la conjuration des Lys. Plus d'un chevalier s'avisa de cligner de l'œil à l'intention de Blanche, elle ne répondit à aucun : ils étaient grossiers, manquaient d'éducation et sentaient la vénerie à plein nez.

Elle n'avait d'yeux que pour son frère, ce qui fit dire aux jaloux qu'ils étaient allés plus loin que ce qui leur était permis. Tout à la joie de se retrouver, ils parlèrent peu de ce qui les avait réunis : la paix à faire avec le roi de France.

— Mais où est donc ce géant de tes amis dont on parle dans toutes les cours d'Europe ?

— Ce géant n'est plus mon ami, dit Charles. Il m'a trompé en dissimulant la vérité. Sa femme, la comtesse d'Anjou, est à l'origine de ma brouille avec mon beau-père. Elle s'est servie de moi pour assassiner M. d'Espagne.

— Tu ne vas pas me faire croire que c'est une raison pour la renier ? Ce M. d'Espagne n'était pas ton ami !

— Elle est en route pour Paris par un chemin détourné, de sorte que ses amis ne puissent pas la retrouver. Un bordel ambulant, ce qui convient à cette putain. Mes amis vont la donner au Valois. Le cadeau vaut bien quelque chose, non ?

— Certes, mon frère, mais vous me semblez fort naïf !

C'était un compliment. Charles prit un air angélique qui allait si bien à ce fourbe.

— Et puis, je n'ai pas pu me résoudre à me séparer de Geoffroi d'Eauze, alors il est ici en une basse-fosse. J'ai fait pendre son ami Bessonac, mais lui, j'ai renoncé au dernier moment.

Il jouait l'homme de sentiment, victime de son grand cœur. Sa sœur fit mine de s'y laisser prendre.

— Qu'est-ce que tu veux en faire ?

La lumière cruelle brilla dans les yeux de Charles, cette lumière qui apparaissait quand il humait l'odeur âcre de la torture.

— J'ai l'idée de le garder et d'en faire cadeau au Valois. Il le fera questionner, cela devrait beaucoup l'amuser.

Blanche réfléchit un instant, marchant à côté de Charles en baissant la tête pour ne pas paraître trop grande.

— Je crois en effet qu'on peut s'attirer les faveurs du roi en se servant de ton géant, mais pas en le questionnant. Jean II aime les démonstrations de force. Puis-je le voir ?

Charles appela Bouvier, l'homme de confiance du château chargé des besognes les moins avouables. Bouvier était d'une taille et d'une force surprenantes. Blanche huma son odeur. Ses narines frémirent : son frère s'entourait vraiment de bouseux sans aucune distinction.

— Tu ne vas pas me dire que ton oiseau rare est plus puissant que celui-là.

— Si. Il pèse plus de trois cents livres et mesure près de sept pieds.

— Dans ce cas… fit Blanche dont les yeux se mirent à pétiller.

Elle ne finit pas sa phrase, Charles se dit qu'il avait eu tort de ne pas se débarrasser d'Eauze plus tôt. Pourtant l'idée de s'en servir pour plaire à son beau-père lui convenait toujours.

— Bouvier, dit Charles, tu vas prendre une dizaine d'hommes sûrs, armés de lances, et tu vas aller chercher le prisonnier. Une fois sorti de la fosse, ne le lâchez pas, entourez-le avec les lances si près de sa peau qu'il ne pourra pas faire un seul geste sans se piquer. S'il réussit à s'échapper, je serai obligé de te faire pendre !

Il sourit à cette pensée. C'était toujours un ravissement de voir marcher vers son supplice un homme qui se croyait à l'abri de ce genre de mésaventure !

Blanche et Charles s'étaient assis près de l'âtre où brûlait un tronc entier de hêtre. Il avait commandé des musiciens pour le souper et les entendait accorder leurs vielles et leurs harpes dans une pièce voisine. Ces bruits l'agaçaient, il demanda qu'on les fasse cesser.

Enfin, Bouvier et ses hommes arrivèrent, encadrant Geoffroi d'Eauze qui les dominait tous de sa hure monumentale. Blanche poussa un petit cri d'admiration. Jamais elle n'avait vu homme si fort et si bien fait, car d'ordinaire, les géants étaient empâtés, l'estomac volumineux, le ventre tombant, le visage disgracieux. Celui-là était superbe. Elle le détailla lentement, descendant des épaules qui faisaient facilement trois pieds de large, au bas du torse parfaitement serré, sans la moindre bedaine. Les jambes étaient proportionnées à sa silhouette, longues et puissantes, les cuisses grosses comme des troncs, les bras capables d'écraser un rocher.

— Je te présente Eauze, celui qui fut mon ami et m'a trompé. Je ne veux pas te priver du spectacle de le voir gesticuler au bout d'une corde.

Sans crainte, Eauze fixait Charles de ses yeux d'animal sauvage. Une montagne qui inspirait la confiance.

— Je ne vous ai pas trompé, Sire ! tonna Eauze. On vous a mal informé. J'ai toujours été loyal et franc envers vous !

Blanche ne pouvait détacher son regard de cet homme dont la voix roulait comme une avalanche. Jamais elle n'avait vu pareil colosse et cela émoustillait ses sens. Charles avait compris et fit signe à Bouvier d'emmener le prisonnier.

— Continue de bien le nourrir, il doit être en état quand j'aurai besoin de lui ! ordonna Navarre.

— Bon, mon frère, dit Blanche qui avait suivi des yeux Eauze que des gardes encadraient, il faut vous radouber avec le roi. Vous lui donnez celle qui a assassiné son ami, vous devez, en plus, lui montrer grande amitié.

— Je ne cesse de le faire ! se lamenta Charles le Mauvais. J'ai beau lui dire que dans tout cela, je n'ai été qu'une victime, il ne veut rien entendre !

— Il vous écoutera et vous y gagnerez. Et puis, il vous doit de l'argent : la dot de sa fille.

— Son Trésor est vide !

— Certes, mais réfléchissez : il peut vous céder des places fortes autour de Paris, comme Mantes, Beaumont… Ainsi la route de Bretagne sera-t-elle entre vos mains. Vos amis anglais ne vous en estimeront qu'un peu plus !

Charles de Navarre sourit. Sa sœur avait toujours eu le sens des arrangements qui le servaient. Le Valois serait-il assez stupide pour céder ?

— Il cédera, insista Blanche. Je m'en porte garante. J'ai sur lui quelque pouvoir qui aura raison de sa résistance. Soyez à Paris quand je vous le demanderai, vous aurez tout ce que nous avons évoqué et plus encore. C'est vous qui allez gagner, comprenez-vous ? En ayant l'air de vous punir, il vous comblera, il suffira d'y mettre les manières et pour cela, nous, les Navarre, ne craignons personne !

Blanche passa une semaine entière avec son frère et demanda à plusieurs reprises à voir Geoffroi d'Eauze, ce qui lui fut accordé. Chaque fois, elle le trouvait plus colossal et plus attirant. Privée des jouissances que son vieux mari n'avait pu que lui faire entrevoir, elle voulait croire le géant surhumain en tout.

Pendant ce temps, Rognon le Bossu et Beau le Pottier se dirigeaient vers Paris avec leur précieuse prisonnière. Eugénie ne savait plus où elle était. La fille de la reine Clémence était séquestrée dans une roulotte infestée de punaises au milieu des chiens savants et des singes pouilleux. Elle tenait tête à ses geôliers qui, pour ne pas risquer qu'elle s'échappe, l'avaient attachée par une jambe au bout d'une lourde chaîne.

Ce n'était pas à eux qu'elle en voulait. Rognon le Bossu, à qui Charles de Navarre l'avait remise, n'était pas le chef. Dès qu'il fut de retour à ses roulottes arrêtées aux portes de la ville, il s'effaça devant Beau le Pottier. Cet homme d'une force redoutable n'avait de beau que le nom : roux, la peau grêlée de rouille, il avait perdu un bras lors d'une rixe et agitait constamment son moignon sous le nez des femmes qu'il traitait comme du bétail. Mal nourries, battues, beaucoup mouraient, mais cela n'avait pas d'importance, Beau en achetait de nouvelles chaque fois que c'était nécessaire : dans les fermes où les femelles ne valaient pas cher quand on ne leur trouvait pas de mari, et dans les villes où les pauvres filles sans gîte ne manquaient pas. Celles-là étaient gratuites, mais souvent de moins bonne qualité que les campagnardes. Elles toussaient, souffraient de plaies purulentes, de croûtes dans les cheveux qui rebutaient les clients délicats. Elles étaient aussi moins dociles.

Eugénie savait ce qui l'attendait : le Valois la ferait torturer, mettre à mort de la pire manière. Constamment surveillée par deux marâtres ivres du matin au soir qui ne voyaient en elle que l'énorme récompense promise, elle se disait parfois que sa mort priverait le Valois du plaisir de se venger, mais elle n'en était pas là et gardait l'espoir de s'échapper. Charles le Mauvais lui paierait sa trahison, elle en faisait le serment. Jean II et son gendre se valaient. Les deux sombreraient en même temps et répondraient de leurs actes devant les pairs du royaume. Cette pensée lui donnait des forces pour affronter la nouvelle épreuve. « Mon chevalier blanc, pensait-elle, seras-tu à Paris pour me sauver une fois de plus ? »

Beau le Pottier, une brute sans âme, sans réflexion, ne connaissait que les coups, mais il se préoccupait de la santé d'Eugénie et rabrouait sa mère et sa sœur qui avaient la charge de la prisonnière :

— Surtout soignez-la bien ! Il ne faudrait pas qu'on nous fasse des reproches !

Rognon le Bossu se taisait devant son acolyte qui le dominait. Ses « Mon Dieu ! » au château d'Évreux avaient pourtant révélé une âme, Eugénie en chercha le chemin tortueux, espérant s'en faire un allié. Le parcours s'avéra long et bien difficile : sous l'emprise de Beau, capable de tuer, le bossu manquait d'armes car la méchanceté n'était chez lui qu'une façade destinée à cacher ses faiblesses.

Parti d'Évreux, le bordel suivit le cours sinueux de la Seine pour se rendre à Paris. Il fit un crochet par les Andelys et resta quelque temps à Vernon. Les soudards de différentes armées sans bataille, les groupes d'Anglais qui ravageaient le pays fournissaient une bonne clientèle.

Les filles étaient exposées aux portes des villes à la vue des gardiens, des marchands qui entraient et sortaient. C'était le meilleur endroit pour les amateurs discrets. Une roulotte était réservée aux ébats collectifs.

Le bordel se rendit enfin à Meulan. Beau le Pottier rangea ses deux roulottes sur la place du marché, car l'autre grande place située devant l'église était interdite aux bordels, seuls les jongleurs et les joueurs de farces pouvaient s'y produire. Il s'acquitta de la taxe que la prévôté exigeait des commerçants étrangers et put se livrer en toute tranquillité à son activité qui se doublait d'un débit de vin.

Une fois les mules conduites à une petite prairie qui jouxtait la place, le travail put commencer. Le soleil brillait, les nombreux promeneurs s'attardaient près des filles qui leur adressaient des œillades coquines. Tout à coup, un grand remous agita la foule. Des enfants se mirent à hurler, des hommes frappaient le sol à grands coups de bâton. Eugénie put voir par une ouverture les gros rats noirs se faufiler entre les promeneurs. Terrorisées, les ribaudes sautillaient sur place, Rognon le Bossu resta figé car il comprenait ce que cela signifiait. Il trouva Beau qui riait de la panique provoquée par ces petits animaux.

— Vite, dit Rognon, nous devons partir. Les rats…

— Eh bien quoi ? Voilà que tu as aussi peur que les filles ! Ce ne sont que des rats, et même s'ils sont très gros, il n'y a pas de quoi s'affoler.

— Mais ce ne sont pas des rats comme les autres. Je les ai vus à Évreux pendant l'épidémie. Ils apportent la mal-mort !

Beau éclata d'un rire sonore.

— En voilà un poltron ! Tu mériterais que je t'oblige à en manger pour ton dîner !

Le calme revint sur la place. Les rats avaient disparu et les gens commentaient cette irruption soudaine alors que la grande épidémie les avait épargnés. Beaucoup voyaient là une menace imminente et se signaient. D'autres restaient optimistes : la peste avait boudé la région, il n'y avait aucune raison qu'elle la frappe si longtemps après la première épidémie !

Et pourtant, le lendemain, plusieurs cas furent signalés dans le quartier. On pensait que ce ne serait qu'une petite alerte, mais les habitants se rendaient à l'église pour se mettre en règle avec Dieu. Deux jours plus tard, ce qu'Eugénie n'osait espérer se produisit : Beau le Pottier grelottait sur sa paillasse, le visage gris de ceux qui vont mourir. Plusieurs filles étaient touchées. Eugénie ne craignait rien pour elle : depuis que le jeune Herblin était mort dans ses bras, elle savait qu'un pacte l'unissait à la maladie et la protégeait.

Quelques jours plus tard, la ville de Meulan ferma ses portes aux voyageurs. Les troupes de la prévôté parcouraient les rues désertes, marquaient d'une croix rouge les maisons des pestiférés d'où les habitants n'avaient plus le droit de sortir. Des chariots ramassaient les corps abandonnés à la rue, dont certains respiraient encore.

Beau le Pottier mourut au tout début de l'épidémie et fut suivi presque aussitôt par sa mère et sa sœur. Rognon le Bossu, redoutant de suivre son compagnon dans la tombe, rôdait autour de l'église sans oser y entrer, écoutait les offices par le trou du lépreux, se terrait car il savait que les étrangers, surtout les bossus, étaient accusés de transporter le mal. Il libéra Eugénie :

— Partez vite ! Dites que la peste nous a tous emportés !

— Pour aller où ? répliqua-t-elle.

Les prédicateurs qui avaient surgi un peu partout s'en prenaient une fois de plus aux Juifs, aux étrangers, mais aussi à la fille du diable qui allait d'une ville à l'autre, portant le fléau et jouant avec les âmes des justes. Des ribaudes, quelques Juifs qui n'avaient pu fuir au tout début de l'épidémie furent capturés. On découvrit des sorcières dans les bas quartiers. De grands brasiers furent allumés pour purifier la population. Le bois manquait d'ordinaire, mais pour carboniser ces pauvres bougres, on en trouva de pleins chariots.

Eugénie se terrait dans la roulotte avec Rognon le Bossu. Elle prit le temps de bavarder avec lui. Débarrassé de la rude domination de Beau, il montra son véritable visage. Ce fils d'une pauvresse avait été abandonné sur le parvis d'une église. Sa bosse venait de ce temps. Il avait grandi dans une ferme qui fut attaquée par des malfaiteurs et sauva sa vie en se cachant dans un puits. Depuis, il savait que le diable régnait en maître sur la terre.

— Les portes de la ville s'ouvrent tous les jours quand les marchands entrent avec leurs chariots de légumes, leurs troupeaux de moutons et de porcs ! dit Eugénie. Nous pouvons en profiter pour nous échapper. Dehors, personne ne fera attention à nous !

— Dehors, des bandes de malfrats rôdent et nous serons massacrés avant demain !

— Mais non. Tu vas prendre les mules qui sont encore au pré et que personne n'a pensé voler. Les gardes ne surveillent que ceux qui rentrent, pas ceux qui partent.

— Mais qu'allons-nous faire dehors ?

— Nous sommes sur les terres du seigneur de Meulan. Je lui parlerai et il nous accueillera !

— Vous sûrement ! gémit Rognon, mais moi, sale et bossu comme je suis, il me chassera à coups de pied au cul !

— Fais-moi confiance, je te dis !

Eugénie ne s'était pas trompée. Montés sur leurs mules, ils purent sortir de la ville. La campagne baignait dans un généreux soleil. Quelques fermes avaient été touchées par la peste, mais le beau temps commandait le travail. Les moissonneurs liaient les gerbes de blé aux épis superbes et bien mûrs. Le souvenir des disettes passées leur donnait du cœur à l'ouvrage. Ils devaient aller vite car, en plus du risque d'orage, les pilleurs volaient les récoltes pour les revendre plus loin.

Les jeunes bergers gardaient les troupeaux d'oies ou de moutons sur les versants trop secs pour le blé. Eugénie se repaissait du spectacle de la vie ordinaire. Elle renaissait malgré la peste, malgré les dangers dont il fallait prendre l'exacte mesure.

Le seigneur de Meulan n'était pas en son château et les gardes lui fermèrent la porte au nez.

— Je vous l'avais dit ! pleurnichait Rognon. En temps de peste, il n'y a plus d'amis, plus de famille, rien que des hommes prêts à se servir de leur dague à la première occasion !

Il n'avait pas tort. Où trouver un endroit en sécurité dans ce monde de rapine et de tuerie ? Rognon avait trop fréquenté les voleurs pour en ignorer les méthodes et il se savait déjà épié, déjà considéré comme une proie. Les mules seraient tuées et rôties sur place ; lui qui n'avait aucune valeur et pas un sol en poche serait massacré, Eugénie à cause de sa beauté servirait de distraction aux malfaiteurs qui la revendraient s'ils trouvaient acheteur ou la tueraient à son tour.

— Ne t'en fais pas, on va se débrouiller !
— Mais où allons-nous ?
— Surtout pas à Paris.
— Il est impossible de survivre plus d'une nuit sans abri, vous entendez, impossible ! insistait Rognon.

Les mules avançaient lentement sur le chemin défoncé qu'ils avaient pris au hasard. Ils arrivèrent au bord d'une petite rivière. Eugénie put se laver longuement. L'eau fraîche redonna un peu de vigueur aux animaux. Un sentier suivait les méandres tranquilles du cours d'eau entre les prairies et les friches où poussaient buissons et arbustes. Ils atteignirent une petite ville fortifiée ; un pont permettait d'accéder à la porte. Des chariots allaient et venaient sans faire l'objet d'une garde particulière.

— Ce doit être Bonnières ! précisa Eugénie. Si la peste n'est pas dans les murs, nous pourrons passer la nuit dans une écurie avec nos mules.

Ils entrèrent dans la cité très animée. L'air plein d'odeur de purin, de terre sèche stagnait, brûlant. Des enfants pataugeaient dans un bras mort où les bêtes venaient boire. Les forgerons battaient le fer, les cordonniers taillaient les cuirs, les charrons réparaient les roues en bois. Un tonnelier, malgré la chaleur, avait allumé un feu de tourbe dans un tonneau qu'il cerclait de fer, méthode nouvelle importée des pays flamands.

Rognon le Bossu s'était arrêté au milieu de la rue, tenant toujours sa mule par la bride. La présence d'Eugénie à ses côtés le gênait. Bien que vêtue grossièrement, la comtesse d'Anjou ne pouvait être la compagne d'un bossu, sale et ne sachant parler qu'une langue d'oïl vulgaire, pleine de mots du peuple.

Ce fut alors que les rats noirs se mirent à courir dans la rue, entre les jambes des passants. Rognon lança à Eugénie un regard étonné.

— Ils nous suivent ! constata-t-il.

Eugénie fit quelques pas, puis se tourna vers son compagnon qui s'était arrêté.

— On ne peut pas rester ensemble ! ajouta le Bossu en tremblant. Les gens me regardent ! Ils savent que vous êtes une grande dame et moi un truand ! Ils vont me tomber dessus !

— Je dirai que tu es mon valet. Viens, nous allons trouver un endroit pour passer la nuit. Demain, nous aviserons.

Pour quelques sols, Eugénie et le Bossu purent dormir dans l'écurie d'une auberge en compagnie de leurs mules. Ils n'avaient pas assez d'argent pour manger et durent se contenter d'une soupe maigre. Le lendemain, la peste faisait ses premières victimes. La forme bubonique, qui tuait le plus lentement et dont on pouvait espérer guérir en incisant les glandes et en faisant couler le pus qui s'en échappait, touchait surtout les enfants. L'autre forme, celle qui se manifestait par une énorme fièvre et des plaques grises sur tout le corps, préférait les hommes mûrs. La chaleur accroissait la putréfaction des corps qui bougeaient encore. Une terrible odeur stagnait sur la ville sans vent. On étouffait ; la peur paralysait les gens qui se tassaient dans les églises et se défaisaient de leurs économies pour acheter la clémence du ciel.

On gardait le souvenir terrible de la première épidémie qui avait tué le quart de la population. Comme il n'y avait plus de Juifs à brûler, les habitants trouvèrent d'autres victimes. Des groupes armés de bâtons s'étaient formés spontanément et fouillaient les jardins et les arrière-cours. L'un d'eux se trouva en face d'Eugénie et de son compagnon. Un cri de haine sortit de toutes les gorges. Les bossus ne portaient-ils pas la malédiction dans leur dos ? Rognon fut saisi, frappé violemment. Eugénie réussit à s'échapper. Elle courut jusqu'à une impasse, se jeta de toutes ses forces contre un haut portail qui fit un bruit sourd.

La meute approchait. La jeune femme poussa un cri de terreur quand la porte s'ouvrit. Un homme qui se tenait près du mur la tira vers l'intérieur, ferma vivement le battant et le coinça avec un madrier. Dans l'ombre de la cave en voûte, Eugénie vit la silhouette lui faire signe de la suivre dans un souterrain, creusé derrière d'énormes jarres en terre cuite. Ils arrivèrent dans une autre salle où les gouttes d'eau qui suintaient du mur produisaient un bruit cristallin. L'homme alluma une torche qui fumait et répandait une horrible odeur de graisse brûlée. Eugénie remarqua son visage jeune et beau. Sa peau très claire soulignait l'éclat de ses yeux sombres ; ses cheveux bruns, lumineux, formaient des boucles légères autour de sa tonsure. Son front haut et carré lui conférait une grande dignité, une retenue hautaine.

— Pauvre peuple ! s'exclama-t-il.

Eugénie ne comprit pas ce qu'il voulait dire, mais ne posa pas de question. Ils empruntèrent un autre souterrain. Le jeune moine était assez grand : ses épaules, sa taille étroite montraient sous sa soutane de bure un corps fait pour l'action.

— Où m'emmenez-vous ?

— Vous allez le savoir bientôt.

La torche levée, il marchait vite. Eugénie pataugeait dans une eau glauque et peinait à le suivre. Ils arrivèrent à une nouvelle porte que le moine ne put ouvrir. D'un coup d'épaule, il la brisa. Un courant d'air souffla la torche. La pièce dans laquelle ils entrèrent sentait la poussière froide. Une étroite fenêtre laissait passer un peu de lumière qui éclairait une immense armoire où étaient suspendus des vêtements d'église. Des sièges en bois s'entassaient dans un coin, à côté d'une sorte de lourde table sur laquelle se trouvaient plusieurs livres reliés en cuir.

— Nous sommes au monastère dissident de Bonnières.

Ils traversèrent une chapelle vide qui donnait sur un jardin. La lumière intense les aveugla. Dans le potager, des moines sarclaient les légumes, d'autres apportaient des seaux d'eau. Un orage s'annonçait. À l'horizon, des colonnes blanches de nuages se dressaient au-dessus des collines. Les insectes crissaient.

— Je suis frère François d'Auxerre. Ici, c'est un monastère franciscain en rébellion contre l'Église. Nous sommes des petits frères, des Fraticelles. Nous nous consacrons à la culture parce que l'exercice du corps est indispensable à celui de l'esprit. Nous produisons tout ce qui nous est nécessaire, mais vivons dans la pauvreté, sans le moindre superflu. Quand notre terre donne plus que ce qui nous est nécessaire, nous le distribuons aux pauvres. Ici, point de commerce, la seule monnaie est celle du cœur. Chaque année, des frères, les Spirituels, partent enseigner notre foi, celle des premiers temps chrétiens, celle qui honnit les curés, évêques, cardinaux et pape, tous suppôts du mal. Une Église qui a bâti sa richesse sur la pauvreté et l'ignorance du plus grand nombre !

— Les femmes sont-elles admises dans votre communauté ?

— Non. Nous devons voir le père Loïc. Attendez-moi ici.

De son pas sûr qui n'avait rien de la démarche mesurée des moines ordinaires, François d'Auxerre traversa la pièce et sortit par une porte ouvragée. Eugénie promena un regard circulaire autour d'elle. Des croix étaient disposées au-dessus de cinq prie-Dieu adossés à une cloison de lambris clair. Pas une image, pas une seule représentation des saints ou de la Vierge. Une rigueur impersonnelle, une froideur hors du temps imprégnaient ce lieu vide.

Au bout de quelques instants, François passa la tête par la porte.

— Notre père souhaite vous voir. Suivez-moi.

— Et Rognon ? Le bossu qui était avec moi, avez-vous pu le sauver ?

Le jeune homme secoua négativement la tête et eut un geste fataliste des mains.

— Nous ne pouvions rien contre la furie populaire. Vous avez eu beaucoup de chance !

Eugénie arriva dans une autre salle, tout aussi dénudée. Autour d'une lourde croix posée sur une table étaient disposées des chaises empaillées en jonc. Des hautes fenêtres tombait une lumière sans ombres. Les murs épais maintenaient une certaine fraîcheur. Un vieil homme de très petite taille, la tête volumineuse sous son châle blanc, regardait la femme de ses yeux de souris. Il était vêtu comme François d'Auxerre, d'une aube de grossier tissu ocre, lourde et raide aux coudes, de chaussures de cuir à semelles de bois cloutées. Il parla de sa voix frêle, presque une voix d'enfant. Sa fragilité semblait excessive à côté des épaules robustes du jeune François d'Auxerre.

— Madame, qui que vous soyez, vous allez jurer de ne rien répéter de ce que vous entendrez ici.

Eugénie se cabra, sur la défensive.

— Je n'ai pas l'habitude de frapper ceux qui me sauvent la vie !

— Madame, reprit le vieux moine, je vois que vous êtes fière. Sachez que je n'hésiterai pas à vous faire tuer si vous nous trahissez. Sachez que les gens du pape sont nos ennemis. Voyez ces cardinaux au train de vie de princes, ces curés de paroisse qui se comportent comme des seigneurs, qui abusent de la crédulité des paroissiens pour leur soutirer les quelques sous gagnés par leur sueur, qui affament des familles entières pour vivre dans l'aisance, dans le lucre, dans la lascivité ! Mort à cette Église ! Que le diable fasse rôtir en enfer ses ministres qui nous combattent et que nous exterminerons. Ce n'est pas ce monde que Jésus a prêché !

À mesure qu'il parlait, les rides de son visage se creusaient. Son énorme crâne dominait une minuscule figure au nez pointu et maigre, au menton saillant, à la bouche étroite, sans dents. Il tendait ses mains décharnées vers Eugénie qui n'était pas surprise : on parlait beaucoup en Normandie de ces frères hérétiques qui osaient s'élever contre l'Église et que l'on tenait pour responsables de la peste et de tous les malheurs du peuple. Le pape Clément VI les avait fait exterminer car il y voyait une menace pour sa hiérarchie, Innocent VI promettait le bûcher à ceux qui prêteraient une oreille attentive à ces envoyés du diable. Malgré la menace d'excommunication, la jeune femme avait toujours écouté leurs propos avec intérêt.

Ce mouvement de contestation était profond. Des esprits libres n'acceptaient pas que la parole de Dieu soit portée par des clercs gras qui régnaient sur des affamés. Jésus avait vécu dans la pauvreté, il était mort abandonné de tous, cela avait une signification que les riches cardinaux avaient oubliée à leur profit.

— Honte soit aux gens d'Église qui mentent aux croyants ! L'enfer leur est ouvert car ils se comportent comme les pires des malfaiteurs ! criait le père Loïc d'une voix aiguë.

Le vieil homme s'animait. Ses paroles sortaient de sa bouche noire, remplissaient cette salle sonore de leur menace. Un peu en retrait, François d'Auxerre, les bras croisés, baissait les yeux, comme absorbé par une prière.

— Ils osent affirmer que Marie, la mère de Jésus, était vierge, qu'elle a été ensemencée par un ange ! Mais comment Dieu pourrait-il mépriser son œuvre au point de permettre de telles sottises ?

Il se tut un instant, reprenant son souffle court. Ses yeux lançaient des éclairs.

— C'est Dieu qui vous envoie, madame !

Eugénie se taisait, décelant une menace sournoise sous cette affirmation. François d'Auxerre sortit de la pièce sans un mot, ferma la porte derrière lui, laissant la jeune femme seule avec le vieux moine dont l'âme avait rongé le corps.

— Madame, j'ai eu une vision ce matin. Le soleil se levait, j'avais prié toute la nuit car je ne dors plus depuis des années. Le sommeil nous prive d'un long moment de vie et nous avons beaucoup à faire. Je sais que je mourrai sur la croix, comme notre berger, et ce sera un honneur de souffrir la même passion. L'amour que je porte à mes semblables se transforme en haine, en fiel pour les serviteurs du Satan d'Avignon. Oui, j'ai eu la vision d'une femme très belle par qui Dieu a envie de montrer son chemin. Et vous voilà.

Eugénie, soutenant le regard flamboyant du vieil homme, demanda :

— Que me voulez-vous ? Qu'attendez-vous de moi ?

La porte s'ouvrit. Surprise, Eugénie vit François d'Auxerre vêtu d'une chemise de toile légère, coiffé d'un bonnet rouge. Sa tenue, celle du petit peuple, cachait mal sa stature, son corps très droit d'homme de bonne famille qui n'a pas connu les affres de la faim.

— Vous allez suivre François qui doit se rendre en Avignon. Nous les moines franciscains sommes épiés, maltraités par les sergents et les populations. Les suppôts de Satan ont su nous faire détester en répandant les pires calomnies. Ne disent-ils pas que nous sommes des égorgeurs d'enfants, des sodomites, des pilleurs de celliers ?

Eugénie ne posa pas d'autres questions. Elle ne savait pas ce que François d'Auxerre allait faire en Avignon et supposait que l'entreprise était dangereuse, mais cela lui convenait. Elle échapperait ainsi aux espions de Navarre et de Jean II, le temps de se mettre sous la protection du pape dans son domaine de Sainduc. De là, elle pourrait renouer avec les conjurés des Lys.

— Nous serons de simples rémouleurs ! dit François, des petits aiguiseurs de lames. Nous irons d'une ville à l'autre, d'un village à l'autre en profitant des convois de marchands escortés par des hommes de guerre. Nous passerons inaperçus au milieu de tous ces faiseurs de petits travaux qui vont là où la peine les appelle.

Eugénie ne protesta pas. Dieu venait de la sauver et lui montrait qu'il ne l'avait pas abandonnée.

François fit signe à Eugénie de le suivre. Dans la cour, des moines s'étaient rassemblés devant une immense croix de bois noirci. À genoux, ils priaient en silence, la tête baissée, les mains jointes. Le murmure de leurs lèvres se mêlait au lointain roulement de l'orage. Les nuages sur l'horizon ressemblaient à d'immenses montagnes sombres aux cimes enneigées.

François était superbe dans ses vêtements de rémouleur. Il portait une culotte de toile grise qui s'arrêtait au-dessus du genou. Ses mollets nus montraient sa force. Ses chaussures de cuir serrées autour de la cheville par des lacets de chanvre durcissaient légèrement sa marche à cause des semelles en bois ferré.

— Nous partons tout de suite ! dit-il. La route est longue.

Une mule aux longs poils gris, aux oreilles démesurées, était déjà attelée aux brancards de la charrette sur laquelle se trouvait une meule en grès et d'autres pierres plates pour les aiguisages spéciaux. Des paquets de toile s'entassaient à l'avant. Il restait peu de place pour s'asseoir.

— Vous savez aiguiser les outils, les couteaux, les haches ? interrogea Eugénie.

— J'ai appris dans ma jeunesse, avant d'être appelé par Dieu. Vous pourrez monter dans la charrette quand vous serez fatiguée. Moi, je marcherai.

Ils sortirent du monastère. François d'Auxerre expliqua à Eugénie qu'ils avaient été obligés de construire des remparts pour se protéger des attaques des soldats anglais et des troupes du pape.

Le tonnerre grondait au loin. François levait la tête de temps en temps pour suivre le mouvement des nuages.

— Celui-là devrait nous épargner ! précisa-t-il. Mais il y en aura d'autres.

Il marchait d'un pas sûr, Eugénie se tenait derrière lui. La sueur coulait de leurs fronts. L'un et l'autre étaient perdus dans leurs pensées et ne cherchaient pas à se rejoindre.

— Nous passerons la nuit vers Rambouillet. Pour tous, nous serons mari et femme.

— Mais votre tonsure ?

— Je dirai que je suis un clerc.

— Mais un moine ne voyage pas avec une femme !

Il sourit et tourna vers Eugénie ses yeux très noirs, pleins d'une lumière vive, signe d'intelligence et d'une profonde sérénité.

— On voit que vous ne connaissez pas les gens d'Église. Les cardinaux ne se séparent jamais de leurs maîtresses ; la plupart des évêques sont mariés et ont grande descendance. Quant aux curés de campagne, qui n'ont pas toujours les moyens d'entretenir une femme, ils courtisent les plus belles paroissiennes ou se livrent à la sodomie sur les jeunes enfants ! Tout cela me donne envie de vomir.

Ils continuèrent leur marche. Le tonnerre grondait ; le vent s'était levé et agitait la cime des arbres. De grosses gouttes s'écrasaient sur la poussière du chemin.

— N'ayez crainte. Cela ne va pas durer.

François avait raison. Le gros nuage sombre s'éloigna, le soleil se mit à briller sur les feuilles luisantes de pluie.

— Dans moins d'une heure, nous serons à Rambouillet. Il y a une auberge à l'entrée, tout près de la porte.

Ils y arrivèrent juste avant le nouvel orage qui ne devait pas les épargner. L'averse s'abattit sur la ville dans un roulement continu de tonnerre. L'aubergiste les accueillit avec de grands gestes et vanta la qualité de son établissement.

François dit qu'ils étaient très fatigués. Il demanda qu'on leur apporte à souper et qu'on donne de l'avoine à la mule.

Il monta dans sa chambre à l'étage, ouvrit la porte et s'effaça devant Eugénie qui ne savait plus quoi penser de ce curieux compagnon si détaché des choses ordinaires. Il posait sur elle un regard sans désir, indifférent, le même qu'il avait pour sa mule.

Ils soupèrent près de la fenêtre ouverte d'où venait l'haleine humide de la campagne, l'odeur de l'herbe mouillée, de l'écorce. La terre fumait ; après une journée torride, le courant d'air frais leur faisait du bien.

Quand ils eurent mangé, François se coucha par terre, la tête sur son bras replié.

— Prenez le lit ! dit-il. Mon état ne m'autorise pas ces douceurs.

Il se tourna et ferma les yeux. Eugénie resta un moment en face de la fenêtre, profitant de la fraîcheur du soir. Enfin, elle se tourna :

— Nous nous rendons en Avignon, mais qu'allez-vous y faire ?

— Mais tuer le pape ! répondit François en poussant un soupir de fatigue.

— 5 —

Comme convenu, la cour de Navarre se rendit à Paris.

Blanche avait bien négocié : son frère fut largement récompensé. Il reçut le Clos de Cotentin, Valognes, Carentan, Pont-Audemer, la vicomté d'Orbec, Beaumont, Breteuil, Conches… Plus qu'il n'en espérait ! Jean II ne regrettait qu'une chose : la comtesse d'Anjou, coupable du meurtre de M. d'Espagne, s'était envolée dans la nature. Il reprocha à son gendre de l'avoir laissée filer avec des bordeliers plutôt que de la lui avoir envoyée sous bonne escorte. Charles le Mauvais, considérant qu'il gagnait sur toute la ligne, s'en montra navré en cachant sa satisfaction : Eugénie vivante pouvait encore le servir !

La cérémonie de réconciliation avait été préparée par un certain Robert le Coq qui, en sa qualité d'évêque, avait convoqué une cour de justice devant le Parlement réuni au palais. Le roi était assis sur un trône entre la vieille reine Jeanne et Blanche de Navarre. Il voulait montrer sa majesté, mais ne faisait qu'entériner sa faiblesse. Avec solennité, un avocat s'approcha du trône et déclara :

— Mon très cher et redouté seigneur, mesdames les reines Jeanne et Blanche ont entendu que M. de Navarre est en votre mal-grâce et vous supplient de lui pardonner !

Blanche tourna la tête vers le roi et croisa son regard. Elle eut un léger plissement des paupières. Aussitôt le nouveau connétable, Gauthier de Brienne, un cousin de Raoul, prit Navarre par le bras et le présenta devant le roi. Charles avait refusé de mettre un genou en terre, ce qui avait été accepté. Ce fut donc debout qu'il reçut le pardon de son beau-père. Puis les deux hommes s'embrassèrent longuement en se jurant amitié, assistance et fidélité. La haine pourtant continuait de déborder de leurs cœurs, elle ne tarderait pas à se manifester.

Pour l'heure, plusieurs jours de réjouissances devaient sceller cet accord qui fit rouler des larmes attendries sur le visage de la vieille reine Jeanne. Elle fut bien la seule à croire à cette mascarade. Blanche souriait : le parti navarrais avait obtenu ce qu'il voulait. Guy de Rincourt, obligé de paraître à ces agapes, s'ennuyait car il en comprenait le futile et détestait le roi quand il voulait ainsi jouer le grand souverain qu'il n'était pas.

Charles de Navarre recommença aussitôt à faire des bons mots sur son beau-père qui s'en amusait. Le petit roi expliqua :

— Mon père, je ne puis m'empêcher de taquiner ceux que j'aime. Ma sœur Blanche en fit souvent les frais lorsque nous étions enfants. Nous nous battions comme chiffonniers !

Le roi riait et cueillait au passage un magnifique sourire de Blanche. Maintenant que M. d'Espagne était dans la tombe, il se sentait des velléités nouvelles et se voyait bien avec une favorite comme cette jeune reine qui avait été sa belle-mère. Il se plaisait à imaginer des rendez-vous secrets, une passion à l'ombre du trône.

Le lendemain, il y eut des joutes. Le roi de Navarre n'y participait pas car il était si léger qu'un coup de lance l'aurait envoyé dans les nuages. Son frère Philippe le représentait.

Charles attendit le dernier jour pour faire à son beau-père une surprise comme lui seul pouvait en imaginer.

Il demanda qu'on rassemblât les convives dans la place fermée qu'on appelait le Préau, trop petite pour les joutes mais suffisante pour un spectacle dont le roi de Navarre était certain du succès.

— Sire, mon père, dit-il à Jean II, je vais maintenant vous montrer le plus phénoménal des chevaliers de votre royaume. Il fut à la cour cet été, vous le vîtes près de moi lors de mon mariage. Il se trouve que ce chevalier a mérité que je le fasse emprisonner.

— Vous voulez parler de ce géant à la face barbue et à la voix qui couvrait le tonnerre ? Je l'ai vu en effet charger un cerf sur ses épaules. Vous dites que vous l'avez fait emprisonner ? N'était-il pas un de vos témoins au mariage ?

— Si fait, mais il m'a trahi.

— Que voulez-vous dire ? demanda le roi intrigué car il se souvenait très bien de Geoffroi d'Eauze et de la peur qu'il inspirait aux chevaliers lors des tournois. Pas un n'acceptait de se mesurer à lui, ce qui l'excluait des joutes.

— Je veux dire que cet homme de petite noblesse a l'âme tellement noire qu'il a abusé de ma bonté ! précisa Navarre en évitant soigneusement de parler d'Eugénie. Je l'ai élevé aux plus hautes fonctions et il m'a trahi. Ma justice l'a condamné, mais j'ai quand même voulu lui laisser une chance, car je l'aimais. Il va, devant vous, affronter dix mercenaires choisis parmi les plus robustes. Il sera armé d'un bâton et dépourvu de cotte de mailles, comme les gladiateurs des anciens temps.

— Et s'il perd comme cela se produira immanquablement ?

— Il subira le sort des vaincus !

— S'il gagne ? demanda encore Jean II dont le regard s'était allumé à la perspective du sang qui allait couler.

— Nous le pendrons. Ce sera un beau spectacle pour clore cette grande fête.

Tout le monde prit place dans le Préau. Guy de Rincourt voulut s'éclipser, mais le roi le traita de rabat-joie et lui demanda de rester. Navarre demanda à Bouvier d'amener le gladiateur. Plusieurs hommes, la lance tournée vers Eauze, prêts à le transpercer à la moindre rebuffade, le conduisirent devant la foule. Il était enchaîné, mais Navarre qui trichait toujours avait fait limer les chaînes pour ménager son effet. Blanche avait aussi le regard brillant.

Les gardes s'éloignèrent du géant qu'ils laissèrent seul en face de la foule, le torse et les membres liés. Surgis d'une porte, dix hommes en armes se lancèrent sur lui pour le transpercer. Ils avaient ordre de ne pas l'exécuter trop vite et de faire semblant, dans un premier temps, de ne pas avoir le dessus.

Quand il vit ses adversaires se ruer l'épée pointée sur sa poitrine, Eauze banda ses muscles et les anneaux des chaînes volèrent en éclats, provoquant un cri d'admiration. Alors, il bouscula les premiers assaillants qu'il envoya rouler dans la poussière. Il réussit à arracher l'épée de l'un d'eux et se mit à ferrailler avec les autres. Eauze n'était pas qu'une montagne de muscles, il avait aussi beaucoup d'agilité et savait se servir d'une lame. En quelques minutes, devant la foule stupéfaite, il mit hors de combat ses dix adversaires. La foule n'attendit pas que le roi donnât le signal des applaudissements et réclama sa grâce. Beaucoup de courtisans le connaissaient et avaient noué des relations amicales avec lui. Charles triomphait. Rincourt, qui n'en pouvait plus de ce simulacre, s'en alla sous les regards étonnés.

— Bon, dit Jean II qui restait sur sa faim, est-ce tout ?

— Nenni, Sire. Le meilleur est à venir.

Charles de Navarre savait qu'une bonne fête ne devait se terminer par la mise en déroute de dix piétons qu'on pouvait croire payés pour se faire battre. Il fallait un véritable drame et le rusé Navarrais avait voulu ce premier engagement pour donner plus de force au second.

— Sire, mon beau-père, c'est maintenant l'instant de vérité.

Eauze avait bien compris que la mascarade allait mal tourner pour lui. Il jetait un regard suppliant aux gens qu'il avait connus à la cour, mais les têtes se baissaient. Il était seul devant une foule prête à se réjouir de son martyre. Blanche lui sourit. Charles le narguait comme il savait si bien le faire quand il n'était pas lui-même en danger.

Une rangée de soldats, en cotte de mailles, heaume et chausses de fer, vint se placer du côté de la foule, la lance en avant pour la protéger d'un danger à venir qui la fit frémir. Un énorme ours, que l'on avait rendu enragé en lui entaillant le flanc d'un coup d'épée, sortit de la porte latérale. L'animal, surpris d'être libre, tourna sa grosse tête autour de lui, poussa un puissant rugissement, puis se jeta sur Eauze qui évita la charge. La bête fit demi-tour, Eauze l'agrippa par le cou. Les deux colosses s'affrontèrent ainsi, ne cédant rien. Les spectateurs se taisaient. Le roi se rongeait l'ongle de l'index droit, preuve que le spectacle lui convenait. Blanche fermait les yeux.

Ce fut Eauze qui eut le dessus. L'ours, peut-être affaibli par sa blessure, battit en retraite. L'homme qui avait encore tous ses moyens réussit à prendre l'animal par le revers et le terrassa sous les cris admiratifs des courtisans. L'ours rugit de nouveau, rassembla ses forces, se dressa d'un bond et fondit sur son adversaire. Eauze n'eut pas le temps de s'esquiver. Les griffes lacérèrent son épaule, déchirant la chemise et creusant de larges sillons d'où le sang se mit à gicler. Le roi sourit. Enfin, le spectacle prenait un tour qui lui convenait, pourvu que l'ours n'achève pas trop vite ce présomptueux qui s'était cru invincible !

— Décidément, mon gendre, dit-il sans quitter le spectacle des yeux, vous avez de ces idées de distraction…

Navarre gagnait sur toute la ligne. Il connaissait trop bien son monde pour risquer l'échec.

Eauze avait trébuché et s'était affalé. L'ours revenait à la charge, la foule retenait sa respiration. Blanche, les yeux fermés, entendait les battements rapides de son cœur.

Eauze réussit une fois de plus à éviter le coup fatal, mais il perdait beaucoup de sang et s'affaiblissait. L'ours se jeta de nouveau sur le géant qui roula au sol. Alors Blanche poussa un cri :

— Arrêtez !

Ce cri claqua comme la lanière d'un fouet. Les convives prirent tout à coup conscience de ce qui se passait. Le roi ne bougea pas. Il se délectait de ce sang mêlé, des grognements de l'homme et de l'animal, car Eauze se retenait de grimacer pour ne pas donner sa douleur en spectacle, ayant décidé de mourir en chevalier face à la bassesse de ceux qui l'avaient condamné.

— Arrêtez ! s'exclama Blanche de Navarre. Expédiez cet animal !

Les gardes se tournèrent vers le roi qui abaissa la tête en guise de consentement, car il ne pouvait rien refuser à son ancienne fiancée. Aussitôt, les lances transpercèrent l'ours qui roula à côté d'Eauze dont le visage était couvert de sang. Il ne bougeait plus, on le crut mort. Les serviteurs tirèrent le cadavre de l'animal par la porte d'où il était venu et voulurent en faire autant avec l'homme. Blanche demanda au roi, en le regardant bien dans les yeux :

— Il s'est battu avec courage et mérite une sépulture digne. Je vous demande, Majesté, de me l'abandonner.

— Comme il vous plaira ! dit le roi, d'humeur chagrine car il n'avait pas eu son content de souffrance.

Les valets emmenèrent Eauze. Les spectateurs quittaient le Préau en commentant le combat. Le roi félicita son gendre. Blanche, le visage pâle, toisait Jean II avec un regard plein de mépris.

— Majesté, que devons-nous faire de l'homme ? demanda un valet.

Elle ne sut que répondre. Elle avait demandé ce corps par élan, par écœurement devant autant de barbarie inutile, sans se poser ce genre de question.

— C'est qu'il vit ! dit le valet.

Blanche sursauta, braqua sur le jeune domestique son regard de braise.

— Allons le voir et fais quérir un médecin.

Eauze fut transporté au château des reines à Melun dans un état critique. On le crut mort quand le char arriva en milieu de nuit. Six hommes prirent à bras son immense corps et le portèrent avec précaution sur un lit. Blanche fit appeler son médecin qui arriva de fort mauvaise humeur car elle avait l'habitude de le réveiller à tout moment de la nuit pour des riens, souvent des caprices. Cette fois, elle exagérait vraiment : pourquoi avoir interrompu son sommeil pour un blessé, certes de taille exceptionnelle, mais qui n'avait aucune chance de survivre au-delà de la matinée ? Son pouls était à peine perceptible ! Pressé par Blanche, il sonda néanmoins les blessures et ne trouva que des raisons de retourner se coucher : les artères avaient été sectionnées, des muscles déchirés. Aucun os n'avait été cassé, ce qui laisserait intact un squelette peu ordinaire dont il proposa l'achat à la jeune reine, qui le congédia sur-le-champ.

Elle fit appeler Pierrarde de Beaugelin, une de ses servantes qui occupait une place bien particulière dans son personnel. Officiellement dame de compagnie, Pierrarde avait fort bonne allure, ne ratait pas un office et était considérée comme une sainte par l'abbé Voisin qui officiait à la petite chapelle. Cet abbé était myope et la petite épouse de Charles de Navarre se plaisait à placer sur son passage un tabouret, une chaise, à fermer une porte qu'il croyait ouverte pour le plaisir de le voir s'étaler ou se cogner. Blanche n'était pas la dernière à rire des mésaventures du pauvre clerc qui maudissait la royale gamine.

La myopie et son esprit particulièrement étroit coupaient l'abbé de la réalité. C'était heureux, car cet homme tout dévoué à Dieu aurait pu penser que le diable régnait en maître dans cette maison. Pierrarde de Beaugelin maniait la formule satanique à l'occasion et lisait l'avenir dans les entrailles des poulets. Elle assistait régulièrement, avec Blanche, aux messes noires de maître Lecoff, un ancien prêtre excommunié qui officiait dans une crypte découverte par hasard et dont l'origine remontait sûrement aux premiers temps du christianisme. Les deux femmes s'y rendaient de nuit, par un petit sentier à travers le parc et un escalier près du mur d'enceinte adroitement caché derrière un tas de branches sèches et un entrelacs de ronces.

— Votre hôte est une force de la nature, constata Pierrarde. Dieu et Satan s'y opposent ! L'un et l'autre l'ont voulu aussi fort, aussi grand, aussi impressionnant, mais pour des raisons radicalement contraires. Ce n'était déjà pas un dévot, il le sera encore moins. Son âme est tiraillée entre le blanc et le noir, entre le bien et le mal, mais il vivra.

Blanche poussa un soupir. Pierrarde était sans âge, le visage peu ridé et la peau sèche des femmes qui n'enfanteront plus. Elle gardait cependant un corps attirant et le goût de l'amour, ce qui l'accordait avec les envies secrètes de sa maîtresse.

— Il faut lui donner à boire. Je vais mettre des emplâtres aux herbes sur ses blessures. Il a les mains froides, faites allumer un feu. La chaleur doit revenir dans ce corps.

Elle prononça plusieurs formules, fit le signe de croix à l'envers, se tourna vers le crucifix.

— Enlevez ça d'ici. Il ne doit pas voir ce qui s'y passe.

Blanche décrocha le crucifix et le rangea dans un tiroir, puis revint s'asseoir sur le rebord du lit. L'énorme main qui pendait était effectivement très froide. Alors, elle l'enfouit sous sa robe, la serra entre ses cuisses en poussant un gloussement de plaisir.

— Vous avez raison, ma fille ! dit Pierrarde. C'est la meilleure manière de le réchauffer.

Blanche ne prit presque aucun repos jusqu'au lendemain. Alors, le malade à qui elle faisait boire régulièrement de l'eau ouvrit les yeux. Il vit, au-dessus de lui, le beau visage de la jeune reine et cela éveilla dans son esprit le souvenir de moments précieux qu'il avait dû imaginer tout au long de son agonie. Blanche lui sourit. Elle était tellement belle dans cette lumière diffuse qui venait de la fenêtre aux carreaux colorés, tellement candide qu'il sourit à son tour.

— Tu revis, mon beau chevalier ! Voilà que tu revis !

Elle joignit les mains, leva les yeux au plafond, mais ce n'était pas Dieu qu'elle remerciait.

— Où suis-je ? murmura Eauze dont les souvenirs revenaient pêle-mêle à sa mémoire.

Il était encore devant la foule, coupable dont on voulait faire de la mort un spectacle réjouissant. Il revoyait le visage angélique du roi de Navarre, ceux du roi de France et de tous ces gens assemblés. L'ours se lançait contre lui, il grimaça.

— J'ai voulu que tu vives ! lui murmura Blanche à l'oreille. Ils t'avaient condamné, je t'ai sauvé. Dans quelques jours tu seras sur pied.

Les pommades que Pierrarde avait préparées séchaient ses blessures. Elle lui avait fait avaler plusieurs potions qui avaient relancé son cœur.

— Je me souviens… dit-il encore. Je n'ai pas trahi le roi de Navarre. Il se trompe. Savez-vous ce qu'est devenue ma femme, la comtesse d'Anjou ?

— Non, nous ne savons rien. Charles est ainsi, il aime détruire ce qu'il construit. Repose-toi, beau chevalier. Je vais te faire apporter à manger. Dès que tu pourras bouger, tu iras dans un endroit où tu ne seras pas constamment surveillé par cette vieille pie de reine Jeanne et son confesseur. Je les déteste.

Trois jours plus tard, Eauze pouvait s'asseoir sur son lit. Blanche décida qu'il était temps de l'emmener loin de ce château où tout le monde conspirait contre tout le monde. Il fut conduit dans la maison discrète que la jeune reine avait achetée en bordure de forêt, là où la veuve de Charles IV n'avait aucun espion.

Alors Blanche se sentit plus libre. Pierrarde et Lecoff purent officier sans se cacher, même si l'effet d'une prière au diable était moindre dans une maison ordinaire qu'au fond d'une antique crypte pleine d'âmes oubliées. Geoffroi d'Eauze laissait faire ces simagrées auxquelles il n'apportait pas plus de crédit qu'à celles de l'Église. Il n'avait pas le sens de la prière : Dieu était satisfait quand il était en accord avec lui-même.

Blanche préférait Satan parce qu'il ne lui interdisait pas d'avoir du plaisir, de rêver à une autre vie. À mesure qu'Eauze se rétablissait, la jeune femme passait de plus en plus de temps avec lui. Elle s'allongeait à côté de lui, le frôlant, haletante de désir. Lui ne bronchait pas. Celui qui s'était fait une gloire de pouvoir éreinter trois femmes en une nuit restait de glace : il pensait à Eugénie, devenue l'inaccessible comtesse d'Anjou.

L'été 1354 fut chaud et sec. Eauze faisait péniblement sa promenade dans le parc, aidé par Blanche qui ne le quittait pas. À l'automne, il put se déplacer seul et retrouva son énorme appétit. Son corps, plus que son esprit, entendit alors les propos enflammés de celle qui l'avait sauvé.

— Mon doux seigneur, laissez-vous aller. Je suis là pour vous servir. Je vous en supplie, ne me rejetez pas.

Et il ne la rejeta plus. Blanche était au paradis. Après les déconvenues de son mariage, elle avait enfin un homme à la hauteur de ses désirs, un homme qui la laissait épuisée, mais ravie de plonger dans le sommeil.

Les conjurés des Lys surveillaient l'agité de Navarre qui changeait d'avis d'un instant à l'autre et se relayaient à la cour d'Évreux. Ils étaient aussi présents à la cour de France et avaient assisté à la réconciliation des deux rois et au divertissement qui avait clôturé les fêtes.

Le gros Jean d'Harcourt en voulait au petit roi de lui avoir menti. Mainemarres, en tant qu'ancien ami de Raoul de Brienne, avait réussi à se faire admettre dans l'entourage du soupçonneux Navarrais qui savait si bien multiplier les fausses pistes pour égarer tout le monde. Un garde ivrogne lui avait appris qu'Eugénie, accusée de trahison, avait été enfermée dans une cellule humide des caves du château. Une servante l'assura que la comtesse d'Anjou avait été donnée à deux bordeliers qui avaient pour mission de la livrer au Valois.

Aussitôt, Jean d'Harcourt avait dépêché ses hommes sur la route de Paris où ils furent arrêtés par la peste. Ils retrouvèrent les roulottes de Beau le Pottier, mais elles étaient vides depuis longtemps. Les traces d'Eugénie se perdaient à Meulan où la maladie avait fait de nombreuses victimes. *C'est une catastrophe*, écrivait-il à Pleisson et à Varonne. *Si la comtesse a succombé à la peste, nous n'avons plus aucun espoir d'arriver à nos fins.*

Varonne demanda à ses astrologues d'examiner le ciel d'Eugénie. Le cardinal connaissait sa date de naissance pour avoir vu l'acte conservé au monastère de Saint-Germain-en-Laye et entendu la confession de Jourdan d'Espagne quelques années plus tôt. Il ignorait l'heure exacte, ce qui laissait une certaine imprécision aux révélations du ciel. Une certitude ressortait cependant des recherches astrologiques : elle était vivante ! La conjonction de Mercure et de Saturne indiquait une longue vie, seul le feu de la purification pouvait lui être fatal.

Aussitôt, le cardinal demanda à Jean d'Harcourt d'enquêter sur les bûchers allumés dans la région de Meulan pendant la dernière épidémie de peste. Il en dénombra trois. Des Juifs avaient été brûlés, quelques sorcières, mais il fut impossible d'en savoir plus. *Prions le ciel qu'Eugénie ait échappé aux flammes des dévots*, s'exclamait Jean d'Harcourt dans une lettre à Varonne. *Mes hommes restent sur le terrain et continuent de poser des questions. L'ennui, c'est qu'ils n'ont jamais vu la comtesse et peuvent la croiser sans la reconnaître.*

À Melun, au château des reines, la vieille Jeanne comprenait, au comportement de Blanche, que le chevalier d'Eauze était plus qu'un protégé, qu'une sorte d'animal à sauver avant de lui rendre la liberté. La jeune veuve ne se mettait plus en colère et avait des bontés coupables envers le personnel. Elle s'absentait tous les jours, et oubliait parfois de rentrer le soir. Jeanne pensa qu'il était temps d'alerter le beau Charles de Navarre.

Elle lui envoya un billet pour l'avertir du comportement de sa sœur. Charles entra dans une de ces colères dont on ne savait si elles étaient sincères ou feintes. Il jura de faire pendre Eauze qu'il croyait mort depuis longtemps et enfermer sa sœur dans un couvent.

— Elle a le cul de ma grand-mère qui était chaude putain ! s'écria-t-il en guettant l'effet de ses paroles. Qu'on selle les chevaux, qu'on prépare une escorte, je pars aussitôt pour Melun mettre de l'ordre dans cette famille de ribauds !

Mainemarres, qui espérait retrouver Eugénie par l'intermédiaire de Geoffroi d'Eauze, chercha à tempérer les velléités du roi.

— Sire, votre sœur vit comme une recluse et elle n'a pas encore vingt-cinq ans. N'oubliez pas que c'est elle qui vous a arrangé avec le roi de France et vous a permis d'obtenir de si belles positions autour de Paris.

Mainemarres, grand et maigre, dominait Charles de deux têtes et semblait être le maître qui donne une leçon à son élève. Navarre, probablement parce qu'il était toujours le plus petit, voulait avoir le dernier mot.

— Ma sœur ne pense qu'à ses fesses et voilà qu'elle se fait monter par ce félon ! Préparez mon cheval et mon escorte.

Charles le Mauvais était rancunier, surtout quand il avait été injuste. Il éprouvait aussi pour sa sœur une affection perverse qui le rendait jaloux comme un amant éconduit.

— Eauze a assez abusé de ma bonté. Je vais le faire pendre sur-le-champ.

Jacques de Mainemarres s'était concilié Blanche de Navarre dont il connaissait l'hostilité aux Valois, mais il ne lui accordait aucune confiance car elle avait, comme son frère, le goût de la trahison et du mensonge. Il réussit à se faire admettre dans l'escorte du roi.

Le voyage fut éreintant, car Charles, excellent cavalier, était si léger qu'il ne fatiguait que peu ses chevaux. Ils contournèrent Paris par Étampes où ils passèrent la nuit. Le lendemain, ils étaient à Melun en fin de matinée.

Charles, qui aimait les effets de théâtre et surtout montrer sa puissance, entra dans le château des reines comme s'il était chez lui, ce qui vexa la vieille Jeanne. Il demanda à voir Blanche qui n'était pas là. Jeanne lui indiqua la maison où la jeune femme passait ses journées avec son amant. Bien encadré par de solides chevaliers, le petit roi, qui était poltron, s'annonça en faisant sonner les fers de ses chaussures sur les dalles de l'entrée. Les domestiques s'affolèrent en voyant arriver un aussi important personnage : le ménage n'était pas fait, leur maîtresse était encore au lit. Navarre se fit indiquer la chambre par une lingère tremblante qui ne savait pas si elle devait répondre.

Le Mauvais avait fait tellement de bruit que Blanche fut avertie au moment où il entra dans la cour de la maison. Eauze voulut fuir car sa condition de modeste chevalier ne l'autorisait pas à croiser le fer avec son ancien maître.

— Surtout pas ! dit Blanche. Je me charge de tout. Ne bouge pas.

Elle passa une longue robe de chambre et marcha vers son frère. Il faisait froid dans cette maison où l'on n'allumait du feu que dans deux pièces. Blanche frissonna, prit son air le plus sérieux avant de paraître devant son frère. Elle marqua sa surprise et se jeta dans ses bras.

— Mon cher, quel bonheur de vous voir ici, ce matin. Je ne m'attendais pas à une aussi agréable visite !

Charles fut désarmé. Il espérait de sa sœur une belle rebuffade dont il aurait pu se tirer avec brio. Pourtant, devant ses hommes, il devait se montrer déterminé.

— Vous abritez ici mon ennemi que je croyais mort. Je vous prie de me le livrer sinon j'irai le chercher moi-même.

Blanche restait au milieu du couloir et empêchait Charles d'avancer. Elle lui prit la main.

— Nous verrons cela plus tard. Venez, nous avons à parler avant tout.

— D'abord, faire pendre ce larron !

— Mon frère, vous ne pendrez personne. Vous êtes chez moi et vous allez m'écouter. M. d'Eauze ne cesse de se lamenter et de réclamer votre pardon. Vous devez vous montrer magnanime. S'il vous a fait du tort, c'était par ignorance, car il nie avoir voulu vous nuire. Il souhaite se radouber avec vous !

— Pas question !

— Sire, insista Mainemarres, nous ne devons pas nous tromper d'ennemi et nous ne serons jamais de trop pour vous servir. Ce chevalier est d'une force prodigieuse et peut vaincre une escouade à lui seul. Conditionnez votre pardon, mais ne le refusez point. Qu'il le gagne sur le champ de bataille !

Le rusé Mainemarres venait d'offrir au roi le moyen de se tirer d'affaire sans perdre la face. Il ajouta :

— Et puis, n'oubliez pas que la comtesse d'Anjou vous a échappé. En conservant son mari dans votre cour, vous pouvez espérer la retrouver !

Ce dernier argument fut le plus convaincant. Charles de Navarre regrettait de ne pas avoir fait pendre Eugénie et avait, à son tour, dépêché ses meilleurs espions sur le terrain. Il gonfla sa poitrine, vraiment étroite même si elle était bien proportionnée à sa taille, et déclara :

— Soit, je vais me montrer une fois de plus d'une bonté qui frise la faiblesse, mais tant pis ! Je préfère cela à perdre un bon combattant. Il est vrai, M. d'Eauze sait se battre et sa force est exceptionnelle. Je considère qu'en affrontant l'ours, il a été puni. Il devra montrer sa loyauté dans mon camp !

Blanche lui sauta de nouveau au cou, l'embrassa avec effusion.

— Mon frère, vous ne le regretterez pas, comme vous n'avez jamais eu à regretter ma collaboration. J'ai, comme vous le savez, quelques pouvoirs de femme qui peuvent, si c'est nécessaire, amener l'ennemi dans le collet qui l'étranglera. Venez. Mon hôte souhaite vous saluer et faire amende honorable.

Charles se laissa emmener dans le couloir jusqu'à la chambre où il trouva Eauze au lit. Par un de ces élans dont il était coutumier, feints dans leur exagération mais qui avaient aussi une part de sincérité, il sauta au cou du convalescent à la manière d'un enfant. Il aimait comme il haïssait, passant d'un extrême à l'autre, intraitable quand il s'agissait de régler des comptes, mais aussi capable d'embrasser sincèrement celui qu'il allait faire pendre le lendemain.

— C'est vrai que je t'aime ! dit-il. Je t'en ai voulu à cause de l'amitié que je te porte. Tu m'as rendu très malheureux.

Eauze savait qu'il ne devait pas s'y fier et surtout ne pas oublier qu'à la première occasion, son ami le ferait tuer.

— Sire, vous m'en voyez très peiné. Mon bras reste à votre service et je brûle d'avoir l'occasion de vous montrer mon dévouement.

Blanche, qui avait gagné la partie, envoya son majordome ordonner aux cuisiniers de préparer les plats que son frère préférait : terrine d'anguille et esturgeons de Seine en gelée.

Navarre resta jusqu'au lendemain. Blanche en fut contrariée car elle ne pouvait plus consacrer tout son temps à son malade. Il partit avant le jour pour rejoindre le dauphin Charles à Vincennes. L'idée d'un nouveau complot s'était formée dans son esprit qui ne manquait pas d'imagination.

— 6 —

Durant l'été et l'automne 1355, le Prince Noir lança une offensive en Languedoc. Il s'engagea dans l'Armagnac à la tête de ses chevaliers, ravagea Langon, Bazas, Castelnaud. Les châteaux se rendaient, les prévôtés donnaient les clefs des villes pour éviter le massacre. Au début, l'Anglais se montra généreux, puis il profita de sa supériorité pour amasser du butin, incendier les manses et les monastères, piller les villes. Le Prince Noir, ne trouvant aucune réelle résistance, poursuivit sa chevauchée en Languedoc, mit le siège devant Carcassonne dont les bourgeois défendirent chaque maison, chaque rue avec acharnement, mais sans résultat. En novembre, Narbonne subit le même sort.

De Paris, des troupes commandées par le maréchal Jean de Clermont, un proche de Jean II, prirent la direction du sud. Guy de Rincourt était à la tête d'une garnison de mille cavaliers, cinq mille hommes de pied. L'armée arriva en novembre dans le Midi et se joignit à celle du connétable de Bourbon qui venait de Beaucaire. Ils réussirent à dissuader les Anglais de poursuivre leurs ravages et sauvèrent ainsi les villes qui n'avaient pas encore été attaquées. Le Prince Noir abandonna les places conquises qu'il avait ruinées, puis se dirigea vers Bordeaux, ce qui ne l'empêcha pas de flâner, de laisser ses hommes piller les châteaux et les petites villes qui se trouvaient sur leur route. Les Français engagèrent la poursuite, mais le Prince Noir refusa l'affrontement.

Ses batailles, en refluant vers l'ouest, traversèrent la Gascogne à la fin du mois de novembre. Il pleuvait ; le froid commençait à s'installer. Pendant les journées minuscules, la lumière restait si faible que, de la cour d'Aignan, on ne voyait pas la colline des Pies à une centaine de brasses.

Eude d'Aignan n'aimait pas cette saison humide des premiers frimas. Son corps voûté ressentait toutes les douleurs de ses vieilles articulations. L'hiver arrivait et, une fois de plus, la récolte n'avait pas été suffisante. Depuis longtemps, l'argent du cheval de Matthieu, qu'il avait vendu, était dépensé. Il faudrait pourtant tenir jusqu'au printemps suivant avec de faibles réserves de blé que les charançons gâteraient si on ne les brassait pas constamment, des pois, des fèves et des châtaignes sèches, « los sacots », comme on les appelait en langue d'oc. Ces châtaignes fournissaient une farine sucrée qui convenait à toutes sortes de préparations et tenait l'estomac, mais le pays n'était pas aussi favorable à ces arbres bénis du ciel que les régions sans craie des montagnes du Sud ou les collines d'Aquitaine. Quand il était enfant et que les routes étaient encore sûres, des convois allaient acheter le précieux fruit à Lourdes ou au-delà de Montauban, dans le Rouergue. Depuis que les Anglais et les voleurs infestaient le pays, il fallait se débrouiller avec ce qu'on avait chez soi.

La mort de dame Éliabelle avait beaucoup affecté Eude d'Aignan. Les servantes ne savaient pas préparer correctement sa soupe de navets et leurs bouillies d'avoine n'avaient pas le goût délicat de celles de son épouse. Il s'ennuyait, surtout ; sa tristesse imprégnait les vieux murs.

Jean, son fils, ne s'était pas mieux consolé de l'absence de sa mère. Les jeunes vachers s'en méfiaient car, ne redoutant plus les réprimandes d'Éliabelle, il n'hésitait pas à se servir de son bâton. Seul Matthieu osait lui tenir tête.

À la mort de son jeune frère, quand Matthieu revint à Aignan avec le cheval que lui avait donné sa mère, l'adolescent ne rêvait que de prendre les armes, se battre contre les Anglais, contre les routiers, contre n'importe qui, mais il voulait se battre, prouver qu'il était bien vivant et ne se laisserait dominer par personne. Comme lui, son ami Johanet Tisserant rêvait de chevalerie, de batailles et d'exploits. Les deux garçons s'entraînaient avec des armes en bois et ne manquaient pas une occasion de participer aux bagarres qui opposaient les jeunes gens des hameaux voisins. Un lièvre volé, une fille convoitée et c'était l'aubaine d'en découdre, de donner des coups, d'exprimer cette force nouvelle qui remplissait leurs jeunes corps d'ardeurs inconnues.

Matthieu ne pardonnait pas à son oncle d'avoir vendu son cheval et quand il sut que les Anglais ruinaient le Languedoc, il décida de partir à la rencontre de l'armée française, mais comment s'y faire accepter ? C'était l'automne, les travaux des champs le retenaient tard le soir et le sortaient du lit tôt avant l'aube. Pourtant, un matin, il dit à son ami Johanet :

— On ne va quand même pas laisser les Anglais nous massacrer !

Après la mort de Perrine, Johanet avait encore cinq jeunes frères et sœurs. Sa mère avait été blessée à une jambe par un coup de pied de mule et marchait difficilement. Son père buvait beaucoup de gnôle et, le soir venu, s'endormait sur un coin de la table. Les derniers des enfants, deux fillettes sales et pouilleuses, montraient, par leur mine de plâtre et leurs visages déjà ridés, qu'elles ne mangeaient pas tous les jours à leur faim. Johanet travaillait dur pour nourrir tout le monde. Il était particulièrement costaud, presque aussi large et aussi puissant que Matthieu, et il redoutait qu'une fois parti, ses frères n'aient plus rien à manger.

— Écoute, insistait Matthieu, chez moi c'est pareil, mon oncle est perclus de douleurs, mais je ne le supporte plus. Il faut que je parte !

Johanet pensait à sa mère, à ses frères et sœurs livrés à un ivrogne. Comment accepter de se désolidariser de cette misère pour aller tenter l'aventure ?

— Tu n'es pas noble, d'accord ! constatait Matthieu, mais cela ne se voit pas sur ton visage. Tu as aussi belle tournure que beaucoup de petits barons. Si tu sais te battre, tu gagneras ta bannière sur le champ de bataille. Comment crois-tu que mes ancêtres sont devenus nobles ? On dit, dans ma famille que Louis Ier d'Eauze a battu, en 729, une armée de Sarrasins. Il en a tué à lui seul plus de cinquante. C'était un paysan, mais tellement costaud qu'il a été anobli et qu'il a eu un fief à protéger. Parce que les chevaliers ont pour obligation de défendre les faibles. Regarde mon oncle qui est noble ! En a-t-il l'allure ? Il se dit trop pauvre pour devenir chevalier, moi je pense qu'il n'en a jamais eu envie. L'argent ne donne pas le courage !

Quand les troupes du Prince Noir, poursuivies par l'armée française, passèrent à quelques lieues d'Aignan, Matthieu d'Eauze n'y tint plus. Cette fois, il ne laisserait pas passer l'occasion. Il alla trouver son ami. Le jour se levait, très clair sur les collines figées.

— C'est le moment. Viens, on va aller voir l'armée en campagne. Il n'y a rien à faire aujourd'hui, profitons-en !

Johanet se trouvait dans la grange où était entreposé le foin pour la vache, l'âne et les chèvres. Assis sur un tabouret, il tressait des tiges d'ail en pensant à Éliette, la fille du charron de Bonnelieue. Éliette avait seize ans et toute la beauté d'une reine. Matthieu et Johanet se l'étaient disputée pendant l'été, mais finalement la jeune fille avait préféré Johanet. Sa mère lui avait enseigné la méfiance envers les nobles qui ne se mariaient qu'entre eux, car bien sûr, Éliette ne pouvait fréquenter un jeune homme qu'en prévision du mariage. Johanet ne savait pas ce qu'il voulait, le bonheur de serrer la jeune fille dans ses bras, de promener ses lèvres sur ses joues lui suffisait.

— Viens, insista Matthieu. On dit qu'il y a plus de cinq mille chevaliers et dix mille hommes de pied, tu te rends compte ? Ça doit faire une belle armée.

— Non, je ne veux pas venir. Je sais que je n'aurai plus la force de faire demi-tour. Ma mère a besoin de moi !

Johanet pensait à Éliette qui l'attendrait vers la mi-journée au bord de la rivière où elle emmenait ses chèvres brouter les dernières feuilles des noisetiers.

— Eh bien, fais comme tu veux ! s'écria Matthieu en colère et s'éloignant d'un pas rapide.

Il avait conscience de suivre son destin, comme Johanet suivait le sien. Le sang noble n'avait pas la même consistance que le sang de vilain. Johanet était un excellent garçon, mais il n'imaginait pas sortir de sa condition. C'était un laboureur et malgré des dispositions certaines, il ne serait jamais un homme d'épée.

Finalement, Matthieu était heureux de fuir seul. Il pouvait plus facilement se laisser aller à ses envies. Johanet avec sa raison de grande personne, son bon sens, l'aurait empêché de commettre les folies dont il rêvait depuis longtemps. Sa vie ne pourrait pas se passer ici, dans le château délabré, à ressasser, comme son oncle, ses origines illustres. Il quittait Aignan en se disant qu'il n'y reviendrait qu'armé chevalier et détenteur d'un fief. À presque quinze ans, il se sentait capable des plus grands exploits. Né pour la guerre, il n'avait vécu que pour cet instant. Il courait en sifflant dans la campagne qui se réveillait. Le soleil faisait fondre le givre, le jeune homme n'avait pas froid. Il se dirigeait vers Eauze, par une habitude contractée au fil des années. Souvent, ses pas le conduisaient au château de ses ancêtres qui avait été pris et détruit par des pillards en 1352. Le donjon avait été éventré ; il n'en restait que des pans de mur où les villageois venaient chercher les pierres de leurs propres constructions. La ville d'Eauze repliée sur elle-même à l'intérieur de ses murailles toujours plus hautes se passait fort bien de son seigneur. Les bourgeois avaient appris à se battre et n'avaient plus besoin de la vieille forteresse pour assurer leur sécurité.

Chaque fois qu'il en avait le temps, Matthieu d'Eauze venait s'asseoir sur le bord du fossé comblé à l'endroit même où se trouvait autrefois le pont-levis. Les colonnes de pierre, les tours de garde existaient toujours, les poutres et les planches avaient été volées au fil des hivers. Le jeune homme passait là de longues heures à penser aux siens, à ses ancêtres, et surtout à son père. Il lui en voulait de ne pas être revenu le chercher et redoutait qu'il ne fût mort. Il aurait voulu le retrouver, s'expliquer, se mettre en colère car sa nature était belliqueuse, et se réconcilier aussitôt avec lui.

Ce jour-là, il ne s'arrêta pas. Il demanda aux vilains s'ils avaient vu l'armée du roi de France. Les vilains secouèrent la tête avec effroi : aux premiers bruits de la longue cohorte en marche, ils iraient se cacher à l'écart, car même française, l'armée restait un ramassis de pillards, de violeurs qui ne laissaient rien intact sur leur passage.

Le jeune homme erra une partie de la journée quand, du sommet d'une colline, il vit plusieurs cavaliers chevaucher vers lui. Il se montra, inconscient du danger. Les cavaliers arrivèrent à sa hauteur, arrêtèrent leurs chevaux, curieux de ce jeune garçon à la carrure peu ordinaire. Son visage était encore celui d'un enfant, pas un poil de barbe ne poussait sur ses joues qui avaient gardé une rougeur poupine, mais ses épaules étaient déjà celles d'un homme robuste.

— Que cherches-tu ? lui demanda un des cavaliers en langue d'oïl.

Matthieu, qui ne connaissait que la langue d'oc, ne comprit pas. Sa tante lui avait appris à lire et à compter, mais seulement le strict nécessaire.

— Qui es-tu ? demanda un autre cavalier dans la langue du pays.

Ce cavalier, Matthieu le regarda longuement. Sa tête lui disait quelque chose. Il ne savait pas où il l'avait vue, mais les traits de cet homme étaient gravés dans sa mémoire, ce front haut, ces joues creuses, ce nez assez fort un peu aquilin et surtout ces yeux fixes qui entraient en lui, comme pour chercher les pensées les plus secrètes.

— Je suis Matthieu d'Eauze, fils de Geoffroi d'Eauze. Je veux devenir soldat, puis chevalier.

L'homme mit pied à terre, fixant curieusement le jeune garçon qui en était agacé. Il portait sous sa cotte de mailles une chemise blanche dont les bouts dépassaient au col et à la ceinture. Il demanda dans la langue du pays qu'il parlait sans accent :

— Les Anglais ont-ils causé beaucoup de ravages ?

— Les Anglais et les malfaiteurs ! Je voudrais être chevalier pour leur faire la guerre et les chasser de nos terres !

— Tu veux vraiment être chevalier ?

— Mon sang est noble. Il me semble que je vous ai déjà vu.

— Tu m'as l'air bien solide. Dis-moi, Matthieu qui vit dans la ferme d'Aignan, connais-tu Valence et son château ?

Matthieu fronça ses sourcils noirs déjà épais. Comment cet étranger savait-il qu'il vivait à la ferme d'Aignan ?

— Je connais le château de Valence qui appartient à Guy de Rincourt et c'est mon ennemi, puisqu'il a détruit le château d'Eauze. Rincourt est parti pour Paris. On dit qu'il a fui sa femme qu'il ne supportait plus.

— Tu as la langue bien pendue, jeune Eauze. Je suis Guy de Rincourt. Regarde, c'est moi qui commande ces hommes que tu vois en dessous de nous.

Matthieu vit le long serpent de chevaux et d'hommes qui avançait sur la petite route entre les collines, près de la rivière.

— Ainsi tu ne m'aimes pas. Je te comprends, mais tu ne sais pas tout. Allez, rentre chez toi, la nuit arrive et les chemins ne sont pas sûrs.

Matthieu d'Eauze se planta devant l'homme qu'il avait appris à détester tout au long de son enfance. Maintenant, il hésitait et avait envie de s'enfuir malgré la tentation.

Guy de Rincourt eut un léger sourire. Il pensa à Eugénie qui avait disparu : Matthieu serait le meilleur moyen pour la ramener vers lui. Et puis, le garçon était déjà plus grand que lui, quelques années d'apprentissage en feraient sûrement un très bon chevalier.

— Mon oncle a vendu mon cheval, mon cousin est une sombre brute sans cervelle, poursuivit Matthieu comme s'il se parlait à lui-même. Ma tante qui aurait pu me retenir est morte l'autre année.

— Alors, viens. Tu serviras le roi de France !

Le jeune garçon n'eut pas la force de dire non à celui qu'il avait cessé de détester à l'instant où il l'avait vu à la tête d'une aussi imposante armée.

Il avait rendez-vous avec son destin…

— 7 —

Eugénie et François d'Auxerre poursuivaient leur route par petites étapes. François n'était pas pressé. Il allait commettre un acte profondément symbolique qui lui vaudrait d'être écartelé, tenaillé, mais la torture et la mort ne l'effrayaient pas. Il donnerait sa vie pour la gloire de Dieu, pour une nouvelle humanité, et serait ainsi un martyr, le pilier d'une Église renaissante.

À Carpentras, ils apprirent qu'Innocent VI était à la cour de l'empereur d'Allemagne, reçu en grande pompe par cet ennemi avoué de Jean II. Le dauphin Charles devait rencontrer Sa Sainteté au mois de septembre ; le Saint-Père qui ne faisait confiance à personne pour négocier les grandes affaires des États passerait par Paris en novembre. Il n'y resterait que quelques jours, puis regagnerait Avignon avant les grands froids.

— Eh bien, nous irons à Paris ! décida stoïquement François.

En l'absence du Saint-Père, Eugénie ne pouvait s'installer à Sainduc en toute sécurité, mais son errance avec ce jeune illuminé avait assez duré. Elle décida pourtant de le suivre jusqu'à Vézelay pour rejoindre Pleisson, car ses amis devaient être inquiets sur son sort. Si elle ne leur avait fait aucun signe, c'était pour ne pas alerter les espions de Navarre et du Valois qui devaient la chercher activement. Il était temps de reprendre la lutte.

— Nous passerons par le Morvan ! précisa-t-elle.

François était anxieux. Jusque-là, le jeune moine s'était cru insensible aux faiblesses humaines, totalement détaché des plaisirs de ce monde, et il découvrait que son indifférence cachait des serpents. Il avait voulu faire ce voyage du sacrifice en compagnie d'une femme pour montrer la force de sa foi et sa détermination, mais pourquoi Dieu, qui l'accompagnait partout, avait-il choisi Eugénie qui était la tentation même ? Elle se contentait de vivre à côté de lui sans jamais prononcer un mot plus haut que l'autre, mais chacun de ses gestes, chacune de ses paroles était une provocation. Il lui arrivait, en effet, pour se sentir moins seule, de parler en marchant. Un jour, François lui dit son âge.

— Six ans de moins que moi ! précisa Eugénie. Vous êtes encore un enfant.

Malgré lui, la curiosité le poussait à poser des questions alors qu'il aurait dû n'avoir de pensées que pour Dieu et pour l'acte qu'il allait commettre.

— Comment se fait-il que vous connaissiez parfaitement la langue d'oc ? lui demanda-t-il un soir.

— Je suis de Gascogne ! Je vous ai dit que mon père était troubadour, chanteur et musicien.

François d'Auxerre se concentra sur une prière, mais les mots, les phrases traversaient son esprit sans s'y arrêter, il n'entendait que cette voix de femme qui le harcelait.

— Et votre mère ?

Eugénie sourit et regarda longuement le jeune homme qui se tenait devant elle. Ils se trouvaient dans une auberge au bord d'une rivière au courant rapide et rageur. Ce soir, le rémouleur n'avait pas envie d'aller marcher dans les rues en poussant sa meule.

— Ma mère ? fit Eugénie, le regard perdu sur les collines que l'automne faisait flamber de couleurs vives. Ma mère, je ne peux pas vous en parler.

Le mystère qui entourait sa compagne piquait la curiosité du jeune moine. Il l'avait bien observée et avait compris que l'élégance de ses pas, sa stature droite et un peu hautaine, sa manière de parler indiquaient sa haute origine. C'était bien là la question.

— Votre secret doit être de la plus grande importance pour qu'une dame de votre condition accepte de se cacher en compagnie d'un moine insignifiant. Car vous vous cachez, n'est-ce pas ?

Elle ne répondit pas, refusant une fois de plus de se dévoiler. François était persuadé qu'Eugénie ne s'était pas trouvée sur son chemin par hasard, Dieu envoyait la dernière épreuve à son serviteur avant d'en faire un saint.

Sa nature de femme le hantait. Pendant ses lunes, Eugénie devait se laver. Il sortait de la pièce, mais au retour, une curieuse odeur flottait dans l'air. Il restait des heures les yeux ouverts dans le noir, sans pouvoir trouver la paix. Dans la journée, quand ils cheminaient à côté de leur mule, le jeune religieux prenait un plaisir coupable à la regarder marcher ; ses yeux s'arrêtaient longuement sur la poitrine qui pointait et bougeait à chaque pas. Il se découvrait homme de chair avec des envies que l'ascétisme n'avait pas vaincues.

Il devait réagir. Un soir, il demanda à Eugénie de sortir, sa présence le distrayait dans sa prière. Elle alla porter à boire à leur mule qui, faute de place dans l'écurie, devrait rester dans la cour de l'auberge. Elle resta un long moment avec l'animal. La nuit était tombée, calme dans cette région du Massif central désertée depuis la peste. Il faisait assez frais, elle décida de rentrer.

François d'Auxerre était à genoux devant la croix, le torse nu. Il se frappait le dos avec un fouet aux lanières cloutées. De larges blessures, d'où coulait le sang, entaillaient sa peau. Il ne broncha pas quand la porte s'ouvrit. Les lanières s'abattirent sur son épaule. Eugénie se précipita vers le flagellant, lui arracha le fouet des mains.

— Arrête ! Jamais Dieu n'a demandé à ses enfants de se faire du mal pour rien !

— Ce n'est pas du mal pour rien. En contraignant le corps, en l'obligeant à supporter la douleur, c'est l'âme que l'on renforce. Le corps cesse d'imposer ses désirs et redevient ce qu'il ne devrait jamais cesser d'être, le support de l'âme. La douleur le remet à sa place !

— Que veux-tu de plus ? Tu vis dans la stricte observance des principes de ta religion, tu es un homme de Dieu loin de toute tentation !

— Qu'en savez-vous ? demanda François.

Les sages avaient raison de considérer la femme comme un être impur, comme le messager du diable sur cette terre ! Eugénie n'avait rien fait, rien dit de particulier, pourtant elle hantait le jeune religieux, elle ne cessait d'occuper ses rêves, de remplir son corps de désirs. Il s'était cru très fort, et voilà qu'il cédait au mal chaque jour un peu plus !

— Nous allons faire des étapes plus longues, nous ne nous arrêterons pas dans les villes. Tant pis si on nous repère. Nous devons arriver à Paris le plus tôt possible.

— Tu veux toujours tuer le pape ?

— Je vous ai tout dit. Vous pouvez me faire arrêter et pendre sur-le-champ. Vous, vous gardez votre secret.

Eugénie prit un morceau de tissu qu'elle mouilla dans la cruche posée sur la table et se mit à éponger le sang sur le dos de François qui eut comme un geste pour l'écarter, un léger mouvement des épaules et des bras, puis se laissa faire.

— J'ai confiance en toi. Mais tu vas tuer le pape, c'est pour cela que je ne peux pas te parler. Ils vont te passer à la question et je ne voudrais pas me trouver mêlée à cela. Parce que mes ennemis ne doivent pas savoir que je suis encore vivante.

Il se leva. Il était grand et bien fait. Eugénie eut envie de le prendre dans ses bras.

— Tu n'es qu'un jeune homme ! ajouta-t-elle. Presque un enfant. Je me demande si, dans dix ans, tu ferais la même chose qu'aujourd'hui. Le temps, l'âge donnent de la sagesse.

— N'est-ce pas une action sage que de tuer le chef de l'Église dévoyée, de s'en prendre à ces suppôts de Satan qui profitent des paroles saintes, du sacrifice de Jésus, pour s'enrichir, pour dominer les pauvres ? C'est pour tous les hommes que je vais agir, surtout pour les miséreux que l'on doit enfin écouter.

— Tu es généreux, François. Tu mérites de vivre heureux.

— Mon bonheur, c'est de donner ma vie pour ma foi.

Elle n'insista pas. Ils soupèrent sans un mot, puis François se coucha sur le plancher, laissant à Eugénie la paillasse. Quand il eut soufflé la torche qui crépitait et sentait mauvais, quand il n'y eut dans la pièce que la lumière de la petite lampe à huile que l'on allumait chaque soir au-dessus du lit, elle dit :

— Viens près de moi. Ce n'est pas un péché d'éprouver le besoin de sentir près de soi un être généreux.

L'argument dut le convaincre. Il s'allongea près d'Eugénie qui le sentit alors tout tremblant.

— N'aie pas peur. J'ai simplement envie que tu saches qu'il n'y a entre nous aucune équivoque.

Il ne répondit pas. Il fit semblant de dormir mais resta éveillé toute la nuit, n'osant pas bouger, respirant à peine, comme un oiseau de mer qui bute contre une falaise et n'a pas assez de force pour s'élever et la franchir.

Ce fut elle qui bougea la première et se leva sans un mot, sans regarder François qui fermait les yeux. Elle prit le pot d'aisance et alla dans un coin de la pièce où la lumière de la petite lampe n'arrivait pas. François se leva sur les coudes et se mit à genoux, murmurant une prière. Eugénie apporta le pot près de la paillasse. Depuis qu'ils étaient ensemble, ces contraintes corporelles ne les gênaient pas. Au début, François était si proche de Dieu qu'il les ignorait. Ce matin-là, elles le rendaient enragé.

— Vous ne pouvez pas attendre que je sorte !

Eugénie comprit qu'il était irrité contre lui-même. Ils rangèrent leurs affaires en silence, descendirent dans la salle commune où des marchands buvaient du bouillon avant de partir. L'arrivée d'Eugénie faisait toujours le même effet sur ces voyageurs habitués aux servantes et aux ribaudes, nombreuses dans ces lieux de passage. Sa beauté, mais surtout sa dignité, les étonnaient. Tout son être dégageait une impression de grandeur, de supériorité, de noblesse qui la rendait étrangère à ce genre d'établissement.

Il avait fait froid, les gens marchaient très vite dans les rues étroites et sombres. Eugénie et François détachèrent leur mule du tilleul et se dirigèrent vers la porte qu'on avait oublié d'ouvrir malgré les appels des marchands à l'extérieur. L'endroit était paisible ; la maréchaussée faisait l'économie de gardes. Les herses étaient abaissées le soir et personne ne s'en occupait jusqu'au lendemain. Ce manque de surveillance ne dérangeait pas les habitants qui se sentaient en sécurité.

Le rémouleur et sa compagne attendaient avec d'autres en retenant leur mule qui avait envie de se dégourdir les pattes et de brouter le long du chemin quand des rats se mirent à courir entre les jambes des gens. Les mules et les chevaux tenus par la bride piaffaient. Consternée, Eugénie prit la main de François et la serra si fort qu'il en fit la grimace.

— Ils sont là ! dit-elle. Tu vois qu'ils sont là !

Enfin, la porte s'ouvrit et tout le monde se rua à l'extérieur des murs, comme si l'air de cette ville était, tout à coup, devenu irrespirable.

— Éloignons-nous ! fit François en tirant la mule par la bride.

Eugénie se taisait. L'avertissement des rats n'était jamais gratuit. Elle pensait que François allait mourir, mais ne savait pas comment lui en parler.

— N'ayez aucune crainte pour moi ! dit-il. Je ne crois pas ces sornettes !

Alors Eugénie se précipita sur lui, martelant ses épaules de ses petits poings.

— Mais tu ne comprends pas que c'est moi qui transporte la peste ? cria-t-elle. Tu ne comprends pas que je suis maudite !

— Prions. Dieu est toujours vainqueur !

Ils s'étaient éloignés de la ville et marchèrent longtemps en silence. Tout à coup, Eugénie s'écria :

— Tu veux connaître le nom de ma mère ? Eh bien, je vais te le dire ! Je suis la comtesse d'Anjou, la fille de la reine Clémence, la sœur du véritable roi de France qui vit à Sienne et je fuis devant des rats pour ne pas être brûlée vive comme sorcière !

François se tourna, les mains posées sur l'encolure de la mule.

— J'étais à la tête des conjurés des Lys pour chasser Jean II l'usurpateur, poursuivit-elle. Le roi de Navarre m'a sauvée des griffes du Valois pour me donner à un bordelier. J'ai réussi à fuir, depuis, je n'existe plus !

Elle s'assit sur une grosse pierre et, pour la première fois, éclata en sanglots. Elle s'abandonnait au découragement, consciente d'être exclue du monde, prisonnière de sa fuite, isolée.

— Je dois retrouver mes amis, les rassurer car ils me croient sûrement morte, et j'accompagne un illuminé qui veut assassiner le pape !

François s'accroupit devant elle et prit son visage entre ses mains. Malgré son désespoir, elle sentit la douceur de sa peau. Tout à coup, il n'était plus le Fraticelle qui rêvait de redresser l'Église, mais seulement un jeune homme ordinaire qui exprimait dans son regard des sentiments tout aussi ordinaires.

— Nous allons pousser notre vieille mule et je vous jure que je vous aiderai. Les Fraticelles sont contre l'injustice de l'Église mais ils veulent aussi des princes aux mains propres. Votre combat sera le mien.

— Tu ne dois pas risquer ta vie pour une cause qui t'est étrangère.

Elle laissa tomber sa tête sur l'épaule du garçon qui la retint ainsi un long moment.

— Il est temps de repartir si nous ne voulons pas passer la nuit au bord de ce chemin ! dit François en se redressant.

Deux jours plus tard, ils arrivèrent à Vézelay. On fermait les portes. Eugénie se présenta comme une amie du seigneur de Pleisson. Les gardes observèrent cette femme aux vêtements de servante, la mule, le curieux jeune homme qui l'accompagnait. Ils étaient perplexes, la belle avait tout de la souillon en cavale avec un clerc amoureux, pourtant, elle parlait avec l'assurance et la hauteur d'une dame :

— Allez avertir monseigneur de Pleisson, Étienne de Pleisson, seigneur de Vézelay et autres lieux. Dites-lui que je lui apporte des oignons de lys qui viennent de Sienne.

Eugénie guettait la moindre réaction sur le visage de l'homme qui lui faisait face, mais il ne broncha pas.

— Je vous en prie, faites vite. S'il savait que vous m'avez laissée dehors cette nuit, il vous punirait sévèrement.

Les gardes hésitaient encore. Déranger le chevalier de Pleisson à cette heure pouvait leur attirer des ennuis, mais laisser dehors un marchand apportant des fleurs de Sienne pouvait aussi contrarier le maître car sa passion des plantes ne connaissait pas de limites.

— Attendez-nous ici.

Quelques instants plus tard, un homme arriva, descendit de cheval et la salua. Portant un manteau de loutre ouvert sur le devant, la tête coiffée d'une bonnette en velours de Rome, c'était bien le seigneur des lieux entouré de sa garde.

Quand on était venu l'avertir, Pleisson était en train de deviser aimablement avec des seigneurs de la région invités à souper. Il prit juste le temps de s'excuser et on entendit les pas de son cheval sur les pavés de la cour.

Ses valets allumèrent des torches car la nuit était très sombre. Les portes de la ville étaient restées ouvertes un peu plus tard que d'habitude, la coutume voulant qu'on les ferme au coucher du soleil. Ce soir, on avait fait exception pour des oignons de lys ! Les soldats de la maréchaussée en riaient sous cape.

Ils furent étonnés de voir Étienne de Pleisson s'empresser auprès de cette souillon, lui parler avec une certaine familiarité, car ce n'était pas dans ses manières. Ce chevalier habitué à fréquenter les plantes était plutôt silencieux et solitaire.

— Eugénie ! dit-il sans cacher sa surprise. Nous vous avons tant cherchée ! Nous avons eu peur que la peste ne vous ait emportée à Meulan.

— Rassurez-vous, la peste ne veut pas de moi ! C'est elle qui m'a délivrée.

— Vous m'apeurez ! s'exclama Pleisson. Vous parlez de la mal-mort comme d'une amie !

Pleisson salua ensuite François, qu'Eugénie lui présenta comme un moine franciscain.

— Sans lui, je serais morte depuis longtemps ! Vous pouvez lui faire confiance. Comment va mon frère de Sienne ?

— Il est en Italie en train de réunir l'armée la plus importante de tous les temps !

— Et le Valois, qu'a-t-il fait ?

— Rien, c'est ce qui m'étonne. On a craint pour nos vies après l'assassinat de son amant et puis non, il a pardonné à tout le monde.

— Nous devons surtout nous méfier de Navarre ! Ce traître voulait m'en faire porter la responsabilité ! Jamais je ne le lui pardonnerai !

Se tournant vers ses gens, Pleisson ordonna :

— Qu'on conduise ces deux voyageurs au château, qu'on leur donne chambre et bons lits. Qu'on leur apporte de l'eau pour se laver et des vêtements propres. Qu'on m'avertisse quand ils seront prêts !

Puis, se tournant vers Eugénie, il ajouta :

— Nous bavarderons après le souper.

Les gardes purent enfin fermer les portes et regagner leur domicile. Il faisait très frais, presque froid, et ils n'avaient pas envie de rester plus longtemps à cet endroit venté.

Au château, les chambrières s'activaient pour préparer des lits, remplissaient deux cuves d'eau tiède, les lingères cherchaient des vêtements convenant aux invités. Elles rouspétaient aussi, ne comprenant pas que le maître fasse autant d'honneur à un moine, fort bel homme d'ailleurs, et à une femme qui malgré son air supérieur et sa démarche élégante n'était autre qu'une fille de ferme. Enfin, quand Eugénie et François furent prêts, on vint les chercher pour le souper. François demanda qu'on l'excuse :

— Je me passerai de manger. Je veux prier…

Eugénie parut au souper vêtue d'une robe grenat à cotte ajustée, tassier et barbier bouclés par-derrière, un hennin tronqué rose. Étienne de Pleisson l'accueillit debout, et la conduisit à la place d'honneur. Une vingtaine de personnes étaient réunies autour de l'imposante table de chêne, des chevaliers et de hauts bourgeois de la région. Veuf depuis plus de dix ans, Pleisson avait toujours refusé de se remarier, considérant qu'il n'était d'autre femme à sa convenance. Cet homme d'une quarantaine d'années était encore très vigoureux, d'une résistance surprenante, mais on ne lui connaissait aucune maîtresse, ce qui étonnait. Il présenta à Eugénie sa fille, Aude, âgée de seize ans, à qui il vouait un amour profond.

Le souper fut plaisant. Les musiciens jouèrent de la mandore, de la vielle à archer ; Eugénie pensa à son père qui se produisait de la même manière dans les cours nobles. L'état de troubadour était celui d'un domestique un peu particulier à qui on avait le droit de botter les fesses s'il ne jouait pas comme on le souhaitait, mais qui avait le privilège d'ouvrir les portes du rêve et des sentiments.

Les larmes lui montèrent aux yeux quand elle entendit une complainte chantée en langue d'oc que son père lui avait fredonnée tant de fois.

À la fin du souper, Étienne de Pleisson demanda à Eugénie de le suivre dans sa serre faite d'une armature de bois qui soutenait des panneaux de verre. Cette construction lui avait coûté une fortune, il avait dû vendre deux manses pour la financer, mais il ne le regrettait pas :

— Le froid sévit une partie de l'année dans notre Morvan. Par ce système et parfois en faisant du feu quand il gèle trop fort, je peux conserver des plantes qui viennent de Constantinople et d'Afrique.

Il avait fait allumer des torches et invita Eugénie à le suivre dans l'allée principale longue de dix brasses. Il demanda qu'on les laisse seuls et put enfin parler :

— Les Anglais nous donnent un sérieux coup de main. Le Prince Noir a ravagé le Midi pendant que son père envoyait des troupes en Picardie pour narguer le Valois qui n'a plus un sou vaillant. Les armées n'ont pas été payées depuis plusieurs mois et renâclent. Le Navarrais est allé en Avignon où il a poursuivi son œuvre de destruction.

— On m'a dit que le pape était auprès de l'empereur à la cour de Luxembourg et qu'il allait passer par Paris…

— Il n'est pas certain qu'il passe par Paris. Mes dernières informations ne vont pas dans ce sens. Le pape est peu précis sur ses intentions. Il change si souvent d'avis que nous ne pouvons pas compter sur lui. Navarre, le félon, nous a beaucoup aidés en devenant l'ami du dauphin qui s'est rendu à Metz pour rencontrer l'empereur. Cet imbécile d'Innocent VI s'en est mêlé et a fait capoter l'affaire en empêchant Charles de poursuivre son voyage jusqu'au Luxembourg où l'empereur, qui est avec nous, devait le faire emprisonner.

Eugénie pensait à François qui devait assassiner le pape. En le faisant, il aurait peut-être rendu service à sa cause. Étienne poursuivit :

— Notre faction avance. De nouveaux groupes de soldats passent les Alpes et convergent vers Paris où ils rejoignent ceux qui sont déjà arrivés. Cinquante mille hommes sont rassemblés à Sienne et attendent l'ordre d'intervenir. Nous devons être très discrets. Rincourt, l'intendant des armées, a toute la confiance du roi et nous fait surveiller par ses espions.

— Je ne veux pas qu'on touche à cet homme ! s'écria Eugénie dans un élan spontané qui la surprit elle-même.

— Rassurez-vous, nous sommes des gens d'honneur ! Nous savons qu'il vous a sauvée du billot et des griffes de La Cerda.

— Et le dauphin ? Que fera-t-on de lui ?

— Nous devons nous en méfier. Si son père n'a pas plus de cervelle qu'un moineau, lui sait réfléchir et prendre les bonnes décisions. Il pourrait être un grand roi. Navarre travaille à le neutraliser. Les deux compères passent leurs journées en banquets et joyeuse compagnie. Enfin, nos amis vont être heureux de vous retrouver. Nous partirons dans deux jours pour Chartres.

— Pour Chartres ?

— Oui. Nous nous réunissons chaque fois dans un lieu différent pour égarer les espions du Valois. Nous écrivons des lettres contenant de faux renseignements car elles sont souvent lues avant d'arriver à destination.

— Avez-vous des nouvelles récentes de mon frère ? Apprend-il son métier de roi ?

— Varonne suit cela de très près. La tâche ne sera pas aussi aisée que nous l'espérions. Jean le Premier est bien un Capétien, il en présente toutes les fâcheuses caractéristiques !

— C'est bien ce que je redoute ! dit Eugénie en soupirant.

— Ne vous tracassez pas ! Votre frère ne sera pas seul pour gouverner !

Ils firent quelques pas en direction du château. Eugénie osa enfin poser la question qui occupait ses pensées depuis le début de la soirée.

— A-t-on des nouvelles du chevalier d'Eauze, mon époux que le Navarrais fit arrêter en même temps que moi ?

Pleisson s'arrêta devant Eugénie, posant sur elle son regard étonné.

— Comment ? Vous n'avez pas su ? Pourtant les chansonniers ne se sont pas privés de mettre l'exploit en vers et de le chanter sur toutes les places ! Eauze s'est battu contre dix hommes armés et vêtus de fer, puis il a vaincu un ours !

Il attendit une réaction d'Eugénie qui ne vint pas, et rectifia :

— La réalité est un peu moindre. Votre époux s'est en effet battu contre un ours, mais il n'a pas eu le dessus. On l'a cru mort, mais il s'est remis et s'est réconcilié avec son tortionnaire.

Cette nouvelle lui faisait un bien immense, mais elle n'en montra rien.

— Il faudra l'éloigner de Navarre. Geoffroi n'a aucune méchanceté et ne doit pas subir les revers de la guerre sans merci que je compte mener contre cet odieux petit roi !

Ils revinrent au château où les domestiques finissaient de débarrasser la grande salle à manger. Étienne croisa les musiciens qu'il remercia de nouveau. Il demanda à Picard, son écuyer, de réveiller ses coursiers pour qu'ils soient prêts à partir au plus vite pour la Normandie, Paris et d'autres grandes villes de langue d'oïl.

Enfin, il accompagnait Eugénie jusqu'à sa chambre quand les servantes qui pliaient les grands draps étendus sur les tables poussèrent des cris. Des chiens qui dormaient près de la cheminée se ruèrent sous la table en grognant. Trois énormes rats noirs couraient sur le plancher. Un chien réussit à en saisir un et le broya d'un coup de mâchoire. Le petit animal, dont les pattes frémissaient encore, tomba devant les pieds d'Étienne de Pleisson qui le saisit avec dégoût par le bout de la queue.

— Les rats de la mal-mort ! murmura-t-il.

Il regardait Eugénie et pensait à ce qu'elle lui avait dit en arrivant. Il lança le rat dans les flammes où son corps se mit à grésiller, se recroqueviller sur les braises.

— Qu'est-ce que cela signifie ? demanda-t-il en se tournant de nouveau vers Eugénie.

— Je ne sais pas ! dit-elle. Le malheur nous poursuit !

Les rats avaient disparu et les chiens de nouveau calmes s'étaient couchés sur les pierres chaudes de l'âtre. Sans un mot, Étienne reconduisit Eugénie jusqu'à la porte de sa chambre. La vue des rats l'avait assombri ; il redoutait que la terrible maladie, qui avait épargné sa maison, ne revienne prendre sa fille.

Eugénie congédia les servantes qui l'aidaient à se déshabiller. Seule, elle resta longtemps assise sur le rebord du lit, attendant que le silence soit retombé sur l'immense bâtisse pour sortir en retenant ses pas jusqu'à la porte voisine qui était restée ouverte.

François était en prière, le dos couvert de sang. Il s'était encore flagellé, ce qui irritait Eugénie car elle ne concevait pas que la douleur puisse purifier. Il lui semblait au contraire que l'amour, le bonheur rendaient les hommes meilleurs. Il tourna lentement la tête et elle vit ses yeux rouges à la lueur de la torche posée à côté de lui.

— J'ai entendu les cris des servantes... Ce sont les rats, n'est-ce pas ?

— Je suis la fille du diable ! dit-elle. Je ne peux apporter que la mort et la pourriture. Il faut que je meure.

Il secoua négativement la tête. Il avait prié pendant des heures pour retrouver le bonheur de la communion avec Dieu, mais c'était l'image d'Eugénie qui restait présente dans ses pensées. La douleur de son dos, les clous des lanières déchirant ses muscles ne l'avaient pas chassée.

— Qu'est-ce que vous allez faire ? demanda-t-il.

— Nous partons pour Chartres dans deux jours. C'est plus de temps qu'il n'en faut à la peste pour faire ses premières victimes.

La force manquait à François pour prier encore. Ce qu'il avait cru juste et nécessaire lui semblait tout à coup futile. Il se retrouvait seul en face de l'absurde de la vie. Dieu lui avait tourné le dos, mais il n'arrivait pas à comprendre les arguments du diable. Il espéra être la première victime de la peste.

— Viens, dit Eugénie en approchant la cruche d'eau. Je vais te nettoyer. Je sais bien que tu as l'esprit pur et que tu voudrais transformer la boue en or. Mais c'est l'inverse qui se passe et les hommes n'y peuvent pas grand-chose.

Elle avait avec lui des mots et des gestes de mère. Cela ne le choquait pas, bien au contraire car il éprouvait le besoin de se laisser aller. Eugénie posa la chemise sur la peau mouillée du jeune homme et l'emmena vers le lit, comme elle l'aurait fait avec son propre enfant, puis s'allongea à côté de lui.

— J'ai pour toi une grande affection, dit-elle. Ta pureté m'éclaire. Mais tu t'es laissé abuser. Tu n'es pas un homme à tuer le pape. D'ailleurs, cela ne sert à rien de tuer. Si tu veux changer le monde, tu ne peux le faire que par ton exemple, par tes paroles, tes prêches. Ce que les puissants redoutent, c'est la vérité, celle qui étale leurs faiblesses au grand jour !

Le lendemain, la peste avait déjà frappé au château. Un palefrenier et deux femmes de cuisine agonisaient. La peur se lisait sur tous les visages. Étienne de Pleisson reçut Eugénie et François avec un air désespéré.

— Notre ville a pourtant tellement payé ! Faut-il encore des cadavres, encore de la pourriture, encore des larmes ?

Ils se rendirent tous à la chapelle pour entendre la messe. Étienne de Pleisson, seigneur réputé pour sa générosité, alla ensuite à l'église de la ville avec tout le personnel du château. Il donnait le bras à sa fille, aussi grande que lui, brune, le visage long, un air de tristesse dans le regard. La foule se pressait dans la nef trop petite. Plusieurs cas de peste avaient été signalés et l'on murmurait que la faucheuse était dans les murs. La veille, à la tombée de la nuit, on l'avait vue à la porte qui demandait humblement la permission d'entrer.

Le curé, tout en rondeur et en graisse, calomnia les pécheurs, ceux qui ne respectaient pas le vendredi saint, ceux qui ne faisaient pas carême et oubliaient de payer le denier du culte. François serrait les dents devant cette semonce indigne de Jésus. Eugénie pensait à Benoît mort dans ses bras, puis à Renaud et enfin à Matthieu qui devait avoir de solides épaules, qui rêvait sûrement de devenir chevalier…

Le ciel était gris ; le froid saisissait, un temps peu favorable à la peste. Pourtant, des dizaines de cas furent signalés avant le soir. La ville était frappée de stupeur. Des gens erraient dans la rue, sonnés par la brutalité de l'attaque, perdus. Beaucoup se cachaient, d'autres agonisaient chez eux, n'osant pas appeler au secours car les malades étaient achevés par les gardes pour éviter la contagion.

Des familles entières fuyaient. Elles avaient survécu à la première épidémie en se réfugiant dans la forêt voisine, alors elles quittaient la sécurité de la cité au risque de se faire détrousser et massacrer une fois dehors.

Des gens réputés pour leur sérieux assuraient avoir vu la faucheuse sur son cheval pie se promener dans les rues. Comme il n'y avait plus de Juifs, de bossus ou de simples d'esprit, on s'en prit aux étrangers.

Au château, le départ pour Chartres fut retardé. Étienne de Pleisson ne pouvait pas quitter sa ville en proie à la maladie quand il ordonnait aux habitants de rester chez eux. François s'était proposé pour aider les mourants. Au mépris de sa vie, il les approchait, leur parlait doucement, les rassurait : la vie continuerait après leur souffrance, dans le jardin d'Éden qui les attendait.

Le froid qui s'intensifiait sur le Morvan fut-il salutaire ? Les odeurs des cadavres étaient plus supportables et l'on put enterrer les victimes dans les sépultures familiales. Au bout de dix jours de peur, la faucheuse partit ailleurs. Pleisson soufflait : il avait eu si peur pour sa fille qu'il fit dire plusieurs messes. Quelques jours plus tard, quand la vie fut redevenue normale, il fit seller ses chevaux.

François avait décidé de passer l'hiver au monastère franciscain de Vézelay tout acquis aux idées fraticelles, remettant à plus tard le meurtre du pape. Il était là, près des chevaux qu'on harnachait, au milieu des hommes d'armes, tenant sa mule par la bride. Au moment de partir, Eugénie s'approcha de lui et le serra dans ses bras.

Enfin, elle monta sur son cheval. François regarda longtemps la route où les cavaliers avaient disparu. Le monde lui semblait vide et il se demandait si, dans cet immense désert, il retrouverait le chemin de Dieu.

Quatre jours plus tard, Étienne et Eugénie arrivaient à Chartres. Dans la grande plaine de Beauce, ils avaient suivi la direction indiquée par les hautes flèches de la cathédrale dressées sur l'horizon. La ville était riche de ses blés qu'elle vendait sur le marché parisien, du vin et des laines du Mans, d'Angers, qui transitaient vers la capitale.

Le château du comte de Chartres se trouvait en dehors de la ville, sur un promontoire naturel, mais une passerelle fortifiée permettait de passer de l'un à l'autre. Elle était très bien défendue par de hauts murs dont le chemin de ronde permettait de surveiller la plaine alentour. La population et le comte Jules de Chartres pouvaient soutenir un siège d'un an ou plus, tant les réserves étaient abondantes et la prévôté bien organisée.

Les conjurés des Lys arrivèrent presque en même temps : le gros d'Harcourt, le comte d'Étampes, le sire de la Ferté, les sires de Clères, Graville, Mainemarres, le vieux sire de Biville que l'on disait un peu gâteux et bien d'autres. Étienne de Pleisson les salua fraternellement. La conjuration, vieille de tant d'années, avait tissé des liens solides. Tous s'inclinèrent devant Eugénie qui représentait la continuité dynastique même si elle n'avait que de lointains liens de sang avec les Capétiens. Elle était indispensable pour diriger son frère dont on disait que la découverte de sa haute naissance lui avait tourné la tête.

Le comte de Chartres invita ses hôtes à un grand banquet où il trônait à côté d'Eugénie qui s'efforçait de sourire. François lui manquait. Au milieu de ces chaleureux chevaliers, elle ne pouvait détacher ses pensées du jeune moine au cœur pur. Elle le sentait près d'elle, si présent malgré la distance qui les séparait. Le reverrait-elle un jour ?

À la fin du repas qui dura tard dans la nuit, Jules de Chartres, un homme aux cheveux roux, au large visage, à l'abondante barbe couleur de rouille, invita ses amis à se rendre au grand cabinet, une pièce tout en longueur aux cloisons lambrissées. Une table ouvragée, des fauteuils la remplissaient au point qu'on s'y trouvait pressé contre les murs. Il invita Eugénie à s'asseoir et fit signe aux hommes de prendre place. Il resta debout pendant que les valets disposaient des candélabres à huit branches et allumaient les chandelles, puis il demanda à Quentin, son homme de confiance, de rester près de la porte fermée pour s'assurer qu'aucun curieux ne tendrait l'oreille. Enfin, il s'adressa à ses amis :

— Mes seigneurs, la comtesse d'Anjou a enfin pu nous rejoindre ! Désormais, rien ne nous arrêtera !

— Ma place est ici ! dit Eugénie en souriant. Je me réjouis de vous retrouver pour aller à la victoire avec vous !

— Nous avons pensé, poursuivit d'Harcourt en s'adressant à Eugénie, utiliser contre le Valois ses propres armes. Quel a été l'argument de son père pour monter sur le trône ? L'absence d'héritier mâle des fils de Philippe IV, le Bel. Pour cela, il n'a pas hésité à faire empoisonner un enfantelet. De même, nous allons le priver de ses fils.

Il se tut un instant, promenant son regard sur l'assistance. Eugénie lui sourit. Pleisson lui avait parlé de ce projet qu'elle approuvait.

— Parfait ! dit-elle. Mais comment pensez-vous capturer le dauphin et ses frères ?

— La chose se fera au cours d'une chasse en forêt d'Évreux que donnera Charles de Navarre.

— Comment ? s'insurgea Eugénie. Vous allez accorder votre confiance à ce fourbe qui voulait me remettre au Valois ? Non, ce n'est pas possible !

— Son intérêt rejoint le nôtre, c'est la meilleure garantie de sa coopération ! fit Mainemarres de sa voix grave.

Le petit roi veut profiter des Lys pour se débarrasser des Valois. Nous pouvons l'utiliser…

— Jamais je n'accorderai ma confiance à ce pervers !

— Sans lui rien n'est possible ! insista Mainemarres. Il a su se faire un ami du dauphin Charles qui se méfie de tout le monde tant il se sait entouré d'ennemis.

Eugénie réfléchit un long moment. Mainemarres, d'Harcourt, Pleisson et les autres ne la quittaient pas des yeux. Elle se rendit à leur raison :

— Ce qu'il faut, précisa-t-elle, c'est impliquer Navarre de sorte qu'il ne puisse pas nous échapper par une de ces pirouettes dont il est coutumier, le ligoter en lui laissant croire que c'est lui qui mène le jeu. Il doit être le premier mis en cause. Vous avez refusé, comme lui d'ailleurs, l'hommage au Valois. Dites-lui qu'il propose, au nom de tous les barons normands, la paix au dauphin, qui est duc de Normandie depuis peu, et à ses frères qui sont suzerains normands. Le dauphin sera alors tenu de donner un banquet en son château de Rouen, celui de la réconciliation. Nous les cueillerons comme lièvres en leur gîte et Navarre ne pourra pas se défiler.

Étienne de Pleisson applaudit. Jean d'Harcourt soufflant et suant se rendit à cet avis après avoir parlementé avec ses amis.

— Dès demain, nous ferons savoir au dauphin et à ses frères que nous sommes prêts à ployer le genou devant eux, déclara-t-il.

— 8 —

Le jour se levait, froid, figé. Les collines dévastées par les Anglais ne montraient que manses calcinées dont les charpentes fumaient, vergers détruits à coups de hache, des routes et des chemins fermés par des éboulements de rochers. Parfois, surgis des buissons où ils se terraient en tremblant, des hommes se dressaient, lançaient autour d'eux un regard hébété, comme perdus sur leurs terres. Ils avaient fui les hordes de barbares qui cassaient tout sur leur passage, égorgeaient, massacraient à coups de masse d'arme. Le bétail avait été saigné et cuit sur de grands feux allumés avec tout ce qui brûlait, portes, cloisons, charpentes, charrettes et meubles.

Le Prince Noir ne voulait pas multiplier les dépenses pour une guerre d'intimidation, aussi avait-il ordonné à ses hommes de se servir sur le pays. Agen se trouvait sur la route de cette bande d'enragés. Les Anglais s'étaient massés sur les hauteurs voisines avant la nuit qui tombait si tôt en ce mois de novembre. Les portes fermées, les habitants renforçaient leurs défenses.

À moins d'une lieue, venant d'Astaffort, l'armée française s'était mise en route avant l'aube. Les hommes, fatigués par de longues étapes, mal nourris, commençaient à trouver long et ennuyeux leur périple dans le Midi. Ils avaient traversé d'immenses contrées dévastées. Les

Anglais fuyaient à leur approche, abandonnaient les places occupées comme Narbonne, reprise sans la moindre résistance, Carcassonne, vidée de ses habitants. « Ces hommes, constatait le général de Clermont, nous ne les voyons que de dos ! »

À Agen, l'affrontement aurait peut-être lieu, à moins que l'ennemi ne détale une fois de plus. Le comte de Pau, qui commandait la longue file de chevaliers et la multitude d'hommes de pied, comprenait que ses troupes avaient besoin de combats et forçait la marche. Il avait pensé contourner la ville pour bloquer l'ennemi et l'obliger à se battre puis, apprenant qu'il se préparait au siège, le capitaine français avait pris au plus court. Cette fois, les Anglais ne lui échapperaient pas !

Il ordonna qu'on forçât l'allure malgré les piétons qui rouspétaient. Depuis deux semaines, ils parcouraient quinze lieues par jour et leurs semelles étaient usées. Pourtant, la perspective d'une victoire les réjouissait : si l'ennemi fuyait, c'était qu'il se savait en infériorité !

À cause d'une parenté, mais surtout de caractères identiques, Guy de Rincourt et le comte de Pau étaient proches. Les deux hommes avaient cheminé côte à côte pendant ces journées de poursuite stérile.

Matthieu, qui les accompagnait, étonnait les vieux soudards par son habileté à cheval.

— Qu'est-ce que tu nous racontes ? Tu ne vas pas nous faire croire que tu n'as pas appris à monter ?

— J'en prends sainte Jésabelle, la patronne du fief d'Eauze où je suis né, à témoin : je n'ai chevauché que le bel animal que ma mère m'a offert et seulement pendant quelques jours parce que mon oncle l'a vendu tant il avait peur des voleurs ! répondait Matthieu. Mais j'ai tellement chevauché dans ma tête que rien de cet art ne m'est étranger.

De telles paroles attendrissaient les bons chevaliers de langue d'oïl qui ne comprenaient pas toujours ce que disait le jeune Méridional. Sa taille déjà impressionnante, son agilité sur n'importe quel cheval aussi fougueux soit-il, son courage et sa dextérité à manier l'épée les laissaient pantois car le jeune Eauze, bien que noble, n'était rien de plus qu'un laboureur, un vacher ayant grandi dans une ferme. Rincourt l'écoutait, souvent ravi, parfois agacé par son succès auprès des vieilles lances.

Ce matin, après quelques heures d'un repos agité, Matthieu d'Eauze chevauchait près de son protecteur, sur le côté de la longue file d'hommes bardés de fer. Le soleil montait au-dessus des landes rases, l'armée venait de traverser une zone de marais où la glace avait gêné les premiers chevaux car elle se brisait brutalement sous leurs sabots et les déséquilibrait. Rincourt était grave. Il doutait que l'ennemi soit mis en pièces avant la fin de la journée. Pour lui, aucune bataille n'était facile et il fallait se méfier des hommes du Prince Noir réputés pour leur ruse. S'ils avaient fui les places fortes conquises, c'était par stratégie, non par peur.

Matthieu, bouillant d'impatience, ne quittait pas des yeux les fumées noires qui montaient sur l'horizon. Né pour faire la guerre, le jeune garçon oubliait qu'il n'avait que quinze ans, qu'il n'était qu'écuyer, et savait déjà qu'il désobéirait aux ordres de Rincourt en se lançant dans la mêlée à la première occasion. Il s'était tant battu en rêve qu'il croyait avoir l'expérience d'une vieille lance ! Le heaume qu'il portait était un peu petit et lui pressait les tempes, mais on n'avait pas trouvé plus grand. Sa cotte de mailles serrait sa large poitrine, son vieux bouclier était cabossé mais cela n'avait pas d'importance. Rincourt lui ayant interdit de porter l'épée, privilège des chevaliers, il ne possédait, pour se défendre qu'un couteau à longue lame destinée aux coutiliers qui passaient sous les chevaux pour les éventrer et leur couper les tendons des membres postérieurs.

— Tu resteras en retrait de la bataille, comme il se doit. Je ne veux pas que ce soir, on te compte parmi les morts !

— Je n'ai pas peur de mourir et je ne redoute pas les coups des Anglais !

— Tu parles ainsi parce que tu n'as jamais connu la folie meurtrière qui s'empare des hommes au moment de l'assaut !

Matthieu se tut, mais n'en pensait pas moins. Enfin, des cris vinrent de l'avant : des éclaireurs arrivaient à bride abattue, cette fois, l'engagement aurait bien lieu. Les premières troupes ennemies se trouvaient derrière la colline voisine et gardaient le pont sur la Garonne.

Les piétons accélérèrent le pas. Au sommet de la colline, Matthieu d'Eauze vit le grand fleuve, très large, le pont fortifié de tourelles sur chaque rive, les troupes anglaises massées des deux côtés et les machines de siège, principalement des bouches à feu, qui se mettaient en place sous les murs. Le soleil haut dans le ciel faisait scintiller l'eau et l'acier.

Le comte de Pau rassembla ses lieutenants et tint conseil. Il fut décidé d'attaquer de front, de faire céder la défense du pont et de traverser en force, les troupes ennemies étant inférieures en nombre et disséminées autour de la ville.

Quelques instants plus tard, poussant des hurlements stridents, les cavaliers lançaient leurs chevaux. Les hommes de pied couraient sur l'ennemi par les bordures pour s'infiltrer dans ses rangs. Rincourt avait ordonné à Matthieu de rester avec les chariots des domestiques, charpentiers, forgerons, cuisiniers et bordeliers. Le jeune garçon en était cruellement mortifié et quand le chevalier se fut éloigné, il piqua sa monture en brandissant son couteau trop court face aux lourdes épées. Les Anglais firent donner leurs archers qui, le genou en terre, arrosaient les assaillants de flèches meurtrières. Ce ne fut pas d'une grande efficacité, car la troupe lancée ne perdit que quelques chevaux dont le poitrail, le cou et la tête étaient mal protégés. Très vite un terrible corps à corps opposa les belligérants à l'entrée du pont. Matthieu put, d'un geste rapide, voler une épée à un homme au sol et se lança dans la mêlée. Rincourt l'aperçut, lui ordonna d'aller se mettre à l'abri.

— Jamais ! hurla l'adolescent.

Il leva son arme qui s'abattit avec force sur le casque d'un ennemi. Une ivresse puissante poussait ses gestes et plus il ferraillait, plus cette ivresse l'incitait à prendre des risques, à pousser son cheval de l'avant. Rincourt ne pensa plus qu'à le protéger. Le jeune garçon put remarquer combien le chevalier blanc était efficace, combien ses gestes portaient avec précision et puissance. Tout à coup, la nuit se fit dans sa tête. Il ne vit pas son agresseur, ne sentit pas le coup qui l'avait dépêché au bas de sa monture entre les jambes des chevaux. Rincourt sauta à terre au risque de se faire piétiner et releva Matthieu qui gémissait. Une large blessure entaillait son crâne. Des flots de sang bouillonnaient hors du vieux casque qui s'était ouvert par le milieu.

— Vite, quelqu'un pour m'aider ! cria Rincourt en tentant de soulever le grand corps de l'adolescent.

L'engagement dura peu. Les Français prirent rapidement l'avantage et libérèrent le pont. Les hommes de pied se pressaient pour passer le fleuve. Rincourt, qui avait pu charger le blessé sur son cheval, sortit de la cohue. Le comte de Pau, en retrait avec son état-major pour avoir une vue d'ensemble sur l'état de la bataille, l'aperçut.

— Que se passe-t-il ? demanda le général en chef. Votre protégé ne devait-il pas rester à l'arrière ?

— Il n'a écouté que sa tête de mule ! hurla Rincourt. Qu'on trouve tout de suite un médecin.

En retrait des combats dont le bruit éclatait dans l'air limpide, Guy de Rincourt allongea Matthieu sur le sol. Le visage couvert de sang, le garçon ne montrait plus aucun signe de vie. Deux médecins dépêchés par le comte de Pau arrivèrent de l'arrière où ils se tenaient prêts à soigner les blessés importants ; les autres, piétaille et chevaliers ordinaires, restaient sur place où, piétinés, ils mouraient sans secours.

Les deux hommes en robe grise, chapeau de toile rouge, tentèrent d'ôter le casque, mais le fer était tellement tordu qu'il fallut appeler un forgeron. Celui-ci armé de longues tenailles réussit à décabosser la tôle, découper le heaume et dégager la tête. Les médecins sondèrent la blessure, puis se concertèrent car ils n'étaient pas du même avis. Pour l'un, Matthieu était condamné, pour l'autre il avait quelques chances de s'en sortir. Ils décidèrent cependant de nettoyer la plaie, d'enlever les morceaux d'os qui se trouvaient mélangés aux chairs écrasées et de suturer les artères. Ils posèrent sur la plaie béante un emplâtre d'argile blanche et demandèrent qu'on allongeât le blessé dans un endroit fermé, sans courant d'air. Les seuls chariots bâchés étaient ceux où les ribaudes exerçaient leur métier. Rincourt y fit conduire Matthieu qui fut entouré d'une nuée de filles compatissantes. Il n'avait pas retrouvé ses esprits, son pouls était toujours très faible. Comme les médecins manifestaient leur intention de partir, Rincourt saisit l'un d'eux par le haut de sa robe et le menaça :

— Vous allez rester avec lui, vous entendez ! Ce garçon m'est très cher. S'il meurt, je ne donne pas cher de votre vie !

— Que dites-vous, monseigneur ? Je soigne, Dieu seul a le pouvoir de guérir !

— Occupez-vous de lui ! Le moindre manquement vous sera reproché !

Rincourt monta sur son cheval et rejoignit la bataille animé par une rage de tuer que l'homme d'expérience réussit à contenir : trop de véhémence au combat était souvent fatale !

Il franchit le pont dans un galop rapide. Les Français avaient l'avantage. Les Anglais, pour qui cette bataille n'était pas essentielle, cédaient. Le comte de Pau dit à Rincourt :

— Regardez ces couards ! Ils détalent comme des lapins !

— Ils ne veulent pas perdre trop d'hommes ! rectifia Rincourt. Ils ont seulement envie de ravager le pays, leur but n'est pas de nous affronter.

Rincourt avait raison. Avant la nuit, les Anglais avaient levé le camp, ne laissant derrière eux que quelques prisonniers que l'on exécutait car ils n'avaient aucune valeur, des centaines de morts qui serviraient de pâture aux corbeaux, aux renards, aux loups, et des chevaux mutilés qui tentaient de s'enfuir, leurs entrailles répandues sur le sol.

Guy de Rincourt retourna à l'arrière. Les médecins lui avaient obéi et veillaient le blessé qui avait ouvert les yeux puis remué les lèvres comme pour parler, mais il était aussitôt retombé dans un coma bien proche de la mort.

— Il est très faible ! insista un des médecins. Nous ne devons pas attendre de miracle. C'en serait un s'il tenait jusqu'au jour prochain.

— Il faut qu'il tienne ! cria Rincourt. Vous entendez, il faut qu'il tienne. Trouvez les bonnes potions, allez chercher un sorcier, n'importe quoi, mais il faut qu'il tienne !

— Nous ne connaissons pas de sorciers ! s'offusqua l'homme. Nous ne l'avons pas laissé seul un instant ! Nous voulons bien le veiller toute la nuit et plus encore s'il le faut, mais de grâce, cessez de nous menacer.

— Je veux que ce garçon vive parce que j'y tiens autant que s'il était mon fils ! hurla Rincourt.

La nuit tombait. Les troupes étaient entrées dans Agen où les habitants les accueillaient comme des sauveurs. On faisait la fête. Rincourt, assis près du blessé qui gisait sur un lit de peaux au milieu des filles follieuses, attendait. Le sang ne coulait plus, les médecins avaient couvert la blessure d'un pansement de tissu grossier. Matthieu fermait les yeux. Son visage éclairé par une petite lampe à huile avait les traits de sa mère. C'était elle que Rincourt voyait, les mêmes longs cils noirs, le nez de petite taille, le menton qu'aucune barbe ne durcissait. Quand il avait su qu'Eugénie était en danger à la cour de Navarre, il avait voulu la faire capturer, mais ses hommes étaient arrivés trop tard. Quand il vit Eauze affronter l'ours lors de la réconciliation des deux rois, il fit habilement questionner les proches de Navarre, dont le perfide Jean Bouvier qui était de toutes les forfaitures, de toutes les trahisons, mais ne put rien apprendre. On la disait morte de la peste, il ne voulait pas le croire.

Dans la nuit, les médecins s'absentèrent pour aller se restaurer et dormir un peu. Rincourt resta seul en présence du blessé. Alors il posa sa main sur le front humide et brûlant du jeune homme. Il se sentait si proche de lui. Courageux, Matthieu avait l'âme d'un chevalier.

La nuit passa ainsi. Rincourt ne s'abandonna pas un instant à la moindre somnolence. Quand le soleil se leva, celui qui n'aurait pas dû survivre respirait encore. Son pouls était certainement faible, mais pas plus que la veille. Avec la lumière du jour, l'espoir renaissait.

Déjà les dizeniers criaient l'ordre de lever le camp. Agen n'avait été qu'un intermède dans le retour vers Paris. Les grands froids allaient bientôt commencer et il fallait se hâter de regagner un lieu plus hospitalier que ce Midi ruiné.

Un des deux médecins arriva en compagnie du comte de Pau qui venait prendre des nouvelles du protégé de son cousin. Le médecin examina le blessé.

— Il est résistant ! constata-t-il. Nous allons essayer de lui faire absorber un peu d'eau.

Il appuya sur le menton, ouvrant légèrement les lèvres du jeune homme, glissa entre les dents une pipette de métal reliée à un entonnoir dans lequel il vida quelques gouttes d'une eau mélangée à du miel. Il avait posé sa main sur le cou et sentit la pomme d'Adam se soulever.

— Il a bu ! dit-il. C'est déjà une victoire. Il faut le faire boire ainsi souvent, deux fois l'heure et si Dieu le veut…

Il ne termina pas sa phrase qui l'engageait dans une voie incertaine. Les valets attelaient le chariot. L'armée s'en allait et ne pouvait pas se retarder pour un blessé.

— Ce n'est pas bon ! dit le médecin, je vais rester avec lui.

Le voyage vers Paris sembla interminable à Guy de Rincourt. Il chevauchait à côté du chariot dans lequel Matthieu d'Eauze luttait contre la mort au rythme des cahots, des nombreux arrêts. Le médecin, maître Grenoult, ne le quittait pas. Au fil des jours, cet homme d'une cinquantaine d'années, dont une épaule était plus haute que l'autre et qui, compte tenu de son âge, aurait été mieux au coin d'un bon feu pour passer la mauvaise saison que sur les routes défoncées, s'était pris d'affection pour son blessé toujours inconscient.

— Vous comprenez, dit-il à Rincourt, il s'accroche tellement au peu de vie qui lui reste que ce serait un péché de ne pas l'aider.

Il avait confectionné un petit appareil qui lui permettait de nourrir Matthieu de bouillies de blé. Le tuyau surmonté d'un entonnoir avec lequel il le faisait boire au début présentait l'inconvénient de laisser le liquide pénétrer dans le conduit des poumons. L'astucieux médecin avait donc ajouté un embout en bois parfaitement poli qui permettait de passer à côté de la trachée-artère et d'introduire le tuyau dans l'œsophage. Matthieu avait perdu beaucoup de poids, son visage était très amaigri, mais il continuait de vivre dans ce sommeil prolongé depuis deux semaines. Sa blessure se cicatrisait sans complications. Grenoult avait enduit la plaie de nombreux onguents dont il avait le secret. Le cœur tenait bon, le corps se défendait, mais l'esprit ne revenait pas.

Arrivé à Paris, à la fin du mois de décembre, Rincourt ne voulut pas loger au palais comme il l'avait fait jusque-là afin de ne pas être surveillé par une foule de courtisans qui cherchaient toujours la faille à exploiter pour desservir les favoris du roi. Beaucoup, qui n'avaient pas oublié Geoffroi d'Eauze, le compagnon de Charles de Navarre à la cour, et le paria affrontant un ours devant cette cour, n'auraient pas tardé à faire le lien entre le géant et le jeune homme qui lui ressemblait. Il loua une maison – elles ne manquaient pas depuis la première épidémie de peste – rue Saint-Germain-l'Auxerrois près du quai de la Saulnerie, un peu à l'écart des lieux fréquentés par la cour où il installa le jeune blessé.

Il alla ensuite se présenter à Jean II qui le reçut presque aussitôt dans le petit cabinet qu'occupait autrefois son père pour les audiences privées. Le souverain avait eu de nombreux rapports sur l'équipée en Languedoc et attendait l'avis de son intendant des armées, car les autres généraux, pour se faire valoir, lui avaient présenté la campagne comme un franc succès, ce dont il doutait.

Rincourt trouva son maître fatigué, les traits tirés. Sa longue figure triangulaire se resserrait sous les tempes et les joues creuses avaient perdu leurs belles couleurs. Jean II ne s'était jamais complètement remis de la disparition de M. d'Espagne qu'il aimait sincèrement. Lui aussi n'était pas exempt de contradictions et cet homme, parfois sanguinaire et haineux, pouvait se montrer généreux, mais avec excès. Ainsi ses largesses destinées à magnifier sa grandeur trahissaient-elles souvent un esprit faible, un manque de détermination et d'idées bien arrêtées.

Rincourt lui rapporta la tactique anglaise dans le Midi, celle de la terre brûlée, du harcèlement. Le souverain précisa qu'Édouard III avait agi de même dans le Nord en envoyant des troupes le narguer en Picardie avant de fuir devant son armée.

— Beaucoup de mes généraux veulent me convaincre que les Anglais ont peur de nous et que nous allons les mettre hors du pays sans sortir nos épées des fourreaux ! dit le Valois qui prenait le temps de réfléchir quand une chimère n'occupait pas son esprit.

— Je crois que tout cela n'était qu'une mise en jambes, Majesté. Les vraies batailles auront lieu la saison prochaine et nous devrons être prêts.

Le roi frotta son menton pointu comme il le faisait lorsqu'il était embarrassé et cherchait ses mots. Il se leva de son siège, alla à la fenêtre, inspira profondément.

— Je suis assailli de toutes parts. Mon ignoble gendre continue de me trahir. En Avignon, il s'est arrangé avec les Anglais, mais ce n'est pas là le plus grave. Tout le monde sait que Charles change d'avis dix fois par heure. Non, le plus grave n'est pas là.

Il revint s'asseoir. Sa taille était un peu au-dessus de la moyenne, mais sa maigreur, la longueur de ses jambes le faisaient paraître plus grand encore. Lorsqu'il s'asseyait, il penchait le buste en avant comme un bossu. Il leva ses yeux pers sur Rincourt qui baissa la tête. Tous les deux pensaient à la même chose, mais cette fois, Jean II osa aborder le sujet qu'il évitait depuis plusieurs mois.

— Le plus grave est caché. Mes ennemis travaillent dans l'ombre. Les conspirateurs des Lys n'ont pas abdiqué. La mort de Brienne, au lieu de les décourager, leur a donné des ailes. Heureusement que mon cher Charles de La Cerda avait éventé leurs desseins, sinon l'échauffourée de Noël se serait mal terminée pour moi. Il l'a payé de sa vie ! Mais vous, que saviez-vous ?

— M. d'Espagne m'avait seulement demandé de rassembler des troupes dans le palais sans rien me dire de plus.

Le roi pinça les lèvres et changea de sujet.

— Voilà qu'ils ont décidé de capturer le dauphin et ses deux frères, toute ma descendance mâle, pour m'isoler. Charles IV de Luxembourg, qui fut mon beau-frère, est de leur côté et leur fournit finances. Toutes les cours d'Europe sont contre moi. Il est temps que je coupe la mauvaise herbe à la racine.

Guy de Rincourt connaissait bien le roi et sa manière de louvoyer avant d'aborder le sujet d'une colère longuement mûrie.

— Une femme inspire cette armée de l'ombre. Elle était à côté du chiffonnier qui se dit roi de France, son soi-disant demi-frère. Cette comtesse d'Anjou que j'ai accueillie à la cour a donné le premier coup à mon ami.

Rincourt baissa la tête pour cacher sa vive curiosité. Ce que ses espions n'avaient pas pu savoir, ceux du Valois l'avaient-ils découvert ?

— Cette femme, poursuivit Jean II, a été capturée par mon gendre de Navarre qui n'a trouvé d'autre moyen pour me la livrer que de la confier à un bordelier. Vous comprenez que le perfide a voulu que la belle s'échappe une nouvelle fois !

Il promena son regard soupçonneux sur son interlocuteur, puis explosa :

— Elle était à la tête des émeutiers de Noël qui avaient pour but de me capturer dans mon sommeil. Vous avez su les arrêter à temps, ce qui vous a valu ma clémence, mais cette femme, on m'a rapporté que vous l'épargnâtes, en la laissant filer avec les hommes de Navarre !

Rincourt était coincé. S'il mentait, le roi s'en apercevrait et le ferait arrêter sur-le-champ. La vérité ne le servait pas plus, puisque le souverain avait déjà tout décidé.

— Sire, elle m'a glissé entre les mains…

— Que dis-tu, félon ? Tu l'as sauvée quand ma justice a condamné Brienne, tu lui as même donné des leçons d'épée pour qu'elle se défende de ses ennemis !

Rincourt savait que sa vie ne tenait qu'à un fil, mais il lui restait une chance : lui seul pouvait équiper l'armée avec très peu d'argent.

— Sire, je n'ai jamais été préoccupé par autre chose que le désir de vous servir.

— Tu as eu un enfant avec cette femme et tu me l'as caché ! C'est dire que tu es son complice ! Tu vois que je suis bien renseigné !

— Sire, je vous remets mon épée ! dit Rincourt en sortant son arme de son fourreau.

Ce geste de soumission suffit à calmer la colère du roi. Rincourt venait de sauver sa tête, mais il redoutait que ce ne soit au prix d'un de ces carnages dont raffolait le Valois quand il s'érigeait en justicier suprême.

— Sachez que si je ne vous ai jamais parlé de cela auparavant, c'est que le temps vous a donné raison ! ajouta Jean II d'une voix plus calme. Je ne nie pas que lorsque j'appris votre façon de faire, j'eus envie de vous faire arrêter et décapiter sur-le-champ. L'indispensable travail que vous faites a retardé ma décision et c'est chose heureuse. En laissant courir ces comploteurs, vous m'avez donné l'occasion de les détruire d'un coup d'éclat dont ils ne se relèveront pas. Grâce à vous, je tiens la conjuration des Lys !

Le regard de Jean II se mit à briller. Rincourt comprit qu'il avait déjà tout manigancé et qu'Eugénie se trouverait parmi ses victimes, ce qu'il ne pouvait accepter.

— Majesté, je vous demande la grâce d'être à votre côté pour cette opération.

— Nous verrons cela quand l'heure sera venue !

En janvier 1356, le froid figea la capitale. Le vent du nord fit descendre les températures tellement bas que la Seine charriait de gros morceaux de glace, gênant les bateaux à fond plat qui assuraient l'approvisionnement de la capitale. La farine manquait. Il fallait acheminer les sacs par chars, cela prenait du temps et coûtait cher en escortes. Le vin avait gelé dans les chais, on en débitait les blocs à la hache. Le bois surtout était rare, des tourbières situées en amont et dans des vallées voisines de la ville fournissaient un mauvais combustible qui faisait beaucoup de fumée et chauffait très peu. Les Parisiens grelottaient.

Rincourt, qui avait aussi des difficultés à se fournir en fagots, n'allumait du feu que dans la chambre où se trouvait Matthieu. Depuis deux mois, le jeune homme n'avait pas repris conscience. Le docteur Grenoult, admirable de dévouement, le nourrissait plusieurs fois par jour. Deux servantes s'occupaient du blessé, changeaient ses draps souvent souillés, le lavaient avec du linge en laine.

— Je désespère qu'il ne se réveille jamais ! dit le docteur Grenoult. Quel beau miracle, cette jeune vie ! Un vieillard à sa place sentirait atrocement mauvais, lui sent la bonne odeur du printemps qui va bientôt revenir.

Guy de Rincourt s'était attaché à ce médecin dont il avait vanté les mérites aux courtisans. Habile chirurgien, bon arracheur de dents, Grenoult avait eu la chance de soigner et surtout de guérir plusieurs personnes en vue au palais, ce qui lui valait une clientèle aussi inespérée que riche.

Il priait chaque jour pour que le blessé retrouvât son âme. Ce n'était pas pour se concilier de nouveaux patients, mais pour Rincourt qu'il appréciait aussi. Les deux hommes, également silencieux et secrets, passaient de longues heures au chevet du malade, tous les deux absorbés dans leurs pensées. Le chevalier priait souvent l'homme de science de partager son repas, alors Grenoult se laissait aller à de rares confidences. Il parlait de sa famille, de son père également médecin, de sa mère qui avait eu quatorze enfants, de sa vie d'homme seul qui n'avait jamais cherché à se marier. Le grand nombre de ses frères et sœurs l'avait dégoûté à tout jamais de fonder une famille. Rincourt évoquait la mère de Matthieu qu'il aimait et pour qui il était toujours prêt à risquer sa tête.

Un soir, à la fin du mois de février, Rincourt et le docteur Grenoult étaient au chevet de Matthieu. La blessure guérie depuis longtemps s'était refermée et il ne restait entre les cheveux noirs qu'une large bande de peau rouge que le médecin protégeait encore avec des bandelettes d'un tissu léger. Absorbés par leurs pensées, les deux hommes ne prêtaient pas attention au malade inerte sur son lit. Tout à coup, ils virent une main se soulever, s'ouvrir dans l'air puis retomber. Ils crurent que c'était une illusion, un tour que leur jouait leur esprit, mais la main se souleva de nouveau, les doigts s'ouvrirent, se fermèrent puis la main se posa sur le drap. Ils se regardèrent étonnés, incrédules. Cette fois, les deux mains s'agitèrent, puis les bras, puis la tête bougea sur l'oreiller.

Le malade ouvrit enfin les yeux, regarda autour de lui, d'abord le médecin, puis Rincourt. Grenoult se signa et se mit à genoux pour remercier Dieu d'avoir fait un miracle.

— Enfin ! dit Rincourt. Enfin, tu reviens !

Matthieu remua les lèvres comme s'il voulait dire quelque chose, poussa plusieurs grognements, fit de curieux bruits de gorge, mais ne réussit pas à prononcer un seul mot. Grenoult voulut le calmer :

— Pose ta tête, allonge-toi. Tu as tout ton temps. Ne cherche pas à parler, c'est trop tôt. Dans un petit moment, on t'apportera à dîner, tu vas essayer de manger seul.

Mais le garçon s'obstinait. Son âme dictait des pensées que ses lèvres, sa langue, son souffle n'arrivaient pas à formuler. Il avait le sentiment d'être emprisonné dans une cage de verre et il avait beau remuer les mains, serrer les poings, la cage refusait de se briser.

Une servante apporta à manger l'habituelle bouillie, mais le médecin lui commanda du pain et de la viande pour le blessé qui ressuscitait. Alors, Matthieu, ignorant le couteau posé sur le plateau à côté du plat, prit la viande par l'os et la porta à sa bouche. Il mangeait, c'était l'essentiel. Dans les jours prochains, il réapprendrait les gestes humains… Il avala prestement tout ce qui était devant lui, but la sauce et deux verres de vin qui allumèrent un sourire sur son visage, puis il s'endormit.

Il se réveilla douze heures plus tard. Le lit était mouillé de son urine et, quand il voulut se mettre sur ses jambes, l'équilibre lui manqua. Grenoult et Rincourt l'aidèrent en le soutenant chacun par une épaule, mais le jeune homme ne savait plus rien faire de ses membres. Il était redevenu un nourrisson incapable de marcher, qui prend maladroitement ce qu'on lui tend et prononce des bruits à la place des mots.

Le mois de mars revint. Avec les premiers signes du printemps, la trêve des armées allait bientôt prendre fin. Rincourt et les nombreux lieutenants du roi devaient préparer les garnisons, vérifier les équipements et surtout trouver de l'argent pour payer les fournisseurs. L'impôt ne rentrait pas. Le peuple n'acceptait plus de payer les fêtes dispendieuses de la cour. Dreux, Caen, Bayeux renvoyèrent les agents du roi. À Arras, les habitants en colère massacrèrent une quinzaine de bourgeois. Les États généraux réunis par le roi imaginèrent un nouveau système d'imposition, plombé une fois de plus par Étienne Marcel et ses commerçants. La question subsistait : où trouver de quoi financer la guerre ?

Guy de Rincourt consacrait le temps que lui laissait l'ordonnance de l'armée à Matthieu d'Eauze. Le jeune homme avait retrouvé les mouvements de son corps, mais il avait dû réapprendre à marcher, ce qui lui avait demandé plus d'une semaine. Il n'arrivait toujours pas à parler. Il répétait les mots que l'on prononçait devant lui sans en comprendre le sens. Avec beaucoup de patience, le docteur Grenoult lui apprit le nom des objets, des différentes parties de son corps. Matthieu s'appliquait et progressait lentement.

Grenoult, dont la clientèle ne cessait de croître, acheta une maison voisine de celle de Rincourt où il aménagea son cabinet. Fin mars, Matthieu put enfin parcourir seul les dix brasses qui séparaient les deux habitations.

Depuis qu'il s'alimentait seul, son corps s'était de nouveau étoffé. Rincourt, qui espérait lui faire retrouver la mémoire, lui apprit à se battre à l'épée. Ce jeune homme parlait comme un enfantelet de deux ans, mais avait gardé l'instinct du combat. Il récupéra rapidement son agilité, ses passes préférées, et progressa si vite que le chevalier blanc en fut émerveillé.

Grenoult expliquait :

— Quand un homme est aussi gravement blessé, l'âme prend le chemin du ciel. C'est très loin et il lui faut beaucoup de temps pour revenir.

Mais il ne désespérait pas, le bon médecin : il demanda aux serviteurs de brûler chaque soir de l'encens dans la chambre où le jeune homme allait dormir. Il consulta les anciens livres de médecine, lui prépara des tas de potions à base de vif-argent, de poudre de momie et de toile d'araignée qui n'eurent d'autre effet que de faire vomir le convalescent.

Pourtant Matthieu progressait. Il arrivait à prononcer à peu près correctement les mots usuels pour ses besoins quotidiens, Rincourt tentait de réveiller des souvenirs en lui parlant d'Aignan, de leur rencontre en Gascogne, de son avenir de chevalier…

— Je t'apprendrai trois passes qui te rendront invincible. Elles sont dans la famille depuis la première croisade. C'est un infidèle de Jérusalem qui les a apprises à mon ancêtre. Les Arabes sont de bons guerriers !

En parlant ainsi, Guy de Rincourt pensait à Eugénie et son regard prenait une tournure particulière que Matthieu ne comprenait pas. Lui aussi avait les yeux brillants à l'idée de s'entraîner aux armes. Son accident n'avait pas détruit son goût de la guerre, au contraire, il l'avait raffermi.

— 9 —

Geoffroi d'Eauze s'ennuyait. La maison de Melun et le parc boisé étaient trop petits pour son grand corps. L'exercice que lui proposait avec beaucoup d'assiduité Blanche de Navarre ne lui suffisait plus. Il tournait en rond. La jeune reine s'en apercevait, et cela l'irritait fortement, car elle ne supportait pas que son chevalier ne se plie pas à ses caprices.

L'inactivité, depuis qu'il n'était plus proche de ce pantin à ressort qu'était Charles le Mauvais, lui pesait. N'étant plus constamment projeté dans l'avenir, il regardait son passé et avait mal. Comment avait-il pu rester aussi longtemps à la cour de Navarre, comme un gros bourdon qui tourne autour d'une fleur vénéneuse ? Il apprit que le petit roi avait fait pendre Bessonac, son fidèle serviteur, et se mit en colère. Blanche chercha à le calmer : Bessonac n'était qu'un valet, elle lui en donnerait un plus jeune ! Il refusa :

— C'était mon ami ! hurla-t-il.

— Tu ne m'aimes plus ! s'écria alors la jeune femme faisant mine de déchirer ses vêtements. Tu es ailleurs, tu me rejettes, moi qui t'ai sauvé !

L'envie de cette petite reine si jeune et si belle lui avait passé. Il ne restait en lui qu'Eugénie, si distante, si noble, si forte aussi. Qu'était-elle devenue ? Blanche lui avait dit qu'après avoir quitté le château d'Évreux avec un bordelier, elle était probablement morte de la peste à Meulan, mais Eauze refusait de le croire. La Gascogne et son fils lui manquaient. Il voulait revoir sa parentèle, ses amis, ceux avec qui il aimait chasser le loup ou courir le cerf, retrouver ses chevaliers qui frappaient fort sur la table, buvaient sans retenue et racontaient leurs histoires sans se préoccuper des commandements de Dieu ou des menaces du diable, qui s'emportaient volontiers mais avaient l'amitié franche et fidèle. L'entourage des rois était peuplé de serpents qui s'épiaient et se détestaient. Eauze n'était pas fait pour ce monde superficiel qui dépensait le bon argent du peuple en fêtes et en parures inutiles. Son séjour à la cour d'Évreux et à Melun lui avait nettement indiqué son attachement profond pour les humains, quelle que soit leur condition. Il aimait les armes et la violence, il aimait les batailles, mais respectait les champs de blé et ne pillait pas les greniers. Il avait profité des servantes et des filles que son état de chevalier rendait serviles, il devait y avoir dans les fermes et les échoppes de Gascogne des enfants à la solide constitution qui grandiraient sans jamais savoir que le sang d'Eauze coulait dans leurs veines, mais cela n'était que broutilles. Eauze ne savait pas mentir.

Il avait été flatté des faveurs de Blanche de Navarre. À son tour, il se hissait au niveau des amants. Le petit noble égalait son beau-père, Renaud d'Aignan. Lui qui ignorait la magie des mots et la séduction de la musique plaisait à une sœur et femme de roi ! Mais avec le temps, ce privilège, qui le rehaussait au niveau d'Eugénie, cessa de lui plaire. Ainsi se dépouillait-il de sa vanité pour ne garder que l'essentiel : sa vie ratée, beaucoup d'années perdues pour une fausse amitié et des amours qui ne survivraient pas au temps.

Blanche, peut-être sincère, peut-être par caprice, ne cessait de pleurer, de lui faire des reproches et de s'accrocher à lui à mesure qu'il s'échappait. L'arrière-petite-fille de Philippe le Bel partageait avec son frère une grande générosité de paroles. Elle promettait beaucoup, donnait peu, sauf à Geoffroi d'Eauze qu'elle avait couvert d'or. Elle lui avait donné des terres avec actes notariés, une fortune suffisante pour qu'il envisage son départ en Gascogne. Ainsi, en voulant le retenir, Blanche lui avait-elle fourni le moyen de s'en aller !

Charles de Navarre depuis leur réconciliation ne cessait de lui demander de le rejoindre, lui promettant une grande fête pour leurs retrouvailles, mais Eauze se méfiait : il connaissait trop bien le petit roi pour lui faire confiance.

À la fin du mois de mars, un coursier de la cour d'Évreux lui annonça une nouvelle qu'il n'attendait plus. Sa femme était vivante ! Charles de Navarre l'avait rencontrée à une réunion de chevaliers normands et s'était réjoui de la trouver en parfaite santé. Elle serait présente au banquet que le dauphin donnerait le 6 avril en son château de Bouvreuil près de Rouen. Le fils du roi fêterait avec ses frères l'hommage des comtes normands. *Je me languis de toi*, écrivait Navarre, *viens à ce banquet. Tous les barons seront là ainsi que la comtesse d'Anjou !*

Que se préparait-il au château de Bouvreuil chez le dauphin Charles ? Le rassemblement des barons qui, un mois plus tôt, juraient la perte des Valois, semblait bizarre à Eauze. La présence de Navarre était l'assurance d'une nouvelle trahison. Eugénie n'était qu'un appât agité devant lui pour le décider.

Il n'avait pas l'intention de tomber dans le piège. Le dernier jour du mois, il fit préparer des chevaux pour aller chasser en forêt. Blanche, qui d'ordinaire se mettait en colère chaque fois qu'il voulait se dégourdir les jambes, fut, ce jour-là, tout sourires.

— Allez, mon ami. Je m'en vais rester à vous attendre. Je vous ferai préparer un bain bien chaud avec des herbes…

Eauze gagna la forêt et, quand il fut assez loin de la ville, ordonna à ses hommes de courir devant pour débusquer le dix-cors repéré la veille. Il ne garda avec lui que deux frères qui le servaient depuis le début, Jacques et Paul Leclert. Ils ne remplaçaient pas Bessonac, mais leur franchise incitait le chevalier à leur faire confiance. Blanche de Navarre les avait pris à son service parce qu'ils étaient beaux. Blonds, bien faits mais de petite taille, ils avaient quelques airs du roi de Navarre. Leur famille avait été entièrement anéantie par la peste. Comme ils ne trouvaient plus de bras pour travailler leurs terres, ces jeunes nobles avaient été contraints de vendre leurs biens à des usuriers qui profitaient de la situation pour constituer d'immenses domaines. Ils avaient séjourné à Vierzon, puis à Orléans, mais l'ambition les poussait vers Paris. Les deux frères s'étaient attachés à Eauze, autant pour sa force que pour sa générosité naturelle. Blanche accepta que son amant en fît ses écuyers.

Quand les piqueurs et les maîtres-chiens se furent éloignés, Geoffroi dit à ses deux compagnons :

— Je me languis de cette vie. J'ai hâte de rentrer chez moi en Gascogne, mais avant, je veux me divertir un peu. Si nous allions faire un petit tour à Paris ?

Jacques et Paul Leclert se regardèrent, visiblement tentés. Pourquoi pas ? Ils seraient à Paris en milieu d'après-midi, ils souperaient dans la capitale, iraient voir les filles et rentreraient le lendemain. Eauze avait compris leurs intentions :

— Et demain, nous dirons que nous nous étions trop éloignés pour rentrer, que nous avons été surpris par la nuit et que nous avons couché dans une auberge !

Cela leur plaisait. Ils imaginaient la soirée avec leur maître : le vin ne manquerait pas, les filles non plus et quelque bagarre pourrait agrémenter la sortie. À côté du géant, ce genre de distraction était toujours apprécié.

Les trois compères piquèrent leurs chevaux et arrivèrent à Paris trois heures plus tard. Ils entrèrent dans une ville grouillante de miséreux, cherchèrent une auberge entre le palais de la Cité et le Louvre. Le soir, ils soupèrent, vidèrent moult cruches du vin de Nogent. Jacques et Paul voulurent des filles pour passer la nuit, le cabaretier leur en trouva. Ils furent étonnés que Geoffroi d'Eauze préférât rester seul. Le lendemain, vers midi les deux frères, heureux mais sans un sou, parlèrent de rentrer. Eauze refusa :

— Mes gentillets, je vous ai dit que je voulais rentrer chez moi en Gascogne. Je ne retournerai jamais à Melun.

Les deux frères se regardèrent comme ils le faisaient quand ils devaient prendre une décision commune. D'un même geste, ils poussèrent l'un et l'autre la mèche blonde qui agaçait leur front.

— Alors, nous restons avec vous !

— Je n'en attendais pas moins de vous, mais je ne peux pas vous demander de me suivre. Cela peut être dangereux.

Jacques et Paul se regardèrent de nouveau. Ils voulaient bien partager la vie aventureuse du géant, mais pas être pendus. Pourtant, l'escapade les tentait.

— Nous acceptons les risques !

— Vous êtes de véritables amis. Ensemble, nous ferons fortune ou nous périrons, j'en fais le serment. À nous la belle vie ! Allons nous promener du côté du palais royal. Nous avons tout notre temps, nous nous mettrons en route demain à la première heure !

Enfin Eauze retrouvait la liberté. Il remplit ses poumons de l'air frais et malodorant du fleuve. Il renaissait.

Les gens se retournaient sur son passage, mais il en avait l'habitude et n'y prêtait plus attention : les frères Leclert l'escortaient, fiers d'être les compagnons du colosse.

Ils déambulèrent toute la journée sans but, mais ne manquant pas de se faire remarquer. Le soir, ils soupèrent dans une auberge proche du palais. Un homme les aborda. Les joues rouges, pratiquement imberbe, il était très jeune et ressemblait plus à un moine qu'à un chevalier. Il se présenta :

— Pierre Letanneur. Je suis le frère, du côté de la bonne, du prévôt des marchands de Paris, Étienne Marcel.

Eauze le salua et l'invita à boire un gobelet. Letanneur, dont le regard toujours baissé indiquait un manque de franchise, éveilla très vite la méfiance des deux Leclert.

— Mon demi-frère, Étienne Marcel, le plus puissant bourgeois de Paris et maître de la prévôté, a besoin d'hommes de votre taille pour conduire son armée.

— Une armée de bourgeois ? s'exclama Eauze. Vous voulez parler de la maréchaussée ? L'armée ne peut être que noble !

Letanneur se mit à rire et se versa un autre gobelet de vin qu'il but d'un trait.

— Non, dit-il en secouant la tête. Nous recrutons une véritable armée. Tout va mal à Paris. Le roi Jean ne va pas garder son trône bien longtemps. Les troubles en Normandie ont empêché les marchandises de remonter le fleuve et cela nous a coûté cher. Le peuple gronde, car il a faim. Dans les campagnes, les vilains sont près de se soulever. Nous avons obtenu que les États généraux surveillent les dépenses de la cour. Ce n'est qu'un premier pas vers un gouvernement du peuple !

— Un gouvernement du peuple ? s'étonna Paul Leclert. C'est impossible !

— Non, cela se fait depuis longtemps ! Déjà en Grèce, puis à Rome et, de nos jours, en Italie. On l'appelle la république. Nous voulons l'instaurer et faire cesser les gaspillages…

Eauze pensait à tous ces misérables qu'il avait vus dans les rues de Paris, ces malheureux sur le bord des routes, ces mendiants bossus, déformés par les maladies, qui allaient d'une ferme à l'autre pour un morceau de pain rassis. Oui, c'était justice de mieux partager les richesses.

— Qu'est-ce que vous nous proposez ?

— De venir avec nous. Nous avons besoin de gens décidés. La révolte se prépare. Des centaines de petits nobles nous rejoignent chaque jour…

Des bruits de lames qui se croisent dominèrent les voix. Letanneur regarda autour de lui et se mélangea aux buveurs qui se tassaient au fond de la salle. Des gardes en cotte de mailles, bassinet sur la tête, l'épée au clair, entrèrent dans la pièce.

— Personne ne bouge ! cria l'un d'eux en se tournant vers Eauze, menaçant.

Le chevalier et les frères Leclert se levèrent de leur table, prêts à faire front.

— Non, mes seigneurs, nous serions obligés de vous faire violence ! ajouta l'homme. Nous avons ordre de vous prendre. N'opposez aucune résistance et tout se passera bien.

— Où nous conduisez-vous ?

— À Saint-Germain-en-Laye chez notre maître qui se languit de vous !

— Quel est-il ? s'écria Eauze. Qui n'ose pas se nommer n'est pas digne de porter épée !

— Mais notre maître ose puisqu'il est roi et votre ami. C'est Charles de Navarre.

Tout en parlant, les gardes avaient entouré Eauze et ses deux amis. Les lames pointées vers eux, ils les poussaient à l'extérieur de la taverne.

— Surtout soyez raisonnable ! Il ne vous arrivera rien.

Eauze et les frères Leclert furent enfermés dans un chariot grillagé. Le voyage dans la nuit dura longtemps. Eauze était sombre. Les frères Leclert assis l'un près de l'autre en face du chevalier rongeaient leur peur. Pourquoi n'avaient-ils pas fui quand c'était le moment ? Charles le Mauvais, Charles le Cruel, allait les faire pendre !

Après deux heures sur les chemins cahoteux, le chariot entra dans une cour. La porte s'ouvrit, un homme bardé de fer levant la torche à la hauteur de son visage demanda aux prisonniers de sortir. Des gardes s'emparèrent des frères Leclert, d'autres prièrent Eauze de les suivre.

— Le maître vous attend.

Le géant fut conduit dans une vaste salle éclairée de torches murales. Des chevaliers debout le dévisagèrent. Au fond de la pièce, près d'un grand feu, le petit roi de Navarre trônait sur une estrade. Quand il vit Eauze, son visage s'éclaira, il se leva, tendit les bras.

— Mon ami, mon très cher ami, voilà que tu as enfin décidé de me rejoindre. Quel bonheur !

Eauze ne broncha pas quand le petit jeune homme se serra contre lui, sa tête blonde posée au bas de sa poitrine, comme un enfant qui demande une caresse.

— Je me languissais de toi depuis que nous nous sommes retrouvés à Melun. Pourquoi as-tu tant tardé à me rejoindre ?

Chacun put voir les larmes noyer les yeux de Charles et rouler sur ses joues.

— Je t'ai attendu chaque jour ! Franchement, j'ai cru que tu m'en voulais encore ! Dis-moi que ce n'est pas vrai !

Il avait une voix suppliante aussi gracile que celle d'un garçonnet. Bonasse, Eauze se laissa prendre et posa sa large main sur l'épaule du petit roi.

— Dis-le ! insista Charles. Si tu y tiens, je peux encore te demander pardon à genoux !

— Vous avez enfermé ma femme et vous avez pendu Bessonac !

— Ce fut une ignoble méprise ! Je n'en ai jamais donné l'ordre. Mes hommes ont voulu faire du zèle. Allez, je te donne les quatre hommes qui ont fait le coup. Tu pourras les occire comme tu l'entends !

— Cela ne me ramènera pas mon ami.

— Nous avons assez parlé. Tu vas suivre mes gardes qui vont te conduire à tes appartements, je t'attends pour le souper et pour quelques amusements comme autrefois.

Sans se méfier, Eauze suivit les hommes d'armes qui le conduisirent vers un escalier taillé dans la pierre.

— Où m'emmenez-vous ? Je croyais que…

— Avancez et ne posez pas de questions.

Ils le conduisirent dans une cave humide. Leurs torches éclairaient de minuscules niches creusées dans le rocher. Un homme de la taille d'Eauze ne pouvait y entrer que recroquevillé. Ce qu'on racontait était donc vrai ! Navarre enfermait ses ennemis dans ces trous où il les laissait mourir. Le chevalier eut un geste de recul.

— Vous n'allez pas m'enfermer là-dedans ? Ce ne sont pas les ordres du roi !

— Si, ce sont les ordres du roi.

— Mais je suis trop grand, trop large !

— On va tasser !

Dans un geste désespéré Eauze voulut se débarrasser des gardiens, mais il fut piqué par le fer des lances et poussé sans ménagement dans une niche.

Outre le plaisir qu'il éprouvait à enfermer dans une de ses oubliettes un homme trois fois plus lourd que lui, Charles de Navarre voulait faire de son ancien ami une monnaie d'échange avec la comtesse d'Anjou qu'il avait retrouvée en compagnie des conjurés des Lys. Il avait mesuré combien Eugénie le détestait et savait qu'elle n'accepterait pas de laisser souffrir son mari. Cette carte maîtresse en main, il rendit visite au dauphin pour le prier d'accepter l'hommage de ses amis normands. Les deux cousins arrêtèrent les modalités du banquet qui serait donné au château de Bouvreuil un peu au sud de Rouen, le 6 avril 1356. La réconciliation des Valois et des grands barons du royaume s'annonçait comme une belle victoire pour les fils de Jean II. Charles de Navarre, poussé par Mainemarres, ne cessait de pérorer et de chanter sur tous les tons qu'il était à l'origine de ce grand acte de paix, début d'une ère de prospérité.

Quelques jours avant la fête, il accueillit Eugénie à Évreux avec une de ses volte-face coutumières :

— Madame, j'ai été abusé par mes conseillers ! Je me languissais de vous ! Mais vous êtes sauve, c'est l'essentiel !

Eugénie ne baissa pas les yeux, mais se força à sourire. Le félon, qui croyait tromper tout le monde, avait mordu à l'appât, il ne fallait surtout pas éveiller sa méfiance avant qu'il ne fût ferré pour de bon.

— Sire, je n'ai cherché qu'à vous servir, mais oublions cela !

D'Harcourt, Pleisson et les autres mesuraient la perfidie de ce langage, mais souriaient. Le tricheur était tombé dans le piège qu'il pensait leur tendre : une fois le dauphin et ses frères capturés, il serait tenu pour responsable du guet-apens, associé aux conjurés des Lys et obligé de faire cause commune avec eux.

— Madame la comtesse, ajouta le petit roi, permettez-moi de vous rendre votre épée en gage de notre nouvelle amitié ! Cette épée à laquelle vous sembliez beaucoup tenir !

Un écuyer de Navarre apporta l'arme dans son fourreau. Eugénie la prit dans ses mains, la fixa à sa ceinture. Une vague chaude déferlait dans sa poitrine, mais elle réussit à ne pas montrer son trouble.

— Sire, je vous remercie du fond du cœur !

Jean II, tenu au courant par ses espions, attendait patiemment. L'occasion était trop belle pour se débarrasser de ses ennemis rassemblés en une même salle !

Le 3 avril au matin, quand il apprit la date du banquet, il sombra dans une terrible colère. Il cassait tout sur son passage, s'en prenait aux domestiques qui ne sellaient pas son cheval assez vite, aux servantes qui tardaient à lui apporter son manteau. Il avait envoyé un coursier chercher Rincourt qu'il maudissait d'habiter si loin du palais. Il fit appeler Chaillouel, Lalemand, Pierrinet le Buffle et Crepi, hommes de sa garde rapprochée, leur ordonnant de prendre vingt sergents et les meilleurs chevaux. Le maréchal d'Audrehem, Philippe d'Orléans, frère du roi, puis Jean et Charles d'Artois, Jean de Tancarville arrivèrent enfin.

Le roi les tança vertement d'avoir perdu un temps aussi précieux. Personne ne répondit, pas même Philippe d'Orléans qui n'avait guère l'habitude de se gêner avec son frère. Le visage du souverain était rouge, presque cramoisi, sa barbiche noire tremblait. Il fut le premier équipé de pied en cap et sauta sur son cheval avec une énergie qu'on ne lui connaissait pas.

— Tancarville, hurla-t-il, vous restez ici. Fermez les portes de la ville jusqu'à mon retour et disposez les corps d'armée disponibles autour du palais royal. Vous noierez dans le sang toutes les insurrections qui ne pourront venir que de mes ennemis !

Il fit faire demi-tour à son cheval.

— Allons ! C'est la couronne de France que nous allons défendre.

Quand tout le monde fut en selle, il cria :

— Dites et faites dire que je pars à la chasse en forêt de Gisors où l'on m'a signalé un cerf exceptionnel.

La troupe d'une vingtaine d'hommes partit. Le roi en tête donnait la cadence et, au train qu'il menait, il faudrait changer les chevaux avant d'arriver à Gisors. Rincourt était particulièrement sombre. Le souverain le soupçonna encore de le trahir.

— Les félons, murmurait-il, ils croient que je vais les laisser faire ! Ils me prennent pour un faible ! Et ce pauvre Charles qui s'est laissé abuser par des beaux parleurs !

Il ne cessait de maugréer et de piquer son cheval dont l'écume blanche qui moussait à ses naseaux montrait qu'il serait vite à bout de forces. Derrière, les autres tentaient de suivre. Le soleil sortait parfois entre les nuages qui couraient. Dans les champs, les vilains préparaient la saison. Beaucoup bêchaient les parcelles qui accueilleraient les cultures maraîchères, les choux si précieux durant ces derniers hivers de disette, les fèves, les pois et les racines, carottes, crosnes, raves de toutes sortes. Dans les vignes, le long de la Seine, les tailles de printemps se poursuivaient. Les sarments étaient rassemblés en fagots sans en laisser perdre une brindille tant le combustible manquait. Les vergers s'étalaient sur les collines, pommiers, poiriers, cerisiers, pruniers dont les fruits servaient à faire un alcool recherché.

Ils arrivèrent de nuit à Gisors, couchèrent dans une auberge, comme n'importe quel autre voyageur, entassés dans des chambres peu confortables. L'aubergiste ne sut que le lendemain qu'il avait eu l'honneur de recevoir le roi de France, quand la troupe s'en était allée avec des chevaux fatigués qui ne purent tenir la cadence de la veille. Jean II refusa qu'on s'arrêtât pour manger ou souffler.

— Cet imbécile de Charles ! répétait-il en parlant du dauphin. Rassembler tous nos ennemis pour leur offrir à banqueter ! Cela s'appelle se jeter dans la gueule du loup !

Le groupe entra dans les faubourgs de Rouen à la vesprée. Les chevaux étaient exténués, les hommes aussi, seul le roi semblait encore plein d'énergie. Il ne voulut pas passer au plus court en traversant la ville, il en fit le tour pour n'ameuter personne et entra dans le château par la poterne qui n'était pas gardée : qui aurait osé pénétrer dans la demeure du dauphin alors qu'il se trouvait en compagnie de toute la noblesse de Normandie ?

Le roi descendit de cheval, toujours aussi déterminé et, sans attendre les autres, se précipita dans l'entrée dont la porte était ouverte, sans le moindre domestique pour surveiller les arrivants. Audrehem et Rincourt rattrapèrent le souverain qui grimpait l'escalier.

Dans la vaste salle ronde dont les murs étaient superbement décorés de rameaux de buis et de laurier, de genévrier et de pin, les seuls arbres verts en cette saison, on avait disposé des bouquets de jacinthes, de violettes et de rameaux fleuris de prunelliers. Des centaines de cierges éclairaient la pièce aux petites fenêtres. Quatre longues tables étaient disposées et les convives s'étaient déjà assis. On venait de corner l'eau, les échansons allaient des uns aux autres avec leur aiguière, laissant couler un filet liquide sur les doigts des convives. Cette ancienne habitude de certaines maisons nobles s'était généralisée avec la peste.

À la table d'honneur se trouvaient Eugénie et les principaux chefs de la conjuration des Lys qui avaient accepté de rendre hommage aux Valois. Vêtu d'un drap bleu marbré de Bruxelles, le dauphin portait un chaperon orné de pierreries en forme de feuilles. À sa gauche, une place vide, celle de Jean d'Harcourt qui avait été appelé par un valet, car un coursier venait de lui apporter des nouvelles de son oncle, Godefroi. À sa droite, Charles de Navarre souriait : il avait tout manigancé. Remuant comme à son habitude il ne cessait de parler, de féliciter son voisin : « Mon cher cousin, quel bonheur de se retrouver ici pour une paix dont nos peuples ont tant besoin ! » susurrait-il en lançant de temps à autre un regard complice à la comtesse d'Anjou. Elle était la seule femme de l'assistance, vêtue en homme avec un surcot au col fourré et portant un chaperon rouge et bleu à large bordure et rubans dorés. Le dauphin était satisfait : sans la reddition de celle qui avait conduit une armée contre le palais royal, le jour de Noël, la soumission des Normands n'aurait pas été complète. Les ennemis des Valois avaient enfin décidé de cesser la lutte, Charles réussissait là où son père avait échoué !

— On vous crut morte ! dit-il, magnanime. Vous avez fort bien fait de disparaître. Mon père, dans ses accès de colère, perd tout jugement !

Eugénie lui adressa son meilleur sourire, mais son regard plein de la lumière des cierges était celui du chasseur qui observe sa proie. Le fils aîné de Jean II n'était pas un homme de guerre. Il pouvait à peine jouer à la paume : son bras droit le faisait atrocement souffrir au moindre effort. Cette incapacité aux activités violentes lui laissait le temps de la réflexion, ce qui faisait de lui un jeune prince qui ne décidait rien à la légère. Il savait que ce banquet était un ramassis de crabes, mais croyait franchement à la loyauté de ses anciens ennemis, raison pour laquelle il avait fait venir ses deux frères encore adolescents. Il ne se doutait pas un instant que le sort des Valois se jouait en son propre château. Ses espions avaient été moins clairvoyants que ceux de son père.

Tout était prêt : dans un château voisin, les hommes d'armes et leurs chevaux attendaient les fils du roi pour les séquestrer en un endroit secret ; à Paris, les factions de mercenaires sous les ordres de Pleisson convergeaient vers l'île de la Cité et prenaient position autour du palais royal. Charles de Navarre se réjouissait de participer à ce brillant jeu de menteur d'où il ne manquerait pas de récolter quelque bénéfice.

Les écuyers tranchants se placèrent derrière chaque convive. Il ne manquait que Jean d'Harcourt : son oncle, qui venait d'apprendre que le roi s'invitait à la fête, lui faisait dire de le rejoindre au plus vite hors de Rouen, mais comme il ne pouvait pas s'absenter à un moment aussi important pour la cause des Lys et aussi parce que la perspective d'un bon repas avait toujours attiré cette montagne de graisse, le comte dit au coursier qu'il se rendrait auprès de son oncle après le souper. Il remonta en soufflant le long escalier et vint prendre sa place à la gauche du dauphin. Il échangea un rapide regard avec Eugénie comme pour lui signifier que le motif de son retard n'avait rien à voir avec ce qui se préparait.

On apportait le premier plat de poisson, car on était en carême, quand un grand bruit monta de l'escalier, suivi d'une voix criarde qui menaçait. Tout le monde se tourna vers la porte. Le maréchal d'Audrehem apparut et s'écria :

— Que nul ne bouge s'il ne veut mourir de cette épée !

Il n'avait pas lancé sa menace qu'une dizaine d'hommes entrèrent à leur tour et poussèrent dans un coin les écuyers, les porteurs d'eau et de vin, les sauciers, sous les cris de protestation des chevaliers. Eugénie reconnut tout de suite Guy de Rincourt car il ne portait pas de heaume mais un simple bassinet. Profitant de la pagaille, il se détacha des autres, s'approcha d'elle et l'obligea à se lever. Audrehem avait ordonné aux convives de rester assis, mais soit qu'il fût dans la combine de Rincourt, soit qu'il n'eût rien vu, il ne fit aucune remarque.

— Madame, fuyez ! dit Rincourt à l'oreille d'Eugénie. Fuyez tout de suite, sinon je ne réponds pas de votre vie.

Eugénie comprit à l'intonation qu'elle ne devait pas perdre de temps.

— Fuyez dans le petit bois près des écuries. Personne ne pensera à vous y chercher. Je vous retrouverai quand tout cela sera fini.

Elle se glissa au milieu des valets qui se tassaient comme des moutons devant un précipice, se faufila pour sortir de la pièce. Le dauphin commençait à montrer sa mauvaise humeur. Qui se permettait d'entrer ainsi chez lui sans s'annoncer ? Il était prêt à se lever pour chasser les importuns quand le roi entra, rouge de colère. Charles de Navarre avait pâli. Il regardait autour de lui comme pour chercher le moyen de s'échapper, mais c'était trop tard. Le roi alla directement vers lui, le prit par le surcot et le souleva tant il était léger.

— Maudit traître ! cria-t-il. Par l'âme de mon père, je ne serai en paix tant que tu vivras !

Colin Double, un écuyer du roi de Navarre, voyant son maître malmené et n'ayant probablement pas reconnu Jean II, menaça l'agresseur de son couteau à trancher. Un des gardes lui retourna le bras.

— Mettez-moi tout ce monde en prison ! cria le roi.

Il se tourna vers Jean d'Harcourt dont le visage dégoulinait de sauce et lui assena un terrible coup de masse d'armes sur l'épaule.

— Toi aussi, en prison !

Les hommes du roi avaient investi la pièce, les valets s'étaient retirés vers les cuisines. Le dauphin qui ne comprenait pas ce qui se passait ne cessait de répéter : « Sire, mon père, je vous en supplie… » Mais le Valois n'entendait rien. Son visage rouge, sous la ventaille levée du heaume qu'il n'avait pas pris le temps de délacer, son regard de braise indiquaient qu'il n'en resterait pas là. Charles de Navarre avait retrouvé son aplomb :

— Qui vous a informé de si mal façon, mon père ? demanda-t-il. Jamais je n'ai pensé trahison contre vous, ni contre monseigneur votre fils !

— Je sais ce que je fais ! hurla Jean II qui éprouvait même en pareille situation le besoin de se justifier. C'est à ma couronne qu'ils en veulent ! Ils vont être servis ! En prison et qu'on aille chercher un bourreau.

Navarre savait combien les colères de son beau-père pouvaient être meurtrières et cette fois, c'était lui la proie.

— Je suis roi ! D'un moindre royaume que vous, mais je suis roi quand même ! dit-il d'une voix qui avait perdu son assurance.

Jean II ne lui laissa pas le temps de plaider sa cause. Il ordonna qu'on enferme tous les hommes qu'il désignait, Jean d'Harcourt, Mainemarres, le comte de Chartres, Maubué et tous les autres conjurés des Lys. Il ne manquait qu'Étienne de Pleisson, Itteville et le cardinal de Varonne, retenus ailleurs.

Le roi allait d'une table à l'autre, montrant du doigt ceux que les gardes emmenaient. Quand il eut fait le tour des quatre tables, il se tourna, regarda ce qu'il restait de convives.

— Il y avait une femme ! hurla-t-il. Qu'on la trouve ! Qu'on fouille tous les buissons de Rouen et toutes les maisons s'il le faut, mais qu'on la trouve !

Le dauphin s'approcha de lui :

— Sire, mon père, je suis déshonoré. Que va-t-on dire de moi ? Je prie ces chevaliers à ma table et vous les traitez en ennemis ! Je vous conjure par Dieu de changer d'avis !

— Je ne ferai rien de tout ce que vous dites, Charles. Ce sont des traîtres. Vous ne savez pas ce que je sais.

— Sire, insista le dauphin qui cherchait à gagner du temps, voulez-vous qu'on vous serve à manger ?

Les gardes, les chevaliers, ceux qui, depuis deux jours n'avaient pris aucun repos, louchaient vers les plats. Le roi aussi s'aperçut qu'il n'avait rien mangé depuis la veille au matin. Il demanda qu'on délace son heaume et s'assit devant les restes refroidis d'un cygne. Ce fut le signal, tout le monde se jeta sur les mets entamés, pendant qu'on enfermait dans deux chambres et sous bonne garde les conjurés que le roi avait désignés.

Rincourt avait pensé que la nourriture ferait tomber la colère de Jean II, ce fut le contraire qui se passa. Le souverain vida un gobelet de vin, s'essuya les lèvres et la barbiche avec la nappe blanche, puis ordonna à son homme à tout faire, le roi des ribauds, Friquet de Fricamp :

— Trouve un bourreau et des charrettes pour conduire les condamnés.

— Un prêtre aussi ?

— Non, ils doivent aller en enfer !

Le dauphin s'insurgea :

— Sire, ces hommes sont de grande noblesse et ne peuvent être exécutés sans un procès.

Il pensait à Brienne dont la mort avait dressé les cours d'Europe contre son père. Jean y pensait aussi et se disait que ce jour-là, il aurait dû faire décapiter tous les conjurés dont ses espions lui avaient donné la liste.

— Il n'y a pas de pardon possible. Les laisser un jour de plus en vie met en péril notre couronne. Charles, le comprenez-vous ?

— Mais enfin, Sire, mon père, vous ne pouvez pas faire décapiter le roi de Navarre, il est roi et mérite un traitement de roi. Il est votre gendre…

— Et puis, Sire, ajouta Audrehem qui avait l'habitude de manœuvrer le roi, si vous tuez Charles, il reste Philippe qui cherchera à le venger, alors qu'en le gardant en prison et en lui faisant croire qu'il sera exécuté le lendemain, vous le maintiendrez dans une terreur constante…

— C'est vrai, cela peut s'envisager.

Tout à coup, le roi se dressa :

— Et la femme ? A-t-on trouvé la femme ?

Tout le monde se regarda. Dans la précipitation, on avait oublié de la faire chercher malgré l'ordre du roi. Rincourt mentit :

— Sire, les recherches continuent. Elle est aux abois.

— Parfait ! dit le roi. Vous m'en répondrez sur votre tête. Et le bourreau ? Où est le bourreau ?

Friquet de Fricamp n'en avait pas trouvé. Comme il fallait aller très vite, il dénicha un condamné dans une prison voisine, un certain Pierre Bétrouve, que l'on devait pendre le lendemain. Il manquait de bras et d'épaule pour décoller les solides barons normands, mais on s'en contenterait.

Le roi était pressé. Sa faim apaisée, il se leva et demanda qu'on prépare les charrettes pour les condamnés. La nuit tombait. On disposa des torches dans la cour en dessous du donjon où avait été enfermé le roi de Navarre. Ses gardiens le forcèrent à se rapprocher de la fenêtre pour qu'il assiste au spectacle.

Enfin, le bourreau, vraiment maigrichon, roula le billot au milieu de la cour et eut toutes les peines à le dresser. On lui présenta des haches qu'il jugea insuffisamment aiguisées. Les meules à eau se mirent à tourner. Quand l'homme qui tremblait fut satisfait, la première charrette arriva. Il n'y avait pas plus de dix brasses à parcourir mais le roi redoutait les tentatives d'évasion dans la nuit complice. Debout, sur son cheval, le heaume délacé sur la tête, la ventaille levée, il ordonna :

— Qu'on le délivre !

Près de lui, les chevaliers de sa garde se demandèrent ce que signifiait cette parole. Rincourt pensait à Eugénie qui devait encore être dans les lieux. Une fois de plus, il avait mis sa tête en jeu en ne demandant pas qu'on la recherche. Pour l'instant, le roi n'y pensait pas. Quand il aurait son content de sang, il serait plus clément.

Le triste spectacle commença. Les gardes firent signe à Jean d'Harcourt de descendre de la première charrette. Énorme, il suait malgré sa pâleur. On dut l'aider tant ses pas étaient mal assurés. Il marcha, dépoitraillé, vers le petit bourreau qui se demandait comment il allait décoller une tête aussi bien accrochée. Quand le condamné arriva au billot, il se tourna vers le roi. On crut qu'il allait parler, mais il resta muet. Il avait appris depuis son plus jeune âge qu'un chevalier de haute race ne tremblait pas devant la hache. Il se mit à genoux et posa sa tête sur le billot.

— Qu'on le délivre ! répéta le roi.

Pierre Bétrouve leva sa hache trop lourde pour ses maigres bras et le fer s'abattit, faisant une large entaille dans la graisse du cou. D'Harcourt poussa un soupir contenu, le même que Brienne quelques années plus tôt. La hache se leva de nouveau et s'abattit de travers. Le sang giclait autour du billot, éclaboussant le bourreau qui s'acharnait. Il fallut huit coups de hache pour décoller enfin le gros chef qui roula sur les pavés. Un ruisseau de sang coulait en gros bouillons du corps qui bougeait encore.

Les gardes conduisirent le deuxième condamné, Mainemarres qui claquait des dents. Il eut plus de chance, le bourreau qui s'était fait la main l'expédia d'un seul coup. Les chevaliers massés près du roi avaient envie d'applaudir.

Il faisait froid, mais personne ne bronchait. Le roi, toujours immobile sur son cheval, attendait que l'exécution fût finie. Des gardes, improvisés aides du bourreau, tiraient les corps dégoulinants de sang sur un côté de la cour, prenaient les têtes par les cheveux, les entassaient dans un coin, et cela continua ainsi très tard dans la nuit. Enfin, quand ce fut fini, le roi fit faire demi-tour à son cheval, mit pied à terre.

— Mon fils, nous venons de remporter une grande victoire !

Il ne se trompait pas. La conjuration des Lys avait perdu ses principaux chefs ; il restait le cardinal de Varonne, sagement resté à Reims. À Paris, Étienne de Pleisson et ses hommes s'étaient heurtés à une défense bien organisée par Tancarville. Mis en déroute, beaucoup furent tués. Le seigneur de Vézelay eut de la chance et put s'échapper en se faufilant dans les ruelles comme un voleur de bourse. Combien d'années faudrait-il pour réorganiser l'armée secrète qui n'avait plus de généraux ? Désormais, Jean Ier ne pourrait compter que sur lui-même.

— Et la femme ? Sait-on où elle se trouve ? demanda encore le roi en se tournant vers Rincourt.

Audrehem, dont les hommes avaient mis au jour le complot et en qui le roi avait une grande confiance, vint au secours du chevalier blanc :

— On ne l'a point trouvée, Sire, mais les recherches continuent. Il ne faut cependant pas lui donner plus d'importance qu'elle n'en a. Ce n'est qu'une femme et tous ceux qui la servaient sont morts. Seule, elle ne peut plus rien !

— Tu as raison, dit le roi. Tout cela m'a donné faim, retournons manger.

Rincourt poussa un soupir de soulagement. Le roi montra un bel appétit. Il était d'humeur joyeuse et plaisanta sur la folle équipée qui lui avait permis de sauver sa couronne.

On lui prépara une chambre et il alla se reposer quelques heures. Les chevaliers et les écuyers, terrassés de fatigue, s'endormirent dans la salle du banquet sans prendre garde aux valets qui devaient les enjamber pour débarrasser les tables. Un seul ne s'abandonna pas au sommeil : Rincourt qui s'en alla vers les écuries…

— 10 —

Eugénie, profitant de l'affolement général, avait réussi à se faufiler jusqu'à l'escalier, mais elle dut rebrousser chemin : des gardes royaux condamnaient la porte d'entrée. Elle courut au milieu des domestiques et des hommes d'armes, tellement préoccupés par ce qui se passait dans la grande salle que personne ne fit attention à elle. Un deuxième escalier, au bout d'une sorte de cabinet, permettait de descendre au rez-de-chaussée. Aucune ouverture n'éclairait les marches, elle l'emprunta à tâtons, arriva à une petite porte fermée à double tour. Elle remonta jusqu'au petit cabinet d'où elle entendait ce qui se disait, le roi furieux et le dauphin qui parlementait. Elle tremblait pour ses amis. Quand Jean II parla d'aller chercher un bourreau, elle comprit qu'ils étaient perdus.

Une fois le calme revenu, le bruit des roues ferrées sur les pavés précéda les coups sourds de la hache sur le billot et le roi qui ne cessait de répéter : « Qu'on le délivre ! » Elle eut envie de se montrer. Le gros Jean d'Harcourt et la plupart de ses fidèles amis donnaient leur vie sans un mot de protestation, en martyrs. Le Valois gagnait donc. Une fois de plus, Dieu se trouvait du côté des voleurs de couronne, des assassins !

Les heures passèrent, interminables. Parfois des pas se rapprochaient, Eugénie frissonnait, car si l'on venait fouiller cette pièce, elle serait fatalement découverte. La hache cessa ses coups sourds, puis elle entendit le roi parler dans la salle du banquet. Où était Rincourt ?

Enfin, le château s'assoupit. On n'entendait plus que le cri des hulottes dans la forêt voisine. Eugénie se hasarda hors du cabinet. Elle ne pouvait pas s'échapper sans traverser la salle à manger dont elle ouvrit lentement la porte.

Dans la lueur chancelante des candélabres qui s'éteignaient, elle vit chevaliers, gardes, écuyers et domestiques qui dormaient, allongés sur le plancher ou affalés sur les tables. Elle eut peur que l'un d'eux ne donnât l'alerte et attendit un long moment.

Comme personne ne bougeait, Eugénie enjamba des corps inertes et put sortir sans être inquiétée. Dans la cour, personne n'avait songé à emporter les cadavres et les têtes. Du ciel tombait une clarté bleue qui ne laissait voir du carnage qu'un tas informe et menaçant. Des chiens léchaient le sang près du billot et de la hache abandonnée. L'odeur des chairs tranchées vivantes stagnait dans cette petite cour entourée de hauts murs. Eugénie s'éloigna. Les portes étaient restées ouvertes. Pas un garde ne veillait le long de la deuxième enceinte du château. Le pont était abaissé, les herses relevées. Les survivants de la Conjuration auraient pu prendre la place sans trouver la moindre résistance et cueillir le roi dans son sommeil. La jeune femme se rendit aux écuries, détacha un cheval qu'elle ne prit pas le temps de harnacher, lui sauta sur le dos et piqua en direction des douves. Un homme l'attendait là. Elle se laissa glisser de sa monture dont elle découvrit la robe pie. Le froid n'était pas excessif, un peu de vent animait l'ombre.

— Madame…

Rincourt était là, baissant la tête. Quand il leva les yeux, Eugénie vit les larmes rouler sur ses joues. Elle ne savait comment exprimer sa reconnaissance.

— Renoncez, je vous le demande une fois de plus ! fit Rincourt en s'essuyant les yeux avec la manche de son surcot.

— Après ce qui s'est passé ce soir, je ne renoncerai jamais ! dit-elle. Le monstre sera chassé.

— Il y a plus grave ! dit l'homme, beaucoup plus grave !

— Que voulez-vous dire ?

Elle n'osa pas ajouter : « Pourquoi ces larmes ? » comme si elle en devinait tout à coup l'origine.

— Je suis un misérable ! ajouta-t-il. Je n'ai que ce que je mérite.

Un gros soupir souleva sa poitrine. Eugénie resta muette face au désarroi du chevalier qui semblait chercher ses mots. Ce n'était pas dans ses habitudes de se laisser aller, elle eut la certitude qu'un nouveau drame les touchait tous les deux.

— Notre fils ! dit-il, le petit Renaud est mort !

— Quoi ?

Ce mot avait éclaté dans la nuit, un cri d'animal blessé.

— Noyé ! ajouta Rincourt.

Elle se pressa contre lui. Il passa son bras sur son épaule et la garda serrée un long moment.

— Vous pouvez aller, madame. Désormais plus aucun lien ne nous rattache l'un à l'autre.

— Si ! dit Eugénie, le chagrin qui ne nous quittera jamais.

Sans rien ajouter, elle se détacha de Rincourt, monta sur son cheval et s'éloigna au grand galop. Les larmes de Rincourt étaient autant de braises qui lui dévoraient le ventre.

Au château de Quevilly, à l'est de Rouen, Itteville et ses hommes attendaient qu'on leur amène les prisonniers.

Pour les rejoindre, Eugénie devait parcourir un peu plus d'une lieue dans une zone infestée de brigands. Elle piqua son cheval qui, fort heureusement, appartenait à la maison du dauphin et n'avait pas dépensé ses forces pendant la journée. Elle était bonne cavalière et put se tenir en croupe sans selle, les mains accrochées aux poils de la crinière. L'animal docile obéissait à la moindre pression de ses jambes, à la moindre inflexion de son corps.

Elle traversa les faubourgs, puis une forêt extrêmement dense. À la sortie, des hommes tentèrent de l'arrêter. L'un d'eux sauta au col du cheval qui se cabra, fit un écart et put s'échapper en profitant de l'ombre. Eugénie arriva enfin au Grand-Quevilly qu'elle contourna. Le castelet où le dauphin et ses frères devaient être enfermés se trouvait en dehors des murs. Mal défendu, il était peu surveillé par les autorités locales. Une horrible croyance planait sur cette construction ancienne dont le donjon en ruine rappelait un passé guerrier. On y avait brûlé, pendant la peste, une dizaine de sorcières dont les âmes maudites hantaient le lieu. Un prêtre de la maison d'Harcourt avait exorcisé l'endroit et y avait passé tout un mois sans le moindre ennui, raison pour laquelle on avait décidé d'y garder le dauphin et ses frères.

Eugénie arriva en trombe dans la cour. Les gardiens qui se trouvaient sur le chemin de ronde se précipitèrent, comprenant qu'un événement imprévu avait contrarié leurs projets. Eugénie descendit de cheval.

— Tout est perdu ! dit-elle. Les lys ne fleuriront plus.

Le chevalier d'Itteville qui commandait la petite garnison arriva. C'était un tout petit homme décidé portant un chapeau étroit sans bord. Il n'était pas très vieux, mais ses cheveux avaient blanchi dès sa vingt-cinquième année.

— Que se qui se passe-t-il ?

— Nous avons été trahis. Le roi a fait arrêter et exécuter nos amis. Jean d'Harcourt et les autres sont morts, la tête sur le billot. Navarre et les siens sont en prison. Jean II savait tout. Il ne nous reste plus qu'à fuir.

— Que n'y suis-je allé ? regretta-t-il. Je serais avec eux. Ma place était là-bas !

Eugénie s'effondra. Les coups sourds de la hache sur le billot, les râles des suppliciés et la mort du petit Renaud avaient eu raison de ses forces. Itteville la prit dans ses bras et l'emporta à l'intérieur. Il fit réanimer le feu qu'on avait délaissé et demanda qu'on apporte du bouillon chaud.

Eugénie murmurait des mots sans suite. Un écuyer aux grosses mains boudinées passait un linge humide sur son front avec la délicatesse d'une nourrice.

Le feu répandait une agréable chaleur, Eugénie sanglotait. Les hommes, tous rudes soldats habitués à vivre durement, respectaient le chagrin de cette femme d'apparence si forte. Elle s'agitait, à demi inconsciente, la sueur perlait à son front. L'écuyer aux grosses mains n'osait plus l'éponger et se tenait à côté d'elle, à genoux, son linge au bout des doigts.

Le lendemain matin, Eugénie était malade. Une forte fièvre allumait son regard. Du sang giclait dans ses pensées, des têtes roulaient autour d'elle, une voix rayée répétait : « Qu'on le délivre ! » Et le petit Renaud sombrait dans les eaux froides du Tréport.

Elle refusa qu'on aille chercher un médecin. À mesure qu'elle émergeait de ses cauchemars, une silhouette se précisait devant elle, celle de cet homme qui l'avait sauvée, cet homme qui voulait se battre pour que la paix revienne dans le royaume et qui pleurait. Elle se dressa sur les coudes, décidée à faire face à la réalité.

— Madame, dit Itteville dont les mèches blanches dépassaient de son chapeau étroit, nous ne pouvons nous attarder ici. Il suffit que l'un des nôtres ait été questionné pour que le roi vienne nous quérir et vous serez la première à poser la tête sur le billot.

Il avait raison. Ils étaient restés trop longtemps dans ce castelet à mauvaise réputation pour que les gardes de la ville n'aient pas repéré leur présence. Le coup de force du roi au château de Bouvreuil était dans toutes les conversations.

— Nous partons tout de suite ! décida Eugénie.

Dans la cour, les chevaux étaient prêts ; les chevaliers avaient revêtu leurs habits de guerre, cotte de mailles, bassinet sur la tête, chausses de fer, car ils redoutaient d'être attaqués. Eugénie se prépara rapidement, se mouilla le visage avec de l'eau froide. Dans la cour, on avait harnaché son cheval pie, un animal de petite taille qui lui avait fait si bonne impression la veille.

— Nous passerons par Reims, précisa-t-elle. Varonne sera averti et je veux m'entretenir avec lui de la suite à donner au massacre. Nous ne changeons rien au programme. Jean Ier et moi entrerons au mois de juin par la Provence avec le gros des troupes. Vous devrez nous préparer le terrain en disposant ce qui nous reste d'effectifs aux endroits difficiles…

Elle parlait ainsi, mais ses pensées étaient ailleurs et, sous son apparente détermination, la douleur l'écrasait.

Le groupe partit dans le matin brumeux. Le soleil ressemblait à une coupe blanche à travers un tapis laineux. Les oiseaux célébraient le printemps ; les vilains étaient déjà dans les champs.

Eugénie fuyait sa peine dans l'action. Elle roulait vers un destin qui l'avait happée et occultait le reste. La mort de Renaud, au lieu de l'anéantir, la poussait à agir. Elle galopait en tête. Son cheval, pris la veille dans l'écurie du dauphin, était exactement à sa taille. Parfait pour son corps de femme, le dos pas trop large mais assez pour assurer une bonne assise, il lui obéissait à la moindre sollicitation.

Deux jours plus tard, le groupe arrivait à Reims, dominé par son immense cathédrale. La ville des rois, entourée de vignes aux vins réputés, montrait son opulence par ses hautes murailles crénelées, ses nombreuses tours de garde reliées par un chemin de ronde et les flèches des palais des riches négociants. La peste avait pourtant fait ses ravages en rendant de bonnes terres aux friches. Les vignes qui n'étaient plus taillées couraient en longues lianes sur les aubépines et les jeunes arbres. La main-d'œuvre faisait cruellement défaut.

Eugénie et ses hommes entrèrent dans la ville. Le cardinal de Varonne, averti par un coursier, les attendait à la porte de l'archevêché qui occupait une petite colline en dessous de laquelle se tassaient les maisons. Informé du massacre de ses amis, il montrait une mine fermée. Cet homme très sanguin réagissait au froid ou à la tiédeur de l'air par la couleur de son visage qui allait du rouge grenat au rouge léger. Son nez ample et écrasé sur un visage gras aux lèvres épaisses, ses yeux globuleux aux lourdes paupières montraient le prélat tranquille qui passe beaucoup de temps à table et s'est affranchi des exercices du corps. On disait qu'il dormait douze heures par jour et ne faisait rien le reste du temps. Eugénie et ses amis savaient qu'au contraire, cet homme d'apparence molle et inoffensive était un être déterminé qui voyait tout à travers ses paupières mi-closes, qui comprenait tout, même ce qui ne se disait pas. Il avait des espions chez le pape et dans la plupart des cours européennes, de sorte que même le roi ne pouvait pas le faire décapiter sur un coup de colère.

Il accueillit ses amis dans son cabinet de méditation, dont on remarquait tout de suite le grand lit au fond de la pièce. « C'est ainsi, disait-il à ses visiteurs qui regardaient ce meuble insolite en un lieu de travail, je ne peux réfléchir qu'allongé. D'autres se reposent quand ils dorment, moi, je travaille ! » Cela faisait sourire les ambassadeurs, les envoyés du pape ou du roi qui comprenaient vite que ce paresseux, ce perpétuel endormi ne se laissait jamais abuser par un beau parleur.

— Ce qui s'est passé est un terrible coup pour nous, dit-il en laissant tomber ses paupières fatiguées sur ses prunelles qui gardaient toute leur profondeur. Les morts sont irremplaçables.

— L'homme qui décapite ses barons sans jugement ne mérite que haine ! répliqua Eugénie. Nous les vengerons ! Je vais rejoindre mon frère en Italie et rassembler l'armée promise par les cours d'Europe.

Le cardinal opina, mais ce geste d'acceptation montrait surtout ses doutes.

— La monstruosité du Valois a eu beaucoup d'influence sur les décisions de nos alliés. Le roi de Hongrie s'est mis en colère et a juré de doubler sa participation, mais ce ne sont que des paroles. Le pape restera neutre ; cet indécis n'osera pas choisir son camp de peur de se tromper et d'apparaître aux yeux de la postérité comme le pape qui a servi un usurpateur ou des régicides. Vous avez raison, madame, l'idéal est de rejoindre votre frère qui ne sait rien de ce qui se passe ici, de l'aider dans ses décisions, de rassembler des forces. Nous ne changeons rien, l'armée de Sienne attaquera en juin !

D'avoir parlé si longtemps avait fatigué le cardinal qui poussa un long soupir, se tourna vers la fenêtre éclairée d'un beau soleil d'avril.

— La campagne contre les Anglais va recommencer, poursuivit-il. On ne sait pas ce que va devenir le roi de Navarre, pour l'instant en prison. Souhaitons qu'il y reste le plus longtemps possible. D'ici, je commanderai ce qui reste des troupes des Lys. Dieu m'est témoin que c'est pour la justice !

À cet instant, des rats noirs sortis de sous le lit s'aventurèrent en pleine lumière, entre les pieds des chaises et autour de la robe rouge du cardinal.

— Mais qu'est-ce… On dirait les rats de la peste !

Effarée, Eugénie regardait les petits animaux qui couraient dans tous les sens pour échapper aux coups de balai des domestiques. La malédiction persistait. Que voulait lui exprimer Dieu en la harcelant ainsi ? La punir, parce qu'elle avait manqué à ses obligations les plus ordinaires ? Parce qu'elle avait abandonné ses fils pour voir mourir Benoît dans ses bras, puis le petit Renaud noyé dans les eaux froides du Tréport ? Non, c'était l'inverse : Dieu par la peste montrait sa réprobation, son refus d'un roi de France sanguinaire et injuste.

Le cardinal la rassura :

— Ce n'est rien, madame, simplement de petits animaux qui vivent dans l'ombre. On les croit maléfiques, mais vous êtes ici dans la maison de Dieu !

— En effet, il nous montre notre chemin.

Le lendemain, les premiers cas de peste étaient signalés autour de l'archevêché.

La peste. Encore et toujours la mal-mort. Depuis trois jours, le tocsin sonnait sans cesse, un bruit entêtant, qu'on entendait au plus profond de son sommeil. En 1349, la ville de Reims avait déjà payé un lourd tribut à la maladie. Elle se remettait lentement, et voilà que le mal de l'enfer la frappait de nouveau. Les vignerons avaient quitté leurs coteaux pour se terrer chez eux. Cette fois, la maladie ne sévissait que dans les quartiers pauvres et autour de l'archevêché. La peur faisait autant de victimes que la maladie. Au bout de deux jours, on compta cent trente morts, mais il y en avait sûrement beaucoup plus car on les cachait, on les enterrait de nuit dans son clos pour échapper aux mesures de la prévôté.

Ses effets restaient les mêmes : les prêcheurs surgissaient au coin des rues, sur les places, devant les églises. Personne ne nommait l'épidémie, on n'écrivait rien à son sujet tant on la redoutait. Écrire le mot peste était déjà une manière de l'invoquer, de l'attirer. On évitait même d'y penser et rares furent les témoins de cette deuxième offensive qui en parlèrent dans leurs mémoires ou leurs journaux quotidiens.

La foule se tassait dans les églises. Jamais les confessionnaux ne furent autant fréquentés et les troncs si bien remplis de belles pièces brillantes gardées jusque-là dans le secret d'une cachette. Les prêtres en profitèrent de nouveau pour appeler les paroissiens à une meilleure pratique, à l'observation scrupuleuse des dogmes de l'Église. Qui n'avait pas mangé de la viande interdite en carême ? Quel homme, dans le secret de son âme, n'avait pas espéré s'emparer des biens d'un prélat ou d'une riche personne ? Quelle femme n'avait pas rêvé, quand son mari l'approchait, que c'était un homme plus désirable ? Dieu ne se vengeait pas, il envoyait un nouvel avertissement.

La prévôté sut contenir les foules meurtries qui demandaient encore des victimes, des bûchers et du sang. Il n'y eut que peu de Juifs molestés, peu de sorcières lapidées, la lutte contre les forces infernales s'était organisée autrement.

Eugénie et ses compagnons restèrent enfermés dans l'archevêché où aucun cas de maladie ne fut signalé. Le cardinal de Varonne avait pris ses précautions et fait brûler de l'encens dans tout l'édifice, ce qui lui coûta une fortune mais le tint à l'abri du mal. Des boucs furent de nouveau attachés dans sa chambre et son cabinet de travail où il dormait une partie de la journée. Puis l'épidémie s'essouffla. Après quelques centaines de morts, la peste disparut comme elle était apparue. Le tocsin l'avait effarouchée, cela rassura tout le monde.

Le coursier qu'Eugénie attendait arriva enfin. Varonne avait dépêché ses meilleurs cavaliers en Gascogne. Ce qu'ils avaient appris était tellement incroyable qu'ils en informèrent le cardinal. Celui-ci prit le parti de dire la vérité à l'intéressée et la fit venir dans son petit cabinet.

— Voilà, dit-il, les hommes que j'ai envoyés à Aignan ont fait diligence et ont rapporté des nouvelles…

Aux précautions que prenait Varonne, Eugénie redouta un nouveau malheur.

— Rassurez-vous, votre Matthieu est bien vivant. C'est, dit-on, le garçon le plus fort du royaume !

Eugénie poussa un petit soupir de soulagement.

— Seulement, il a quitté le domaine.

— Ah bon ?

— Oui, il s'est engagé dans l'armée du roi de France !

— Que dites-vous ?

Elle tituba sur son fauteuil en face du cardinal. Matthieu au service de son ennemi ! Matthieu qu'elle devrait combattre !

— Rassurez-vous ! Il a été blessé pendant la bataille d'Agen contre les Anglais. Il se remet lentement. On dit qu'il a été pris en affection par un chevalier gascon, celui qui s'occupe des armées du roi et qui s'habille de blanc.

— Quoi ?

— M. de Rincourt, je crois qu'il s'appelle.

Eugénie resta un moment abasourdie. Le prélat qui avait compris n'insista pas, mais son regard en disait long sur ses pensées. Ses espions lui avaient appris l'existence et la mort du petit Renaud, le fils d'Eugénie et de ce Rincourt. Il précisa :

— Souvent, les voies du Seigneur nous semblent injustes. Pourtant, il n'agit que pour notre salut !

Les jours qui suivirent, Eugénie voulut écrire à Rincourt, lui dire tout ce qu'elle avait sur le cœur. Le chevalier blanc l'avait certes sauvée du billot, mais ne s'appropriait-il pas son dernier fils ? Ne cherchait-il pas à l'éloigner d'elle en faisant de Matthieu un soldat du Valois ? Elle n'arrivait cependant pas à exprimer sa révolte. La fureur l'écrasait et bloquait son esprit. Sa plume butait sur les mots, elle renonça et décida d'écrire à Matthieu lui-même, mais de mauvaises nouvelles de Sienne l'en empêchèrent. Étienne de Pleisson l'avertissait que rien n'était prêt pour l'attaque de juin : l'argent de l'empereur n'arrivait pas, sur les cinquante mille hommes promis par le roi de Hongrie, à peine dix mille étaient arrivés. Attaquer dans ces conditions en juin serait suicidaire : *Reportons d'un an*, proposait Pleisson. *La colère du Valois au château de Bouvreuil a scié l'arbre au tronc. Il faut attendre qu'il repousse.*

Varonne fut de cet avis, malgré l'insistance d'Eugénie qui avait hâte d'en finir.

— C'est sagesse que d'attendre, insista-t-il. Après ce qui s'est passé, notre prochaine attaque sera la dernière. Il faut qu'elle soit la bonne !

Eugénie passa l'été à Reims et eut le temps d'écrire à Matthieu. Ce fut Rincourt qui lui répondit : *Matthieu a été gravement blessé et ne doit sa survie qu'au dévouement du médecin qui s'est occupé de lui. Il ne garde aucun souvenir de sa vie à Aignan. Je ne cesse de lui parler de vous et de la grande dame qu'est sa mère.*

Les espions du roi avaient retrouvé la comtesse d'Anjou. Varonne reçut une délégation de Jean II le sommant de lui remettre sa protégée. Le cardinal assura qu'Eugénie s'était enfuie. Dieu ne lui tiendrait pas rigueur de ce mensonge pour la bonne cause.

Eugénie, sous bonne escorte d'une vingtaine de cavaliers, quitta Reims de nuit. À Château-Thierry elle poursuivit en direction de Troyes par des petites routes que connaissaient bien Geordin et Ripolet, hommes de confiance du cardinal. Au moment de partir, Geordin s'étonna du cheval pie d'Eugénie :

— Par les temps qui courent, voici une curieuse monture ! s'exclama-t-il.

— J'ai pris cet animal à Rouen dans l'écurie du dauphin. J'y tiens, il est exactement à ma taille !

Le premier soir, ils s'arrêtèrent à Châlons dans une auberge en bordure de la ville. Les rats firent irruption dans la cour, entre les jambes des chevaux. Surpris, les valets d'écurie s'armèrent de bâtons pour les chasser.

Prétextant la fatigue, Eugénie écourta le souper. Les hostelleries des petites villes n'offraient pas les commodités que l'on trouvait à Paris, Reims ou dans la plupart des grandes villes. Le nombre réduit des chambres obligeait les voyageurs à dormir ensemble, tellement serrés qu'ils devaient garder leur bourse bien cousue dans le revers de leur chemise pour ne pas risquer de se faire détrousser.

Éreintée, Eugénie gagna la chambre avant la fin du souper en compagnie des deux jeunes gardes chargés de la protéger. Ses autres accompagnateurs arrivèrent peu de temps après et se couchèrent sans manières. Alors, des rats se mirent à courir entre les paillasses, déclenchant des clameurs de protestation. Eugénie s'était dressée et regardait ces grands gaillards gesticuler et taper du pied.

— Curieuses bestioles ! dit Geordin, un petit homme tout en largeur et en force.

— La peste nous suit ! répondit Ripolet. D'abord à Reims, et maintenant, ici. Quelqu'un parmi nous attire ces animaux du diable !

Il avait levé les yeux sur Eugénie qui n'osa pas soutenir son regard. Comme les rats avaient disparu, tout le monde se coucha car la fatigue de la journée pesait sur les épaules.

Le lendemain, ils furent sur pied avec le soleil et descendirent se laver le visage dans le bac de la cour. Ils mangèrent un peu de pain, burent du vin et de la gnôle puis allèrent s'occuper des chevaux. Eugénie attendit qu'ils fussent sortis pour se nettoyer rapidement le corps avec l'eau d'une bassine. Elle dégrafa sa robe, sa chemise de laine, et commença à s'asperger la poitrine d'eau froide.

En face d'elle, à la hauteur de la cuvette où elle plongeait ses mains, un rat la regardait et semblait détailler son corps. Elle n'osa pas bouger, puis, prenant sa botte, elle le frappa vivement. L'animal esquiva le coup en se déplaçant de quelques pouces. Eugénie s'écria :

— Mais qu'est-ce que tu me veux ?

Elle lui avait parlé comme à un être humain, comme à l'envoyé du diable. Le rat sembla avoir compris et poussa plusieurs petits cris aigus. Enfin, il s'éloigna, se tourna de nouveau vers Eugénie comme pour lui dire : « À bientôt ! » puis disparut.

Les chevaux étaient prêts, les hommes s'impatientaient dans la cour. Elle les rejoignit. Aux portes de la ville, on parlait de plusieurs cas de peste. Eugénie et ses compagnons s'éloignèrent de Châlons comme s'ils fuyaient un endroit maudit et chevauchèrent une grande partie de la journée. Les rats qui se montraient à chaque halte les exaspéraient.

La deuxième journée fut plus longue que la première. Ils arrivèrent de nuit à Saint-Dizier, s'arrêtèrent dans la première auberge qui put les accueillir et demandèrent à manger. Les rats étaient présents dans la cour et les valets d'écurie leur firent une belle chasse. Les voyageurs étaient excédés. Ils n'avaient rien mangé depuis le matin, mais une fois attablés, l'appétit leur manqua. Eugénie, assise au milieu d'eux, les observait. Cette fois, elle ne pouvait pas en douter : le teint blafard de certains, la peau de leurs joues où se dessinaient des plaques grises, les boutons rouges indiquaient qu'ils étaient malades. Elle n'en dit rien. Ils boudèrent les bonnes sauces de l'aubergiste qui en fut vexé. Enfin, ils allèrent se coucher, se plaignant d'un mal de reins persistant, de douleurs aiguës aux entrailles. Dans la nuit, plusieurs claquaient des dents et se mirent à délirer. Eugénie leur apporta la cruche d'eau, mais ils n'avaient pas soif, ils étaient déjà du côté de la tombe.

À l'aube, sur les dix hommes qui l'accompagnaient, six étaient cloués sur leur paillasse, délirant et vomissant du sang noir qui sentait atrocement mauvais. Parmi les rescapés, Geordin et Ripolet ne se faisaient pas d'illusions. Si on découvrait que la peste avait frappé leur groupe, ils ne pourraient plus sortir de la ville et seraient mis à mort.

— On s'en va sans rien dire à personne ! dit Geordin.

Dans les auberges, la coutume voulait que l'on paie à l'avance la nuit et le repas pour éviter que les clients indélicats n'oublient de régler leur note une fois repus et reposés. Abandonnant leurs camarades à leur terrible sort, Eugénie et les survivants sortirent de la ville sur des chevaux encore fatigués. Quand ils furent assez loin pour ne pas risquer d'être surpris par une patrouille, Geordin arrêta son cheval à l'orée d'une petite forêt. Il avait dû se concerter avec ses camarades car il parla en leur nom :

— Madame, il y a tricherie. Notre accord était de vous emmener sans encombre en Italie, mais personne n'avait mentionné la peste ! Et devant la peste, il n'y a pas d'accord ni de contrat qui tienne !

Il la regardait fixement. Ce petit homme aux larges épaules avait du pouvoir sur les autres qui l'écoutaient. Il parlait peu mais juste, et cela suffisait à asseoir son autorité.

— Moi non plus, je ne savais pas que la peste serait à nos trousses ! répondit Eugénie.

— Oui, mais cela change tout. Votre cheval aurait dû nous avertir. N'est-il pas celui de la faucheuse ?

Il s'éloigna. Eugénie le rattrapa :

— Que va dire le cardinal qui a toute confiance en vous ?

— La peste est œuvre du diable ! Monseigneur comprendra !

— Mais vous n'avez pas le droit ! Je suis la fille de la reine Clémence !

Geordin fit un signe aux autres et ils s'éloignèrent. Ainsi la peur de la peste était-elle capable de faire se renier les hommes les plus forts ! Le bruit des sabots s'éteignit et il ne resta que les collines parées par l'automne de vives couleurs. Une manse se trouvait au bout de la route, une fumée noire sortait de la cheminée. Dans la prairie voisine, des fillettes gardaient un troupeau d'oies. La vie était paisible dans ce coin de campagne qui semblait avoir été oublié par les catastrophes des temps.

Indécise, Eugénie regardait autour d'elle, la peur au ventre. Comment allait-elle se protéger des malandrins ? Où allait-elle passer la nuit prochaine ? Il n'était pas pensable qu'elle aille seule dans une auberge et les forêts étaient infestées de voleurs !

D'un mouvement des talons, elle relança son cheval comme pour échapper aux menaces qui l'entouraient, mais où qu'elle soit, les risques resteraient les mêmes.

Le soir, le ciel se couvrit. Il faisait presque chaud ; l'orage s'annonçait. Eugénie avait évité de passer près des villes pour ne pas attirer l'attention des gardes et des vigies. Elle pensait à François d'Auxerre. Était-il encore à Vézelay ?

Le ciel s'étant couvert de nuages sombres, la nuit tomba plus vite que d'habitude. Eugénie s'arrêta près d'une fontaine pour boire. Le tonnerre grondait, les premières gouttes s'abattaient sur les branches nues des arbres avec un roulement sourd. Aveuglée par la pluie qui ruisselait sur son visage, elle poursuivit au hasard d'un sentier de plus en plus encombré, visiblement abandonné depuis des années. L'orage s'en alla comme il était arrivé, laissant un ciel étoilé. Elle arriva à un village en ruine. L'endroit était désert depuis longtemps, les ronces poussaient dans les rues, des arbres avaient grandi au milieu des habitations sans toiture, là où les hommes avaient vécu.

Elle hésita un instant car son cheval avait frémi, flairant probablement un danger. Elle avança dans la rue principale envahie par les grandes herbes et des lianes qui montaient à l'assaut des murs défoncés. Les rats étaient là, par centaines, grouillant sur les éboulis et surtout devant l'église démolie.

Il n'y avait personne. Eugénie entra dans une maison dont il restait encore la table, les bancs, la cheminée avec du bois couvert de toiles d'araignées. Elle passa à l'écurie. Les rats s'étaient rassemblés à l'entrée et semblaient monter la garde. L'endroit était sinistre, mais tellement désolé qu'il n'intéressait plus les voleurs depuis longtemps. Elle tapota son cheval pour qu'il se couche ; l'animal lui obéit, bien qu'il semblât inquiet. Elle s'assit contre son flanc et, l'épée à la main, tenta de s'endormir.

Des voix d'hommes la réveillèrent. Le jour s'était levé, elle avait dormi d'une traite. Le cheval s'ébroua et se mit sur ses jambes. On parlait encore quelque part. Eugénie, tenant fermement son épée, s'approcha de la porte où les rats grouillaient toujours. Ils s'écartèrent comme pour la laisser passer. Les hommes qui parlaient se trouvaient près des murs écroulés dont on avait pris les pierres pour d'autres constructions. Retenant un âne chargé de sacs, les vilains regardaient dans la direction d'Eugénie. La jeune femme, qui ne craignait pas ces miséreux, se mit en selle. Alors ils tombèrent à genoux, la suppliant de les épargner. Comme elle s'approchait d'eux, ils détalèrent à toutes jambes.

— 11 —

Depuis combien de semaines, de mois, d'années, Geoffroi d'Eauze était-il enfermé dans cette minuscule niche qu'on appelait une oubliette à la cour de Navarre ? Combien d'ennemis du petit roi étaient morts ainsi, recroquevillés, les os soudés par l'impossibilité de bouger ? Ces cages prévues pour des hommes de taille moyenne laissaient un peu de liberté aux plus petits, mais l'énorme corps de Geoffroi d'Eauze y était comprimé, écrasé, détruit.

Marthier, le geôlier qui lui apportait sa cruche d'eau et le pain qui lui permettaient de survivre, était un petit homme bossu et contrefait comme s'il avait lui-même séjourné dans les oubliettes de son maître. Ce n'était pas un mauvais bougre, Eauze avait remarqué son regard franc et plein de pitié, mais ici, personne ne s'avisait de désobéir à Charles le Mauvais qui avait la punition rapide et exemplaire. Un jour, Marthier arriva avec son habituelle cruche d'eau, mais sans le pain qu'il portait ordinairement de la main gauche. Il déverrouilla la porte aux barreaux de fer et l'ouvrit, ce qui laissa le prisonnier indifférent car il était incapable de se libérer seul.

— C'est bien fait pour lui ! dit enfin Marthier en soulevant la cruche et la cassant dans un mouvement de colère. Remarquez, les autres ne valent pas plus cher !

— Qu'est-ce qui se passe ? demanda Eauze d'une voix rauque.

— Le roi Jean II a mis Charles en prison et le menace de le faire exécuter dans les jours qui viennent. On dit que ses biens vont être confisqués. Sa sœur est venue vous chercher.

Eauze voulut bouger, mais n'y parvint pas. Il avait perdu beaucoup de poids, ce qui n'empêchait pas son grand squelette d'être toujours aussi coincé.

— Je vais vous aider à sortir de ce trou.

Il tira sur la main libre du prisonnier qu'il parvint à extirper. Eauze roula au sol, boule informe qui ne réussissait pas à se déplier. Une torche avait été allumée, il se mit les mains devant les yeux en poussant un hurlement.

— Qu'est-ce qui vous arrive ? demanda Marthier. C'est la lumière qui vous fait mal !

— La lumière et tout le reste. Mes jambes sont soudées, tout mon corps n'est que douleur. Je ne peux pas bouger !

Une silhouette blanche arriva, fit le tour du pauvre Eauze recroquevillé, se pencha, voulut se presser contre lui quand il poussa un rugissement.

— Mon ami ! s'écria Blanche, que vous a fait ce monstre ? Je lui avais dit de vous punir, mais pas à ce point ! Enfin, vous aurez compris ce qu'il en coûte de tromper Blanche de Navarre. Cessez de faire le petit garçon. Venez, je vais demander qu'on vous prépare un bain, vous puez pire qu'une charogne. Allons, debout !

Eauze gémissait comme un cheval à qui on a coupé les tendons. Incapable de bouger ses jambes et son torse, il agitait les bras. Son énorme tête aux cheveux collés en plaques épaisses, sa barbe agglutinée en pinceaux lui donnaient l'allure d'un monstre, un ours sans jambes.

— Bon, dit Blanche à Marthier, allez chercher une charrette et des gens pour vous aider, il faut le sortir de là.

Beaucoup de domestiques s'étaient approchés dans l'escalier pour assister à la scène. Ils s'attendaient à voir sortir Eauze comme un énorme diable, cassant tout sur son chemin, au lieu de cela, ils avaient devant eux une espèce de gros insecte renversé sur le dos, incapable de se mouvoir. Ils furent tous volontaires pour aider Blanche. Six hommes forts empoignèrent Eauze pour le porter à l'étage. Le géant ne cessait de grimacer, de s'en prendre aux maladroits qui maltraitaient ses jambes ankylosées, ses muscles raides. Ils le déposèrent dans le salon où le roi de Navarre aimait recevoir ses amis. Blanche se comportait comme chez elle, sachant bien que les majordomes de son frère ne viendraient pas la contrarier.

— Qu'on remplisse une baignoire d'eau tiède. Cet homme empeste.

Quand la cuve fut pleine d'eau fumante, les six serviteurs tentèrent de déshabiller Eauze qui menaçait de les écraser dès qu'il aurait retrouvé l'usage de ses membres. Ils découpèrent ses vêtements, le portèrent dans la cuve où des femmes se mirent à le brosser, le savonner et le récurer. Il se laissa faire. La chaleur de l'eau apaisait la douleur de ses membres qui retrouvaient un peu de mobilité.

— Combien de temps suis-je resté dans cette cage ?

— Un peu plus d'un mois ! dit Blanche qui s'amusait beaucoup de le voir palpé par les jeunes servantes. Si mon frère n'était pas en prison, tu y serais resté des années, jusqu'à ce que tu meures…

Ses yeux s'étaient habitués à la lumière des candélabres et il voyait de nouveau la reine debout à côté de la cuve. Espérait-elle qu'il allait se relever fringant et dispos ? Eauze ne pouvait toujours pas déplier ses jambes. Il fallut le sortir du bain comme un énorme bébé sous les yeux des femmes qui retenaient des rires complices.

Quand il fut séché, son corps velu recouvert d'une robe épaisse, Blanche ordonna :

— Qu'on l'apporte sur un lit et qu'on lui donne à manger.

Blanche lui tint compagnie toute la nuit et s'énerva beaucoup qu'il ne puisse pas accomplir ce qu'elle attendait de lui. Avec patience, elle l'aida à déplier ses jambes, les fit manœuvrer lentement. Il grimaçait, retenait des cris de douleur.

— Tu vas t'en tirer parce que tu es encore jeune et robuste, mais il ne faudra pas recommencer !

Elle lui parlait comme si c'était lui le fautif ! Il l'était un peu puisqu'il avait voulu la quitter ; dans les mauvais coups, le frère et la sœur s'entendaient toujours.

— Qu'est-ce que tu vas faire, quand tu seras rétabli ?

— Je vais rejoindre mon suzerain le prince de Galles et me battre à son côté.

— Voilà une sage décision ! Je t'aiderai, mon chevalier. Tu es invincible et le Valois va payer très cher ses audaces et sa trahison envers mon frère qui est son gendre.

Pour Eauze comme pour tous les seigneurs du Sud, la France avait des contours imprécis. La hiérarchie féodale n'avait pas de frontières locales : le vassal était lié au suzerain et celui d'Aquitaine était un Anglais. La détestation des gens du Nord qui avaient détruit les cathares et mis le Midi sous leur coupe en implantant des nobles comme Guy de Rincourt et bien d'autres avait poussé les notables locaux vers le prince d'outre-Manche qui les avait toujours respectés.

— J'ai trop tardé à me rendre à Bordeaux, chez mon prince. Pourvu que ces foutues jambes veuillent remarcher, je saurai me faire pardonner mon retard.

Une semaine passa. Blanche eut la prudence d'emmener son chevalier dans sa maison de Melun. Les nouvelles de son frère n'étaient pas bonnes. Charles de Navarre avait été enfermé dans des forteresses isolées, d'abord à Crèvecœur, ensuite à Arleux, près de Douai. Le petit roi vivait dans la terreur. Jean II faisait construire un échafaud sous ses fenêtres, puis le bruit strident d'une hache que l'on aiguisait traversait les murs de sa prison. Souvent, au lever du jour, des gardes se présentaient avec un prêtre pour lui annoncer que l'heure était venue d'aller devant le bourreau. On l'emmenait dans une arrière-cour où il pouvait voir un billot sanguinolent, puis on le reconduisait dans sa cellule en lui disant que l'exécution était retardée de quelques heures. Il ne mangeait plus, ne dormait plus et dépérissait. Le beau parleur avait perdu sa verve.

Il fallut plus d'un mois à Geoffroi d'Eauze pour retrouver l'usage de ses jambes, toujours un peu lourdes. Il put recommencer à monter à cheval et s'entraîner aux armes.

Le jour du départ, différé de nombreuses fois, arriva enfin. Blanche serra très fort son chevalier contre elle :

— Tout va bien ! dit-elle. À Paris les bourgeois s'agitent. Étienne Marcel est avec nous. Les impôts ne rentrent pas et on ne fait pas la guerre avec des navets. Mon jeune frère Philippe est avec le Prince Noir. Rejoins-les, c'est ce que tu as de mieux à faire. Il faut battre ces crapules de Valois !

Blanche avait gardé des déceptions de son mariage avec le vieux Philippe VI une sorte d'animosité contenue contre Jean II qui ne se manifestait qu'en certaines occasions. Son frère aîné qu'elle aimait tendrement était entre ses mains, elle pouvait donner libre cours à sa rancœur.

— Tu vas partir avec une délégation de trente chevaliers de Navarre qui seront sous ton commandement. Vous allez courir à la rencontre de l'armée du Prince Noir, notre ami. Je t'attendrai, nous nous retrouverons à la fin de la saison, la guerre sera finie et le Valois aura perdu son trône.

— À qui ira la couronne de France ?

Blanche n'ignorait rien de la politique et de la conjuration des Lys que Jean II avait décapitée.

— Elle reviendra à qui de droit, à celui qu'un collège de juristes et de pairs du royaume aura désigné.

C'était suffisamment vague pour ne pas engager la jeune femme, suffisamment précis pour que Eauze y trouve ce qu'il voulait.

— À bientôt, ma mie. Je redeviens ce que je n'aurais jamais dû cessé d'être, un soldat.

Dix jours plus tard, Eauze et ses amis arrivaient à Bordeaux. Ils rejoignirent aussitôt les troupes du Prince Noir, parties en campagne depuis le mois de mai. Eauze retrouva son vieil ami, le comte de Marmande. Ils avaient le même appétit d'ogre, la même manière de s'insurger pour un rien et le même goût de la bagarre. Jean de Marmande, moins puissant que son vassal, était toujours fier de chevaucher à ses côtés, de raconter ses exploits en tournoi, ses joutes mémorables. Ils conversaient en langue d'oc, Eauze éprouvait un réel plaisir à prononcer des mots, des phrases dans ce parler de son enfance, synonyme de bonheur, de liberté, alors que la langue d'oïl semblait lourde, râpeuse, aussi épaisse que les brumes du Nord.

— En prison, Charles souffre la peur de mourir à chaque instant. Son frère, Philippe, avance en Normandie avec Lancastre. Jean II prépare son armée pour l'arrêter !

Eauze secoua sa grosse tête nue. Sa place naturelle était certes ici, avec son suzerain, mais il souffrait de se trouver aux côtés de Philippe de Navarre pour délivrer son ancien maître. Il gronda :

— Navarre m'a fait endurer tous les supplices, je veux bien me battre, mais plus jamais à ses côtés !

— Son frère est loyal. Philippe va devenir le chef de la maison de Navarre. Charles va être assassiné en prison, c'est en tout cas ce qui se murmure. Philippe est un véritable chevalier et tu peux lui faire confiance !

L'armée du Prince Noir était partie rejoindre celle de son frère Lancastre en Normandie. Le but était de former un mur allant de la basse Seine au Massif central, un front unique qui aurait vite raison du Valois. Il n'était pas question de se surcharger et de retarder la trop lente progression des dix mille hommes et deux mille chevaux en emportant des provisions. Les Anglais avaient l'habitude de se servir sur place. Ainsi les opulentes villes de Charente et du Limousin furent-elles dévastées, pillées, les plus belles femmes violées et le soir, pour chasser la nuit, des quartiers entiers furent brûlés.

Ils remontaient par petites étapes vers la Normandie, saccageant au passage Châteauroux, Bourges, Vierzon. Ils s'arrêtèrent à Romorantin où les habitants et le sire de Boucicaut leur opposèrent une défense farouche. Le Prince Noir, habitué à voir les villes d'importance lui remettre leurs clefs sans bataille, en fut offusqué et mit un point d'honneur à prendre cette petite place. Plusieurs assauts furent repoussés par les assiégés qui montrèrent beaucoup de bravoure. Les Anglais mirent le feu à la ville, puis poursuivirent leur route vers la Touraine. Cette démonstration de force était destinée à démoraliser les troupes françaises.

Jean II disposait de quarante mille hommes, mais au sein de cette armée disparate, mal équipée, plusieurs factions s'affrontaient ; des rivalités rendaient difficiles une cohésion et un commandement efficace.

Guy de Rincourt savait bien qu'il faudrait beaucoup de chance pour éviter la catastrophe. Il chevauchait en compagnie du roi et de ses deux fils, Charles et Philippe, des maréchaux Audrehem et Jean de Clermont. Matthieu, son écuyer, ne le quittait pas. Une barbe naissante salissait son menton. Sa grande jeunesse lui valait l'admiration de beaucoup de chevaliers car c'était un parfait jouteur. Sa blessure aux portes d'Agen lui laissait une large bande de peau claire sans cheveux sur le crâne. Les os s'étaient ressoudés, mais un peu de travers, ce qui lui faisait un front dissymétrique, le sourcil droit plus loin de l'œil que le sourcil gauche qui semblait, au contraire, écrasé sur la paupière.

Jean II avait décidé de rassembler l'ost à Chartres à la fin du mois de juin 1356. Les bannières de ses vassaux avaient traversé les terres de Beauce, ravageant les blés en épis, se nourrissant chez l'habitant. Cela n'avait pas d'importance : Jean II allait enfin guerroyer et montrer sa vaillance au monde. Le créateur de l'ordre de l'Étoile, le preux chevalier n'avait connu que des défaites et rêvait d'une victoire éclatante. L'occasion se présentait : le duc de Lancastre marchait sur Pont-Audemer et poursuivait nonchalamment sa route vers le centre de la Normandie.

Depuis le coup de force de Rouen, le roi tenait Rincourt à l'écart. La comtesse d'Anjou lui avait échappé une fois de plus. Il avait dépêché Jocelyn Lebœuf, son ancien barbier devenu son homme de confiance, à la tête d'une cinquantaine de lansquenets pour la retrouver. Sans résultat.

Si Rincourt n'avait pas été le seul à pouvoir faire des miracles auprès de l'armée qui manquait de tout, il aurait probablement payé de sa tête ce nouvel échec du roi. À Chartres, Jean II dut remettre en ordre les bannières qui s'étaient égaillées dans le pays au hasard des villages et des fermes. Il annonça qu'ils allaient barrer la route à Lancastre qui se rapprochait de Conches. Enfin un peu d'exercice pour ces hommes qui patientaient depuis des semaines ! La lourde armée se mit en marche. Des émissaires rapportèrent que l'ennemi disposait de moins de deux cents chevaliers en armes. Jean II éclata d'un grand rire : enfin, il la tenait, sa victoire !

Il arriva à Conches ; les Anglais avaient incendié la forteresse et s'étaient enfuis. Le roi-chevalier se sentit pousser des ailes. Il décida qu'on les poursuivrait jusqu'à Breteuil. Mais une fois en vue de Breteuil, les éclaireurs lui apprirent que l'ennemi était parti vers Verneuil. « Nous les taillerons à Verneuil ! » s'écria le Français. Les hommes et les chevaux étaient harassés, cela n'avait pas d'importance ! À Verneuil-sur-Avre, les Anglais s'étaient encore enfuis, brûlant et pillant tout ce qui pouvait l'être. Jean II, certain de mettre en pièces ces combattants poltrons, ordonna qu'on leur fît la chasse. L'armée anglaise se trouvait près de Laigle, là où, curieuse coïncidence, M. d'Espagne avait été navré de soixante-dix-sept coups d'épée. Le souverain se lança à ses trousses, mais fit ralentir son cheval en passant devant l'auberge La truie qui file, et pensa à la femme qui avait donné le premier coup à son ami. Il la retrouverait plus tard, il en faisait le serment, mais il devait d'abord écraser les Anglais et les Navarrais !

L'ennemi était enfin en vue, le roi donna l'ordre de se mettre en bataille, mais Audrehem s'interposa. Les hommes étaient trop fatigués, les archers avaient les pieds en sang ; les chevaliers, à chevaucher depuis des jours, avaient les fesses si douloureuses qu'ils ne pouvaient tenir une heure de plus en selle. Contraint, Jean II décida d'attendre.

Une armée entière contre une poignée d'Anglais, cela sembla trop facile au Valois. En homme d'honneur, il proposa au duc de Lancastre une bataille pour le lendemain, avec un nombre égal de combattants de chaque côté. Lancastre répondit qu'il voulait réfléchir. Quand le jour se leva, il était parti.

Les Anglais fuyaient vers le sud. Jean II décida de retourner à Chartres dissoudre l'ost. Pour ne pas laisser dire qu'on avait dépensé beaucoup d'argent pour rien, au retour vers Paris, il voulut reprendre Breteuil.

— Nous allons montrer à ces Anglais ce qu'il en coûte de résister au roi de France ! s'écria-t-il en donnant l'ordre de combler les fossés et de construire un beffroi, une tour de bois, comme cela se faisait dans les anciens sièges.

Pendant plusieurs semaines, terrassiers, charpentiers travaillèrent jour et nuit à construire l'impressionnant assemblage de trois étages qui pouvait accueillir plus de cent chevaliers sur chaque plateforme. Le roi allait des uns aux autres et les encourageait : « Plus tard vous direz : "J'y étais !" Et on vous regardera avec respect et envie ! »

La tour d'assaut était si lourde qu'il fut bien difficile de la déplacer le long des murs. Les ennemis mirent le feu aux mèches de leurs bombardes et l'édifice s'écroula en flammes, tuant les centaines d'hommes qui y avaient pris place. Breteuil se rendit pourtant : les Anglo-Navarrais avaient à faire ailleurs.

On arrivait à la fin août quand on apprit que le Prince Noir avait passé la Loire à Meung. Le Valois fit faire demi-tour à son armée. L'Anglais qui n'avait pu rejoindre son frère Lancastre se vit en grande infériorité et voulut fuir de nouveau vers Bordeaux. Jean II, averti assez tôt de cette manœuvre, pressa ses troupes pour lui couper la route. L'opération réussit près de Poitiers. Le prince anglais et quelques milliers d'hommes se réfugièrent sur une petite colline au bord du Miosson. Entourés par l'armée française, ils n'avaient aucune chance de l'emporter et le fils d'Édouard III accepta de négocier sa reddition. Il accepta tout ce qu'on lui demandait : libérer les prisonniers faits la veille, libérer les places fortes occupées depuis deux mois, signer une trêve de sept ans. Refus de Jean II qui voulait sa bataille et sa victoire.

Pendant ce temps, les Anglais s'activaient. Avec l'énergie du désespoir, ils se mirent aussitôt au travail : ils plantèrent sur les abords de la colline des piquets de bois très pointus à hauteur de l'abdomen des chevaux. Les archers prirent place dans un repli de terrain qu'ils aménagèrent à leur façon.

Jean II, apprenant que les flancs de la colline étaient impraticables par les cavaliers, décréta que la bataille se ferait à pied. Ses capitaines s'y opposèrent, mais le roi ne voulut rien entendre, il ordonna aux lourds combattants de descendre de leurs montures, d'alléger autant qu'ils le pouvaient leurs armures, de couper leurs lances, trop longues pour un combat de piétons. Audrehem et Jean de Clermont étaient du même avis : on courait à la catastrophe.

— Sire, nous perdons tout notre avantage. Même allégés, nos hommes sont trop lourds pour courir.

Le roi obstiné insista :

— Nous nous battrons à pied, comme autrefois. Il n'est de belle bataille qu'à pied !

— Il nous envoie à la mort ! s'emporta Rincourt à l'adresse de Matthieu d'Eauze qui n'avait jamais assisté à pareille opération.

Enfin tout le monde fut prêt. Les lourds chevaliers comme des insectes maladroits se lancèrent à l'assaut. Ils furent accueillis par une pluie de flèches. Le roi avait constitué sa propre escouade. Monté sur son cheval en compagnie de ses fils, il était entouré d'une centaine de barons dont Rincourt et le jeune Matthieu. Les assaillants, commandés par des chefs qui ne s'entendaient pas, avançaient en désordre. Les Anglais se défendaient avec acharnement comme ceux qui n'ont plus rien à perdre et comprirent vite qu'ils pouvaient tirer avantage des discordes françaises. Du haut de leurs chevaux, ils taillèrent en pièces les chevaliers transformés en piétons, pendant que les archers harcelaient les cavaliers qui s'approchaient par les ailes. Le corps à corps eut lieu dans les vignes qui descendaient mollement vers la petite rivière. Les hommes du Prince Noir ne cédèrent pas un pied de terrain. Dominant la mêlée, un géant qui dépassait les autres de deux pieds faisait tournoyer son épée de soixante livres. Il poussait de gros jurons et sa voix rappela à Matthieu quelque chose de profondément enfoui en lui, un souvenir venu d'ailleurs. Il ne voyait que le regard noir par la ventaille ouverte et ce regard le retenait, comme si c'était le sien. Il leva l'épée contre le colosse qui l'évita. Rincourt lui ordonna de s'écarter :

— Écarte-toi ! Celui-là, je m'en charge.

Les deux hommes s'affrontèrent. Une fois de plus, la puissance du chevalier d'Eauze eut raison de son adversaire qui revint à la charge. Ils luttèrent ainsi longtemps, l'un profitant de sa force et de son poids, l'autre de son extraordinaire souplesse. Plus rien n'existait pour eux que ce corps à corps, ce combat véritable. Autour d'eux, les chevaliers français se faisaient massacrer. Il y avait beaucoup de morts, des blessés qui appelaient au secours. Les archers anglais se faufilaient pour récupérer leurs flèches fichées dans les corps car les munitions leur manquaient. Eauze et Rincourt mus par une rage profonde d'en finir se battaient encore quand on annonça la déroute française. La nuit était proche.

— Le roi de France s'est rendu à l'Anglais. Il est prisonnier ! cria quelqu'un.

— Le roi ? s'écria Rincourt, rompant le combat. Viens, ajouta-t-il à l'adresse de Matthieu, et ils firent faire demi-tour à leurs chevaux.

— Voilà que tu fuis comme un lapin ! hurla Eauze. Reviens donc que nous en finissions une bonne fois pour toutes !

— Nous nous retrouverons, sois-en sûr ! répondit Rincourt déjà loin. Tu ne perds rien pour attendre !

Quand il apprit la captivité de Jean II, le cardinal de Varonne se mit en colère et écrivit à son ami Étienne de Pleisson : *Franchement, le Valois est en dessous de tout ! Voilà qu'il se fait battre et capturer par une poignée d'Anglais. Mais cela fait nos affaires : Édouard III est avec nous. Il va vouloir profiter de la situation, nous lui donnerons un peu d'or. Ensuite, le prisonnier pourrait bien succomber à une maladie d'entrailles. A-t-on des nouvelles de la comtesse d'Anjou ? J'ai su par un rescapé de l'expédition que mes deux hommes de confiance, Geordin et Ripolet n'avaient pas résisté à la terreur de la peste et l'avaient abandonnée dans la région de Saint-Dizier avant de périr à leur tour.*

Pleisson répondit qu'il envoyait ses émissaires dans les cours amies afin de récolter les fonds nécessaires pour « délivrer » le Valois. *Le mal d'entrailles l'emportera au printemps prochain. Jusque-là, nous aurons le temps de faire traverser les Alpes aux troupes de notre roi, Jean Ier, et de les disposer autour de Paris,* écrivait le maître de Vézelay. *J'ai appris que le dauphin s'est nommé régent. Cela ne change rien à notre affaire, mais doit nous inciter à la vigilance : le jeune Valois est meilleur politique que son père et aussi retors que son cousin de Navarre.*

J'ai envoyé des hommes sur le terrain pour tenter de retrouver la comtesse d'Anjou, mais les nouvelles ne sont pas bonnes. J'ai pris la liberté de faire part de mon inquiétude au jeune moine, François d'Auxerre, qui s'est retiré au monastère de Vézelay. Je sais toute l'affection qu'il porte à notre amie et il va lui aussi se mettre en campagne pour la retrouver.

— 12 —

Dans un mouvement de colère, Eugénie arrêta son cheval, dégaina son épée et fit face aux villageois montés sur des mules et des ânes. Tous juraient l'avoir vue tendre les bras vers les villes et les maisons où la peste s'était aussitôt déclarée. Ils l'avaient surprise à genoux dans une clairière en train de parler à un homme aux pattes fourchues. N'avait-elle pas abordé des voyageurs en leur tenant des propos lascifs ?

L'épidémie avait repris dans la région de Saint-Dizier jusqu'à Chaumont. Le tocsin sonnait. La femme à la faux était partout à la fois, montée sur son cheval pie qui ne touchait pas le sol et dont les sabots lançaient des éclairs.

— Qu'est-ce que vous me voulez ?

Elle piqua son cheval en direction des vilains qui s'enfuirent en poussant des cris de terreur. Elle ne pouvait pourtant pas entrer dans le village, bien défendu par des hommes en armes qui ne reculeraient pas. Elle s'éloigna, une fois de plus, prisonnière de sa fuite.

À la tombée de la nuit, quand la lumière commença à décliner, elle chercha une ruine. La région n'en manquait pas, elle s'arrêta près d'un château isolé. Là encore, personne ne viendrait la déranger puisqu'il n'y avait rien à voler. À côté d'une montagne de pierres envahies par la végétation, se trouvaient des maisons sans toit, des restes de murs mangés par les ronces. Le treuil d'un puits rouillait au-dessus de monceaux de poutres pourries, preuve qu'il restait peu de vilains dans les parages pour en faire du bois de feu. Les anciennes rues n'étaient plus que des sentiers fréquentés par des chèvres.

Le cheval avançait lentement entre les éboulis. Le soleil s'était couché ; des chauves-souris avaient commencé leur chasse désordonnée. Un peu en dehors des ruines, une fumée montait entre les arbustes d'un bosquet. Son épée à la main, Eugénie se laissa glisser de son cheval et s'approcha discrètement. Un chien aboya, un homme se dressa, grand et robuste, le visage couvert de barbe, un bonnet de laine rouge sur la tête. Il appela son chien qui lui obéit, mais l'animal continuait de grogner. Il découvrit la femme et son cheval qui broutait les grandes herbes poussées entre les cailloux. Il parut rassuré et se mit à rire :

— Qu'est-ce que je vois ? Une belle perdue à cette heure ! Mais c'est le diable qui me l'envoie !

Ce qu'Eugénie redoutait se confirmait. C'était un de ces coureurs de grands chemins, tournant autour des villages, chapardant ce qui se présentait, surtout les volailles, et n'hésitant pas à se servir de sa dague pour ne laisser aucun témoin. La peste, mais surtout la guerre et les compagnies avaient ainsi rejeté sur les routes des hommes jeunes devant se débrouiller pour survivre.

— Que cherches-tu, ma belle ? demanda le vagabond en s'approchant d'Eugénie, le regard plein de sous-entendus.

Sur un feu, posé entre deux fourches de bois, un lapin rôtissait. Le chien s'était assis à côté des flammes et ne se préoccupait que de cette viande qui embaumait.

— Tu veux manger ? D'accord, mais il va falloir que tu sois très gentille. Tu sais, la vie dans les bois, c'est pas toujours marrant. Les belles filles ne courent pas les taillis !

Il tendit les mains vers Eugénie qui souleva son épée pour l'arrêter.

— Fais bien attention ! menaça-t-elle. Je ne suis pas aussi facile que tu le penses !

— Bah, tu n'es qu'une femelle. Quelques baffes bien appliquées te remettront les idées en place !

Il avait un curieux accent, aux intonations lourdes et lentes. Eugénie pointa son épée sur sa poitrine. Il voulut l'écarter d'un mouvement du bras, elle l'évita et le menaça de nouveau.

— Tout doux ! dit-il en riant, car il ne la craignait pas. Tu as faim ? C'est le fumet de ce lapin qui t'a attirée ! D'accord, je vais t'en donner un morceau, mais avant il faut que tu me dises ce que tu fais toute seule dans ce pays infesté de brigands.

Il ne parlait pas comme les vilains dont le langage grossier se limitait à quelques mots. Son odeur de sueur, de crasse arrivait par vagues aux narines d'Eugénie.

— Je suis en voyage. Je n'ai rien de plus à te dire.

Il fronça ses sourcils sombres, tourna autour d'elle, puis s'approcha du cheval.

— Tu n'y touches pas !

— On parle, dans le pays, de la faucheuse d'âmes qui fournit le diable en morts de la peste ! Tu vois, j'écoute les conversations. On parle aussi de son cheval pie. Je me demande…

— Alors, tu devrais avoir peur !

Il éclata d'un grand rire, retourna attiser son feu.

— Non, je n'ai pas peur. Ces sornettes sont destinées aux pauvres gens qu'il faut bien tenir par la terreur. Comment veux-tu que les curés et les nobles dominent un peuple à qui ils arrachent jusqu'au dernier sol ? Mais cela va changer, les pauvres aussi ont parfois des sursauts d'humeur !

— Ils se feront écraser à la première protestation.

— Non. Il y a plus de pauvres que de riches. Tu en tues dix, il en arrive cent, tu en tues cent, il en arrive mille. À ce jeu, les riches ne gagneront pas !

— Qui es-tu pour parler comme ça ?

— Personne. J'ai donné mon âme au diable. Je suis un voleur, un égorgeur. Je serai bientôt pendu, alors j'en profite.

Il considéra enfin que son dîner était cuit et l'écarta des flammes pour le laisser froidir. Eugénie ne se sentait pas en confiance. Ce beau parleur n'avait pas le regard franc ; il semblait répéter des litanies apprises pour amadouer les voyageurs. Enfin, il trancha une cuisse du lapin, la tendit à Eugénie.

— Mange, mais n'oublie pas, je fais payer tout ce que je donne.

— Je ne te crains pas ! répondit calmement Eugénie.

Il attarda son regard sur cette femme particulière. Gardiennes d'oies ou dames de noblesse qu'il avait pu surprendre se comportaient toujours comme des chevreaux que l'on va saigner et il en obtenait tout ce qu'il voulait. Celle-là osait lui tenir tête et cela lui plaisait.

Eugénie mangea lentement pour ne pas trahir sa faim ni sa trop grande solitude. L'homme en face mastiquait en silence sans la quitter des yeux. Il sortit du paquet en tissu posé à côté de lui une bouteille de gnôle et en proposa une gorgée à Eugénie, qui refusa.

— Je préfère ! dit-il. J'ai eu beaucoup de mal à trouver celle-là.

Elle sentait une grosse fatigue alourdir ses membres. Le vagabond but goulûment à la bouteille qu'il posa dans son baluchon et donna les restes du lapin à son chien. Il ajouta des branches au feu, des flammes légères se mirent à crépiter, répandant une lumière mouvante qui se heurtait aux pierres et aux taillis.

— Maintenant, il faut penser au reste. Ma jolie, tu as une dette envers moi.

Il se leva lentement, écouta la nuit et s'approcha d'Eugénie.

— Tu penses bien que je ne vais pas laisser passer une aussi belle occasion. Une princesse toute seule en pleine nuit ! Merci, Satan, tu me combles toujours !

— N'approche pas ! menaça Eugénie en montant le ton.

Elle avait posé son épée et voulut s'en saisir, mais son agresseur, plus rapide, s'empara de l'arme.

— Il ne faudrait pas que tu te prennes pour la reine des enfers ! Là aussi, ce sont les mâles qui commandent ! Maintenant, tu vas me donner ton beau corps. Cela fait si longtemps que…

Eugénie se dressa, menaçant de ses mains ouvertes, prêtes à griffer. Son cheval était trop éloigné pour qu'elle puisse s'en servir comme d'un bouclier le temps de grimper sur son dos. L'homme ne se pressait pas. Il savait que personne ne viendrait porter secours à sa victime et qu'il avait tout le temps d'en apprécier l'aubaine.

— Ce ne sera pas désagréable. Je crois même que je peux te donner du plaisir.

Eugénie recula jusqu'à un arbre, se pencha pour ramasser une branche sèche. Il la laissa faire en riant. Alors, surgis de l'ombre voisine, des rats se mirent à courir devant elle en se faufilant dans les herbes, de plus en plus nombreux.

— Qu'est-ce que c'est ?

Le chien se mit à grogner et attaqua, mais il fut vite encerclé par les bestioles qui s'accrochaient à ses pattes, grimpaient sur son dos. Il les chassait en faisant claquer ses crocs et réussissait parfois à en écraser un entre ses mâchoires. À son tour, le vagabond se mit à trépigner. Il agitait les bras, reculait vers le feu, mais les assaillants ne le lâchaient pas. Alors, il jeta l'épée, poussa un juron et disparut dans la nuit.

Eugénie rejoignit son cheval qu'elle avait oublié d'attacher, le prit par la bride pour ne pas risquer que le fugitif revienne le lui voler. Elle se demanda ce que signifiait cette intervention des animaux de la peste. Cependant, ils s'étaient montrés au bon moment. La jeune femme s'approcha du feu. L'homme n'était sûrement pas très loin et devait continuer à l'épier. Avait-il eu assez peur pour ne pas tenter de revenir à la charge ? Ce n'était pas sûr, pourtant, rien n'était plus dangereux que de partir dans la nuit. Au loin, un loup hurlait…

Elle fit coucher l'animal et se pressa contre lui, l'épée dans l'autre main. Jamais elle n'avait été aussi impatiente de voir arriver le jour.

Elle ne fut pas inquiétée et somnola par instants. Les oiseaux se mirent à piailler dans les taillis, le jour se leva, lumineux. Il faisait frais. L'automne rouillait les feuilles des hêtres.

Eugénie chercha de l'eau pour boire et se nettoyer le visage. Un torrent gargouillait en bordure des ruines du château. Elle se pencha sur le courant entre les herbes et but dans ses mains en forme de coupe, s'aspergea le visage. Depuis combien de jours n'avait-elle pas démêlé ses cheveux attachés à la va-vite avec un lacet de cuir ?

Le cheval s'ébroua. La fugitive se dressa vivement. Trois loups s'étaient approchés à une dizaine de pas et la regardaient, la langue pendante. Le plus proche était un grand mâle aux larges mâchoires, aux crocs puissants. Une sorte de crinière de poils sombres courait sur son dos gris. Le cheval piaffait. Sans la bride qui le retenait, il se serait enfui devant ces prédateurs que son espèce redoutait depuis la nuit des temps. Eugénie approcha sa main de la garde de son épée. Elle aussi ressentait une peur irraisonnée face à l'ennemi de toujours.

Le grand loup se tourna vers les autres, comme pour leur demander leur avis, puis les fauves s'éloignèrent. Elle monta en selle. Son cheval s'était reposé et se mit à courir avec un plaisir qui se sentait dans la légèreté de son galop.

Plusieurs villages ou villes se trouvaient dans les parages : le bruit lancinant du tocsin dominait la campagne. La peste l'avait donc précédée ! Des laboureurs qui s'activaient dans un champ posèrent l'outil et s'enfuirent à son approche. Elle pressa son cheval vers une colline surmontée des bâtiments d'un prieuré et d'une énorme église où elle espérait trouver refuge.

Elle arrivait aux fortifications quand une rangée de cavaliers, l'épée au clair, firent irruption au milieu de la route. Des clercs sortirent des taillis, dressant devant eux de longs crucifix de fer.

— Mes chevaliers, nous la tenons !

Celui qui venait de parler fit un signe à ses compagnons qui se disposèrent de sorte à couper toute possibilité de fuite à Eugénie. Plusieurs épées se pointèrent sur sa gorge. Les prêtres se mirent à psalmodier des litanies d'exorcisation.

Ils la saisirent, l'obligèrent à descendre de cheval. Une fois au sol, deux hommes lui lièrent les mains. Ils se méfiaient cependant, comme s'ils redoutaient une intervention diabolique.

— Vous voyez, mes preux, que le mal peut toujours être vaincu !

Ils l'emmenèrent ; les prêtres ne lui laissèrent pas le temps de protester. L'un d'eux plaqua un crucifix sur son visage, écrasa ses lèvres.

— Le Mauvais ne gagnera jamais !

Eugénie fut transportée à l'intérieur de la ville, bien protégée derrière ses murs, ses tours et un fossé large de quatre brasses. Elle se trouvait à Lormes, entre Chaumont et Langres. La foule s'était assemblée devant la porte et criait sa joie. Des jeunes gens, bassinet sur la tête, ne cessaient de pérorer, de s'adjuger les mérites de cette capture fort périlleuse devant des femmes, des enfants et des vieillards qui criaient leur haine. Les gardes les repoussaient rudement ; tous voulaient voir la faucheuse de près, son cheval, la toucher, la frapper puisqu'elle était la cause de leurs maux. Des bâtons se levaient au-dessus des têtes, une pierre sonna sur le chapeau de fer d'un des hommes d'armes. Ordre fut donné à la foule de se disperser. Il fallut piquer les plus audacieux du bout des lances pour qu'ils obéissent.

Eugénie fut conduite à la prévôté, énorme maison construite sur les ruines d'un ancien prieuré.

— Je veux voir le prévôt. J'ai des révélations à faire !

— Pour le séduire et l'envoyer en enfer comme les autres ? cria un soudard en la poussant sans ménagement dans une cellule sombre.

— Je suis une amie du seigneur d'Itteville, cousin du comte de Chaumont…

L'homme ne répondit pas tellement l'affirmation lui semblait invraisemblable. Il ferma la porte, s'en alla, laissant Eugénie dans une obscurité totale. Elle n'osait pas bouger, de peur de briser ce silence de pierre qui succédait au vacarme du peuple en liesse.

Des pas s'approchèrent dans l'escalier. La lueur chancelante d'une torche palpita sur les murs ocre et gris. La porte s'ouvrit. Sans un mot, des gardes la prirent chacun par un bras et l'emmenèrent. Au sommet de l'escalier, trois hommes l'attendaient. L'un, le seigneur de Lormes, en cotte de mailles, était petit, un peu bossu ; il clignait constamment les yeux et mettait sa main sur son front comme pour se protéger de la lumière des torches. Coiffé d'un ample chaperon rouge et bleu, des boucles en or brillaient à ses oreilles, plusieurs bagues ornaient ses mains. Les deux autres, des ecclésiastiques, portaient soutane noire et chapeau à large bord.

— Messieurs, dit le chevalier de Lormes, voici la fiancée de Satan. Le peuple la réclame pour lui faire payer les morts de ces derniers jours.

Eugénie hésitait à donner sa véritable identité : le Valois devait la faire chercher et elle ne savait pas de quel côté se trouvait le sire de Lormes.

— Monseigneur, je suis une amie du chevalier d'Itteville, précisa-t-elle. Un proche parent du comte de Chaumont.

Les deux clercs observaient attentivement Eugénie. Le plus âgé, le père Dages, était grand et maigre, l'autre, l'abbé Biglin, trapu, sans cou, la tête enfoncée dans les épaules. Contrairement à son collègue, son regard ne marquait aucune horreur en parcourant le visage et le corps de la jeune femme, mais une froide détermination.

— Une amie du chevalier d'Itteville ! dit le père Dages au visage rouge des hommes habitués à vivre au grand air. Que veut nous faire croire la fiancée de Satan ?

Il alla chercher un crucifix sur une table, l'approcha vivement d'Eugénie qui recula.

— Voilà que tu as peur de ce crucifix qui te brûle ! s'exclama-t-il. C'est bien ça ?

— Dieu ne s'exprime pas par un objet. Dieu parle à l'âme ! répliqua vivement Eugénie.

Elle ne faisait que répéter ce que François d'Auxerre lui avait appris et qu'elle croyait fermement car cela lui semblait juste. Dieu ne pouvait condamner les uns au profit des autres. Tous les hommes étaient ses enfants, les bons comme les mauvais.

— Sacrilège ! s'écria Dages qui recula, offusqué.

Biglin n'avait pas bronché. Il connaissait sûrement les propos de ces moines franciscains qui avaient quitté leur ordre pour enseigner une nouvelle manière de prier, de croire, de se rapprocher du Créateur.

— Sacrilège ! répéta Biglin en se mettant à genoux et joignant les mains.

Tout à coup, arrivant par la porte restée ouverte, des rats se mirent à courir dans la pièce. Le vieux clerc au visage maigre poussa un cri.

— Mais vous ne voyez pas qu'elle nous envoie les démons sous la forme de ces rats ! Il faut la brûler !

Il s'étrangla et toussa longuement. Une servante arriva en courant.

— Monseigneur, c'est horrible, votre fils, Clément !

— Quoi ? fit l'homme aux boucles d'oreilles qui partit en courant.

Dages s'était serré dans un coin, terrorisé par les rats qui disparurent. L'abbé Biglin vérifia qu'il y avait un trou dans le plancher et se tourna lentement vers Eugénie. Le seigneur de Lormes revint précipitamment.

— Mon Dieu, dit-il en se lamentant. Mon petit Clément !

— Que se passe-t-il, monseigneur ?

— La peste ! Il a la peste et il va mourir.

Il se tourna vers Eugénie.

— Madame, vous qui commandez à la mal-mort, dites-lui de faire une exception. Si mon Clément guérit, vous aurez la vie sauve, je m'y engage !

— Monseigneur, reprenez-vous ! cria Dages. Vous commettez un sacrilège !

Lormes se planta devant lui.

— L'archiprêtre, faites comme si vous n'aviez rien entendu ! Je n'ai que ce fils et je n'en aurai pas d'autres. S'il est sauvé, cette femme ne mourra pas, c'est ainsi !

— Vous rendez-vous compte de ce que vous dites ? Vous invoquez le diable !

— Je donne mon âme pour la vie de cet enfant. Personne ne peut m'en empêcher !

Le seigneur de Lormes s'approcha d'Eugénie en soutenant son regard.

— Madame, insista-t-il, venez voir mon unique enfant, je vous en supplie.

De grosses larmes avaient noyé ses yeux gris. Il ôta son chaperon découvrant son crâne chauve. Ses boucles d'oreilles lançaient des éclairs d'or.

— Je vous en supplie ! répéta-t-il en prenant Eugénie par le bras et l'obligeant à le suivre.

— Monsieur, je ne puis rien contre la maladie de l'enfer. Je vous le répète, je suis une amie du chevalier d'Itteville. J'allais de Reims vers Dijon avec mes gardes quand nous avons été attaqués par des malfrats. J'ai pu m'échapper ! Je vous en conjure, faites avertir le comte de Chaumont qui me connaît !

— Que dis-tu, fille du diable ? s'écria encore l'archiprêtre en écartant ses bras maigres. Voilà que tu cherches à entraîner le comte de Chaumont en enfer !

Il se signa plusieurs fois. Son visage osseux avait viré au cramoisi. Son nez sec comme un bec d'oiseau ponctuait une indignation qu'il exprimait par un mouvement du haut vers le bas.

— Père Dages, dit enfin l'abbé, ne mettez pas votre santé en danger. Le diable nous cerne de tous les côtés, certes, mais nous avons un traitement. Nous allons l'appliquer et le mal de l'enfer disparaîtra, tel est le message de Dieu. Cette maison est infestée, il faut la détruire.

Dages se tourna vers son jeune collègue.

— Voyons, Biglin, Nous ne pouvons pas détruire la maison du seigneur de Lormes. Il mérite une bonne remontrance, il fera repentance, paiera une grosse amende à la curie et nous nous en tiendrons là ! La femme, elle, va être livrée au bûcher.

— Cette femme, l'avez-vous entendue ? Nous connaissons son hérésie qui est beaucoup plus répandue qu'on ne le croit. Ce refus des images et du crucifix, cette façon de parler, ce sont ceux des Fraticelles, ces ignobles destructeurs des dogmes de la sainte Église ! Le foyer est à moins de trente lieues. Les Franciscains de Vézelay, voilà la source de la peste !

Pendant ce temps, Lormes avait poussé Eugénie jusqu'à une chambre où s'activaient plusieurs servantes. Un grand feu brûlait, une chaleur suffocante prenait à la gorge. À côté du lit aux tentures accrochées à l'avant, une femme pleurait en silence, tenant la main d'un petit enfant. Eugénie crut voir Benoît mourant près du soufflet de forge. La même tête ronde, la même peau aux larges taches grises. Le petit malade sentit une présence, une grimace déforma son visage, puis il se mit à gesticuler. Les servantes reculèrent, seule sa mère tenta de le calmer en lui caressant le front. Eugénie se mit à genoux, près de lui.

— Clément, dit-elle de la même voix qui avait parlé à Benoît dans la forge de maître Lerect.

L'enfant s'immobilisa, ouvrit de grands yeux pleins de terreur. Sa bouche resta ouverte quand la petite tête s'immobilisa, il était mort. Sa mère pleurait à gros sanglots. Lormes pleurait aussi, défiguré par une horrible grimace. Ses boucles d'oreilles ne brillaient plus, ses bagues pesaient à ses doigts. Il resta là, les bras le long du corps, la tête légèrement penchée sur la droite. Son chaperon rouge et bleu lui donnait l'apparence d'un amuseur de cour.

— Monsieur, dit Eugénie en levant des yeux pleins de larmes vers lui, j'ai perdu mon fils de la même manière. Mon petit Benoît est mort ainsi, dans mes bras, emporté par la peste !

Le sieur de Lormes ne vit pas les deux clercs se mettre à genoux et prier en latin. Des gardes qui se trouvaient en retrait s'emparèrent d'Eugénie et l'emmenèrent.

Elle fut de nouveau enfermée dans une cellule étroite et sans lumière. Il n'y aurait plus de chance, plus de rats ni de petit pestiféré pour la sauver du bûcher. Son destin arrivait à son terme. Mourir en sorcière, brûlée, entourée de flammes qui allaient monter autour d'elle, répandre une chaleur étouffante, puis brûler ses vêtements, ses cheveux, mordre sa peau, s'engouffrer dans sa bouche… Elle avait assisté au supplice de trois sorcières quand elle était encore enfant, la foule riait des cris de ces pauvresses attachées au milieu du brasier. Eugénie s'était enfuie ; ce terrible spectacle avait hanté ses nuits pendant des années. Maintenant, elle savait pourquoi.

Le temps passa, uniforme dans cette nuit, plusieurs jours sûrement, car si son esprit avait perdu la notion de la durée, son corps, par ses rythmes, lui indiquaient des repères précis. Une horrible odeur stagnait dans ce minuscule alvéole. Elle ne dormait plus mais somnolait, assise, redoutant de tomber dans la boue. Les deux gardes qui lui apportaient de l'eau dans une cruche, un peu de pain, ne répondaient pas à ses questions. Elle se demandait pourquoi on attendait autant pour supplicier une condamnée dont la culpabilité ne faisait aucun doute.

Une semaine s'était écoulée, peut-être plus, les horloges de son corps avaient fini par se détraquer, Eugénie reprenait espoir quand les deux gardes arrivèrent, accompagnés d'un prêtre qui tenait devant lui un crucifix de grande taille. L'homme vêtu de noir marmonnait une prière. La porte s'ouvrit, il s'approcha puis, surpris par l'odeur, recula de deux pas. Les gardes demandèrent à Eugénie de sortir. À force d'être restée assise, elle peinait à se tenir debout. Son corps cassé était celui d'une vieille femme échevelée, repoussante, seul son visage conservait ses belles formes, son regard n'avait pas perdu sa profondeur dorée et précieuse.

Le prêtre approcha le crucifix devant elle.

— À genoux ! dit-il d'une voix impérieuse. Fille de Satan, prosterne-toi devant le rédempteur ! À genoux !

Les gardes obligèrent Eugénie à s'agenouiller. Les douleurs de son dos lui arrachèrent un cri qui fut interprété comme une protestation. Alors, le prêtre écrasa le crucifix contre son visage.

— Repens-toi, fille perdue !

Elle eut un sursaut d'orgueil ; sa véritable nature reprit le dessus. Puisqu'elle devait mourir, que ce soit en fille de reine. D'un mouvement rapide, elle se dressa, écartant le crucifix de la main.

— De quel droit me parles-tu ainsi ? Je suis de grande noblesse et je ne m'inclinerai pas devant toi !

— Sacrilège ! cria l'homme.

Sans ménagement, les gardes la prirent chacun par un bras et l'emmenèrent dans l'escalier qu'elle avait déjà franchi pour aller voir mourir le petit Clément, mais ils ne s'arrêtèrent pas dans la maison. Ils traversèrent une cour. Une haie de soldats empêchait la foule hurlante de s'approcher. Eugénie fut conduite dans une autre maison, ample et remplie d'hommes en armes. On l'obligea à enfiler la tenue rouge des hérétiques, puis elle fut conduite dans une salle où plusieurs personnes portant la même robe des êtres sataniques priaient à genoux. Quand Eugénie arriva, l'un d'eux tourna la tête vers elle. C'était un homme d'une cinquantaine d'années, portant la tonsure des clercs. Il pleurait. Des larmes brillantes de cette lumière pâle de septembre roulaient sur ses joues, se perdaient dans les rides profondes de son menton.

— Le monde va à sa perte ! dit-il. Je pleure pour ces malheureux qui nous condamnent. Ce sont eux qu'il faut plaindre.

Eugénie s'approcha très près de lui, le regarda longuement.

— Je suis frère Urbain. J'ai eu le tort de m'offusquer, de dénoncer la bêtise, alors ils me font brûler pour continuer de piller les pauvres au nom de Dieu. Et vous ?

— Moi ?

La question étonna Eugénie. Tout à coup, sa présence en cet endroit de la dernière heure lui semblait naturelle. Depuis le jour de sa naissance au château de Vincennes, depuis qu'elle avait tété le sein de sa mère, la reine Clémence, et celui de Maria la Muette, elle se dirigeait vers son supplice, un pas poussant l'autre avec l'obstination des fourmis. Dieu lui avait donné une vie à laquelle elle n'avait pas droit et la reprenait. Ce n'était pas plus compliqué que cela, pourtant elle ne devait pas montrer sa peur. Sa dignité en cet instant ultime devait être l'égale de celle de Brienne posant sa tête sur le billot et de tous les conjurés décapités au château de Bouvreuil.

Elle pensait aux rats, à une montagne de rats déferlant sur la ville, grignotant le bûcher et dispersant cette foule cruelle venue se repaître du spectacle de la souffrance et de la bêtise.

— Dieu nous attend ! dit frère Urbain.

Des sergents en armes, lance pointée devant eux, firent irruption. L'un d'eux demanda aux hérétiques de s'approcher de la porte. Plusieurs prêtres vêtus de noir se tenaient de chaque côté, un crucifix de fer à la main. De l'extérieur venaient les cris de la foule. Eugénie faisait front. Son âme était déjà ailleurs et guidait son corps, veillant à ce qu'il ne fasse pas de faux pas. La moindre hésitation, le moindre tremblement donneraient raison aux bourreaux.

Les gens la regardaient et se moquaient. On avait dit qu'elle était belle au point que tous les hommes de la ville se damneraient pour elle. Pourtant, la faucheuse d'âmes était devenue une pauvre femelle mal coiffée, puant les odeurs impures de son corps, un déchet juste bon à brûler. Cela ne l'empêchait pas de garder la tête haute en marchant devant les autres condamnés qui murmuraient des prières. Elle se taisait, les mains le long du corps et défiant la foule du regard.

Les condamnés commencèrent la lente marche vers le bûcher, entourés d'une dizaine d'ecclésiastiques, tenant un crucifix à long manche et chantant des psaumes en latin.

— Soyez digne ! souffla Eugénie à frère Urbain. Tout ce qu'ils attendent, c'est de nous voir les supplier. Cela leur donnerait bonne conscience.

Le cortège se faufilait dans des rues encombrées d'une populace en liesse. Les artisans avaient quitté leur échoppe, les laboureurs étaient revenus des champs ; femmes, enfants, vieillards, personne ne manquait pour ce spectacle trop rare dont on ne se lassait pas.

Une foule considérable sortit des murs par la porte sud. Depuis des temps immémoriaux et pour une raison qu'on avait oubliée, la tradition voulait qu'on ne brûlât pas les hérétiques à l'intérieur de la ville. Le bûcher avait été dressé près du gibet qui se tenait sur un tertre. Les derniers condamnés tombaient en lambeaux au bout de cordes solidement amarrées aux poutres transversales. Les oiseaux s'étaient repus de chair pourrissante, les chiens se disputaient les os. Eugénie vit le triste sort des corps ainsi abandonnés. Ce dernier affront lui serait épargné : elle allait devenir cendre, poussière qu'emporterait le vent. Son esprit resta un moment accroché à la pensée de cette poussière impalpable.

Ils arrivèrent au bûcher. La foule se tut pour entendre la sentence. Sur les planches posées à même les fagots, des garçons disposaient des cordes pour lier les condamnés aux poteaux. Un autre soufflait sur un feu allumé dans un tonneau, présentant des brindilles aux flammes, comme s'il nourrissait un animal malade.

Eugénie entendait la voix de l'homme qui énumérait les chefs d'accusation contre les hérétiques : reniement de la croix, refus de s'incliner devant les reliques de saint Damien, patron de la ville, refus de reconnaître leurs fautes. Les prêtres dressaient leurs crucifix devant les condamnés qui priaient sans se préoccuper des préparatifs de leur supplice.

Enfin, les gardes poussèrent les condamnés jusqu'à un escabeau. Une fois sur l'estrade, les bourreaux en bonnet rouge les attachèrent soigneusement. Eugénie fut ligotée entre les hommes pour que tout le monde puisse bien la voir. Un prêtre grimaçant la conjurait de reconnaître le Christ et le vrai Dieu, de refuser Satan et ses basses œuvres. Elle secoua la tête dans un ultime sursaut d'orgueil. Le bourreau qui l'attachait lui souffla à l'oreille :

— Madame, il est d'usage que les condamnés me paient pour leur éviter les douleurs du feu. Pour vous, je veux faire une exception : voulez-vous que je vous étrangle avant que les flammes ne vous atteignent ?

— Jamais ! répondit Eugénie, certaine à cette heure que les gens de sa race se reconnaissaient à leur manière d'affronter la mort.

Les officiants prenaient tout leur temps. Les Fraticelles mouraient en silence, recueillis, sans la moindre protestation comme des agneaux chez le boucher. Ce n'était pas la même chose avec les sorcières et les autres condamnés qui s'agitaient, qui criaient, hurlaient, tentaient de se libérer jusqu'au dernier moment et qu'il fallait surveiller pour ne pas gâter le spectacle.

Sur un ordre du chanoine, le bourreau s'apprêtait solennellement à approcher le feu purificateur de la paille tassée sous les fagots, quand une grande clameur se fit entendre. Des galops de chevaux martelaient le sol. La foule, tout à coup prise de panique, se dispersa. Les sergents de la prévôté virent des cavaliers agitant leurs épées foncer sur eux. Ils détalèrent. Les prêtres jetèrent leurs crucifix et s'enfuirent à leur tour. Une trentaine de cavaliers vêtus de fer entourèrent le bûcher. L'un des hommes mit pied à terre, monta les marches jusqu'à la plate-forme, coupa du bout de sa dague les liens des condamnés. Il libéra d'abord les hommes, comme s'il n'avait pas vu Eugénie, puis revint vers elle, sans se presser, sachant que les soldats de la prévôté n'oseraient pas riposter. Il souleva la ventaille de son heaume et elle reconnut ce regard à nul autre semblable.

— François ?

C'était autant une affirmation qu'une question. Son cœur se mit à battre très fort. Elle avait tant pensé à lui pendant ces journées de détention !

Il coupa les liens et elle fut libre devant lui, tout à coup en peine de son corps souillé.

— Faisons vite, mes frères, dit-il aux autres. Des chevaux vous attendent dans le bosquet. Nous devons fuir avant qu'ils ne reviennent.

— 13 —

Malgré l'importance des visiteurs qu'on lui avait annoncés, Geoffroi d'Eauze n'avait pas bougé de son siège. Un jeune homme de taille ordinaire, mais surtout d'une silhouette volontaire, le regard droit, la tête haute, s'approchait de lui. Philippe de Navarre aurait certainement fait un meilleur roi que Charles, mais le hasard de la naissance l'avait placé second, ce qu'il regretterait toute sa vie. À côté de lui marchait Blanche, qui lui ressemblait un peu mais qui avait le regard pétillant et charmeur de Charles, sa vivacité d'esprit.

Les gelées étaient arrivées dès le mois d'octobre, l'hiver s'annonçait rude, un de plus : depuis une vingtaine d'années, la neige tombait en abondance, la glace figeait la Vienne qui baignait le château de Chauvigny. La place appartenait au comte d'Évreux qui l'avait prêtée à son allié du moment, le Prince Noir, pour y stationner des troupes avant l'offensive du printemps suivant. Eauze qui s'était fait remarquer – comment cela aurait-il pu être autrement ? – s'était vu confier le commandement de la garnison sur ces terres avancées en domaine royal. Il ne redoutait pas l'ennemi pendant ces petites journées de gel où le soleil ne se montrait qu'à travers une épaisse brume. D'ailleurs, les Français étaient vaincus et mettraient longtemps à se relever.

Eauze s'ennuyait déjà dans ce Poitou où il passait son temps à chasser dans les forêts voisines. Il pensait beaucoup à son fils, peut-être à cause du jeune écuyer de Rincourt. Matthieu devait lui ressembler, même taille largement au-dessus des plus grandes, mêmes épaules, même ardeur au combat. Il aurait aimé le prendre avec lui, le former aux armes. Retrouverait-il un jour son fief ? Il rêvait d'une vie simple sur les terres de ses ancêtres, là où il avait été enfant.

Eauze s'inclina devant Philippe de Navarre qui lui souhaita la bienvenue. Ce n'était pas souvent qu'un prince de haut rang se déplaçait aussi loin de la Normandie pour rencontrer le chef d'une petite garnison, noble, certes, mais de rang inférieur.

— Vos exploits lors de la dernière bataille qui vit le roi de France pris en nasse comme brochet ne cessent d'être célébrés par les poètes normands. Je suis venu d'Évreux pour vous convaincre de nous rejoindre.

Eauze avec son apparence d'ours et son côté bonhomme prêt à tout accepter, tout pardonner, parce que le fond de sa personne était naturellement généreux semblait facile à manœuvrer. Pourtant, Philippe s'était-il mépris au point de croire que le chevalier n'attendait qu'un geste de lui pour oublier le passé ? Que la présence de Blanche gommerait les tortures ?

Philippe avait l'habitude que ses propos soient accueillis avec empressement ; devant le silence du géant, il eut un mouvement contrarié du visage.

— Je sais, dit-il d'une voix plus vive, mon frère n'a pas été très reconnaissant envers vous, mais c'est le passé. Oublions-le. Désormais, tout va changer !

— Il a emprisonné ma femme, il a fait pendre mon ami Bessonac qui était la franchise même !

— Bessonac n'était qu'un valet ! Vous n'allez pas garder rancune pour un manant pendu ! Pour votre femme, c'était une méprise.

Eauze se demandait pourquoi Philippe qui l'avait laissé enfermer sans protester avait fait un aussi long voyage. La situation avait changé, certes ! Charles le Mauvais retenu dans une prison normande devait rêver de revanche. Avait-on besoin des muscles du chevalier pour ouvrir une brèche dans un mur trop épais pour des bras ordinaires ?

— Mon frère s'est évadé ! dit Philippe. Notre ami, le gouverneur de l'Artois Jean de Picquigny, a pris d'assaut le château d'Arleux. Charles est à Paris, soutenu par la population et Étienne Marcel. Il fait bonne figure au dauphin pour mieux l'écraser le moment venu. Il a beaucoup réfléchi et ne réclamera plus ses droits à la couronne de France. Il reste l'allié de la Conjuration pour le retour de Jean de Sienne. L'époque est particulièrement favorable.

Eauze comprenait de moins en moins. Pourtant l'évocation des conjurés des Lys lui rappelait Eugénie. Il dressa sa lourde tête.

— Monseigneur, j'appartiens au Prince Noir, par l'hommage rendu. Je reste à ses ordres.

Philippe eut encore un geste d'impatience, un léger tremblement des épaules. La contraction de ses lèvres durcit son visage de jeune homme.

— L'Anglais est notre ami. Nous travaillons avec lui. Il n'a pas d'autres volontés que celles de conserver tous ses biens sur le continent. Il rendra hommage à un véritable roi, mais pas à un fantoche qu'il tient à sa disposition. N'oubliez pas que le roi de Sienne est votre beau-frère.

L'argument avait porté. Eauze était ainsi sensible au pouvoir des mots, à leur force première destinée aux raisonnements simples.

— La conjuration des Lys n'existe plus ! fit-il comme pour s'en convaincre lui-même. Elle a été décapitée à Rouen, le printemps dernier. Depuis, je ne sais pas ce qu'est devenue la comtesse d'Anjou.

— Le régent la fait chercher dans tout le royaume, mais nous la retrouverons avant lui. Le parti se reconstitue. Godefroy d'Harcourt, l'oncle de Jean, a repris le flambeau. Tous nos barons normands sont avec lui pour laver l'outrage du Valois. À Paris, Étienne Marcel, le prévôt des marchands, leur assure toujours son soutien. Il ouvrira les portes de la ville quand le moment sera venu. Il ne manque que vous !

Eauze ne comprenait pas une telle insistance auprès du chevalier ordinaire qu'il était. Certes, Eugénie était la sœur du roi de Sienne, mais pourquoi pensait-on à lui à cet instant, alors qu'on ne l'avait jamais fait quand la situation était plus favorable ?

— Écoute, dit enfin Blanche en s'approchant de son ancien amant, s'il te faut une parole de femme pour te convaincre, sache que je veux que tu assures ta fortune pour t'épouser.

Eauze n'en crut pas un mot, mais l'envie de servir la cause d'Eugénie était toujours présente en lui. Il avait trop tardé, trop tergiversé à la cour d'Évreux avec un pantin dont le seul but était le désordre. Pourtant, n'allait-il pas recommencer la même chose avec les mêmes personnes, les mêmes tricheries et finalement, les mêmes conséquences ?

— Charles te demandera pardon, à genoux si tu le souhaites ! poursuivit Blanche avec un sourire mutin. Il regrette ce qui s'est passé. La prison lui a montré combien il s'est fait abuser par ses conseillers qui l'ont monté contre toi.

Eauze savait ce qu'il devait penser des regrets et des larmes du roi de Navarre. Il eut un léger sourire à travers sa barbe qui n'échappa pas à Philippe.

— Nous avons tout arrangé avec notre cousin et ami le Prince Noir, ajouta celui-ci. Il n'y a pas grand-chose à faire à Chauvigny pendant cet hiver. Il vous libère jusqu'au mois de mai prochain. Charles vous attend.

— Où se trouve-t-il ?

— Dans un endroit tenu secret, dit Blanche en prenant l'énorme main du chevalier. Le dauphin, qui s'est donné le titre de régent pendant la captivité de son père, va lui signer un sauf-conduit.

— Qu'espère-t-il de moi ?

Philippe de Navarre n'avait pas l'habitude de parlementer aussi longuement. Son tempérament posé, le calme qu'il affichait en toutes circonstances à côté de l'agitation de son frère lui valaient le respect de tous, même des barons réputés les plus turbulents. Il précisa, adoptant le tutoiement qui le plaçait à son haut niveau de prince :

— Il souhaite que tu prennes la tête de ses armées. Étienne Marcel va te fournir des hommes. Tout cela sera fait d'une manière discrète. Il s'agit de préparer l'arrivée du roi de Sienne et d'empêcher le dauphin de s'imposer. Je te le dis : tout est arrangé avec l'Anglais. Le Valois va être pris de maux d'entrailles et n'y survivra pas. Nous paierons une partie de la rançon pour dédommager Édouard et la voie sera libre pour le vrai roi.

Eauze ne comprenait toujours pas. Le sourire engageant de Blanche, qui lui faisait prévoir des nuits enflammées, ne suffisait pas pour emporter sa décision. L'occasion lui était pourtant offerte de se rapprocher d'Eugénie, de lui montrer qu'il était le meilleur sur un champ de bataille.

— Si mon suzerain est d'accord, je suis à vous.

Blanche se serra contre son énorme poitrine et se mit à glousser des remerciements. Philippe, qui n'avait pas de temps à perdre, fit apporter un parchemin par un de ses accompagnateurs. C'était une lettre du Prince Noir qui acceptait de prêter le chevalier d'Eauze au roi de Navarre pour diriger son armée.

— Voici la preuve que nous sommes alliés avec l'Anglais, insista Philippe. Cette opération s'inscrit dans la continuité de notre collaboration. Si vous le voulez bien, nous partons tout de suite pour Évreux où se trouve mon frère. Nous devrions être arrivés à temps pour les obsèques officielles des suppliciés de Rouen auxquelles assisteront les chefs de la conjuration qui ne se cachent plus, le seigneur de Vézelay, Étienne de Pleisson, le cardinal de Reims, Jacques de Varonne qui célébrera la cérémonie funèbre de ses amis.

Quelques jours plus tard, pendant lesquels Eauze put se rendre compte combien Blanche était excellente cavalière et d'une résistance qu'auraient jalousée beaucoup de chevaliers, ils arrivèrent à l'énorme forteresse des comtes d'Évreux-Navarre. Eauze fut tout de suite conduit dans le petit cabinet de Charles qui lui refit la comédie de l'amitié. Il sourit, versa de véritables larmes, embrassa les mains du géant, le pressa contre lui avec une telle effusion que Blanche, elle-même portée à montrer des sentiments excessifs, en fut gênée.

— Mon ami, mon frère, comme j'ai pensé à toi pendant ma captivité. Comme j'ai pleuré de t'avoir fait du mal !

Eauze restait sur ses gardes.

— Mon très cher ami, tu ne peux pas comprendre ma peine ! ajouta Navarre en sanglotant. Mais on m'a abusé, on m'a raconté tant de choses alors que tu me servais loyalement ! On m'a fait croire que ta femme voulait m'assassiner et que tu étais complice ! Ah, les mauvais conseillers que j'avais ! Mais oublions cela !

Le numéro de Charles le Mauvais produisit une fois de plus son effet. Malgré les tourments endurés, malgré la cruauté de ce petit roi pour qui les hommes n'étaient que les pièces d'un jeu, Eauze eut l'impression de se trouver en face d'un être perdu qui cherchait sa véritable identité dans le fouillis de sa personne.

— N'en parlons plus ! dit-il et il eut le sentiment d'être très faible et même un peu lâche.

Charles le Mauvais se détendit, comme un pantin à ressort, s'agita, parla abondamment de la fête qu'il faisait préparer en l'honneur de son ami retrouvé. Eauze qui avait déjà vécu cette scène au mot près se laissa encore amadouer. C'était bien la force de ce petit roi, celle de convaincre sans argument, par sa seule présence, par son charme.

Le lendemain, toute la cour assistait aux obsèques des suppliciés de Rouen dont on avait déterré les restes pour leur donner une sépulture décente. Varonne officiait en la cathédrale remplie d'une foule recueillie. Charles de Navarre voulait une manifestation grandiose et populaire pour bien montrer au dauphin, devenu régent, combien son cousin d'Évreux était puissant.

Après la cérémonie, les principaux conjurés se réunirent au château d'Évreux, en présence de Charles et de Philippe de Navarre. Blanche était repartie pour Melun où Eauze la visiterait de temps en temps. Le cardinal de Varonne prit la parole :

— Mes meilleurs chevaucheurs ratissent le pays, mes espions écoutent pour moi dans toutes les cours d'Europe et personne n'a pu me donner la moindre nouvelle de la comtesse d'Anjou. C'est un grand malheur.

— Êtes-vous certain que le régent ne nous cache rien ? demanda Godefroy d'Harcourt. Nous savons ici qu'il a fait chercher la comtesse en qui il voit une ennemie irréductible. Ce jeune prince est très secret et ne dévoile jamais ses cartes à l'avance.

Varonne sourit :

— Monseigneur, je paie très cher les meilleurs espions du royaume. Et croyez-moi, le dauphin est bien entouré. Je me fais rapporter ses faits et gestes d'heure en heure.

Puis se tournant vers Pleisson, il demanda :

— Où en est-on du reste ?

— Édouard est d'accord pour que le Valois trépasse en captivité d'un mal d'entrailles, mais il est de plus en plus exigeant.

Sans ce mal d'entrailles mortel de Jean II, la conquête du roi de Sienne était impossible. On avait discuté sur la somme à payer pour dédommager le vainqueur ainsi privé de son royal prisonnier. Édouard III jugeait les propositions des conjurés insuffisantes. Ainsi l'été passa-t-il, fort agréablement d'ailleurs. Pendant la journée, les chevaliers couraient le cerf ou s'adonnaient à des joutes plaisantes ; le soir venu, ils banquetaient, se remplissaient l'estomac de viande, allaient vomir et se goinfraient de nouveau jusqu'à ce qu'ils tombent, ivres, d'un lourd sommeil à côté des tables, étendus sur le sol, sans se préoccuper des domestiques qui nettoyaient la pièce et emportaient les plats dont les restes auraient abondamment nourri les pauvres des alentours.

— 14 —

Aux côtés de François d'Auxerre, Eugénie savait qu'elle ne risquait rien. Le Fraticelle avait congédié ses hommes de main et ils allaient, tous les deux, dans une campagne qui s'abandonnait à l'automne. Elle remerciait Dieu d'avoir échappé au bûcher, même s'il n'était pour rien dans ce miracle. Les envoyés de Pleisson avaient averti François de la disparition d'Eugénie dans la région de Chaumont. Aussitôt, le jeune Fraticelle avait recruté une quinzaine de mercenaires et s'était mis à battre la campagne.

Ils galopèrent longtemps à travers une région où la peste avait sévi. Villages abandonnés, cultures livrées aux bêtes, villes barricadées derrière leurs épaisses murailles, une désolation à laquelle ils ne s'habituaient pas. Après plusieurs heures de course, François décida de s'arrêter au bord d'une rivière vive qui bruissait dans un lit de gros rochers arrondis. Il mit pied à terre, Eugénie l'imita et ils se trouvèrent en face l'un de l'autre, heureux comme des frères.

— Ils m'ont pris mon épée ! dit-elle enfin. J'y tenais beaucoup.

Il recula, la regarda bien fixement et sourit. Elle le trouvait un peu différent, son visage s'était affermi, l'aspect enfantin avait disparu.

— Ce n'était qu'une épée ! Vous en trouverez une autre !

— Non, celle-là était irremplaçable. Elle venait de quelqu'un qui… de quelqu'un que je déteste !

François lui lança un regard interrogateur.

— Vraiment ? s'étonna-t-il avec un léger sourire.

Elle pensait à Matthieu, puis à Rincourt qui l'avait sauvée du bourreau et dont les larmes brillaient dans la nuit en lui annonçant la mort de Renaud.

— Non, je ne le déteste pas, mais il est trop difficile d'en parler.

Cela, elle pouvait le dire à François. Il était un reflet d'elle-même, en plus pur, comme l'image que renvoie une glace parfaitement lustrée.

— Tu veux toujours tuer le pape ?

— Je voudrais que l'Église retrouve son visage des origines, qu'elle soit encore au service des hommes, de tous les hommes et pas seulement des riches. Je voudrais en effet tuer le pape pour décapiter cette organisation faite pour entretenir la misère des uns et la domination des autres.

Les rats qu'elle avait oubliés se mirent à courir entre les jambes des chevaux. François les regarda, suivit des yeux leur course rapide au bord de la rivière. Eugénie se sentait terriblement sale.

— Horribles bêtes ! dit-elle. Dieu ne m'aime pas ! Tu le vois bien, puisqu'il me fait suivre par la maladie.

Tout à coup, elle regarda François, horrifiée.

— Il faut que tu t'en ailles. Je porte la mal-mort aux gens qui m'approchent ! Va-t'en vite, sinon tu mourras.

Il s'assit sur un rocher couvert de mousse, trempa ses mains dans l'eau fraîche, les appliqua sur son visage.

— Les rats sont partout. Vous imaginez qu'ils vous suivent, mais ce n'est pas vrai. Dieu ne maudit aucun de ses enfants. S'il les punit parfois, c'est pour leur faire comprendre leurs erreurs, pas pour les maltraiter. Un jour, mes frères détruiront cette Église faite de superstitions et d'ignorance. Un jour, les prêtres cesseront d'être des bourreaux, pour devenir de véritables serviteurs de leur Dieu qui ne peut être qu'amour.

Il n'avait pas changé. Ses convictions étaient toujours aussi fortes. Cela rassurait Eugénie qui retrouvait avec plaisir le jeune frère ou le grand fils qu'elle avait laissé au monastère de Vézelay avant de partir pour Chartres.

— Je dois rejoindre mon frère en Italie. Pourquoi ne m'accompagnerais-tu pas ? J'ai besoin de toi, de ton bras solide et surtout de ton âme aussi claire que cette eau.

— J'ai aussi des frères à Sienne. Des Franciscains comme moi, élevés dans le respect des paroles divines. Ils sont constamment harcelés par l'Église séculière et ils doivent se cacher. Nous nous cachons à Vézelay, nous nous cachons à Paris, Lyon, Toulouse, en Allemagne où le peuple se range de notre côté. Nous sommes nombreux à réclamer une profonde réforme. Il faudra peut-être un siècle ou deux pour y arriver. Ils nous extermineront, mais nos idées, elles, resteront !

— Où allons-nous passer la nuit ? demanda Eugénie. Je n'ai plus rien.

— Moi, j'ai un peu d'argent. Ma famille est riche. Mon frère aîné m'en veut de ne pas rechercher la position que ma fortune me permet, mais il me comprend. Nous allons continuer cette route qui doit bien conduire quelque part.

Ils remontèrent à cheval et arrivèrent devant une ville, probablement Saulieu. Le tocsin sonnait. Les portes étaient fermées. Ils s'en éloignèrent en pensant que la nuit allait les surprendre. Près d'une ferme protégée par un haut mur couvert de mousse, François demanda à un berger qui rentrait ses moutons s'il pouvait acheter un peu de pain et de lard en précisant qu'il avait de quoi payer. Le garçon, sans un mot, alla en parler à son maître. Quelques instants plus tard, la porte s'ouvrit. Un homme, qui portait un bonnet de laine rouge, lui tendit une demi-tourte et du jambon. François paya avec une pièce en or. Le vilain ne cacha pas son étonnement, mais ne proposa pas d'héberger les étrangers pour la nuit : trop souvent, un bon payeur cachait le pire des sanguinaires.

Eugénie et François trouvèrent un endroit assez bien protégé dans les ruines d'une maison à côté d'un puits. François préféra cependant aller chercher de l'eau dans un ruisselet qui coulait en contrebas, l'eau des puits étant fréquemment empoisonnée par les cadavres d'animaux et parfois d'hommes que l'on y jetait pendant la peste.

La nuit était tombée, fraîche. Les chevaux attachés étaient paisibles. Eugénie et François s'allongèrent dans l'herbe, l'un près de l'autre.

Au matin, ils se levèrent frigorifiés et se réchauffèrent en trépignant, se poursuivant comme des enfants qu'ils étaient redevenus.

Ils repartirent vers le sud. À Langres qu'ils atteignirent la soirée suivante, le tocsin sonnait dans une ville fermée. François connaissait le gouverneur qui était un peu de sa famille, mais il préféra rester en retrait. La peste générait la peur et des réflexes inattendus, souvent meurtriers. Les hérétiques étaient toujours malvenus.

Ils dormirent une nouvelle fois à la belle étoile en se couvrant sous une peau de loup que François avait achetée à un vagabond. Ils se levèrent aux premières lueurs de l'aube claire et froide. Les chevaux s'agitaient. François mit la main à la garde de son épée et s'approcha de la lisière du bosquet où ils avaient trouvé refuge. Une haie de cavaliers, bassinet sur la tête, lance en main, s'approchait. Il hésita quelques secondes, se demandant si c'était bien à eux que s'adressait cette division en ordre de guerre. Très vite, ses doutes s'estompèrent : les hommes poursuivaient la faucheuse d'âmes, celle qui avait échappé au bûcher quelques jours plus tôt. Ils formaient un demi-cercle autour du petit bois. François rebroussa chemin et détacha les chevaux.

— Nous devons fuir, et vite !

Ils furent aussitôt en selle et empruntèrent un sentier qui conduisait à des prairies, s'engagèrent sur une pente de terre grasse. Des vilains les aperçurent et se mirent à crier. François vit derrière une colline, bien à l'abri des regards, une sorte de hameau qui n'était entouré que d'une petite palissade, chose bien étrange en cette période d'insécurité. Les habitants ne redoutaient pas les brigands : porteurs du plus terrible des maux, pire que la peste puisqu'il ne tuait que lentement, emportant le corps morceau par morceau, un doigt, une main, le bras, les pieds, les oreilles, le nez, l'os du front, ils étaient à l'abri de toutes les convoitises.

Les lépreux se rassemblaient ainsi en petites communautés repliées sur elles-mêmes qui cultivaient les mauvaises terres qu'on leur abandonnait, élevaient des volailles, des porcs, et se livraient à la mendicité. Ils ne pouvaient se déplacer qu'en agitant leur crécelle pour éloigner les bien-portants. Ils n'avaient plus de nom, plus de famille. Tuer un lépreux n'était pas puni, c'était aussi salutaire que d'écraser un serpent.

Les cavaliers talonnaient Eugénie et François qui s'approchaient de la porte ouverte.

— Qu'est-ce que tu fais ? hurla Eugénie.

— Il n'y a pas d'autre solution, venez !

Entrer dans une léproserie revenait à ne plus jamais en ressortir ! L'air y était empoisonné, la maladie ne tardait pas à y ronger les corps les plus sains. Pourtant, François passa la porte. Eugénie s'arrêta à l'entrée.

— Reviens, cria-t-elle. Tu te rends compte de ce que tu fais ?

— Oui, je sais. Suivez-moi !

Les cavaliers n'étaient plus qu'à quelques pas et agitaient leurs lances en criant. Elle inspira une goulée d'air, comme pour retarder le moment de s'empoisonner, et entra. Les poursuivants s'arrêtèrent net et firent faire demi-tour à leurs chevaux. Ils se concertèrent à bonne distance, puis s'éloignèrent considérant qu'ils n'avaient pas à aller chercher la faucheuse d'âmes en enfer. Ils avaient besoin de prendre les ordres de leur maître, le sieur de Lormes, car on n'attaquait pas une léproserie comme un hameau isolé.

Eugénie et François arrêtèrent leurs chevaux. Autour d'eux, une multitude grouillante d'hommes et de femmes mutilés, s'aidant avec des cannes, s'approchaient, montrant leurs visages hideux, rongés, tendant vers eux des moignons de mains, des bras coupés au coude. D'autres sautillaient sur une jambe, car il leur manquait un pied ou la moitié d'un membre. D'autres enfin se traînaient dans la boue en s'aidant du seul bras resté valide. Eugénie tremblait. L'horreur était là, à ses pieds, et son cheval s'agitait car il sentait, lui aussi, le danger.

— Écartez-vous ! cria François en dégainant son épée et en faisant des moulinets.

Mais ces animaux, dont la face mutilée rappelait qu'elle avait été humaine, n'entendaient pas la menace. Ils s'approchaient encore, comme des insectes nécrophages qui ont flairé un cadavre. Ils tendaient leurs pinces griffues à deux doigts osseux. François sauta au sol et se mit à frapper du plat de l'épée sur les épaules, les têtes. Des cris étouffés de haine montaient des gorges serrées. Ces bien-portants, ces hommes qui les refoulaient, que faisaient-ils chez eux sinon se cacher ? Et plus François frappait, plus il sortait de ces larves grouillantes. L'une d'elles voulut s'emparer d'Eugénie, l'épée pénétra dans la poitrine courbée.

Un cul-de-jatte, que d'autres poussaient sur une sorte de brouette, se plaça devant les lépreux et tendit les mains.

La moitié du visage rongée, rouge et purulente, l'autre couverte d'une barbe noire, son regard était puissant. Il cria un ordre et les lépreux reculèrent, méfiants.

— Rentrez tous chez vous ! dit-il encore. Celui que je vois rôder autour des visiteurs sera donné au père Lesquin.

Ils ne demandèrent pas leur reste. Les femmes entrèrent dans leurs taudis avec leur marmaille grouillante, les hommes retournèrent à leurs travaux, car les lépreux devaient s'organiser entre eux. La nourriture manquait. Parfois, par-dessus les palissades, un généreux donateur leur lançait du pain ou des restes de viande, comme à des porcs. Ils se disputaient ces offrandes, s'entretuaient pour un morceau de lard rance, pour une carcasse de volaille.

L'homme se tourna vers les arrivants et se plaça de sorte qu'ils ne voient pas la partie purulente de son visage.

— Que voulez-vous ? Ici, nous avons faim. Depuis que la peste sévit dans le pays, personne ne pense à nous. On s'étripe pour quelques épluchures. Vous comprenez que ces pauvres gens n'aiment pas les nouveaux venus !

Il se tut un instant puis ajouta :

— Généralement, quand on vient ici, c'est qu'on ne peut pas être ailleurs. Soit on est lépreux, ce qui ne semble pas être votre cas, soit on échappe à ses bourreaux.

— Qui êtes-vous ? demanda François, tenant toujours son épée devant lui, prêt à répondre à une attaque.

Sur sa droite, le cadavre de l'homme qu'il avait abattu continuait de se vider de son sang. Des poules, des oies venaient becqueter la flaque qui se coagulait. Ici, seuls les animaux étaient sains, volailles, porcs, chèvres et moutons prospéraient, la maladie ne s'en prenait qu'aux fils d'Adam. L'homme sur sa brouette, toujours retenue par deux aides qui possédaient leurs jambes mais dont l'un n'avait plus qu'un bras, se mit à rire :

— Vous êtes bien présomptueux, monsieur, pour me poser une telle question. Ici, c'est moi qui commande. Alors, vous allez me répondre car j'ai le pouvoir de vous faire pendre, j'ai aussi le pouvoir de vous bouter hors de ces murs. C'est un triste privilège que m'a donné la maladie ! Qu'avez-vous fait pour que l'on vous poursuive jusqu'ici ? Vous n'ignorez pas qu'on nous accuse de semer la peste ! Désormais, ils vont penser que nous offrons refuge à la faucheuse. Comme ils n'osent pas nous toucher, ils vont mettre le feu à la léproserie. Voilà ce que vous nous apportez !

Puis, se tournant vers Eugénie, il annonça encore :

— Madame, la faucheuse d'âmes ne saurait rester ici. Sachez que s'ils nous menacent, je vous livrerai.

— Monsieur, s'interposa François, je comprends à votre langage que vous n'êtes pas un vilain. Je comprends aussi, à votre autorité sur ces misérables, que vous êtes de haute naissance. Nous aussi.

L'homme prit un air entendu, la tête toujours tournée sur sa gauche. La maladie avait épargné ses lèvres qu'il avait épaisses et son menton plat.

— Je suis Pierre de Morsan, chevalier, frère du comte de Langres et lépreux, ce qui me vaut ce fief d'éclopés. Cela me vaut aussi le privilège d'être protégé par mon frère. Aussi, ce lieu a-t-il été épargné pendant que les autres brûlaient. J'espère qu'il en sera de même encore une fois. Il n'empêche que vous êtes en grand danger. Ici, la mort se fait prier, elle vous emporte par petits morceaux jusqu'au jour où elle vous a pris les deux bras, les deux jambes. Vous n'êtes plus qu'une chose immonde qui périt de faim, de saleté, des vers qui grouillent sur vous, dans votre bouche, vos narines et vous n'avez plus aucun moyen de les chasser. Bienvenue en enfer !

Une odeur putride flottait sur le hameau, semblable à celle de la peste. Autour d'eux, les malades allaient, certains pouvaient encore garder les troupeaux de chèvres, d'autres privés de jambes s'occupaient à tisser des toiles grossières avec des fibres de chanvre ou fabriquaient des paniers.

— Ce qui manque ici, ce sont les mains et les jambes. Pour le reste, il y a trop de têtes, trop de bouches à nourrir, trop de gens qui pensent que le diable peut les aider en se livrant à des pratiques sordides, mais je les comprends et il m'arrive d'assister aux messes noires du père Lesquin. Quand Dieu vous abandonne, que vous reste-t-il ?

— Dieu n'abandonne jamais ses enfants ! Ce n'est pas lui qui donne la lèpre. Elle est dans le monde depuis qu'il existe, parfois, nous l'attrapons. La misère du corps ne doit que renforcer l'âme ! précisa François.

— Vous changerez vite d'avis. Suivez-moi.

Les porteurs firent demi-tour et se dirigèrent vers un bâtiment central en pierre alors que les maisons étaient en torchis grossier. De loin, des curieux suivaient les arrivants. Les chevaux surtout les intéressaient. Ces animaux qui n'entraient jamais dans la léproserie représentaient une si grosse quantité de viande qu'ils étaient prêts à s'entre-tuer pour se les approprier. Des hommes en armes, à qui il restait un bras pour manier l'épée, arrivèrent, encadrant un prêtre dont on ne voyait que le visage sans nez aux yeux globuleux. Une plaie purulente couvrait la partie centrale de sa face imberbe, rongeait les joues. Une nuée de mouches tournait autour de sa tête couverte d'un chapeau noir.

— Le père Lesquin. Dieu n'a pas voulu de lui, alors il s'est donné au diable, comme tous les lépreux. Il m'aide à maintenir l'ordre.

Lesquin salua les arrivants. Son lourd regard se posa sur Eugénie qui sentit la menace. Il agita le moignon de son bras droit.

— Grâce au diable, il a pu conserver sa main gauche avec deux doigts pour consacrer les hosties noires.

— Nous ne pouvons pas vous garder ! dit Lesquin. Nous n'avons plus rien à manger. Nous sommes déjà trop nombreux.

— Lesquin, retourne à tes prières sataniques ! s'interposa Morsan. Ici, c'est moi qui décide ! Tu offriras quelques enfants de plus à ton maître et on n'en parlera plus.

Lesquin abaissa son chapeau sur sa face hideuse et s'éloigna, toujours encadré par ses gardes qui s'appuyaient sur des béquilles.

— Fais placer les chevaux dans mes écuries et fais-les surveiller la nuit prochaine ! ajouta Morsan.

Puis se tournant vers Eugénie et François :

— Je vais vous conduire à vos appartements. Un conseil, ne touchez pas les enfants qui vous tendent les bras. Abattez-les d'un coup d'épée s'ils se font trop pressants. De même pour les mères, pour les hommes. Personne ne doit vous approcher, sinon vous sombrerez. Ici, c'est un jeu : chaque fois que des gens se réfugient chez nous, les paris vont bon train. Combien de temps vont-ils échapper à la maladie ? Généralement, moins d'un mois.

Des gardes les conduisirent à l'aile droite de la maison et leur remirent les clefs de la porte d'entrée.

— Surtout soyez vigilants ! dit l'un d'eux avant de s'éloigner.

Eugénie et François se retrouvèrent seuls dans cette pièce où ils n'osaient pas toucher les objets tellement ils avaient peur de contracter la maladie. Ils se demandaient pourquoi Pierre de Morsan les avait accueillis contre l'avis de Lesquin. Voulait-il les vendre à ceux qui les poursuivaient ? Les gardait-il comme une distraction pour ses gens ?

— Cet homme sait ce qu'il veut et je ne lui fais pas confiance ! dit Eugénie. Et puis Lesquin ressemble au diable sorti de l'enfer. Ses gros yeux posés sur moi m'ont glacée jusqu'aux os !

— Je suis là pour vous protéger, répondit François. Ils ont compris que je ne reculerai pas. Ils vont se contenter de parier avec les autres et de compter les jours jusqu'à ce que nous soyons pris par la maladie.

Le soir, Pierre de Morsan leur rendit visite. Il avait caché la partie rongée de son visage sous un châle, ne laissant déborder que l'abondante barbe noire de sa joue gauche. Il ordonna qu'on apporte à manger :

— Vous pouvez partager votre repas avec un lépreux, vous pouvez boire dans mon verre, vous ne risquez rien. Le seul risque c'est le contact de la peau. Je garderai donc mes distances pour ne pas fausser le jeu. Les paris sont lancés.

On apporta à manger du lard rance, du pain dur et des noix. C'était peu, mais suffisant. Le vin était aigre, il désaltérait quand même. Morsan parlait abondamment :

— Je suis un cadet de famille. Comme vous, monsieur d'Auxerre, je suppose. Je devais prendre la robe, mais ce n'était pas mon affaire, je ne rêvais que de guerre et de pays lointains. Dieu m'a puni. J'ai rapporté la lèpre d'Orient.

— Qu'attendez-vous de nous ? demanda François.

Morsan eut un léger sourire qui se perdit dans l'épaisseur de sa barbe. Ses yeux se plissèrent en se tournant vers Eugénie.

— Vous êtes un homme d'Église. Vous vivez avec une femme, mais c'est souvent ainsi. J'ai pu remarquer que vous savez aussi vous servir d'une épée. Vous avez toutes les parties de votre corps, ce qui est précieux. Vous valez très cher, tout comme la faucheuse qui est mise à prix !

— Vous voulez dire que vous allez nous livrer ? demanda François, menaçant.

— Il y a d'autres arrangements. Pour rassurer le peuple, on raconte que les lépreux ne sortent jamais. C'est faux. Il faut bien manger ! Les plus valides, ceux qui passent inaperçus, rançonnent les fermes et les voyageurs. La lèpre fait tellement peur qu'il suffit de brandir un moignon sous le nez d'un bon bourgeois pour obtenir tout ce qu'on veut de lui. Mais la peste n'est pas notre alliée. Depuis qu'elle sévit, les chemins sont déserts, les fermes vides de leurs réserves et les villes restent fermées.

Quand il fut parti, Eugénie qui n'osait toujours pas toucher l'écuelle où il avait bu répéta ses doutes :

— Je me demande s'il ne nous a pas vendus. Nous devons rester sur nos gardes.

Ils attendirent longtemps avant de se coucher et, ce soir-là, sûrement à cause de la proximité de la plus terrible des maladies, des misérables qui grouillaient dans ce lieu sordide, Eugénie prit la main du jeune homme et la garda toute la nuit serrée dans la sienne.

Au matin, une grande clameur les réveilla. Des gens criaient, des hurlements d'enfants perçaient le tumulte. Eugénie et François se regardèrent, étonnés.

— Allons voir ! dit François en ceignant son épée.

Une foule grouillante vociférait sur la place boueuse. Hommes et femmes se pressaient autour de Lesquin qui dressait devant eux un crucifix à l'envers. Pierre de Morsan arrivait sur sa charrette tirée par ses deux gardes. Il leur fit signe. Le ciel était gris, sombre et lourd.

Des lépreux qui pouvaient encore marcher et manier l'épée d'une main obligèrent un groupe d'enfants nus à s'approcher de l'officiant. La foule hurlait, des poings se levaient au-dessus des têtes. Les enfants poussaient des cris apeurés et suppliaient qu'on les épargne. Le prêtre prononçait des incantations au diable en agitant son crucifix.

— Que se passe-t-il ? demanda Eugénie.

— C'est l'heure de servir le maître des ténèbres ! dit Morsan. Ces enfants ont perdu leurs parents et sont des bouches inutiles. Nous devons nous en débarrasser.

Lesquin tendit ses deux bras vers la foule, secoua le moignon de son poignet droit, et dressa sa main gauche où il ne restait que deux doigts, le pouce et le majeur.

— Mes frères de la damnation, notre maître demande du sang et nous allons lui en donner ! Il répand la peste dans le pays pour bien montrer que c'est lui qui commande. Soyez certains qu'il nous réserve une bonne place en enfer, et là vous aurez vos bras, vos jambes, vous serez jeunes et forts. Vous aurez le plaisir de précipiter les fils de Jésus dans les flammes car vous avez choisi d'être à côté du prince des ténèbres !

Une ovation s'éleva dans la foule. Des visages hideux et sanguinolents grimaçaient, des morceaux de bras s'agitaient au-dessus des têtes hirsutes.

— L'heure est venue de sacrifier ces innocents. Ils auront l'éternité pour revenir sur cette terre et conduire les âmes égarées vers le maître des enfers !

Eugénie n'arrivait pas à contenir le tremblement qui secouait tout son corps. Elle était paralysée devant cet odieux spectacle. À côté, François n'avait pas bronché, mais serrait la poignée de son épée. Lesquin s'agenouilla devant la croix renversée et se dressa de nouveau, une hostie noire entre les deux doigts de sa main.

— Voici le pain des ténèbres qui ouvre les portes du monde infernal. Ses tourments seront pour les autres, pas pour nous qui sommes si mal aimés sur cette terre ! Notre revanche arrive enfin !

Il ouvrit sa bouche édentée pour y introduire l'hostie. La plaie qui couvrait une grande partie de son visage s'anima. Il dardait sur la foule ses gros yeux veinés de rouge.

Enfin, il se tourna vers la dizaine d'enfants nus, toujours encadrés par des hommes armés de lances. Les malheureux ne criaient plus, leurs regards effarés allaient de la foule à l'officiant.

— Satan vous attend. Il m'a dit cette nuit qu'il vous recevrait dans son palais. Il y fait toujours chaud et les servantes vous nourriront de miel et de fruits sucrés. Vous n'aurez plus jamais à travailler. Le maître vous enverra souvent sur cette terre, au-delà de ces murs, dans les châteaux des seigneurs qui vous obéiront. L'heure d'aller le rejoindre a sonné.

De la pointe de leur lame, les gardes poussèrent les enfants vers Lesquin. Un garçonnet se mit à crier et voulut s'échapper en passant entre les hommes, mais il fut aussitôt maîtrisé. Le soleil glissant entre les gros paquets de nuages éclaira la large pierre plate où la première victime fut allongée de force. Plusieurs éclopés s'acharnaient sur ce jeune garçon au corps sain et vigoureux. Lesquin prit le couteau du sacrifice dont la lame lançait des éclairs. Ses gros yeux cruels regardaient déjà la gorge qu'il allait trancher.

Eugénie poussa un cri. Tous les regards se tournèrent vers elle. Sans se préoccuper du risque qu'elle encourait, bousculant des pieds les lépreux, elle courut au centre de la place et, s'interposant entre la lame et l'enfant, cria :

— Soyez tous maudits !

Des hurlements firent suite à son intervention. Des mains mutilées, des moignons s'agitaient. Des faces rouges criaient leur haine, des pierres volaient autour d'Eugénie. François sauta par-dessus les gens couchés à même la boue, se rangea à côté d'elle, l'épée dressée, face à la foule qui se tut.

— Comment pouvez-vous croire de telles sornettes ? s'offusqua-t-il. Personne ne demande le sacrifice de ces enfants sinon ce curé excommunié qui ne sait que prêcher la haine et la souffrance !

— Qu'on se saisisse de ce maudit moine ! hurla Lesquin.

Personne ne broncha. François tenait son épée menaçante devant lui pendant qu'Eugénie aidait la victime à se relever. Les autres enfants, toujours rassemblés entre les gardes profitèrent de la diversion pour s'échapper. Eugénie remarqua qu'ils portaient une marque sur l'épaule droite, un cercle imprimé au fer sur leur peau. Lesquin voulut reprendre l'avantage, mais François ne lui en laissa pas le temps. En le menaçant, il l'obligea à s'éloigner.

— Vous ne devez pas écouter ce que vous raconte cet homme. Dieu ne pousse pas ses fils dans les bras du mal, bien au contraire. La lèpre est une terrible épreuve, mais en s'aidant, en s'aimant les uns les autres, on peut alléger son fardeau, cela, j'en ai la certitude. Ce n'est pas en tuant des innocents que vous supprimerez vos douleurs.

Eugénie poursuivit :

— La léproserie comporte des terres en friche. Au lieu de vous disputer, de vous entretuer, il serait plus profitable pour tous de les cultiver, de construire de véritables maisons, d'aider vos enfants à échapper à l'enfer de la lèpre. On va tous se mettre au travail. Nous avons deux chevaux pour labourer ! Nous manquons de bras, c'est vrai, mais tous ensemble, nous pouvons faire reculer la misère et la maladie n'aime pas les gens bien nourris !

Les lépreux se regardèrent puis cherchèrent le visage hideux de Lesquin. Le prêtre avait disparu. Pierre de Morsan fit approcher sa charrette. Il tourna les yeux vers Eugénie et François tout en gardant cachée la partie rongée de sa figure.

— Je n'en attendais pas moins de vous. Seul, sans mes jambes, je ne pouvais rien, avec vous, tout est possible, mais méfiez-vous de Lesquin, c'est le plus horrible personnage que je connaisse.

— Pourquoi l'avez-vous laissé faire ? s'insurgea François.

— Parce qu'il a des jambes pour s'échapper et une main pour tenir une épée. On ne peut régner sur des lépreux sans répandre la terreur !

— Rentrez chez vous ! cria Eugénie. Que ceux qui veulent travailler avec nous et sont assez valides pour cela se présentent cet après-midi. Nous distribuerons les tâches !

Eugénie et François rentrèrent dans le taudis qui leur servait de logement. Lesquin n'avait sûrement pas abdiqué aussi facilement et tenterait de les éliminer. Ils devaient se tenir sur leurs gardes.

— Je ne le crains pas ! fit François en rangeant son épée dans le fourreau.

Un grattement sur la porte leur fit redouter l'arrivée du prêtre et de ses fidèles. François ouvrit vivement, prêt à faire face à un adversaire. Il se trouva nez à nez avec un enfant d'une dizaine d'années.

Eugénie reconnut celui qui devait être sacrifié. Il s'était vêtu de hardes déchirées, chemise de chanvre gris et chausses constituées de morceaux de tissu enroulés autour des jambes. Les pieds nus, le garçon était assez robuste pour son âge, ce qui était rare dans la léproserie. Eugénie pensa à Matthieu que Rincourt avait enrôlé chez ses ennemis.

— Comment tu t'appelles ?

— Antoine. L'Antoine de l'Édentée. Ma mère est morte l'année passée.

— Mais tu n'es pas malade. Qu'est-ce que tu fais ici ?

— Si, je suis malade. La bête sournoise m'a mordu.

Il montra la peau rouge et purulente sur le dos de sa main droite.

— Bientôt mes doigts vont tomber, et puis la main tout entière. Pourtant, ici, les enfants ne sont pas toujours malades. Les mères prennent tant de précautions pour s'occuper d'eux qu'ils échappent à la lèpre. C'est pour ça qu'on les marque au fer !

Eugénie se souvint du petit cercle de peau sombre qu'elle avait vu sur l'épaule droite de chacun des enfants nus.

— Que veux-tu dire ? demanda François qui s'était approché.

— C'est le sire de Langres qui le demande. Les nouveau-nés sont marqués, comme ça, ils ne peuvent pas sortir de la léproserie et aller grandir ailleurs.

— Allez, Antoine, rentre chez toi ! On te retrouvera cet après-midi.

— Oui, je veux bien, mais…

Il se dirigea vers la porte et, avant de s'enfuir en courant, s'écria :

— Tu es si belle ! Je voudrais que tu sois ma mère !

Il disparut derrière les baraques en bois. Le soleil avait pris le dessus et brillait sur la campagne.

Morsan se fit annoncer. La tête inclinée sur sa plaie, il tourna vers eux un regard anxieux.

— Je m'étonne que les troupes du seigneur de Lormes ne soient pas venues rôder dans les parages. Personne ne vous a réclamés. Ce n'est pas bon signe.

— Que redoutez-vous ?

— Qu'ils mettent le feu à la léproserie, qu'ils brûlent tout le monde pour vous récupérer. Je n'ai pas pu avertir mon frère. Monsieur d'Auxerre, vous devriez profiter de votre cheval pour aller le voir et lui parler.

François partit aussitôt vers le château dont on voyait au loin le donjon dominer l'horizon. Il fut de retour en début d'après-midi. La plupart des malades se tassaient sur la place autour de la grande pierre plate sur laquelle Lesquin sacrifiait les orphelins. Morsan se fit amener près d'Eugénie qui se mit à distribuer les tâches. Antoine, à la tête des enfants orphelins, participait à l'opération : certains furent désignés pour ramasser des branches mortes, d'autres pour garder les troupeaux dans les pâtures abandonnées depuis longtemps, d'autres enfin sortirent de la léproserie pour aller glaner les épis oubliés dans les champs que la peste avait désertés.

Le soir, la place avait été nettoyée, des marmites de soupe cuisaient dans la plupart des foyers. Il avait suffi de peu de chose, de la bonne volonté, des paroles d'encouragement, pour en arriver là. Les femmes, surtout, étaient reconnaissantes. Ces mères, qui se privaient chaque jour pour leurs nourrissons, avaient vite compris qu'il n'y avait pas d'autre solution que de travailler et que les injonctions à l'enfer de Lesquin n'apporteraient rien sinon la haine, le sang et toujours plus de souffrance.

François savait tenir un discours simple et généreux, loin de celui des hommes d'Église, si proche de la vie que les gens l'acceptaient et que la maladie leur paraissait moins lourde à porter. Lesquin s'était réfugié dans un des bâtiments en dur, à côté d'une petite chapelle que les lépreux recommençaient à fréquenter. Il ne cessait de s'en prendre à Eugénie, la porteuse de peste, et menaçait les malades de sombrer du mauvais côté de l'enfer, celui où les flammes consument sans fin les condamnés.

Le petit Antoine s'attachait aux pas d'Eugénie. Plusieurs fois, François avait dû le rabrouer car il avait tendance à s'approcher et tendre les mains vers la jeune femme qui ne savait pas s'en défendre. Elle se privait de miel pour le garçon qui en raffolait, lui gardait les plus beaux fruits qu'il acceptait, mais oubliait d'emporter.

Quelques jours passèrent. Les enfants allaient cueillir les champignons et François les triait, leur montrant ceux qu'il ne fallait pas manger. Rien ne se perdait : ils ramassaient les fruits sauvages et constituaient des réserves pour l'hiver qui approchait. L'enfer devenait vivable.

Un matin, on trouva Lesquin mort sur la pierre plate où il sacrifiait les enfants. Il gisait au milieu d'une mare de sang, preuve qu'il avait été assassiné. Personne ne chercha à savoir qui était l'auteur du crime et, comme on manquait de bras pour creuser une tombe, il fut abandonné en pleine campagne là où les corbeaux et les loups sauraient le trouver.

À l'extérieur, la peste continuait ses ravages. La maladie se plaisait dans cette région et semblait ne plus vouloir en partir. Elle menaçait tour à tour les fermes, les hameaux, les bourgs. Les prêcheurs avaient beau jeu de clamer :

— Vous avez laissé s'échapper la faucheuse. Elle vous nargue de la léproserie que protège le sieur de Langres. Mais la nuit, elle sort sur son cheval, elle vient marquer les maisons qui seront détruites par la mal-mort ! Je l'ai vue la nuit dernière encore, avec son regard de feu qui se pose sur les villes… Voilà ce qu'il en coûte d'être faible !

Les premiers froids de l'hiver arrêtèrent l'épidémie. La famine la remplaça. Les bandes de voleurs infestaient le pays, détroussaient les marchands et mettaient à sac les fermes et les villages. Cela donna un peu de répit à la léproserie que les pillards ne se hasardaient jamais à attaquer. Pendant que les troupes du seigneur de Lormes et du comte de Langres combattaient les voleurs, les populations ne pensaient plus à la faucheuse.

Du château de Langres où il se rendait régulièrement, François avait envoyé un coursier à Varonne qui fut ainsi le seul à savoir où Eugénie se cachait. Ignorant cependant qu'elle était dans une léproserie, le cardinal lui répondit : *Surtout ne vous montrez pas. Vous êtes notre dernier espoir. Le régent qui est un obstiné vous fait chercher par plusieurs escadrons. Nous jouons à brouiller les pistes. Attendez le printemps pour rejoindre votre frère. Vous pourrez alors rentrer en France avec la grande armée de Jean Ier.*

Vint enfin le printemps. Pendant la journée, Eugénie et François s'occupaient d'organiser le travail en compagnie de Morsan. Des ateliers avaient été construits, une forge mise en place. Plusieurs personnes étaient souvent nécessaires pour un travail qu'une seule, valide, aurait accompli en quelques instants. Dans les champs, les deux chevaux épargnés par les bouchers tiraient les charrues et préparaient la terre pour de nouvelles récoltes. Les femmes étaient « accouplées » selon leur handicap et pouvaient ainsi accomplir de nombreuses tâches ménagères indispensables. Les conditions de vie s'amélioraient. Morsan exigeait une discipline de fer. Il s'était vite attaché à François, homme de convictions qu'il partageait. Son humilité, sa générosité séduisaient les lépreux qui lui faisaient confiance.

Le jeune Antoine ne quittait pas Eugénie. Il avait pris la tête des enfants valides qui glanaient le bois mort, conduisaient les troupeaux aux pâturages et accomplissaient un tas de petites tâches souvent difficiles pour les adultes à qui il manquait un membre. Pourtant, la lèpre progressait en lui. La chienne gardait ses crocs serrés sur sa main droite où des plaies purulentes étaient apparues. Il remuait de plus en plus difficilement ses doigts qui perdaient leur peau, laissant à vif la chair d'où suintait un liquide brun et malodorant.

— Vous êtes certain qu'il n'y a aucun moyen de le guérir ? demanda Eugénie à Morsan qui inclinait son chapeau sur le côté mutilé de sa figure.

— Aucun. S'il n'avait que la main de prise, on pourrait la couper et avec un peu de chance, il serait guéri, mais la bête monstrueuse le dévore à belles dents et s'attaque déjà à son pied droit. Cela signifie qu'elle est installée pour de bon et que si l'on coupe aussi le pied droit, elle prendra le gauche et ainsi de suite…

Eugénie assistait, impuissante, à la descente en enfer de son protégé. Pendant l'hiver, le jeune garçon avait cherché à cacher son mal au pied, mais depuis quelque temps, il boitillait et grimaçait à chaque pas.

Le retour du printemps et de la douceur donnait des forces nouvelles à la maladie. Beaucoup de lépreux mouraient, d'autres perdaient ce qui leur restait d'un membre ou du visage. Les enfants payaient un lourd tribut à la belle saison ; chaque jour qui passait imprimait son poids sur les épaules du pauvre Antoine qui marchait de plus en plus difficilement. Rongés à la base, trois doigts de sa main droite étaient tombés sans la moindre douleur, comme des dents de lait. Il avait assez observé la progression du mal chez les autres pour être sans illusion sur son sort :

— Avant l'été, elle m'aura pris le cœur ! disait-il, fataliste.

Eugénie s'emportait contre cette injustice qui faisait endurer le supplice des condamnés à un tout jeune innocent. Dieu était-il amour comme le prétendait François quand il laissait ainsi souffrir sans raison un de ses fils ?

— On demande tout à Dieu ! répondait le Fraticelle. Mais la lèpre est une maladie que Jésus lui-même aurait pu attraper. Le domaine de Dieu, c'est l'invisible. Le corps fait partie de sa Création et doit en subir les lois, raison pour laquelle les miracles n'existent pas. Par contre, la souffrance du corps n'est jamais gratuite, elle sert à renforcer l'âme !

— Mais enfin, Antoine n'a pas douze ans, c'est un enfant qui a envie de jouer, de courir dans les prés et au bord de la rivière…

— Vous ne pouvez que lui donner beaucoup d'amour. C'est là le seul remède !

— Beaucoup d'amour ! s'emportait Eugénie. Je ne peux même pas le serrer dans mes bras !

Comme le garçon marchait de plus en plus difficilement, elle décida qu'il passerait la nuit près d'elle, dans la pièce qu'elle partageait avec le Fraticelle.

— C'est une grave erreur ! dit François. Vous risquez la contamination et cela ne changera rien au sort de ce malheureux.

— Il a besoin de moi. Je remplace sa mère !

En parlant ainsi, elle avait le sentiment de racheter ses manquements auprès de ses propres enfants, d'obtenir leur pardon. Elle restait cependant très prudente. Dans chacun de ses déplacements, Eugénie était entourée de quatre hommes particulièrement décidés qui écartaient les importuns, surtout les enfants toujours à la recherche d'une caresse, d'un baiser.

Un soir, alors qu'il n'avait pu se lever de la journée, Antoine, allongé sur une paillasse posée dans un coin, appela Eugénie. Son visage maigre se découpait dans la pénombre, ses yeux noirs gardaient toute leur présence.

— Je voulais te dire pour Lesquin…

— Eh bien quoi ?

— J'avais encore mes jambes et je l'épiais. Il avait décidé de te tuer un soir quand tu rentrerais chez toi.

Un coup de couteau, comme il le faisait aux enfants du sacrifice !

— Ah bon ? fit Eugénie intriguée.

— Il pouvait le faire. Les gens le redoutaient tellement que personne ne lui aurait demandé des comptes. Alors, j'ai attendu la nuit et je l'ai tué.

— Qu'est-ce que tu racontes ? Un enfant de ton âge ne peut pas tuer un homme !

— Si, je l'ai tué avec ma main gauche qui allait bien à cette époque. D'ailleurs c'est peut-être pour me punir que le diable va me la prendre !

— Ne crois surtout pas cela ! intervint François qui était resté en retrait. Le diable n'existe pas !

L'enfant se tut un instant, mais son regard montrait son intense réflexion.

— Alors s'il n'existe pas, le mal vient d'où ?

— Le mal vient de la nature des hommes. C'est pour cela que nous pouvons le combattre et le vaincre !

Au mois de mai, la communauté dut faire face à la famine. Il n'y avait plus de blé, plus de fruits secs que les enfants avaient récoltés à l'automne. Les rares légumes, que le printemps tardif avait permis de cultiver, nourrissaient peu et les bagarres se multipliaient. François fit doubler la surveillance près des chevaux que beaucoup lorgnaient. Il demanda qu'on inspecte leur foin, redoutant que des malintentionnés n'y cachent des clous destinés à perforer l'estomac des animaux qu'il aurait alors fallu abattre. Il avait beau répéter que les chevaux vivants étaient la richesse de la léproserie, la plupart ne pensaient qu'à soulager leur faim immédiate. Il dut aussi se battre contre les pères qui égorgeaient leurs nourrissons pour supprimer des bouches à nourrir et, parfois, n'hésitaient pas à les faire cuire comme des porcelets.

Antoine était de plus en plus faible. Les maigres bouillons que lui donnait Eugénie ne procuraient pas suffisamment de forces à son jeune corps pour combattre la maladie. Il s'affaiblissait de jour en jour. La lèpre avait pris chez lui une forme particulière, plus fréquente chez les jeunes que chez les adultes. Après avoir joué pendant quelques mois avec sa proie, lui volant les doigts, un pied, elle était pressée d'en finir et le tuait comme une maladie ordinaire. L'enfant se plaignit des reins puis la fièvre monta, brûlant ce qui lui restait de vie.

Les linges mouillés qu'Eugénie lui posait sur le front en prenant une infinité de précautions n'y faisaient rien. Elle le veilla pendant plusieurs nuits. François restait près d'elle. Enfin, après plusieurs jours de délire, Antoine ouvrit les yeux, calme. Eugénie eut l'impression d'avoir déjà vécu cette scène près d'un soufflet de forge où son petit Benoît agonisait.

— Maman ! dit le jeune malade en agitant son moignon de main.

Eugénie eut un geste rapide vers cette main. François lui conseilla de reculer.

— Et tu crois que je vais le laisser seul à cet instant !

— Maman ! répéta Antoine. Je voudrais tant mourir dans tes bras !

Ses épaules se soulevèrent en une profonde inspiration. Alors, cédant à un élan irréfléchi, Eugénie se pencha vers le moribond. François, plus rapide, se coucha sur l'enfant qui venait de rendre son dernier souffle, protégeant ainsi sa compagne du contact mortel.

— Mon Dieu, qu'est-ce que j'ai fait ? s'écria-t-elle.

Elle se releva lentement. François fit de même. Il était grave, mais aucune colère ne durcissait son visage.

— Qu'est-ce que j'ai fait ? dit encore Eugénie.

— Vous ne devez jamais plus me toucher. Heureusement que j'étais là !

— Tu m'as sauvé la vie ! Tu t'es sacrifié pour moi !

— Ce n'est pas si grave. Rien ne prouve que j'aie été contaminé, mais il vaut mieux rester prudent. Désormais, vous ne vous approcherez plus de moi !

Sous les ordres de Morsan, des hommes vinrent chercher le cadavre du petit Antoine qui fut brûlé ainsi que sa couche. Eugénie se remit au travail et, en quelques jours, sa peine se confondit avec celle qu'elle éprouvait pour ses propres enfants, permanente mais assagie, ombre avec laquelle elle avait appris à vivre.

La peste ravageait de nouveau le pays. La population réclamait la sorcière condamnée au bûcher. Le comte de Chaumont avait beau expliquer que les lépreux n'étaient pour rien dans la propagation de la mal-mort et que la faucheuse était partie depuis longtemps, personne ne le croyait.

Plusieurs cavaliers se présentèrent à l'entrée de la léproserie. Pierre de Morsan les reçut. Personne n'ignorait qu'il était un cadet de Langres, mais son état de lépreux lui enlevait toute autorité quand son frère ne se tenait pas à ses côtés. L'homme qui s'approchait de lui portait le bassinet haut laissant voir sa calvitie et ses boucles d'oreilles. Il descendit de cheval. Les épaulières et les chausses en cuir indiquaient qu'il n'avait pas l'intention de livrer bataille. Deux prêtres tenant des grands crucifix en fer l'encadraient. Le seigneur de Lormes agita ses petites mains où brillaient ses grosses bagues.

— Nous venons chercher la faucheuse qui nous a échappé alors qu'elle devait être brûlée avec d'autres hérétiques.

— Monseigneur de Lormes, vous n'ignorez pas que chez les Langres, on ne livre pas ses amis. Cette femme n'a rien à voir avec la peste, la preuve, il n'y a pas eu un seul cas dans la léproserie.

— Bien sûr, fit Lormes, elle vous protège. Il faut cependant nous la livrer, sinon…

— Sinon quoi ?

— Nous mettrons ce lieu à feu et à sang.

Pendant qu'ils parlementaient, les lépreux s'étaient rassemblés devant la palissade, dardant sur les visiteurs des regards menaçants. Ils savaient ce qu'ils devaient à Eugénie et n'avaient pas peur de la mort avec qui ils couchaient depuis longtemps.

— Ceux qui s'en prendront à la léproserie auront à faire au comte de Langres, mon frère.

— Nous reviendrons ! dit le seigneur de Lormes en montant à cheval. Mais cette fois, nous ne parlementerons pas !

Quelques instants plus tard, François, monté sur son meilleur cheval, franchissait la palissade de bois. Vêtu en habit de guerre, il piqua sa monture en direction du château de Langres où il fut aussitôt reçu par le maître.

— Soyez sans crainte, dit le frère de Morsan. Je vais avertir le sire de Lormes de se tenir tranquille. Et je vais poster quelques hommes d'armes dans les parages. Allez rassurer mon frère, il ne sera fait aucun mal aux lépreux.

Eugénie pensait à ce que lui avait écrit le cardinal de Varonne. Elle était impatiente de reprendre la lutte contre le Valois que, dans ses pensées, elle assimilait à l'horrible Lesquin. Il était temps pour elle de partir.

Depuis quelques jours, François avait remarqué une rougeur sur son coude. La peau s'était boursouflée, des démangeaisons le faisaient se gratter au sang.

— Elle me tient, constata-t-il.

Il n'y avait aucune rancœur dans sa voix, aucun reproche envers Eugénie qu'il avait sauvée. Ainsi, le jeune Fraticelle ne quitterait jamais ce lieu sordide, mais il l'acceptait. On savait que l'application du feu sur une lèpre nouvellement installée pouvait guérir, mais la plaie qui s'ensuivait était atrocement douloureuse et le malade en mourait une fois sur deux. François s'était préparé à sa contamination et la souhaitait probablement pour aller au bout de son sacrifice.

— La lèpre va me rapprocher de Dieu que je cherche depuis si longtemps. Vous, vous avez à faire, votre frère et vos amis vous attendent. C'est très bien ainsi.

Il souriait, radieux, comme si la maladie la plus terrible de la Création était pour lui un cadeau du ciel.

— Vous devez partir. Il faut profiter des hommes qui surveillent les alentours.

Le moment de se séparer de François était venu. Elle l'aimait comme aucun autre ; François ne vivait que pour son Dieu, pour la réforme de sa religion et enseignait aux lépreux des paroles d'amour. Il était arrivé dans cet enfer pour y apporter des conditions de vie supportables, pour soulager les douleurs et surtout les partager.

— Ils finiraient par ne plus écouter un prêcheur qui ne sait rien de la maladie. Mon épreuve sera la leur, c'est là le message du petit Antoine. En arrivant aux portes du ciel, il a pensé à ses frères lépreux, et à moi qui suis désormais avec eux !

Ce dernier soir, ils restèrent éveillés, l'un en face de l'autre, conscients de ce qu'ils s'étaient apporté. Leur rencontre continuerait de les enrichir longtemps après leur séparation. C'était un cadeau de Dieu qui donnait ainsi un sens à l'éternel, à ce qui échappait à la lèpre, à la pourriture des corps.

François alla chercher dans ses vêtements de guerre une bourse bien lourde.

— Avec ça, vous pourrez prendre des gardes pour vous escorter. Faites bien attention, ne choisissez pas n'importe lesquels, ils pourraient vous tuer pour vous voler.

— Je m'arrangerai ! dit Eugénie, sombre.

Elle avait le sentiment qu'une nouvelle page de sa vie se tournait, plus importante que les précédentes.

— Pour sortir, ce ne sera pas facile. Vous devez le faire de nuit, demain, avant le lever du soleil. Si quelqu'un vous voit, vous serez mise à mort.

Il regarda la rougeur de son avant-bras nu, souffla sur la peau qui démangeait, leva son regard gris vers sa compagne qui l'avait guidé sur le chemin de Dieu.

— Je suis d'ici, désormais. Je suis un de ces êtres repoussants que l'on n'ose pas toucher et que l'on brûle pour qu'il ne salisse plus la terre.

— Viens avec moi, insista Eugénie. Rien ne prouve que cette rougeur soit la lèpre ! Tu t'es râpé à l'écorce d'un arbre ou bien c'est une mouche qui t'a piqué. Dans quelques jours, tu n'y penseras plus. Nous allons partir ensemble.

Cela lui faisait du bien de parler ainsi. Elle éprouvait le besoin d'occulter leur séparation, de minimiser sa culpabilité. Le sentiment qu'elle portait désormais à François dépassait toute parole, toute présence. C'était une force au fond de l'âme qui ne la quitterait jamais.

— J'irai chercher le cheval. Il va beaucoup nous manquer, mais on s'arrangera. Sans lui, vous êtes condamnée, avec lui, vous avez une chance. Vous devrez galoper vers le sud, sans regarder les maisons et les villes que vous croiserez. Ce soir, vous serez à Selongey. Vous vous présenterez à la porte du monastère franciscain qui se trouve sur une hauteur, en dehors de la ville. Vous demanderez le père Cyprien et vous lui donnerez cette lettre. Vous pourrez lui parler sans peur, car il est mon frère en hérésie. Il vous trouvera une escorte pour vous conduire à Sienne. Mes frères entretiennent un commerce suivi avec la Toscane.

Elle eut envie de l'embrasser.

— Je t'aime, lui dit-elle. Je t'aime et je te demande pardon.

— Pardon de quoi ? Dieu l'a voulu ainsi. D'ailleurs rien ne prouve que j'ai la lèpre. Parfois, la plaie sèche toute seule…

Cela arrivait, en effet, mais François ne s'accrochait pas à cet espoir terrestre. Il parlait ainsi pour atténuer les remords d'Eugénie. Lui aussi l'aimait, d'un amour qui le conduisait vers Dieu.

— On se retrouvera un jour.

Il secoua la tête.

— Non. Si l'on se retrouve, ce sera au paradis.

Dehors, les coqs chantaient, annonçant l'aube. François ramena la manche de sa chemise sur la rougeur de son avant-bras, alla chercher le cheval et le sella. Des gardiens de l'écurie s'en étonnèrent, il leur expliqua que l'animal avait besoin d'être ferré, qu'il l'amenait à la forge où il s'en occuperait lui-même pour ne pas perdre de temps. Il devait le faire courir un peu pour voir quels fers avaient pris du jeu. Les garçons d'écurie n'insistèrent pas : François était un chef incontesté, d'une grande bonté, mais aussi d'une fermeté qui ne reculait jamais devant le châtiment suprême quand cela était nécessaire.

Il s'éloigna avec le cheval. Eugénie l'attendait dans l'ombre, à la porte. Ils se regardèrent dans la pâleur du jour qui pointait au-dessus des collines. Ils ne voyaient que leurs yeux à travers l'immensité de leurs âmes.

— Garde-toi bien. Quand je reviendrai, je passerai te voir.

Il sourit, un sourire profond, déjà détaché des choses du monde. Ces paroles le touchaient, même s'il ne les croyait pas.

— Merci d'être venue dans ma vie ! dit-il. Sans vous, je n'aurais pas franchi l'ultime marche. Ah, j'oubliais…

Il courut à l'écurie et revint tenant une épée devant lui.

— Vous m'avez dit que vous y teniez beaucoup. J'ai demandé au comte de Langres de la faire chercher et la voici.

Eugénie restait sans voix. L'émotion lui nouait la gorge. Avec cette épée, c'était comme si elle retrouvait la protection du chevalier blanc.

— Dites à l'homme qui vous a offert cette épée que je prierai chaque jour pour lui, comme je prierai pour vous !

— Merci ! fit Eugénie. Je voudrais t'embrasser, mais ce bonheur m'est refusé. Il ne passera pas une journée sans que je pense à toi et que je demande à Dieu de te prendre sous sa protection.

Elle monta sur son cheval avec la légèreté qui la caractérisait et piqua l'animal qui s'éloigna au grand galop. Elle ne se retourna pas.

Tout se passa comme François le lui avait annoncé. Elle se présenta à la porte du monastère situé sur une hauteur à côté de Selongey et demanda le père Cyprien. On la conduisit auprès d'un homme très maigre qui flottait dans son aube. Cyprien avait une vivacité d'enfant, un visage fin de musaraigne toujours en mouvement. Eugénie lui tendit la lettre de François. L'homme déplia le parchemin et le porta à bout de bras en clignant les yeux. Il déchiffra en faisant des grimaces. Cela lui prit un long moment, puis il roula la lettre, la posa sur la table à côté de lui.

— Bon, dit-il en agitant les bras. Vous êtes la fille de la reine Clémence ! Quel honneur pour nous ! Savez-vous que votre mère est arrivée de Naples par la mer et qu'elle a touché le sol de France à Marseille d'où vous allez partir ?

Sa voix était grêle, presque une voix de femme. Il modulait les syllabes comme s'il chantait un psaume.

— Dès demain, une escorte vous conduira près de Marseille, un petit port où vous prendrez un de nos bateaux pour Livourne. Soyez tranquille, nos frères sont de bons cavaliers, de bons gardes et aussi de bons marins.

Elle fut conduite dans sa chambre où on lui servit à souper. Le silence du grand bâtiment la plongeait dans une profonde quiétude qui incitait au recueillement.

Le lendemain, elle fut réveillée avant le jour. Les gardes l'attendaient dans la cour. Des frères harnachaient les chevaux. Eugénie fut priée de se préparer rapidement, la journée serait longue et harassante. Le père Damien vint la chercher à la porte de sa chambre. Il lui servait des « Majesté » extrêmement ridicules face au dépouillement total des hommes de ce monastère, qui était leur grande richesse.

Le voyage dura dix longues journées. Chaque soir, Eugénie était tellement fatiguée qu'elle tombait de sommeil sous la surveillance des moines fraticelles, hommes de prière et d'action. Ils faisaient penser aux anciens Templiers, même si leurs dogmes étaient radicalement différents. Eux ne cherchaient pas à s'enrichir, bien au contraire, ils voulaient seulement réformer l'Église, lui rendre sa première vocation pastorale, faire que les ministres de Dieu soient des exemples d'humilité, des frères des pauvres.

Ils arrivèrent à Marseille un soir de vent. Les Fraticelles possédaient des comptoirs sur le port qui leur permettaient non pas de commercer pour gagner de l'argent, mais de rapporter des denrées qu'ils distribuaient à vil prix, ce qui leur valait un grand nombre d'ennemis. Ils étaient souvent poursuivis pour hérésie, brûlés ; de basses raisons commerciales se cachaient toujours sous les reproches religieux.

Eugénie passa une nuit agitée car elle redoutait l'inconnu de la mer qui ouvrait devant elle ses bouches noires, ses gouffres sans fond et son mystère. Elle n'en montra rien et, pensant à sa mère qui avait traversé cette même mer, embarqua au milieu des marins qui plaisantaient.

Le bateau largua les amarres, hissa les voiles et s'éloigna de la côte, poussé par un vent favorable. Dans la pièce lambrissée du château qu'on lui avait réservée, Eugénie avait la nausée. Elle vomit plusieurs fois, puis le malaise se calma. De l'ouverture, elle vit alors l'immensité de l'eau qui ne s'arrêtait sur rien, qui butait contre le ciel, et s'étonna de ne pas apercevoir au loin les clochers de Livourne. Cela fit rire le capitaine :

— La mer cache ses trésors jusqu'au dernier moment ! dit-il.

La traversée se passa dans de bonnes conditions. Le vent fut favorable jusqu'à l'arrivée et il n'y eut qu'un peu de pluie le troisième jour.

Eugénie foula le sol de Toscane avec un bonheur qu'elle ne cacha pas. Un convoi fut formé dans la journée et partit dès le lendemain, à travers une campagne montagneuse baignée de lumière vive.

Le lendemain soir, elle était à Sienne, une république de commerçants dont on vantait la beauté des églises et la richesse. La peste avait fait de gros dégâts, mais la ville se relevait lentement. Le mois d'août s'achevait, il faisait encore très chaud.

Jean de Sienne menait grand train dans un palais qui lui avait été prêté par la république. Le roi de France, comme on l'appelait ici, se souviendrait plus tard de ses origines, de l'accueil des Siennois, et les aiderait dans leur combat contre Florence. L'argent que les marchands et les banquiers siennois dépensaient ainsi n'était qu'un placement à long terme. Les usuriers lombards et toscans avaient l'habitude de ce genre d'opération qui comportait quelques risques mais pouvait rapporter beaucoup.

Eugénie fut introduite dans le palais où des huissiers d'étage la firent patienter. Sa Majesté était en conseil, mais il allait la recevoir. Au bout d'une heure d'attente, on vint la chercher avec beaucoup d'égards. Jean Ier l'accueillit dans une salle d'apparat, assis sur son trône, une couronne de papier couleur d'or sur la tête. Eugénie découvrit un homme grassouillet, pâle, avachi sur une sorte de trône qui n'avait rien de royal. Son regard avait perdu sa vivacité et il dressait le menton, comme pour assurer sa majesté, ce qui ne faisait que l'écraser dans une vulgarité affligeante.

— Ma sœur, dit-il en lui tendant la main et ne se levant pas comme le voulait l'usage, nous sommes pleins de la joie de vous retrouver.

Il prit un air d'importance pour écouter Eugénie.

— Moi aussi, mon frère. Je n'ai vécu pendant ces longs mois que pour le bonheur de vous retrouver. La conjuration des Lys relève la tête. Les Navarrais et les bourgeois d'Étienne Marcel sont avec nous. Votre adversaire ne reviendra pas d'Angleterre où il va bientôt trépasser d'une maladie d'entrailles. Votre armée bénéficiera aussi d'un large soutien à l'intérieur du pays. Est-elle prête ?

Jean Ier fronça les sourcils sur ses yeux bleus qui larmoyaient constamment. Voilà qu'Eugénie lui parlait encore en chef de guerre, comme elle l'avait fait à Paris lors de l'insurrection de Noël. Il se crut obligé de préciser :

— Ici, ma sœur, c'est moi qui décide. Je suis le roi, n'est-ce pas ? Aucune armée ne partira de Sienne sans que je l'ordonne.

À son tour, Eugénie prit la mouche, mais fit bonne figure.

— Notre cousin de Hongrie nous a promis cinquante mille hommes d'armes qui vont arriver prochainement ! précisa Jean. L'empereur de Luxembourg envoie de l'or, nous sommes en train de négocier avec l'Anglais pour ses possessions en Aquitaine et les questions auxquelles les Valois n'ont pas été capables de répondre.

— Majesté, mon frère, la France est à feu et à sang, ruinée, le peuple est à genoux, il faut lui redonner la sécurité, le moyen de travailler sans risquer de se faire voler le fruit de son travail ; il faut lui donner à manger, voilà le premier chantier à ouvrir !

— J'en conviens, ma sœur. Nous verrons cela quand nous serons sur place. Le pape nous fait du pied…

— N'en croyez rien. Vous n'êtes pas le bienvenu. On va chercher à vous étouffer !

— Je ne crains personne. J'ai le droit pour moi, et c'est moi qui les étoufferai.

Eugénie prit congé de son frère qui lui proposa de loger au palais, ce qu'elle accepta. Elle ne perdait pas espoir de lui faire comprendre la réalité, mais la couronne de carton dont il s'était affublé, ce trône de bois doré indiquaient ce qu'elle avait pressenti à Paris : le marchand avait perdu son âme dans les fleurs de lys. Eugénie se sentait tout à coup très fatiguée, consciente d'avoir consacré tant d'années à un pantin sur lequel il ne faudrait pas compter pour laver l'honneur du trône de France.

— 15 —

Rien n'allait plus à Paris. Étienne Marcel et ses bourgeois s'opposaient ouvertement au dauphin. La tension montait chaque jour. Les hommes du prévôt affichaient leur volonté d'en découdre ; ils tuèrent Jean de Conflans, duc de Champagne, et le maréchal de Normandie, exposèrent leurs corps au gibet. Sur la place de Grève, Marcel harangua la foule, précisant que par cet assassinat, ses amis n'avaient fait que leur devoir. Il s'afficha en compagnie du roi de Navarre.

Après cette démonstration de force, Étienne Marcel fit armer ses bourgeois et recruta les miliciens au service de la conjuration des Lys. Le régent trouva prudent de quitter Paris pour visiter ses provinces.

Guy de Rincourt avait pris ses distances avec la cour car il redoutait d'être arrêté : le régent ne lui avait pas pardonné d'avoir sauvé la comtesse d'Anjou lors du banquet de Rouen. Son indispensable action auprès des armées avait, une fois de plus, sauvé l'intendant général qui projetait de se retirer à Nemours et, de là, gagner ses terres de Gascogne. Matthieu progressait, même s'il n'avait pas retrouvé sa mémoire antérieure à l'accident. Rincourt lui avait parlé abondamment de sa mère, de sa vie à Aignan, de leur rencontre avant la bataille d'Agen, mais le jeune homme ne se souvenait de rien.

— Et mon père, est-ce vous ?

Il ne pouvait pas lui mentir et biaisait :

— Non, je ne suis pas ton père d'avant ta blessure, mais je t'ai sauvé. Sans moi, tu n'aurais pas eu de deuxième naissance, alors je suis ton deuxième père.

— Et l'autre, ce premier père, quand me le présenterez-vous ?

— Je ne sais pas où il est !

Matthieu pensait à cet homme d'une taille hors du commun que Rincourt avait affronté pendant la bataille de Poitiers. Ce visage, son regard noir étaient restés gravés dans son esprit. Ce chevalier était semblable au géant qu'il était en train de devenir.

— Qui était-il ? demandait Matthieu. Il semblait que vous vous retrouviez après de longues années de séparation.

— C'est une histoire ancienne. Ne t'en occupe pas !

Pourtant Matthieu insistait. Par instinct, il se sentait proche de cet inconnu dont il avait la carrure et la force.

— Il avait l'accent gascon et il vous a parlé en langue d'oc. Vous le connaissez donc depuis très longtemps.

— Je te répète de ne pas te mêler de cela !

Au mois de mars 1358, face aux bourgeois d'Étienne Marcel qui constituaient un véritable arsenal, le dauphin convoqua Rincourt au palais royal et le reçut en privé, dans ses appartements. Il lui avait demandé d'être discret et de rentrer par une petite porte de service que les espions du prévôt ne surveillaient pas. Guy de Rincourt, craignant d'être arrêté et peut-être exécuté sur-le-champ – les Valois ne lésinant pas avec leurs ennemis –, avait mis en garde Branson et Matthieu en leur recommandant de fuir Paris s'il n'était pas de retour avant la nuit.

Il entra dans le palais où le chambellan l'accueillit et le conduisit auprès du régent dans le vaste salon des audiences ordinaires.

C'était la première fois que Rincourt approchait le dauphin depuis la défaite de Poitiers. Il le trouva mûri. Un peu moins grand que son père, assez maigre, ses membres trop longs rappelaient la silhouette de Jean II. Il regardait les gens de haut, avec l'assurance de ceux qui sont nés pour être rois. Le teint pâle, le nez assez fort, il dardait sur ses interlocuteurs un regard froid et précis. Il parlait peu, mais ses propos étaient toujours raisonnés et calmes.

— Ma maison vous doit beaucoup ! commença Charles en priant son visiteur de s'asseoir. Je ne vous cache pas qu'après l'affaire de Bouvreuil, j'ai demandé à mon père de vous faire décapiter. Il ne m'a pas écouté, car vous êtes le seul capable d'équiper notre armée quand le Trésor est vide !

Rincourt ne profita pas du silence du régent pour tenter de se défendre.

— Pourtant, vous avez trahi votre roi en permettant à sa pire ennemie de s'échapper, poursuivit Charles. Sans vous, la comtesse d'Anjou aurait été capturée.

— Je ne le nie pas, Sire. J'aurais pu m'en expliquer auprès de Sa Majesté, votre père, mais il ne m'en a jamais parlé. Je dois cependant reconnaître qu'il avait raison.

Le régent avait l'autorité qui manquait tant à Jean II et parlait en détachant bien les mots les uns des autres, comme s'il pesait constamment le pour et le contre.

— Alors, expliquez-vous !

— Sire, j'ai en effet permis l'évasion de la comtesse d'Anjou car je ne voulais pas que Sa Majesté votre père, aveuglé par sa colère, se déshonorât en ordonnant l'exécution de la fille de la reine Clémence.

— Certes, mais ce n'était pas à vous de décider cela. Nous en reparlerons. J'ai laissé la dauphine et toute la suite de ma cour à Meaux où elle semble encore en sécurité, mais pour combien de temps ? Navarre s'est allié aux bourgeois pour me tenir la dragée haute. Les campagnes grondent, on dit qu'elles s'agitent du côté de Senlis. La situation demande un chef décidé et surtout réfléchi. Je vais vous donner une occasion de vous rattraper.

— C'est trop d'honneur, Sire. Mon plus grand désir étant de défendre la couronne des Valois qui sont mes cousins !

— Justement ! Défendre les Valois, c'était, quand l'occasion s'est présentée, abattre la comtesse d'Anjou ! fit Charles, direct.

Rincourt comprenant la mise en demeure baissa ses yeux de faucon.

— Je sais que vous eûtes un enfant avec elle, poursuivit le jeune Charles. Vous seul pouvez la capturer, car elle a confiance en vous. Je vous ordonne donc de l'attirer en quelque piège et de me la livrer.

— Sire, ce que vous me demandez…

— Vous m'en répondrez sur votre tête. Vous voilà au pied du mur et il n'y aura plus d'échappatoire. Mes envoyés sont en train de négocier la libération de mon père à l'automne, il faut que cette affaire soit réglée.

Les provinces s'agitaient. Guy de Rincourt devait, une fois de plus, se débrouiller pour équiper une armée disparate et pour préparer la guerre, non plus contre les Anglais qui se tenaient tranquilles, mais contre le peuple qui n'en pouvait plus d'être écrasé d'impôts et ruiné par les dévaluations successives.

Ses espions lui avaient appris qu'Eugénie se trouvait à Sienne auprès de son frère, ce que le régent ne devait pas ignorer. Il pensa aller la capturer pour la soustraire à son destin et la protéger contre elle-même. Mais rien n'était simple : Charles le faisait sûrement surveiller. Les événements de l'été 1358, en mettant en péril le régent et sa famille, lui laissèrent un peu de répit.

À Saint-Leu-d'Esserent, une bagarre entre des paysans et des soldats qui traversaient le village dégénéra et, pour la première fois, les paysans eurent le dessus. Ainsi, des manants, des vachers avaient pu tuer des nobles, les écraser dans leur superbe ! La nouvelle fit le tour du Beauvaisis, du Soissonnais, de la Champagne. Les Jacques s'en prirent alors aux châteaux qu'ils incendiaient avec une telle facilité que la révolte gagna le sud de l'Île-de-France, Arpajon, Étampes, puis la Bourgogne, la Lorraine, la Normandie, l'Artois. Des bandes de sauvages sortis de leurs fermes, armés de fourches et de faux, pendaient leur seigneur, violaient ses filles, incendiaient ses biens.

Toujours prudent, le régent attendit pour exterminer les Jacques. Étienne Marcel et ses bourgeois, qui n'avaient pas prévu cette flambée de violence, furent obligés de faire bonne figure et le prévôt de Paris proposa un arrangement aux insurgés conduits par un certain Carles, homme de forte corpulence et beau parleur. Charles de Navarre, alors allié du prévôt de Paris, refusa cet accord conclu sans lui et se dressa contre les Jacques qu'il fit tailler en pièces. Étienne Marcel, pensant que l'occasion était bonne pour s'emparer de la dauphine afin d'exercer un chantage sur le régent, partit à Meaux où les habitants lui ouvrirent leurs portes. L'armée de Navarre fit de même, mais le petit roi, furieux contre ses anciens amis et, du coup, allié du régent, fit massacrer les Parisiens. La Marne couverte de cadavres roulait un flot de sang. L'insurrection des petites gens était terminée. Le 9 juin au soir, le temps des représailles était venu. Dès le lendemain, quiconque soupçonné d'avoir participé aux « jacqueries » était pendu sans jugement. Les nobles, qui avaient eu peur, incendièrent un grand nombre de fermes, tuèrent beaucoup, violèrent les femmes qui étaient assez propres pour eux et raflèrent les richesses qu'ils trouvèrent. Le régent, comprenant que la dauphine avait été en grand danger par la faute des habitants de Meaux, fit incendier la ville en ne conservant que la cathédrale.

Non content d'avoir puni les Meldois, Charles voulut aussi punir les bourgeois de Paris et arrêta tous les chariots, toutes les barques qui arrivaient par le sud. Excellent stratège, il cherchait surtout à monter le petit peuple contre Étienne Marcel et réussit au-delà de ses espérances. Le 31 juillet 1358, le prévôt des marchands était assassiné. Le régent remportait une victoire éclatante sans avoir livré bataille. Il entra dans Paris le 2 août, acclamé par une population en délire. Le peuple eut en prime un beau spectacle : huit hommes fortunés décapités sur la place publique. L'un d'eux, le capitaine du Louvre, grand ennemi des Valois, eut des paroles terribles contre le voleur du trône de France avant de poser la tête sur le billot. Le dauphin ordonna qu'on lui arrachât la langue, ce qui fit bien rire les badauds qui s'amusent d'un rien.

Quelques membres de la conjuration des Lys laissèrent leur tête dans ce nouveau règlement de comptes. Le fils, comme l'avait fait le père, frappait ses ennemis sans jamais les nommer, faisant trancher des têtes qui obligeaient les conjurés à se réorganiser.

Les troupes étrangères infestaient le pays, celles du Prince Noir qui ravageaient l'Aquitaine, le Quercy, le Limousin, celles de Jean de Sienne qui attendaient toujours un hypothétique ordre d'attaquer Paris, celles du roi de Navarre et même celles du régent qui n'avait plus de quoi les payer. Des hordes de brigands, souvent des nobles ruinés, surgissaient à la nuit tombée, entouraient une ville ou un village, s'introduisaient dans les murs, et le carnage commençait. Ils ne laissaient que ruines, cadavres et cendres. Les survivants erraient sur les chemins, perdus chez eux, démunis de tout. Ils ne fuyaient plus. On pouvait les massacrer, mais cela n'amusait personne : les embrocher au fil de l'épée n'apportait aucun agrément puisqu'ils n'avaient plus la force de supplier qu'on les épargnât.

L'hiver fut assez doux. Ce qui aurait pu être une aubaine en d'autres circonstances n'apporta aucun soulagement aux affamés.

Guy de Rincourt avait réussi tant bien que mal à redonner un peu de panache à l'armée française. Le régent avait tant besoin de troupes correctement équipées qu'il ne lui renouvela pas ses menaces, mais le chevalier blanc savait que Charles n'oubliait jamais rien et qu'il lui demanderait bientôt où en était la capture de la comtesse d'Anjou.

Le printemps revint, pluvieux et frais. Un soir, Guy de Rincourt rentrait chez lui à pied du palais royal. La nuit était tombée. Il pensait à Eugénie à qui il avait écrit plusieurs fois sans jamais recevoir de réponse. Ce que ses espions lui avaient appris sur le roi de Sienne l'inquiétait : le marchand d'étoffes, qui avait perdu tout bon sens, prenait ombrage de cette sœur qui lui faisait la leçon. Ainsi Rincourt voyait-il poindre un nouveau danger sur la tête de celle à qui il avait lié son destin et pensait sérieusement à quitter Paris pour la rejoindre.

Il arrivait chez lui quand, au moment de franchir sa porte, surgis de l'ombre, plusieurs hommes en armes se précipitèrent sur lui, le maîtrisèrent. Il n'eut pas le temps de dégainer son épée, ni d'appeler à l'aide. Une main s'était plaquée sur sa bouche et il fut bâillonné, assommé, ligoté puis emporté.

Quand il retrouva ses esprits, il était couché au sol, les mains et les pieds liés, dans une vaste salle abondamment éclairée de candélabres. Devant lui se tenaient un chevalier d'une taille considérable qu'il reconnut tout de suite, une femme vêtue de blanc et un homme minuscule, vif, en perpétuel mouvement. Ce fut lui qui parla :

— Monsieur de Rincourt, cela fait longtemps que je souhaitais vous inviter ici. Vous portez la responsabilité des circonstances peu courtoises de cette rencontre.

Rincourt leva la tête vers Charles de Navarre. Blanche, près de Geoffroi d'Eauze, souriait. Elle aimait voir un homme qui ne lui était pas indifférent à ses pieds. Seul Eauze ne souriait pas. Le géant semblait mal à l'aise. La haine en dehors du combat ne lui allait pas, il la portait comme un fardeau trop lourd pour ses larges épaules ; pourtant, il gronda :

— Tu as ruiné ma famille, tu as détruit mon fief ! J'ai perdu mes deux fils dont l'un est mort, j'ai perdu ma femme qui est peut-être morte elle aussi, tout ça parce que tu es haineux et jaloux. Tu mérites d'être pendu.

— Pendu ? fit le roi de Navarre en faisant volte-face. C'est bien trop doux pour celui qui a juré au régent de lui livrer la comtesse d'Anjou et qui fait des miracles auprès de son armée. Bien trop doux, nous trouverons mieux !

— Je n'ai fait que mon devoir ! précisa Rincourt à qui un garde venait d'enlever le bâillon.

— Tu as investi mon château par un souterrain sans la moindre sommation, tu as volé les reliques de sainte Jésabelle parce que la mal-mort approchait ! s'écria Eauze. C'est avoir le sens de l'honneur que d'enlever ma femme et la séquestrer à Valence ? C'est avoir le sens de l'honneur que se débarrasser de mes deux fils dans une ferme et d'en faire des vachers ?

— Vous ne savez pas tout ce que j'ai fait pour vos fils !

— On a assez parlé ! dit Charles de Navarre. Gardes, emmenez le prisonnier au fort de la ville, faites qu'il soit bien traité, je veux le garder en forme car il a beaucoup de valeur. Mais je veux qu'il soit surveillé jour et nuit. S'il venait à vous échapper, je serais obligé de vous faire pendre.

Le petit roi était heureux de priver l'armée française de son meilleur soutien qu'il se réservait de monnayer à l'occasion.

Le régent, apprenant la capture de son intendant par les hommes de Navarre, sombra dans une profonde colère et décida d'assiéger Melun. Charles de Navarre éclata d'un grand rire :

— Ce benêt veut montrer sa force quand il est incapable de commander une armée, et veut prendre notre bonne ville ! Non content d'avoir intrigué contre moi, il oublie que je tiens les places fortes de Normandie et que je peux affamer Paris quand je l'aurai décidé !

Le siège ne dura que quelques heures. À midi, les deux cousins se retrouvèrent sous une tente bleue et or dressée en dehors des fossés et gardée par un nombre égal de soldats des deux partis. Dans ce genre de situation, Charles le Mauvais était imbattable. Il évoqua de vieux souvenirs, quand il apprenait au dauphin à se divertir avec les femmes, leur chevauchée avortée vers le Luxembourg et surtout les haltes dans les auberges. Les deux hommes finirent par se taper sur l'épaule, mais le dauphin, comme à son habitude, montrait une façade affable derrière laquelle il n'avait pas baissé sa garde.

Ni l'un ni l'autre n'avait intérêt à la reprise de la guerre ; un accord fut trouvé et signé : Charles de Navarre obtenait la confirmation de ses possessions en Normandie, une partie de la Champagne et une forte indemnité dont on pouvait se demander où le régent irait la chercher. Les deux partis uniraient leurs forces contre l'armée de Sienne et captureraient la comtesse d'Anjou sans laquelle le prétendu Jean Ier ne pouvait rien : « Il est aussi bête qu'un vacher ! » s'exclama Navarre qui s'en voulait de ne pas avoir trouvé une formule plus percutante.

Ils ne parlèrent pas de Rincourt. Tous les deux y avaient pensé mais l'un et l'autre voulaient garder ce joker en cas de besoin. Enfermé derrière les hautes murailles du fort, il ne risquait pas de trahir une nouvelle fois la couronne des Valois pour l'amour d'une femme. Le régent rentra à Paris, suivi de Charles de Navarre qui s'installa au Louvre et recommença aussitôt à conspirer.

Eugénie passa l'hiver et le printemps suivant à tenter de ramener son frère à la raison, mais à mesure que les mois passaient, ses doutes faisaient place à des certitudes : Giannino n'était pas fait pour être roi. Elle multipliait les courriers au cardinal de Varonne et à Étienne de Pleisson qui ne voulurent pas l'écouter : *Le roi de Sienne est ce qu'il est. Il ne sera pas pire que les autres.*

Jean Ier passait ses journées à envoyer des courriers au pape, à son cousin de Hongrie, à l'empereur d'Allemagne, et il se laissait aller à sa mégalomanie. *Mon cher frère*, écrivait-il à Charles de Luxembourg, *je suis bien aise de constater que vous m'appuierez quand je déciderai d'envahir l'Angleterre. Je ne supporte plus les intrusions de ces bandes de barbares sur mes bonnes provinces où ils sèment la terreur. Je vous ferai part, dans un prochain courrier, de mon intention de créer une alliance européenne afin de retrouver notre souveraineté sur le royaume d'Orient et le tombeau de notre saint Sauveur. Que les bons chrétiens se rassemblent à mon panache fleurdelisé et nous marcherons sur les infidèles !*

Il s'en prenait à sa sœur qui lui rappelait son bon sens de marchand d'étoffes.

— Je comprends bien que vous ne voulez pas que je retrouve ma couronne ! s'emportait-il. Je sais depuis la tentative manquée de Paris que vous cherchez à m'éliminer, car vous voulez prendre ma place !

— Mais non, Jean, j'ai passé des années avec les barons de la conjuration des Lys à vous ouvrir le chemin. Nous sommes une poignée de fidèles à réclamer que justice soit faite. Beaucoup ont été décapités pour vous ; d'autres encore sont prêts à mourir mais de grâce, cessez de parler ainsi. Il est temps que vous retrouviez la raison !

Jean de Sienne dressait la tête. Il ne quittait plus sa couronne de papier et aimait se prélasser sur son trône fabriqué de quelques morceaux de bois et de plâtre dorés par un artisan siennois.

— Ma sœur, insista-t-il un jour, je vous saurai gré dorénavant de m'appeler Majesté, comme il sied au fils de roi que je suis. Nous avons la même mère, c'est vrai, mais n'oubliez pas que vous n'êtes qu'une bâtarde !

Eugénie se campa sur ses ergots. Elle, une bâtarde ! L'offense l'avait brûlée comme la pointe d'une épée plantée en pleine poitrine.

— Je vous interdis de dire cela ! Notre mère et mon père étaient mariés devant Dieu, des preuves existent ! Je saurai vous les montrer, elles se trouvent avec les preuves que vous êtes bien Jean Ier, celui que l'on appelle le Posthume.

Ce terme lui déplaisait. Il fit une grimace, demanda qu'on lui apporte à boire. Il avait tellement peur d'être empoisonné que deux valets goûtaient ses mets et son vin. Ses rêves de conquêtes illuminaient son visage qui avait pris en s'amollissant un teint cireux. Il s'était arrogé le droit de justice sur une partie de la ville de Sienne. Les tribuns le laissaient faire. Les banquiers apportaient leur argent, mais n'oubliaient pas un florin sur leurs livres de comptes.

Un jour, il décida qu'un banquier, un de ses anciens amis, devait être pendu pour avoir appliqué un taux d'usure interdit dans sa zone. Cet homme était honorablement connu à Sienne et le prévôt de la ville estima que la plaisanterie avait assez duré. Il se rendit au palais pour plaider la cause du Siennois et surtout mettre Jean Ier en garde : un tel acte le priverait à jamais des subsides de la ville.

Le roi fantoche refusa, estimant qu'il n'avait pas d'ordre à recevoir du représentant du peuple. Sa sentence serait exécutée. Eugénie s'en mêla.

— Jean, vous ne pouvez pas faire cela, c'est injuste. Cet homme ne vous appartient pas, il est à sa ville, à sa famille…

— Ma justice en a décidé ainsi. Je ne reviens jamais sur mes décisions. Il sera pendu.

— Jean, insista Eugénie, vous ne comprenez pas que vous êtes en train de vous mettre à dos les Siennois qui vous ont tant aidé !

— Ils n'ont fait que leur devoir !

— Non, ils vous ont reconnu comme roi de France, ce n'est pas le cas de toutes les cours d'Europe. C'est votre couronne que vous risquez avec cette histoire.

— Ma sœur, je vous demande dorénavant de ne pas vous occuper de politique. Ce ne sont pas affaires de femme et pour parler franchement, vous m'agacez.

Eugénie n'insista pas, mais alla trouver Emilio Rugasto, le prévôt, et ils décidèrent de faire évader le pauvre marchand le soir même. Le lendemain, l'armée de la ville entourait les murs de la forteresse mise à la disposition du Français. Le prévôt déclara :

— Nous, hommes libres de la république de Sienne, avons le droit de haute et basse justice sur nos terres. Le roi français, Jean Ier, est notre hôte et nous avons décidé de le traiter selon son rang. Cependant, nous lui demandons fermement de ne plus s'occuper des affaires siennoises qui relèvent de notre juridiction. Dans le cas où le roi français refuserait, il serait chassé de ladite ville !

Jean comprit qu'il était allé un peu loin. Il fit le gros dos, puis sombra dans une colère qui rappelait celles de son père, Louis X le Hutin. Il cassa tout ce qui lui tombait sous la main, tua ses chiens, malmena ses domestiques. Dans ce sens, c'était bien un Capétien, le dernier de la lignée directe et le pire.

Il avait répudié sa femme de trop basse extraction, l'assignant à demeure dans leur ancienne résidence, lui interdisant le palais. Il avait écrit au pape, lui demandant de dissoudre son mariage pour avoir un héritier digne de régner sur la France.

Il s'était mis en quête d'une nouvelle épouse et multipliait les courriers aux différentes cours. Eugénie voulut lui expliquer que c'était trop tôt, qu'il devait attendre d'être vraiment roi de France, que personne ne le prendrait au sérieux tant qu'il se terrerait à Sienne. Il s'emporta :

— L'armée de mon cousin de Hongrie est presque complète, ce ne sera qu'un jeu d'enfant de renverser les Valois. Je veux être sacré à Reims au bras de la reine.

Eugénie aussi se mettait en colère devant autant de naïveté, de grossière ambition. Jean était un minable ; bien que légitime, ce bon commerçant était devenu le pire des prétendants à la couronne de France. Elle avait le sentiment d'avoir sacrifié sa vie à une chimère.

— Tu ne comprends rien ! explosa-t-elle un jour. Tu aurais dû rester un marchand et ignorer tes origines toute ta vie. Tu cours à ta perte ! Tu sais comment on t'appelle dans les cours d'Europe ? On t'appelle le Roi chiffonnier !

Son visage devint rouge cramoisi. Il ne supportait plus Eugénie qui était la seule à lui exprimer le fond de sa pensée.

— On ne tutoie pas le roi de France ! hurla-t-il. Si tu continues à m'agacer, je te fais emprisonner.

— Je ne te crains pas ! s'insurgea Eugénie. Le sang qui coule dans tes veines ne suffira jamais à faire de toi un roi de France.

Jean Ier, blême de colère, s'écria :

— Tu vas croupir dans une prison à vie. Je ne veux plus jamais te voir !

— Comment oses-tu me parler ainsi ? Des hommes de valeur ont donné leur vie pour toi. Je me suis battue avec eux ! Tu n'as donc aucune conscience de ta dette ?

— Bradini, fais emprisonner cette femme et demande qu'on aille chercher un bourreau !

— Jamais, tu entends, hurla Eugénie, jamais tu ne monteras sur le trône de France, parce que tu n'en es pas digne ! J'en fais le serment !

Les gardes s'emparèrent d'Eugénie et l'enfermèrent dans une cave du château, mais les Siennois avaient des espions dans la place et envoyèrent aussitôt une délégation au Roi chiffonnier. Emilio Rugasto se présenta devant le trône de bois doré, son livre de comptes sous le bras. Giannino ne voulut pas l'entendre, mais le prévôt le menaça de l'expulser de son palais qui appartenait à la ville de Sienne et lui exposa le montant de sa dette. Le marchand comprit le sens des chiffres : sans l'appui des Siennois, il ne pourrait plus entretenir son armée et devrait abandonner son rêve de conquête.

Jean Ier céda une nouvelle fois : il ne ferait pas exécuter sa sœur, mais il refusait de la laisser partir en France où elle ferait tout son possible pour l'empêcher d'accéder au trône.

— Je vous la laisse ! Gardez-la chez vous et faites en sorte qu'elle ne puisse s'échapper ! Sachez que je fais surveiller les portes de la ville !

Eugénie fut conduite à la prévôté où une pièce fut mise à sa disposition. Le prévôt lui faisait apporter des repas soignés, du bois pour sa cheminée et des chandelles pour s'éclairer. La prisonnière pouvait sortir à sa guise, mais avait interdiction de quitter la ville.

— Votre frère vous ferait tuer ! précisa Rugasto. Ne perdez pas espoir, nous trouverons le moyen de vous faire rentrer en France !

Eugénie n'était pas plus chez elle en France qu'ici. Le beau rêve s'écroulait. Tant de morts, tant de souffrances pour offrir le trône à un fou ! Elle revoyait la tête de Brienne rouler sur le billot, et ses amis au château de Bouvreuil qui attendaient leur tour, tassés dans une charrette. Tout ce sang l'éclaboussait encore. Elle n'y avait échappé que pour regretter de les avoir elle-même conduits à leur supplice ! Après ce qui s'était passé, elle ne pourrait jamais plus croire en son frère de Sienne qui n'était pas meilleur que le Valois. Tant d'années perdues pour une illusion lui pesaient. Elle avait envie de rejoindre François dans sa léproserie.

L'hiver était arrivé, il faisait froid, même à Sienne. Jean Ier préparait les festivités de Noël. Les Siennois l'avertirent qu'ils ne paieraient pas les dépenses au-delà d'une limite qu'ils fixèrent. Il eut beau se mettre en colère, jurer qu'il se vengerait, les banquiers, qui savaient compter, lui montrèrent une nouvelle fois l'addition de ses dettes.

— Dès les premiers beaux jours, je quitterai cette ville ingrate ! s'écria-t-il. L'heure de la conquête de mon royaume approche !

— 16 —

Matthieu errait dans la grande maison où les domestiques se conformaient aux ordres stricts du maître et de Branson, son homme de confiance. Plusieurs fois par jour, le jeune garçon rendait visite au docteur Grenoult, évoquait un passé qu'il n'arrivait pas à rattacher à sa mémoire. Sa vie présente avait commencé ici, pourtant, quelque chose d'inexprimable le poussait ailleurs, comme si celui qui l'avait arraché à la mort le privait d'une partie de lui-même.

Depuis l'été, la découverte de l'amour occupait une grande partie de ses journées. Cela s'était fait naturellement, mais avec la maladresse d'un désir dévorant et coupable. Chaque jour, Angélique, une jeune servante, faisait les lits. Un matin qu'elle frappait un matelas à grands coups de battoir pour l'assouplir et répartir la balle d'avoine, Matthieu, debout dans l'entrée, la vit s'agiter. Il faisait chaud, la jeune fille montrait ses mollets sous sa longue robe, ses bras nus, ses poignets si fins. Il s'approcha, Angélique se tourna vivement, comme si elle s'était laissé surprendre dans un moment d'intimité. Le jeune homme était tout près ; elle ne trouva pas les mots pour protester, prise par un tumulte né des odeurs de ce lit où Matthieu avait dormi nu, de cette moiteur de la pièce.

— Monsieur Matthieu ? murmura-t-elle enfin sous la forme d'une interrogation, comme si elle doutait de la réalité.

Il ne chercha pas à résister à l'élan qui le poussait vers la jeune fille. Ils roulèrent sur le lit en gloussant, heureux de voler un instant de plaisir au temps fugitif.

Ils furent dérangés par Branson qui furetait partout, qui ne cessait de surveiller les servantes, surtout les jeunes. Ils se jurèrent de s'aimer toujours et de se retrouver la nuit suivante.

Depuis, Matthieu consacrait tout son temps à cet amour simple et naïf. Son corps qui réclamait constamment celui d'Angélique ne trouvait l'apaisement que près d'elle. L'un et l'autre, passé la ferveur des premiers instants, savaient bien que leurs serments ne résisteraient pas au temps, que leurs conditions les séparaient inexorablement, mais cela n'avait pas d'importance. Leur jeunesse se nourrissait de l'éphémère.

Matthieu s'inquiétait pourtant de son sauveur que l'on disait prisonnier de Navarre à Melun. Branson, qui voulait tenir le jeune homme en dehors des événements, lui dit que Rincourt était bien traité et qu'il serait très vite libéré.

Une lettre décida cependant le jeune homme à agir. Le mois d'octobre était arrivé, avec ses matinées humides et fraîches, ses nuits sombres. Un matin de beau soleil aussi doux qu'un soleil d'été et pourtant déjà épaissi par une lumière lourde, un homme qui avait beaucoup chevauché se présenta à la porte et tendit un parchemin à Matthieu qui se trouvait là. Les feuilles des cerisiers tournoyaient dans l'air, le vent à peine sensible les emportait comme des papillons pressés.

— De Mme Eugénie d'Anjou, dit l'homme.

Le cœur du jeune garçon bondit. Eugénie d'Anjou ! Sa mère, la mystérieuse inconnue ! Rincourt lui avait tant parlé d'elle sans cacher ni le sentiment qu'il lui portait, ni que son devoir l'obligerait à la combattre ! Matthieu prit la lettre, donna quelques pièces au voyageur et partit dans le parc en s'assurant que personne ne l'avait suivi ou ne l'épiait d'une fenêtre. Il déplia le rouleau ficelé et regarda l'écriture hachée, mais bien lisible.

Mon cher fils,

La dernière fois que nous nous sommes vus, on venait de porter Benoît en terre. Je t'ai donné un cheval et je t'ai promis de revenir te chercher pour que tu vives selon ton rang. Je voulais me battre pour toi et je me suis battue. J'ai voulu la justice et voilà que je combattais pour un tyran qui est mon demi-frère. J'ai voulu que la raison conduise notre pays et j'ai servi un fou sanguinaire. Des hommes sont morts pour une cause indigne. Tu es tout ce qui me reste. Je sais que tu as été blessé et que ton sauveur est celui qui a causé la ruine de notre maison. J'espère pouvoir te rejoindre un jour pour que tu reprennes ta place à Eauze d'où je n'aurais jamais dû partir.

Que signifiait cette lettre désespérée ? Quels nouveaux malheurs cachaient autant de désillusions ?

Il enfouit le parchemin sous son surcot. Aux écuries, il passa en revue les quatre chevaux que les valets venaient de brosser. Un vieux domestique grincheux étalait de la litière sèche sous les animaux. Le regard de Matthieu s'attarda sur la fourche de bois qui secouait la paille brillante comme de l'or.

Il revint à la maison. Angélique l'attendait dans sa chambre, mais il ne s'allongea pas près d'elle. Il resta debout, le regard perdu dans le parc qui s'étendait derrière la fenêtre, la mare aux eaux croupissantes couvertes de feuilles mortes, les allées entre les massifs.

— Qu'est-ce qui t'arrive ? Tu sembles tout remué ! s'exclama Angélique en lui tendant les bras.

Il ne répondit pas et s'éloigna. Le soir tombait lentement, un froid piquant montait de la terre. Dans le ciel limpide, des oiseaux volaient lentement vers le sud. Matthieu sentait contre sa peau la raideur du parchemin qui lui rappelait son devoir : avertir Rincourt et l'aider à se libérer pour rejoindre cette mère dont il ne gardait aucun souvenir.

Il retourna à l'écurie. C'était l'heure où les serviteurs allaient souper dans la maison qui leur était réservée, un peu en retrait des chevaux dont ils avaient la charge. On les occupait aussi à entretenir le parc, ramasser les feuilles mortes et ranger les provisions de foin et de paille qui venaient du fief de Nemours.

Matthieu s'assura qu'il était bien seul. Il avait pris une cotte de mailles assez lourde, un bassinet, des chausses en cuir et son épée. Il sella rapidement son cheval, quitta Paris au grand galop. Melun était à une dizaine de lieues ; il faisait confiance à sa vigueur et à son épée pour échapper aux brigands. Son sauveur lui avait appris les fameuses passes secrètes qui lui donnaient un avantage certain sur ses adversaires.

Il atteignit Melun trois heures plus tard. La ville n'était pas encore fermée ; on attendait des chariots de ravitaillement qui ne pouvaient rester hors des murs. Des gardes patrouillaient devant la seule porte ouverte. Matthieu demanda qu'on le conduise au fort, il avait une communication importante à faire au commandant de la place. Le sergent de porte se fit prier, il n'avait reçu aucun ordre d'acheminer un voyageur, mais Matthieu, si jeune, l'impressionnait par sa carrure. Il finit par céder.

Matthieu fut introduit par les gardes dans une vaste pièce abondamment éclairée où Geoffroi d'Eauze s'entraînait aux armes avec d'autres chevaliers. Le jeune homme resta de glace en face de cet homme imposant qu'il ne s'attendait pas à trouver là. Eauze l'accueillit comme il savait le faire, avec de grands gestes et une voix tonitruante qui portait à plus d'une lieue.

— Bonsoir, jeune écuyer. Quel plaisir de ne point vous rencontrer sur un champ de bataille !

Eauze n'avait donc pas oublié le jouvenceau qui se battait aux côtés de Rincourt ! Par un curieux hasard, ce garçon lui ressemblait et sa présence auprès de son ennemi l'intriguait.

— Je suis venu pour parler à mon père qui est retenu prisonnier ici.

Eauze s'essuya le visage avec la manche de son surcot et s'approcha de Matthieu.

— Tu dis que Rincourt est ton père ? Cela me semble curieux car je ne savais pas qu'il avait un fils, mais deux filles restées avec leur mère en Gascogne.

Matthieu ne cacha pas son étonnement. Guy de Rincourt lui avait parlé de son fief de Valence, mais jamais de ses filles.

— Celui que tu appelles ton père est mon ennemi, poursuivit Eauze. Je le hais. Il est enfermé dans les caves de cette maison forte et c'est pour moi un bonheur de chaque instant de le savoir à ma merci. J'espère qu'il va crever !

Matthieu fronça les sourcils, porta la main à son épée.

— Monsieur, ce que vous venez de dire est inacceptable ! Cet homme que vous retenez sans raison n'est peut-être pas mon père, mais il m'a rendu la vie !

Il avait dégainé son épée, ce qui fit rire Geoffroi, un gros rire qui éclata comme un roulement de tonnerre.

— Tu me sembles bien impétueux ! Cela me plaît. Sache que je ne hais pas Rincourt pour rien. Il m'a ruiné en pillant mon fief, en détruisant ma famille.

Matthieu garda l'épée baissée. Ce qu'il apprenait de son sauveur le contrariait, mais expliquait pourquoi Rincourt refusait de répondre à ses questions. Que faisait-il sous les murs d'Agen où il avait été si cruellement blessé ? Il ne se sentait pas parisien de souche. Quelque chose de lointain le rappelait dans ce Languedoc dont Eauze avait le si bel accent quand il s'exprimait en langue d'oïl.

— Je ne sais pas ce que vous voulez dire, monsieur. Vous ne pouvez pas m'empêcher d'apporter à votre prisonnier des nouvelles de ma mère.

— Ta mère ?

Matthieu précisa :

— La comtesse d'Anjou, la fille de la reine Clémence de Hongrie.

Alors Eauze se troubla. Son grand corps se mit à tanguer comme s'il allait s'effondrer. Il s'appuya sur son épée, la respiration rapide, la bouche ouverte comme quelqu'un qui a couru au-delà de ses forces. Ses yeux allaient des duellistes qui continuaient à s'affronter au fond de la salle au jeune homme qui ne comprenait pas un tel désarroi. Il s'assit sur un tabouret resté dans un coin, puis il se mit à genoux.

— Mon Dieu, murmura-t-il, voilà que vous faites un miracle !

Matthieu se tenait près de lui, son épée à la main. Eauze, la tête baissée, les épaules soulevées par de gros sanglots, avait lâché la sienne. Celui qui semblait ne redouter personne, cette montagne de muscles, pleurait sans retenue. Il leva son énorme tête aux yeux rouges d'où ruisselaient d'abondantes larmes.

— Mon Dieu, dit-il encore en regardant Matthieu. Je n'ai pas mérité autant de bonheur !

Matthieu était ému. Ce chevalier capable de terrasser un taureau furieux qui lui ressemblait tant montrait une sensibilité qui le touchait au plus profond de lui-même.

— Monsieur... Monsieur, murmura-t-il, mais les mots lui manquaient.

— Tu t'appelles Matthieu, n'est-ce pas ?

— Eh bien oui. En quoi cela est-il aussi éprouvant ?

Matthieu se demandait comment Eauze pouvait connaître son prénom. Il se laissa faire quand l'ennemi de son sauveur le serra dans ses bras, sans penser qu'une nouvelle vie commençait.

— Tu t'appelles Matthieu d'Eauze, tu es le fils d'Eugénie d'Aignan, la comtesse d'Anjou. Tu es mon fils que j'ai fait chercher dans la ferme d'Aignan et partout autour. Tu étais avec ce traître qui a tout voulu me prendre, mon fief, ma femme et maintenant, mon fils.

Pas un instant, il ne vint à l'esprit de Matthieu de remettre en cause ce que Geoffroi lui disait. Il ressentait cette vérité au fond de lui-même. Il accordait tout à coup sa confiance à cet inconnu qui se disait son père, leur ressemblance le poussait à agir ainsi.

— Ma mère a écrit. Lisez.

Il délaça sa cotte de mailles et montra la lettre restée sous sa chemise. Eauze prit le parchemin et le déchiffra lentement, car il savait à peine lire, puis, levant la tête au plafond, sembla réfléchir.

— Nous partons tout de suite ! décida-t-il. Il ne faut rien dire à personne, on chercherait à nous en empêcher. Sors et attends-moi à la porte de la ville, prêt à piquer ton cheval.

Blanche se remit très vite du départ de Geoffroi d'Eauze. Elle se souvint que son frère et le régent avaient oublié un prisonnier dans les geôles de Melun. Elle lui rendit visite et en fut enchantée.

Car Guy de Rincourt ne ressemblait en rien aux hommes qu'elle avait pu rencontrer jusque-là. Son sérieux, sa dignité, son apparente insensibilité piquaient sa curiosité. Il était bien traité mais constamment surveillé par des gardes qui en restaient aux ordres reçus. Elle commença par l'observer, le trouva arrogant et décida de le punir.

— Attachez-le par les poignets et les chevilles aux chaînes du mur ! ordonna-t-elle.

Le geôlier hésita, mais l'ordre venant de la sœur du roi de Navarre, il obéit. Blanche s'en alla et revint quelques jours plus tard. Elle se réjouit de voir humilié cet homme orgueilleux, obligé d'uriner sur lui, de garder la crotte au cul comme un nourrisson. Elle fit apporter les plats les plus succulents, lui donna la becquée, retirant de sa bouche les morceaux quand il allait les saisir.

— Monseigneur, il ne tient qu'à vous que je fasse ouvrir ces chaînes qui vous martyrisent. Un mot de vous et vous serez libre.

Rincourt serrait les dents. Sa tunique blanche était constellée de larges auréoles de crasse. Il ne baissait pas les yeux quand elle le regardait.

— Je vous écoute ! insistait Blanche.

Il ne disait rien. L'orgueilleux chevalier préférait son supplice à l'abaissement devant cette fille qui, malgré sa haute naissance, n'avait pas plus d'esprit qu'un pinson. Alors, Blanche faisait rapporter les plats qu'il n'avait pas goûtés, plaçait devant lui une cruche d'eau et oubliait de le faire boire.

Au bout d'une semaine, le silence fier de son prisonnier ne l'amusa plus. Elle ordonna qu'on le libère et rit aux éclats de le voir maladroit sur ses jambes, peinant à se tenir debout et grimaçant à chaque pas tant ses articulations lui faisaient mal.

Elle le fit laver, parfumer, et lui fit servir un succulent repas. Rincourt mangea calmement pour bien montrer qu'il ne cédait en rien. Elle tenta de le faire parler, il ne fut pas loquace.

— Pourquoi avez-vous demandé une tunique blanche ? Est-ce votre couleur ?

— C'est à la suite d'un vœu, madame.

Blanche sourit, imaginant derrière ce vœu un désir inavouable.

— Une femme ?

Il ne répondit pas. À la fin du repas, émoustillée par son corps finement sculpté, par son regard plein de hauteur et de mystère, elle l'invita à le suivre dans sa maison.

— Pardonnez-moi, Majesté, mais je me sens terriblement las et ma compagnie ne vous sera pas très agréable.

Elle le fit conduire dans la pièce où le capitaine des gardes se reposait. Elle demanda qu'on y allumât du feu. Rincourt s'allongea sur le lit et sombra dans un profond sommeil. Quand il se réveilla, Blanche était assise à côté de lui et le regardait avec ses yeux où l'enfance ne s'était pas entièrement effacée. Elle posa sa petite main sur son front tiède.

— Tu sais que je pourrais t'aimer ! dit-elle avec la voix de quelqu'un qui se sait voué à la solitude.

Il eut comme un vague sourire. Il pensait à Eugénie qui avait rejoint Jean Ier à Sienne, aux dangers qu'elle courait. Il pensait aussi à Eauze qui lui avait enlevé Matthieu : on ne parlait que de ça dans la maison de Blanche. Savoir le jeune homme aux côtés de son véritable père blessait Rincourt au-delà de l'humiliation subie.

— Vous êtes reine et je ne suis qu'un modeste chevalier, dit-il pour excuser sa retenue.

— C'est vrai, j'ai épousé un roi de France, un vieux barbon, et depuis qu'il est mort, je suis enterrée vive !

— J'ai bien connu Philippe le Sixième. Il m'a fait confiance et c'est pour sa mémoire que je suis encore ici !

— Laisse-toi aller ! supplia-t-elle.

Mais il ne bronchait pas. Blanche avait l'impression de parler à un père, un de ces hommes qui échappent aux astreintes du corps et sur qui le temps n'a pas de prise.

— Surtout, ne cherche pas à t'enfuir ! Ceux qui te surveillent jour et nuit ont ordre de te passer une lame à travers le corps !

Elle ne désespérait pas de le faire céder. Dans cette vie où tout était facile, où tout le monde lui obéissait, se heurter à un obstacle lui procurait le plaisir de faire un effort, de se projeter dans l'avenir. Sa cour dura ainsi plusieurs jours, mais l'inflexible chevalier ne changeait rien à son attitude. Blanche en était toujours plus excitée et multipliait les cadeaux, organisait de somptueux festins en son honneur. Elle apaisa son corps avec un domestique qui la rejoignit dans sa couche pendant une semaine, puis elle le fit assassiner. On raconta qu'il s'était battu avec des malfaiteurs dans une auberge et qu'il s'était vaillamment défendu. Les gardes de la prévôté cherchèrent les meurtriers, sans résultat. Une vieille femme, lingère au château des reines, pleura la mort de son fils unique, mais personne ne pensa à la consoler.

Jean II rentra de captivité au mois de décembre 1360. Son entourage avait déjoué un complot destiné à l'empoisonner. Édouard III, complice des conjurés des Lys, fit écarteler les valets de bouche qui avaient pour mission de verser le poison dans le potage du Valois, mais nul ne parla des commanditaires que tout le monde connaissait.

Paris fit un accueil de vainqueur à son roi déchu. Charles de Navarre ne put s'empêcher de plaisanter sur la belle mine du revenant. Personne n'ignorait que dans les châteaux où il résidait, le souverain français était entouré de jeunes femmes et de pages choisis pour leur beauté.

Ce retour, le Valois le devait aux quatre cent mille écus d'or versés par le cardinal de Varonne. Le complot ayant échoué, Édouard III, qui ne perdait jamais son intérêt de vue, exigea que lui soit versée la totalité de la rançon. Comme l'argent manquait, les fils de Jean II durent se constituer prisonniers. Le jeune Charles, qui avait exercé le pouvoir suprême, supporta mal ce revirement de situation et en conçut une forte haine contre son père.

Jean II retrouva sa cour et ses habitudes. On le disait plus distrait qu'avant sa captivité, préoccupé, comme s'il regrettait le beau temps où il partageait ses journées entre les superbes châteaux de Savoy, de Windsor, de Hertford et enfin celui de Somerton. Il était de nouveau confronté au Trésor vide, à l'armée sans moyens, au peuple qui ne voulait plus payer l'impôt, aux marchands de Paris qui, depuis Étienne Marcel, se savaient puissants. Après les fêtes de réception, il s'étonna de l'absence de Guy de Rincourt.

— Il est retenu prisonnier au fort de Melun par ordre de votre fils ! lui répondit Tancarville.

— Alors nous partons tout de suite pour Melun !

Des émissaires se présentèrent au château des reines afin d'annoncer l'arrivée du roi. Pour que le souverain se déplaçât à Melun, il fallait une raison supérieure ; Blanche eut peur et trouva la seule parade convenable : elle ordonna qu'on préparât un banquet.

Le Valois arriva en fin de matinée, juste avant le dîner. La table avait été dressée dans la grande pièce d'apparat.

En arrivant, le souverain salua en premier Blanche, puis les deux autres reines : la vieille Jeanne d'Évreux qui se donnait des airs supérieurs et sa fille qui allait avoir dix-sept ans, mais que le remuant mari oubliait dans sa résidence surveillée. On parlait vaguement d'une grande fête l'été prochain pour réunir les deux époux.

— Où est M. de Rincourt ? demanda Jean II. Je crois avoir donné l'ordre qu'il soit ici.

— Il va arriver, Sire ! fit Blanche d'une voix mal assurée.

En effet, quelques instants plus tard, le chevalier blanc entra dans la pièce. Le roi se précipita vers lui.

— Qu'est-ce que j'apprends, mon cousin, que l'on vous a retenu ici pendant mon absence ? Le dauphin devra m'en rendre compte ainsi que ceux qui l'ont si mal conseillé.

Tout le monde sut qu'il désignait son gendre, Charles le Mauvais. La vieille Jeanne voulut se mêler de la conversation, montrer son autorité de dernière reine de la lignée capétienne, mais personne ne l'écouta. Vexée, elle se contenta de s'occuper de l'intendance et s'en prit aux domestiques qui n'allaient pas assez vite en besogne.

On se mit à table. Jean II n'était pas un grand mangeur et se contentait de goûter aux plats. Quand il était préoccupé, comme cela semblait être le cas, il restait sourd à ce qui se disait. Il avait demandé que Rincourt soit placé en face de lui. C'était à lui qu'il s'adressait, ignorant le prévôt qui faisait son possible pour attirer l'attention et le capitaine des gardes de ses majestés les reines, un certain La Barre qui aimait raconter ses exploits en Terre sainte parce que personne ne pouvait le contredire quand il se donnait le beau rôle.

— Monseigneur, j'aurai à vous entretenir en particulier après le dîner, dit le roi à Rincourt. Une affaire de la plus grande importance.

Blanche comprit qu'elle allait perdre son jouet, mais fit bonne figure. Avec son jeune valet, elle avait goûté aux délices pervers de l'amour sans visage et s'en accommoderait. Le domestique assassiné dans une taverne de Melun aurait des successeurs.

— Les affaires d'Angleterre avancent ! dit Jean II. Pour l'instant, notre cousin se tient tranquille, je veux en profiter pour organiser une grande chevauchée qui réunira tout le monde. Nous allons partir à la croisade. Le pape a souscrit à mon idée. Ce sera la meilleure manière de calmer les velléités des uns et des autres.

Il avait jeté un regard rapide à Blanche, Rincourt en comprit le sens.

— En attendant, je dois faire face à l'ennemi venu de l'extérieur. Ces enragés des Lys ont cherché à me faire empoisonner !

Il se tut un instant, puis ajouta en baissant la voix :

— Le dauphin voulait que je vous fasse pendre au lendemain du banquet de Rouen, je ne l'ai pas écouté, j'ai eu raison.

Le repas fut rapide, Jean II n'était pas venu pour banqueter. Il demanda à être conduit dans un cabinet discret où il pourrait bavarder avec Rincourt de choses à ne pas ébruiter. Il n'en dit pas plus ; curieuse, la vieille reine tenta, en vain, de percer ses intentions. Blanche, tout aussi intriguée, ne fut pas mieux renseignée.

Quand ils furent enfermés, après que Jean eut placé un homme de sa garde rapprochée à la porte pour s'assurer qu'aucune oreille indiscrète ne traînait par là, le roi dit à voix basse :

— L'instant est grave. Mes espions m'ont appris que le Roi chiffonnier se prépare à entrer en France par la Provence. Le plus surprenant est ceci.

Le roi sortit de la poche intérieure de son surcot une lettre qu'il n'avait probablement montrée à personne.

— Vous allez comprendre ma surprise. Lisez !

Rincourt déplia le parchemin et lut :

Majesté,

Je vous écris de Sienne où mon frère me retient prisonnière. Si je prends cette liberté, c'est qu'un grave danger vous menace, menace la France et son peuple déjà si éprouvé.

La conjuration des Lys, née à l'avènement de votre père, rassemblait des chevaliers de vieille noblesse qui connaissaient la survie du fils de Louis X. Ils connaissaient aussi ma naissance après le mariage secret de la reine Clémence et de mon père, Renaud d'Aignan. Cette conjuration a consacré ses forces au retour sur le trône de France de son héritier naturel et direct.

J'étais à la tête de cette conjuration jusqu'à ce que je constate que mon demi-frère, le Roi chiffonnier comme on l'appelle dans les cours d'Europe, ne mérite pas qu'on fasse une nouvelle guerre pour lui, car Jean Ier n'a plus toute sa raison.

Je vous mets en garde, Sire, contre le danger imminent qui vous menace. Des milliers de soldats attendent autour de Paris que l'armée de Jean arrive d'Italie où elle a passé l'hiver, une armée considérable. Hâtez-vous d'envoyer des troupes en Provence pour arrêter ce nouveau péril.

Je vous demande comme ultime faveur de ne pas punir mes amis des Lys car ils sont chevaliers d'honneur.

Eugénie d'Anjou.

Rincourt prit le temps de lire attentivement, pour s'imprégner de chaque mot. Il retrouvait enfin Eugénie avec ce parchemin qu'elle avait tenu, sur lequel elle s'était penchée. Le roi le ramena à la réalité :

— Vous allez prendre tous les hommes qui ne sont pas nécessaires à la défense de Paris et vous allez rejoindre la comtesse de Provence qui a levé des troupes dans ses États de Naples.

Rincourt baissait la tête. Il voulait bien se battre contre le roi chiffonnier, mais il devait, avant tout, délivrer Eugénie.

— La situation est préoccupante ! poursuivit Jean II. Mes espions me rapportent que l'armée constituée grâce au roi de Bohême et à l'or de mon ancien beau-père de Luxembourg est forte de près de cinquante mille hommes.

Le roi gratta sa barbe grise qui donnait à son visage une autorité nouvelle.

— Votre penchant pour la comtesse d'Anjou fut une grave faute contre la couronne, aujourd'hui, je suis heureux que vous l'ayez sauvée de mes colères qui sont souvent excessives, je l'avoue ! En captivité, j'ai appris à me dominer.

Il alla à la fenêtre comme pour s'assurer que personne n'était dissimulé près du mur et revint s'asseoir en face de Rincourt.

— J'espère que les Anglais et ce trublion de Navarre vous laisseront le temps de régler cette affaire une bonne fois pour toutes. Les ordres ont été donnés. Vous partez la semaine prochaine et vous devrez forcer les étapes pour être en place au plus vite. Des espions à moi vous renseigneront sur la position de l'ennemi.

Rincourt se leva, l'air pensif, et précisa :

— Je remercie Sa Majesté de me faire de nouveau confiance. Maintenant que la comtesse d'Anjou est avec nous, nous gagnerons !

— Souvenez-vous, c'est le sort des Valois qui est entre vos mains ! insista le roi.

— Je reviendrai vainqueur ou je mourrai ! dit Rincourt en sortant.

Le lendemain, tout Paris était au courant que le roi de France allait mener campagne contre son rival siennois. Le cardinal de Varonne était exaspéré. Ses espions lui avaient appris que Jean de Sienne avait voulu faire décapiter Eugénie et qu'il la gardait en prison. Ses lettres sommant Jean Ier de s'expliquer étaient restées sans réponse. Eugénie lui avait écrit que son frère avait perdu la raison et qu'il fallait l'empêcher de conquérir la couronne de France : *Il est pire que le Valois. Il s'offusque pour un rien et ne rêve que de faire pendre et décapiter ceux qui osent le contrarier. Le message est clair : Dieu ne veut pas que le dernier Capétien règne sur le plus prestigieux trône de la chrétienté. Je vous en conjure, alertez nos amis de cesser toute lutte et de faire allégeance à Jean II. Point n'est besoin d'attirer plus de malheur sur ce royaume ! Nous nous sommes trompés, notre véritable grandeur est de le reconnaître.*

Étienne de Pleisson, qui avait reçu la même lettre, se rendit aussitôt à Reims où il trouva le cardinal au lit, victime d'une attaque que ses médecins soignaient par de nombreuses saignées et des potions à base de vif-argent.

— Il ne me reste plus qu'à mourir ! dit Jacques de Varonne. La vie n'a plus de sens pour moi. Dieu vient de m'infliger le pire des désaveux !

— Tout cela me semble étrange ! s'écria Pleisson. Reprenez-vous ! Cette lettre est fausse. Le Valois, conscient qu'il va perdre la bataille, cherche à nous toucher dans ce que nous avons de plus précieux. Il a fait écrire cette lettre à des faussaires !

— Je ne vous crois pas ! La lettre que j'ai reçue est bien de l'écriture d'Eugénie que je connais. Non, elle a raison : Jean Ier n'est pas capable de gouverner. Nous pensions l'encadrer, constituer un gouvernement autour de lui avec les États généraux, les pairs du pays. C'est impossible. Giannino di Guccio est devenu un fou sanguinaire. Notre beau rêve s'arrêtera là !

— Non ! Monseigneur, j'ai envoyé des émissaires à tous nos amis qui se préparent. Notre armée va aller au-devant de celle de Jean Ier.

Le cardinal, les paupières baissées, secoua la tête. Son médecin demanda à Pleisson de le laisser se reposer. Le lendemain, Jacques de Varonne, le plus grand paresseux de son siècle, était mort. Il avait demandé à boire vers minuit. Son valet de chambre assurait l'avoir vu ajouter dans le vin chaud au miel une poudre violette.

Officiellement, Varonne était mort d'un refroidissement du cœur. Étienne de Pleisson en avertit tous les membres des Lys, les assurant que la lutte entrait dans son ultime phase. *Le Valois a appris que Jean Ier se prépare à passer les Alpes à la tête de son armée et envoie ses troupes pour l'arrêter. Nous serons de la fête, mais le temps presse.* Il leur demandait de réunir leurs hommes et de se mettre en route au plus vite. Le temps des secrets était révolu : les bannières arborant les fleurs de lys capétiennes flottaient au vent. Itteville et le comte de Chartres eurent pour mission de récupérer les compagnies disséminées autour de Paris. Des coursiers furent envoyés au roi de Sienne pour qu'il se mette en campagne. Avant même que Rincourt ait rassemblé toute son armée au fort de Vincennes, les troupes des conjurés brûlaient les étapes pour atteindre la Provence où se ferait la jonction avec l'armée de Jean Ier.

La bataille décisive allait enfin avoir lieu.

— 17 —

Geoffroi d'Eauze et Matthieu allèrent passer la nuit à Savigny-le-Temple. Ils s'y cachèrent pendant quelques jours, redoutant les espions de Blanche de Navarre. Ils trouvèrent des chevaux robustes capables de porter leurs trois cents livres et s'éloignèrent vers le sud. Ils n'avaient pas besoin de gardes, leur taille suffisait à dissuader les éventuels agresseurs. Le froid était venu, les étapes trop courtes leur faisaient perdre du temps. Ils ne s'ennuyaient pourtant pas. Ils se sentaient bien ensemble. La mère de Matthieu était à Sienne, le jeune homme devait la rejoindre, même s'il ignorait tout de cette femme dont Eauze lui parlait souvent. L'aventure l'appelait et il ne voulait surtout pas laisser passer l'occasion de belles bagarres en compagnie de ce père retrouvé. Il ne pouvait cependant s'empêcher de parler de Rincourt qu'il avait abandonné sans chercher à le revoir.

— Quoi ? Tu me dis que cet homme est généreux ? tonnait Eauze. Je préférerais me faire couper les oreilles que d'entendre ça !

— Cessez donc de le haïr. Vous pourriez être de fort bons amis !

— Non, tranchait Eauze. Il est la fourberie même. Tu sais pourquoi il a mis à sac notre château ? Pour voler les reliques de sainte Jésabelle qui protègent des maladies contagieuses. Il avait peur de la peste ! Voilà la vérité !

— Vous vous êtes déjà affrontés en tournoi.

— Qui t'a dit ça ?

En effet, qui le lui avait dit ? Matthieu ne se souvenait pas de l'avoir appris de la bouche de Rincourt, ni de personne. Cette affirmation lui était venue comme ça, sans y penser, comme sortie de cette partie d'ombre qu'il ne pouvait pas explorer.

— Je ne le redoute pas ! Et puis c'est un étranger, dit Eauze à court d'arguments. Ses ancêtres ont combattu mes ancêtres, ce n'est pas un vrai Gascon. La preuve : chez lui, à Valence, dans son château, on parlait la langue d'oïl.

La fin de l'automne était pluvieuse. Les deux cavaliers longèrent des torrents en furie, de vastes étendues d'eau où surnageaient quelques masures abandonnées. Ils trouvèrent la neige au pied des Alpes. Eauze ne pensa pas un instant qu'il aurait pu emprunter la voie de mer pour se rendre en Italie. Il redoutait de mettre les pieds sur un bateau. Cet homme qui semblait n'avoir peur de rien cachait sous son exubérance des terreurs puériles. La mort par le glaive le laissait indifférent, mais il tremblait à l'idée de se noyer.

À Sienne, les abords de la ville étaient couverts d'une profusion de tentes colorées, de chariots, de chevaux et d'hommes d'armes. Les renforts promis par le roi de Hongrie étaient arrivés. Plus de soixante mille hommes attendaient le retour des beaux jours pour marcher sur la France. Les banquiers lombards s'en réjouissaient. Ils savaient qu'ils servaient un incapable, mais s'en moquaient : ils avaient là l'occasion de gagner beaucoup d'argent, tant pis pour les affaires de la France !

Geoffroi et Matthieu demandèrent à voir le prévôt Emilio Rugasto qui les reçut aussitôt dans sa banque. Le rez-de-chaussée était une ruche de commis aux écritures qui envoyaient des courriers dans l'Europe entière. Rugasto occupait l'étage où il se préservait des courants d'air car il était particulièrement frileux. Un feu abondamment nourri flambait dans la cheminée et entretenait une chaleur d'étuve. L'homme était de petite taille. Il portait la robe selon la mode ancienne, cousue de fils d'or. Un bonnet blanc serrait son crâne volumineux. Les lèvres molles, le nez large et tombant, le menton en retrait, on ne remarquait dans ce visage gras que les yeux, toujours en éveil, captant les moindres détails, surtout dans l'attitude de ceux qui venaient lui emprunter de l'argent. Deux gros livres étaient posés sur sa table, à portée de sa main droite. Dans ces pages se trouvaient toutes les créances des maisons nobles d'Italie, des cardinaux et du pape.

Il sourit et se tourna vers les arrivants :

— Mes seigneurs, qu'attendez-vous de moi ?

— Je suis Geoffroi d'Eauze. Voici mon fils, Matthieu d'Eauze. Nous sommes venus chercher Eugénie, mon épouse, et la sœur du roi Jean.

Les géants qui se tenaient debout devant lui semblèrent tout de suite sympathiques à Emilio Rugasto qui s'étonna de la blessure sur le crâne du jeune homme et de la légère dissymétrie de ses traits. Comme il voulait gagner du temps pour sonder les intentions de ses visiteurs, il prit un faux air catastrophé qui était aussi une incitation à la confidence.

— Tout va mal, dit-il d'une voix terne. La comtesse d'Anjou s'est opposée à son frère et elle n'a pas gagné !

— Où est-elle ? demanda Eauze qui n'aimait pas les louvoiements du prévôt.

— Hélas, monseigneur, elle n'a dû la vie sauve qu'à une surveillance active de nos gardes. Il semblerait que le roi Jean l'ait prise en haine totale.

— Où est-elle ? gronda Eauze en se dressant en face du Toscan.

Rugasto rentra sa grosse tête ronde dans ses épaules, comme pour éviter la charge de ce taureau capable de démonter la ville de Sienne pour retrouver la prisonnière. Le banquier, astreint chaque jour à une observation minutieuse de ceux qu'il recevait, trouvait étrange que ce colosse, ce rustre, soit l'époux de cette femme fine et cultivée de la plus haute noblesse.

— Vous la verrez, monseigneur, vous la verrez. Nous, les Siennois, sommes des marchands, mais aussi des humains. Nous avons su protéger madame la comtesse contre les velléités de son frère. Vous la trouverez en bonne santé.

— Pourquoi la laissez-vous croupir en une geôle ?

— Elle ne croupit pas en une geôle, comme vous dites, messire. Je vous assure qu'elle ne manque de rien. Je m'en préoccupe personnellement.

Eauze ne comprenait pas ces manières et n'avait qu'une hâte : délivrer Eugénie et ferrailler si c'était nécessaire pour la défendre. La présence de Matthieu attisait son impatience.

— Je crains que vous ne puissiez rien faire pour l'instant ! dit Rugasto. Il faut attendre. L'armée que vous avez vue près de notre ville appartient au roi Jean qui s'apprête à fondre sur la France.

— Je veux voir ma femme.

Le rusé Rugasto réussit à faire patienter Geoffroi d'Eauze pendant toute une semaine. Il le promena dans les rues de Sienne, le présenta aux élus de la ville, le retint de banquets en festins, le conduisit dans sa maison de campagne. S'il retardait ainsi, c'était pour prendre quelques précautions afin de ne pas être le perdant dans une affaire où il avait engagé beaucoup d'argent. Le sens diplomatique de cette montagne de muscles qu'un mot de trop pouvait mettre en mouvement ne lui inspirait aucune confiance. Que cherchait Eauze en marge de la conjuration des Lys ? Excédé, l'encombrant visiteur le menaça de tout casser. Le prévôt fut contraint de céder :

— Cette nuit, nous irons rendre visite à Mme Eugénie.

Après complies, Rugasto invita Geoffroi et Matthieu à le suivre dans un souterrain aux voûtes maçonnées en très bon état. Les hommes de taille ordinaire s'y déplaçaient aisément, Eauze et son fils marchaient courbés. L'appréhension leur nouait le ventre.

Ils arrivèrent dans une cave. Les torches éclairaient des tonneaux disposés le long du mur. Ils montèrent un escalier. Rugasto prit une clef sur l'énorme trousseau de sa ceinture, ouvrit une lourde porte de chêne, puis invita ses accompagnateurs à entrer dans une vaste pièce au mobilier constitué d'une armoire à deux battants, une table et des chaises rembourrées. Une servante apportait du bois pour la cheminée. Eugénie, qui écrivait assise à la table, se tourna vers les arrivants.

— Messire, s'étonna-t-elle en regardant Rugasto. Je n'ai point l'habitude de vous voir à cette heure !

Alors Eauze qui était resté en retrait s'avança.

— Ma mie, me voilà pour vous sauver ! s'écria-t-il. Vous ne resterez pas une heure de plus ici !

Il écarta rudement le prévôt et ses gardes qui tenaient les torches, posa son énorme main sur l'épaule de la prisonnière.

Eugénie se leva de sa chaise et recula vers le fond de la pièce. Ce n'était pas Eauze qu'elle attendait. Elle avait écrit à Rincourt et c'était son mari qui venait la délivrer. Sa présence avait quelque chose d'irréel. Elle secoua la tête comme pour s'assurer qu'elle ne rêvait pas.

— Vous, ici ?

— Oui, moi et votre fils, Matthieu ! ajouta Eauze en poussant le jeune homme devant lui. Nous sommes venus vous chercher !

Comment s'étaient-ils retrouvés ? Eugénie regardait surtout son fils, réplique presque parfaite du père mais avec ses yeux à elle, plutôt clairs, tirant sur le gris. Et cette cicatrice en travers du crâne.

— Matthieu !

Le jeune homme la regardait avec étonnement. Cette dame était donc sa mère ! Aucun souvenir ne remontait de l'ombre de son âme.

— Matthieu, c'est bien toi ?

— Madame, je suis heureux et fier de vous tirer de là !

Cette froideur ! Eugénie aurait tant aimé qu'il la prenne dans ses bras ! Elle se souvenait de leur rencontre quelques années plus tôt.

— Matthieu ? Qu'est devenu le cheval que je t'ai offert ?

— De quel cheval voulez-vous parler, madame ?

— Mais enfin, Matthieu, tu ne te souviens pas ?

— Hélas non ! Celui que j'étais avant est mort avec ma blessure. Je n'ai aucun souvenir !

— Ta blessure ? Oui, c'est vrai que tu as été blessé sous les murs d'Agen ! Le cardinal de Varonne m'en avait parlé !

— On sort d'ici ! ordonna Eauze en regardant Rugasto qui n'osa pas s'opposer au géant.

Ils empruntèrent le souterrain qui conduisait à la maison du prévôt. La lumière intense de dizaines de chandeliers éclairait les visages, la tête ronde et massive de Rugasto et les deux hures du père et du fils Eauze, identiques, sauf que l'une n'avait pas encore beaucoup de barbe.

— Ma mie ! dit encore Geoffroi qui n'osa pas prendre sa femme dans ses bras. Vous ne risquez plus rien !

— Madame, précisa Rugasto qui voulait montrer sa bonne volonté, mes servantes vous ont préparé un bain et des vêtements propres.

Eauze ne comprenait pas que le prévôt ait gardé Eugénie aussi longtemps alors qu'il était si facile de la faire sortir de Sienne.

— Pour la conduire où, monseigneur ? questionna Rugasto qui avait compris. Et puis son frère aurait vite appris qu'elle s'était échappée et l'aurait rattrapée !

— Eh bien, je vais l'emmener, moi, et gare à qui se trouvera en travers de mon chemin !

Eugénie suivit les femmes de chambre qui étaient venues la chercher, pendant que Eauze racontait les nouvelles de Paris à Rugasto qui les connaissait mieux que lui. Matthieu se taisait car il ne se sentait pas à sa place.

Quand Eugénie revint, le prévôt pria tout le monde à souper.

— J'ai appris par un de mes comptoirs à Paris que Jean II a dépêché une armée contre le roi de Sienne ! dit-il. Plus de cinquante mille hommes seraient en route vers la Provence ! En même temps, les conjurés des Lys ont rassemblé leurs troupes et se dirigent aussi vers la Provence par un autre chemin où ils vont retrouver l'armée de Jean Ier !

Il se tourna vers Eugénie et précisa :

— Le cardinal de Varonne, un de mes précieux clients a, hélas, rendu son âme à Dieu !

Eugénie baissa la tête. Elle avait beaucoup d'affection pour ce prélat à la légendaire paresse. Elle lui avait encore écrit récemment pour lui demander de dissoudre la conjuration des Lys. Lui seul aurait pu ramener à la raison des chevaliers avides de vengeance comme Pleisson, Itteville et les autres survivants du massacre de Rouen.

— Demain, vous partirez pour Milan où ma compagnie possède plusieurs comptoirs et des hôtels particuliers ! ajouta Rugasto. Vous y serez en sécurité pour quelque temps.

Le souper fut joyeux, Rugasto était un bon vivant qui connaissait parfaitement la langue d'oïl. Eauze raconta ses chasses au loup, ses joutes. À mesure qu'il parlait, qu'il buvait du vin, sa voix s'enflait. Matthieu restait silencieux, mais attentif. Il était encore avec des étrangers, découvrant ainsi que, depuis sa renaissance, il n'était nulle part chez lui.

Eugénie aussi se taisait. Elle pensait à la manière de sauver ses amis et de les convaincre de cesser la lutte. Elle pensait aussi à Rincourt qui était à la tête des armées royales et qu'elle avait envie de retrouver. N'avait-il pas eu raison depuis le début ?

L'heure d'aller se coucher arriva. Eauze et Eugénie furent conduits dans des chambres voisines qui communiquaient. Eauze aurait aimé rester près d'elle, mais il n'osait pas le lui demander.

Comme il lui souhaitait le bonsoir, une dizaine de rats surgirent d'un coin d'ombre et se mirent à trotter entre le lit et la table. Eugénie poussa un petit cri. Eauze se mit à courir après les animaux en cherchant à les écraser de son énorme pied. Un grand bruit se fit entendre dans la chambre voisine. Eugénie se précipita dans le couloir pour découvrir Matthieu qui, lui aussi, chassait des rats.

— Cette fois, dit-elle, j'ai compris !

Le lendemain, à son réveil, Matthieu s'étonna de voir, penché sur lui, le beau visage de sa mère. Elle lui sourit et lui prit la main.

— Ainsi, dit-elle, tu as échappé au chevalier de Rincourt. Je lui en ai beaucoup voulu, même s'il t'a sauvé la vie. Maintenant, tout est différent !

— C'est moi qui ai voulu quitter Aignan et mon oncle qui avait vendu mon cheval !

Eugénie sursauta.

— Que dis-tu ? Tu te souviens donc du vieux château d'Aignan, de ton oncle et du cheval que je t'ai donné à la mort du pauvre Benoît ?

Matthieu baissa les yeux et s'absorba dans une intense réflexion. Un éclair avait traversé sa mémoire plongée dans la nuit opaque.

— Je ne sais plus ! J'ai l'impression d'être tombé dans un puits !

Tout à coup, un ouragan fit irruption dans la chambre. Eauze, vêtu en guerrier, s'impatientait.

— Pressons, dit-il. Nous n'avons pas de temps à perdre.

Matthieu lui jeta un regard interrogateur.

— Le pantin, celui qui se dit roi de France, a appris que ta mère a quitté sa geôle et la fait rechercher. Nous devons fuir au plus vite.

Quelques instants plus tard, montés sur des chevaux frais prêtés par Rugasto, ils franchissaient la lourde porte de la ville ouverte pour eux.

Ils chevauchèrent ainsi pendant des heures sans s'adresser la parole. Matthieu pensait qu'il se trouvait en compagnie de ses véritables parents qui restaient des étrangers pour lui. Il pensait alors à Rincourt qui l'avait rendu à la vie, qui lui avait réappris à parler, à écrire, à marcher, à monter à cheval et à se servir d'une épée…

Ils découvrirent une campagne de petites montagnes, de hameaux défendus par des palissades, de villes fortes. Là encore, la peste avait rendu les champs aux friches. À la mi-journée, ils s'arrêtèrent dans une auberge, mangèrent une énorme omelette aux œufs de cygne, du pain de seigle, du miel, et burent un vin léger tellement agréable qu'ils en redemandèrent. Comme ils repartaient, les rats qui se promenaient devant eux arrachèrent un rugissement d'exaspération à Geoffroi qui les poursuivit une fois de plus en frappant du pied.

Ils repartirent, forçant les chevaux déjà fatigués. Celui d'Eugénie tenait bien le rythme mais les deux autres, surtout celui de Geoffroi, traînaient la jambe. Le soir, ils s'arrêtèrent dans une auberge où ils purent dormir dans une chambre commune.

Le lendemain, Matthieu avait de la fièvre ; son visage avait pris ce fameux teint terreux qu'Eugénie connaissait si bien. Il se plaignit de douleurs dans la poitrine, de frissons gelés dans le dos. Il réussit difficilement à monter sur son cheval. Une lieue plus loin, il s'écroula de sa monture. Geoffroi se précipita. Le jeune homme claquait des dents et délirait. Il vomit un sang noir qui sentait atrocement mauvais.

Alors, Eugénie céda au désespoir :

— Mais pourquoi, mon Dieu, vous en prenez-vous à ceux que j'aime ? Faites-moi souffrir cent fois plus que tous les autres, mais épargnez mon fils, le seul qui me reste !

Elle sanglotait. Geoffroi la prit par les épaules et l'obligea à s'asseoir sur une souche.

— Tu n'y es pour rien. Tu sais bien que Dieu ne punit pas de cette façon. Ce sont les gens du Nord qui disent cela, mais ce n'est pas vrai !

— Les gens du Nord ? sanglota Eugénie. J'en suis par ma mère, par les Anjou, par les Habsbourg, par Hugues Capet et tous les autres dont je descends !

— Reste tranquille ! Je te dis que ce n'est pas la peste !

— Si, c'est la peste, j'en ai tellement vu de ces malades qui meurent en quelques heures que je ne peux pas me tromper !

Elle martelait Eauze de ses petits poings, puis, découragée, se laissa aller contre lui.

— Je vais m'occuper de notre fils, décida le chevalier. La maladie aura peur de moi !

— Mon pauvre Geoffroi, on ne se bat pas contre le diable !

— Moi si, et le diable reculera. Pour l'instant, nous ne pouvons pas frapper à la porte d'une auberge, ni entrer dans une ville. Je vais aller chercher de quoi manger et acheter des couvertures. Toi, tu vas rester avec Matthieu. La peste te protégera des voleurs.

Jamais Geoffroi d'Eauze n'avait eu les idées aussi claires. Sa détermination lui faisait oublier la fatigue et le risque qu'il courait. Mourir lui importait peu, il voulait sauver Matthieu et se sentait prêt à l'arracher aux griffes du diable.

Il monta à cheval et s'éloigna dans la route claire. Les oiseaux chantaient, les premières feuilles poussaient sur les peupliers, légères et duveteuses. Une intense odeur de moisissure, de fleurs et d'herbe montait du sol. Geoffroi trouva vite une petite ville, bien protégée derrière ses murs. Il se présenta aux gardes et put entrer sans difficulté. Ces villes proches de la Méditerranée étaient moins repliées sur elles-mêmes que celles de l'intérieur des terres. Ici, les brassages de population étaient fréquents ; les bateaux déchargeaient chaque jour des hommes d'ailleurs et l'on avait l'habitude des visages hâlés, des parlers étranges et des coutumes inconnues qui n'étaient pas plus dangereuses que les autres.

Eauze trouva ce qu'il cherchait : du pain, du vin, des pâtés de viande, des œufs, un chapon et des couvertures pour le malade. Il retourna rapidement à la clairière où Eugénie priait à genoux près de Matthieu.

La maladie avait progressé. Le visage terreux du jeune homme, cette bave verdâtre qui faisait suite au sang pourri et ne cessait de couler de ses lèvres entrouvertes, de salir sa barbe naissante, indiquaient une fin proche. Geoffroi eut une inspiration :

— Faut lui donner à boire, du vin qui va lui mettre de la gaieté au ventre. La maladie n'aime pas les gens heureux !

Sans écouter les protestations d'Eugénie, il sortit une gourde du ballot où il avait rangé ses provisions, souleva Matthieu et, posant sa tête sur ses genoux, lui enfonça le goulot dans la bouche. Il réussit ainsi à lui faire avaler quelques gorgées d'un vin capiteux. Ce breuvage ne provoqua aucune réaction chez le malade qui respirait de plus en plus difficilement. Eugénie savait que la fin était proche. Alors, Eauze, cédant à la révolte qui grondait en lui et ne pouvait s'exprimer que par la colère, poussa ce rugissement qui lui montait à la gorge quand il avait des envies de meurtre. Il prit Matthieu à pleins bras, le serra très fort contre lui, le soulevant comme s'il n'était qu'un nourrisson, et hurla :

— Mais tu vas vivre, ventrebleu ! Ce n'est pas ce foutu Satan qui va te battre en combat singulier ! Frappe-le du plat de l'épée, c'est tout ce qu'il mérite, ce malfaisant. Tu vas vivre, mon mignonnet, parce que tu as encore beaucoup à faire, de belles cruches de vin à vider, de belles batailles à gagner, des chansons à chanter après boire avec tes chevaliers et de belles femmes à mignoter par des soirées comme celle-ci, pleines d'odeurs de printemps. Tu vas vivre parce qu'on a du chemin à faire ensemble !

Il le secouait si fort qu'Eugénie voulut s'interposer. Il l'écarta de son bras aussi lourd qu'un tronc d'arbre.

— Tu ne comprends pas que je le provoque, ce Mauvais ? Qu'il vienne croiser le fer avec moi et qu'il laisse cet innocent ! Je le recevrai comme je sais recevoir les galeux !

Puis, se tournant vers Matthieu dont le visage gardait un peu de lumière dans la nuit qui s'épaississait, il ajouta :

— Allez, mon garçon, tu dois te battre. Montre-lui, à ce poltron, tes parades dont tu m'as parlé et dont tu gardes le secret. Fais-le danser de peur. On rira avec toi !

Il posa la tête du malade sur les couvertures pliées et se dressa dans la nuit. À cet instant, Eugénie l'aimait. De tous les hommes qu'elle avait connus, il était le seul à se donner avec autant de promptitude, à mettre sa force colossale au service de ses sentiments sans la moindre arrière-pensée, en toute générosité. Oui, elle l'aimait, même si elle savait que ce sentiment n'était pas celui d'une femme pour son époux.

— Il faut faire du feu ! J'ai senti qu'il tremblait. Il a froid ! hurla Eauze.

Il se mit en quête de bois mort. Plusieurs genévriers se trouvaient à proximité, il les coupa d'un seul mouvement de son épée et les rassembla avec des branches de chêne. Il tassa des herbes sèches qui s'enflammèrent facilement. Un grand feu éclaira la clairière, avertissant les maraudeurs que des voyageurs attardés se trouvaient là, sans défense, et qu'il serait facile de les détrousser.

Geoffroi approcha le malade et couvrit d'une couverture son grand corps qui tremblait. Eugénie s'étonnait de la résistance du jeune homme face à la terrible maladie qui emportait d'ordinaire les plus forts en une journée. Serait-ce le défi que Geoffroi avait lancé au diable qui retardait l'échéance ?

Le feu crépitait. Une douce chaleur se répandait et Matthieu tremblait moins fort. Tout à coup, il ouvrit les yeux, mais ce n'était pas son regard habituel qui allait autour de lui. Il voulut soulever sa tête, le lourd caillou de son crâne retomba sur la couverture. Alors ses lèvres se mirent à bouger.

— Tante Éliabelle, pourquoi dites-vous que je n'aurai jamais de quoi m'acheter un cheval pour être armé chevalier et reconquérir mon fief d'Eauze ? Pourquoi me dites-vous cela ? Je sais bien que l'oncle Eude est de vieille noblesse et qu'il vit comme un paysan, mais l'oncle Eude n'a pas autant de force que moi !

Eugénie leva les yeux vers Geoffroi.

— Il se souvient ! Cette fois, ça y est, il a retrouvé la mémoire d'avant sa blessure…

— Et puis il y a eu le grand saut ! poursuivit le malade. Une hache qui a frappé mon bassinet, l'a fendu et a fendu ma tête… Comme j'ai mal !

Il sombra dans un délire de mots incompréhensibles. Geoffroi et Eugénie ne quittaient pas du regard son visage que les flammes éclairaient. Quand le tas de bois incandescent s'effondra, Eauze le remit en place avec la pointe de son épée. Le malade était agité de mouvements brusques, puis son corps sembla s'apaiser. Une épaisse bave mêlée de sang coula encore de sa bouche, mais Geoffroi n'y fit pas attention quand il prit de nouveau son fils à bras-le-corps et le serra très fort comme pour lui insuffler sa bonne santé.

— Allez, hurla-t-il, les yeux levés vers le ciel, viens me prendre moi, maudite salamandre. Viens et laisse cet enfant tranquille !

Eauze garda toute la nuit le pestiféré dans ses bras. Quand les oiseaux se mirent à chanter dans les collines, Matthieu respirait toujours, difficilement certes, mais il avait résisté de longues heures, ce qu'aucun malade n'avait réussi jusque-là.

— Il faut le faire boire ! dit Geoffroi qui avait besoin de mouvement, de se donner l'impression de faire quelque chose.

Il saisit de nouveau la gourde de vin et constata que ni lui ni Eugénie n'avaient mangé. Il approcha le goulot des lèvres molles de son fils et laissa couler le liquide.

Cette fois, il but plusieurs gorgées et Geoffroi sourit dans son épaisse barbe.

Dans la matinée, Matthieu ouvrit les yeux, regarda autour de lui et, se tournant vers Eugénie, tendit la main.

— Tu vas guérir ! souffla-t-elle.

Geoffroi se mit en tête de le faire manger, mais le jeune homme n'avait que soif. Il but tout le vin, ce qui le plongea dans un sommeil profond et calme. Il sentait atrocement mauvais, mais la bave ne coulait plus. Avec un linge qu'elle alla mouiller dans une mare entourée de joncs où coassaient des grenouilles, Eugénie nettoya son menton, ses joues et son front. Les caresses du linge frais semblaient lui faire du bien, car il souriait. Cette fois, c'était certain, la peste avait cédé devant l'obstination d'un père. Eugénie se dressa près de Geoffroi et se serra dans ses bras, c'était sa manière à elle de le remercier. Il la tint ainsi un long moment, écoutant vivre ce corps minuscule à côté du sien, battre ce cœur insondable. La peste qui les avait séparés autrefois les réunissait pour un instant.

Ils restèrent dans cette clairière pendant deux jours. Matthieu était trop faible pour monter à cheval, mais il recommençait à se nourrir, preuve qu'il était bien guéri. Le deuxième soir, quatre malandrins qui avaient repéré les égarés à leur feu voulurent voler leurs chevaux. Eauze entra dans une colère démesurée et désarçonna les quatre gaillards qui détalèrent sous les rires et les applaudissements d'Eugénie.

Enfin, ils se remirent en route, conscients d'avoir remporté la plus difficile des victoires. Matthieu était encore faible, il fallut se contenter de petites étapes, mais la jeunesse prenait le dessus et, très vite, il retrouva ses belles couleurs. Eugénie avait le sentiment d'avoir vaincu sa malédiction.

— 18 —

Geoffroi, Matthieu et Eugénie rejoignirent les troupes des Lys à Vence, où elles attendraient l'armée de Sienne au bord de la Vésubie qui cascadait au sortir de profondes gorges et à proximité d'un petit bois où il était aisé de se dissimuler. Elle retrouva avec plaisir Pleisson, Itteville, Godefroy d'Harcourt, qui était moins imposant que son neveu décapité au château de Bouvreuil, le comte de Chartres et tous les autres. Mais l'heure n'était pas aux réjouissances.

— Mes amis, leur déclara-t-elle, je n'ai pu vous convaincre de cesser la lutte et vous voici tous sur le théâtre des opérations. La situation est très grave. Mon frère, pour qui nous nous sommes tant battus, pour qui nos meilleurs amis sont morts, est indigne de régner sur la France. Sachez qu'il m'en coûte de dire cela. Plusieurs fois, j'ai pensé à mourir, mais j'ai suivi ce que me commandait mon devoir. Le marchand de Sienne a sombré dans la démence. Il fait torturer et exécuter de la pire manière ses valets qui osent lui tenir tête. Il a voulu me faire décapiter et je ne dois la vie qu'aux Siennois. Notre lutte n'a plus de sens. Dieu nous montre le chemin et nous devons nous rallier au Valois !

De telles paroles sortant de la bouche d'Eugénie furent suivies d'un long silence. Comment la comtesse d'Anjou pouvait-elle demander à ces hommes qui se battaient depuis tant d'années pour la justice suprême de rejoindre leur ennemi, le voleur du trône ?

— Cela ne se peut ! cria Pleisson. J'étais à Reims et j'ai pu voir monseigneur de Varonne quelques heures avant qu'il ne rende son âme à Dieu. C'est votre trahison qui a causé sa mort !

— Non, monseigneur, je ne trahis point. La vérité vaut plus que des serments ! s'écria encore Eugénie. Je ne peux pas laisser des hommes de valeur continuer de donner leur vie pour un pantin sanguinaire. Me taire serait le pire des crimes.

— Enfin, madame, s'écria Godefroy d'Harcourt, croyez-vous que je vais plier le genou devant celui qui a assassiné mon neveu, Brienne, Mainemarres et tous les autres ? Quel que soit l'homme dont je porterai la bannière, je sais que je combattrai le Valois, c'est une question d'honneur !

Eugénie comprit que ses amis ne changeraient pas d'avis et n'osait plus soutenir le regard méprisant de Pleisson qui la défiait. Itteville ajouta :

— La comtesse est la seule ici à avoir approché le roi de Sienne. Ce qu'elle dit est peut-être vrai, mais ne change rien à notre détermination. Nous ne pourrons jamais nous ranger aux côtés du Valois. Nous combattrons donc avec Jean Ier, car sa victoire sera d'abord la défaite de notre ennemi !

— Je ne puis vous approuver ! s'exclama Eugénie en rejoignant Eauze et Matthieu qui étaient restés à l'écart.

La tristesse l'écrasait. Ainsi se terminait une longue aventure : ceux qui l'avaient soutenue et qu'elle aimait la laissaient partir comme un transfuge. Elle monta sur son cheval et s'éloigna sans rien ajouter.

— Qu'allons-nous faire ? demanda Matthieu.

— Attendre l'armée du roi Jean II.

Le roi de Sienne et ses troupes arrivèrent en Provence plus tôt que prévu. Les hommes avaient emprunté la voie de terre, mais le matériel, les charrettes, les canons, beaucoup d'armement avaient été acheminés par bateau jusqu'à Nice.

Le campement fut établi au nord de Vence, à moins de cent brasses des conjurés des Lys, en bordure du Var et en face des gorges de la Vésubie qui empêchaient l'ennemi d'attaquer par l'est. Jean Ier choisit une vaste prairie proche du fleuve et tournant le dos aux montagnes. Il fit monter sa tente à l'endroit le plus élevé. Des valets disposèrent ses meubles comme en son palais de Sienne, ses cuisiniers allumèrent leurs fourneaux transportés à grands frais, les sauciers s'activaient déjà pour préparer le repas de Sa Majesté qui n'aimait pas attendre.

Dans une vaste salle ornée de tentures bleues à fleurs de lys, le trône de bois doré était posé sur une estrade que des charpentiers avaient fabriquée à partir de chênes abattus dans le voisinage. Les généraux savaient que l'armée française ne serait pas là avant une dizaine de jours et qu'il faudrait prévoir deux à trois journées de combat avant de lever le camp pour marcher vers la capitale. Cela expliquait ces aménagements longs et coûteux.

L'arrivée de Jean Ier incita Eugénie à faire une dernière tentative pour convaincre ses amis. Elle fut reçut avec empressement par Itteville qui l'invita à entrer dans sa tente.

— Madame, nous nous sommes un peu emportés lors de votre arrivée. Je suis certain que ce n'était qu'une méprise !

— Non, Itteville, ce n'était pas une méprise. Je comprends que vous ayez à cœur de venger nos amis, mais il faut aussi mesurer l'enjeu de cette vengeance. Si mon frère devient roi de France, oint des saintes huiles, personne ne pourra s'opposer à sa folie. Alors le sang coulera, le vôtre si vous lui tenez tête, et celui du peuple, ce peuple qui a faim ! C'est à lui qu'il faut penser, aux récoltes qui brûlent, aux misérables qui vont de porte en porte pour un croûton. Cela, Itteville, nous, gens de noblesse, l'oublions un peu vite !

Pleisson, qui s'était approché, attendit qu'Eugénie ait fini de parler pour rétorquer :

— Je vous comprends, madame. Mais en combattant le Valois, nous combattons celui qui a tué nos amis sans jugement.

— Vous allez enlever un tyran sanguinaire pour en mettre un autre à sa place ! Est-ce cela que réclame l'honneur d'un chevalier ?

Une délégation conduite par Emilio Gastani, l'homme de confiance de Jean Ier, arriva au camp des Lys et demanda à parler à Étienne de Pleisson.

— Sa Majesté Jean le Premier a bien reçu vos émissaires et vous remercie de votre fidélité ! dit Gastani. Elle regrette les différends qui l'ont opposée à sa sœur et souhaite sceller avec vous un pacte de bonne entente qui conduira à la victoire.

— Vous voyez que j'avais raison ! souffla Pleisson à Eugénie.

— Sa Majesté prie tous ses capitaines à un banquet qu'elle donnera demain avant l'arrivée des troupes du Valois. Elle serait flattée que la comtesse d'Anjou participe à ce banquet !

Gastani tourna les talons et s'éloigna, entouré par ses gardes.

— N'y allez pas ! conseilla Eugénie. C'est un piège.

— Nous sommes ses alliés ! Nous ne pouvons pas refuser !

— Je vous aurai avertis ! dit Eugénie en s'éloignant.

Le lendemain, en fin de matinée, les conjurés des Lys vêtus de leurs plus beaux atours se rassemblèrent à l'entrée du camp. Malgré la chaleur, d'Harcourt portait une cape courte en loutre qui le rendait imposant. Il avait posé sur sa large tête un ample chapeau fourré. Pleisson avait du mal à maîtriser son cheval qui s'était couché sur une litière urticante et ne cessait de piaffer et de s'ébrouer.

Eugénie était sombre. Elle ressentait le même pincement au ventre que lorsqu'elle s'était rendue à Paris en compagnie de Raoul de Brienne. Elle se présenta devant les chevaliers impatients.

— N'y allez pas !

— Ce serait un grave manquement à l'honneur de chevalier ! rétorqua Pleisson en se mettant en route.

Le groupe se dirigea vers la colline voisine couverte de tentes colorées. Chaque chevalier était accompagné de son écuyer tranchant et d'un valet de pied. Le soleil brûlait la terre ocre, une lumière éblouissante aveuglait ces hommes habitués aux brumes du Nord. Ils suaient abondamment sous leurs vêtements d'apparat, mais pas un n'aurait donné sa place : plus de trente années de lutte trouvaient leur récompense dans cette invitation de Jean Ier. Ils avaient le sentiment d'entreprendre enfin la grande œuvre qu'ils appelaient de leurs vœux depuis si longtemps.

Ils furent accueillis par une délégation et une cinquantaine d'hommes d'armes à la tête desquels se trouvait Gastani. Il salua les invités, s'excusa de les recevoir au milieu de soldats, mais la nécessité de la guerre imposait ces contraintes. Une bonne odeur de cuisine flottait dans l'air.

Assis sur son trône, la tête ceinte de sa couronne, Jean Ier les attendait dans sa tente où avait été dressée une longue table constituée de planches recouvertes de tissu blanc. Les conjurés s'agenouillèrent devant leur souverain.

— Majesté ! dit humblement Pleisson, nous posons nos épées à vos pieds, ces épées qui vous conduiront à la victoire.

Jean Ier sourit et se tourna vers Gastani :

— Faites arrêter cette bande de gueux qui en veulent au pouvoir sacré de ma personne.

La pièce fut aussitôt remplie de gardes armés qui maîtrisèrent les chevaliers des Lys, avant qu'ils n'aient pu s'emparer de leurs épées.

— Majesté, cria Itteville, vous ne pouvez traiter ainsi des hommes qui vous ont donné leur vie !

— Justement ! fit le Roi chiffonnier en souriant. Vous m'avez donné votre vie, alors j'en dispose.

Eugénie avait suivi des yeux le groupe de ses amis qui se rendait au camp du Siennois. Elle rejoignit Eauze et Matthieu qui s'entraînaient à l'épée. Elle était sombre.

— Je ne peux pas les laisser seuls ! Ils vont se faire massacrer ! dit-elle.

— Que veux-tu dire ? s'écria Eauze. Tu ne peux rien contre ceux qui ne veulent pas t'entendre.

— Si, je peux les sauver ! En tout cas, je dois être avec eux !

— Mais c'est idiot ! cria encore Eauze. Tu ne vas pas te jeter dans la gueule du loup ?

— Ces hommes d'honneur me considèrent comme une traîtresse. Je dois être avec eux, car je suis certaine qu'il va les faire arrêter !

Elle monta sur son cheval.

— Surtout ne me suivez pas ! Cela ne servirait à rien. Il nous reste une chance : l'arrivée des troupes du Valois. Allez les prévenir. Elles sont à moins d'une journée. Dites-leur de faire diligence !

Elle piqua sa monture, laissant Eauze et Matthieu indécis.

— Nous ne pouvons rien contre une armée ! dit Matthieu. Nous devons donc avertir les hommes de Jean II !

Eugénie se présenta à l'entrée du camp et fut aussitôt conduite auprès de son frère. Elle vit les gardes emmener ses amis.

— Jean, cria-t-elle, vous n'avez pas le droit d'arrêter ces hommes d'honneur !

Il sourit en regardant Eugénie dont la colère durcissait les traits.

— Ma sœur, voilà que vous vous livrez !

— Jean, fais libérer mes amis des Lys. Tu n'as pas le droit de les emprisonner !

— Ils vont être pendus !

Se tournant vers Gastani, elle cria :

— N'écoutez pas cet homme qui n'a plus sa raison. Libérez mes amis, je m'engage à plaider pour la clémence du Valois !

Gastani rit avec Jean Ier qui ordonna :

— Faites taire cette femelle dont la voix m'arrache les oreilles !

Eugénie fut emportée par plusieurs hommes qui la ligotèrent, la bâillonnèrent et l'enfermèrent dans une cage en fer destinée au transport des animaux, singes ou fauves, dont raffolait le prince. La cage fut abandonnée dans la cour, entre les tentes, sous un soleil de feu. Incapable de crier ni de faire le moindre mouvement, elle vit les charpentiers dresser plusieurs potences formées d'une grosse poutre de chêne posée sur deux troncs. Ils y accrochèrent des cordes auxquelles ils se suspendirent avec les bras pour en éprouver la solidité.

Quand ce fut fini, le roi de Sienne arriva, droit, fier, toujours affublé de sa couronne de papier. Des valets portèrent le lourd trône et le posèrent sur son estrade à côté de la cage où Eugénie était enfermée. Une foule de soldats en armes se rassembla autour des potences. Gastani et ses hommes poussèrent du bout de leurs lances les huit conjurés des Lys qui eurent tous un regard vers Eugénie. Elle avait eu raison de se méfier et s'était livrée pour leur montrer qu'elle était femme d'honneur. Comme leurs amis décapités au château de Bouvreuil, ils marchaient vers la mort sans le moindre mot, la moindre protestation. Un léger vent soulevait les cheveux blancs du chevalier d'Itteville. Il avait consacré sa vie à une cause qu'il découvrait monstrueuse. Mourir était pour lui une délivrance.

Jean Ier tendit sa main vers l'assistance qui se taisait. Un cheval hennit, le roi tourna la tête vers la prairie qui se trouvait en contrebas, puis parla d'une voix cassée qui se voulait pleine de majesté, mais restait celle d'un marchand qui avait perdu son âme :

— Oyez, mes chevaliers, ma justice s'exerce enfin sur le territoire français dont je suis le souverain. Ces hommes sont des traîtres, acquis à cette femme qui se dit ma sœur et veut me destituer pour prendre ma place. Ils auraient eu beau jeu, lors de la bataille décisive contre les troupes du Valois, de se retourner contre nous, mais je veillais. Instruit par mes espions, je les condamne à la mort la plus vile, celle que l'on réserve aux voleurs de grands chemins : la pendaison.

Il parcourut l'assistance de ses yeux globuleux qui ne se fixaient sur rien, puis poursuivit :

— Quant à la femme qui se dit ma sœur, elle aura le traitement des régicides. Je la condamne d'abord à assister au supplice de ses amis. Nous la ferons ensuite tourmenter par des spécialistes, ce sera un beau spectacle ! Que la fête commence !

Les bourreaux prirent Pleisson sans ménagement. Les mains liées derrière le dos, il les bouscula pour qu'ils le laissent marcher seul. Il fit dignement les quelques pas qui le séparaient du trône, s'arrêta devant le roi qu'il regarda dans les yeux. Jean secoua la tête comme s'il avait été piqué par une guêpe. Le chevalier se dirigea vers l'escabeau posé sous la première corde, monta les quatre marches sans la moindre hésitation. Il pensait à sa fille, Aude, qu'il laissait seule, et demandait à Dieu de la protéger. Le bourreau lui passa le nœud coulant autour du cou. Les soldats se mirent à rire en voyant gesticuler le pendu.

— Au suivant ! ordonna Jean Ier.

Eugénie fermait les yeux. Elle aurait voulu être avec ses amis et ne pas entendre le bruit de l'escabeau roulant sur les cailloux, et ce craquement des os du cou lorsque le poids du supplicié tendait brusquement la corde. Elle pensa à François qui avait une réponse apaisante dans toutes les circonstances, mais elle était en enfer et François ne pouvait rien pour elle.

Quand les huit conjurés eurent été pendus, Jean Ier se plaignit de la chaleur et demanda qu'on place son trône à l'ombre. Le spectacle lui avait donné faim. Avant d'entrer dans sa tente bleue, il se tourna vers Eugénie :

— Mettez-la à l'abri du soleil. Il ne faudrait pas qu'elle s'affaiblisse trop. Cela gâterait le plaisir de son supplice.

Lorsque les troupes des conjurés apprirent que leurs chefs avaient été pendus par celui qu'ils venaient aider, la colère les fit se précipiter sur leurs armes. Les capitaines voulaient attaquer le Siennois pour reprendre Eugénie et la soustraire à la fantaisie d'un fou. Eauze, qui les avait rejoints, s'y opposa :

— Nous n'avons aucune chance ! Nous sommes moins de cinq mille contre soixante mille hommes suréquipés. Aux dernières nouvelles, les troupes du Valois se trouvent à moins d'une journée de marche. J'ai envoyé des cavaliers pour leur demander d'arriver au plus vite ! Nous devons les attendre !

Les émissaires furent de retour avant la nuit :

— M. de Rincourt, qui commande l'armée, a assuré qu'il serait sur place dans le milieu de la nuit et prêt à attaquer aux premières lueurs du jour. Que tout le monde soit prêt ! Espérons qu'il sera encore temps pour sauver la comtesse d'Anjou.

— S'il touche un cheveu d'Eugénie, tonna Eauze, je ferai de la charpie de ce Roi chiffonnier.

Le lendemain à l'aube, une immense clameur monta sur la campagne encore endormie. L'effet de surprise fut total. Les troupes du roi de Sienne furent attaquées dans leur sommeil. Désorganisées face aux soldats de métier parfaitement disciplinés qui se battaient avec méthode, elles redoutaient de se faire tailler en pièces pour un enjeu qui ne les concernait pas et prirent la fuite. Deux heures plus tard, on sonna l'arrêt des hostilités.

Eauze cherchait Eugénie et la trouva dans sa cage de fer, à l'endroit où les gardes l'avaient posée la veille. Le géant entra dans une fureur qui plut beaucoup à Matthieu et écarta les barreaux comme s'ils n'avaient été que de simples tiges d'osier.

— Vous voilà libre ! dit-il en détachant les cordes qui ligotaient la prisonnière et le bâillon qui l'empêchait de parler.

Elle voulut faire un pas, chancela. Matthieu lui tendit sa gourde d'eau fraîche. La prisonnière but longuement et put enfin parler :

— Nous devons vaincre ce monstre !

Alors, elle vit Guy de Rincourt, sa tête maigre, son nez légèrement aquilin, ses yeux de faucon. Elle baissa la tête, prise par une irrésistible envie de pleurer. Le chevalier blanc s'adressa à Matthieu :

— Ah, te voilà !

Geoffroi d'Eauze porta machinalement la main à la garde de son épée. Les deux hommes se défièrent, lourds de leur haine qui prenait ses racines dans deux natures foncièrement opposées. Tous deux pensaient au tournoi de Condom.

— L'heure est venue ! dit Eauze.

— La bonne heure ! précisa Rincourt en portant à son tour la main à son épée.

Depuis longtemps, l'un comme l'autre attendait cette occasion. Leur affrontement quatorze ans plus tôt devant le comte de Toulouse et le comte de Foix s'était terminé sans vainqueur. À Poitiers, ils n'avaient pu échanger que quelques coups sans importance, rien ne s'opposait désormais à ce qu'ils aillent au bout d'un combat essentiel.

Les épées firent un bruit léger, un crissement métallique, en sortant de leur fourreau. Tous deux portaient une cotte de mailles légère, inadaptée au duel, mais cela n'avait pas d'importance. Leur tête nue les obligerait à être plus rapides quand les lames siffleraient. Ils étaient pressés d'en finir, la bataille pour la France allait reprendre et ils seraient côte à côte.

Des badauds s'étaient rassemblés, conscients que ce ne serait pas un combat ordinaire. Un géant en face d'un capitaine redouté ! Ils retenaient leur souffle, car Eauze pouvait broyer Rincourt d'un seul coup d'épée, mais Rincourt était aussi insaisissable que la fumée qui tourne avec le vent.

Eauze se précipita sur son adversaire qui esquiva sa charge et tenta de le prendre par le revers. La chaleur de midi les écrasait, mais ils n'y prêtaient pas attention. Pour eux, le temps n'existait plus. Les heures passaient, le soleil poursuivait sa course dans le ciel, le bruit des épées qui s'entrechoquaient claquait encore dans l'air du soir. Les curieux étaient toujours plus nombreux pour assister à un combat hors du commun dont ils pourraient parler longtemps. Le soleil se coucha, l'ombre montait. Des soldats décidés à ne pas interrompre de si belles actions disposèrent des torches.

Eugénie était assise à côté de Matthieu. L'un et l'autre étaient l'enjeu de cet affrontement qu'ils ne cherchaient pas à arrêter. Ils se taisaient, l'esprit entièrement absorbé par la tension palpable qui régnait sur le camp. Les épées n'en finissaient pas de sonner en se heurtant, et ce bruit trouvait en eux un écho qu'ils n'avaient pas soupçonné.

Entre les torches qu'il fallait changer régulièrement, les deux adversaires couverts de poussière étaient toujours à égalité, Eauze repoussait par sa force prodigieuse les attaques sournoises de Rincourt toujours plus souple, plus léger. On oubliait qu'ils avaient quarante ans passés. Pas un instant, les deux combattants n'avaient eu un regard de côté pour demander à boire ou pour montrer leur fatigue. Les lames sifflaient, meurtrières mais n'atteignaient jamais leur but. On avait arrêté les paris, car l'heure n'était plus à souhaiter une victoire de l'un ou de l'autre. On tremblait quand l'un des deux semblait fléchir, mais des sourires éclairaient les visages dès qu'il se reprenait. Ils étaient arrivés à un tel degré de virtuosité que celui qui mordrait la poussière ne serait pas vaincu.

Le combat dura jusqu'au matin. Déjà, les coqs chantaient dans les fermes, déjà, la lueur des torches était moins intense en se mêlant à la lumière du jour de juin qui éclairait l'horizon. Personne n'avait vu passer le temps. Eauze et Rincourt puisaient au fond d'eux leurs ultimes forces.

Les trompes cornèrent. Des émissaires arrivèrent, à bride abattue. L'armée du roi de Sienne s'était reformée et tentait de les prendre par surprise. Eauze et Rincourt avaient entendu. Dans un même mouvement, ils baissèrent leur épée. Sans un mot, ils rejoignirent leur division. Rincourt commandait l'armée de France, Eauze qui n'était qu'un cinquantenier se plaça à côté d'Eugénie et de Matthieu. Le galop des chevaux, les cris des hommes qui chargeaient, approchaient.

Le nouvel engagement fut plus sérieux. Eauze et Rincourt sentaient la fatigue engourdir leurs membres, mais ils trouvèrent en eux l'énergie de se battre encore, comme s'ils poursuivaient, chacun de son côté, avec des inconnus, leur affrontement commencé la veille.

La chaleur était intense. Vers le soir, les troupes du Valois et de la comtesse de Provence réussirent à enfoncer la défense du roi de Sienne. Geoffroi, Matthieu et Eugénie étaient au premier rang. La victoire qui s'annonçait serait, cette fois, définitive. Le soleil descendait à l'horizon ; dans le ciel, un vol de corbeaux tournoyait, attendant qu'on lui abandonnât les cadavres. Eauze, qui avait baissé sa garde, vit nettement un arbalétrier lever son arme. Il se jeta sur Eugénie qui roula au sol avec lui. Le trait destiné à la femme s'était fiché dans le cou du chevalier. Matthieu se précipita, arracha la flèche d'un mouvement rapide. Le sang giclait à chaque battement du cœur. Eugénie poussa un cri.

Sûrement parce qu'il ne la quittait pas des yeux, Rincourt arriva presque aussitôt et découvrit son ennemi au sol, qui rendait des flots de sang par la bouche.

— Mais vite, hurla Eugénie, il faut faire quelque chose !

— Qu'on l'apporte à l'arrière ! ordonna Rincourt.

Matthieu et deux autres soldats soulevèrent lentement l'énorme corps et le portèrent en dehors de la bataille. Un médecin fut appelé d'urgence. Il sonda la plaie et leva une tête fataliste vers Eugénie.

— On ne peut rien pour lui, l'artère est sectionnée. Appelez un prêtre.

Rincourt prit le médecin par le col de la chemise et le souleva de terre, comme il l'avait fait avec le docteur Grenoult quand Matthieu agonisait.

— Comment, tu ne peux rien, maraud ? Il faut que tu le sauves, tu entends, il faut que tu le sauves !

Le médecin secoua de nouveau la tête.

— Je ne peux rien, je vous dis !

Rincourt s'était penché sur Eauze qui gargouillait des mots sans suite. Eugénie prit ses énormes mains et les garda ainsi un long moment. Elle avait ôté son heaume et ses cheveux défaits restaient collés à ses tempes. Les larmes roulaient sur ses joues.

— C'est pour me sauver ! dit-elle. Il a donné sa vie pour moi qui ne lui ai rien donné.

Matthieu se tenait en retrait. Même si cet homme qui allait mourir était son père et l'avait arraché à la peste, il ne ressentait pas une très grosse peine comme si, avec sa blessure, son cœur s'en était allé. Les cornes sonnaient l'arrêt des combats. L'armée du roi de Sienne était défaite, Jean Ier fait prisonnier par la comtesse de Provence. Son rêve de conquête n'avait duré qu'une journée.

Rincourt ne quittait pas le regard de Geoffroi d'Eauze. Dans cet ultime moment, les deux hommes semblaient enfin se comprendre.

— Ça va aller ! dit Rincourt.

Eauze secoua la tête. Le sang ne coulait plus par sa bouche, il put articuler :

— Ce fut un beau combat !

Sur cette constatation, il rendit son âme à Dieu. Rincourt, qui ne montrait jamais ses sentiments, eut, pour une fois, un soupir de tristesse.

— Ce fut un beau combat, en effet !

Eugénie resta toute la nuit auprès du cadavre de celui qui avait été son époux. Rincourt se tenait à côté d'elle, silencieux mais présent. Matthieu terrassé par la fatigue s'était endormi dans la tente, au milieu des armures posées en vrac.

Le lendemain, l'armée de France fit relâche avant de reprendre la route. Des ordres lui étaient venus de rejoindre Avignon d'où Jean II allait prendre la tête d'une nouvelle croisade. Cela plaisait à ces soudards qui redoutaient surtout de se retrouver sans emploi et sans solde. Une croisade leur donnait des perspectives de plusieurs mois de travail, peut-être plus d'une année, des possibilités de pillage et d'enrichissement facile.

Rincourt ordonna que l'on prépare un caveau dans une chapelle de Vence. Il invoqua le service du roi pour passer outre les réticences du prévôt. Eugénie aurait voulu ramener son époux à Eauze, mais ce n'était pas possible à cause de la chaleur et de la distance.

Le caveau fut prêt le soir même et l'enterrement rassembla une grande partie de l'armée. Rincourt, à côté d'Eugénie et de Matthieu, déclara :

— C'était un bon chevalier.

Le lendemain, on décida de lever le camp. Eugénie voulut rendre visite à son frère enfermé dans un ancien presbytère dans l'intention de venger ses amis des Lys. Elle trouva Jean, toujours ceint de sa couronne de papier. Un fou qui roulait autour de lui un regard vide.

— Tu vois cette épée ! dit-elle. Je vais te la passer à travers le corps, c'est tout ce que tu mérites !

Jean se mit à genoux en la suppliant de l'épargner. Près de la porte, les gardes chargés de la surveillance du prisonnier n'avaient pas bronché.

— Souviens-toi des hommes loyaux que tu as fait pendre ! Dieu va te demander des comptes.

Les gémissements de son frère lui rappelaient une autre scène où elle tenait aussi son arme levée. C'était à l'auberge La truie qui file, l'homme qui suppliait s'appelait Charles de La Cerda, M. d'Espagne.

— Pensez à notre mère qui vous regarde ! suppliait Jean. C'est votre sang que vous allez répandre !

Eugénie leva son épée, prit son élan, mais la pointe s'arrêta au surcot du prisonnier. Une force étrangère à elle-même avait retenu son bras, la même que celle qui l'avait fait frapper M. d'Espagne du plat de sa lame. Les gardes échangeaient des regards entendus : la comtesse d'Anjou n'était qu'une femme, aussi faible que les autres face à la mort. Eugénie se moquait bien de leurs sourires en coin, Dieu venait de lui donner l'inestimable victoire sur elle-même qui la plaçait au-dessus de la haine. Elle pensait à Jésus bénissant ses bourreaux.

— Dieu nous enseigne le pardon, je vais donc te laisser la vie pour que tu puisses te repentir ! Notre faute à tous, poursuivit Eugénie, c'est de ne pas t'avoir laissé dans ta boutique, dans l'ignorance de ta haute naissance. Désormais, tu ne m'inspires que du mépris !

Elle s'en alla sans écouter ce qu'il répondait. Une intense lumière éclairait son esprit. Elle était venue pour tuer son frère, mais Dieu l'attendait dans ce presbytère désaffecté pour lui montrer son chemin.

Le lendemain, on annonçait que le roi de Sienne s'était évadé. Un coursier tendit un billet à Eugénie.

— De la part du roi, Jean Ier ! dit l'homme.

Eugénie fit sauter le sceau en cire et lut : *Rendez-vous à Paris*.

Eugénie n'avait pas l'intention de se rendre dans la capitale. Sa décision était prise, elle en fit part à Rincourt qui en fut désemparé.

— Messire, ce qui anime nos âmes ne doit pas nous aveugler sur les intentions de Dieu, lui dit-elle. Mon époux que j'ai si mal aimé est mort pour me sauver la vie. Les conjurés des Lys, tous hommes loyaux et courageux, sont morts sous mes yeux. Dieu a voulu me montrer que j'en suis la responsable. Non, je ne peux plus vivre avec ce poids qui m'écrase.

Rincourt contracta son long visage.

— Madame, Dieu aime également tous ses enfants et ne peut vous faire assumer la folie de votre frère…

— J'en conviens, messire, mais je me sens l'âme tellement sale que je ne peux plus vivre sans me rapprocher du Créateur, sans lui demander pardon chaque jour qui me reste à vivre. Le seul fils qu'il m'a laissé, désormais un homme, va être armé chevalier. Seule la prière pourra me réconforter…

— Je vous aime depuis le jour où nos regards se croisèrent pour la première fois. C'était à Condom, en d'autres temps, mais je n'ai pas oublié.

Elle s'approcha de lui et le regarda fixement dans les yeux :

— Moi non plus, monseigneur, je n'ai pas oublié. Nous aurions pu être si heureux ensemble. Mais nous ne sommes plus jeunes. J'ai presque quarante ans.

Il ne dit rien parce que les mots ne lui venaient pas naturellement à l'esprit. Cet amour avoué, le principal mobile de sa vie, rencontrait l'obstacle auquel il n'avait jamais pensé, insurmontable et contre lequel il ne pouvait rien : le temps qui avait passé ! Il s'éloigna comme un condamné que l'on ramène en prison.

Eugénie rejoignit le couvent des Sœurs de Marie au début du mois de novembre 1362, avec l'intention d'y finir ses jours. La comtesse d'Anjou, l'héritière de Clémence de Hongrie, devenait une novice qui, au bout de quelques mois, prendrait le voile pour ne plus jamais sortir des murs de l'austère maison. Elle faisait don du domaine de Sainduc aux pauvres d'Avignon.

Au mois de février 1363, alors que le mimosa fleurissait, sœur Béatrice, la supérieure qui était une sœur de la comtesse de Provence et par conséquent une lointaine cousine d'Eugénie, décida que la nouvelle recrue pouvait prendre le voile. La cérémonie fut fixée au premier dimanche de carême.

Eugénie était enfin sereine. La vie ne lui pesait plus. Le fardeau des jours à venir avec leurs petites joies et leurs petits désirs s'était évanoui dans la prière. Le renoncement devenait source de bonheur intense et ininterrompu. Quand le doute se glissait dans son esprit, une prière, une pensée à Dieu la rassurait et lui ramenait la félicité de son enfance. Elle pensait encore à ceux qu'elle avait laissés derrière ces hauts murs, Guy de Rincourt qu'elle continuait d'aimer, mais d'une manière apaisée, Matthieu, désormais un homme, François qui consacrait sa vie aux lépreux…

Eugénie devait passer sa dernière nuit de novice seule en prière dans la chapelle du couvent. À complies, elle se mit à genoux sur la première marche et pria. Son esprit entièrement tourné vers la pensée divine était traversé par tous les bruits de la vie, craquements de charpente, appels d'un hibou, aboiements des chiens dans la ville. Ces manifestations du monde temporel s'en allaient comme elles étaient venues, sans gêner son élan vers la lumière de son âme.

Un léger cri près du sol lui sembla d'abord aussi insignifiant que les autres. Comme ce cri persistait et lui rappelait un horrible souvenir, elle arrêta net sa prière. Son cœur se mit à battre très fort. Elle tourna lentement la tête et vit à la pâle lueur de la lampe à huile un rat qui la regardait. Elle eut envie de crier, d'appeler au secours, mais aucun son ne sortit de sa gorge nouée. L'animal prenait le temps de la scruter de ses petits yeux brillants, comme pour lui demander ce qu'elle faisait là, elle, la fiancée de Satan, la faucheuse qui emportait les âmes en pourrissant les corps, elle, la semeuse de mal-mort. L'animal se promena sur l'autel, sauta d'une marche à l'autre et disparut enfin dans l'ombre de la nef. Eugénie se remit à prier si intensément que le lendemain, elle était persuadée d'avoir rêvé.

Le soleil se levait dans un ciel limpide, ce merveilleux ciel de Provence si haut et si léger qu'on se sentait soi-même aussi libre qu'un oiseau. Les nonnes arrivaient à la chapelle en chantant. Une lumière oblique éclairait la nef.

Eugénie était à genoux quand l'abbé de la congrégation, le père Grégoire, arriva, les mains jointes, entre deux officiants vêtus d'aubes blanches. Ils montèrent lentement les trois marches de l'autel puis Grégoire se tourna vers l'assemblée. Il leva la main droite pour faire le rituel signe de croix. Son regard fut attiré par une forme noire qui se déplaçait devant Eugénie. C'était un rat qui courait de droite à gauche, tournait autour de la femme prosternée. Dans ce même temps, un grand remous secoua l'assemblée : un flot de rats montait dans l'allée centrale et envahit le chœur. Les bêtes noires grimpèrent sur l'autel, renversèrent le ciboire.

— Le Mauvais est ici ! s'écria Grégoire en pointant son index vers Eugénie. Le Mauvais nous nargue !

Il se mit à genoux et récita une incantation en latin. Alors les rats, comme pris de panique, sautèrent précipitamment au bas de l'autel, coururent vers la porte et s'échappèrent.

— Le diable ! cria encore Grégoire debout devant Eugénie. Tu as voulu nous abuser, mais nous ne te laisserons pas faire, maudite sorcière ! Tu seras brûlée pour avoir profané les lieux saints.

Eugénie secoua la tête.

— Je n'ai jamais voulu cela, je…

— Enfermez-la ! ordonna le chanoine à ses officiants. Je dois informer monseigneur l'évêque…

Les deux clercs en aube blanche saisirent Eugénie chacun par un bras et la tirèrent hors de la chapelle.

— Je suis innocente ! cria-t-elle en s'adressant à la supérieure. Ma cousine, dites-leur que je ne sais rien de ces rats et que j'ai été une novice exemplaire…

Sœur Béatrice ne leva pas les yeux sur la femme qu'on emmenait. Elle aurait préféré qu'Eugénie ne parlât pas de leur lien de parenté. Cette affaire entachait sa communauté qu'elle conduisait d'une main de fer. Il fallait la régler au plus vite et ne plus y penser.

Eugénie fut enfermée dans une cellule où les sœurs se retiraient parfois pour prier et se soumettre à une diète stricte. Le manque de sommeil, les privations qu'elle s'imposait depuis plusieurs semaines la maintenaient dans un état de semi-conscience où la gravité de la situation ne lui apparaissait pas. Le silence de la pièce exiguë lui renvoyait pourtant ses anciennes hantises. Dieu ne lui pardonnait toujours pas ses fautes. Pourtant, ne l'avait-elle pas choisi en s'enfermant dans ce couvent, en consacrant tout son être à la prière ? La pensée de François d'Auxerre lui vint à l'esprit avec tant de netteté qu'elle eut la certitude qu'il lui parlait vraiment, qu'il ne l'avait pas abandonnée : « N'écoute pas ces idolâtres ! Les rats sont partout, alors pourquoi ne se trouveraient-ils pas devant toi, dans une église qui n'est qu'une construction des hommes ? La peste n'est pas un fléau envoyé par Dieu, c'est une maladie. On ne sait pas comment elle fonctionne, mais un jour les hommes comprendront ! Seule l'ignorance est contre Dieu. L'être suprême n'a pas de visage. Ta place n'est pas dans ce couvent d'idolâtres ! Fuis ! »

Ces paroles entendues au fond de son âme lui redonnèrent espoir. François avait raison. Dieu lui-même lui montrait son erreur. Elle devait suivre l'exemple du Fraticelle et se donner aux miséreux.

Des clercs en aube grise vinrent la chercher. Elle se sentait tout à coup sereine, capable de répondre à toutes leurs questions. Elle avait l'impression que François marchait à côté d'elle, la guidait.

Ils la conduisirent dans une vaste pièce où se trouvaient une dizaine de prélats dont l'évêque au centre, qui affichait une mine des mauvais jours. Le père Grégoire expliqua ce qui s'était passé. L'évêque hocha la tête, demanda que l'on apporte un parchemin et une plume avec de l'encre.

— Écris ! ordonna-t-il à Eugénie.

— Eh bien oui, monseigneur ! C'est vrai, j'écris de la main gauche. C'est ainsi, ma main droite est tellement maladroite que je ne pourrais vous abuser.

— Tu écris de la main gauche ! Voilà la preuve que tu es la fille de Satan !

Elle sentit tout à coup une vague chaude la parcourir. François lui soufflait :

« Est-ce parce qu'on est gaucher que l'on a une âme noire ? »

Cette question sonna comme un signal. Un troupeau de rats fit aussitôt irruption dans la pièce, courant entre les pieds des clercs qui poussaient des cris apeurés. Épouvanté, l'évêque lui-même se leva brusquement de son siège et recula vers le fond de la pièce.

— Qu'on l'emmène ! hurla-t-il.

Des éclats de voix montèrent de l'extérieur, suivis du bruit de lames qui s'entrechoquaient. Des hommes en habits de guerre, l'épée dressée, enfoncèrent la porte. Le plus jeune était immense. À côté de lui marchait un chevalier à la tunique blanche.

— Qui ose ainsi entrer ici ? s'écria l'évêque. Gardes, que faites-vous ?

— Vos gardes ont bien trop peur de nos lames pour intervenir. Nous leur avons montré ce que nous savons faire ! s'écria le chevalier à côté du jeune géant. Nous venons chercher Mme d'Anjou !

— Je ne vous permets pas de parler ainsi ! cria encore l'évêque toujours debout dans un coin de la pièce.

— On s'en moque ! fit Matthieu en obligeant Eugénie à sortir.

— Nous allons à Paris ! lui précisa Rincourt. C'est un jardinier du couvent qui m'a averti. J'avais eu la bonne idée de lui donner quelques pièces pour qu'il me rapporte tout ce qui se passait derrière ces hauts murs. Le roi est au courant. Personne ne nous poursuivra et dans quelque temps, on vous aura oubliée en Avignon.

Une fois encore, Rincourt venait la sauver d'un mauvais pas. La présence de Matthieu fit éclore un sourire sur ses lèvres. Le message était clair : Dieu ne voulait pas qu'elle s'enferme dans un couvent.

— On dit que le Roi chiffonnier reconstitue son armée au Luxembourg et se prépare à assiéger Paris ! l'informa Rincourt.

Eugénie pensa à son entrevue avec son frère prisonnier dans le presbytère et au billet qu'il avait eu l'audace de lui envoyer.

— J'ai été lâche ! dit-elle, sombre.

— 19 —

Guy de Rincourt, Matthieu et Eugénie arrivèrent à Paris au milieu du mois de mai 1363. Eugénie accepta provisoirement l'hospitalité de Rincourt qui lui offrit un étage de sa maison. Matthieu, devant être armé chevalier au retour du roi resté en Avignon, s'engagea dans les troupes du nouveau prévôt de Paris, Pierre de Lorris, un neveu d'Étienne Marcel. Nommé cinquantenier, le jeune homme montra vite qu'il avait la trempe d'un chef.

Charles de Navarre profita des rêves de croisade de Jean II pour renouer avec son ancienne revendication. Allié avec les Anglais, il était en contact avec Jean Ier qui, du Luxembourg, s'apprêtait à fondre sur Paris.

Les rats étaient partout. Ils pullulaient dans les rues, au bord de la Seine, dans les maisons, les chambres à coucher, plus nombreux que les hommes. Eugénie les faisait chasser tous les soirs de son appartement et le matin, ils étaient de retour. Plus on en tuait, plus il y en avait.

La peste éclata brutalement au début du mois de juin. Contrairement à l'épidémie de 1349 qui était partie du sud en remontant vers les provinces du nord, elle frappa d'un coup toutes les villes des Flandres à la Méditerranée, ravagea les campagnes qui furent encore livrées aux pillards, aux loups et aux ronces. En quelques jours, le pays sombra dans l'enfer.

Des villages entiers furent encore dépeuplés. La maladie prenait surtout les jeunes hommes et femmes qui étaient enfants lors de la première épidémie. Chaque matin, les rues de la moindre bourgade étaient encombrées de cadavres répandant une odeur insupportable. On vida les prisons pour ramasser les morts par pleines charrettes. Les loups faisaient bombance de cette chair humaine qu'ils appréciaient particulièrement. Des nuées de corbeaux tournaient au-dessus des maisons.

Le même silence que treize années plus tôt régnait sur les campagnes. Les oiseaux ne chantaient pas. Les prés étaient déserts, on n'entendait plus le bruit régulier des marteaux qui frappaient le fil des faux ; les bergères ne conduisaient pas les troupeaux aux pâturages. Vaches, moutons et porcs allaient librement d'un endroit à l'autre. Les bras manquaient pour sonner le tocsin.

Terrible été. Les hommes valides, au lieu de travailler à l'atelier ou aux champs, creusaient des fosses où ils entassaient pêle-mêle les cadavres de leurs enfants, de leurs femmes, toujours plus nombreux, toujours plus horribles.

À Paris, la maladie allait plus vite que les fossoyeurs. Comme les tranchées manquaient, les chariots vidaient leurs chargements dans la Seine où l'on voyait flotter des centaines de cadavres gonflés. Parfois, ils éclataient, se vidaient d'un jus épais qui se mélangeait à l'eau que buvaient ceux qui ne pouvaient pas se payer du vin.

Eugénie avait décidé de se consacrer aux malades que personne n'osait approcher. Sans craindre la mal-mort, elle leur apportait à boire, elle les réconfortait, priait avec eux, les accompagnait dans leurs derniers instants de vie. Les gens du peuple admiraient cette comtesse généreuse, la prenaient pour une sainte et commencèrent à dire qu'elle faisait des miracles, tel ce jeune enfant prêt à rendre son dernier soupir, brusquement guéri quand elle avait posé la main sur lui, et cette jeune femme en train d'accoucher soulagée de ses douleurs à son arrivée…

Considérant que Dieu n'avait pas voulu d'elle dans un couvent pour la mettre en face de cette dernière épreuve, elle se montrait infatigable, parcourait les rues, les mains et la tête nues pour que ceux que l'on abandonnait mourants sur un tas de fumier puissent voir un sourire compatissant sur un visage humain et recevoir un dernier encouragement. Elle se consacrait aussi aux familles des pestiférés que l'on enfermait dans leurs maisons. Elle leur apportait à manger, en se privant elle-même car les denrées étaient toujours plus chères. On égorgeait les chiens et les chats, mais personne n'osait toucher aux énormes rats présents partout et si peu farouches qu'il était facile d'en capturer de grosses quantités.

Au matin du 20 juillet, une armée se présenta devant les portes fermées de Paris, mal protégées par une prévôté qui ne savait plus où donner de la tête. Le roi de Sienne, qui venait du Luxembourg avec une importante division d'Allemands et de Hongrois, voulait profiter de l'absence du Valois et des ravages de la peste pour conquérir la capitale. Rincourt avait été bien renseigné !

Pourtant, il disposait de trop peu d'effectifs pour assurer une défense efficace. Il envoya des coursiers au roi, mais les secours ne pourraient arriver avant un mois.

Pendant deux semaines, les hommes de Jean Ier bloquèrent les voies d'accès, incendièrent les rares barges d'approvisionnement qui remontaient la Seine en direction du pont aux Grains. Les convois de bestiaux, qui venaient de la Brie, de la Beauce, étaient systématiquement arrêtés et employés à la nourriture des assaillants. La famine, qui emportait déjà autant de pauvres que la peste, menaçait les classes aisées, ce qui décida Pierre de Lorris à prendre en compte les propos alarmants de Guy de Rincourt.

Jean Ier, bien conseillé par des capitaines à qui il avait enfin décidé de faire confiance, ordonna plusieurs attaques de nuit qui échouèrent, mais Matthieu d'Eauze, à la tête de ses cinquante soldats, ne doutait pas que Paris allait subir la pire défaite de son histoire.

— Nous allons tous mourir ! dit-il à sa mère. Nos hommes sont mal nourris et peu vaillants à la guerre. Le Roi chiffonnier tient sa revanche : dans moins d'une semaine, il sera installé au palais royal !

Eugénie ne pouvait l'admettre.

— Non, rien n'est perdu !

Ils rendirent visite au prévôt, Pierre de Lorris, qui était loin d'avoir l'entendement politique de son prédécesseur, Étienne Marcel.

— Faites crier par les rues que tous les hommes valides en âge de porter les armes se rendent au castel Saint-Antoine et qu'ils prennent toutes les armes dont ils disposent ! demanda Eugénie.

Le lendemain, dans l'après-midi, l'immense cour devant la forteresse qui deviendrait plus tard la Bastille était envahie par une foule d'hommes valides décidés à se battre jusqu'à la mort. Pierre de Lorris forma plusieurs batailles qu'il plaça sous les ordres de Rincourt. C'était peu, mais il faudrait s'en contenter. Le peuple était à genoux. Des montagnes de cadavres pourrissaient sur les terrains vagues, les ruelles, partout où il était impossible d'approcher les charrettes. La Seine évacuait des milliers de morts dont les corps partaient en lambeaux dans le courant. Paris étouffait sous une chaleur de plomb, derrière des murs qui emprisonnaient les gens encore sains au milieu des mourants, de la pourriture et dans une puanteur irrespirable.

Au milieu du mois d'août, ce que redoutaient les assiégés arriva. Les troupes de Charles de Navarre, commandées par son frère, Philippe, vinrent prêter main-forte au Siennois. Elles se positionnèrent au sud de la ville, bloquant toutes les issues, de Saint-Germain-des-Prés à la porte Saint-Victor. Après plusieurs journées passées à mettre en place les machines d'assaut, les premières attaques se produisirent à la porte Sainte-Geneviève. Les Parisiens réussirent à repousser les assaillants. La comtesse d'Anjou, que l'on avait vue portant secours aux pestiférés, galvanisait les forces par son ardeur au combat, mais les effectifs étaient trop faibles. Que leur importait, à ces miséreux, que le roi soit Jean le Premier ou Jean le Deuxième ! Des groupes d'affamés se formaient pour réclamer l'ouverture des portes et permettre aux convois de ravitaillement de circuler de nouveau !

À l'aube du 20 août, après une nuit chaude et orageuse, le jour tardait à se lever sur la ville. Le ciel gris d'une fumée épaisse cachait le soleil. La campagne tout autour des murs brûlait. Les assiégeants avaient incendié les blés que personne n'avait encore pensé à moissonner, les fermes, les hameaux isolés. Une pluie de cendres grasses tombait dans les rues tandis qu'à l'extérieur montaient des cris de bataille.

— Si nous ne gagnons pas, Paris va se donner à un fou ! s'écria Rincourt.

— Nous gagnerons ! répondit Eugénie en brandissant son épée.

Les hommes recrutés par la prévôté se pressaient devant elle. Enfin convaincus que les assiégeants allaient les massacrer, manufacturiers, tisserands, cordonniers, bouchers, portefaix avaient laissé leur boutique ou leur charrette pour répondre par milliers à l'appel de la comtesse. Armés de couteaux, de bâtons, de faux, ils attendaient les ordres.

— Nous n'allons pas nous donner à ce monstre sanguinaire ! cria Eugénie. Pire que la peste, celui qui veut prendre Paris ordonnera le sac de la ville. Il égorgera vos femmes et vos enfants, il pillera vos celliers et ce n'est pas ce nouveau malheur qui fera fuir la mal-mort, au contraire. Puisqu'il faut mourir, que ce soit en défendant nos biens et nos enfants !

Une immense clameur lui répondit. Eugénie qui ne se pardonnait pas d'avoir épargné son frère éprouvait le besoin de se rattraper par sa bravoure.

— Allons nous positionner près de la porte Saint-Honoré d'où mon frère va lancer son attaque. Ses hommes sont mal organisés, ce que font les uns, les autres le défont. Nous avons une chance de les repousser !

À la tête de sa garnison, Matthieu se tenait près de sa mère. L'odeur des incendies piquait la gorge. Le jeune homme serra les dents : un prétendu roi qui faisait brûler les récoltes de son peuple n'était pas digne de régner !

L'aube teintait la fumée d'une lueur épaisse et menaçante. Les cris annonçaient que l'attaque était lancée du côté de Saint-Germain-des-Prés. Le tonnerre des bouches à feu roulait, suivi du bruit sourd des boulets qui heurtaient les fortifications. Des brûlots volaient au-dessus des troupes massées près des portes et enflammaient les vétustes maisons voisines. Matthieu, sous l'emprise d'une colère meurtrière, avait envie de tenter une sortie, mais Rincourt le lui interdit :

— C'est t'exposer à une mort certaine !

Les attaques simultanées près de Saint-Sulpice, de la porte Saint-Michel et au sud montrèrent vite que la faible défense des Parisiens ne tiendrait pas longtemps. Les mercenaires de Jean Ier avaient construit des ponts au-dessus des fossés et pointaient leurs échelles sur les brèches ouvertes par les boulets. Du haut des tours, les Parisiens les arrosaient d'huile bouillante et de flèches.

Vers midi, le sort de Paris semblait tranché : les murs défoncés ouvraient le passage à des hommes pressés d'en finir, d'accéder aux celliers des maisons bourgeoises et aux richesses des hôtels particuliers. Monté sur son cheval blanc, le Roi chiffonnier, à côté de la tour de garde effondrée de la porte Saint-Honoré, assistait à sa victoire.

— Vous capturerez celle qui se disait ma sœur et me l'amènerez ! Je lui indiquerai moi-même son supplice.

Dans une brèche large d'une demi-toise, le passage était libre. Le Roi chiffonnier piqua son cheval.

— Je veux être le premier à fouler le sol de ma capitale ! dit-il en demandant qu'on le laisse passer.

Une voix de femme lui répondit :

— Jamais, tu entends, jamais tu n'entreras dans Paris !

Avertie par Pierre de Lorris, Eugénie se trouvait en face de son frère, l'épée pointée du haut de son cheval qui se cabra.

— Je t'ai épargné quand tu étais à ma merci pour te donner le temps du repentir. Tu m'as donné rendez-vous à Paris, alors me voilà !

Jean Ier hésita un instant puis se tourna vers ses gardes.

— Saisissez cette femme qui ose se placer sur mon chemin.

Rincourt éperonna son cheval et vint se placer à côté d'elle, suivi par une foule de piétons armés de fourches et de fléaux, prêts à défendre chèrement leur vie.

— Je vous ordonne de vous saisir de cette femme ! cria le Roi chiffonnier d'une voix aiguë.

— Avant qu'ils me saisissent, je t'aurai passé mon épée à travers le corps ! hurla Eugénie en fonçant sur son adversaire.

La lame glissa sur la cotte de fer, trouva la jointure avec le heaume, s'enfonça à la base du cou. Jean de Sienne poussa un cri et s'effondra au bas de sa monture. Eugénie, l'épée sanglante à la main, le regardait s'agiter sur le sol comme un insecte mutilé. Il vomissait des flots de sang, gargouillait des mots sans suite. Rincourt et les Parisiens en profitèrent pour repousser les assaillants.

Jean Ier fut aussitôt transporté à l'arrière où des médecins sondèrent sa blessure. Ils appliquèrent sur la plaie des cataplasmes d'herbes et d'argile blanche pour arrêter l'hémorragie, mais ce fut peine perdue : il expira quelques instants plus tard, laissant son armée désemparée. Les Parisiens crurent à un miracle. Les cloches de Notre-Dame se mirent à sonner.

Un peu en retrait, Eugénie claquait des dents, tout à coup fiévreuse.

Jean II arriva dans sa capitale quelques heures après la victoire des Parisiens. Il voulut pourtant s'octroyer la gloire d'avoir sauvé sa ville et raconta que les assiégeants avaient fui comme des gueux en entendant sonner les sabots de son cheval. Il apprit comment Eugénie avait tué Jean de Sienne et décida de donner Matthieu à la fille de la comtesse d'Aletz.

L'épidémie touchait à sa fin. Le roi prit cependant la précaution de faire attacher un bouc dans chacune des pièces du palais, puis il convoqua Rincourt. Les Anglais se préparaient à de nouvelles attaques et, une fois de plus, l'or manquait. Le pape avait accordé au Valois une décime pour six ans, mais seuls les évêques pouvaient la lever et devaient en vérifier la bonne affectation qui était la croisade. Pour l'armée, il ne restait pas grand-chose.

La vie reprenait, mais les bras faisaient défaut. Les blés étaient partis en fumée et il fallait en faire venir de Champagne, de la Beauce et du Berry sur des routes toujours infestées de brigands.

Eugénie était malade. Des plaques grises sur son visage et l'horrible odeur qu'elle dégageait ne laissèrent aucun doute sur la nature de son mal. Sa chambrière avertit Branson qui envoya chercher Rincourt, occupé avec son armée au fort de Vincennes.

Comme un fou, il se rendit au chevet de la pestiférée. Il ordonna qu'on aille chercher du bois, beaucoup de bois, et qu'on allumât un grand feu dans la chambre de la malade. Il alla fermer la fenêtre qui donnait sur la rue et l'été. Les servantes, bousculées par Branson, apportèrent des bûches, de grandes flammes montèrent aussitôt dans la cheminée, répandant une chaleur suffocante. Rincourt n'y prenait garde. Il était atterré, accroupi près du lit, ne quittant pas le visage de la malade qui avait fermé les yeux et balbutiait des mots sans suite. Branson, grattant du bout des doigts sa barbe rousse, parla d'appeler un médecin, Rincourt le rabroua :

— As-tu déjà vu un médecin guérir quelqu'un de la peste ?

Geoffroi d'Eauze avait fait boire Matthieu, alors, il demanda qu'on apporte du vin, mais Eugénie ne desserra pas les dents. Les boutons rouges qui grêlaient son visage annonçaient une mort prochaine. Un sang pourri et épais coulait de ses lèvres, serpentait sur ses joues.

Tout à coup, Rincourt pensa à Matthieu.

— Qu'on aille le chercher ! cria-t-il. Il faut qu'il voie sa mère une dernière fois.

Eugénie ouvrit lentement les yeux, tenta de remuer la tête. La bave verdâtre, mêlée de sang, coulait de sa bouche sur l'oreiller, imbibait ses cheveux.

— Non ! dit-elle dans un souffle. Non, il ne faut pas.

Elle se tut un long moment, puis, rassemblant ses forces, ouvrit de nouveau les yeux.

— Je vous aime ! dit-elle. Je voulais vous le dire avant de ne plus pouvoir parler. Dieu m'a accordé un miracle, celui de vous voir une dernière fois.

Le soir tombait, enfin calme, sur Paris qui retrouvait ses bruits d'été après le silence oppressant de la maladie et du siège. Rincourt ordonna qu'on ajoutât encore du bois au feu. Branson voulut faire remarquer que l'air était irrespirable, qu'il fallait au contraire ouvrir la fenêtre, le maître s'emporta :

— Tu vois bien qu'elle tremble de froid. Ajoute du bois !

Dans les derniers rayons du jour, les enfants retrouvaient la rue pour jouer à cette heure où l'on oubliait le travail, mêlaient leurs cris à ceux des martinets, se pourchassaient entre les maisons. La vie était là, derrière cette fenêtre, la vie qui avait eu raison de la peste et triompherait toujours. Eugénie ne bougeait plus. Les yeux clos, elle respirait difficilement. La bave verdâtre qui coulait encore au coin de sa bouche formait une tache visqueuse sur l'oreiller et le drap. Une odeur insupportable régnait dans la pièce, mais Rincourt ne la sentait pas. Il avait envie de secouer ce corps d'où la vie s'en allait, de le retenir près de lui. Il chassa les domestiques, demanda à Branson de fermer la porte. Il voulait être seul avec la malade.

— Tu comprends, dit-il quand la porte fut fermée, prenant les mains froides de la mourante dans les siennes, tu comprends que je t'ai consacré toute ma vie. J'ai quitté ma femme, mes filles, toute ma famille et tout le monde pour toi. Je ne veux pas te perdre ! Si tu meurs, je mourrai avec toi.

D'un geste sûr, il prit la dague qu'il portait à sa ceinture, sur le côté gauche. Le feu crépitait ; sa chaleur, sa lumière faisaient mal dans la pénombre. Rincourt s'allongea près d'Eugénie et la serra très fort. La dague à la main pointée sur sa poitrine, il pressa contre son épaule la tête repoussante couverte de glaires et de sang putride. Si Dieu voulait Eugénie, il la suivrait.

Pendant toute la nuit, dans ce silence terrible de la maison où seules les poutres craquaient, faisant écho aux bûches qui s'effondraient dans l'âtre, il resta ainsi, immobile, écoutant le souffle de l'agonisante en attendant qu'il s'arrête pour s'enfoncer la lame dans le cœur. Il n'était plus vraiment conscient, son âme flottait dans l'air surchauffé, ne s'accrochant à aucune image.

Le jour se leva lentement, effaçant une nuit qui n'avait pas été sombre. Les vitres de la fenêtre enchâssées dans les cadres de plomb laissaient passer une lumière floue, puis les premiers rayons du soleil les illuminèrent. Eugénie eut comme une contraction du visage, un mouvement bref. Rincourt ne s'était pas aperçu que les heures avaient passé, pourtant il n'avait pas dormi, toujours suspendu à ce souffle qui retenait sa propre vie.

Les cils d'Eugénie se soulevèrent, elle bougea légèrement. Elle ne tremblait plus, l'immonde bave avait cessé de couler de ses lèvres.

— Ma mie ! s'exclama Rincourt. Voilà que vous revenez, que la bête puante recule !

— J'ai sommeil ! dit-elle dans un souffle.

— Alors dormez !

Il sauta du lit et alla attiser le feu. Comme les bûches manquaient, il cria qu'on en apporte d'autres. Aussitôt des pas martelèrent l'escalier. Branson entra en coup de vent, suivi d'une servante.

— Activez ce feu. Vous voyez bien qu'elle va guérir !

Personne ne pensa à mettre en doute le rôle de la chaleur dans cette guérison. La servante agaçait les tisons et les braises du bout de ses pincettes. Rincourt, le visage couvert de sang sec, les vêtements collés, puait atrocement. Il constata qu'il tenait toujours sa dague à la main.

— Vous ne voulez pas qu'on ouvre la fenêtre ? demanda Branson.

— Non, hurla Rincourt, allez plutôt chercher à boire.

Une autre servante arriva avec une carafe de vin et des hanaps. Rincourt en remplit un qu'il approcha de la malade. De la main droite, il souleva la tête d'Eugénie qui entrouvrit ses lèvres et avala un peu de liquide.

Il demanda un autre oreiller qu'il glissa sous les cheveux collés. La fièvre était tombée, Eugénie ne tremblait plus, ses mains s'étaient réchauffées.

— Elle va guérir ! Je vous dis qu'elle va guérir, faites du feu !

La cheminée ronflait. Les domestiques qui peinaient à respirer cet air brûlant reculèrent vers la porte ouverte et le couloir. Rincourt ne les voyait pas. Il ne voyait qu'Eugénie qui dormait et suait abondamment.

Il ne la quitta pas de la journée, refusant de manger, se contentant de boire du vin frais et sucré. Le soir, elle ouvrit enfin les yeux.

— Il fait chaud ! dit-elle.

Rincourt courut ouvrir la fenêtre. Les bruits de la rue arrivèrent dans cette pièce confinée, bruits de vie, de résurrection. Eugénie eut la force de se dresser sur ses coudes. Rincourt avait envie de remercier le ciel, de se mettre à genoux et de prier, ce qui ne lui était pas naturel.

— Ma mie, vous revenez de l'enfer !

— J'ai faim ! dit-elle enfin, comme si c'était un cri de victoire.

Il hurla qu'on apporte à manger. Eugénie regarda le plat de viande fumante, mais ne réussit qu'à grignoter. Son estomac était encore noué, pourtant, elle avait la certitude qu'elle ne mourrait pas.

— C'est vous qui m'avez sauvée, une fois de plus !

— Si tel est mon destin, je veux bien l'assumer encore et toujours.

Elle put se mettre debout pendant que les servantes changeaient les draps souillés. Elle demanda de l'eau pour se nettoyer et retrouva enfin les couleurs de la vie. Sa fatigue était immense et elle se coucha de nouveau, dormit jusqu'au lendemain. Quand elle se réveilla, ses forces étaient revenues.

Elle se leva, fit quelques pas, alla à la fenêtre pour regarder la rue, les passants, le quotidien d'un Paris qui, comme elle, renaissait.

Sortis de sous un placard, des rats noirs marchèrent en titubant jusqu'au milieu de la pièce, comme s'ils cherchaient de l'air. Rincourt se précipita rageusement. Les rats, d'ordinaire si vifs, si prompts à éviter les coups, se laissèrent massacrer sans bouger. Rincourt les ramassa un à un et les jeta sur les cendres du feu éteint. Eugénie avait assisté à l'opération sans un mot. Cette fois, elle savait que la faucheuse ne la tourmenterait plus.

La convalescence de la malade alla très vite. En quelques jours, elle fut sur pied. Le miracle était général : venus des caves, des greniers, des potagers qu'ils pillaient, des multitudes de rats noirs envahirent les rues de Paris et de toutes les villes du royaume. On en trouvait des troupeaux entiers, hagards à leur tour, dans les chemins, en bordure des champs qu'ils ne dévastaient plus. Les vilains frappaient sur cette masse grouillante avec des bâtons et des fléaux. La peste s'était retournée contre ceux qui l'avaient apportée. Ils mouraient par millions.

Dans Paris, il fallut encore des charrettes, mais c'était pour ramasser l'ennemi vaincu comme on le faisait des feuilles mortes à l'automne. On se demandait où ils avaient bien pu se cacher en aussi grand nombre. Comme on n'avait pas le temps de creuser des fosses, les charrettes étaient vidées dans la Seine. Le fleuve noir de cadavres flottants répandait une odeur de pourriture qui, après les semaines terribles, était une bonne odeur.

Guérie, Eugénie parla de s'en aller. Pendant sa maladie, elle avait revu les morts qui lui étaient chers ; ses deux fils l'avaient appelée à retourner à Aignan, dans cette ferme noble qui se laissait manger par les ronces et la sauvagine. Rincourt ne pouvait pas s'y résoudre.

— Madame, je vous ai donné toute ma vie. Je ne suis plus tout jeune, votre présence m'est aussi indispensable que l'air pour respirer.

Elle souriait, consciente qu'elle aussi lui avait donné sa vie depuis longtemps.

— Vous m'avez dit que vous m'aimez. Cela suffit pour que nous soyons heureux, pour que nous allions ensemble au bout de notre chemin. C'est maintenant que nous aurons besoin l'un de l'autre.

— Comment pourrais-je être heureuse avec tous les morts que je laisse derrière moi ?

Le visage de Rincourt s'assombrit. La perte du petit Renaud l'avait beaucoup affecté, mais il ne dit rien.

On était à la fin du mois de septembre. Les jours diminuaient lentement, les matinées étaient plus fraîches et humides. L'été avait été chaud, on parlait déjà des vendanges sur la butte des Coupeaux.

Le roi se préparait pour une croisade à laquelle plus personne ne croyait. Il en avait différé la date, car les Anglais se montraient de plus en plus pressants et Navarre continuait de jouer les trublions. Un jour, il fit venir Rincourt dans son petit cabinet. L'intendant général redoutait que le souverain lui parlât de son armée où tout manquait. Il fut heureusement surpris :

— Dites-moi, cette comtesse d'Anjou qui nous a permis d'échapper au danger réel de Jean de Sienne, que l'on présentait comme une sainte pendant la peste, qu'est-elle devenue ?

— Sire, à s'occuper des autres, elle a fini par attraper elle-même la maladie.

— J'en suis vraiment attristé. Cette femme méritait ma reconnaissance.

— Mais elle n'est pas morte, Sire ! Dieu a fait un miracle.

— Vous m'en voyez réjoui. Je veux réparer les erreurs des Valois. J'ai donc décidé de lui donner l'héritage de sa mère ou ce qu'il en reste. Le castelet de Vincennes lui revient, ainsi que les fiefs qui vont avec.

Le compte n'y était pas : Clémence à sa mort possédait dix-neuf châteaux et un trésor en bijoux qui s'étaient volatilisés. Rincourt fit, néanmoins, bonne figure et remercia le roi. Eugénie ne s'était pas battue pour des biens matériels, mais pour une reconnaissance.

— Son fils sera armé chevalier lors des prochaines fêtes d'automne et épousera la comtesse d'Aletz. Il pourra récupérer son fief d'Eauze et me rendre directement l'hommage. C'est un des arrangements que j'ai pu obtenir avec les anciens suzerains anglais à qui j'ai donné un fief en limite du Poitou pour dédommagement.

— Sire, précisa Rincourt, je vous ai servi pendant de longues années. Je vais de nouveau m'occuper de l'armée de France pendant tout l'hiver. Ensuite, je souhaiterais, avec votre permission, retourner en Gascogne, sur mes terres. Je ne suis plus tout jeune. Je ne voudrais pas mourir sans revoir mon fief de Valence. Mon nom, mon sang sont normands, mais mon cœur est là-bas.

Le roi accorda à son plus fidèle serviteur la permission de retourner en ses terres au printemps 1364. Entre-temps, les relations avec les Anglais s'étaient dégradées. Le dauphin et ses frères s'étaient échappés de Calais où ils étaient retenus en otage. Le roi, considérant que la parole donnée avait été trahie, retourna en Angleterre où il se constitua prisonnier. Il y mourut en avril 1364.

Eugénie vendit le castelet de Vincennes et plusieurs domaines qui la mettaient à la tête d'une somme suffisante pour reconstruire le château d'Aignan. Elle en profita pour établir Fanchette et son frère dans une petite maison proche du fort au milieu d'un beau jardin.

Guy de Rincourt et Eugénie repartirent en Gascogne au début du mois de mai. Ils trouvèrent une ruine. Eude d'Aignan était mort à son tour, ne laissant comme héritier que Jean dont on ne savait pas ce qu'il était devenu. Les friches avaient recouvert les restes de l'ancien donjon. Eugénie décida de tout reconstruire.

De son côté, Rincourt retrouva le fief de Valence dirigé par sa fille aînée qui manquait d'argent pour entretenir l'immense château. Il fut accueilli comme un sauveur. Matthieu d'Eauze, armé chevalier au mois d'octobre 1363, viendrait prendre possession de son bien au début de l'été. Il fallait reconstruire le donjon mis à mal par les nombreux sièges qu'il avait subis, défricher les terres abandonnées, redonner de la vie à cette contrée dévastée.

Le plus dur fut de trouver des ouvriers. La peste avait une fois de plus privé le pays de bras, et les salaires que l'on percevait dans l'armée étaient plus intéressants que ceux des maçons. Pourtant, avec de l'or, Eugénie réussit à se procurer la main-d'œuvre nécessaire et le domaine d'Aignan put enfin renaître.

— Madame, je n'ai qu'un seul souhait, dit une fois de plus Rincourt. Celui de vieillir auprès de vous.

— Vieillir, dites-vous ? En effet, le temps a passé si vite !

— Madame, il n'y a pas d'âge pour être heureux.

— Certes, mais les années laissent tant de blessures ouvertes !

L'été se passa à surveiller les travaux. Eugénie et Guy de Rincourt avaient emménagé dans une partie du château d'Aignan encore debout. La comtesse d'Anjou y retrouvait la précarité de son enfance. La boucle se refermait, elle allait finir ses jours là où elle les avait commencés, car sa véritable naissance s'était passée ici, auprès de sa tante Éliabelle.

Un matin, tandis qu'ils parlaient aux ouvriers occupés à reconstruire le donjon avec les pierres récupérées dans les taillis, un mendiant bossu et terriblement sale se présenta. Eugénie voulut lui donner un peu d'argent, mais l'homme qui s'appuyait sur des cannes de bois se mit à sourire et elle le reconnut.

— Jean ! Mon cousin Jean, mais d'où sors-tu ?

Il tendit le bras vers la route qui se perdait dans les collines où les feuillages des arbres viraient au jaune d'or. Il lui fit signe de l'accompagner et la conduisit jusqu'au puits dont l'ouverture avait été conservée sous un fouillis de ronces et d'aubépines.

— Jésabelle ! dit-il en indiquant le fond du puits.

Eugénie alla chercher un jeune ouvrier et lui demanda de descendre dans le trou. Le garçon s'attacha avec des cordes au tronc d'un arbre voisin et s'enfonça dans la gueule ouverte. Quelques instants plus tard, il remonta, poussant devant lui un tonneau. Jean éclata de rire : c'était bien celui dans lequel il avait enfermé la châsse qui contenait les précieuses reliques.

Eugénie embrassa son cousin et lui proposa de rester avec elle à Aignan.

— Ainsi, dit Rincourt, ces reliques tant de fois volées vont nous protéger.

Sur le donjon où les charpentiers avaient construit un échafaudage, les maçons empilaient les pierres à la place même qu'elles occupaient au temps de la splendeur des seigneurs d'Aignan…

En 1364, quand se termine cette histoire, Charles V monte sur le trône. Jusqu'à sa mort en 1380, il se battra contre les Anglais, tentera de redonner à la France son ancienne prospérité en réparant les erreurs et les insuffisances de son père.

Charles le Mauvais, profitant de la mort de Jean II et de celle de Jean Ier pour faire valoir ses prétendus droits au trône de France, fut battu à Cocherel par Du Guesclin. Cela ne l'empêcha pas, jusqu'à la fin de sa vie en 1387, de jouer encore les trublions, de mentir et de trahir. Telle était sa nature !

La peste se fit oublier pendant quelques décennies puis ravagea de nouveau villes et campagnes pendant quatre siècles sans, cependant, atteindre l'étendue et la virulence de la première pandémie restée jusqu'à nos jours dans la mémoire collective sous le nom de Peste noire…

Composition et mise en pages
Nord Compo à Villeneuve-d'Ascq

Achevé d'imprimer par
Normandie Roto Impression s.a.s.
61250 Lonrai
N° d'édition : 4629/01. – N° d'impression : 2202324
Dépôt légal : juin 2022

Imprimé en France

FSC
www.fsc.org
MIXTE
Papier issu de sources responsables
FSC® C123930

L'éditeur de cet ouvrage s'engage
dans une démarche de certification FSC®
qui contribue à la préservation des forêts
pour les générations futures.